Dr. Günter Servais
Eros

Dr. Günter Servais

EROS

Roman

Fotos auf den Seiten 42, 123, 126, 129, 222, 240, 280, 295, 311, 353, 391 und 395: Wolfgang Schomberg, zweiplus-Foto, Bielefeld.

ISBN 978-3-86557-387-2

© NORA Verlagsgemeinschaft (2015)
Pettenkoferstraße 16 - 18   D-10247 Berlin
Fon: +49 30 20454990 Fax: +49 30 20454991
Email: kontakt@nora-verlag.de
Web: www.nora-verlag.de
Alle Rechte vorbehalten
Druck und Bindung: SDL – Digitaler Buchdruck, Berlin
Printed in Germany

VORWORT

Vermutlich hatte der gute Boris Pasternak mit seiner Behauptung ja durchaus Recht, dass kein anderes Volk auf dieser Welt die Poesie so sehr liebt wie das russische. Mag es an gewissen Charakterzügen dieses Volkes liegen, wenn es so etwas überhaupt gibt, oder in den geopolitischen, sozialen oder/und geographisch-klimatischen Umständen begründet sein. Vielleicht ist es die Sehnsucht, die in diesem Volk besonders ausgeprägt sein soll, sein mag, vielleicht aber auch ein wenig von allem. Wie dem auch ist, wir werden es weder untersuchen, noch erörtern und deshalb auch keine Antwort finden.

Sollte dieses Volk, das russische, so von Sehnsucht nach Poesie und vielleicht auch noch nach etwas Anderem geprägt sein, dann ist es ein Anderes, das von Leidenschaft und Gefühlsschwankungen bestimmt ist wie kein zweites auf dieser Welt. Es ist gütig und grausam zugleich, es wurde nie von der Reformation erfasst, hat dafür aber – welch ein Widerspruch – unter der Inquisition gelitten wie kein zweites. Die Aufklärung in Europa schaffte es zwar über den Rhein, aber nie über die Berge, und von Demokratie wurde dieses Volk nur kurz geküsst, um sich zunächst einem fanatisch geführten, barbarischen Bürgerkrieg und dann dem politischen Tiefschlaf in der Diktatur hinzugeben. Dem Trauma der völligen Selbstzerfleischung folgte die Lähmung, die sich auf jede Facette des Lebens legte. Die erneute Einführung der Demokratie bedeutete für den größten Teil der Bevölkerung in seinem Alltag kaum etwas, ja selbst bis heute, einem halben Jahrhundert später, ist ein großes Defizit an demokratischer Kultur sogar zumindest in einer Volkspartei nicht zu leugnen. Ich will bei weitem kein Bild eines anarchistischen Volkscharakters verbreiten, aber es ist ein sehr schwierig zu regierendes Volk, was unter anderem auch mit einem großen Mangel an Bildung zu tun hatte und immer noch hat. Den Menschen in diesem Land ging das Morden immer leicht von der Hand, obwohl man doch bei diesem Tun das Gefühl haben soll, dass man seinen eigenen Bruder erschlägt, und deshalb geschahen ungerechte Dinge, die hinterher nicht wieder gutzumachen waren und sind.

Aber auch diesen Phänomenen gehen wir in diesem Opus nicht auf den Grund, zielt es doch keineswegs auf die Analyse irgendwelcher Phänomene oder Probleme, sondern einzig und allein auf die möglichst vollständige Hingabe an den

EROS,

wobei dies kein Widerspruch sein muss, im Falle meiner Person nie einer war.

Ich hatte sie am Nachmittag des Vortages nur kurz am Telefon gehört und war »weg« und als sie dann am nächsten Morgen vor der Tür stand und mich anredete, hatte es mich gepackt, da war es schon da, das, was man Liebe nennt. Und ich spürte es, wusste es und sagte es ihr auch zugleich: »Du bist die Frau meines Lebens.«

Der Frau gewidmet, die ich vom ersten Augenblick an geliebt habe, der ich es auch sofort mitteilen konnte, die mich dreißig Jahre glücklich gemacht hat und der ich dafür mit diesem Opus ein wenig danken möchte.

Das Vorspiel

In der »Gazette de Lausanne« vom 26. Juni 1976 war zu lesen, dass sich ein Vertreter des Schweizer Bundesamtes für Landwirtschaft über die reale Not in »Europas großer Dürre« geäußert hat: Fauna und Flora werden versengt, die Ernte vertrocknet, Insekten fallen verdorrt zu Boden. Sogar freilaufende Hühnchen verenden. Deshalb wurde in der Schweiz zeitweilig der Notstand ausgerufen, Feuerwehr und Militär mussten regional für die Notversorgung mit Wasser einspringen. Später ging dieser Sommer als der große Jahrhundertsommer ein. Also selbst nördlich der Alpen war er für jene sog. Gemäßigten Breiten ungewöhnlich warm und lang. Umso mehr galt und gilt dies für die ja schon von vornherein wärmeren Gegenden im Süden Europas. In Spanien herrschte Gluthitze, in Granada waren es an diesem 26. Juni fast 45 Grad.

Sieben Wochen später, Mitte August 1976, saß Guennaro, vor einer Woche fünfundzwanzig Jahre alt geworden, im Schatten einer Markise auf der Terrasse eines kleinen, einfachen und auch billigen Hotels auf Mallorca, vor sich einen mehr oder weniger trockenen Croissant und einen Becher Café americano mit viel Zucker und in der Hand seine tägliche politische Pflichtlektüre während der Urlaubszeit, den »Diario de Mallorca«, jedoch gab es heute nichts Bedeutendes zu berichten. Deshalb dauerte die Lektüre der Zeitung auch nicht allzu lange, keine halbe Stunde. Guennaro geriet unter der mächtigen Hitze ein wenig ins Grübeln: Vor einem Monat hatte seine Mutter ihren zweiundsechzigsten Geburtstag im kleinen Rahmen gefeiert, nichts Wesentliches, doch hatte er zum ersten Mal seit Jahren keine Gelegenheit gefunden, vorbeizuschauen. Er steckte in den letzten Vorbereitungen zu seiner licenciatura im Fach Pädagogik Ende Juli, also gerade mal vor drei Wochen. Außerdem hatte er noch wenige kleine Formalitäten vor der Prüfung zu erledigen und noch ein kurzes Gespräch mit seinem Prüfungsprofessor zu führen. So hatte auch seine Mutter es gewünscht, dass er sich auf seine Prüfung vorbereiten solle. Er käme ja dann danach zu seinem eigenen Geburtstag nach Hause, sein Examen wäre ihr wichtiger als ihre Geburtstagsfeier. Gesagt, getan: Am vierundzwanzigsten Juli hatte er sein Examen im Fach Pädagogik absolviert: Mertons Anomietheorie, ihre Schwachpunkte und Weiterentwicklungen, Gesellschaftliche Lernprozesse in der Volksrepublik China, Indiens Schulsystem und seine Probleme und Schülerzentrierter Unterricht in Theorie und Praxis lauteten die Prüfungsthemen. Guennaro hatte sich sehr gut vorbereitet, sein Professor und er hatten sich während seines Studiums stets gut verstanden, so dass es auch während der Prüfung keine inhaltlichen Probleme gab, auch wenn nicht alles cum laude war, so war jedoch andererseits sein Bestehen niemals eine Frage. Dies stand schon vorher fest, wie immer bei ihm. Die Prüfung hatte sogar einen fröhlich-lustigen Beginn: alle anwesenden Professoren baten Guennaro höflich, angesichts der brutalen Hitze ihre Schlipse ablegen zu dürfen. Alle mussten lachen und selbstverständlich ließ es Guennaro zu, ja er bat sie sogar darum. Nur wenige Tage nach der Prüfung war Guennaro nach Hause gefahren, hatte aber viele Bücher mitgenommen, denn nun standen in den nächsten knapp anderthalb Jahren die Prüfungen in zwei weiteren Fächern an, Geschichte und Politikwissenschaften.

Seine Eltern hatten ihm zum Geburtstag und zum bestandenen Examen diesen Urlaub auf Mallorca geschenkt, den er nun in vollen Zügen genoss. Es selbst hatte sich dieses kleine einfache und auch billige Hotel ausgesucht. Er mochte diese großen anonymen Klötze mit vielen Etagen in der Höhe und vielen Zimmern in der Breite nicht, in denen es immer oberflächlich laut zugeht. Dieses kleine, überschaubare Hotel, in dem man schon beim zweiten Abendessen den ein oder anderen Gast wieder erkannte, sich grüßte, und vielleicht ein kurzes Gespräch führen und eventuell sogar eine Verabredung für die Gestaltung des Abends treffen konnte, lag direkt am Strand, was ihn besonders freute, war er doch ein begeisterter Schwimmer. So ein paar hohe Wellen am frühen Morgen, das war es doch. Manchmal kam er von einer nächtlichen Eskapade so spät zum Hotel zurück, dass es sich schon wieder oder noch einmal lohnte, sich in die Fluten zu stürzen, um sich danach bis zum Mittag oder noch später den Freuden des Schlafes hinzugeben. So ergab es sich, dass das Frühstück durchaus zu einer Tageszeit eingenommen werden konnte, in der Andere schon wieder Siesta machten. An diesem Tag hatte Guennaro sich üblicher- und billigerweise im Hotel zum Frühstück draußen auf die Terrasse begeben, blieb aber im Schatten, um sich nach der Lektüre des »Diario« der durchaus noch notwendigeren Lektüre von »Cuadernos de la Vanguardia« hinzugeben. Er hatte sich diese Veröffentlichung schon am Anfang des Jahres gekauft, war jedoch aufgrund seines Studiums noch nicht dazu gekommen, sie in- und extensiv zu lesen, zu studieren. »El sistema de manana esta, »condenado« a insertarse de las concoordenadas de la democracia«, verurteilt zur Demokratie. Und genau damit spiegelte der Autor Pedro Calvo Hernando ein weit verbreitetes Gefühl wieder, dem zunächst die Einsicht zugrunde liegt, dass fundamentale Änderungen erforderlich und nun nach dem Tode des Diktators im November 1975 auch möglich seien, dass man eben zur Demokratie verurteilt sei, es keine echte Alternative zu ihr gäbe. Was Guennaro sofort auffiel? Selbstverständlich teilte er diesen starken Willen zum Rechtsstaat nach fast vierzig Jahren Diktatur, doch fehlte ihm in diesem Artikel die Begeisterung: »Zur Demokratie verurteilt«, als wenn es etwas Schlimmes wäre, in einem demokratischen Rechtstaat leben zu müssen.

Der Sommer 1976 war aber nicht nur durch Hitze bestimmt, sondern in Spanien auch durch Angst und Unsicherheit. Noch nach mehr als einer Generation war die Erinnerung an die zuletzt doch sehr chaotische Republik wach. Andererseits konnte es keinen Zweifel daran geben, dass nun diese Diktatur nach dem Tod des Diktators einer Demokratie weichen würde, ja müsse, waren die elementarsten Rechtsansprüche in dieser Diktatur doch auf das Massivste verletzt worden. Nichts war seit Jahren auf den zahlreichen politischen Demonstrationen so laut vertreten worden wie die Forderung nach Amnestie für alle, die in dieser Diktatur wegen politischer Vergehen verurteilt worden waren. Und diese Forderung wurde untrennbar mit Demokratisierungsforderungen verknüpft. Selbstverständlich fehlte es auch nicht an Gruppen, die einen solchen Übergang zur Demokratie nicht wollten, wie z. B. die »Bunkerinsassen«, die nicht sehen wollten, dass ihre Tage gezählt sind. Dazu kommen in diesem Land wie schon erwähnt die Erinnerungen an die zuletzt doch sehr chaotische Republik. Damit waren Befürchtungen verbunden, dass die Gegensätze, die zum Bürgerkrieg führten, erneut aufflammen könnten. Mit furchtbarer Grausamkeit waren »Nationale« wie »Republikaner« in den von ihnen besetzten Gebieten gegen tatsächliche und vermeintliche politische Gegner vorgegangen. Die »Nationalen« brachten bei ihren Säuberungskampagnen vielfach wahllos Mitglieder der ehemaligen republikanischen Parteien um. Auf republikanischer Seite wurden Tausende von sinnlosen Morden an Priestern, Ordensleuten und katholischen Laien aus keinem anderen Grund als ihrer Bindung an die Kirche begangen.

Bis heute ist unklar, wie viele Menschen in dem dreijährigen Bruderkampf ums Leben kamen. Man muss wohl von mehr als einer halben Million ausgehen. Und fast ebenso viele Spanier waren über die Grenze nach Frankreich geflüchtet. Wie oft hatte Guennaro Hemingways Roman über den spanischen Bürgerkrieg gelesen, ja verschlungen. Doch immer nur zu Hause, denn im Internat wäre er sofort entlassen worden, hätte man den Roman bei ihm entdeckt. Seine Mutter hatte ihn über ausländische Kontakte für ihren zweiten Sohn geordert. Diese hier geschilderte Grausamkeit ließ vierzig Jahre später eigentlich keinen friedlichen Übergang erwarten.

Man konnte sich im heutigen Spanien keinen friedlichen Übergang vorstellen, keine »Revolution der Nelken« wie im Nachbarland Portugal. Schließlich überlebt der Stier des Stierkampfes in Portugal immer, in Spanien nie. Es ist die Eigentümlichkeit des Spaniers, dass ihm ein Leben nichts wert ist, sei es das eines Tieres und auch das eines Menschen.

Und dennoch entsprach die Entwicklung der ersten Monate nach Francos Tod eher den Erwartungen der Optimisten als denen der Pessimisten. Dem neuen König Juan Carlos, dessen Ernennung als Garantie für den Fortbestand des Regimes galt, schlug eine breite Welle der Zustimmung zu, praktisch ungetrübt durch dynastische Rivalitäten. Aber nicht nur alle Monarchisten unterstützten ihn, sondern er fand auch Zustimmung bei allen Christlichen Demokraten der verschiedensten Richtungen, auch bei den Liberalen, selbstverständlich auch der Armee, bei der er beliebt war, hatte er doch den Ausbildungsweg der jungen Offiziere durchgemacht. Selbst die meisten Sozialisten und sogar Kommunisten konnten davon überzeugt werden, im Interesse demokratischer Stabilität ihren traditionellen Republikanismus aufzugeben und sprachen sich sicherlich mit Reserven für ihn aus. Die Weltsensation fand also statt: Ein Konsens in Spanien, das in seiner Geschichte nur auf Kompromisslosigkeit und Konsensunfähigkeit ausgerichtet und stolz darauf gewesen war. Man konnte mit dem Autor nur hoffen, dass es bei diesem Übergang nur ein Minimum an historischen Traumata gäbe.

So waren die Gedankengänge Guennaros. Wie gesagt, war er selbstverständlich mit den politischen Entwicklungen vollkommen einverstanden und sah alles ebenso wie der Autor, doch fehlte ihm die entsprechende Empathie in diesem Werk. Ja, er war ein wenig enttäuscht, andererseits war seine Hoffnung auf einen demokratischen Rechtstaat doch wesentlich größer und auch, wie sich im Laufe der nächsten Jahre und Jahrzehnte zeigen sollte, sachlich berechtigter:

Der Übergang nach dem Tode Francos wurde ergo durch den Willen zur Konsensbildung bei allen relevanten politischen Akteuren rasch in ein ruhiges Fahrwasser gebracht. Für diesen erfolgreichen Übergang etablierte sich bereits im Prozessverlauf der Begriff Transicion. Er wurde vom neuen Ministerpräsidenten Adolfo Suarez, einst selbst Minister unter Franco und im Sommer 1976 der Nachfolger von Arias Navarro im Amt, zwar auf dem Weg der Reform vorgenommen, doch die einzelnen Reformschritte kamen inhaltlich einem Bruch mit dem autoritären Regime gleich, der jeweils gegen den Widerstand beharrender Kräfte im franquistischen Machtapparat und Militär vollzogen wurde. Dieser Auftakt war geprägt von Angst und Unsicherheit, Angst zwischen den ideologischen Gegnern von einst, Angst, dass der Konflikt von damals, der im Bürgerkrieg blutig ausgetragen und dann in der Diktatur vierzig Jahre mit Repression niedergehalten worden war, erneut ausbrechen würde. Im November desselben Jahres konnte Suarez die franquistischen Parlamentarier dazu gewinnen, für eine Selbstauflösung des Parlaments und die Ausschreibung von Neuwahlen zu gewinnen.

Die zwei Wochen Mallorca taten Guennaro körperlich und seelisch gut, relaxen, lesen, viel schwimmen, nachts auch einmal leicht und das andere Mal auch heftig über die Stränge schlagen. Zurück bei seinen Eltern waren sowohl Erholung angesagt als auch Studium. Es war gerade mal noch ein Monat Zeit bis zum Beginn des nächsten Semesters. Dies wiederum hieß nun Arbeit, Arbeit über alles. Das Wintersemester war noch nicht vollständig vorbei, das neue Jahr 1977 gerade angebrochen, da begann Guennaro auch mit der direkten Vorbereitung auf das Examen in den beiden Fächern. Die Themen für Politikwissenschaften waren nicht so ganz leicht zu finden: Die Verfassung der USA, okay, ein recht formales Thema ohne Probleme. Dazu kam der Nahostkonflikt, sein Lieblingsthema. Das Thema der spanisch-französischen Beziehungen nach 1939 war sehr umfangreich und auch recht diffizil, nicht einfach. Darin steckte eine Menge Zündstoff, den er unbedingt vermeiden wollte. Sicherlich hatten sein Prüfungsprofessor und er sich recht gut verstanden. Zum Thema Nahostkonflikt hatte Guennaro viel beigetragen und zum Teil die Lehrveranstaltungen selbstständig durchgeführt, ein Vertrauensbeweis seines Professors. Sicherlich, doch andererseits wollte Guennaro Reizthemen möglichst vermieden wissen. Doch war dies angesichts seiner Fächer nicht ganz einfach. Darüber hinaus fehlte noch ein weiteres Thema. Auch für Geschichte waren die Themen nicht immer einfach. Für den Bereich der Alten Geschichte gab es die Themen Caesar und Palmyra. Für den

Bereich Mittelalter die Politik der katholischen Könige. Bisher keine Probleme, doch standen die Themen für die Neuzeit ja noch aus. Doch bewies er scheinbar ein glückliches Händchen: Die Geschichte des Völkerbundes und die Bedeutung der Juden in Spanien im 20. Jhd. bis zum Beginn des Bürgerkrieges. Gottseidank keine Streitthemen, doch vor allem das letzte passte ihm nicht besonders, zu diffizil, zu verwoben, na ja. Doch musste er jetzt dadurch. Er hatte ja nun ein knappes Jahr bis Ende November Zeit. Die Monate vergingen wie im Fluge und eine Prüfung nach der anderen wurde bestanden, wenn auch nicht alle mit Bravour. Vor allem die letzte Prüfung in Geschichte verlief alles andere als gut. Er kam mit seinem Prüfungsprofessor in Neuster Geschichte einfach nicht zurecht. Die Prüfung in Alter Geschichte war fast perfekt gelaufen, ebenso lief es zu Beginn der zweiten Prüfung zum Bereich Mittelalter, doch biss sich der Professor immer wieder an Details fest, so nach dem Prinzip: Welche Frisur hatte Isabella denn bei ihrer Hochzeit? Die Prüfung war ihm einfach lästig. Der Professor hing ihm mit seinen mehr oder weniger dummen Fragen zum Hals heraus. Dies galt ebenso für das Thema Juden in Spanien bis 1936. Das Thema Völkerbund wurde vom Professor fast vollständig ausgeblendet. Na ja.

Aber am letzten Novembertag waren alle Prüfungen absolviert und bestanden. Guennaro konnte sich dann über die Weihnachtstage bis Anfang 1978 bei seinen Eltern erholen und dann ging es wiederum zur Uni zurück, um die zwei Prüfungen in Philosophie im Mai 1978 vorzubereiten: Die schriftliche Prüfung über Kants Geschichtsphilosophie wurde schon auf Anfang März vorgezogen und verlief glänzend. Und dann kam die mündliche Prüfung im Mai: Sokrates, Platon war der erste Themenkomplex. Die Aufgabe des Professors, mit dem er sich immer blendend verstanden hatte, lautete: Erläutern Sie uns als angenommene Nichtphilosophen das sokratische Prinzip! Guennaro legte sofort los: »Wenn ich heute in einem andalusischen Dorf über den Markt gehe und damit beginne, mit den Menschen zu sprechen, mit einer alten Frau, von der ich sicher sein kann, dass sie den Bürgerkrieg bewusst erlebt hat, und ihr zu verstehen gebe, dass ich noch heute hinter dem Spruch der Republik stehen würde »No pasaran«, dann wäre dies der Anfang, um dann irgendwann ohne Zwang möglichst auf die Jetztzeit zu sprechen zu kommen, wie z. B. die Wiederzulassung der Kommunistischen Partei im April letzten Jahres, und auch die ersten freien Wahlen nach fast vierzig Jahren in diesem Jahr.

Der Versuch, Grenzen des Bewusstseins aufzubrechen, was meistens schmerzhaft für die jeweilige Person ist, eben Mäeutik. Wir wissen ja alle wie das Ende von Sokrates aussah! Aber nur dieses Aufbrechen der Grenzen unseres jeweiligen Bewusstseins bringt uns, die jeweilige Gesellschaft, ja die Zivilisation nach vorne.« Man merkte den drei Professoren die Begeisterung schon zu diesem frühen Zeitpunkt der Prüfung an. Dann standen noch Macchiavelli und Leonardo als Themen an. Der Professor streifte Macchiavellis politische Theorie nur kurz und ließ Guennaro dann sich zu Leonardo äußern, doch wurde dieses Thema anschließend man könnte sagen ins Multiperspektivische erweitert: Die Rolle der Kunst im Politischen Bereich, in der Politischen Arbeit. Der Professor stellte die These auf: Poesie ist Krampf im Klassenkampf!!!

Der bewusst provozierte Widerspruch Guennaros ließ nicht eine Sekunde auf sich warten und so entspann sich eine Debatte über Marcuse, Adorno und Celan.

»Wie gestaltet sich denn ihre Meinung über Adornos These ›Nach Auschwitz ein Gedicht zu schreiben, sei barbarisch‹?«

»Zunächst einmal muss und kann man Celans berühmte ›Todesfuge‹ als Beispiel bemühen, wenn es um die Widerlegung dieser These geht. Allerdings ist diese Konfiguration Adorno-Celan keineswegs eine von mir geschätzte, und auch von Celan selbst wurde sie nicht geschätzt. Man kann es auch sprachlich einfacher so formulieren. Er schätzte Adorno nicht. Seine Ablehnung reichte von Adornos Politik, was seine Namensgebung betrifft, Theodor W. Adorno. Er hatte seinen jüdischen Namen zum Buchstaben verkürzt und den unverfänglichen Namen mütterlicherseits angenommen. Verzeihen war Celans Sache nicht. Doch ging es Celan nicht nur um Geschmack, vielmehr lehnte er die Position der Kritischen Theorie mit ihrer negativen Dialektik ab, weil sie Kunst und ihre Produktion im Zeichen der Entfremdung ansiedelte. So nahm man der Dichtung im Allgemeinen, wie auch seiner ›Todesfuge‹ im Besonderen, die poetische Potenz, zumindest war man nicht dazu in der Lage, sie seines und auch meines Erachtens angemessen zu würdigen.

Doch lassen Sie mich bitte kurz noch von einem anderen Aspekt her kommen. Sicherlich hat Adorno in dem Sinne durchaus Recht, dass Kunst weder Auschwitz, noch sonst Folter und Mord, Massenmord, Völkermord, das Leiden und Sterben allgemein, gestalten kann, ohne es der ästhetischen Form, ja sogar dem Genuss zu unterwerfen und damit abzumildern. Aber dieses Manko der Kunst darf nicht und niemals zur Negation der Notwendigkeit von Kunst führen, ganz im Gegenteil, dialektisch gesprochen, ist es die Aufgabe von authentischer Kunst, immer und immer wieder an das Vergangene zu erinnern. Authentische Kunst bewahrt die Gesellschaft vor dem Vergessen von Auschwitz, so wie der nur noch halb erhaltene Parthenon uns heute an die leider schon lange verblichene Glanzzeit der Hellenen erinnert, so wird uns Celans Todesfuge noch in hundert Jahren an Auschwitz erinnern.«

Anschließend ging es noch kurz um die Frage, wie denn eine Kulturkritik nach Adorno heutzutage aussehen könnte, um dann zum Ende hin noch einmal in einer Art Zirkelschluss auf Leonardo zu sprechen zu kommen. Einen solchen Disput hatte die Uni noch nicht gehört. Am Ende um kurz vor sechzehn Uhr sagte sein Prüfungsprofessor, übrigens achtel Jude, wie er öfter durchaus mit einem gewissen Stolz betonte, die Bibel zitierend in die kleine Viererrunde: »Was brauchen wir noch Zeugen?«

Alle drei Professoren standen spontan und trotzdem fast gleichzeitig auf und applaudierten dem Prüfling. Danach baten sie ihn pro forma aus dem Prüfungsraum heraus. Das Ergebnis konnte gar nicht anders lauten: Summa cum laude. Die Professoren gratulierten und sein Prüfungsprofessor sagte ihm, dass er ihn dann nächste oder übernächste Woche sprechen möchte, er hätte eine positive Überraschung für ihn. Er möchte sich noch nicht exmatrikulieren, sondern bitte vorher vorbeikommen.

Gesagt, getan, natürlich rief Guennaro sofort zu Hause an und gab seiner Mutter die Informationen, packte seine sieben Sachen in die Koffer und fuhr dann anschließend nach Hause, wo er aber erst am Abend gegen einundzwanzig Uhr eintraf. Seine Mutter nahm ihn in die Arme, drückte und liebkoste ihn. Selbst sein Vater, aufgrund seiner leidensvollen und entbehrungsreichen Kindheit, des finanziell harten Studiums, des grausamen Krieges und des später erlittenen Unfalls mit all seinen Konsequenzen im medizinischen, aber auch finanziellen Bereich, normalerweise nicht dazu in der Lage, seinen Gefühlen Ausdruck zu verleihen, konnte seine Tränen nicht ganz verbergen und schloss seinen Sohn in die Arme und gratulierte ihm auf das Herzlichste: »Unseren herzlichen Glückwunsch. Hätte ich das vor sieben Jahren geahnt, als Du mit Deinem Fächerkanon fürs Studium rüberkamst, ich hätte den Mund gehalten und nicht so geschimpft und so manchen Blödsinn von mir gegeben, wie den über Kant!«

Alle lachten und waren froh über das Geschaffte. »Zur Feier des Tages habe ich Deinen Lieblingskuchen gebacken!«

»Du bist ein Schatz, liebste Mama«, sprachs und gab ihr einen Kuss auf die Wange.

»Das habe ich ihr schon vor mehr als vierzig Jahren gesagt.«

»Und damit hattest Du zweifellos und ausnahmsweise mal Recht, lieber Papa«, frotzelte Guennaro ein wenig.

»Summa cum laude, der helle Wahnsinn, und das in Philosophie«, fing der Vater wiederum an. Er konnte sich gar nicht beruhigen. In der Zwischenzeit waren sie ins Wohnzimmer gelangt und nun langte Guennaro ordentlich zu: Zitronenkuchen und süßer heißer Kaffee.

»Morgen gehen wir aber unbedingt feiern, zu Pepito«, kam es nun von Mutters Seite.

Es war schon halb elf Uhr als sein Bruder Carlos-Enrique kurz vorbeischaute, ihn in die Arme schloss und ihm auf den Rücken klopfend gratulierte: »Ich habe es immer gesagt, schon vor elf Jahren, im Herbst 1967: Der Große Geist. Mein Gott, woher hast Du das?«

»Ja, das würde mich auch interessieren«, pflichtete der Vater seinem Ältesten bei: »Wie kommt man auf die verrückteste Idee, nämlich Philosophie studieren zu wollen. Niemand hat Dich damals verstanden, weder der liebe Gott noch wir.«

»Na, zunächst einmal an allererster Stelle haben wir das alles Mama zu verdanken.«

»Wieso mir«, fragte sie mehr als verblüfft.

»Nun lass ihn doch zunächst einmal ausreden«, unterbrach sie ihr Mann, übrigens das einzige Mal in ihrer gesamten Ehe. Er entschuldigte sich sofort für sein Verhalten bei seiner Gattin. »Du hast Dir in meinen frühen Kindheitsjahren, also bis zum Beginn der Schulzeit in Madrid 1958, viel Zeit für mich genommen. Erinnere Dich bitte an die Katze auf dem Sandberg, die eine Stunde vor dem Mauseloch wartete.«

»Ja, ich erinnere mich, aber das ist doch zwanzig Jahre und mehr her und was in aller Welt hat das mit Philosophie zu tun?«

»Noch nichts. Wir haben genauso eine Stunde gewartet, eben halt bis zu dem Moment, als sie zugepackt hatte, und dann musste ich, der ich ja noch gar nicht zur Schule ging, einen Aufsatz über zwei Seiten darüber schreiben. Ich konnte lesen, rechnen und auch mehr oder weniger schlecht schreiben als ich in die Schule kam. Dafür hast Du gesorgt. Mitschüler rissen schon ihre Witze über mich. ›Weißt Du, worin die Hausaufgabe für Guennaro in Rechnen besteht. Nein, welche? Na ist doch klar, er muss sich Aufgaben für den anderen Morgen für den Lehrer ausdenken.‹ Erinnerst Du Dich noch an den vierten Platz bei dem landesweiten Aufsatz- und Kunstwettbewerb. Das muss so 1961 gewesen sein.«

»Ja. Aber was hat das alles mit Philosophie zu tun?«

»Warum bist Du dann nicht Schriftsteller geworden oder Journalist, Publizist. Das hätte doch nahe gelegen?«, stellte jetzt sein Bruder in den Raum.

»Akzeptiert lieber Bruder. Es hat vor allem zunächst einmal mit dem zu tun, was Du vorhin den GG nanntest. Dazu kam die riesige Phantasie. Auch die stammt von unserer Mutter und dazu die Selbständigkeit.«

»Die Idee, ja besser gesagt, den Auftrag dazu hatte sie von mir.« Die Mutter stellte die Richtigkeit dieser Aussage ihres Mannes heraus.

»Ich weiß, aber Mama hat sie nicht nur tagtäglich umgesetzt. Sie hat mir darüber hinaus auch die Kraft gegeben, alles und auch das Schlimmste zu überstehen und ich meine damit zunächst einmal die ersten acht Jahre auf dem Internat. Immer von zu Hause getrennt, von der Familie und den Freunden. Das hat schon mächtig weh getan.«

»Oh ja, glaubt mir, mir auch«, ergänzte die Mutter jetzt. »Ich erinner mich noch genau an den tränenreichen Abschied 1958 vor dem Internat.«

»Genau. Da wir noch kein Auto besaßen, mussten wir Opas alten Pferdewagen nehmen bis Madrid. Das war vielleicht eine Tour«, ergänzte Carlos-Enrique.

»Ich war eigentlich zu jung dazu. Wenn ich damals von 1958 bis etwa 1965/66 auch sicherlich gelitten habe, mich gefühlt habe wie ein geprügelter Hund, sehr häufig verzweifelt war und geheult habe, so konnte man mir das nicht mehr nehmen, was Mama samenmäßig in mir angelegt hatte. Gottseidank!«

»Ja, genau, gottseidank«, verstärkte der Vater die Aussage seines Sohnes.

»Wir sind aber noch immer nicht bei der Philosophie. Ich meine, Geschichte okay, das kann ich noch nachvollziehen. Das war ja durchaus auch mein Lieblingsfach, neben der Kunst. Aber Philosophie?«, blieb die Mutter bei der Fragestellung.

»Ihr beide seid politisch erzkonservativ. Dazu gesellte und gesellt sich bis heute ein knochenkonservativer Katholizismus, Papa und Carlos-Enrique, ihr beide wart und seid noch heute päpstlicher als der Papst, und selbst Du, liebste Mama, hast im Krankenhaus noch unterschrieben, dass Du mich in Sünde empfangen hast.«

»Die beschleunigte Säkularisierung unserer Gesellschaft hatte 1951 noch lange nicht begonnen«, versuchte sie sich zu rechtfertigen.

»Das einzige Organ, das ihr im Hause doch geduldet habt, war ›El Debate‹, dieses führende Presseorgan der katholischen Konservativen. Obwohl es zwischen Euch beiden noch enorm große Unterschiede gibt. Papa hat nach seinem Studium auf der Seite Francos gekämpft und Du warst zu sehr humanistisch gebildet, als dass Du Dich mit dem Gedankengut dieser Bewegung auch nur im Geringsten hättest anfreunden können. Du hattest Dich zwar nie mit der Republik arrangieren können, warst aber auch nie eine Franquistin, sondern immer eine überzeugte Royalistin.«

»Oh ja, das muss und kann ich bestätigen.«

»Auf jeden Fall waren wir eine durch und durch konservative, aber auch eine politische Familie und dies trotz der sicherlich erfolgreichen Depolitisierungspolitik Francos. Selbst das in Millionen politisch apathischen spanischen Familien tabuisierte Thema Bürgerkrieg wurde bei uns nicht total ausgespart, wenngleich aber auch nicht historisch korrekt behandelt. Auch hier spiegelt sich ein gewisser Konservatismus wieder. Und dieser Konservatismus passte schon damals, also vor knapp anderthalb Jahrzehnten, nicht mehr in die Zeit, war ein totaler Anachronismus, und dieser Widerspruch zwischen Eurem Konservatismus einerseits und der revolutionären Situation hier und im Rest der Welt andererseits hat mich quasi zur Philosophie gezwungen. Mein Bewusstsein wurde damals durch die revolutionären gesellschaftlichen und politischen Umstände der Zeit geprägt. Das muss man einfach konstatieren. 1967 ist wohl bei mir der Durchbruch zum Zoon politikon geschehen.

Um die Jahreswende 1966/67 herum, von vor Weihnachten bis Silvester/Neujahr, hatte die spanische Polizei in verschiedenen Städten des Landes eine Reihe von Arbeitern wegen angeblicher unerlaubter Propaganda verhaftet. Im Madrider Industrieviertel Villaverde sollten es nach Angaben ausländischer Beobachter achtundfünfzig Personen gewesen sein. Der offizielle Polizeibericht spricht jedoch nur von acht Personen, die nach Feststellung der Personalien wieder auf freien Fuß gesetzt worden sein sollten.«

»Diese Demonstrationen habe ich damals durchaus mitbekommen, einige fanden vor der Haustür unserer Fabrik statt, wenige sogar in unserer eigenen Firma«, tat der Vater kund.

»Siehst Du. Ebenfalls zu diesem Zeitpunkt, also Anfang 1967: Der vierundzwanzigjährige Schriftsteller Isaac Montero war vom Staatsgericht für öffentliche Ordnung in Madrid der illegalen Propaganda schuldig gesprochen und zu sechs Monaten Gefängnis und zehntausend Peseten Geldbuße verurteilt worden. Montero war Autor des Romans ›Alrededor de un dia de abril‹ (Rings um einen Tag im April), in dem die Zensur mehrere Stellen als gegen das Franco-Regime gerichtet beanstandet hatte. Montero hätte nun versucht, das Buch ungekürzt auf den Markt zu bringen. Im August vergangenen Jahres war das Werk auf Anweisung des Gerichts für öffentliche Ordnung eingezogen worden. Neunundachtzig andere prominente Intellektuelle Spaniens hatten sich in einer Bittschrift für ihren jungen Kollegen verwandt und auf die Notwendigkeit absolut freier Meinungsäußerung und einer Abschaffung der Zensur im ganzen Land hingewiesen. Es war die Zeit der geistg-kulturellen Selbstisolierung. Das Veröffentlichungsverbot für Juan Goytisolo war wohl früher, passt aber in dieses Bild. Wer seine besten Köpfe einsperrt, sägt selbst an seinem Ast, nur hat dieser Prozess für mich leider zu lange gedauert. Am 1.Mai 1967 war nach den teilweise spektakulär verlaufenden Demonstrationen eine gespannte Ruhe eingekehrt. Diese Demonstrationen und Unruhen wurden von Beobachtern als die schwersten seit dem Ende des spanischen Bürgerkrieges bezeichnet. Den Maifeiertag hatten Tausende Arbeiter, von Studenten unterstützt, zum Anlass genommen, trotz Verbotes durch die Regierung in den großen Industriestädten des Landes für höhere Löhne und bessere Arbeitsbedingungen zu demonstrieren. In den Schwerpunkten der Massenversammlungen in San Sebastian, Oviedo, Vitoria, Barcelona, Madrid, Sevilla und Valencia sollen nach Angaben von unterrichteter Seite mindestens fünfhundert Demonstranten festgenommen worden sein. Die schwersten Unruhen ereigneten sich in der nordspanischen Industriestadt San Sebastian. Hier eröffnete die Polizei das Feuer auf eine Gruppe Demonstranten, die Polizisten beim Einschreiten mit Steinen beworfen hatte. Der 19 jährige Jose Maria Salazar Querejeta wurde von einem Schuss in den Hals getroffen und musste im ernsten Zustand in ein Krankenhaus eingeliefert werden. Eine andere Gruppe suchte Zuflucht vor der Polizei in einer Kirche. Einige flohen durchs Fenster weiter, andere blieben im Gotteshaus bis die Polizei nach sechs Stunden die Erlaubnis erhielt, einzudringen. Dort nahm sie alle Demonstranten fest, unter ihnen auch einundzwanzig Frauen.«

»Ja, genau, ich weiß noch, wie wir beide uns über die Schändung der Kirche stark aufgeregt haben«, sagte die Mutter zu ihrem Gatten, der bestätigend nickte.

»Und zwar völlig zu recht«, ergänzte er noch.

»Weitere Demonstranten verursachten ein Verkehrschaos, indem sie die Straßen San Sebastians mit quergestellten Autos verbarrikadierten. Zwar war diese Art von Verhaftungen hierzulande keine Seltenheit, da ja keine politische Opposition geduldet wurde. Doch änderte sich ab diesem Zeitpunkt etwas. Es waren fast nur führende Mitglieder des Nationalsyndikats. Zum Beispiel Barcelona und Sabadell: Unter den acht Verhafteten in diesem Gebiet war ein Nationaldelegierter des Nationalsyndikates für Bauwesen und ein weiterer für Metall. Sie gehörten also dem obersten gewählten Gremium des Regime-Syndikats an. Die übrigen sechs waren Mitglieder einer offiziell anerkannten Arbeiter-Kommission. Der Vorwurf ist immer derselbe: Propaganda für die verbotenen Zellen der freien Gewerkschaften innerhalb der Organisation des Nationalsyndikats, der sog. Syndikalistischen Arbeiter-Union. Es heißt, die Verbindungsleute dieser geheimen Gewerkschaft seien zum größten Teil Funktionäre des offiziellen Nationalsyndikats. Schon bei früheren Gelegenheiten hatte die spanische Polizei festgestellt, dass unerlaubte Arbeiterdemonstrationen nicht selten von Funktionären des Nationalsyndikats organisiert wurden. So befanden sich unter den Verhafteten einer Demonstration vor dem Arbeitsministerium in Madrid im Frühjahr 1967 zwei offizielle Syndikatsfunktionäre. Man glaubt, dass bei den letzten Syndikatswahlen, die weitreichende Freiheiten in der Kandidatenaufstellung boten, systematisch Anhänger der geheimen freien Gewerkschaften in führende Positionen des Nationalsyndikats gewählt wurden. Diese Vermutung sieht man dadurch bestätigt, dass die Vertreter des offiziellen Syndikats innerhalb der Unternehmungen in letzter Zeit eine entschiedenere Haltung gegenüber der Werkführung einnehmen und es öfter als früher zu Protestkundgebungen innerhalb der Werke kam. So gab es im Laufe der letzten Wochen des Jahres 1967 wiederholt Proteste von Seiten der Arbeiterschaft in der Madrider Automobilindustrie, wo mehrere tausend Arbeiter kurzfristig entlassen worden waren.«

»Ja, ich erinner mich noch zu gut daran. Das war ja praktisch vor unserem Fabriktor.«

»Siehst Du Papa. Bei Seat in Barcelona veranstalteten die Arbeiter in diesen Tagen wegen unerfüllter Lohnforderungen einen Sitzstreik und bei der staatlichen Eisenbahn protestierte die Arbeiterschaft dagegen, dass in manchen Betrieben der gesetzlich festgesetzte Mindestlohn von vierundachtzig Peseten pro Tag nicht gezahlt wird. In allen Fällen handelte es sich also um berechtigte Forderungen der Arbeiter. Da sie aber jetzt mit größerem Nachdruck als früher vorgebracht wurden, können nach Ansicht gewisser Regimekreise nur illegale Kräfte dahinterstehen, nämlich heimliche Freigewerkschaftler. In Madrid massierten sich Hunderte Arbeiter und Studenten auf den Straßen und riefen: ›Franco nein – Freiheit ja!‹ Gummiknüppel schwingende Polizei versuchte, die Demonstranten in Grenzen zu halten und nahm fünfundzwanzig Menschen fest. In drei

Orten in der Nähe Barcelonas sollen drei Priester wegen Beteiligung an den Demonstrationen festgenommen worden sein, in Sevilla der Regionalvorsitzende der Metallarbeitergewerkschaft und sein Stellvertreter. Die Demonstrationen waren von Arbeitergruppen organisiert worden, die gegen die sich zunehmend verschlechternde Wirtschaftssituation Spaniens protestierten. Sie forderten freie Gewerkschaften, die von den von der Regierung kontrollierten Syndikaten unabhängig sind. Die Regierung hatte die Arbeiter davor gewarnt, an den erwarteten Demonstrationen teilzunehmen, und gerichtliche Verfolgung angedroht.

Dieser antibürgerliche Geist jener Jahre zeigte sich gerade auch in Spanien an den Universitäten. 1965 wurden deren erste Revolten in Madrid und Barcelona niedergeknüppelt, flammten aber in den darauffolgenden Jahren immer wieder auf und wurden 1968 gleichsam zu einem Dauerzustand. Auch in diesem Bereich reagierte das Franco-Regime mit harter Repression statt mit Reformen des antiquierten Bildungswesens. Auf jeden Fall haben die Universitäten mit ihren Protesten zweifellos einen wichtigen Beitrag zur Schwächung des Regimes beigetragen und bewirkt, dass es politisch wie ideologisch für einen immer größeren Teil der Jugend inakzeptabel war oder wurde, wie z. B. auch bei mir.

Diese von mir aufgezeigte politische Entwicklung seit Mitte der Sechziger Jahre, und zwar nicht nur in Spanien, sondern weltweit, ich denke dabei vor allem an Vietnam und den Nahen Osten, an Frankreich und die USA, auch an Deutschland, macht den größten Spalt zur politischen Sozialisation meiner Person in dieser Familie aus. Ich erinner mich noch genau an euer Diskussionsthema zu Weihnachten 1967: Papa war der Meinung, dass sich langfristig der Staat Israel militärisch gegen die arabischen Staaten durchsetzen würde, und Du, lieber Bruder, warst der Meinung, daß sich angesichts des massiven Bevölkerungswachstums in den arabischen Staaten langfristig die arabischen Staaten durchsetzen würden. Ihr beide hattet Unrecht, doch habt ihr mich damals dazu angeregt, Politologie zu studieren. Meine Entscheidung zum Studium dieses Faches fiel eigentlich an diesem Weihnachtstag 1967. Ich wollte diesen Konflikt im Nahen Osten verstehen, ebenso die Regionalismusproblematik in unserem Land. Warum hatte die ETA 1968 einen Polizisten ermordet? Ich musste, ich fühlte mich dazu gedrängt, die von mir genannten Widersprüche und die oben aufgezeigte Entwicklung zu verstehen. Ein weiterer wichtiger Aspekt ist noch die Musik, über die ihr euch immer so aufgeregt habt. Ich erinnere mich noch genau an Begriffe wie ›Negermusik‹. Oder ›Musik nennt ihr das, ich nenne das Krach, damit haben wir früher die Affen aus dem Urwald gelockt.‹ Dann die Faschisten an der Uni. Es gibt sicherlich noch mehr Aspekte, mögen diese erst einmal genügen. Es ist der Drang, etwas zu verstehen, genauer gesagt, um nun zum Begriff zu gelangen, der Wahrheit die Ehre zu geben, nämlich Philosophie zu betreiben.«

»Und diesen Drang verspürtest Du damals?«

»Ja, liebster Papa. Und Dir habe ich auch zu danken.«

»Mir?« Dabei hielt er seine beiden Hände kurz vor seiner Brust, um die eigene Überraschung zu dokumentieren.

»Ja, zwar hat es Mama bestens erledigt, aber Du hast es zumindest zum größten Teil finanziert.«

»Das Geld ist bestens angelegt oder?«, diese Fragte richtete sich vor allem an seine Frau.

»Bestens«, bestätigte sie ihn.

»Bestens. Mein Sohn ein lebender Philosoph.«

»Noch nicht ganz lieber Papa, aber dazu morgen mehr. Es gibt noch eine positive Überraschung. Aber ich bin jetzt zu müde. Außerdem möchte ich darüber zunächst nur mit Mama sprechen, aber erst morgen. Und jetzt Gute Nacht.«

»Aha, dann dreht es sich ja wohl um eine Frau«, kommentierte der Vater.

»Wieso nur um eine?«, konterte sein Sohn voller Witz. Damit schloss er diese abendliche Runde im Elternhaus und ging nun völlig übermüdet ins Bett.

»Guten Morgen Mama.«

»Guten Morgen, das ist gut gesagt«, lachte sie, »hast Du überhaupt schon einmal auf die Uhr geschaut, es ist halb ein

Uhr Mittag. Es heißt Guten Tag und nicht guten Morgen. Aber Du alleine hättest das Recht, heute bis abends zu schlafen.«

»Danke«, sprachs und nahm sich erst einmal einen Becher süßen Kaffees, setzte sich auf die Terrasse und genoss die Wärme im Mai. »Herrlich, diese dörfliche Ruhe und Abgeschiedenheit. In Granada ist fast immer der Teufel los, nur Hektik. Und eine Lautstärke. Nachts schlaf ich nur noch mit Ohrenstopfen. Sie helfen mir gottseidank, nichts zu hören. So kann ich dann recht gut schlafen, wenn es nicht zu heiß ist.«

»Du wolltest doch noch mit mir reden. Aber bevor ich es vergesse, Edmondo hat angerufen, die wahrhaft treue Seele, und gratuliert Dir über alle Maßen. Er kommt heute Abend vorbei. Dabei habe ich ihn dann sofort eingeladen, mit uns zum Essen zu gehen.«

»Richtig und gut.«

»Aber worüber möchtest Du denn jetzt mit mir reden. Ich habe jetzt Zeit, da ich für heute Abend nichts vorzubereiten habe. Heute Nachmittag essen wir den Rest Kuchen von gestern und dann backe ich noch ein paar Waffeln.«

»Ganz toll Deine Waffeln. Weiß Du noch, wie wir immer Rosenmontag quer durchs Dorf zu Tante Agnetha gegangen sind, mit fünfzig Waffeln oder noch mehr.«

»Oh ja gebacken habe ich wie eine Weltmeisterin. Das hätte ich auch zu jeder Tages- und Nachtzeit machen können. Aber worüber möchtest Du denn jetzt mit mir reden. Gehe ich recht in der Annahme, dass es eine Frau ist?«

»Nicht so ganz. Mein Professor hat mich diese oder nächste Woche zu sich gebeten. Ich weiß auch wozu.«

»Nämlich?«

»Ja, ich soll bei seinem Kollegen, der gestern auch bei der Prüfung anwesend war und auch am Dialog aktiv teilgenommen hat, promovieren und dann in den Unidienst gehen.«

»Du sollst an der Uni bleiben? Habe ich das richtig verstanden?«

»Ja, die Promotion dauert so in der Regel drei Jahre, mal mehr, mal weniger, anschließend würde ich in den mittleren Dienst übernommen und dann irgendwann in den höheren.«

»Ja, das ist ja toll. Mein Sohn der Herr Philosophieprofessor. Vielleicht kann man ja dann irgendwann seine Uhr nach Dir stellen genauso wie bei Kant. Sicherlich machst Du dann eine glänzende Karriere.«

»Höchstwahrscheinlich ja, weil ja an den Unis, auch in Granada, Bedarf an demokratischen Nachwuchskräften besteht, der franquistische Staatsapparat muss ja schrittweise personell restrukturiert werden.«

»Na, das hört sich ja gut an, um nicht zu sagen, toll. Wo liegt das Problem? Ich vernehme keine Begeisterung.«

»Das Problem ist das Finanzielle.«

»Da mach Dir mal keine Sorgen. Die drei Jahre sitzen Papa und ich finanziell auf einer Backe ab. Du hast ihn doch gestern Abend selbst erlebt, wie er für seine Verhältnisse fast ausgeflippt ist. So exaltiert habe ich ihn in fast vierzig Jahren Ehe noch nie erlebt, noch nicht einmal bei der Hochzeit und auch nicht bei der Geburt seiner beiden Söhne. Und Du bist derjenige, der ihn umgekrempelt hat. Wenn er das hört mit der Promotion und der Unikarriere, dann zahlt er gleich eine Million sofort auf ein Sparkonto für Dich ein. Und außerdem verdienst Du ja dann an der Uni auch ein wenig, also so schlimm wird es doch wohl nicht werden.«

»So gesehen, will und kann ich Dir nicht widersprechen. Aber es geht weniger um mich.«

»Also doch um eine Frau?«

»Nein, aber ich möchte eine Familie gründen. Ich möchte auch ein Kind, vielleicht zwei oder noch mehr.«

»Weiß Carlotta schon davon?«

»Nein, sie ist es auch nicht. Sie ist noch zu jung. Das hat keinen Sinn. Man würde ihr das Leben zerstören, sie zu eng und zu früh festlegen. Das möchte ich nicht.«

»Und wer ist dann die Glückliche. Darf ich das erfahren?«

»Ja, das ist so«, begann Guennaro vorsichtig, nein stammelnd.

»Du hast noch keine, da gibt es überhaupt noch keine. Gib es zu. Aber Kinder willst Du haben, stimmts?«

»Du hast vollkommen Recht Mama.«

»Also ich weiß nicht, was ihr in Philosophie gelernt habt. Aber dass ihr Männer zur Familiengründung eine Frau braucht, müsste sich doch selbst zum Herrn Philosophieprofessor durchgesprochen haben?«

»Ja, aber eigentlich habe ich nur den Wunsch nach Kindern, nicht nach einer Frau.«

»Das gibt es doch nicht. Bist Du etwa gar anders herum. Gott bewahre. Das würde ich nicht überleben. Bitte dies nicht«, und dabei klatschte sie bittend, nein flehend in die zum Himmel erhobenen Hände. »Keine Sorge, ich bin nicht, wie Du es so schön formuliertest, andersherum. Also Männer ziehen mich in keiner Weise an, im Gegenteil, sie ekeln mich an, keine Angst, nein homosexuell bin ich beim besten Willen nicht. Frauen ziehen mich schon an, aber nur sexuell, ansonsten kaum. Keine vernünftigen Gespräche. Ich habe noch keine gefunden, die auf mich wirkt, wie es sich gehört. Die meisten sind politisch brav und bieder, teilweise spießig, und das bei meiner Vorgeschichte. Das brauche ich Dir ja wohl nicht näher zu erläutern.«

»Lass es bloß, auf keinen Fall. Aber da scheint mir bei Dir ein Problem zu existieren, denn zunächst hat Mann eine Frau und dann Kinder und nicht umgedreht.«

»Ja siehst Du, und genau das ist mein Problem. Bei mir ist es umgekehrt. Und außerdem will ich keine Putzfrau, sondern eine, mit der ich mich unterhalten kann, die meine musikalischen Vorlieben teilt, vielleicht sogar noch mehr Vorlieben hat als ich und die ich dann kennenlerne und lerne mit ihr zu teilen, und die auch genauso wie ich Geld verdient. Ich möchte nämlich nicht in die Rolle des Alleinernährers gedrängt werden. Nimm zum Beispiel mich als Kind. Ich brauche nach dem gestrigen Abend wohl nicht schon wieder zu betonen, wie wichtig mir Deine gute Erziehung war, aber manchmal, nur ab und zu, ein wenig mehr Papa wäre auch sinnvoll gewesen. Wenn ich an den Wochenenden und in den Ferien zu Hause war, hast Du mich ganz zu vereinnahmen versucht: Homer, Sokrates und Leonardo waren wichtiger als Fußball. Nur manchmal hat Papa Besuch von Sportveranstaltungen ermöglichen können. Ich möchte mehr Zeit für mein Kind haben als es mein Vater hatte.«

»Oh, oh, da tun sich aber mächtig Probleme auf. Also das mit Papa und mehr Zeit für das Kind, das verstehe ich, finde ich sogar natürlich, und mit Deinem Problem mit der Rolle als Familienernährer auch. Nachvollziehbar. Aber ansonsten. Am besten ist es wohl, Du malst Dir eine.«

»Du machst Dich lustig über mich.«

»Nein Sohnemann, aber die Realisierung Deiner Vorstellungen wird schwer. Wenn wir bitte in Gedanken noch einmal auf den Ausgangspunkt unseres Gespräches zurückkommen, nämlich das Verbleiben an der Uni. Warum in drei Teufels Namen nimmst Du Dir nicht noch diese drei Jahre Zeit? Vielleicht triffst Du ja an der Uni solch eine Frau eher als auf der freien Wildbahn?«

»Ich will eigentlich nicht an der Uni bleiben, sondern Kinder haben!«

»Oh, oh. Und noch eins, ich muss es betonen, auch wenn es weh tut: Du bist kein Mann für eine Frau. Du bist wenig attraktiv. Sicherlich Dein Charakter ist einwandfrei, Deine Willensstärke, Frustrationstoleranz enorm, Dein soziales und politisches Engagement in allen Ehren. Deine Intelligenz brauche ich nicht extra zu nennen. Alles bestens. Deine inneren Werte tadellos, aber Dein äußeres Erscheinungsbild lässt doch mehr als zu wünschen übrig. Das, was in dieser Hinsicht noch für Dich spricht, ist Deine Schlankheit und Deine Fitness. Ansonsten gar nichts. Von Deinem verunstalteten Körper wollen wir völlig schweigen. Sicherlich, einer liebenden Frau ist der im positiven Sinne völlig unbedeutend, viel eher – so war es wenigstens bei mir, als Papa 1949 den schweren Unfall hatte – nimmt sie ihn als Herausforderung an. Also auch auf die Gefahr hin mich zu wiederholen, aber Du bist noch nicht reif für eine Frau. Lass Du die Finger von ihnen, lass sie auf Dich zukommen und kümmere Dich um Deine Promotion. Das ist das Beste für alle, auch und gerade für Dich, glaube mir. Und wegen des Geldes mach Dir bitte keine Sorgen. Lass diesen Aspekt aus Deinen Überlegungen völlig heraus!«

Der Irrweg

Guennaro, einunddreißig Jahre jung, schlank und rang, lag wie immer in Bauchlage mit nacktem Oberkörper ganz tief und fest schlafend in seinem Bett. Manche oder viele seiner Bekannten und Verwandten, ja selbst seine Gattin Jane beneideten ihn wegen seines »atombombensicheren Schlafes«.

»Dich kann man auch während des Schlafes wegtragen. Du würdest aber auch gar nichts merken«. »Bei Dir könnte man nachts einsteigen und eine Party veranstalten«. So oder ähnlich lauteten dann die verschiedenen meistens lustig und manchmal neidisch, aber niemals böse gemeinten Kommentare und Bemerkungen. Er überhört seinen Wecker manchmal um Stunden und der steht direkt neben dem Bett auf dem Nachtischchen. Sein Atem geht ganz ruhig und geradezu provozierend langsam. Nahm man nach seinem Schlaf die Blutdruckwerte, so bekam man meistens einen kleinen Schreck, denn der obere Wert lag unter hundert und der untere bei fünfzig. So gilt der erste Handgriff nach dieser Ergebnisfeststellung fast immer dem Gerät, ob es denn auch wohl in Ordnung sei. Das kann doch nicht wahr sein, war mit Sicherheit immer der erste Gedanke von wem auch immer.

»Aufstehen«, knallte es von seiner Gattin.

Oh nein, schoss es ihm durch den Kopf. »Noch ein kleines Stündchen, bitte«, gähnte er bettelnd so vor sich hin. »Weiß Du eigentlich wie spät es schon ist?«

Selbstverständlich kam ihre Antwort auf die eigene Frage prompt: »Es ist schon zehn. Wir wollen doch heute zu Deinen Eltern und Du hast noch nicht geduscht.« Währenddessen hatte sie die Fenster ihres Schlafzimmers aufgerissen. »Außerdem ist heute nicht unbedingt das beste Wetter. Wir werden also länger benötigen. Also raus und zwar dalli, dalli.«

»Ach nein, komm leg Dich doch noch ein paar Minuten zu mir zum gemütlichen Kuscheln. Wir haben doch ansonsten so wenig Zeit für einander«, bot er ihr einladend an, ohne jedoch auch nur für einen Augenblick die Augen zu öffnen.

»Heute ist Sonntag. Ich darf Dich daran erinnern, dass wir noch vor der Fahrt wählen müssen. Und gefrühstückt wird auch noch vor der Fahrt.«

Guennaro sah ein, nein, besser gesagt, musste einsehen, dass ihm nichts anderes übrig blieb, als seiner Gattin mal wieder zu gehorchen. Widerstand war zwecklos und so fügte er sich in sein Schicksal, kam schneckenhaft langsam hoch in die Vertikale, saß nun auf der Bettkante, rieb sich die noch fast verklebten Augen, zog seine Pyjamahose aus, nahm eine saubere Unterhose aus dem Schrank, zog die beiden Badelatschen an, schlurfte ins Bad, schmiss ein paar Hände voll Wasser ins Gesicht, putzte sich ganz langsam die Zähne, nahm ein frisches Badetuch aus dem kleinen schwarzen Schränkchen im Badezimmer und machte sich dann in seiner Nacktheit auf zum Pool, der in etwa 100m Entfernung vom Haus lag.

»Du willst doch wohl heute so spät nicht noch schwimmen. Eine Dusche alleine reichte heute auch einmal!«, hörte man seine Frau tönen.

Doch Guennaro ging einfach ohne Irritationen weiter. Er trat also aus dem Haus in den vorgelagerten, mehrere Hundert Quadratmeter großen, nach Osten durch das von den Besitzern selbst bewohnte, nach Norden durch das von Guennaro und seiner Gattin bewohnte Haus, nach Westen durch eine lange Garage mit anschließendem Stall für manche landwirtschaftliche Geräte und nach Süden mit einer fast fünf Meter hohen Mauer abgeschlossenen Innenhof, einem antiken, unter Denkmalschutz stehenden Dreschplatz. Sofort setzte ein erfreutes Gebell ein, ein liebevolles Streicheln aller drei Schäferhunde schloss sich an. Die schon siebzehnjährige altersschwache Senta war wie immer die erste, da sie als die älteste Vertreterin der drei Rassetiere das Recht hatte, vor der Haustür auf ihren Herrn und Gebieter zu warten. Die anderen beiden – Caesar und Rex genannt – kamen aber auch sofort angerannt, um ihren Herrn zu begrüßen und sich ihre wohlverdienten Streicheleinheiten abzuholen, hatten sie doch die ganze Nacht gewacht, obwohl dies nun mitten in der Einöde Andalusiens wirklich nicht nötig ist. Man befindet sich ja nicht in Fuengirola oder einer anderen Touristenhochburg an der Küste, wo Diebstahl an der Sekunden- und Villeneinbruch an der Tagesordnung waren und sind. So verließen die vier den Innenhof durch ein ebenfalls antikes, bei Abwesenheit der Mieter und bei Nacht abgeschlossenes riesiges Holztor und gingen circa fünfzig Meter über das freie Feld. Dort lag dann hinter einer Baumreihe der recht große Pool.

Guennaro ließ es sich nicht nehmen, zumindest bis in den Oktober hinein, jeden Morgen seinen halben Kilometer zu schwimmen. Im Sommer aufgrund der Hitze und der zumindest phasenweise in weit größerem Maße vorhandenen Freizeit können es dann täglich an die sechs bis acht, ja bis zu zwölf Kilometer werden. Die drei Rassehunde balgten solange neben dem Pool, bellten hin und wieder, erledigten ihre Geschäfte und warteten bis Guennaro den Pool verließ. Zurück vor dem Haus warteten sie dann wieder, denn dann brachte ihnen Guennaro ihr wohlverdientes Fressen, das manchmal er, meistens jedoch aus Zeitgründen halt seine Gattin Jane zubereitete. Selbstverständlich hatte Jane den Frühstückstisch schon gedeckt, wie immer sehr differenziert, reichhaltig und damit eigentlich unspanisch: Müsli, Milch, Orangensaft, aber auch Croissants, Butter, Marmelade, Honig und ein wenig Obst.

Über die Croissants schimpfte sie mal wieder vehement: »Ihr Spanier könnt einfach keine Croissants backen! Basta! 25 Jahre lang die besten Croissants der Welt. Und jetzt?«, rief sie aus der Küche ins Schlafzimmer. Guennaro hatte es in der Zwischenzeit geschafft, seinen zweitbesten Anzug anzuziehen, einen hellgrauen mit dazu passenden tiefblauen Hemd und blauer Fliege. »Muchas gracias dafür, dass Du mir schon alles herausgelegt hast. Lieb von Dir. Könntest Du mir bitte noch die Fliege hinten binden. Wenn ich Dich nicht hätte.« So war er in die Küche gekommen und hatte sie zärtlich auf die Wange geküsst. Es war jedoch nicht so, dass er sich nur bedanken wollte, nein, auch wollte er ihren Angriff auf die spanische Backkultur, dem er ja durchaus zustimmen konnte, ja musste, ins Leere laufen lassen, doch ließ sie nicht ganz ab von diesem Thema: »Nein, einmal ganz real, aber dieses Weißbrot ist schrecklich.«

Sie hatten sich in der Zwischenzeit beide an den kleinen Küchentisch gesetzt: »Dafür haben wir das beste Wetter auf der Welt.«

»Ja, ja, ihr immer mit Eurer Sonne.«

»Ich mache nur kurz darauf aufmerksam, dass Du von der zweiten und nicht der ersten Person Plural sprichst. Wer fährt denn heute?«, wechselte Guennaro scheinbar geschickt das Thema.

»Na ich, das ist doch wohl klar«, entgegnete sie ihm mit einem gewissen Stolz. Doch steckte noch mehr in dieser Antwort, doch war es Guennaro nicht klar, was.

»Ich habe ja nur gefragt. Vielleicht doch nachvollziehbar angesichts Deines Zustandes. Oder?«

»Ich bin doch nicht krank«, kam es zurückgeschossen. »Du hast den Wagen ja die ganze Woche in Beschlag. Und wenn Du dann einmal zu Hause bist, dann kann ich mal ein paar Kilometer zum Einkaufen fahren, mehr nicht. Ich verlerne noch alles.«

»Dein Kaffee schmeckt köstlich, wie immer.« Er war harmoniesüchtig und wollte einfach keinen Streit aufkommen lassen, worüber auch und vor allem warum. Es war ihm sogar lieber, er war mehr als erleichtert, dass er nicht fahren musste. Schließlich war er jeden Tag, fünfmal die Woche jeweils zweimal mehr als eine halbe Stunde, ja fast eine dreiviertel Stunde unterwegs und das vierzig Wochen im Jahr. Da kamen dann im Jahr mehr als zwanzigtausend Kilometer nur für den Schulweg zusammen.

»Vielleicht wäre es doch sinnvoll, wenn wir uns von meinen und Deinen Eltern ein wenig Geld leihen würden, um einen zweiten kleinen Wagen anzuschaffen. Wenn ein Wagen einmal eine Panne hat, dann brauchen wir hier mitten im Niemandsland einen Zweitwagen. Gerade auch jetzt mit diesen Deinen Umständen. Nur für alle Notfälle«, gab er zu denken.

»Einverstanden, finde ich okay«, kam ihr Einverständnis kurz und knapp. Guennaro hatte gut gefrühstückt, den Kaffee genossen, sich auch noch einen zweiten eingeschenkt. Auch diesen genoss er in vollen Zügen.

Das Wetter war vor allem trocken, leicht bis stark bewölkt, ganz gut für die lange Fahrt zu seinen Eltern geeignet. Dann schwitzte man gottseidank nicht so stark. »Ich hole den Wagen schon aus der Garage«, gab er liebevoll von sich.

»Die Hunde bleiben aber auf jeden Fall hier«, betonte sie.

»Geht nicht, da wir über Nacht bleiben und wer weiß, wann wir dann morgen zurückkommen. Solange können sie nicht alleine bleiben.«

»Du und Deine Hunde. Die sind Dir wichtiger als ich.«

»Solch ein Blödsinn. Außerdem freut sich vor allem Mama über Senta. Es war doch ihr Hund, bevor Du zu mir hierher gezogen bist und Senta dann zu uns kam wegen des Freiraums, den sie hier zusammen mit den anderen beiden in vollen Zügen genießen kann«, sprachs und ging hinaus über den Dreschplatz, durch das Tor und dann nicht links in Richtung Pool, sondern rechts herum nur ein paar Meter und dann eine in etwa vier Meter lange Rampe hoch in die Garage.

Er holte den Wagen heraus, einen alten Ford-Turnier, einen Kombi also, dessen Kilometerleistung schon mehr als deutlich über der Marke von dreihunderttausend lag. Guennaro hatte ihn sich vor sechs Jahren gebraucht gekauft. Der Vorbesitzer musste jeden Tag von Granada nach Malaga zum Flughafen fahren. Er war dort ein »hohes Tier« in der Verwaltung. Das waren im Jahr an die fünfzig tausend Kilometer. Als Guennaro ihn gekauft hatte, waren nicht ganz zweihunderttausend Kilometer auf dem Tacho, obwohl er noch nicht einmal vier Jahre alt war. Aber nun war er dann noch einmal sechs Jahre älter und Guennaro hatte ihn in den letzten vier Jahren doch sehr gebraucht, pro Tag hundertzehn Kilometer. Für einen zehn Jahre alten Wagen war seine »Dolores«, wie er ihn liebevoll mit Sekt getauft hatte, noch gut in Schuss. Dies gilt insbesondere für den robusten Ford-Motor und das Unterbodenchassis, das noch überhaupt keinen Rostansatz zeigte.

Janes Eltern hatten immer ihre Schwierigkeiten mit diesem Auto, vor allem im letzten Jahr, als die beiden Kinder im Sommer eine sechs Wochen lange Marokkotour mit »Dolores« unternommen hatten. »Mit diesem Auto würden sie sich nicht aus der Garage trauen, geschweige denn durch die Sahara.« Janes Eltern waren zu beiden Teilen doch sehr auf Außenwirkung bedacht, also das Gegenteil ihres Schwiegersohnes, und mit dieser Haltung konnten sie mit der »Dolores« sehr wenig anfangen. Guennaro setzte den Wagen also eben aus der Garage raus, die Rampe herunter, ging zurück und schloss die schwere Stahltür der Garage ab. In diesem Augenblick schloss Jane das riesige schwere Holztor mit dem gusseisernen Riegel zu, da sie ja nun über Nacht weg blieben und die Besitzer schon wieder ihren Jahresurlaub in Thailand begonnen hatten. Der Winter war ihnen beiden, die schon auf die fünfzig Jahre zugingen, hier doch zu kalt.

Sogleich setzte ein lautes, schmerzvolles Gebell der drei Hunde ein, als wenn sie genau das wiederholen wollten, was Guennaro Jane gegenüber vorhin angedeutet hatte: Wir wollen nicht allein bleiben. So öffnete Guennaro die riesige Heckklappe des Wagens, das Zeichen für die drei Vierbeiner einer nach dem anderen hineinzuspringen, selbstverständlich Senta den Vorzug lassend. Er schloss die Heckklappe und öffnete galant die Fahrertür für seine Gattin. Sie stellte zwei Handköfferchen und eine Sporttasche nach hinten, setzte sich hinter das Steuer, rückte den Sitz und ihren grün samtenen Rock noch einmal zu recht und dann ging es los.

»Du hast gestern ja gar nicht getankt. Der Tank ist ja fast leer«, ertönte es von ihrer Seite.

»Wir müssen ja nur noch durch das Dorf und an der Autobahn kannst Du doch nach 500 m tanken«, gab er ganz ruhig zurück. »Das sind doch keine 10 km.«

»Was hast Du denn gestern Abend gemacht?«, fragte sie.

»Du weißt doch, dass ich bei Juan war. Wir haben zwei Flaschen eines guten Tropfens getrunken und deshalb bin ich nicht mehr gefahren. Ich hatte mir abends doch ein Taxi bestellt. Das hast Du doch noch mitbekommen.«

»Was war denn Besonderes an dem Treffen mit Juan?«, stellte sie fragend in den Raum.

»Nichts, überhaupt nichts. Wir haben nur ein halbes Jahr nicht mehr zusammengesessen und uns über alte und junge Zeiten unterhalten können«, gab er gelassen zurück. »Ich habe ihn auch über unseren Familienzuwachs informiert und dann haben wir noch über Kleinigkeiten gesprochen, Weihnachtsfest und Taufe. Und dann bin ich auch wieder mit dem Taxi zurück. Ich war halb zwei im Bett.«

Jane fuhr die knapp sechs Kilometer ins Dorf hinein. Nach mehr als einem Kilometer über einen mehr als holprigen und vor allem sandigen und damit staubigen Landwirtschaftsweg erreichten sie die Verbindungsstraße zwischen Iznajar im Norden und Estacion de Salinas im Süden. Den Süßwassersee von Iznajar erreicht man nach zwanzig Minuten. Im Sommer kann man diesen dem Mittelmeer durchaus vorziehen, da man dorthin zumindest eine Stunde benötigt. Außerdem sind die Parkplätze und Strände dort meistens überfüllt. Salinas, etwa fünfzig Kilometer westlich von Granada und etwas mehr als sechzig Kilometer nördlich von Malaga gelegen, selbst ist ein Bahnhofsflecken, mit etwas mehr als fünfhundert Einwohnern, hat aber noch eine selbsttätige und selbständige Metzgerei, eine ebenfalls noch selbständige Bäckerei, zwei kleine Läden, wobei derjenige etwas außerhalb immer frisches Obst und Gemüse hatte. Der zweite war eher auf Haushaltswaren aller Art spezialisiert, Papier, Reinigungsmittel etc. Dann existieren da noch zwei Restaurants, eins einfacher als das andere, meistens gibt es aber sehr reichhaltige Portionen. Auch eine Apotheke und eine Bank sind vorhanden, doch haben beide nicht jeden Tag geöffnet und wenn dann auch nur für ein paar Stunden. Seine Gesundheitsvorsorge und Bankgeschäfte sollte man also tunlichst entsprechend vorher organisieren. Ansonsten müsste man zur Kleinstadt Archidona fahren, die ein wenig mehr als zehn Kilometer von Salinas entfernt liegt. Hier sind auch verschiedene Ärzte ansässig. Zum nächsten Krankenhaus muss man zur Großstadt Antequera, die nun doch an die 30 Kilometer von Salinas entfernt lag.

Mitten im Zentrum gegenüber der Metzgerei, schräg gegenüber der Taperia ›Mijas‹, dem eigentlichen Ortszentrum, und direkt neben dem kleinen Laden lag ein Haus, das für öffentliche Veranstaltungen wie Bürgerversammlungen oder wie heute die Nationalwahlen zur Verfügung stand. Das eigentliche Wahllokal lag nicht gerade behindertengerecht im 1. Stock, die Wahl der beiden selbst dauerte trotz einer nicht zu leugnenden hohen Wahlbeteiligung schon zu diesem frühen Zeitpunkt am Tag nicht lange, wenn überhaupt fünf Minuten: »Guten Morgen liebe Jane. Wie immer die Schönste! Na Guennaro und Du, schon ausgeschlafen?«, klang Juans helle klare Stimme von hinten.

»Alter Schmeichler! Du darfst keine Frau anschauen!«

»Dürfen darf ich schon, nur keine Handlungen daraus resultieren lassen, liebe Jane. Außerdem würde ich mich mal ganz gerne mit Dir über alles Weitere in der näheren Zukunft unterhalten. Ruf mich bitte nächste Woche doch einmal an, dann vereinbaren wir einen Termin. Ich weiß ja, dass ihr heute und jetzt keine Zeit habt. Gute Fahrt, kommt heil und gesund zurück. Grüßt mir bitte Deine Eltern ganz herzlich von mir, auch von meiner Mutter. Ich habe noch heute Morgen mit ihr telefoniert und ihr die frohe Botschaft von Euch dreien, muss man ja jetzt sagen, verkündet.«

»Jetzt weiß es bald die halbe Welt«, war ihr bissiger Kommentar.

»Was weiß die halbe Welt? Kennt ihr etwa schon das Wahlergebnis? Habt ihr beiden denn auch richtig gewählt?«, fragte der äußerst fettleibige und vielleicht deshalb immer sehr gutmütige und gutgelaunte Inhaber der Taperia mitten im Dorfzentrum.

»Ach, Felipe, Du auch noch. Wir wollen jetzt aber wirklich los«, lautete der genervte Kommentar Janes.

»Genau Felipe, wir müssen los, und das nächste Mal lass ich einen meiner Hunde wählen. Die können das sicherlich besser als wir dummen Menschen!«, frotzelte Guennaro.

Felipe lachte über das ganze Gesicht und sein Kommentar dazu war: »Na klar. Das ist eine gute Idee, dann musst Du mir aber nachher auch sagen, was der gewählt hat, dann will auch ich dieselbe Partei wählen.«

Nach dem Tanken ging die Fahrt sehr gut voran, so dass sie schon Punkt 12 Uhr in Granada auf der Umgehungsautobahn im Norden in Richtung Madrid abbogen. Danach wurde die Fahrt von der Landschaft recht langweilig. Außerdem fuhr Jane gut und konzentriert, aber auch recht langsam und so begann Guennaro, sich einfach dösend seinen Gedankengängen hinzugeben: Wenn ich so langsam fahren würde, käme ich jeden Tag eine halbe Stunde später an. Aber alles okay, es ist auch kaum Verkehr, um nicht zu sagen, dass die Autobahn fast leer ist, außerdem kannte Jane ja die Strecke, so dass auch keine Gefahr für irgendetwas bestand. Aber was ist mit mir? Was habe ich eigentlich von meinem Leben? War es das, was ich mir erträumt habe? Morgens früh um viertel nach sechs Uhr aufstehen, dann mit den Hunden ein kleiner Rundgang, danach zum Pool, gemeinsames Frühstück um halb acht und dann um viertel nach acht zum Dienst. Und so geht es fünf Tage die Woche bis auf den freien Dienstag. Nachmittags habe ich dann um drei Uhr Schluss, doch bis ich zu Hause bin ist es fast vier, dann habe ich aber auch noch keine Minute ausgeruht. Zu Hause geht es dann weiter, Unterrichtsnachbereitung, Leistungsbeurteilung der einzelnen Schüler heute, Vorbereitung auf den nächsten Tag, Klausurenanalyse etc. Wenn ich dann bis abends um acht Uhr fertig werde, so war dann noch alles okay, doch warteten meistens noch Zeitungen zur politischen Analyse, so dass ich dann um halb elf abends tot ins Bett falle, und am anderen Morgen wiederum derselbe Trott, tagaus, tagein. Gut, samstags bin ich schon gegen Mittag zu Hause, doch war auch dieser Tag schon zur Hälfte vorbei. Nach dem Mittagessen lege ich mich erst einmal für 2-3 Stunden aufs Ohr, um wenigstens diesen Abend dann für mich selbst und Jane fit zu sein. Ja und am Sonntag galt es dann die Vorbereitungen für Montag zu treffen. Also wenn das alles ist?, beklagte sich Guennaro bei sich selbst. Gut, im Sommer habe ich dann doch gut zwei Monate frei und kann das andalusische Wetter genießen, meine Frau und die Hunde. Aber den Rest des Jahres nur Maloche!!!

Und was war mit der Ehe? Sie waren jetzt zweieinhalb Jahre verheiratet, hatten viel zu früh die Ehe geschlossen, sie kannten sich noch nicht einmal drei Monate. Danach hatte Jane zweimal ihre pädagogischen Prüfungen nicht bestanden. Guennaro musste zugeben, dass dieses Scheitern trotz seiner massiven Hilfe aufgrund von massiven Ausbildungsdefiziten ihrerseits mehr als berechtigt war. Sie konnte einfach nicht unterrichten. Andererseits versetzte ihm dieses Scheitern einen massiven Stich, denn eines wollte er mit Sicherheit nicht, die Rolle des Alleinernährers übernehmen. Zwar sprach Jane neben Spanisch auch noch fließend Französisch und Italienisch und konnte so meistens im privaten Bereich einige Peseten im Jahr dazu verdienen, doch blieb Ihm die Rolle des Familienernährers und Jane hatte mehr oder weniger gezwungen bzw. ungewollt die Rolle der Hausfrau übernehmen müssen. Danach hatte es ein Jahr gedauert bis sie schwanger wurde. Sie hatte ihm am Zeugungstag, an einem Samstag-Spätnachmittag, wiederum vorgeworfen, dass es nun um siebzehn Uhr zu spät zur Empfängnis war. Er hatte widersprochen und mal wieder Recht behalten. So war es mit Jane immer: Erst einmal schimpfen. Was Guennaro jedoch im Gegensatz dazu am meisten geprägt hatte, war die Liebe seiner Eltern zueinander. In den bisher einunddreißig Jahren, die er diese Ehe seiner Eltern nun miterleben durfte, hatte es zwischen den beiden auch nicht ein böses Wort, ja noch nicht einmal eine böse Silbe gegeben. Wie ist so etwas überhaupt möglich? Mit Jane?

Jane war bis nach fünfzehn Uhr gefahren und sehr weit gekommen. »Konntest Du noch ein wenig schlafen? Bist Du wenigstens jetzt fit, dann könntest Du den Rest fahren?«, fragte sie ihren Gatten leicht schmunzelnd und auch ein wenig ironisch, aber irgendwie immer moralisierend, vorwurfsvoll.

»Na klar. Okay. Nadas problemas. Mach ich«, lautete sein kurzer knapper Kommentar. Sie stiegen beide aus, wechselten die Seiten und schon ging es weiter zum Haus seiner Eltern in Villaconejos, einem Dorf ca. fünfzig Kilometer südlich von Madrid.

»Enrique«, klang es liebevoll, ja geradezu fürsorglich. »Enrique, es ist halb vier, ich sollte Dich wecken«, sprachs und gab ihrem Gatten einen zärtlichen Kuss.

»Sind sie schon angekommen?«, fragte er sofort hellwach seine Gattin voller Neugier zurück, während er sich im Bett aufrecht setzte und versuchte Haltung einzunehmen. Anschließend zog er seine warmen, weil gefütterten Pantoffeln an, um die im Laufe seines Alters verlorengegangene Durchblutung zumindest ein wenig aufzupäppeln. Margarita hatte die Fenster geöffnet und schaute leicht besorgt nach draußen.

»Nein sie sind noch nicht angekommen. Ich mache mir deswegen auch gewisse Sorgen. Das beste Wetter haben wir heute nicht, aber das weißt Du ja. Ich hoffe, dass nichts passiert ist.«

Währenddessen ging Enrique ins Bad, erfrischte, wusch sich und putzte sich die Zähne. Zurückgekommen, half sie ihm ins reine Hemd und in einen sauberen, aber auch schon in die Jahre gekommenen Anzug samt Krawatte, die noch aus der Zeit der letzten Republik hätte stammen können. Er hatte aber nicht nur keinen Geschmack, sondern war sich selbst gegenüber so sparsam, besser genügsam, ja fast asketisch, dass man von außen her betrachtet bei seiner Person von totaler Armut ausgehen musste, wobei diese Vermutung bei weitem nicht zutraf. Enrique hatte nach dem »Sieg« 1939, bei dem auch er dabei war, als Ingenieur in der Nähe Madrids gearbeitet und Ingenieure waren und sind eigentlich bis heute die meistgesuchtesten und damit auch bestbezahltesten Arbeitskräfte in der sich damals gerade erst im Aufbau befindenden Industrie Spaniens.

Zehn Jahre nach Beginn seiner Arbeit in dieser Firma hatte er einen sehr schweren, fast tödlichen Betriebsunfall. Er musste für zwei Jahre krank feiern. Anfang der fünfziger Jahre, ein Jahr nach der Geburt Guennaros, hatte er dann einen lebenslangen Kontrakt bei der Firma erhalten und konnte deshalb auch in Villaconejos ein Grundstück erwerben und ein Haus bauen. Sicherlich gab es dann bei der Vorbereitung und auch Durchführung des Baus, bei der Enrique fleißig mitgeholfen, selbst oft Hand angelegt hatte, wie z. B. bei der Konstruktion der Sanitäranlagen, sehr viel Ärger, eben halt typisch spanisch. Guennaro formulierte es wohl zu Recht immer so, dass Papa sich bei dieser Arbeit neben seinem normalen Job auch kaputt gemacht hätte. Vor allem die Baubürokratie legte sich quer: Der Flur war zu breit, die Veranda durfte keine festen Mauerwände haben usw. Und als Enrique auch noch eine Zentralheizung für die meistens eisigen Winter in dieser Gegend haben wollte, flippten sie von der Verwaltung vollkommen aus, schmissen ihm die Brocken vor die Füße und sagten: »Dann bauen Sie doch halt selbst.« Enrique ließ sich das wirklich nicht zweimal sagen, bedankte sich, ging seines Wegs und baute selbst. Zwar machte er den Flur um einen Zentimeter schmaler, um seinen guten Willen zu demonstrieren und ihnen dann bei der Abnahme einen Pluspunkt vorweisen zu können, aber die Veranda war ein fester Raum und zwar steingemauert und sogar mit der Zentralheizung versehen, wie auch das gesamte Haus, natürlich nicht nur Parterre, sondern auch der 1. Stock. Da man damals noch nichts von Wärmedämmung kannte, waren die Rohre im »Stall«, einem kleinen, außen an das Haus angebauten Gebäude, in dem die Heizung untergebracht war, nicht verschalt, so dass im Winter dieser Raum sehr warm war, in dem dann die Kinder aus der Nachbarschaft mit Guennaro spielen konnten. Also Enrique war nicht arm, aber er lehnte es ab, für sich neue Textilien zu kaufen, es sei denn, sie gingen kaputt und konnten nicht mehr geflickt werden oder aber Margarita schmiss sie einfach in den Müll. Das durfte sie zwar, dennoch machte sie ungerne Gebrauch von diesem Recht, sah sie doch, dass ihr lieber Mann es im Leben durchaus zu etwas gebracht hatte. Es war halt seine Art. Zum Anlass von Guennaros glänzendem Bachillerato (Abitur) bekam sie dann zu Weihnachten, also ein halbes Jahr später, einen wahnsinnig teuren Persianer. Und diejenige Person, die sich am meisten über dieses großartige Geschenk freute, war ihr Enrique. Und wenn sie schon sozusagen zu Weihnachten »abgesahnt« hatte, dann erhielten die Kinder ja nun mal recht wenig und vor allem Dingen er aber auch gar nichts, nadas. So war er. Er mag alles gewesen sein, ein Mitläufer und aufgrund seines Berufes auch Profiteur vom Franco-System, ein Spießer und Kleinbürger und vor allem kirchlich-knochenkonservativ, aber eins war er nie in seinem ganzen Leben: Neidisch. Er kannte es nicht. Wenn er seine Frau gesund, glücklich und gut gekleidet wusste, dann war er glücklich. Für sich selbst brauchte er kaum etwas. Das war Enrique.

So waren sie beide in die gute Stube gelangt: »Mein Gott, hast Du wieder schön gedeckt und gebacken. Du bist einfach mein größter Schatz.«, dabei drückte er sie ganz fest an sich und gab ihr einen dicken Kuss auf ihre Wange.

»Aber ich mach mir wirklich Sorgen bei dieser langen Fahrt«, wiederholte sie ängstlich.

»Aber sie werden schon kommen, warte ab, Guennaro hat mal ausgeschlafen und dann ist es ein bisschen später geworden. Außerdem werden sie auch wählen gegangen sein«, versuchte er sie ein wenig zu beruhigen. »Aber in einem Punkte hast Du durchaus Recht: Eine weite Fahrt ist es. Warum musste er auch unbedingt nach Andalusien. Granada, okay, schön ja, aber er hätte auch hier in Madrid Arbeit gehabt. Nein, er wollte ja unbedingt nach Andalusien. Und dann das Wohnhaus, centrale en campo, bei Skorpionen und Schlangen. Bis vor einigen Jahren hatten sie noch keine Strassenlaternen im Dorf, zum Teil keine Kanalisation und keine Telefonzellen, teilweise überhaupt keinen Zugang zum Elektrizitätsnetz. Höchstwahrscheinlich kommt die Polizei heute immer noch mit dem Fahrrad. Na ich habe ja gleich gesagt, das bringt es doch nicht. Und dann die tägliche Fahrerei mit dem Auto. Also ich kann mir gut vorstellen, dass er heute einmal die Gelegenheit dazu genutzt hat, um am Sonntag mal so richtig auszuschlafen. Du wirst sehen Margarita, es kommt alles in Ordnung«, betonte er noch einmal und dann war auch gut. Er hatte es geschafft, sie zu beruhigen.

Ein paar Minuten später fuhr dann Guennaro in eine der beiden recht schmalen Einfahrten aufs Grundstück, hupte mehrmals und beide stiegen aus. Seine Mutter kam aus dem Haus gerannt und stürzte auf ihre Schwiegertochter zu, umarmte sie, fing an zu weinen: »Ich habe mir solche Sorgen um Euch gemacht. Wo seid ihr denn so lange geblieben.«

»Aber Mutter Du kennst doch Deinen Sohn, er muss immer schlafen. Wenn es nach ihm gegangen wäre, lägen wir beide jetzt noch im Bett«, antwortete Jane ihrer Schwiegermutter.

Enrique hatte die letzten Worte mitbekommen und murmelte leise, ein wenig nachdenklich für sich in den nicht vorhandenen Bart: »Das hätte durchaus auch etwas Positives! Das kann ich gut verstehen!«

Haus in Villaconejos

In der Zwischenzeit hatte Guennaro die Heckklappe geöffnet und ließ den Hunden freien Lauf. Deren erste Adresse war natürlich Frauchen Margarita, die beiden Rüden liefen dann ebenso auch zu Enrique wie dann auch Senta, natürlich gemächlicher. Die Freude war auf allen Seiten riesengroß.

»Schlagt draußen keine Wurzeln, kommt jetzt erst einmal herein«, forderte Enrique alle Anwesenden auf. Dann begrüßten die Eltern auch ihren Sohn, seine Mutter umarmte ihn und sah dabei auch die tiefen Ringe unter seinen Augen: »Vielleicht ist es sinnvoll, Du gehst vor dem Kuchen noch einmal ins Bad und machst Dich ein wenig frisch.«

»Eine gute Idee«, betonte nun auch sein Vater. Die Hunde konnten im großen abgezäunten Garten auf der Rückseite des Hauses herumtollen und falls ihnen danach sein sollte, auch in die Veranda zurückkommen. Die Drei hatten sich unten in die gute Stube gesetzt, während Guennaro nach oben gegangen war, die Handköfferchen und die Sporttasche ins Schlafzimmer – sein ehemaliges Zimmer war zum Gästezimmer umgebaut worden – gestellt hatte und dann ins Bad gegangen war. Und was er da sah, ließ ihn doch recht stark erschrecken. Er war einfach völlig überarbeitet, manchmal an die siebzig Stunden in der Woche, dann noch die Fahrerei usw. Gut, in manchen Wochen waren es auch nur ganz normale 40 Stunden, doch von Erholung konnte auch dann nicht die Rede sein.

Nun machte er sich frisch und ging wieder nach unten. »Oh, Mama, mein Lieblingskuchen. Dieser herrliche Zitronenkuchen. Einfach köstlich. Wenn Du in den Himmel kommst, freut sich der liebe Gott ganz besonders, dann bekommt auch er endlich seinen Lieblingskuchen«, formulierte Guennaro.

»Der muss sich aber noch gedulden, so schnell bekommt er meine Margarita nicht. Die gebe ich nicht her«, konterte der Vater ein wenig lustig.

»Du glaubst doch gar nicht an Gott. Du solltest mal wieder in die Kirche gehen«, gab seine Mutter an ihren Sohn ein wenig barsch zurück. Da verstand sie keinen Spaß.

»Nun erzählt mal, wie es euch in Andalusien so ergangen ist und noch ergeht?«, begann der Vater.

»Nun, Guennaro ist selten da, fährt morgens und wenn er dann im Verlaufe des Nachmittags zurückkommt, dann ist er hundemüde und könnte eigentlich bis anderen Morgen durchschlafen. Gottseidank brauche ich kaum etwas zu kochen, da er mit Ausnahme von Dienstag – da hat er frei – immer in der Schule essen kann. Ich habe auch kein Auto und dann diese verlassene Gegend. Zeitweilig wirklich einsam. Wir haben da auch eine Bitte. Wir würden gerne einen kleinen Zweitwagen für mich kaufen, da ich den im Notfall doch mehr als gut gebrauchen könnte.«

Jane wollte noch weiter erzählen, doch schaute sie in die angstvollen Augen von Margarita: »Hattet ihr denn schon einmal einen Notfall?«

»Nein, beruhige Dich bitte, Mama, aber es kann doch immer mal wieder einer eintreten. Vor einiger Zeit – und Guennaros Wagen ist ja auch nicht mehr der Jüngste – streikte der eines Morgens und so musste er ein Taxi nehmen, was natürlich teuer war. Und deshalb halten wir es für rational, sinnvoll und manchmal sogar sehr nützlich, vielleicht sogar mal lebensrettend, dass wir uns einen kleinen Zweitwagen anschaffen, ansonsten müsste ich immer Nachbarn oder Bekannte aus dem Dorf anrufen, ob sie mich mal irgendwo hin kutschieren könnten. Und das mache ich ungerne«, ergänzte Jane noch.

»Und welche Bitte hattet ihr diesbezüglich«, hakte der Vater nach.

»Wir dachten an Euch als unsere Sponsoren gedacht, Papa«, formulierte nun Guennaro die Bitte. »Vielleicht 300.000 Pesetas, aber auch nur maximal für ein halbes Jahr«, betonte Guennaro.

»Was sagst Du dazu, Enrique?«, schaute Margarita ihren Gatten fragend, aber auch gleichzeitig bittend an. Sie hatte seit Beginn ihrer Zweierbeziehung vor nunmehr einem halben Jahrhundert sich nie um Geld, Finanzen und Fragen und Problemen, die damit zusammen hängen, kümmern müssen. Das hatte sie lieber ihrem Gatten überlassen, obwohl sie es war, die diese Beziehung die ersten Jahre finanziert hatte, da er als Student und dann als Soldat nur über wenige Pesetas verfügte und damit auch messerscharf kalkulieren musste.

»Geschenkt, machen wir. Was nötig ist, ist halt nötig. Über Details können wir ja nach der gewonnenen Wahl sprechen.

Aber wir machen es. Geht klar. Keine Diskussion, keine Sorgen, ist schon geschehen«, gab der Vater großzügig zurück. »Und wenn es ein wenig mehr ist, auch okay«, ergänzte er noch. »Aber jetzt wird erst einmal Kuchen gegessen und Kaffee getrunken«, sprachs und schnitt den himmlisch duftenden Kuchen an.

»Aber liebe Jane. Ich muss Dir völlig Recht geben, dass man sich bei Euch einsam fühlen kann«, gab die Mutter zu verstehen.

»Genau«, stieß der Vater in dasselbe Horn, »dort kann man sich doch nur als Hund wohlfühlen. Was hat Dich eigentlich dorthin getrieben? Was suchst Du da?«, fragte der Vater ein wenig politisch vorwurfsvoll klingelnd in Richtung Sohn.«

»Nun, genau dies, die Ruhe, einsam kann ich gar nicht sein angesichts der Menge an Arbeit. Ich habe gar keine Zeit zur Einsamkeit. Die Maloche haut jeden um. Aber es ist mein Land. Noch nicht genau die Gegend, aber wenn ich diese sehe, werde ich es sofort wissen.«

»Ich werd aus Dir nicht klug, mein Sohn«, gab Enrique ein wenig verzweifelt von sich.

»Jetzt wird aber gegessen, und der Kaffee wird auch schon kalt. Aber liebe Jane«, begann die Mutter noch einmal, »der Begriff Notfall hat mir wirklich Angst gemacht. Das hast Du ja durchaus mitbekommen.«

»Du brauchst Dir wirklich keine Sorgen zu machen liebe Mutter, aber gerade jetzt wäre ein Zweitwagen wirklich eine praktische Hilfe und psychologische Stütze für mich. Und wenn ihr uns finanziell helfen könntet, wäre das ganz toll. Ihr bekommt das Geld auch sofort zurück. Guennaro verdient wirklich viel, wir können durchaus Einiges im Monat zurücklegen, ohne uns krumm legen zu müssen. Das sollte nicht Eure Sorge sein.«

»Ist es auch nicht, wirklich nicht«, sagte der Vater. »Das Geld ist es wirklich nicht. Ich sehe nur meinen völlig übermüdeten Sohn und einen schwerschuftenden Ehemann, der dann noch immer fahren muss und im Winter dürfte das noch schlimmer sein«, setzte der Vater fort.

»Oh, ja«, nickte Guennaro, »zumindest manchmal. Granada im Winter, ola!«

»Und ich sehe eine einsame Schwiegertochter, da muss ich doch helfen, das ist doch mehr als menschlich, ja mehr als natürlich«, vollendete der Vater seinen Gedankengang.

Die Mutter hatte sich zwar über ihren leckeren Kuchen gemacht, hatte auch scheinbar nicht am Gespräch teilgenommen, wirkte ein wenig in sich gekehrt, grüblerisch, nachdenklich. Nun aber setzte sie an: »Ich sehe nichts liebe Jane. Was aber höre ich da? ›Gerade jetzt. Gerade jetzt.‹ Noch einmal: Ich sehe nichts und habe trotzdem das Gefühl, das wir alle hier ein wenig um den heißen Brei herumreden. Auto, Geld, Job, Fahrerei, usw. alles durchaus wichtig. Notfall. Dieser Begriff geht mir nicht aus den Kopf. Und noch einmal. Ich sehe nichts liebste Jane, aber ich spüre, dass da noch etwas ist, vielleicht millionenfach wichtiger. Hab ich Recht?«

»Na gut Mama, es ist so, auch wir werden in vier Monaten Eltern!«, betonten nun beide fast synchron.

»Wusst ichs doch, wusst ichs doch, ich habs geahnt, ich habs gespürt«, schrie die Mutter vor Freude und warf ihre Arme jubelnd in die Luft. Die Tränen rollten ihr sturzbachähnlich über die Backen, sie nahm ihre Schwiegertochter in beide Arme und drückte sie ganz fest und auf das Herzlichste. »Wusst ichs doch, als wenn ich es geahnt hätte.« Da ihre Gefühle sie nun gänzlich übermannten, ging sie zu den drei Hunden in den Garten. Am liebsten hätte sie es in die Welt hinausgeschrien: »Hast Du es schon gehört, Senta, Herrchen und Frauchen bekommen ein Baby. Da musst Du aber brav sein, hörst Du.« Senta hörte ihrem Frauchen zu, neigte den Kopf ein wenig und bellte erfreut und zustimmend.

»Das ist ja eine ganz tolle Nachricht. Ihr seht mich völlig sprachlos«, stimmte nun auch der Vater mit ein. »Ganz toll. Riesige Freude. Ich sehe Guennaro noch vor mir, damals 1974. Das ist noch keine neun Jahre her und hat mich damals als Vater fast umgebracht. Und jetzt wird er selber Vater.«

Die Mutter war zurückgekehrt, völlig aufgeregt, als wollte sie es in die Welt hinausschreien. »Was ist es denn, wisst ihr es schon?«, fragte sie ganz wissbegierig.

»Nein, noch nicht, auch die Ultraschallbilder sagen nichts aus«, sagte Jane und freute sich innerlich über die Freude ihrer Schwiegereltern.

»Ich weiß, dass es eine Tochter wird«, lautete nun der Kommentar von Guennaro.

»Woher willst Du das denn wissen?«, erzürnte sich Jane leise, als wolle sie ihm den Mund verbieten.

Guennaro laut und einfach keine Rücksicht nehmend zurück: »Als Vater spürt man dies. Und sie wird den Namen Carmen bekommen, selbst wenn sie so blond sein sollte wie eine Wikingerbraut.« Alle anderen drei schüttelten unmissverständlich den Kopf und winkten ab.

»Auch egal, Hauptsache gesund, glaubt mir, Hauptsache gesund«, betonte Margarita.

»Hauptsache gesund«, pflichtete auch der Vater nun zustimmend bei.

»Wie kommst Du denn jetzt klar, gesundheitlich meine ich«, fragte die Mutter in Richtung Jane.

»Alles okay, ich fühl mich pudelwohl. Die Untersuchungen im Krankenhaus sagen auch alles bestens«, gab Jane gut gelaunt zurück.

»Wann soll es denn soweit sein?«, fragte der Vater nun. »Anfang Februar, offiziell ist es der sechste«, gab Jane zurück.

»Es wird später, es wird Mitte Februar werden, das spüre ich. Ihr werdet es sehen, es wird der fünfzehnte, plus minus zwei bis drei Tage. Ich spüre das«, sagte Guennaro. Wiederum schüttelten alle anderen drei ihr Haupt und gaben damit unmissverständlich zum Ausdruck, wie sie die Aussagen Guennaros einschätzten.

»Wissen Deine Eltern denn auch schon Bescheid?«, fragte Enrique leise in Richtung Jane.

»Nein, sie wissen noch nichts. Wir wollen es ihnen auch persönlich sagen, wenn sie dann zu Weihnachten kommen. Und solltet ihr mal wieder Kontakt zu ihnen haben, bitte kein

Sterbenswörtchen am Telefon, bitte!«, forderte Jane nun fast bettelnd.

Und Guennaro bekräftigte: »Kein Wort kommt über eure Lippen, und das gilt insbesondere auch für Dich liebste Mama. Ich verlass mich ganz auf Euch. Sie sollen es dann in gut zwei Monaten genauso erfahren wie ihr heute. Ist das klar?« Eigentlich war dies keine Frage Guennaros, sondern klang eher nach einem Befehl.

»Klar wie Gazpacho. Und Mama halte ich beim Telefonieren den Mund zu. Aber im Ernst: Es kommt kein Sterbenswörtchen über unsere Lippen. Da könnt ihr Euch ganz auf uns verlassen«, betonte der Vater ganz bewusst, stand vom Tisch auf, nahm seinen Stock, ohne den er schon seit mehr als dreißig Jahren aufgrund seines Betriebsunfalls nicht richtig gehen konnte, gab seiner Gattin einen Kuss und gab seinem Sohn zu verstehen, dass es jetzt an der Zeit sei, die Frauen sich und ihrem neuen Gesprächsthema zu überlassen und das Weite zu suchen.

Die beiden Frauen machten sich nun auf in die Küche, räumten das schmutzige Geschirr in den Geschirrspüler, den die Eltern sich erst im Sommer zur Arbeitserleichterung gekauft hatten. »Oh, der ist aber neu oder?«

»Ja, kurz nach Eurem letzten Besuch, im Sommer. Enrique hat darauf bestanden, damit ich nicht immer so viel arbeiten muss, so sagt er, obwohl ich so viel Arbeit gar nicht mehr habe: Gekocht wird kaum, wir lassen uns ein- bis zweimal pro Woche etwas von unserem dörflichen Restaurant kommen. Manchmal reicht das auch jeweils für zwei Tage, weil die Portionen durchaus recht groß sind und wir ja auch nicht mehr so viel essen, weil wir ja auch nicht mehr so viel benötigen. Papa habe ich auch strikt auf Diät gesetzt, wir halten uns meistens an Salate und Gemüse, möglichst fettarm, wenn nicht fettfrei, Fleisch gibt es nur noch maximal einmal die Woche und Fisch auch nur einmal. Viel gebracht hat diese Diät bisher aber nicht, weil er sich ja kaum noch bewegt. Ich freue mich riesig darüber, dass er jetzt mit Guennaro und den Hunden unterwegs ist. Wenigstens etwas. Mal sehen, wie lange sie fortbleiben. Die Betreiber des Restaurants sind ja nun auch daran interessiert, etwas zu verdienen. Enrique hat auch an manchen Stellen im Dorf schon Reklame für Pepito gemacht. Papa selbst kocht besser und mehr als ich. Ich habe nur linke Hände, was das Kochen betrifft.«

»Dafür kannst Du aber backen wie keine zweite. Der Kuchen vorhin, besser als ein Gedicht, ein himmlisches Epos. Guennaro hat vorhin wirklich nicht übertrieben. Darf ich einen persönlichen Wunsch äußern.«

»Immer heraus, wir sind doch hier unter Frauen. Also raus mit der Sprache. Was möchtest Du?«

»Kochen klappt ja bei mir wirklich gut, es ist ja auch nicht so viel zu kochen, nur am Dienstag und am Wochenende und Guennaro lobt mich auch immer. Es scheint ihm auch wirklich zu schmecken. Obwohl er ja an und für sich Kohlrabi nicht mochte, als wir uns kennenlernten, meine verschlingt er geradezu. Es sind also keine falschen Komplimente. Aber backen, nein. Könntest Du mir einige Rezepte mitgeben, weil ich ihn am Samstag Mittag nach Hause kommen sehe, jedes Mal mit einer Tüte voll mit Kuchen aus einer anderen Bäckerei. Er scheint darüber ein wenig verzweifelt zu sein, ohne dass er sich beklagt.«

»Na klar, was fragst Du denn da überhaupt. Ich mache aus meiner Backkunst keine Geheimnisse. Erinner mich morgen früh daran, dann suche ich einige Rezepte raus und schreib sie Dir auf. Nadas problemas. Nur nichts mit Kakao oder Schokolade.«

»Toll. Aber wir haben den Punkt Menge an Arbeit ein wenig verloren.«

»Genau. Wenig Arbeit. Kochen kaum oder wenig, Senta ist auch nicht mehr hier, so dass ich auch von dieser Tätigkeit entbunden bin, wobei diese Hündin mir mehr Freude als Arbeit bereitet hat. Was bleibt denn dann noch? Na gut, Wäsche. Aber ich hänge sie im Garten auf und spätestens eine Stunde später ist alles trocken. Das wars eigentlich an Arbeit. Also den Spüler hätten wir eigentlich nicht gebraucht. Aber ich habe Enrique seinen Willen gelassen. Er wollte mir etwas Liebes zukommen lassen. Möchtest Du etwas Alkoholisches trinken?«, fragte die Mutter nun. »Nein, nein auf keinen Fall.«

»Das finde ich ganz toll. Du weißt ja, dass Enrique und ich keinen Alkohol trinken. Mein Glas Sekt zur Silberhochzeit habe ich auch nicht ausgetrunken. Und deshalb finde ich es einfach ganz toll, dass Du jetzt auch nichts trinkst. Kann ich Dir denn sonst irgendetwas anbieten?«

»Nein, nein, auf keinen Fall. Ich bin völlig gesättigt. Wir haben gut gefrühstückt. Und jetzt noch Dein Kuchen. Nein, danke.«

»Aber man sieht noch gar nichts. Du brauchst nun wirklich nicht auf Dein Gewicht zu achten. Ist wirklich alles in Ordnung?«

»Wirklich, keine Sorgen, bitte. Du weiß doch, dass ich normalerweise hohes Untergewicht habe. Da machen die paar Kilos oder Pfunde doch gar nichts aus. Ich habe immer noch Untergewicht.« Gut, dass Guennaro diese Worte seiner Ehefrau nicht mehr hörte, denn diese hier deutlich werdende Haltung passte ihm überhaupt nicht, war ihm weltanschaulich völlig zuwider.

Die Arbeit in der Küche war schnellstens erledigt und so hatten sich die beiden Frauen mit diesen Worten auf die Terrasse gesetzt. Noch war ein wenig Sonne zu verspüren, auch wenn sich der Tag nun doch langsam der Dämmerung zuneigte. »Wer weiß, ob wir morgen noch Zeit dazu finden. Lass uns deshalb schon einmal bitte über die nächsten Termine sprechen. Wie machen wir es denn dann dieses Jahr Weihnachten? Es ist ja klar, dass ihr die Strecke nicht fahren könnt. Das geht auf keinen Fall. Das möchte ich nicht und wie ich Vater kenne, will der dies sicherlich auch nicht.«

»Geht ja auch nicht. Meine Eltern kommen ja.«

»Ich überlege mal gerade. Wir könnten von Madrid aus nach Malaga fliegen, dann könnte uns Guennaro von dort abholen, oder?«

»Ja, überhaupt kein Problem, oder auch Granada, das noch günstiger liegt. Und außerdem ist Guennaro ja fast täglich in Granada. Das wären also überhaupt keine Umstände.«

»Aber Du sagtest gerade, dass Deine Eltern doch kommen. Ich gehe davon aus, dass sie doch fahren. Könnten sie uns denn eventuell mitnehmen? Wir haben ja fast den gleichen Weg. Denn ich möchte nicht, dass Enrique diese Strecke mit dem Auto fährt. Er schafft das nicht mehr. Ich sehe doch seine täglich wachsende Anstrengung zur Bewältigung des Alltags.«

»Die Idee mit der Fahrgemeinschaft finde ich toll. Ich gehe einmal davon aus, dass auch meine Eltern nicht nur nichts dagegen haben, sondern sich ganz im Gegenteil schon darauf freuen, Euch beiden einen Gefallen tun zu können. Also ich kann mir eigentlich keinen Grund vorstellen, warum dies nicht klappen sollte.«

»Das wäre prima. Wirklich, denn Enrique schafft das nicht mehr. Wenn einer von uns beiden einmal aus welchen Anlässen auch immer nach Madrid muss, so fahren wir mit dem Bus oder mit dem Zug, oder jemand aus dem Dorf fährt an irgendeinem Tag auch dorthin und nimmt uns mit. Wir sind auf Hilfe angewiesen.«

»Mach Dir keine Sorgen, das wird sicherlich klappen«, überzeugte sie ihre Schwiegermutter. »Ich werde am Dienstag mit meinen Eltern sprechen und dann rufe ich Dich wieder an. Und dann bleibt ihr bitte bis nach dem sechsten Januar. Alles andere wäre mit Guennaros arabisch zu qualifizierenden Gastfreundschaft nicht zu vereinbaren. Das lässt er nicht zu und ich würde mich auch riesig darüber freuen. Dann wären wir alle zusammen, die ›Bude‹ wäre endlich mal voll und wir könnten alle auch noch Silvester zusammen feiern. Toll.«

»Ja, aber ihr habt doch gar nicht so viel Platz.«

»Also, da mach Dir mal wirklich keine Sorgen«, fing Jane fast an zu lachen. »Die Besitzer sind schon letzte Woche wieder nach Thailand oder den Philippinen geflogen – ich vertue mich immer mit den beiden Ländern –, weil ihnen der Winter bei uns zu hart ist und sie es sich als Multimillionäre leisten können, mal eben für fünf bis sechs Monate außer Haus zu sein. Sie kommen erst immer so ungefähr zu Ostern zurück. Da haben sie auch einen Familientermin mit einem Enkel oder dergleichen. Ich weiß es nicht so genau.«

»Aber was hat das mit uns und Deinen Eltern zu Besuch zu tun?«

»Dein Sohn hat mal wieder richtig reagiert, sie angesprochen, ob sie es uns erlauben würden, Euch bei ihnen im Haus für diese zwei Wochen unterzubringen.«

»Aber das geht doch nicht. In einem fremden Haus.«

»Und ob das geht. Sie waren über Guennaros Frage und Bitte erfreut. Wir brauchen noch nicht einmal etwas zu bezahlen, wir haben uns im Gegenzug selbstverständlich sofort dazu bereit erklärt und auch verpflichtet, auf das Haus aufzupassen und es selbstverständlich sauber und in Ordnung zu halten. Darüber hinaus müssen wir alle ihre Tiere ernähren und für ihr Wohlergehen sorgen. Die Frau hat mehrere Vögel und viele Katzen, eine hat jetzt wieder geworfen. Da muss ich halt aufpassen. Zeit habe ich ja nun genügend.«

»Sind die wirklich so reich, wie Du sagst?«

»Noch mehr als man sich vorstellen kann. Das Grundstück reicht an der einen Seite heran an das Grundstück des einzigen sieben Sterne-Hotels in Andalusien mit Namen Bobadilla. Die haben unseren Besitzer einmal um den Verkauf von drei Hektar gebeten für einen horrenden Preis. Er hat nur gelacht.« Jane fuhr fort: »Am nächsten Tag, irgendwann am späten Vormittag, Guennaro war schon eine Ewigkeit fort, kam er bei uns vorbei und übergab mir einen Zettel mit den Adressen und Telefonnummern der verschiedensten Handwerker und für alle Notfälle auch die seiner Kinder. Er betonte dann nur noch, dass seine Frau alle Kinder und auch Handwerker informiert hätte, diese auch in jedem Fall kommen würden, wenn ein Notfall eingetreten sein sollte. Die Kinder wohnen alle in der Nähe von Malaga, also nicht die große Entfernung. Er äußerte dann nur noch die Bitte, dass sie beide dann nach ihrer Rückkehr gerne einen Fotoabend mit uns veranstalten würden und auch gerne die Bilder von unserem Weihnachtsfest sehen möchten. Mehr nicht. Habe ich selbstverständlich sofort zugestimmt. Wie sieht es denn mit Papas 70. Geburtstag aus? Ihr macht doch sicherlich eine große Feier?«

»Ja, weiß Du. Er will eigentlich überhaupt nicht. ›Schade um das viele Geld‹, ist sein ständiger Slogan. Oder: ›Ich bin meinem Geld doch nicht böse.‹ Am liebsten wäre es ihm im kleinsten Familienkreis. Ihr beiden ja, Deine Eltern na klar. Und dann noch Carlos Enrique und Familie, mehr aber auch nicht. Einige ›Alte‹ der Falange haben schon angefragt, ich habe aber immer abgewimmelt. Ich glaube nicht, dass ich es weder Guennaro noch mir zumuten kann und auch nicht will. Viel lieber wäre es Papa, wir alle vergessen seinen und feiern dann meinen siebzigsten im übernächsten Sommer ganz groß. Am liebsten wäre es ihm dann, wenn die königliche Familie mir mal eben ihre Aufwartung machen würde. Und wenn wir jetzt mal an Weihnachten denken und Deinen Plan, dann läge noch nicht einmal eine Woche zwischen der Abfahrt von Euch und seinem Geburtstag. Das ist doch reichlich knapp.«

»Da hast Du allerdings Recht. Daran habe ich bisher noch gar nicht gedacht. Dann bleibt ihr halt noch länger. Dann feiern wir Papas Geburtstag bei uns. Na klar, das ist die Lösung. Genauso machen wir es. Da wird sich Guennaro aber riesig freuen, denn er hängt an seinem Vater. Sie sind sich politisch spinnefeind, weltanschaulich und beruflich trennen sie Welten, und dennoch. Er liebt seine Eltern, als seine Frau könnte ich wirklich neidisch oder eifersüchtig werden.«

»Na, na, jetzt übertreibst Du aber gewaltig.«

»Nein, nein. Die beiden hängen aneinander, was jetzt nicht fehlinterpretiert werden darf, Dich liebt er wie ›seine Göttin‹. Das sind seine eigenen Worte, so wahr ich schwanger bin. Beim Leben des noch Ungeborenen!«

»Was meint er denn damit ›Wie seine Göttin‹?«, stellte die Mutter nun fragend in den Raum.

»Ich weiß es auch nicht, aber ich spüre, dass er mit mir nicht glücklich ist. Er ist auf der Suche und ich weiß nicht, wonach.«

»Eine andere Frau?«

»Nein, nein, das ist es nicht.«

»Erst sobald man alt geworden ist, merkt man, wo man überall Fehler beim Bau des Hauses gemacht hat«, bemerkte der Vater und hakte sich, obwohl das ansonsten überhaupt nicht seine Art war, bei seinem Sohn unter und so gingen die beiden die acht doch recht hohen und auch noch schmalen Stufen von der Veranda auf die Terrasse hinunter, weiter in den Garten, streichelten die Hunde ein wenig, schlossen das Gartentor auf und gingen dann aus dem Garten heraus. Die Hunde liefen natürlich mit in die freie Natur.

»Ich komme gleich darauf zurück, Papa. Aber mich begeistert immer Euer Garten. Ich weiß, dass Du ihn nicht mehr pflegen kannst, dafür Mama umso mehr. Das Land, in dem die Melonen blühen und dann der Hühnerstall und der Kräutergarten. Nun zurück zu Deinen Fehlern. Das ist ja mal etwas ganz Neues. Du hast Fehler bei diesem Hausbau gemacht?«, fragte Guennaro erstaunt zurück.

»Oh, ja, mehr als man denkt, glaube mir. Auch Du musst mir versprechen, dass Mama sich nach meinem Tod eine neue Heizung einbauen lässt. Die alte, überleg doch mal, sie ist jetzt siebenundzwanzig Jahre alt, das ist nichts mehr für sie. Du musst darauf bestehen, Carlos-Enrique hat mir auch schon sein Ehrenwort gegeben.«

»Dann will ich mich beileibe nicht verweigern, ganz im Gegenteil. Aber warum machst Du das nicht jetzt noch selbst. Wenn Du Hilfe brauchst, bin ich der letzte, der sich verweigern würde..«

»Aber Du hast doch überhaupt keine Zeit, erzähl doch keine Märchen.«

»Als Argument akzeptiert Papa, aber erstens dürfte es für Euch kein finanzielles Problem sein oder?«

»Nein, nein, auf keinen Fall«, fügte der Vater ganz schnell ein.

»Dann könnt ihr Euch das doch leisten. Lasst eine Firma kommen. Außerdem ist Carlos-Enrique auch noch da. Und der ist vom technischen Bewusstsein und Wissen her immer auf dem neusten Stand. Der kennt doch die neue Heizung schon, bevor sie herausgekommen ist.« Beide lachten herzerfrischend. »Also ich sehe da keine großen Probleme für Euch.«

»Vielleicht hast Du ja Recht. Ich werde mal in den nächsten Tagen mit ihm sprechen. Also das mit dem Zweitauto finde ich eine gute Idee«, wechselte der Vater nun das Thema. »Ich finde nur, dass ihr Euch ein neues anschaffen solltet, kein gebrauchtes. Da hat man dann nachher immer Ärger mit den Reparaturen und angesichts des Zuwachses ist ein Kombi doch wohl die beste Lösung.«

»Selbstverständlich hast Du Recht Papa, aber der Neue muss auch bezahlt werden und woher nehmen und nicht stehlen?«

»Papalapapp! Das kriegen wir schon hin, ich spreche heute Nacht mit Mama darüber. Du wirst sehen, das klappt schon. Da finden wir schon eine Lösung. Mach Dir mal deswegen keine Sorgen. Dieses Thema ist also abgehakt«, schloss der Vater seinen Gedankengang ab.

»Na gut, wir werden sehen. Mit meiner Arbeit ist alles in Butter. Da läuft alles bestens. Mit den Hausbesitzern haben wir das beste Verhältnis der Welt. So hat er sich bei mir ganz herzlich bedankt, als ich ihm die Materialien, Prospekte etc. zur Poolheizung aus Deutschland besorgt habe. Die sind komischerweise weltführend neben den USA und nicht die Spanier. Wo stehen die meisten Pools? In Spanien. Wo gibts die meiste Sonne? In Spanien. Wo gibts die besten Solarpoolheizungen? Überall, nur nicht in Spanien. Ich will jetzt wirklich nicht anfangen zu politisieren, aber genau dies ist auch eine Folge des Franquismus. Man lernt nicht über die eigenen Grenzen hinweg zu denken. Dies gilt für alle Lebensbereiche, nicht nur für die Technik.«

»Gut, gut. Lassen wir dieses Thema wirklich. Ich habe auch seit zehn Jahren eine differenziertere Meinung zum Thema und Du weißt auch, woher dieser Sinneswandel kommt. Darüber brauchen wir wirklich nicht zu reden. Also lassen wir das. Da gebe ich Dir völlig Recht. Heute Abend nach der Wahl werden wir schlauer sein, zumindest politisch. Mama hat mir übrigens verheimlicht, dass einige ›Alte‹ von der Falange angerufen und sich erkundigt haben, ob mein 70. Geburtstag groß gefeiert wird und sie wollten gerne kommen. Natürlich habe ich es mitbekommen. Aber sie will mir etwas Gutes tun, deshalb lasse ich sie auch gewähren. Ist mir sogar lieber so, dass sie den alten Säcken absagt. Diese alten Geschichten. Auch wenn ich dann im nächsten Jahr oder im übernächsten nicht mehr sein sollte. Aber ich will diese alten Männer nicht um mich haben, sondern junge Menschen. Gerade ich und Mama natürlich auch. Deshalb freue ich mich auch so sehr für Euch. Einfach toll. Junges Blut. So sehr freue ich mich. Ich kanns gar nicht fassen. Wenn mir das einer heute Morgen gesagt haben würde, hätte ich seinen Blutdruck messen lassen und den Notarzt gerufen.«

Gegen 21 Uhr gingen dann alle vier ins Dorf, ins örtliche Restaurant, einfach, aber sauber. Ein Fußweg von nur wenigen Minuten. Hier legte man einerseits Wert auf Tradition, lag jedoch andererseits nur fünfzig Kilometer von der Weltmetropole Madrid entfernt und konnte sich so nicht vollständig internationalen Trends und Entwicklungen verschließen. Man wollte es aber auch nicht. Natürlich hatte Mama Pepito Bescheid gegeben, dass Guennaro mit seiner Frau über Sonntag kommt und dass sie dann ganz gerne am Abend hier essen möchten. Er möchte sich bitte Gedanken machen und Mühe geben. Die Eltern betraten als erste die Lokalität und sofort kam Mercedes, Pepitos Frau, auf sie zugelaufen, begrüßte den Vater mit einem Knicks und die Mutter ganz erfreut per Handschlag und begleitete die vier dann an einen für sie schon festlich gedeckten Tisch, an dem sie dann auch Platz nahmen. Sie verschwand in die Küche, um Pepito Bescheid zu geben, der dann auch sofort an den Tisch kam. Ein wenig stolz, dass er es in diesem Dorf zumindest zum Restaurantbesitzer gebracht hatte, ein wenig theatralisch, provinziell aber auch freudig.

»Na, was offeriert ihr uns denn heute lieber Pepito?«, fragte der Vater.

»Wenn schon der verloren gegangene Sohn nach Hause zurückkehrt, habe ich gedacht, gibt es etwas Einheimisches, etwas typisch Madrilenisches, einen Kichererbseneintopf, einen cocido Madrileno«, erklärte sich Pepito.

»Einverstanden«, sagte der Vater und schaute dabei fragend in die Runde. Alle erklärten sich per Kopfnicken einverstanden. Nadas problemas. Keine Diskussion.

»Wäre vorher, nein besser gleichzeitig zum Hauptessen eine Bruschetta möglich?«, fragte Guennaro.

»Naturalmente«, war die knappe, aber freundliche und auch erfreute Reaktion Pepitos. »Was hätten die Herrschaften gerne zu trinken?«

»Bitte keinen Alkohol, keine Aperitifs lieber Pepito, zwei Krüge mit den zwei verschiedenen Sorten Wasser«, schaltete sich nun die Mutter sehr schnell ein.

»Darf ich auch eine Kleinigkeit zum Dessert empfehlen?«, fragte Pepito in die Runde.

»Warten wir zunächst einmal ab, lieber Pepito, vielleicht oder höchstwahrscheinlich sind wir schon proper satt oder das Wahlergebnis verhagelt uns jeden weiteren Appetit. Wer weiß das schon vorher.«

»Das ist ein wahres Wort«, schloss Pepito dieses Gespräch und wiederholte nun noch einmal die Gesamtbestellung, ging zurück zur Theke und brachte schnellstens die gewünschten Getränke.

»Aber was gibt es sonst noch Neues?«, fragte Mama die beiden Kinder.

»Wirklich nicht viel Mama, wenn man vom Familienzuwachs absieht. Viel Arbeit für Euren Sohn, das hatte ich ja schon angedeutet, deshalb auch wenig Zeit für einander. Und ich glaube, das ist leider unser Hauptproblem. Guennaro ist abends wirklich kaputt.«

»Ja, ja das hat man ja auch heute Nachmittag gesehen, als ihr ankamt«, ergänzte der Vater.

Mama nickte mit dem Kopf: »Völlig klar. Und Du bist dann den gesamten Tag zu Haus, allein, hast, wenn ich das richtig verstanden habe, auch relativ wenig Arbeit und verlierst Dich in Einsamkeit. Ist das so richtig?«

»Kann man so sagen. Es gibt schon etwas zu tun. Der Haushalt macht sich nicht von allein, aber er ist doch deutlich reduziert. Dann kümmere ich mich noch um die Hunde und bin zumindest einmal, meistens jedoch zweimal am Tag mit ihnen allen draußen jeweils eine halbe bis ganze Stunde spazieren, je nachdem. Das tut mir, genauer gesagt uns beiden« – und dabei strich sich Jane langsam über ihren nicht vorhandenen Bauchansatz – »natürlich sehr gut. Aber das Problem ist die Abgeschiedenheit. Ich komme ja tagsüber nirgendwo hin. Ich könnte noch nicht einmal Tomaten einkaufen. Das kann ich erst, sobald Guennaro zurück ist. Geschweige, dass ich zum Krankenhaus fahren könnte. Und das verunsichert mich.«

Papa erhob die Hand: »Darüber reden wir morgen nach einer guten Mütze Schlaf. Und jetzt wird erst einmal das Mahl genossen.«

»Wo er Recht hat, hat er Recht«, lautete nun der Kommentar Margaritas.

Wie selbstverständlich in Spanien lief den ganzen Abend der Fernseher mit Fußballspielen, auch ein Grund dafür, dass die vier nach dem reichhaltigen und auch lange dauernden Mahl das Lokal in Richtung Hause verließen, obwohl die beiden Männer durchaus Interesse am Fußball hatten. Es war schon nach 23.00 Uhr, als man die ersten Hochrechnungen der Nationalwahl im Fernsehen zeigte. Die Sozialisten, Janes Partei, konnten massiv dazu gewinnen, insgesamt mit fast fünfzig Prozent der Stimmen ein Kantersieg, die von Guennaros Eltern gewählte bürgerliche Partei, musste massive Verluste einstecken und Guennaros Kommunisten verloren zwar nicht viel, spielten aber mit 9,3 % absolut nur eine winzige Nebenrolle, waren eine nicht zu beachtende Größe, sicherlich auch eine Langzeitkonsequenz der franquistischen Hetzkampagne gegen die Verlierer des Bürgerkrieges im Allgemeinen und gegen die »los rojos« als die Todfeinde der spanischen Nation insbesondere.

Das Frühstück am anderen Morgen war genauso wie bei Seras zu Hause recht unspanisch, recht unandalusisch, das heißt reichhaltig und differenziert: Müsli, Croissants, Baguettes, Marmelade, aber auch Wurst und Käse, frisch gepresster Orangensaft, Kaffee.

»Guten Morgen liebe Eltern.« Jane kam gut gelaunt die Treppe herunter.

»Gut geschlafen?«

»Oh, ja, bestens, danke der Nachfrage. Und dann dieser herrlich gedeckte Frühstückstisch.« Jane setzte sich, Margarita schenkte ihr Kaffee ein.

»Was ist mit Guennaro? Schläft er noch?«

»Genau.«

»Na, macht nichts, wir fangen schon einmal an, wir haben nämlich auch noch etwas mit Dir vorweg zu besprechen.«

»Aha.«

»Ja, Mama und ich haben heute Nacht eine unseres Erachtens sehr gute, zumindest aber brauchbare Lösung gefunden. Carlos-Enrique und seine Familie haben ja nun zwei Autos, die brauchen sie ja auch, da ja auch beide arbeiten und dann zwei Kinder, und das jüngste ist gerade erst einmal ein paar Wochen alt. Aber wir beide benötigen keines mehr. Ich kann nicht mehr fahren, ich schaffe das körperlich nicht mehr. Wenn wir nach Madrid müssen, fahren wir mit dem Bus oder wir lassen uns fahren. Mama kann ja nicht fahren. Der Wagen steht nur in der Garage und kostet Versicherung und Steuern, mehr nicht. Mama und ich schenken Euch den Wagen. Am besten wird es sein, ihr nehmt den heute Nachmittag schon mit. Sämtliche Papiere habe ich schon herausgesucht. Dann gibt es halt zu Weihnachten nichts Weiteres.« Mit diesen letzten Worten schaute er gleichzeitig seine liebe Gattin und Jane an und beide drückten mehr als Zustimmung aus.

»Das wäre wirklich toll«, war die mehr als erfreute Reaktion Janes. »Ihr wisst ja gar nicht, wie sehr mir die Einsamkeit dort manchmal aufs Gemüt drückt. Mit Ausnahme unseres Autos und des Wagens der Besitzer vielleicht einmal am Tag hörst Du den ganzen Tag nichts. Manchmal Hundegebell. Und dann jetzt in dieser Situation. Einfach toll von Euch beiden. Ganz, ganz herzlichen Dank. Ihr nehmt mir, aber auch Guennaro, eine tonnenschwere Last von den Schultern.«

»Dann ist ja alles okay, mehr wollten wir ja auch nicht.«

»Ich habe Dir übrigens einige Rezepte herausgesucht und auf die Kommode gelegt, vergiss sie bitte nicht. Außerdem habe ich schon den Kuchen von gestern eingepackt.«

»Ich komme aus dem Danksagen gar nicht mehr raus.«

»Vergiss es. Was haben wir denn schon gemacht. Vergiss es. Dass Du gerade jetzt automäßig versorgt bist, lässt uns beide dreißig Mal besser schlafen.«

Nach Abschluss dieses Gespräches war auch Guennaro heruntergekommen, wünschte allen einen wunderschönen Guten Morgen, setzte sich an den Tisch und begann zuzulangen.

»Endlich mal ausgeschlafen und richtig erholt. Dann gehen wir gleich zu Carlos-Enrique und Edmondo. Die Hunde lassen wir hier. Ist das für Euch okay?«

»Natürlich!«

Guennaro aß mit großem Appetit, sehr langsam und auch mit Bedacht und auch sehr viel.

»Könntest Du heute Nachmittag fahren«, fragte Jane.

»Ja, grundsätzlich kein Problem, bist Du nicht okay«, stellte er ein wenig besorgt die Gegenfrage.

»Nein, alles in Ordnung, ich muss nachher auf der Rückfahrt meinen eigenen Wagen fahren.«

Völlig verdutzt setzte Guennaro die Kaffeetasse ab, schluckte schwer und schaute in die erfreuten Augen von allen dreien. Dann klärte ihn seine Mutter auf, Guennaro fiel aus allen Wolken und seinen Eltern vor lauter Freude und Dankbarkeit um den Hals.

»Ihr seid heute Nachmittag aber noch hier. Kaffee und Kuchen gibt es also noch hier«, sagte die Mutter. »Dann macht mal, dass ihr langsam loskommt. Ich habe Euch für elf Uhr bei Edmondo angemeldet.«

So gingen dann Guennaro und Jane mehr schlendernd als drauflos zunächst zu Edmondo, der sich natürlich über diese positive Nachricht riesig freute. Er war ein einfacher Mann, recht unpolitisch, zwar konservativ geworden im Laufe der Zeit, aber sie hatten die Kindheit zusammen verbracht, hatten zusammen Schwimmen gelernt und die Musik der Sixties hatten beide miteinander geteilt. Er war kein Francoanhänger, sondern durchaus Demokrat und auch Republikaner, aber halt konservativ und die Treue in Person. Guennaro und er kannten sich nun seit 1958 und nun lud er Guennaro zur fünfundzwanzig Jahrfeier im nächsten April ein.

»Na, ja warte mal ab, bis dahin fließt noch viel Wasser ins Meer.« Es schloss sich ein langer, ausgiebiger, gemeinsamer Spaziergang durch das Dorf und danach auch durch die hinter dem Dorf gelegene herrliche Landschaft an. »Wir hätten die Hunde durchaus mitnehmen sollen.«

»Ja, genau, warum habt ihr sie nicht mitgebracht?«

Schwelgen in alten Reminiszenzen war angesagt. Anschließend ging es noch zu seinem Bruder Carlos-Enrique, der jedoch erst später von seiner Arbeit nach Hause kam und sich gemeinsam mit seiner Gattin Hilla über die Nachricht freute. Selbstverständlich wurde auf ein Mittagessen angesichts des üppigen Frühstücks verzichtet.

Nachmittags gab es dann noch ein paar frisch gebackene Waffeln zum Kaffee, den Rest der Waffeln packte Margarita zum Rest des Kuchens von gestern. Dazu packte sie auch noch die Backrezepte und zeigte dies alles ostentativ ihrer Schwiegertochter: »Denk dran.«

»Lieb von Dir, mach ich.« Danach fuhren sie dann beide mit den zwei Wagen nach Hause, wo es dann doch abends recht spät wurde bis sie zu Hause ankamen. Guennaro wollte eigentlich noch einen Wein mit ihr trinken, doch wollte Jane verständlicherweise völlig übermüdet ins Bett.

»Eine Frage habe ich jedoch noch. Man kann sagen, dass die Demokratie heute in Spanien begonnen hat. Sicherlich steht jetzt ein Regierungswechsel an. Warum kannst Du die PSOE nicht wählen?«

»Mit Deinen Einschätzungen kannst Du durchaus Recht haben. Auf Deine Frage hin, warum diese Partei für mich nicht akzeptabel ist, kann ich nur Folgendes antworten: Weil sie sich seit einigen Jahren unter Felipe immer weiter vom Marxismus entfernt, sich faktisch zu einer bürgerlichen Partei mit sozialem Alibischal entwickelt hat. Selbst in Eurer Parteizeitung habt ihr direkte verbale Attacken auf den Franquismus nicht zugelassen. Und ihr werdet es alle sehen, sie allein wird für den Beitritt zur Nato verantwortlich sein.«

Jane verabschiedete sich mehr oder weniger wortlos, was reichlich ungewöhnlich für sie war.

Der Richtige Pfad

In der Hitze des 14. Juli 1995, in Erinnerung an die Französische Revolution aber auch in Gedenken an den Geburtstag seiner Mutter, – sie wurde an diesem Tag einundachtzig Jahre – hatte Guennaro in Philosophie summa cum laude promoviert und war dann einige Stunden später zu seiner Mutter gefahren und noch gerade vor Mitternacht bei ihr eingetroffen. Selbstverständlich sprengte die Freude der Mutter die menschliche Vorstellungskraft: »Das ich das noch erleben darf. Mein Sohn der Herr Philosophieprofessor.«

»Noch nicht ganz liebste Mama, die Bestellung zum ordentlichen Professor wird erst so gegen Ende August stattfinden, vielleicht noch etwas später wegen der Ferien.«

So konnte sie sich freuen: »Jetzt bist Du wohl mächtig stolz auf Dich selbst?«

»Nicht zu leugnen, Mama, aber auch erleichtert, endlich die Anerkennung gefunden zu haben und vor allem meinen Traumberuf. Neben Stolz ist es vor allem Erleichterung.«

»Ich bin, wie Du ja weißt, die letzte, die nun Essig in den Wein schüttet. Ich will auch gar nicht alte Geschichten wieder aufwärmen. Der liebe Gott ist mein Zeuge. Nichts läge mir ferner. Aber die Antwort auf eine Frage hätte ich doch zu gerne!«

»Und wie lautet sie?«

»Warum hast Du Dich damals nicht an meinen Rat gehalten? Ich wollte doch nur das Beste für Dich. Warum hast Du diese Deine Karriere nicht vor der Ehe eingeschlagen. Du siehst doch Deinen Erfolg. Es wäre Dir und auch mir, aber davon will ich gar nicht reden, eine Menge Leid und Sorgen erspart geblieben.«

»Sicherlich hast Du völlig Recht, was Deinen Rat betrifft. Ich hätte auf ihn hören sollen, ja müssen. Er war von Vernunft geprägt. Aber ich wollte damals keinen Doktortitel oder gar eine Professur, sondern Kinder.«

»Sicherlich hatte ich Recht, Du warst nicht reif für eine Frau.«

»Ja gut Mama, aber sie war auch nicht die Richtige. Und noch eine Frage, die etwas länger greift: Was wäre eigentlich gewesen, hätte ich 1971 auf Euren Rat bezüglich meiner Studienwahl gehört?«

»Nun gut, nicht immer sind die Ratschläge der Eltern die richtigen. Einmal nein, einmal ja. Aber bevor ich es vergesse, Carlos-Enrique hat schon gratuliert und sprach von Grandissimo. Sollen wir denn morgen Abend zu Pepito feiern gehen?«

»Lieber nicht, die Portionen sind immer so riesig. Außerdem weniger ist mehr, ein guter Salat, Milch und Obst tun es auch. Ich koche selbst.«

Guennaro hatte also in den sieben Jahren nach der Trennung und in den fünf Jahren nach der Scheidung durchaus Karriere gemacht, obwohl es am Anfang nach der Trennung beim besten Willen nicht danach aussah, ganz im Gegenteil. Die Trennung der beiden 1988 und ihre offizielle Scheidung zwei Jahre später war einerseits absolut notwendig, hatten sie doch eigentlich nie zueinander gepasst. Während der gesamten Ehezeit litt Jane unter den traumatischen beruflichen Erlebnissen von 1980 und 1981 und lies ihren Ehemann dies spüren, indem sie ihn ständig drangsalierte und Befehle erteilte. Es hagelte Kritik in allen Aspekten, sei es Kleidung, Essen, eigentlich an allem und Jedem hatte sie etwas auszusetzen. Schrecklich. Schien die Sonne, war er schuld, schien sie nicht, war er noch schuldiger. Sie haute auf ihn drauf wie auf Roheisen, um ja nicht kleiner zu sein als er. Darüber hinaus kam ihr Spießerbewusstsein im Laufe der Zeit voll zum Vorschein: 1967/8, die Hippie- und Flower-Power-Zeit, die Guennaro geprägt hatte wie nichts anderes, muss an ihr wohl vorübergegangen sein, ohne eine Spur zu hinterlassen. Ihr 1982 leider verstorbene Opa, mit dem sich Guennaro übrigens politisch bestens verstand, war überzeugter Sozialist des alten Schlages und hatte während des Bürgerkrieges auch massivsten Ärger mit Franco bekommen, um es äußerst vorsichtig zu formulieren. Ihre Mutter, Engländerin, Vater exilierter Spanier, hatten sich einige Jahre nach dem D-Day, der Befreiung von Paris und von ganz Frankreich kennengelernt, dort geheiratet und bis 1977 auch dort in der Nähe von La Roche sur Yon gelebt.

Und nur weil ihre Eltern, sie selbst und auch noch ihre Zwillingsschwester in der PSOE waren, in der Partei des Großvaters, glaubten sie alle die wahrhaften Revolutionäre zu sein. Die Entscheidung für den PSOE geht in weit mehr als achtzig Prozent der Parteimitglieder auf die Verbundenheit in der Familie zurück, wird sozusagen vererbt. Auf Außenwirkung bedachte bourgeois-konservative Spießer waren es, die sich um ihren Zander zu Weihnachten, den Karpfen zu Silvester und das saubere Auto zum Sonntag mehr kümmerten als um die politische Entwicklung in Spanien, in der Provinz oder in der Welt. Doch war die Trennung von seiner Tochter für Guennaro äußerst bitter. Besonders hart traf ihn die vollkommene Trennung von ihr Weihnachten 1992. Eine gewisse Orientierungslosigkeit hatte sich bei ihm stark ausgebreitet. Darüber hinaus gab es logischerweise auch finanzielle Engpässe. Seine Mutter machte sich damals große Sorgen mehr um ihren Sohn als um ihre eigene Gesundheit, was Guennaro noch weiter hinunter drückte. Gut, dass sein Vater dies nun nicht mehr miterleben musste, er war – man ist versucht zu sagen, Gott sei Dank – im November 1983 mit siebzig Jahren am erneuten Herzinfarkt verstorben. Diese Phase der Orientierungslosigkeit dauerte so zwei bis drei Jahre.

Zum Sommersemester 1991 hatte er dann mit der Promotion über das Frühwerk des deutsch-amerikanischen Philosophen Herbert Marcuse an der Universität zu Granada begonnen und 1995 summa cum laude abgeschlossen. Mit Beginn des Wintersemesters 1995 begann dann seine Arbeit an der Universität. Ab Frühjahr 1993 ging es Guennaro dann finanziell besser, wenn es auch noch etwas dauerte bis er alle Schulden bei der Bank zurückbezahlt hatte. Ab Ende des Jahres 1995 konnte er dann angesichts des Professorengehaltes doch erheblich sparen.

Am frühen Nachmittag des nächsten Tages, also zur andalusischen Unzeit, kam auch Carlos-Enrique vorbei, gratulierte und meinte nur grandios: »Über Deine weiteren Absichten brauche ich Dich ja jetzt nicht zu befragen?«

»Nein, ich habe meinen Traumberuf endlich erreicht, fange in gut zwei Monaten an und bis dahin werde ich zunächst einige Wochen Urlaub machen.«

»Hast Du auch mehr als verdient«, verstärkte sein Bruder ihn.

»Mach das«, bekräftigte auch die Mutter. »Aber vergiss darüber Deine Fitness nicht, denk an Dein Schwimmen«, ergänzte sie noch. So machte Guennaro in den nächsten drei Wochen Urlaub, fuhr in Andalusien herum, besuchte auch einmal Gegenden, die er bisher noch nicht oder nur oberflächlich kennengelernt hatte, wie zum Beispiel einzelne, spezielle Gebiete an der Costa de la Luz, war jedoch zu seinem Geburtstag am 7. August wieder zurück zu Hause in Salinas. Jetzt galt es, sein erstes Semester inhaltlich vorzubereiten, was zunächst bedeutete, seine Antrittsvorlesung zu erstellen und sich dann der inhaltlichen Gestaltung der einzelnen Veranstaltungen zum Wintersemester 1995/6 zu widmen:

Seminar über das Thema »Was ist ›Kritische Theorie‹«?
Teil I Mo 9-11; Beginn eines dreisemestrigen Kurses über die Kritische Theorie
Seminar über Thomas Morus' Utopia Mo 17-19
Seminar über Staatstheorie und Utopie (Platon, Morris und Bloch) Mi 9-11
Wöchentliche Sprechstunde Mi 11-12

Neben der inhaltlichen Arbeit am nächsten Semester stand Schwimmen an, Kochen, Leben und Genießen. So verflogen die Wochen bis zum Abend seiner Antrittsvorlesung zum Wintersemester 1995:

»Hohe Versammlung! Sehr geehrte Damen und Herren! Verehrte Kolleginnen und Kollegen! Liebe Kommilitoninnen und Kommilitonen!

Was heißt denn nun Politische Philosophie oder was haben meine Studenten und Studentinnen demnächst bei und von mir zu erwarten? Wenn man sich über die politische Wirklichkeit der Zeit, in der man lebt, langsam erwachsen wird, sich das eigene Bewusstsein langsam herausbildet, nicht täuschen will, muss man zur Kenntnis nehmen, was in ihr vorgeht. Man kann es Bewusstseinsbildung nennen, auch Aufklärung. Darin sehe ich meine zukünftige Aufgabe, und ich möchte heute damit beginnen:

Zu den historischen Voraussetzungen des Regimewandels nach dem Tode des Diktators vor knapp zwanzig Jahren gehörten der rasante ökonomische und gesellschaftliche Wandel Spaniens während der sechziger und siebziger Jahre, der die Diktatur in zunehmenden Masse delegitimiert hatte. Dazu kam noch die seit eben diesem Zeitpunkt erfolgte Pluralisierung der Regime-Eliten. Auch die konservativen Kräfte z. B. in der katholischen Kirche oder im Finanzsektor zeigten letztlich Einsicht in die Unvermeidbarkeit von Reformen. Destabilisierungsmomente für diesen Prozess des Überganges stellten zum einen der Terror der baskischen Separatistenbewegung ETA und zum anderen die kaum verhüllten Drohungen aus Kreisen des Militärs dar, die in dem gescheiterten Putschversuch vom Februar 1981 kulminierten. Der Fehlschlag dieses Versuches festigte letztlich die junge Demokratie, indem er mehr oder weniger allen Spaniern die Aussichtslosigkeit des Unterfangens mehr als deutlich vor Augen führte und als Reaktion seitens der im Jahr danach gewählten sozialistischen Regierung unter Felipe Gonzales Umstrukturierungen und personelle Erneuerung im Staatsapparat und im Militär beschleunigte. Die politische Form dieses Staates kann man als parlamentarische Monarchie bezeichnen. Damit gilt der Primat des Parlaments, dessen Legitimität sich aus der Volkssouveränität ableitet. Wie in den übrigen parlamentarischen Monarchien Europas auch verfügt der spanische Monarch ausschließlich über repräsentative und notarielle Funktionen, im politischen Sinne verantwortlich ist allein die Regierung. So konnten auch alle linken Kräfte einschließlich der Kommunistischen Partei davon überzeugt werden, im Interesse demokratischer Stabilität ihren traditionellen Republikanismus aufzugeben. Endlich nach fast vierzig Jahren Diktatur trat am 29.12.1978 die neue Verfassung in Kraft. Das berüchtigste Spanien ist also auf dem Rückzug, aber es ist noch nicht ganz dort, wo es hingehört: Auf den Müllhaufen der Geschichte. Zur Darlegung unserer Jetztzeit mag dies genügen, doch wie war es davor?

Es ist ein Begriff, so denkt man, aus finsteren Zeiten. Wir assoziieren mit ihm Mittelalter, feuchte, finstere Keller, Gewölbe, Verliese. Aber andererseits können Kinder der Grundschule dieses mittelalterliche Phänomen durchaus sachlich richtig und darüber hinaus auch anschaulich erklären. Obwohl wir dieses Wort durchaus auch noch hier und da im Alltag verwenden, unser kollektives Bewusstsein also durchaus geprägt ist von der Erinnerung an dieses Phänomen, reden wir von ihm wie von einem Phänomen weit vor unserer Zeit, von etwas Überwundenem, etwas Archaischem. Andererseits lesen wir sehr häufig davon in der Zeitung, hören und sehen davon in anderen Medien und stellen fest, dass es dieses Phänomen leider auch heute noch irgendwo auf der Welt im Alltag gibt. Ich lese Ihnen nun zu Beginn einen Ausschnitt aus einem Tagebuch vor aus dem Jahr 1978 in Argentinien, also zur Zeit der Fußballweltmeisterschaft, es könnte auch aus dem Jahre 1972 in Spanien stammen:

›Als ich den Schlüssel ins Schlüsselloch meiner Wohnungstür steckte, begriff ich in Sekundenschnelle, was hier vor sich ging, denn man zog von innen heftig an der Tür und brachte mich so zum Stolpern. Ich wich zurück und wollte fliehen, doch ein Schuss ins linke Bein beendete diesen Versuch ... Man schleifte mich an den Füßen über die Türschwelle meines Hauses in ein Auto und fuhr davon. Zu viert holte man mich aus dem Wagen, trug mich eine kurze Strecke, warf mich auf einen Tisch und fesselte mich an Hand- und Fußgelenken an alle vier Ecken des Tisches. Die erste Stimme, die ich anschließend hörte, gehörte jemandem, der sich als Arzt ausgab. Die zweite Stimme gehörte dem »Oberst«, der noch hinzufügte, dass ich ab jetzt gefoltert würde, weil ich als Kommunist bekannt und damit Gegner der Regierung sei.

Ich hätte wohl nicht verstanden, dass es in unserem Land keinen politischen Freiraum gäbe, um sich der Politik der Regierung zu widersetzen. Tagelang wurde ich mit Stromstößen an Zahnfleisch, Brustwarzen, Genitalien und Bauch gefoltert. Ohne es beabsichtigt zu haben und ich weiß bis heute nicht, wodurch es mir gelang, die Folterknechte in Wut zu versetzen. Man begann nun damit, mich tagelang und rhythmisch mit Holzstäben zu prügeln, auf Rücken, Gesäß, Waden und Fußsohlen. Dazu kamen auch elektrische Schläge. Zwischen den Folterungen hängten sie mich mit den Armen an Haken auf, die in der Wand des Kerkers fest eingelassen waren. Anschließend gab es mal Streckungen. Ich hatte das Gefühl, mein Körper würde in Stücke gerissen. Er bäumte sich auf und erzitterte und einige Wochen später verlor ich das Bewusstsein.‹

Man kann selbstverständlich argumentieren, das war Argentinien, dort wird heute nicht mehr gefoltert, die Militärs sind nicht mehr an der Macht. Aber wurden die Verbrecher bestraft? Selbstverständlich kommt dann immer die Frage: »Wie können Menschen so etwas tun?« Diese Frage ehrt den Fragesteller, ist aber ebenso dumm, denn es ist eher die Regel, dass Menschen so etwas tun können und nicht die Ausnahme. Zu allen Zeiten, in allen Gesellschaften. Es gab in der Geschichte kaum jemals ein Regime, das seine Herrschaft nicht durch Folter sichern wollte. Und diese Regime hatten beileibe keine Personalsorgen, Nachwuchsprobleme. Nehmen Sie diese Tatsache bitte zur Kenntnis.

Im zweiten Schritt trennen Sie sich von der Vorstellung des Folterers als einem Sadisten. Es mag solche Sadisten geben, die sich an den Leiden ihrer Opfer weiden, manche dabei sogar sexuelle Lust empfinden. Aber solche Typen braucht es nicht zur Etablierung eines Folterregimes. Wäre man auf ihn angewiesen, käme fast jedes Regime in Schwierigkeiten, doch braucht es ganz normale Menschen, solche wie Sie und mich.

Im dritten Schritt trennen Sie sich bitte von der Vorstellung, Folter bräche aus den dunklen Bereichen vor aller Zivilisation plötzlich und unerwartet über uns herein. Folter ist immer Teil der Zivilisation, kein notwendiger, so hoffen wir alle, aber ein potentieller. Ob er in einem prinzipiellen Widerspruch zur Gesellschaft steht, wäre noch zu überprüfen und zwar von meinen Studenten und Studentinnen und von mir in einem der nächsten Semester.

Doch bleiben wir beim Heute und beim Heute der Folter, bei ihrem Wesen. Die klassische Definition lautet, sie sei ein Mittel, um Geständnisse zu erpressen. Ich brauche nur den Namen Galilei zu erwähnen. Doch reicht diese Definition heute bei weitem nicht mehr aus, umschreibt sie doch nur einen möglichen Anwendungsfall des Phänomens.

Überall in der Geschichte wurde gefoltert. Beginnen wir mit dem klassischen Griechenland und dies passt gar nicht so gut in unser so schönes Bild von der griechischen Antike mit dem Beginn der Philosophie und damit des Abendlandes. Aber schon damals wird die Funktion der Folter deutlich, dient sie doch eindeutig zur Grenzziehung zwischen Beherrschten und Herrschenden. Der Sklave ist ein Objekt, der Freie niemals Objekt derselben. Im klassischen Rom kam der Aspekt der Öffentlichkeit hinzu. Folter wurde in die öffentlichen Massenmorde, die wir als »Gladiatorenspiele« kennen, integriert und dient damit eindeutig als Abschreckungsmittel. Die Zehntausenden Überlebenden des Spartakusaufstandes sollen an der Via Appia gekreuzigt worden sein. Der Freie und der römische Bürger durften dieser Todesart keinesfalls unterworfen werden, doch wird diese strikte Trennung zwischen Freier und Sklave im Laufe des 1. vorchristlichen Jahrhunderts mit dem Ende der Republik und der Errichtung der Monarchie durchlässig. So soll die Folter schon bei der rechtswidrigen Tötung der catilinarischen Verschwörer durch den amtierenden Consul Cicero in aller Heimlichkeit angewendet worden sein. Die erste verbürgte Folterung eines freien römischen Bürgers fand dann unter Augustus statt. Ein zu Unrechts des Attentats auf Augustus Verdächtiger wird gefoltert und getötet. Ab diesem Zeitpunkt setzt sich dann durch, dass jeder eines Majestätsverbrechens Angeklagte gefoltert werden kann. Die nächsten Jahrhunderte sind durch einen Prozess der Verselbständigung der Staatsmacht gekennzeichnet, ihre Entpolitisierung und Militarisierung. Die Folter richtet sich gegen immer weitere Kreise der Bevölkerung.

Nach dem Zerfall der römischen Militärmonarchie zerfällt auch die institutionalisierte und gesetzlich kodifizierte Folter. Im siebten Jahrhundert wird sie von der christlichen Kirche verboten, jedoch von derselben Institution 1252 durch die Bulle Innozenz' IV. »Ad Extirpanda« offiziell wieder eingeführt. In diesem Zeitraum gab es die Folter wohlgemerkt als Institution nicht. Durch die Ausdehnung des kirchlichen Unterwerfungsapparates, die Inquisition, auch und vor allem in unserem schönen Land, erfolgte die Verbreitung der Folter in ganz Europa. Wie jegliche Institution mit langer Tradition hatte auch die Kirche Probleme damit, frühere Edikte einfach zu ignorieren, so dass das Verbot der Teilnahme Geistlicher an Folterungen bestehen blieb. Da jedoch andererseits die Ketzerei zu einem Vergehen oder Verbrechen gestempelt wurde, das von Staats wegen verfolgt werden musste, gewann die Kirche über den Weg der Anzeige und Anklage eine Durchgriffsmöglichkeit gegen potentiell jeden Europäer. Andererseits machte man sich von Seiten der Kirche nicht die Finger schmutzig, betrieb Pilatuspolitik und überlies der profanen Gerichtsbarkeit die schmutzige Praxis der Folter.

Durch den zivilisatorischen Schub des Hochmittelalters mit Bevölkerungswachstum, Verstädterung, Bau von Universitäten, Ausbreitung des Handels und Ausbau des Verkehrswesens, wuchs das Bedürfnis nach kodifizierten Regeln, Vorschriften, Gesetzen. So wurden die »Gottesurteile« 1215 durch ein Konzil verboten. In der Gelehrtenwelt wurde damit begonnen, das römische Recht wieder zu studieren und an die Gegebenheiten der Jetztzeit anzupassen. So wird 1231 in Verona die Folter in das Gesetzbuch aufgenommen, sogar Kaiser Friedrich II. nimmt sie in seine sizilianische Konstitution auf.

Wir finden wieder eine klare Klassengrenze vor: Der Hochadel ist in der Regel ausgeschlossen, ebenso der Klerus. In der

Regel auch das wohlbeleumdete Bürgertum, die Vorsteher der Zünfte und meistens auch der niedere Adel. Und es gibt auch Ausnahmen nach humanen Aspekten, wie z. B. schwangere Frauen. Diese Grenzen gelten allerdings nicht für die Inquisition. Hier darf jeder gefoltert werden, denn die Inquisition ist dem Anspruch und auch der Wirklichkeit nach eine Organisation grenzenloser, totaler Herrschaft. Sie ist die erste Organisation, die sogar das Gedankenverbrechen kennt.

Formal gesehen war die Folter Teil des Untersuchungsverfahrens, jedoch war ein Geständnis als Voraussetzung des Schuldspruches unnötig. Der Inquisitor konnte nach Gutdünken schuldig sprechen. Viel wichtiger war das Geständnis als Akt der Bekehrung. Die Bekehrten, so meinte man, würden durch ihr Beispiel die von ihnen Verführten dazu bringen, es ihnen nachzutun. Untrügliches Zeichen wirklicher Bekehrung des Herzens war es dann, dem Jesuswort zu folgen, das bisher Liebste zu verlassen und Anzeige gegen seinen Nächsten zu erstatten.

Das Verfahren dieses Prozesses war hochgradig ritualisiert: Zunächst stand die Ermahnung zum Geständnis, dann die Entkleidung und erneute Ermahnung, dann das Zeigen und die Erläuterung der Folterinstrumente und danach ihre Anwendung und dies in steigendem Grade, das Zerquetschen der Finger, Hände, Füße und Beine, dann das Ausrenken der Gelenke, schließlich das Peitschen und Brennen und am Ende vielleicht die Kombination aller Methoden. Danach steht die Hinrichtung, das öffentliche Verbrennen, siehe dazu den Fall Giordano Bruno. Das Köpfen ist der Oberklasse vorbehalten. Das Rädern ist faktisch die Fortsetzung der Folter bis zum Tode und dient in seiner Grausamkeit ebenso wie die anderen Todesarten einzig und allein der Abschreckung. Europa gleicht in diesem Zeitraum vom 13.-18. Jahrhundert einem Schlachthaus. Die Folter pflegt der Hinrichtung vorauszugehen, findet im Verborgenen statt, aber der Gemarterte wird in der letzten Phase seines Lebens öffentlich ausgestellt, der Tod ist öffentlich, sein Körper wird als Leichnam demonstriert. So kann man diese Hinrichtungsrituale als die »größten Volksschaustellungen der traditionalen Gesellschaft« bezeichnen. Man denke dabei nicht nur an die Millionen Hingerichteter, sondern auch an die Hexenverfolgungen und -prozesse und an die vielleicht ähnlich große Zahl Überlebender als lebende Beispiele obrigkeitlicher Machtvollkommenheit.

Die Folter war ein Klassenphänomen. Die Folter eines in der sozialen Hierarchie oben Stehenden war die Ausnahme und seine Hinrichtung nie ein Schauspiel für die Menge. Immer aber ist das Majestätsverbrechen die Ausnahme. Die Klassengrenze gilt nicht für den Herrschaftsanspruch der Kirche. Ihr Herrschafts- und Verdachtsanspruch ist universal, auch wenn sich in diesen Inquisitionsverfahren faktisch Klassenverhältnisse durchsetzten.

Die Abschaffung der Folter, d.h. die Abschaffung des gerade geschilderten Verfahrens, wird als eine intellektuelle und moralische Leistung der Aufklärung angesehen, ihre Durchsetzung als eine der bürgerlichen Revolution, speziell der von 1789. Das ist eine Legende. Seit es die Folter gab und gibt, gab und gibt es auch Menschen, die sich gegen sie ausgesprochen haben. Schon Aristoteles kannte Argumente gegen die Folter, zumindest gegen ihre Zweckmäßigkeit. Seit Beginn des Buchdrucks gibt es Schriften und Bücher gegen die Folter. Mit Ausnahme Englands (1689) zieht sich der Prozess der Abschaffung in Europa bis in die Mitte des 19. Jahrhunderts, auch wenn sie bereits seit dem siebzehnten Jahrhundert zurückgeht. Vorreiterin in diesem Prozess seit dem siebzehnten Jahrhundert ist England, wo unter Heinrich VIII. die Kirche dem Staat untergeordnet wird, und dieser Staat selbst nicht als vergleichbar totalitäre Institution an ihre Stelle tritt. In unserem schönen Land war der Staat seit den katholischen Königen auch direkte Durchsetzungsmacht der kirchlichen Ansprüche. Erst nach der Besetzung durch die napoleonischen Heere wird die Inquisition abgeschafft, nach deren Abzug wieder eingeführt und dann erst einige Jahrzehnte später endgültig für abgeschafft erklärt, wobei sie als permanenter Massenterror einer unterworfenen, teilweise versklavten Bevölkerung gegenüber in den Kolonien weiter existierte. Zur kolonialen Gesellschaft konnte dieses Phänomen noch als zu überwindendes Gräuel assimiliert werden, doch passte es nicht mehr zum Selbstbildnis der bürgerlichen Gesellschaft, von der Trägerin nicht nur technischen, sondern auch humanitären Fortschritts. Kaum anders aber als die Fortexistenz der Folter in der Peripherie des Weltgeschehens, verhält es sich mit ihr im Herzen der bürgerlichen Geschichte: Noch 1869 wird im Kanton Zug mit Daumenschrauben gefoltert. Und was geschah 1893 in unserem schönen Land? Bei einer Aufführung des ›Wilhelm Tell‹ in Barcelona explodiert im Zuschauerraum eine Bombe. In den darauffolgenden Razzien werden Tausende als Anarchisten, Verdächtige verhaftet und in die Verliese von Montjuich geworfen, jenes berüchtigte Gefängnis, das mehr als zweihundert Meter über dem Meer aufragte und dessen Kanonen sowohl den Hafen als auch die Stadt Barcelona beherrschten, damit jeder Aufruhr in dieser Stadt im Keim erstickt werden konnte. Mit der Zeit waren die Zellen dermaßen überfüllt, dass die neuankommenden Häftlinge auf die Kriegsschiffe unten im Hafen gebracht werden mussten. Es wurde erbarmungslos gefoltert, die Gefangenen wurden mit glühenden Eisen gemartert, ausgepeitscht und noch anderen Torturen in diesem schönen Land unterworfen. Montjuich war quasi der symbolische Ort der Fortexistenz der Folter nach ihrer Abschaffung. Zur Zeit seiner Existenz könnte man es fast beinahe ein ›modernes‹ Konzentrationslager mit den dafür typischen Methoden der Menschenquälerei bezeichnen. Noch im 1. Weltkrieg – unsere Elterngeneration war also schon geboren – wurden psychiatrische Methoden gegen sogenannte Kriegsneurotiker angewendet, um sie wieder frontverwendungsfähig zu machen. Hier wird Folter gleichsam als psychiatrische Therapie maskiert und so hat sie die Geschichte der Sowjetunion bis zu ihrem Ende und wie man hören kann sogar darüber hinaus begleitet. Unter Stalin war sie ein Mittel zur Zerstörung jeglicher Opposition, genauso wie ab 1933 in Nazideutschland, wobei der Begriff Folter hier nicht auftritt, er bleibt tabu, doch wird sie offen als Herrschaftsmittel benutzt. Später taucht dann der sehr verharmlosende Begriff ›verschärfte Vernehmung‹ auf. Sicherlich und auch völlig zu Recht assoziiert man mit der NS-Herrschaft in Europa den Begriff KZ und nicht den ›Folter.‹ Selbstverständlich ist die NS-Vernichtungspolitik etwas völlig Anderes als eine staatsterroristische Unterwerfungspolitik, die auch andere Regime kennzeichnet. Und dennoch darf man nicht vergessen, dass auch in diesen Vernichtungslagern Folter tagtäglich und millionenfach benutzt wurde. Die Existenz der Gefangenen war tagtäglich durch die permanente Folterdrohung bestimmt. Vor allem gab es ja noch mehr Möglichkeiten, wie z. B. das wirksamste Mittel zur Unterwerfung des Menschen unter den Menschen, den Hunger.

Nach 1945 leben wir in einer Zeit der gewachsenen Aufmerksamkeit z. B. durch Institutionen wie Amnesty International und auch in einer Zeit mit besseren internationalen Informationsmöglichkeiten, die uns mehr sehen lassen als zuvor. Andererseits lässt sich sagen, besser formuliert, muss man wenige Jahre vor der Jahrtausendwende, also fünfzig Jahre nach dem Ende des 2. Weltkrieges, feststellen, dass auch heute noch gefoltert wird. In den Jahren nach dem Ende des 2. Weltkrieges kann man Folter an folgenden Orten feststellen: Algerien während der fünfziger Jahre, Vietnam zumindest bis Mitte der siebziger Jahre, Griechenland unter der Militärdiktatur, viele oder zumindest mehrere lateinamerikanische Staaten bis weit in die siebziger Jahre, ebenso im Iran sowohl unter dem Schah, als auch unter Khomeini, dazu viele Ostblockländer, ebenso die Türkei, China und Spanien bis Anfang der siebziger Jahre. So muss man konstatieren, dass sie einerseits tabuisiert ist, eigentlich abgeschafft gehört, andererseits an unzähligen Orten weiterhin als Herrschaftsmittel angewendet wurde und wird, teilweise oder an bestimmten Orten noch Hochkonjunktur hat. Sie ist nicht archaisch, bricht nicht über uns herein wie ein Unwetter. Dass Jahre, ja Jahrzehnte der Folter ein Land über Generationen hinweg prägen, dass die Angst vor der Rückkehr des Schreckens bleibt, auch wenn die Diktatur schon beendet ist, erläutert, dass der Schrecken geblieben ist.

Folter dient Zwecken, ist nicht gebunden an eine bestimmte Ideologie. Alle haben sie gefoltert und alle werden gefoltert, keiner kann von vorneherein ausgenommen werden. Ihre Voraussetzung ist, dass bestimmte politische oder ideologische Ziele zu obersten Werten erhoben werden, denen aber auch alles unterzuordnen ist. Und so folgt Folter diesem Kreuzzug, meistens so, dass man sie zu spät bemerkt.

In dem Ihnen allen sicherlich bekannten Milgram-Experiment, auf das ich jetzt nicht weiter eingehen möchte, wird klar, dass sich nur eine kleine Minderheit weigerte, überhaupt mitzumachen, eine weitere kleine Minderheit sich ab einem bestimmten Zeitpunkt weigerte, die übergroße Mehrheit jedoch bis zum Ende, d.h. dem vorgespielten Tod des Gegenübers, weitermachte nur aufgrund der Auskunft des Versuchsleiters, es sei wichtig, nein unerlässlich weiterzumachen. Nachher waren alle schockiert, höchstwahrscheinlich hat es niemanden Spaß gemacht, jedoch gehorchten sie der Obrigkeit. Folterregime bilden ihre Folterer aus, denn der berühmte kleine Mann von der Straße dürfte zumindest langfristig zu unsicher sein. Die Methoden zur Ausbildung der ›Green Berets‹ sind ähnlich wie die der Ausbildung der ESA-Männer der griechischen Geheimpolizei. Doch kann ein solches Regime nicht darauf warten, bis es die geeigneten Leute ausgebildet hat, sondern muss am Anfang auf die zur Verfügung Stehenden zurückgreifen. Und bisher standen in der Menschheitsgeschichte immer genügend zur Verfügung, im Militär, bei der Polizei, in Psychiatrien und Krankenhäusern und im Strafvollzug. Sollten Sie, meine lieben Kommilitonen und Kommilitoninnen, einmal bei mir oder einem der lieben Kollegen oder Kolleginnen, Anthropologie studieren, dann nehmen sie diese Tatsache zur Kenntnis, dass die Grausamkeit zur Potenz des Menschen gehört.

Was können wir tun? Zunächst einmal schauen Sie sich die Geschichte ihres eigenen Landes an. Zur Inquisition in unserem Land darf ich Ihnen allen Antonio Cascales 1986 erschienenes Buch ›La inquisition en Andalucia‹ empfehlen. Dann kämpfen sie gegen jedes Regime mit totalitärem Anspruch und kämpfen sie gegen jedes politische, religiöse und weltanschauliche Ziel, dem alles andere untergeordnet werden soll oder muss. Wo solche Ziele akzeptiert werden, wird auch Folter akzeptiert. Und es kann nur ein Ziel, eine oberste Norm geben: Folter darf niemals Mittel zu irgendeinem Ziel sein!

Was mit Schlägen und Tritten beginnt, sich über Prügel mit Brettern, Eisenketten und Hämmern fortsetzt und mit zerschlagenen Händen und Füßen endet, darf niemals geschehen, wo auch immer in der Welt. Sei es das Untertauchen in Schmutzwasser, die über den Kopf gezogene Plastiktüte, die so fest angezogene Augenbinde, dass die Augäpfel in den Schädel gepresst werden, oder die auf ganz bestimmten Körperpartien ausgedrückten Zigaretten oder ausgeführten Elektroschocks, alles führt in Einzelfällen sogar dazu, dass dieses Lebewesen gar nicht mehr dazu in der Lage sich befindet, zu schreien. Vergewaltigungen beiderlei Geschlechts, lebendiges Begrabenwerden, Scheinexekutionen, kochendes Wasser und Zerquetschen der Hoden, alles muss uns zu dieser Einsicht führen, nämlich derjenigen, dass Folter niemals Mittel zu irgendeinem Zweck sein darf und jedes Abrücken von dieser Einsicht, dass es das Schlimmste ist, was wir tun können, nämlich zu foltern, grausam zu sein, wäre ein Schritt in die falsche Richtung.

Wie kann man diese Norm legitimieren? Eigentlich ganz einfach und das noch auf doppelte Weise: Derjenige, der gefoltert wird, ist ein Mensch und derjenige, der foltert, streift seine Humanitas ab, sein Antlitz wird zur Fratze. Und dann gibt es da noch eine Legitmation: ›Handle stets so, dass die Maxime Deines Willens jederzeit zur Grundlage einer allgemeinen Gesetzgebung gemacht werden könnte.‹

Ich fasse am Ende kurz zusammen: Folter dient nicht nur, meistens gar nicht, der Erpressung von Geständnissen, sondern der Unterwerfung von Menschen unter den politischen Willen Anderer, die Kirche hat auch und gerade in unserem Land bei der Folter eine leider unrühmliche Rolle gespielt, die Schwächung ihrer politischen Macht – siehe England – dürfte der entscheidende Umstand für die zumindest offizielle Abschaffung der Folter gewesen sein. Und es sind immer dieselben, die bei der Tortur mitmachen: Unentwickelte oder unterentwickelte Persönlichkeiten, unfähig dazu, nein sagen zu können, also diejenigen, die die Kritische Theorie die autoritätsgebundenen Charaktere nennt.

Und meine Aufgabe hier an der grandiosen Universität zu Granada sehe ich daran, aufzuklären, die Schicht des Vergessens zu durchstoßen und dazu ein wenig beizutragen, dass aus meinen Studenten und Studentinnen die gereiften Persönlichkeiten heranwachsen, die nein sagen können und für die nichts, aber auch gar nichts auf dem gesamten Erdenrund so sakrosankt ist, als dass es nicht Gegenstand von Kritik sein könnte, mich selbst und meine Leistung als Erziehender wenn nötig an erster Stelle eingeschlossen.

Sehr geehrte Gäste, verehrte Kolleginnen und Kollegen, liebe Kommilitonen und Kommilitoninnen. Vielen Dank für Ihre Geduld und geschätzte Aufmerksamkeit.«

Tiefe Verbeugung Guennaros vor dem Auditorium. Es war eine eigenartige Atmosphäre, einerseits war man dem Redner nicht nur dankbar, sondern fand diese Vorlesung einmalig, doch andererseits war dieses Thema ja nun mal alles andere als dazu angetan, zur Freude überzugehen. Keiner wusste eigentlich, wie er sich verhalten sollte. Hingerissen von der Leistung des neuen Philosophieprofessors, von seiner Eloquenz, – Wie hatte er es genannt? Genau, die Schicht des Vergessens durchstoßen! – aber noch mehr eigentlich von der immer zu spürenden Ehrlichkeit, die während der gesamten Dauer der Vorlesung zu spürenden Liebe zur Wahrheit, auch dem pädagogischen Eros, der Verantwortung gegenüber den jungen Leuten, die ihm anvertraut sind und noch werden. Andererseits spürte jeder Einzelne im Audi-Max die Notwendigkeit der Besinnung auf dieses Faktum, auf dieses Phänomen, das noch zumindest vor gut zwanzig Jahren sich vor der eigenen Haustür abspielte, ohne dass man es wusste oder zumindest nur so viel wusste, dass man nichts weiter wissen wollte. Vielleicht hatte man in der Verwandtschaft, Bekanntschaft, vielleicht sogar in der eigenen Familie einen, der dazu gehörte, auf welcher Seite auch immer, und mit dem man Kinder hat, der mit allen Anderen aus der Familie am Esstisch sitzt und mit ihnen das Brot teilt und gleichzeitig dazu fähig ist, wenige Zeit später Menschen mit Qualen zu foltern. Und jeder hat für sich zu klären, auf welcher Seite man selbst gewesen wäre, und auf welcher Seite man seinen Partner sehen wollte oder wusste.

Einige Monate später, Anfang des nächsten Jahres 1996, sprach der Dekan der Fakultät Philosophie und Literatur Guennaro darauf an, ob er nicht gewillt sei, seine Antrittsvorlesung zu veröffentlichen, das wäre eigentlich die Regel, so Usus: »Das war im Übrigen eine aufklärerische Glanzleistung. Nicht nur meinen Respekt. Ich brauchte überhaupt keine Reklame für Sie oder die Vorlesung zu betreiben. Man kam von allen Seiten in allen Gremien und Kreisen schon am nächsten Tag auf mich zu und sprach mich auf Ihre Vorlesung an. Man bedauerte es zutiefst, sie nirgends noch einmal nachlesen zu können. Und ich sage Ihnen, ich bedaure es am meisten.«

»Wenn Sie dies so betonen, dann will ich in diese Richtung aber auch alles unternehmen! Geht dies auch in Form eines kleinen Aufsatzes in einer Zeitschrift?«

»Selbstverständlich! Aber erledigen Sie es bitte.«

»Ich werde mich noch heute Abend hinsetzen und damit beginnen. Darf ich dazu eine Bitte äußern?«

»Selbstverständlich, lieber Kollege!«

»Würden Sie sich der Mühe unterziehen und die Arbeit bitte am Ende für mich Korrektur lesen?«

»Mit dem allergrößten Vergnügen und sollten Sie diesbezüglich irgendwelche Hemmungen haben, werfen Sie sie bitte auf den Müllhaufen der Geschichte, nehmen Sie mich in Anspruch und belasten mich.«

»Das freut mich zu hören, ich sage schon einmal vorweg ›Meinen herzlichen Dank‹ und werde auf jeden Fall auf dieses Angebot zurückkommen.«

»Und denken Sie bitte auch an Ihr Programm zum kommenden Semester, reichen Sie es mir bis Ende des Monats rein, bitte.«

Zwei Wochen später gab Guennaro sein Programm für das kommende Sommersemester 1996 ab:

1. Seminar zum Thema »Was ist ›Kritische Theorie‹?« Teil II (Nur für erfolgreiche Teilnehmer von Teil I im letzten Semester) Mo 9-11
2. Seminar: Beginn des Studiums »Historisch-Dialektischer Materialismus« (4 Wochenstunden/ wird zumindest über drei Semester laufen) Mi 9-13
3. Kolloquium über Habermas' »Legitimationsprobleme im Spätkapitalismus«/alle 2 Wochen eine Stunde Mo 17-18
4. Wöchentliche Sprechstunde Mo 11-12

»Gefällt mir, gefällt mir sehr sogar. Wie weit sind Sie denn mit Ihrer Vorlesung, wenn ich fragen darf?«

»Fragen dürfen Sie immer!«

»Ob ich aber eine Antwort bekomme, wissen Sie noch nicht?«, lachte der Dekan.

»Ich werde sie wohl bis Mitte Februar nicht vollenden können, jedoch anschließend und komme dann in der zweiten Februarhälfte auf Sie zu. Ist das so in Ordnung.«

»Alles bestens!«

Nach den ersten beiden Semestern nahm sich Guennaro im Sommer 1996 für 4 Wochen Urlaub: Zunächst war er in den hohen Norden gereist, um dort am Südhang der Pyrenäen in einem Sporthotel einige Tage seine Fitness zu verbessern, von dort ging es über Pamplona etwas nach Süden in ein Sporthotel etwas nördlich von Teruel, um dann von dort über Valencia nach Ibiza überzusetzen, um dort seinen fünfundvierzigsten Geburtstag ausgiebig zu feiern. Zum Abschluss waren noch einmal einige Gegenden in Andalusien angesagt. So verlief das Jahr 1996 ganz normal mit seinen Arbeiten und Feierlichkeiten. Anfang Januar 1997 bat der Dekan Guennaro wiederum um sein Programm zum kommenden Sommersemester. »Nächste Woche spätestens« lautete Guennaros Antwort. Gesagt, getan. Nächste Woche Freitag reichte er sein Programm zum Sommersemester 1997 ein:

1. Seminar über den Historisch-Dialektischen Materialismus Teil III (dieses Semester nur noch zwei Stunden und nur für Studenten und Studentinnen, die beide vorherigen Semester aktiv und mit Erfolg teilgenommen haben) Im nächsten Semester gibt es dann ein Kolloquium zu neuen Marx-Lektüren. Mo 9-11
2. Seminar über: Anthropologie der Renaissance (Pico della Mirandola und Ernst Cassirer, Individuum und Kosmos in der Philosophie der Renaissance) Mi 9-11
3. Vorlesung: Leben und Werk Herbert Marcuses (nur eine Stunde pro Woche/ dient zur Vorbereitung eines sich ab dem Wintersemester 1997/8 anschließenden dreisemestrigen Kurses über Herbert Marcuse) Fr 9-10
4. Wöchentliche Sprechstunde Mo 11-12

»Hervorragend, gefällt mir äußerst prima, voll des Lobes. Sehe ich bei Ihnen einen Paradigmenwechsel oder irre ich mich mal wieder in Ihnen?«

»So sehe ich das nicht. In diesem Semester haben wir das Thema Kritische Theorie im Allgemeinen beendet, mit dem Abschlussseminar über den Dia- und Histomat ist auch dieses Kapitel im kommenden Sommer vom Tisch. Die Vorlesung über Herbert Marcuse dient zur Vorbereitung eines sich dann anschließenden dreisemestrigen Kurses über Herbert Marcuse solo, wenn ich dies so formulieren darf.«

»Es war sinnvoll, diesen langfristigen Plan in Punkt 4 Erwähnung finden zu lassen. Das heißt also, dass Sie den Marxismus bzw. die Kritische Theorie nicht verlassen werden?«

»Das habe ich zunächst einmal noch nicht vor.«

»Kennen Sie eigentlich schon Ihren Spitznamen unter den Kollegen und Kolleginnen, aber auch und vor allem unter der Studentenschaft?«

»Spannen Sie mich nicht auf die Folter!«

»Roter Stern über Andalusien! Also ich bin begeistert von Ihrer Arbeit!«

»Da sagt man dann auch gerne danke!«

Die beiden verabschiedeten sich von einander und der Dekan gab das Programm gleich weiter an Senora Mathilda, seine Sekretärin, für die Guennaro immer ein Lächeln hatte und umgekehrt genauso.

Mitte Juli 1997, tödliche Hitze, die Sonne knallte auf die Erde wie der Hammer auf den Amboss. Die Erde war völlig ausgebrannt. Dennoch wollte man es zunächst nicht glauben, als der spanische Rundfunk von einer Temperatur von achtundvierzig Grad im Schatten in Cordoba sprach. Selbst Zaragoza hoch im Norden der iberischen Halbinsel war mit dreiundvierzig Grad eine geplagte Sommerstadt. Doch gab es auch nicht den mindesten Zweifel an der Richtigkeit dieser Meldung. Selbst auf dem Madrider Flughafen wurden vierzig Grad gemessen. Die hohen Häuser der Metropole schirmten die Temperatur von der Stadt ein wenig ab, so dass in einzelnen Ost-westlich verlaufenden Straßen nur achtunddreißig Grad gemessen wurden. Dafür kühlte es aber in der Nacht überhaupt nicht richtig ab. Traf man am anderen Morgen einen Bekannten, dann lautete die erste Frage stets: »Haben Sie heute Nacht schlafen können?« Die Frage wurde immer verneint. In Murcia wurde mit fünfzig Grad ein neuer Rekord gemessen. Und in Andalusien konnte man fast immer noch ein paar Grad höher gehen. Andalusien war und ist nun einmal die »Bratpfanne Europas.« Doch dieses Jahr war es wie gesagt tödlich: Der glühend heiße Hauch der Sahara, der Schirokko, drang in die bereits sommerlich heiße iberische Atmosphäre ein und steigerte die ohnehin schon hohen Temperaturen noch einmal um die fünf Grad. Da streckten auch die härtesten Verteidiger des spanischen Sommers ihre Waffen.

Guennaro war heute Morgen schon um sechs Uhr von der Feier des 83. Geburtstages seiner Mutter aus dem allzu heißen Villaconejos zurück nach Hause gekommen, hatte sich von allen Textilien befreit und war noch mit den Hunden in den großen Pool gesprungen. Aber auch diese Aktion konnte mit Wasser von 30 Grad und mehr keine echte Abkühlung bringen. Caesar musste unter der Dusche abgekühlt werden. Der Schlaf dauerte natürlicherweise und Gott sei Dank bis in die Mittagszeit. Sofort war Toilette angesagt und anschließend wiederum Pool. Selbst Guennaro, der härteste Verteidiger des andalusischen Sommers, verkroch sich den Rest des Tages und auch den Abend immer wieder in den Schatten des Hauses. Bei reichlichem Genuss seines türkischen Tees versuchte er es mit Erfolg auszuhalten. Den Sangria stellte er schon einmal in die Gefriertruhe, damit er nach einer Stunde wirklich völlig abgekühlt war. Für den Gebrauch nachts legte er mehrere nasse Handtücher in den Kühlschrank, wobei er überhaupt nicht an sich, sondern eigentlich nur an Caesar dachte, der nun in dieser Hitze doch seinem hohen Alter den entsprechenden Tribut zollen musste.

»Grrrrrrr! Grrrrrrrr!« Guennaros Telefon klingelte am späten Abend. Es war schon nach elf Uhr. Er verspürte einen ganz leichten Druck in der Herzgegend und nahm den Hörer ab. »Hoffentlich ist nichts mit meiner Mutter geschehen«, war sein erster Gedanke. »Ja, bitte?«

»Guten Abend, sehr verehrter Herr Kollege.«

»Na, gottseidank sind Sie es, Herr Dekan. Ich hatte schon Befürchtung, dass etwas mit meiner Mutter geschehen wäre.«

»Nein, nein, beruhigen Sie sich bitte, lieber Kollege. Doch angesichts des Klimas hatte ich es für sinnvoller erachtet, sie erst abends spät anzurufen anstatt während des Tages. Ich bitte vielmals um Entschuldigung.«

»Nein, nein, kein Problem. Bis vier Uhr wird hier sowieso keiner schlafen und bei Ihnen dürfte es sich kaum anders verhalten.«

»Allerdings, genauso, vielleicht sogar schlimmer als bei Ihnen. In der Stadt kommt man überhaupt nicht zur Ruhe bei dieser Hitze. Aber weswegen rufe ich Sie an? Ich habe hier ein offizielles Schreiben aus Madrid an Sie und würde mich gerne mit Ihnen darüber unterhalten. Und dies möglichst umgehend, weil von Ihrer Entscheidung die gesamte Planung des nächsten Wintersemesters im Fach Philosophie abhängt.«

»Oh, Gott, ist es etwas Schlimmes?«

»Betrachtet man es von außen, dann ist es etwas äußerst Positives, vor allem für Sie, betrachtet man es von innen – und verzeihen Sie mir, aber dazu bin ich verpflichtet – dann ist es für unsere Universität sehr schade.«

»Jetzt machen Sie es aber spannend. Rücken Sie mit der Sprache heraus. Was ist es?«

»Kein Sterbenswörtchen kommt über meine Lippen, nicht am Telefon. Sie können den Brief dann selbst lesen. Aber bitte machen Sie sich keine Sorgen. Für Sie ist der Inhalt äußerst positiv.«

»Na gut, aber wann soll ich denn kommen?«

»Ich habe durchaus einen anderen Vorschlag. Wie wäre es, wenn ich Sie aufsuchen würde? Denn schließlich ist jetzt vorlesungsfreie Zeit. Auch wenn es noch eine Menge vorzubereiten gibt, so hat dies jetzt absolute Priorität, denn von Ihrer Entscheidung hängt wie schon erwähnt ab, ob ich eventuell noch einmal alle Kollegen aus dem Urlaub herbitten muss.«

»Mein Gott, was liegt denn da an? Aber Ihre Idee, dass Sie kommen, finde ich großartig. Dann würde ich sagen, dass Sie morgen Abend mein Gast sind und fahren Sie bitte erst dann los bis dass es temperaturmäßig einigermaßen erträglich ist.«

»Also gut, sagen wir acht Uhr, nein besser neun Uhr bei Ihnen. Ich freue mich sehr.«

Wer sollte denn jetzt noch schlafen können? Was stand denn jetzt an? Was soll ich denn bloß kochen? Fragen über Fragen, die zusammen mit der unerträglichen Hitze und seinen Sorgen um Caesar Guennaro natürlicherweise nicht einschlafen ließen. So entschloss er sich gegen vier Uhr morgens, noch einmal nach dem Hund zu sehen. Es war alles okay. Auch die anderen beiden Rüden lagen entspannt vor Guennaros Schlafzimmer und schauten nur ein wenig verwundert ihr Herrchen an, dass es schon wach war. Doch danach konnte auch Guennaro endlich seine wohlverdiente Ruhe finden.

»Guten Abend, Chef!«

»Das Letztere möchte ich überhört haben, aber auch Ihnen zunächst einmal einen Guten Abend, verehrter Herr Kollege.« Mit diesen Worten war der Dekan auf Guennaro zugekommen und reichte ihm mehr als kollegial, ja freundschaftlich die Hand.

»Schön, dass Sie es gefunden haben.«

»Was heißt denn hier gefunden. In Salinas bin ich in die Taperia gegangen und habe gefragt, wo Doktor Seras wohnt. Keiner wusste Bescheid, überall Achselzucken. Da ich ein wenig insistierte und behauptete, dass Sie schon fast zwanzig Jahre hier wohnen würden, kam dann der Besitzer, dieser Bär von Mann, noch einmal auf mich zu, schaute sich meinen Zettel mit dem Namen an, warf die Stirn in Falten und fing an lauthals zu lachen: ›Wisst ihr, wen er meint? Ihr kommt im Leben nicht drauf.‹ Dabei fasste er mich an beide Schultern. Sein Lachen durchdrang auch den letzten Nerv meines Körpers. ›Guennaro sucht er, Guennaro.‹ Nun lachte die gesamte Taperia: ›Aha, Guennaro, in the middle of nowhere!‹ Aber damit hatte er völlig Recht. Im Zentrum des Nirgendwo. Mein Gott, was herrlich, welch eine Ruhe. In weiser Voraussicht habe ich aufgrund von Vorwarnungen davon Abstand genommen, meine liebe Frau mitzubringen, denn sie war, ist und bleibt ein Stadtmensch. Da kennt sie sich aus, da kann sie ihre Bekannten treffen und davon hat sie eine große Menge. Sie legt auch immer Wert darauf, zur Elite der Stadt zu gehören. Hier würde sie nach einem Tag wie eine Primel eingehen.«

Guennaro hatte schon den recht großen, vor allem langen Tisch vor dem Haus eingedeckt und bat seinen Gast nun an denselben. Gleichzeitig schenkte er kalten Tinto verrano ein, einen leichten roten Sommerwein, manchmal ohne und manchmal mit einem Schuss Wasser. In diesem Fall ohne. Sie prosteten sich noch im Stehen zu, setzten sich aber nun.

»Meinen normalen Wein, d.h. Wein als Erfrischungsgetränk oder zur Tafel, beziehe ich von der Finca Entresendas, dem Bauernhof der Familie Parra Jimenez in Carrascosa de Haro, einer Kleinstadt in der Provinz Cuenca. Dieser landwirtschaftliche Betrieb baut seit wenigen Jahren hochwertige Ökoweine zu fairen Preisen an, bildet ein eigenständiges biologisch-dynamisches Ökosystem aus, indem er auf einer großen Fläche Gerste, Hafer und Knoblauch anbaut und ebenso Schafhaltung betreibt und zwar die schwarzen Schafe der La Mancha. Die typischen Kräuter und das extreme Wetter dieser Region sind ideale Bedingungen für diese besonders robusten Tiere. So kann dieser Betrieb, der von 3 Familien geführt wird, auch sehr aromatische und gehaltvolle Schafmilch produzieren, die Voraussetzung für einen würzigen Bio-Manchego. Ich benutze ihn nicht nur solo am Ende einer Tafel, sondern auch zum Kartoffelgratin. Dazu geben sehr fein gehackte Sardellenfilets dem gesamten Mahl eine fein würzige Salznote. Sie können ihn am Ende einmal probieren.«

»Gerne. Ich habe übrigens mit Frau Kollegin Lucia gesprochen, die auch schon einen Abend bei Ihnen weilte und sich noch gerne an Ihr Chili con Carne erinnerte und mir davon vorschwärmte. Auch Ihr Lenguado mit Weintrauben am nächsten Abend wäre ein Gedicht gewesen. Sie gab mir nur noch den gutgemeinten Tipp, vorher nichts zu essen und den Abend bei Ihnen ›satt zu genießen‹. So waren ihre genauen Worte. ›Satt genießen.‹«

»Alles Übertreibung. Sie werden sehen, alles Unsinn. Ich habe erst vor knapp neun Jahren kochen gelernt. Vorher wusste ich nicht, wie man eine Kartoffel schält. Zu dieser Zeit war das wichtigste Küchengerät der Dosenöffner.« Der Dekan lachte vollkommen relaxt. »Aber seitdem bemühe ich mich, und es scheint so, dass der Erfolg mir zunehmend hold ist. Doch mehr auch nicht. Und nun guten Appetit.«

Mit diesen letzten Worten war Guennaro aufgestanden, nahm die große Schöpfkelle und füllte den tiefen Teller seines Gastes und seinen eigenen mit dem Inhalt der mächtigen Suppenterrine.

»Was ist das denn? Das riecht aber herrlich!«

»Ja, auch bei diesem Gericht zählen Weintrauben zum Inhalt, jedoch nur am Rande, eher eine Zierde, wie sie selbst sehen können. Es ist eine Ajo blanco, eine kalte Knoblauch-Mandelsuppe, ein echt andalusisches Gericht, ein Maurenerbe aber erst aus dem europäischen Spätmittelalter. Ja, wenn man die Araber aus Spanien verbannt, verbannt man den Eros, zumindest aber die Sinnlichkeit mit ihnen.«

»Herrlich, dieses erfrischend kühle und samtige Etwas. Suppe, nein Köstlichkeit, das wäre richtig. Und diese Croutons, einfach superb.« Nach nur wenigen Minuten fand der Rektor die Worte wieder: »Wenn es Ihnen nichts, aber bitte gar nichts ausmacht, dann würde ich gerne noch auf einen Löffel extra bestehen wollen. Aber nur wenn es Ihnen wirklich nichts ausmacht!«

»Ich freue mich, dass sie Ihnen mundet. Ich bestehe sogar darauf, dass Sie jetzt noch eine ganze Kelle nehmen!« Mit diesen Worten füllte er den Teller seines Gastes noch einmal und kratzte für sich den Rest heraus.

»Jetzt haben Sie nicht mehr genug. Das ist ungerecht!«

»Ich kann sie mir jeden Tag kochen!«

»Das ist wahrhaftig ein nicht zu toppendes Argument. Jetzt habe ich auch kein schlechtes Gewissen mehr Ihnen gegenüber!«

»Das ist doch toll, das hätten Sie aber auch sonst nicht zu haben brauchen. Wenn sich Gäste offensichtlich wohl bei mir fühlen, – und das scheint bei Ihnen der Fall zu sein, – dann bin ich zufrieden gestellt, vielleicht sogar noch mehr, ich empfinde Freude!« Mit diesen letzten Worten hatten beide den ersten Gang beendet und Guennaro packte das Geschirr und Besteck geschickt zusammen. »Soll ich helfen?«

»Soweit käme es noch, dass ein Gast mir helfen muss. Sie sind doch auch fast eine Stunde durch die Hitze gefahren!«

»Dafür haben Sie sicherlich eine Stunde in der Küche gestanden und gearbeitet!«

»Sicherlich, und es war sogar etwas mehr!«

»Ja, sehen Sie, ich hatte Recht!«

»Ja, aber nur sehr bedingt. Denn diese Arbeit ist für mich keine Arbeit im normalen Verständnis, sondern pure Lust«, klang es nun aus dem Inneren des Hauses.

»Pure Lust, das hat übrigens auch Kollegin Lucia schon betont. Sie hat mir erzählt, dass Sie bei Ihnen über die Schulter schauen durfte und dass Sie für das Chili allein, ohne Reis und Salat, also nur für das Fleisch, eine Stunde gebraucht haben und sich dabei über Platon bzw. Sokrates nicht nur positiv geäußert hätten!«

»Pure Lust bei beiden Tätigkeiten! Deshalb geht auch beides zusammen!« Mit diesen Worten war Guennaro zurückgekehrt und stellte eine dicke, schwere und vor allem überdimensionale Holzplatte mit vielen verschiedensten Käsesorten auf den Tisch: »Gang zwei, bitte schön. Unser Wein hat ja zumindest seit dem EU-Beitritt vor nunmehr elf Jahren, zu dem es im Übrigen für beide iberischen Länder keine real existierende Alternative gab, den Globus erobert, doch fehlt unserem Käse noch die weltweite Anerkennung.«

»Ganz genau meine Meinung. Es gab keine Alternative. Die Kaufkraft des gesamten Volkes wuchs rasant und dies auch wegen der Regionalförderung durch Europa. Aber wollen Sie denn gar nicht wissen, welche Überraschung ich für Sie habe?«

»Doch, doch. Aber alles der Reihe nach. Erst gibt es noch diese Käseplatte, dann noch ein wenig Obst und dann die Post. Alles zu seiner Zeit!«

»Das sieht ja umwerfend aus. Was haben Sie denn da gezaubert?«

»Gar nichts. Jedes Jahr Ende April findet in der Extremadura, in Trujillo, auf der Plaza Major, eine Käsemesse statt. Ein Genuss pur. Ich meine, dass man diese Messe oder besser gesagt, diesen Markt, genauso einmal erlebt haben sollte, wie eine Fischauktion am frühen Morgen am Meer.«

»Ich habe mal irgendwo davon gelesen, kann mich aber nicht an Details erinnern.«

»Hunderttausend und mehr Menschen in dieser auf dem Hügel gelegenen Ortschaft. Und dort finden sie alles, was Rang und Namen hat. Probieren Sie doch bitte diesen einmal zunächst!«

Der Dekan schnitt sich ein kleines Stück ab: »Der ist ja so sahnig!«

»Genau, das ist der Queso de la Serena und dieser hier ist eher das Gegenteil!«

Guennaros Gast probierte auch diesen: »Der ist aber würzig!«

»Eben, der Queso cabrales. Sie finden dort alles. Wenn Sie jeden an seinem Produktionsort genießen möchten, müssten Sie weit und lange reisen.«

»Das kann ich mir sehr leicht vorstellen.« Guennaro hatte in der Zwischenzeit die Gläser wieder mit Tinto verrano nachgefüllt. »Ich nehme mir erst einmal ein kleines Stück von dem cremigen Schafskäse und zwar heute Abend mal nicht den Torta de la Serena, sondern zur Feier des Tages den Torta de Cesar.«

»Was gibt es denn zu feiern?«

»Na, Sie sind hier, Sie fühlen sich wohl, die Suppe hat Ihnen gemundet. Was will ein Gastgeber noch mehr? Das ist doch Grund genug oder?«

»Wenn Sie meinen, ja, da will ich Ihnen nicht wiedersprechen, sondern weiter genießen.«

»Sehr gut, dann nehmen Sie zum Abschluss den buttrigen Queso de Cantabria oder noch besser den scharfen Liebana.« Jetzt holte Guennaro noch Weintrauben, aber wirklich süße, kleine grüne, ein paar Feigen und schwarze Oliven. Jedem nach seinen Geschmack, nahm einen guten Schluck aus seinem Glas: »Ich habe mir jetzt, das heißt aus der Produktion des letzten Jahres, von der Finca, von der ich Ihnen vorhin erzählt habe, eine Spezialität zukommen lassen: Schafskäse mit Röstzwiebeln. Ich lege diesen Käse dann noch eine gewisse Zeit, meinetwegen eine Woche oder dergleichen in wahrhaft mildes Olivenöl ein. Probieren Sie vielleicht ein paar kleingehackte Cornichons dazu oder auch

Silberzwiebeln, oder sogar beides, je nach Geschmack.« Damit reichte er dem Rektor ein kleines Glas mit den Cornichons.

»Mon Dieu, das ist nicht zu toppen. In der gesamten Welt gibt es nichts Vergleichbares. Den bring ich meiner Frau mit. Darf ich?«

»Kein Problem, ich bitte sogar darum. Übrigens wird der Wein und auch dieser Käse unter anderem auch nach Deutschland exportiert. Nun, denn sei es mal. Was will denn wer auch immer aus Madrid von mir?«

Der Dekan zog nun das offizielle Schreiben aus Madrid aus seiner auf dem Stuhl neben ihm liegenden Aktentasche und reichte es Guennaro, der es in die Hand nahm, entfaltete und ohne Empathie zu lesen begann, doch sein Gesichtsausdruck versteinerte sich mehr und mehr: »Kommt auf keinen Fall in Frage, niemals«, lautete sein etwas schrofferer und auch lauter werdender Kommentar. »Auf keinen Fall, niemals.« Er schrie es fast heraus.

»Nein, nein«, rief der Dekan völlig verzweifelt: »Aber Sie können dieses Angebot doch nicht ablehnen.«

»Niemals gehe ich zurück.«

»Aber bedenken Sie doch bitte, eine Millionen Pesetas pro Monat und das auf Lebenszeit. Sie können nicht nein sagen«, flehte er Guennaro verzweifelt an.

»Wollen Sie mich loswerden?«

»Mitnichten, mitnichten, niemals, wo denken Sie denn hin? Aber was soll ich denn nach Madrid schreiben?«

»Na die Wahrheit. Nur noch wenige Stunden die Woche, ansonsten nur Forschungsarbeit und dafür dann das doppelte Gehalt. Die wollen mich mundtot machen. Damals in den siebziger Jahren wollte man mich zum Sprechen bringen, und heute will man mich mundtot machen.«

»Ich weiß ja nicht, was damals passiert ist und ich will es auch nicht wissen, da es mich gar nichts angeht. Nur muss es furchtbar gewesen sein.«

»Für mich gäbe es nur einen Grund, Granada zu verlassen. Wenn Sie oder die Mehrheit der Kollegen und Kolleginnen Zweifel an meiner pädagogischen Arbeit hätten oder die Mehrheit der Studenten und Studentinnen mich zutiefst ablehnen würde. alles andere zählt nicht. Und selbst dann würde ich niemals nach Madrid zurückkehren. Lieber helfe ich für wenig Geld in der Taperia aus.«

»Mitnichten, mitnichten, wo denken Sie hin? Ihre Seminare sind ausgebucht, bevor der Zettel zum Eintragen an der Tür hängt. Und wenn ich dann an Ihre Vorlesung in diesem Sommer denke, das AUDI-MAX war völlig überfüllt, selbst einige Kollegen und Kolleginnen nahmen sich zeitweilig die Muße und die Freiheit und hörten Ihnen zu. Man saß auf den Treppen und noch draußen im Flur. Zeitweilig kam man gar nicht am Hörsaal vorbei, musste sich durch die Massen drängeln. Ihre Vorlesung zu Marcuse in diesem Sommer, dreißig Jahre nach dem heißen Sommer 1967, war einfach genial. Schon allein die Wahl: Sommersemester 1997. Im Grunde eine Provokation der gesamten spanischen Gesellschaft, dieser langsam sich auf das Spießerdasein einrichtenden Gesellschaft der nachfaschistischen Periode wurde der Spiegel der sechziger Jahre vorgehalten. Herrlich!

Noch vor wenigen Wochen stand ich mit einer meiner Studentinnen in einer Pause kurz zusammen. Sie ist eine hervorragende Kennerin der Philosophie der Renaissance, nicht nur, aber vor allem der italienischen. Ich war erfreut über ihr Fachwissen und wurde immer neugieriger nach der Quelle ihres Wissens und stellte ihr die vielleicht dümmste Frage meines Lebens, so musste es ihr zumindest vorgekommen sein: ›Woher stammt ihr Interesse an diesem Thema, an diesem Zeitraum?‹ Die Reaktion ihrerseits hätten Sie sehen müssen! Sie drehte sich ganz zu mir um, sah mich an, als wäre ich der letzte Unwissende auf diesem Erdenrund, nahm mich wie eine besorgte Mutter in den Arm und flüsterte mir ins Ohr: ›Gehen Sie ein Semester lang in eine Veranstaltung vom Doc, sie werden von diesem Thema Ihr Leben lang nicht mehr loskommen. Der Kerl – so ihr Ausdruck – der Kerl lebt Philosophie, er lehrt sie nicht, er lebt sie vor und noch mehr er liebt sie, wie der Name schon sagt!!!‹«

»Danke schön für diese Komplimente.«

»Nichts Komplimente, niemals mitnichten. Wahrheit muss und dürfte doch gerade für uns das Wichtigste sein.«

»Ich bleibe also.«

»Nehmen Sie sich doch bitte zumindest vierundzwanzig Stunden Bedenkzeit, schlafen Sie eine Nacht darüber.«

»Die brauche ich nicht. Ich verlasse Andalusien niemals. Was soll ich mit noch mehr Geld? Ich brauche es nicht, was ich brauche ist das Licht und das Klima dieses Landes. Dann bin ich glücklich. Es gibt auf der gesamten Erde keinen Platz mit diesen Lichtverhältnissen und diesem Klima. In Madrid war ich immer unglücklich, als Kind aufgrund der Trennung von den Eltern, von meinem Bruder, den Freunden und auch als Teenager, auch wenn dann der Sport im Vordergrund stand, dann selbstverständlich und für jeden vernünftigen Menschen nachvollziehbar auch in der Studentenzeit. Deshalb bin ich ja auch nach Granada gewechselt.«

»Ich bin natürlich glücklich über Ihre Entscheidung, nein ich freue mich, als hätte ich gerade den Bachillerato bestanden.« Er nahm Guennaro in den Arm. »Vor allem die Kollegen und Kolleginnen werden sich freuen, dass sie alle ihren Urlaub nicht vorzeitig abbrechen müssen.«

»Und da wir uns mal wieder einig sind, habe ich noch einen speziellen Tropfen, einen süßen Malaga Lacrima. So süß wie die Sünde. Ich beziehe ihn von einer Weinfinca in der Nähe von Manilva. Er ist wahnsinnig teuer, denn er stammt aus dem Jahre 1951. Sie wissen warum, nehme ich an.«

»Ja, ja. Aber ich darf nicht, ich muss noch fahren.«

»Unsinn, Entschuldigung. Sie bleiben selbstverständlich und ohne Diskussion über Nacht. Es ist alles schon vorbereitet. Meine Putzfrau hat mir dankenswerter Weise geholfen. Also erst einen Schluck Malaga.« Mit diesen letzten, keinen Widerspruch duldenden Worten hatte er die zwei recht kleinen Dessertweingläser gefüllt. Sie prosteten sich zu. »Und nun will ich Ihnen zeigen, warum ich aus Andalusien nicht fort will, niemals fortgehe!«

Sie stellten ihre leergetrunkenen Gläser auf den Tisch zurück und gingen mit den drei Hunden – auch Caesar hatte sich heute im Laufe des Abends erholt – in und durch die »Wildnis.«

»Lassen Sie einmal alles auf sich wirken, die Hitze, die Gerüche, die Ruhe und vielleicht auch unser Gespräch!«

»Sie sprachen vorhin von Biofinca etc. Sind Sie etwa Veganer oder Vegetarier geworden?«

»Auf keinen Fall. Veganer schon gar nicht, denn auf Milch, Eier und wie Sie ja sehen konnten Käse etc. könnte ich nicht verzichten und Vegetarier zumindest nicht dogmatisch, und auch nicht voller Überzeugung. Ich begehe durchaus hin und wieder Sünden: Mal einen Lenguado, wie Sie ja schon gehört haben, mal eine Curry-Ananas-Hühnchenbrust, mal feinstes Rinderfilet oder dergleichen oder auch einfach nur mal eine Frikadelle.«

»Sie begehen eine Sünde. Das ist gut zu wissen, und kein Dogmatismus.«

»Nein auf keinen Fall. Es ist eher ein Bekenntnis, der Versuch einer Antwort auf die Fragen ›Wie wollen wir in Zukunft leben? Was wollen wir in Zukunft essen?‹ Dabei geht es nicht nur um Bio, nicht nur um eine ökologische Qualität der Produkte, nicht nur um Regionalität, sondern auch um Nachhaltigkeit und um das Miteinander von Menschen untereinander und mit Tieren. Wer sich im Verzicht übt, der gewinnt, denn der Verzicht nimmt nicht, er gibt, er gibt die fast unerschöpfliche Kraft des Einfachen. Diese verblödende Konsumgesellschaft mit ihrer Belanglosigkeit im Überdruss, ihrer Banalität, bedeutet das Ende der Würde des Menschen, nimmt uns diese Kraft!« Nach fünf Minuten Spaziergang lag zur rechten Hand auf dem Hügel eine Ruine. »Diese Ruine hat der Chef der Polizei in Villanueva de Tapia, das ist der nächste Ort fünf Kilometer nach Norden, erst kürzlich erworben.«

»Was will er denn damit?«

»Nun, er hat nach Jahren – das braucht halt seine Zeit hier in Andalusien – die Erlaubnis erhalten, den Bau praktisch neu zu gestalten, solange er die Außenwände stehen lässt. Er

darf sie renovieren, verstärken, betonieren oder sogar dämmen, aber als solche müssen sie stehen bleiben. Er bekommt Wasser aus Villanueva de Tapia und Tapia gehört zur Provinz Cordoba. Ich erzähle Ihnen das so ausführlich, weil der Besitzer ›meiner‹ Finca mit ihm einen Vertrag geschlossen hat. Sollte es auf der Finca, auf der ich wohne, einmal zu einem Wassernotfall kommen, d.h. die drei Brunnen der Finca versiegen, erhält der Besitzer Wasser von diesem Haus. Gleichzeitig beziehen wir Strom aus der Provinz Granada und das Funktelefon kommt von Malaga. Die Finca liegt also und das ist wirklich kein Scherz im Schnittpunkt von drei Provinzen Andalusiens. Höchstwahrscheinlich verläuft eine Grenze durch mein Wohnzimmer«, frotzelte Guennaro ein wenig erheitert. »Und obwohl mir diese Ruhe und völlige Abgeschiedenheit gefällt, kann und muss ich sagen, dass diese Gegend Andalusiens, der sog. Olivengürtel, noch nicht die meine ist.«
»Wo wollen Sie denn hin?«
»Ich weiß es noch nicht, aber wenn ich die Gegend sehe, weiß ich es sofort. Deshalb werde ich auch erst dann etwas kaufen.«
»Verständlich, vollkommen nachvollziehbar. Würde ich auch nicht anders machen.« In der Zwischenzeit hatten sie ein primitives Holzgitter geöffnet und nach Austritt wieder geschlossen und kamen an einem recht großen zweistöckigen, wenn auch einfachen Haus vorbei, ein wenig abgewohnt, aber ansonsten durchaus noch okay. »Hier wohnt die Haushaltshilfe meines Besitzers. Auch mir geht sie wie schon angedeutet zur Hand. Sie ist sehr fleißig, sauber und akkurat. Man kann sich auf sie verlassen. Manchmal hat sie terminliche Schwierigkeiten, dann liegt es meistens daran, dass die Tochter krank ist und zum Arzt oder Krankenhaus oder auch zur Schule gebracht werden muss. Aber ansonsten ist alles okay, was sie macht. Sie hält meinen Laden sauber! Bevor die Geräuschkulisse zunimmt, – wir nähern uns nämlich der Verbindungsstraße – biegen wir bitte auf diesen Feldweg nach links ein.« Gesagt, getan. Die beiden recht unterschiedlichen, sich aber seit Beginn ihrer Zusammenarbeit prächtig verste-

henden Kollegen gingen nun erst einmal langsam, nachdenklich, ja bedächtig und schweigsam dahin, bis Guennaro sich das Recht heraus nahm und sich folgendermaßen äußerte: »Diese Stille, diese Weite des Landes, hier kann und darf ich das sein, was ich bin!«

»Sie meinen Mensch sein?«

»Nicht nur, sondern in erster Linie Denker. Diese Wege, mögen sie für Autofahrer ein Horror sein, auch ich schimpfe zumeist, wenn ich hierher fahren muss, erwecken bei mir einen Sinn, der die Freiheit liebt. Die moderne Zeiterfahrung der heutigen Menschen ist perforiert, sie sind für die Sprache dieser Wege zu schwerhörig, vielleicht sogar völlig taub geworden. Für sie zählt nur noch der Lärm der Apparate, den sie quasi für Gottes Stimme halten. Der Mensch wird so zerstreut, ich hingegen ziehe aus dieser Stille meine Kraft, sie bildet den Rahmen meines Denkens, der Suche nach bzw. der Vergewisserung von Ichidentität.«

»Also reinster Cartesianismus?«

»Man kann es auch als die konzentrierte Selbsterforschung, Vergewisserung eines innerlich bewussten Lebens titulieren, denn Gewissheit zu haben, ist ja immer besser als Basis für die Kraft zur Erledigung des Auftrages zum utopischen Denken.«

»Erkenne ich da eine Kritik des bewusstlosen Nihilismus, der für eine universelle Menschengemeinschaft nichts mehr erwartet, erkenne ich da den guten alten Heidegger?«

»Nein Chef, eher das Gegenteil.«

»Das müssen Sie mir dann aber erklären.«

»Nichts lieber als das. Es geht mir nicht um eine seit Heidegger bekannte ablehnende Haltung zur modernen Öffentlichkeit, um eine Kritik der Moderne, um eine radikale Ideologiekritik der westlichen Zivilisation, obwohl sie manchmal durchaus vonnöten wäre. Das ›Man‹, das Gerede, die Geschäftigkeit bedrohe ein authentisches, wahrheitsorientiertes Leben. Mag sein, dass Heidegger die Stimmungen der damaligen Zeit mit unvergleichbarer Deutlichkeit zur Geltung gebracht hat. Diese abgründige Modernekritik, die Heideggers

Ruhm bis heute zu Recht begründet, ist es also nicht, sondern um eine auf die Zukunft gerichtete Lebensweise, wie ich es schon vorhin angedeutet habe. Weil er jedoch fälschlicherweise die Zeit vom Sein her deutet, und nicht umgekehrt, wie es eigentlich die Aufgabe der Philosophie ist, verliert er sich in einem archaisch-neuheidnischen Dunkel, zu einem Großteil antisemitisch und faschistisch geprägt. Von Heidegger bis zum NS-Totenkopforden fehlt es nicht viel. Ich würde meine Haltung eher als dialektischen Negativismus beschreiben, als einen Versuch, eine oder auch mehrere Antworten auf die Frage nach dem richtigen Leben in einer entfremdeten Welt zu finden.«

»Sie wissen, dass dieser Gedanke vom richtigen Leben in einer falschen Welt nicht mit Adorno vereinbar ist. Aber ich glaube, ich habe verstanden. Darf ich dann von einer Bindung zwischen Ihnen, Ihrem Denken und Andalusien sprechen?« Der Rektor sah das lautlose Kopfnicken seines Kollegen einerseits und hörte dessen sehnsuchtsvolles »Ach ja, Al-Andaluz, der Nebel von Cadiz, die Helligkeit und das makellose Blau von Almeria, die Grenzenlosigkeit der Olivenhaine‹ andererseits und fuhr deshalb nach einigen Minuten fort: »Diese Bindung, zu der ich Ihnen zugegebenermaßen ein wenig neidisch gratuliere, ist für mich das schönste Symbol für das Göttliche und wird am scheußlichsten missbraucht. Es ist Eros. In der Öffentlichkeit findet man doch nur noch Instant-Sex, gleichgültig gegenüber allem und jedem, die Verflachung zur Banalität, die den Eros vergiftet!«

»Wunderschön. Ich hätte es nicht so schön ausdrücken können. Nur noch zwei Begriffe zur Ergänzung: Schamlosigkeit und Oberflächlichkeit, insgesamt verkommt diese Gesellschaft total. Dekadenz ist, so glaube ich, das entscheidende Stichwort. Ich bin kein Defaitist, aber sollte es zu einem Kampf der Kulturen kommen, so stände es um Spanien sehr schlecht. Hier ist das Demokratiebewusstsein und der Glaube an die Überlegenheit dieser Staatsform zu wenig im Volk verankert. Fußball, Wein und Tapas sind das spanische Leben.«

In der Zwischenzeit waren sie auf einem Hügel angelangt.
»Hier hat man den Überblick. Hier könnte man mit Hegel trainieren, das Ganze zu denken« kam es irgendwie erleichtert aus dem Dekan heraus. »Sicherlich zunächst einmal nur über die Landschaft, doch kann man sich auch die Zeit nehmen und auch über die Politik nachdenken, die sich ja nun in den letzten zwanzig Jahren Gott sei Dank grundsätzlich geändert hat.«
»Hier bedaure ich immer zutiefst, nicht malen zu können. Bei mir sieht die Kuh aus wie ein Pferd und umgekehrt.«
»Sie wollen nicht über Politik reden? Habe ich Recht?«
»Nicht unbedingt, denn in vielen Punkten dürften wir nicht unbedingt einer Meinung sein.«
»Nun gut, dass ist aber doch für uns beide zunächst kein grundsätzliches Problem.«
»Ich muss und will Ihnen zustimmen, doch nicht unbedingt an diesem Abend, der so stimmungsvoll ist. Und noch eine kurze Ergänzung zu Ihrem meines Erachtens völlig richtigen Gedanken zu Hegel. Das Ganze mit Hegel denken, ja auf jeden Fall, aber ohne dabei die Singularität des Einzelnen und das Bewusstsein für Ökonomie, Endlichkeit und Zeit zu vernachlässigen oder gar zu vergessen. Man könnte auch den Begriff Klassenkampf oder ökonomische Basis der Gesellschaft an dieser Stelle hineinwerfen.« In der Zwischenzeit waren sie vom Scheitelpunkt ihres Spaziergangs in Richtung Finca auf dem Rückweg.
»Ich glaube und hoffe, ich habe begriffen, nein nicht nur mit dem Verstand, sondern mit der Nase und mit dem Herzen. Hier kann man nicht nur Gewürze riechen, sondern sogar die Wärme. Diese Luft haben wir natürlich in der Großstadt verloren. Darf ich Ihnen offen eine sehr intime Frage stellen?«
»Ich bitte darum.«
»Verzeihen Sie mir bitte vorher, lieber Kollege, ich möchte nur wissen, ob ich Sie jetzt insgesamt richtig verstanden habe? Lieben Sie Andalusien?« Man konnte einen Tränenansatz in beiden Augen Guennaros erkennen. Sofort wollte der Dekan seine Frage zurückziehen, doch das Ja Guennaros kam

etwas schneller und noch die Ergänzung: »Vielleicht mehr als mein Leben.«

Zwischen beiden herrschte danach absolute Ruhe auf dem Rest des Heimwegs. Jeder ging seinen Gedanken über dieses aufwühlende Gespräch nach. So gelangten sie in den Vorhof, Guennaro schloss das Holztor ab, ging zum Eingang des Hauses, schloss auf, alle drei Hunde legten sich sofort ins Schlafzimmer, den »kühlsten« Raum des Hauses, weil nach Norden gelegen. Die beiden Professoren hingen noch den ganzen Abend und die halbe Nacht am Tisch und aus der einen Karaffe Malaga wurden dann noch zusätzlich zwei weitere, bevor sie dann die absolute Bettschwere hatten.

Wenige Monate später, vorletzter Donnerstag im Oktober 1997. »Grrrrr.Grrrrr. Grrrrr«.

»Ja bitte.«

»Entschuldigen Sie bitte die Störung lieber Kollege. Ist alles okay bei Ihnen?«

»Ja, alles bestens. Ich kann nun aber nicht mehr schwimmen und die Besitzer werden auch in den nächsten Tagen wieder in ihren wohlverdienten Winterurlaub nach Südostasien aufbrechen. Aber warum fragen Sie? Ist etwas passiert?«

»Nein, nein. Alles soweit in Ordnung. Ich möchte Sie nur noch einmal an die Sondersitzung der Fakultät morgen um elf Uhr erinnern und Sie herzlich darum bitten, pünktlich im Konferenzzimmer zu sein.«

»Ja, okay, alles klar, morgen um elf Uhr pünktlich im Konferenzraum.« So verabschiedeten sich die beiden Kollegen voneinander.

Es war ein richtiger Oktobertag dieser vorletzte Freitag, klar, frisch, ja durchaus verhältnismäßig kühl für diese Jahreszeit, auch wenn die Sonne hie und da durchaus schien. So zog Guennaro zum ersten Mal in diesem Wintersemester seine neuen Herbsttextilien an: Eine anthrazitfarbene Cordhose und dazu das neue langärmelige grün-weiß-grüne Hemd in den Nationalfarben Andalusiens, vielleicht nicht jedermanns Geschmack, aber das war ihm wie immer völlig egal, Hauptsache frisch und sauber. Seine reichhaltigen Unterlagen für den heutigen Tag fanden kaum Platz in seiner uralten Aktentasche. Sie quoll über. Deshalb nahm er noch eine Jutetasche zur Hilfe und verstaute auch in ihr Seminarunterlagen. Er konnte sich heute während der Fahrt des Gefühls nicht erwehren, dass es voller war als sonst. Aber er hatte es nicht sonderlich eilig, denn er war heute zum ersten Mal nicht schwimmen gewesen. Das Wasser war ihm über Nacht doch zu kalt geworden. Deshalb hatte er auch genügend Zeit für die Fahrt, die ihn dann mehr als pünktlich zur Uni brachte. Obwohl ein Teil des Campus und auch des Parkplatzes polizeilich abgesperrt war, fand sich doch noch ein freier Parkplatz. Zunächst ging er ins Sekretariat: »Guten Morgen, Senora Mathilda. Ist Post für mich da?«

»Guten Morgen Senor Guennaro. Nein.«

»Wissen Sie, was da draußen los ist? Einiges an Platz ist polizeilich abgesperrt.«

»Nein, wir haben nur die Mitteilung der Guardia Civil erhalten, dass da heute ein Gast höchsten politischen Ranges kommen soll. Mehr nicht.«

»Ho, Ho.« Guennaro hatte das Gefühl, dass Mathilda heute noch eine Stufe freundlicher war als sonst auch schon. Nun ja, höchstwahrscheinlich Einbildung, männliche Eitelkeit. So ging er durch das Sekretariat in sein Arbeitszimmer, das gleich nebenan lag. Dort legte er einige Materialien aus seiner Tasche und auch die Jutetasche auf den Schreibtisch und verließ mit der Aktentasche unter dem Arm sein Arbeitszimmer in Richtung Seminarraum. »Der Chef möchte Sie noch ganz kurz sprechen, bitte.«

»Gut«, sprachs und änderte seine Richtung zum entgegengesetzt gelegenen Zimmer des Dekans. »Guten Morgen Chef.«

»Ja, ja guten Morgen lieber Kollege. Gut, dass ich Sie noch vor der Konferenz sehe. Ist denn alles in Ordnung?«

»Warum nicht, alles bestens.«

»Also bis um elf, bitte pünktlich.«

»Nun gut, dann wollen wir mal wieder so tun, als ob wir den Studenten und Studentinnen etwas beibringen.« Beide lachten lauthals. Schon einige Minuten früher als üblich betrat Guennaro den für dreißig Studenten doch sehr großen, um nicht zu sagen riesigen Raum, nein Saal. Er hatte immer großen Wert darauf gelegt, dass die Anzahl bei der Anmeldung zu seinen Seminaren nicht über dreißig anwuchs, da bei einer größeren Zahl nicht mehr gut zu arbeiten sei. Die Aufmerksamkeit der Studenten ließe nach, man könne sich in einer Doppelstunde kaum um alle kümmern, was jedoch für sein Verständnis von Philosophie wichtig sei. Jeder Student müsse zumindest die Chance gehabt haben, in einer Stunde zumindest einen mündlichen Beitrag geleistet zu haben. In diesem Wintersemester ging es in diesem Seminar mit Studenten und Studentinnen des letzten Jahrganges vor dem Examen thematisch um die Aufarbeitung, besser gesagt, Vertiefung des Themas des letzten Sommersemesters: Herbert Marcuses Freiheitskonzeption am Beispiel von Eros and Civilization. Guennaro legte aus inhaltlichen Gründen in diesem Fall großen Wert auf den Originaltitel und schrieb ihn dann auch an die Tafel, setzte sich mitten irgendwo in den Kreis seiner Studenten und Studentinnen und gab ein kurzes Statement ab: »Ich darf Sie hiermit alle herzlich zum Wintersemester 1997/8 begrüßen, Ihnen viel Fleiß, Gesundheit und Können wünschen und denjenigen, die uns dann mit hoffentlich herausragenden Examensnoten verlassen, auch ein wenig Glück und ich kann Ihnen versprechen, dass ich für meinen Teil das Beste in diesem Semester und auch danach in den Prüfungen geben werde. Beginnen wir deshalb auch zügig mit dem Leben Herbert Marcuses. Beginnen wir auch damit, dass ich mein Bestes gebe, denn ich kann mich heute mal ein wenig zurücknehmen, da Julia sich in der vorlesungsfreien Zeit mit diesem Thema herumgeschlagen hat. Bitte schön. Dies ist Ihre Doppelstunde. Versuchen Sie alle mich möglichst zu übergehen.«

Julia übernahm sofort das Wort, hatte sich auch technisch vorbereitet, d.h. Overheadprojektor und bunte Filzstifte, als auch Kreide und Tafel waren ihre Medien. Doch war es nicht so, dass sie jetzt dazu überging, eine dreiviertel Stunde allein zu reden. Genau das Gegenteil war der Fall. Sie ließ zwei Din-

A4-Seiten mit dem Curriculum Vitae Marcuses herumgehen, so dass alle in der Runde ein Exemplar dieser zwei Seiten vor sich fanden, gab ihnen etwas Zeit, sich die Daten zu erarbeiten und meinte nur noch, dass es für die Examenskandidaten sogar Pflicht wäre, alle Daten präzise auswendig zu lernen, nur nicht heute. Nach gut zwanzig Minuten kamen dann die ersten durchaus noch zaghaften Reaktionen. Zunächst ging es noch um Klärung von Details, da das Leben dieses Mannes ja sehr stark von der Geschichte des 20. Jahrhunderts geprägt war, so dass man zum Verständnis von Leben und Werk durchaus fundierte Geschichtskenntnisse besitzen musste. »Also, die Tatsache der Teilnahme am revolutionären Berliner Arbeiter- und Soldatenrat ist ja für sein damaliges Alter als Jugendlicher durchaus verständlich und nachvollziehbar.«

»Vom Alter vielleicht oder besser sicherlich, doch stammte er ja nun nicht aus dem Proletariat.«

»Wenn wir einmal unterstellen, dass solch ein politisches Verhalten, das ja auch noch mit Gewalt verbunden ist und damit auch äußerst gefahrvoll sein kann, doch auch ein gewisses Bewusstsein voraussetzt bei einem Menschen oder?«

»Na klar und wer bestimmt es?«

»Da sind wir wieder bei der entscheidenden Frage der Philosophie, zumindest der politischen, ›Wer bestimmt das Bewusstsein?‹«

Die weiteren Themen waren dann der gescheiterte Versuch Marcuses bei Heidegger zu habilitieren, die Flucht vor Nazideutschland, das Leben in den USA, die Mitarbeit im amerikanischen Geheimdienst, das Verbleiben in den USA, während die hochgradigen Kollegen alle nach Frankfurt zurückgingen, sein Buch Eros and Civilzation, das ja im Mittelpunkt dieses Semesters stehen soll, seine Weltberühmtheit nach seinem Eintreten für die weltweite Studentenbewegung. Kurz gestreift wurde noch einmal der Aspekt Walter Benjamin, aber wirklich nur kurz, dessen Schicksal mit der Geschichte Spaniens leider eng zusammenhing. Um zehn Uhr nahm man sich mehr oder weniger pünktlich eine kurze Pause von zehn Minuten. Einige Studenten gingen auf die Toilette, andere nach draußen, um zu rauchen. Guennaro hatte sich mit Ausnahme seines Eingangsstatements völlig zurückgehalten und auch zurückhalten können. Seine Studenten waren so fit, dass er nicht eine Silbe mehr dazu tun musste.

Zu Beginn der zweiten Stunde gab Julia eine weitere Din-A4-Seite mit einer kurzen Sentenz aus einem Bericht über die Berühmtheit dieses Mannes, genauer gesagt über sein Charisma, aus, ließ es vorlesen und auch übersetzen:

»One Friday evening a few years ago, I was standing in the midst of a noisy, happy crowd of students in an auditorium at Brandeis waiting for a concert to begin, when word suddenly came up the line: ›Marcuses here!‹ At once there was a hush, and people divided themselves up to clear a path. A tall, erect, vividly forceful man passed down the aisle, smiling here and there to friends, radiant yet curiously aloff, rather like an aristocrat who was a popular hero as well, perhaps Egmont in the streets of Brussels. The students held their breaths and gazed at him with awe. After he had got to his seat, they relaxed again, flux and chaos returned, but only for a moment, till everyone could find his place; it was if Marcuses presence had given a structure to events«.

Es war gut und sachlich völlig richtig, dass Julia diese kurze Sentenz übersetzen lies. Dabei wurde dann der Unterschied zwischen dem in der Welt völlig unbekannten und selbst in den USA kaum bekannten Philosophieprofessor und dem weltberühmten, in jedem Medium erscheinenden Held der weltweit rebellierenden Jugend, dem »Opa der APO« deutlich herausgestellt und daraufhin die das ganze Semester strukturierende Frage nach der Bedeutung seines Werkes Eros and Civilization herausgearbeitet. An dieser Stelle, kurz vor Abschluss der Doppelstunde, griff dann Guennaro kurz in das Gespräch ein, ließ einige Studenten und Studentinnen noch einmal dieses kuriose Phänomen im Leben Marcuses klar und allen verständlich vor Augen führen, um dann ein wenig früher als sonst die Sitzung zu beenden: »Wie beurteilen Sie denn Julias Leistung heute?«

»Prima!«

»Hervorragend vorbereitet.« Nur Lob von allen Seiten aus dem gesamten Rund. »Ja und warum tun Sie dies nicht kund?« Trampeln auf dem Boden, Klopfen auf den Tischen, Klatschen. Das volle Programm und recht laut, aber auch völlig berechtigt. Es war schon zehn vor elf, Guennaro bedankte sich bei Julia ausdrücklich, ganz herzlich und voll des Lobes für die völlig unabhängig von ihm geführte Doppelstunde: »Als Hausaufgabe für die nächste Woche gilt dann die Analyse der ersten beiden Kapitel des Buches: ›Die verborgene Tendenz in der Psychoanalyse. Der Ursprung des unterdrückten Individuums (Ontogenese)‹ Dazu wünsche ich Ihnen viel Spaß und bis nächste Woche.«

Damit packte er seine Aktentasche, verließ den Saal und begab sich in sein Arbeitszimmer, um sich seiner Materialien zu entledigen. Anschließend ging es in den Konferenzraum, der nur wenige Meter entfernt auf der anderen Seite des Flurs lag. Alle Kollegen und Kolleginnen waren schon anwesend, Guennaro grüßte alle freundlich und setzte sich in eine vom Kopf des Tisches weit entfernte Ecke. Irgendwie versuchte er sich instinkthaft zu verstecken. Die große Tür des Zimmers, besser Saales, öffnete sich, der Dekan schaute zunächst nur kurz mit dem Kopf herein und wünschte allen Kollegen und Kolleginnen von dort einen »Guten Morgen«, den diese erwiderten. Dann öffnete er auch den zweiten Flügel der Tür, so dass sich eine recht große Öffnung zum draußen vorbeiführenden Flur auftat: »Der spanische Ministerpräsident, Herr Aznar.« Es war totenstill. Man hätte eine Stecknadel auf den nicht vorhandenen Flokatiteppich fallen hören können. Beide Männer betraten nun den Saal, der Rektor schloss die Doppeltür hinter sich. Alle Kollegen und Kolleginnen erhoben sich von ihren Sitzen und der Ministerpräsident deutete mit einer Handbewegung an, doch wieder Platz zu nehmen. Er selbst nahm nun am Kopf des Tisches Platz, daneben der Dekan.

Zu den Wissenschaftlern gewandt begann er nun: »Sehr geehrte Damen und Herren! So viel Weisheit auf einen Fleck, doch ich schätze, dass sich nun alle unter Ihnen fragen, welchem Zweck meine Anwesenheit hier und heute dient und dies völlig zu Recht. Obwohl Herr Dr. Seras gerade erst zwei Jahre an Ihrer Universität arbeitet, ist sein guter Ruf, vor allem was die pädagogische Arbeit betrifft, schon bis nach Madrid gedrungen. Man spricht schon vom ›Magister ad usum Delphini‹. Und dies ist der Grund meiner Anwesenheit. Die Universität von Madrid richtete und richtet ihren Ruf an Sie Herr Dr. Seras! Die Universität und ich wiederholen hiermit unser Angebot vom Sommer coram publico: Sie erhalten das doppelte Gehalt, geben nur noch wenige Stunden, haben also viel Zeit zur weiteren Forschung. Wir bitten Sie hiermit auf das Herzlichste dieser Bitte Folge zu leisten und zum nächsten Sommersemester nach Madrid zu kommen!«

Guennaro erhob sich, die Augen aller Kollegen und Kolleginnen richteten sich auf ihn, schienen ihn gleichsam durchbohren zu wollen, nur der Dekan schien sich in keinster Weise für die Aussagen seines Kollegen zu interessieren: »Sehr geehrter Herr Ministerpräsident, verehrter Herr Dekan, liebe Kollegen und Kolleginnen! Ich brauche keine vierundzwanzig Stunden Bedenkzeit, noch brauche ich eine Minute, noch nicht einmal eine Sekunde, um zu wissen, dass ich Ihnen, sehr geehrter Herr Ministerpräsident, eine Absage erteilen muss. Es geht nicht darum, wie viel Geld Sie mir auch anbieten würden. Meine Antwort lautete im Sommer nein, sie lautet jetzt nein und sie wird sich auch in Zukunft niemals ändern.«

»Herr Dekan, ich weniger, ist von dieser Ihrer Absage ausgegangen. Er kennt und versteht Sie offensichtlich besser als ich. Nun gut. Dennoch finden Sie auch mich auf diese Möglichkeit bestens vorbereitet. Ich will Ihnen allen keinen Vortrag über die Geschichte unserer Nation in den letzten zwanzig Jahren halten. Nichts läge mir ferner. Doch darf ich Sie darauf aufmerksam machen, dass seit wenigen Monaten erst, d.h. überraschenderweise gerade in dem Moment des definitiven Aussterbens der Zeitzeugengeneration sich in unserer Nation ein grundlegender Wandel in der öffentlichen Erinnerungskultur abzuzeichnen beginnt. Und aus diesem Grunde bin ich vehement daran interessiert, um einer drohenden Spaltung unseres geliebten spanischen Volkes vorzubeugen, eine Ethikkommission zum Thema Erinnerung einzusetzen und zwar auf Ministerialebene. Und niemand in ganz Spanien ist für diesen Posten, nein für diese Aufgabe prädestinierter als Sie. Leugnen Sie oder nicht, es ist so! Sehr geehrte Damen und Herren! Wissen Sie eigentlich, wen Sie da unter sich weilen lassen. Ich denke mal nein.

Obwohl ich anderthalb Jahre jünger bin als er, wurden wir beide am gleichen Tag in demselben Internat eingeschult. Wir waren im gleichen Jahrgang, aber nie in derselben Klasse. Ich wohnte auch nicht im Internat, sondern lebte zu Hause. Fast am gleichen Tag bauten wir unsern Bachillerato. Er war ein Handball- und Schwimmass, wie es im Buche steht.«

»Sie hingegen haben sich der Pflege zu den Falangistas independientes hingegeben. Als Sie voriges Jahr Ministerpräsident wurden, habe ich noch einmal Ihren Brief von 1969 an die Falangepresse durchgearbeitet. Eine Zumutung, ekelerregend. Möge man Ihnen, dem damaligen Teenager, noch verzeihen, doch ging es ja leider mit Ihnen so weiter. Wenn ich ein Sportass war, so sind Sie es geblieben, was Sie damals schon waren, ein Franquist, wie er im Buche steht. Noch 1979 – hört, hört – haben Sie sich gegen eine Demokratisierung ausgesprochen.«

»Sehen Sie meine sehr geehrten Damen und Herren. Deswegen war er auch überall so unbeliebt. Er nahm einfach kein Blatt vor den Mund. Aber lassen Sie uns einen Schritt vorwärts kommen. Vor einem Vierteljahrhundert hieß er noch einfach Guennaro Seras, war Mitglied der damals verbotenen Kommunistischen Partei und hatte sich der für diese Bewegung strikten Parteidisziplin unterworfen.«

»Entschuldigen Sie bitte sehr geehrter Herr Ministerpräsident. Dies mag zunächst formal korrekt sein, wirft aber ein falsches Bild auf meine Persönlichkeit. Nur wenige Tage nach meiner Immatrikulation 1971 war ich Mitglied der Demokratischen Studentengewerkschaft, die der franquistischen schon seit Jahren den Rang abgelaufen hatte und dies trotz der Tatsache, dass Sie damals Mitglied in ihr waren. Diese, unsere Gewerkschaft wurde auch, wenn auch bei weitem nicht ausschließlich, vom PCE organisiert und so kam ich zur

Partei. Doch lege gerade ich den größten Wert darauf, mich niemals der Parteidisziplin unterworfen zu haben. Den Kopf habe ich niemals abgegeben.« Lautes Lachen auf Seiten aller Kolleginnen und Kollegen. »Über diese Mitgliedschaften und die normale Arbeit am Philosophischen Institut hinaus las ich dann in einem geheimen revolutionären Zirkel, dem Republikanischen Club in Madrid, alle französischen Vordenker der Revolution. Und nun machen Sie mir marxistischen Philosophen die Aufwartung.«

»Am 2. Oktober 1972 wurde Seras von der Francopolizei gefangen genommen, blieb bis zum 16. Dezember eingekerkert und wurde mit den schlimmsten Methoden gefoltert. Als ein Beispiel von vielen nenne ich nur die Papageienschaukel. Sollte irgendjemanden von Ihnen einmal die Möglichkeit zur Akteneinsicht gegeben werden, nutzen Sie sie. Doch vergewissern Sie sich vorher, dass Sie gesund, ja topfit sind. Seras hat tagelang in einem nassen und dunklen Kellerverlies verbringen müssen, stundenlanges Gefesseltsein in einem ›Waschkaue‹ genannten Verlies, die Hände auf dem Rücken, qualvoll. Man hat ihm die Kniekehlen von hinten zertreten, ihn mit Peitschenhieben in die Knie gezwungen. Er hat nicht einen Namen preisgegeben. Ein Mitgefangener, ebenfalls Kommunist, hat ihm manchmal durch Gespräche oder auch nur durch seine Anwesenheit Kraft verliehen, zumindest steht es so in den Akten. Scheinerschießungen, helles Licht in der Nacht, um Schlaf zu verhindern. Er ging in die Knie, aber er zerbrach nicht. Stromstöße an den Hoden. Er gab nicht einen weiteren Namen als nur seinen eigenen preis oder er rief Pasionara an. Jeden Freitag Mittag ließen die Folterknechte seine damalige Freundin in den Kerker bringen, damit er die Namen preisgab und dann fürs Wochenende entlassen werden konnte. Nicht einen haben sie zu hören bekommen. Dann schlossen sie ihn wieder ein. Und er verlangte die Bibel. Er schleuderte ihnen ins Gesicht: ›Dies ist ein Menschenrecht. Die Bibel müssen sie mir zugestehen!‹ Sie schlugen ihn mit der Bibel ins Gesicht und ließen ihn scheinertrinken. Volksfeinde, Volksverräter schrie er ihnen ins Gesicht.«

»Das reicht!«
»Jetzt ist es aber genug, bitte. Nicht mehr.!«
»Aufhören! Sofort!«
»Ist das wirklich nötig?«
»Herr Ministerpräsident, bei allem Respekt, hören Sie auf und zwar sofort, es reicht!«
»Nein, es reicht nicht! Ich muss Ihnen diesmal widersprechen. Ich habe mir, Verzeihen Sie mir bitte alle, die Medizinakte von 1978 zukommen lassen, die angefertigt wurde, als Guennaro Seras in den öffentlichen Dienst eingestellt wurde:
- Zerstörung des Mageneinganges;
- Zerstörung des Darmausganges;
- Zerquetschung einiger Rippen der linken Seite;
- Zerquetschung des linken Knies;
- Trümmerbruch des linken Unterschenkels mit der Notwendigkeit, lebenslang eine Metallschiene zu tragen;
- Trümmerbruch des linken Sprunggelenks für alle Zeiten, keine Möglichkeit zur Reparatur;
- Zerstörung des gesamten Nervensystems im linken Fuß, der deshalb auch völlig taub ist;
- Operation an der rechten Achillessehne und viele Narben, zwei kleine sogar im Gesicht;

Aufgrund der Misshandlungen brach der Gefangene am 16. Dezember 1972 zusammen: Der anwesende Arzt konstatierte ›klinisch tot‹ und musste ihn dann reanimieren. Darf ich den letzten Punkt auch noch vorlesen, Dr. Seras?«
»Ja, von mir aus, wenn Sie damit keine Probleme haben. Ich stehe darüber. Doch bedenken Sie bitte, dass sich auch Kolleginnen hier im Raum befinden!«
»Das ist ja mal wieder typisch für Sie«, sagte der Ministerpräsident voller Überzeugungskraft. »Typisch Seras. Kein Mann möchte das von sich preisgegeben wissen, aber er steht darüber:
- Impotentia coeundi.

Nach dem o.g. Vorfall Mitte Dezember wurde er zwecks Geheimhaltung direkt ins Militärlazarett überstellt, in dem er dann noch eineinviertel Jahr hat zubringen müssen. Zunächst konnte er nur im Rollstuhl bzw. Bett ›leben‹, wenn man diesen Begriff in diesem Zusammenhang überhaupt noch verwenden darf. Die Ärzte gaben ihm dort unter anderem Opioide gegen seine Schmerzen. Nach einem Jahr hat er die Einnahme verweigert, den Kalten Entzug erlebt, und auch andere Schmerzmittel abgelehnt. Jeder Arzt und jedes Krankenhaus in Spanien haben das Recht, ihm Opium bzw. Opioide gegen seine Schmerzen zu verschreiben. Die meisten Menschen hätten diese Verletzungsliste verständlicher und auch legitimer Weise dazu genutzt, um nach dem Ende des vorherigen politischen Systems für immer in staatliche Rente zu gehen. Nicht er. Er wollte in den Schul- und später dann in den Universitätsdienst und hatte nur eins im Kopf: Aufklärung, Aufklärung und noch einmal Aufklärung über unsere Vergangenheit! Wie haben Sie es in Ihrer bemerkenswerten Antrittsvorlesung so vortrefflich bezeichnet?«

»Die Schicht des Vergessens durchstoßen«, kam es von Seiten des Dekans.

»Ja, genauso. Danke. Und nun biete ich Ihnen im Namen der gesamten Regierung einen Posten an mit Ministergehalt, auf dem Sie landesweit den meisten Einfluss auf dieses Problem der Erinnerungskultur haben. Niemand anderes als Sie ist so prädestiniert. Sehen Sie es ein und sehen Sie bitte von meiner Rolle jetzt völlig ab, ich werde irgendwann abgewählt, um mich geht es doch hierbei nicht. Aber Spanien braucht Sie! Bitte!«

Wiederum richteten sich alle Augen auf ihren Kollegen: »Sehr geehrter Herr Ministerpräsident und dies ist das letzte Mal, dass ich Sie so nenne. Noch einmal. Ich will nicht mehr Geld, darauf kam es mir im Gegensatz zu Ihnen nie an. Ich muss leben, sicherlich, doch kann ich dies mit meinem jetzigen Gehalt ganz gut. Mehr benötige ich nicht. Es ist schon mächtig dreist und zeugt von einer nicht zu überbietenden Arroganz, wenn Sie als Sprössling einer franquistischen Familie und als junger Chef einer politischen Partei, die sich an ihrem rechten Rand, zu dem übrigens Sie auch zählen, immer noch als ideologischen Erben des Franco-Regimes begreift, hier aufkreuzen und versuchen, den linken Professor, den rojo mit Geld und Ämtern zu bestechen. Ihr gesamtes Weltbild von Einheit, Zentralismus und Katholizismus ist mir mehr als zuwider, genauer es ist das beste Brechmittel auf dieser Welt. Und es sind doch gerade Sie und ihre Partei, die dieses Volk polarisieren. Sie wollen doch gar keine Aufklärung. So ist z. B. Ihre gesamte Kulturpolitik keine historische Aufklärung, sondern vielmehr eine touristische Zurschaustellung, u.a. auch Ihrer Person. Sie sind, Verzeihen Sie mir bitte verehrter Herr Dekan, das was Sie schon vor dreißig Jahren waren, ein Heuchler, ein Karrierist, der sich nach oben geschlichen hat. Sie können gar nicht dazu lernen. Sie ein Demokrat? Haben Sie sich denn überhaupt einmal die Frage gestellt, wo Sie am 16. Dezember 1972 waren, was Sie damals gemacht haben? Haben Sie jemals die Frage nach der eigenen persönlichen Vergangenheit und Verantwortung gestellt? Eher passt der Elefant in die Badehose seiner Lieblingsmaus. Auf diesem, Ihrem Posten hätte ich weniger zu sagen, wäre ein Alibimäntelchen, unglaubwürdiger als hier unter meinen lieben Kollegen und Kolleginnen und vor allem unter meinen Studenten. Sie alle tragen mich und meine Arbeit. Hier betreibe ich seit zwei Jahren Erinnerungskultur. Und es scheint so, als hätte ich durchaus einen gewissen Erfolg. Ich soll nach all den Erlebnissen, die Sie hier geschildert haben, nach Madrid zurück. Wie soll das möglich sein?«

»Aber es ist doch Ihre Heimat! Bitte!«

»Meine Heimat ist nicht Madrid. Mein Elternhaus stand und steht dort, ich bin dort aufgewachsen, zur Schule gegangen, habe dort angefangen zu studieren, und dann kam diese unglückselige Zeit, die Sie gerade geschildert haben. Meine Heimat ist Andalusien und wird es ewig bleiben. Für mich gäbe es nur einen Grund, dieser Universität den Rücken zu kehren. Fragen Sie bitte meinen Chef oder alle Kollegen und Kolleginnen, ob sich unter ihnen eine überzeugende Mehrheit für meinen Abgang findet. Bitte!«

»Niemals. Niemals.«
»Er bleibt.«
»Er soll bleiben.«
»Wenn er geht, gehen wir alle.«
»Aber sehr geehrte Damen und Herren! Gibt es einen geeigneteren, weil ja Betroffenen als Dr. Seras? Sie alle kennen die Antwort und sie heißt: Nein!«

Nun erhob sich der Dekan von seinem Platz: »Ich hatte vor einigen Monaten im Sommer die wahrhafte Freude der Pflicht, Sie lieber Herr Kollege, von diesem ersten Angebot aus Madrid in Kenntnis zu setzen und ich habe all Ihre Argumente vernommen und auch abgewogen. Sie waren mehr als überzeugend, sie haben mich zutiefst gerührt. Es war ein ergreifender und für mich unvergesslicher Abend. Und angesichts der heute veröffentlichten Hintergründe kann, nein muss ich sie akzeptieren und ich akzeptiere sie auch. Und dennoch bitte ich Sie, dem Ruf nach Madrid Folge zu leisten. Spanien braucht Sie und verzeihen Sie mir bitte, aber Spanien ist wichtiger als Sie selbst!«

»Verehrter Herr Dekan! Spanien wollte mich damals nicht, nun will ich es nicht. Ich kann nicht fort, ich will, nein ich muss für immer hier bleiben. 1985 wurde unser aller Dichter Jose Bergamin in Fuenterrabia im Baskenland beerdigt. ›Er wollte seine Knochen nicht der spanischen Erde übergeben.‹ Und so werde ich meine Knochen auch nicht der spanischen Erde übergeben, geschweige denn mein Leben. Es tut mir leid, doch seien Sie eines gewiss: Ich werde nie wieder den Boden Madrids aus freien Stücken betreten, es sei denn aus privatem Anlass. Und ich wiederhole es zum letzten Mal: Meine Heimat ist Andalusien, wird es immer bleiben und ich werde es nie verlassen, ebenso wenig diese Uni, es sei denn es gibt eine Mehrheit gegen mich.«

Ein tausendfacher – so hatte man das Gefühl – Jubel setzte nun von Seiten seiner Kollegen und Kolleginnen ein. Die beiden Kolleginnen, Lucia und Julia, kamen von der anderen Seite des Tisches um denselben herum, und gaben Guennaro einen doppelten Kuss auf beide Wangen. Die

Kollegen standen nun alle auf und wandten sich an Guennaro und gratulierten ihm. Vielen standen die Tränen in den Augen, auch dem Dekan, den Guennaro sogar umarmte. Herr Aznar saß recht deprimiert vorne am Tisch. In diesem Moment nahm sich Guennaro das Recht heraus und erhob seine äußerst klare Stimme: »Dass ich nach diesem meinem Leben in den siebziger Jahren der Zentrale eine Abfuhr und der Provinz eine Zusage geben muss, dürfte jetzt klar sein. Aber Jose« – In diesem Moment konnte man beim Regierungschef einen Ruck durch den gesamten Körper fahren sehen, eine gewisse Gespanntheit, ja Neugier konnte nicht geleugnet werden. Er wirkte gespannt wie eine Feder. – ich mache Dir einen Vorschlag oder äußere eine Bitte. Darf ich?«

»Ich bitte darum«, gab Aznar wiederum knapp zurück und in dieser Knappheit spürte man seine Neugier.

»Wenn Du mir und uns noch etwas Gutes tun willst, so wende bitte das Geld, das Du mir zugedacht hattest, für die Philosophische Fakultät auf. Ich habe gehört, dass nun auch das letzte Exemplar meines ersten Buches gestohlen worden sein soll. Auch die Freudausgabe ist nicht mehr vollständig, von der MEGA ganz zu schweigen. Außerdem wäre eine weitere Planstelle für unser Sekretariat dringendst vonnöten. Du siehst, es gibt eine Menge Löcher zu stopfen und unser verehrter Herr Dekan hat sicherlich einen viel besseren Überblick als ich. Auf jeden Fall ist Dein Geld hier wesentlich besser aufgehoben als auf meinem Konto. Und nun verzeihen Sie mir bitte alle, aber ich habe Wichtigeres zu tun, nämlich mit freien Studenten an einer freien Universität im freien Andalusien zu denken.«

So ging er mit einer leichten Kopfverneigung in Richtung Dekan nach draußen auf den Flur und wollte durch das Sekretariat, das gleich gegenüber dem Saal gelegen ist, in sein Arbeitszimmer gelangen. Im Sekretariat weinte die Sekretärin und wollte ihre Tränen mit dem Taschentuch abwischen.

»Sie haben gelauscht, wie ich sehe. Senora Mathilda, das wird ja immer schlimmer mit Ihnen. Das wird noch einmal böse enden«, frotzelte er und schloss sie dabei in die Arme und streichelte ihr übers Haar.

»Was hat man Ihnen denn damals alles angetan? Das ist ja ein Verbrechersystem gewesen!«

»Wo Sie Recht haben, will ich nicht widersprechen. Aber bitte als Rat verstanden: Im Leiden verbirgt sich das Bild des besseren Lebens und ich trage dieses Bild immer in mir. Es steht klar und deutlich vor meinem geistigen Auge.« So ging er dann in sein Arbeitszimmer, holte seine sämtlichen Unterrichtsmaterialien heraus und verabschiedete sich schon jetzt mit einem Gruß für ein schönes, geruhsames und friedvolles Wochenende bis Montag.

Abends saß der Dekan mit seiner Frau zu Hause am Kamin bei einer Flasche guten Weines. Beide waren äußerst nachdenklich. Er hatte ihr von den Ereignissen seit dem Sommer mit Guennaro berichtet. Er war noch immer geschockt über das, was er heute Morgen vernehmen musste und gelesen hatte. Seine Gattin schüttelte nur den Kopf: »Wie verbrecherisch war dieses System eigentlich noch? Wie muss sich eigentlich der Arzt vorgekommen sein, der dabei sitzt, wenn Menschen gefoltert werden? Stell Dir nur mal vor, Du musst den klinischen Tod konstatieren und reanimieren? Er wäre doch bei einem Mord anwesend gewesen, und zwar nicht nur als Zeuge, sondern als Arzt, als Mittäter, wenn es einmal nicht geklappt hätte. Ich habe mit die beste Ausbildung in Spanien genossen, beherrsche mehrere Fremdsprachen fließend, bin bis ins Kleinste kulturbeflissen, lese mehrere Zeitungen, bin politisch auf dem Laufenden, aber ich versteh das nicht, wirklich, beim besten Willen nicht. Wie können sich Menschen zu so Etwas hingeben? Ich verstehs nicht.« Dies waren für eine lange Zeit die einzigen Worte, die fielen. Beide saßen einfach nur da. Irgendwann fand sie die Worte wieder: »Er verzichtet auf das Ministergehalt und lebt in einer Hütte zur Miete. Der helle Wahnsinn dieser Typ.«

»Du sagst es, die Dusche im Haus war zumindest eine leichte bis mittlere Katastrophe. Es tröpfelte, mehr nicht. Er ging halt nach draußen an den Pool. Dort funktionierte die Dusche ja. Aber wie sieht es dann im Winter aus. Geht er dann auch nach draußen? Auf dem Dach hatten zwei Katzen eine kleine Schlange erledigt.«

»Oh, mein Gott. Das ist ja schrecklich!«

»Aznar hätte ihm Millionen Dollar schenken können, er hätte dankend abgelehnt oder an die Armenküche weiter verschenkt. Im Vergleich zu ihm war Diogenes ein Waisenknabe. Und dann seine Hunde, die er mehr liebt als sich selbst. Für den ältesten Rüden kauft er Spezialfutter, magenschonend, selbstverständlich fleischlos. In der Sommerhitze hat er ihm den Leib und den Kopf mit eisgekühlten Handtüchern umwickelt.«

»Seine Mutter scheint er wirklich über alles zu lieben. Das spricht nur für ihn.«

»Aznar hat mir die Akten zur Lektüre gegeben. Sie hat monatelang tagtäglich auf der Straße vor dem Gefängnis gekniet, bei Wind und Wetter, bei Eiseskälte, Regen und purster Hitze, um ihren Sohn frei zu bekommen. Jeden Tag kam sie zurück, kniete vor dem Gefängnis auf der Straße und wurde dann wieder von der Guardia Civil festgenommen, nach Hause geschickt oder gebracht oder man rief ihren Gatten an. Manchmal wurde sie, die überzeugte Katholikin, von einem Geistlichen aus einem Orden begleitet. Irgendwann hat sich dann einer von der Verkehrspolizei, höchstwahrscheinlich auf Geheiß von oben, um weitere Aufmerksamkeit zu vermeiden, ein Herz gefasst und diese tapfere Frau zu einem in diesem System wohlbekannten und mit ihm vertrauten Rechtsanwalt gebracht. Es hat zwar noch mehrere Monate gedauert, doch dann konnten beide Elternteile ihren Sohn für zwei Stunden besuchen. Es wird nur berichtet, dass er zu diesem Zeitpunkt im Lazarett lag und Fieber hatte.«

»Sein Körper muss doch völlig entstellt sein. Er muss doch Schmerzen haben, um die Wände hochgehen zu können. Die müssen doch unerträglich sein. Stell Dir vor, dass ein Wald- und Wiesenarzt in seiner Wohngegend ihm Opium verschreiben darf. Das ist doch alles nicht begreifbar. Hilf mir bitte, dies zu verstehen.«

»Ich werde es nicht schaffen. Ich komme mir nach dem heutigen Vormittag selbst ganz beschmutzt vor. Ich bat Seras den Ruf nach Madrid anzunehmen, obwohl ich das Gegenteil davon wollte. Alle Kollegen haben ihn bejubelt, doch ich hatte nicht den Mut, die Wahrheit zu sagen und die Interessen der Uni und aller Kollegen und Kolleginnen gegenüber Madrid zu vertreten. Und am Ende kommt er zu mir und umarmt und drückt mich. Ich habe die Interessen der Uni mit Füßen getreten, ich trete zurück. Das Einzige, das ich Dir vorschlagen kann, ist, dass wir ihn einfach irgendwann einladen in der Vorweihnachtszeit, nein noch besser, wir besuchen ihn, das ist noch besser. Das erfreut ihn, noch mehr, dann ist er glücklich, wenn er Gäste bewirten kann. Er hat wie tausend Sonnen gestrahlt, als ich noch einen Teller seiner Suppe genommen habe. So wirst Du ihn dann kennenlernen.«

Nur wenige Tage vor Beginn des Wintersemesters 1998 fand die Offizielle Sitzung der Philosophischen Fakultät statt. Der Dekan ergriff zu Beginn das Wort: »Sehr geehrte Damen und Herren, liebe Kollegen und Kolleginnen! Ich begrüße Sie hiermit alle recht herzlich zum neuen Semester und gebe der Hoffnung Ausdruck, dass Sie alle gesund und erholt aus dem hoffentlich gelungenen Urlaub zurückgekehrt sind. Bevor wir gleich in medias res gehen, kann ich Ihnen noch sagen, dass Dr. Seras sich ein wenig verspäten wird. Offensichtlich ein Stau auf der Autobahn. So begann die Konferenz mit der Abarbeitung der einzelnen Tagesordnungspunkte.

Mit zwanzig Minuten Verspätung ließ sich Guennaro von seiner Krankenschwester im Rollstuhl durch die Tür ins Sekretariat schieben. »Hallo Senora Mathilda, ich hoffe es geht Ihnen gut!«

»Oh nein, was ist denn mit Ihnen passiert? Das darf doch nicht wahr sein.«

»Beruhigen Sie sich bitte. Es sieht schlimmer aus als es ist. Machen Sie mir bitte die Tür auf. Und reichen Sie meiner Krankenschwester bitte einen großen Kaffee. Sie hat ihn verdient!«

»Ja, ja, mach ich. Selbstverständlich.« Sie öffnete die große Tür zum Konferenzraum, nachdem sie angeklopft hatte und von innen ein deutliches Herein zu hören gewesen war. Guennaro fuhr mit seinem Rollstuhl hinein und die Sekretärin schloss die Tür wieder.

»Was ist denn mit Ihnen los, lieber Guennaro?«, fragte der Dekan.

»Nun, Sie alle kennen ja seit einem Jahr den Hintergrund meines Leidens. Ich habe mir im Sommer das linke Fußgelenk beim Umknicken noch einmal gebrochen und erhalte nun täglich medizinische Betreuung, Spritzen, Lymphdrainagen, Massagen etc. Darüber hinaus benötige ich Hilfestellung beim Duschen oder Baden, beim Schwimmen oder Treppensteigen, auf das ich möglichst verzichten soll. Essen wird mir auch gebracht, Schmerzmittel werden mir auch verabreicht per Spritzen. Selbst um die Hunde und den Haushalt kümmert man sich jetzt. Toll.«

Lucia: »Und wie lange dauert das jetzt?«

Julia: »Ja, genau, wie lange wirst Du im Rollstuhl sitzen müssen.«

Guennaro: »Weiß ich auch nicht. Meine Krankenschwester sitzt bei Senora Mathilda. Bitten Sie sie doch kurz herein. Sie weiß wesentlich mehr als ich selbst?«

Ein Kollege ging nach draußen und holte eine gerade mal dreißigjährige, wunderschöne Frau herein.

Dekan: »Sehr geehrte Frau!«

»Siwissa, mein Name!«

»Können Sie uns bitte Näheres zum Gesundheitszustand von Herrn Dr. Seras sagen. Und vor allem über die Dauer?«

»Entschuldigen Sie bitte alle vielmals, aber dies ist nicht so ganz einfach für mich, vor Ihnen!«

»Haben Sie bitte keine Hemmungen.«

»Keine Scheu!«

»Raus mit der Sprache.«

Auch Guennaro lächelte ihr zu: »Die lieben Kolleginnen und Kollegen kennen den Hintergrund. Sie brauchen keine Besorgnisse zu hegen. Nur Mut!«

»Nun gut, denn sei es. Der Körper dieses Mannes, exakter das gesamte linke Bein vom Knie abwärts, befindet sich in einem äußerst entzündeten, zum Teil sogar permanent pathologischen Zustand. Die ehemals zugefügten Verletzungen lassen sich nicht leugnen. Das linke Sprunggelenk ist durch ein Umknicken im Sommer wiederum noch einmal gebrochen. Entschuldigen Sie bitte alle meine Sprache, meine Auffassung von diesem meinem herrlichen Beruf verbietet es mir eigentlich. Schrott, Schrott ist der beste Ausdruck für den linken Fuß. Die erneute Operation Ende Juli hat circa sieben Stunden gedauert. Sein linker Schuh muss anderthalb Nummern größer sein als der rechte. Eine Durchblutung findet kaum noch statt. Im Winter wird er zu Hause als auch hier dicke Wollstrümpfe und wärmende Pantoffel anziehen müssen wie ein alter Opa. Verzeihen Sie mir bitte.«

Dekan: »Nein, das sind endlich mal klare Worte. Aber wie lange dauert das jetzt, dieser Zustand?«

»Der Chefarzt unserer chirurgischen Abteilung im Krankenhaus in Antequera hat ihn in den letzten Julitagen operiert. Dr. Seras blieb bis Anfang September in unserem Krankenhaus; bis dahin war alles für ihn geregelt worden. Unser Chefarzt hat sofort ein Gutachten nach Malaga und nach Madrid geschickt: Gehen Sie bitte von einem Jahr aus, eher mehr!«

»Oh, nein!«

»Nicht doch!«

»Das darf doch wohl nicht wahr sein.«

»Oh doch, ich muss sogar betonen, dass dies eine vorsichtige Schätzung ist und Dr. Seras erst für Ende September nächsten Jahres die nächste Untersuchung im Krankenhaus erwartet. Er muss zwar alle paar Wochen ins Krankenhaus zwecks gewisser Untersuchungen, Röntgen, Blutcheck etc. Doch die entscheidende Untersuchung bezüglich des weiteren Verlaufs ist erst Ende September 1999.«

»Oh, nein!«

»Oh doch!«

Dekan: »Lieber Guennaro, das heißt, dass Sie für zwei oder sogar noch mehr Semester ausfallen!«
Guennaro: »Nein.«
Alejandra: »Ich fahre ihn mit dem Auto hierhin, sooft es in der Woche nötig ist.«
Julia: »Du kommst im Rollstuhl?«
Francisco: »Womöglich willst Du dann noch im Rollstuhl lehren?«
Guennaro: »Warum denn nicht lieber Francisco? Oder willst Du mir diese Lust auch noch nehmen?«
Francisco: »Mitnichten. Keineswegs. Ich freue mich riesig darüber, dass man Dich nicht klein kriegt.« Die beiden Kollegen klatschten sich gegenseitig in die Hände.
Alejandra: »Gibt es so etwas wie einen Lastenaufzug im Gebäude? Es ist doch ein Problem, den Rollstuhl die Treppen herauf zu heben oder zu ziehen?«
Dekan: »Na, klar. Senora Mathilda wird sich gleich morgen früh darum kümmern. Und wie ich sie kenne, wird sie dem Hausmeister nicht eher Ruhe geben, bis der Aufzug wie geschmiert läuft!«
Alle Kollegen und Kolleginnen mussten lachen. »Aber ich habe jetzt richtig verstanden. Es ändert sich bei Ihnen also nichts? Ihr Deputat bleibt als solches erhalten?«
»Ja, genauso ist es.«
»Ich fahre ihn hierhin und dann vertreibe ich mir irgendwie die Zeit. Mal sehen und dann geht es wiederum zurück. Madrid bezahlt alles! So etwas habe ich auch noch nicht erlebt, dass die Zentralregierung innerhalb von wenigen Tagen alle Kosten übernimmt, selbst die Kosten für die Versicherung für diese Fahrten. So etwas habe ich noch nie erlebt und ich bin schon knapp zehn Jahre dabei!«
»Aber Sie kennen den Hintergrund?«, fragte nun Ricardo.
»Ja, ja.«
»Können wir bitte lieber Kollege noch einmal abgleichen, was Sie denn nun im nächsten Semester leisten können!«
»Aber gerne. Montagsmorgen von neun bis elf das Seminar über Polis und Leviathan, auf das ich mich persönlich beson-

ders freue, anschließend meine wöchentliche Sprechstunde und dann am Abend 18-20 Uhr das Seminar über Sokrates. Mittwoch von neun bis zwölf das dreistündige Examenskandidatenkolloquium mit dem Schwerpunkt Marx.«

»Sie sehen mich ein wenig fassungslos. Heißt das, dass Sie an ihrem ursprünglichen Programm voll festhalten?«

»Selbstverständlich. Abgesehen von der Gegenwart dieser wunderschönen Frau« – Alejandra spürte, wie sie errötete – »habe ich doch sonst keine Genugtuung mehr. Gönnen Sie mir doch diese pure Lust. Ich habe ja auch keine Hausarbeiten mehr zu machen, kann noch nicht einmal kochen, da ich ja nicht an den Herd komme in diesem Ungetüm. Und Sie wissen doch alle, wie gerne ich koche.«

»Na klar«, war die einhellige Meinung. »Ganz toll.«

»Und in einem Jahr ist dann alles wieder soweit okay.«

»Ich hoffe es.«

»Nein, wir alle hoffen es.« Alejandra meldete sich noch einmal zu Wort: »Ich muss aber darauf bestehen, dass Senor Seras eine Liegemöglichkeit in sein Zimmer gestellt bekommt, denn insbesondere am Montag ist sie absolut notwendig.« Der Dekan rief Senora Mathilda ins Konferenzzimmer und sagte, dass Frau Siwissa zwei Bitten hätte, die sie in Kooperation mit dem Hausmeister ab morgen erledigen möchte.

Damit verließen die beiden Damen den Konferenzraum und setzten sich zunächst einmal und tranken Kaffee, während die Konferenz drinnen ihren gewohnten Gang nahm.

»Also das mit dem Lastenaufzug erledige ich morgen früh als erstes. Sie werden sehen, das klappt. Heute ist der Hausmeister schon fort. Gibt es zum Bett irgendwelche Bestimmungen oder Richtlinien?«

»Nein, soweit nicht. Normale Länge, normale Breite. Allerdings sollten schon Decke und Kissen vorhanden sein« stellte Alejandra kurz heraus. »Ist dann morgen früh als zweites dran.« Dann stellte Alejandra die wohl entscheidenden Fragen ihres Lebens: »Darf ich Ihnen eine Frage stellen?«

»Sicherlich, nur raus damit, frei weg von der Leber!«

»Wenn ich das hier so erlebe. Lieben Sie ihn?«

»Wer liebt ihn nicht. Herr Dekan, alle Kolleginnen und Kollegen würden sich für ihn zerteilen.«
»Und Sie?«
»Ich ebenfalls. Für ihn würde ich nachts um drei Uhr aufstehen und Mäuse melken. Es hat zwar gedauert, aber in wenigen Tagen fängt eine weitere Sekretärin hier an und ich brauche nur noch die Hälfte der Arbeit zu erledigen, vielleicht am Anfang ein wenig mehr, um die neue Kraft einzuarbeiten, aber danach, totale Entlastung. Meinen lieben Mann wird es besonders freuen, wenn ich dann fast immer pünktlich zu Hause bin und auch weniger gereizt. Und wem haben wir das zu verdanken, wenn nicht Guennaro. Die neue Sekretärin wird direkt von Madrid bezahlt. Völlig ungewöhnlich. Schrecklich, immer dieser Kompetenzwirrwarr zwischen Madrid und Malaga. Wer hat es durchgesetzt?«
»Die Frage zu stellen, heißt sie zu beantworten!«
»Genau.«
»Was macht ihn denn so beliebt?«
»Wenn man seine Lebensgeschichte kennt, steht man zunächst einmal baff da, man wird mit einem Helden konfrontiert, der auf der moralisch richtigen Seite gekämpft hat, er war schon klinisch tot, dann ist jeder zunächst einmal in Ehrfurcht erstarrt. Ich kann Ihnen nur sagen, dass wir nach dem Besuch Aznars vor einem Jahr alle hier saßen und baff waren. Ich habe, neugierig wie ich nun einmal bin, selbstverständlich gelauscht. Und als Schluss war, Guennaro herauskam und mich in Tränen aufgelöst sah, nahm er mich in den Arm, nicht umgekehrt.«
»Der Ministerpräsident war hier?«
»Das wussten Sie nicht. Das hat er Ihnen nicht erzählt. Oh, Oh. Mir schwant da etwas. Ja, er war hier. Gestandene Männer, selbst der Dekan hat nachher stark am Wasser gebaut, als Aznar wieder zurück nach Madrid geflogen war. Wir Frauen sowieso. Dann seine ganze Art. Ihm wird ein Ministergehalt offeriert, höchstwahrscheinlich noch Dienstwohnung und Dienstwagen mit Chauffeur in Madrid, selbstverständlich in Ministerrang, eventuell noch Bodyguards, was weiß ich, und er

sagt, nein danke schön, geben Sie der Senora Mathilda eine Kollegin an die Seite.«
»Sie meinen, er denkt an sich zuletzt.«
»Ja, aber nicht nur das. Das ist es nicht allein, nicht nur, vielleicht noch nicht einmal an erster Stelle. Seine ganze Art. Ich weiß nicht, wie ich es Ihnen schildern soll. Er hat immer ein Lächeln auf den Lippen. Dies hier, Professur für Politische Philosophie in Granada, ist sein Traumjob. Hier fühlt er sich wohl eher als der liebe Gott im Himmel. Seine Vergangenheit verleiht ihm Tugend und Würde. Er kommt morgens schon mit einem Lächeln auf den Lippen ins Sekretariat. Sein ganzer Gang. Seine Vorlesung über Herbert Marcuse im Sommersemester des letzten Jahres hätten Sie erleben müssen. Selbst Philosophiekollegen und auch -kolleginnen, auch das muss erwähnt werden, saßen auf den Treppen und lauschten wie Kinder der Oma beim Geschichten vorlesen. Und dann die letzte Vorlesung des Sommers. Haben Sie jemals diese Vorlesung gehört oder gelesen: Sie werden niemals davon loskommen. Seine letzten Worte waren: ›Ich hatte in den letzten zwei Jahren im Internat von Platon bis Sartre Vieles kennen und schätzen gelernt, das eine mehr, das andere weniger. Doch erst ein Viertel Jahr vor meinem Abitur las ich Marcuse und wusste, warum ich schon seit zwei Jahren den Drang verspürte, Philosophie studieren zu wollen. Und das tat ich dann auch.‹ Und dann kam der Tumult. Alle im AUDIMAX Anwesenden gaben ihm, dem pädagogischen Genie, das habe ich damals auch noch nicht wahrhaben wollen, eine Standing Ovation, die sich über zwanzig Minuten hinzog. Das war in der Geschichte der Universität einmalig. Davon kannst Du nur träumen. In jeder Vorlesung jedes Professors stellen Sie im Laufe eines Semesters einen gewissen zahlenmäßigen Schwund an Studenten und Studentinnen fest. Bei Guennaro ist es genau umgekehrt. Gehen Sie einfach mal in eine seiner Vorlesungen, Sie haben ja in Zukunft dann Zeit genug. Aber bitte pünktlich, ein paar Minuten vor Beginn. Dann werden Sie ein Wunder erleben. Sie werden Ihren Augen und vor allem Ohren nicht trauen, sein Charisma, größer als das von Che

und Fidel zusammen. Eine seiner beiden Kolleginnen hat es mal wahrlich auf den Punkt gebracht: ›Sollte Guennaro eine Sekte gründen, die Massen würden ihm hinterherlaufen.‹«

Heimat und Eros

Guennaro und seine lebensfrohe und temperamentvolle Lebenspartnerin Alejandra lebten seit nunmehr knapp zwei Jahren dort, wo er auch schon mit seiner Ehefrau Jane acht Jahre und nach der Trennung und Scheidung mehr als elf Jahre alleine gewohnt hatte, im Cortijo las Zorreras. Alejandra arbeitete als Krankenschwester im Krankenhaus in Antequera. Am Valentinstag im Februar 2001 hatten die beiden auf ihren Wunsch hin in der kleinen Kapelle in Mijas Pueblo an der Costa del Sol geheiratet. Die langen Flitterwochen hatten sie in der Nähe ihrer Eltern im Baskenland verbracht, wobei Guennaro viel herumreisen wollte, weil er diese Ecke Spaniens fast überhaupt nicht kannte, und Alejandra viel herumreisen wollte, um ihm alles zu zeigen. Mitte März waren sie so zurückgekehrt. Semana Santa hatten sie in Sevilla verbracht, waren aber pünktlich zu Ostern bei seiner Mutter und blieben dort auch einige Tage. Am 25. April hatte Alejandra wieder mit der Arbeit begonnen. Am Abend des 30. April saßen sie nun gemütlich am Kamin zusammen – es war noch arg kühl an den Abenden – und unterhielten sich über Gott und die Welt. Guennaro bemerkte eine gewisse nicht zu leugnende Nervosität bei seiner Liebsten: »Nun mal klar und deutlich raus mit der Sprache, mein Schatz. Ich spür doch, dass mit Dir irgendetwas los ist!«

»Na gut, denn sei es wohl so«, fing sie an. »Ich bin ja heute Mittag ein wenig später vom Krankenhaus zurück gekehrt. Ich hatte bei unserem Chefarzt noch einen wichtigen Untersuchungstermin. Der stand schon seit Anfang April fest..«

»Bist Du etwa krank?«, fuhr es ganz aufgeregt, nein voller Angst aus ihm heraus. »Nein, nein beruhige Dich Liebster, alles soweit in Ordnung, sogar besser: Stell Dir vor, Du wirst noch einmal Vater, Du wirst noch einmal Vater.« Damit übergab sie ihm zwei Ultraschallaufnahmen. Sie hatte das Du besonders betont. Jetzt war er nicht mehr zu halten. »Wunder, über Wunder. Das gibst doch nicht.« Er schrie es gerade so heraus, küsste seine Alejandra, hämmerte mit den Fäusten an die Wände des Salons, die totale Ekstase. Ein Unbeteiligter hätte den Notarzt gerufen, so benahm er sich, der doch an und für sich immer rationale Philosoph. Er war nicht mehr zu halten, lief nach draußen und schrie es all seinen Hunden zu: »Ich werde noch einmal Vater.« Die wussten eigentlich auch nicht so recht, damit etwas anzufangen, aber bellten natürlich wie verrückt.

»Ich möchte, dass unser Kind hier in Andalusien zur Welt kommt und hier aufwächst«, betonte sie jetzt ganz bewusst, stolz und über alle Maßen glücklich.

»Naturalmente, will ich doch auch.«

»Und ruhig will ich es haben.«

»Selbstverständlich, keine Diskussion. Will ich ja wohl auch, wie Du weißt.«

Salinas Cortijo

Am nächsten Morgen – es war ja Feiertag – bereiteten beide zusammen das ausgiebige Frühstück vor und ließen es langsam und ruhig angehen. Anschließend wurde noch alles abgespült. Nun stand die ausgiebige Runde mit den Hunden auf der Tagesordnung. Im Gespräch entschlossen sie sich, ihre

Eltern und seine Mutter anzurufen und die freudige Botschaft mitzuteilen. Ihre Eltern lagen ihm in diesem Fall besonders nah, hatte sich doch insbesondere die damals engstirnige Mutter und die noch engstirnigere Schwester immer wieder gegen den »alten Invaliden« ausgesprochen. Alejandra hatte sich jedoch selbstbewusst gegen den Willen der Mutter durchgesetzt. Zurückgekehrt setzten sich beide an den Tisch draußen im Hof vor dem Haus, riefen ihre Eltern und seine Mutter an. Alle waren hocherfreut und beglückwünschten ihre beiden Kinder. Wenige Minuten später kam das Besitzerehepaar und fragte, ob denn alles in Ordnung wäre. Es wäre gestern Abend so laut gewesen. Guennaro entschuldigte sich höflichst. Alejandra gab nähere Auskunft. Das Besitzerpaar freute sich sehr, beglückwünschte beide von ganzem Herzen. Guennaro war ins Haus gegangen und kam nun mit Gläsern und einer Flasche Malaga zurück: »Auf den Schreck müssen wir uns für kurze Zeit zusammensetzen und uns einen genehmigen.«

»Wo Sie Recht haben, haben Sie Recht! Jetzt benötigen Sie aber etwas Eigenes. Widersprechen Sie mir nicht. Ich weiß, dass ich Recht habe!«, betonte nun der Schweizer. »Wollen wir auch nicht. Sie haben Recht!«, lautete Alejandras Einlassung. »Aber Sie wollen uns ja partout nichts verkaufen.«

»Nein, aber wir werden schon etwas Passendes für Sie finden«, war jetzt die Aussage der Frau.

Seitdem waren sie deshalb stets auf der Suche nach etwas Passendem. Der Besitzer der Finca, auf der Guennaro nun schon seit mehr als zwanzig Jahren lebte, und mit dem er sich blendend verstand, war ihnen behilflich, soweit es in seiner Macht lag. So hatten sie sich schon einige Objekte angesehen, doch ergaben sich immer wieder Probleme, sei es dass die Objekte zu klein waren oder aus irgendeinem anderen Grund nicht passten, man meistens aus rechtlichen Gründen nicht anbauen durfte, sie in einer zu lauten Gegend lagen oder aber wie meistens in Spanien allgemein die Papiere nicht in Ordnung waren, so dass sich ein Kauf über Jahre hingezogen hätte. Doch ergab es sich im Hochsommer des Jahres 2001, dass nun ein Grundstück ganz in der Nähe zu verkaufen war: Der Vater der Putzfrau der Finca war vor etwas mehr als einem Jahr verstorben und die Witwe und die fünf Kinder wollten wohl mehrheitlich verkaufen, aber auch wohl nicht alle. Das blieb bis heute ihr mehr oder weniger gut gehütetes Geheimnis.

Das Grundstück hatte sich aus mehreren Gründen angeboten: Auf ihren Spaziergängen waren sie schon sehr oft vorbeigegangen, es lag nur gut zehn Minuten Fußweg von ihrem jetzigen Heim, hatte Strom und Wasseranschluss kaum hundert Meter entfernt und war auch mit etwas mehr als fünf Hektar groß genug. Das Haus hätte nach Süden gebaut werden dürfen und können, es lag genauso wie das jetzige Heim soweit von der Straße nach Iznajar, dass man dort ebenso wenig von ihr hörte wie auch jetzt. Die neu zu errichtende Schnellzugstrecke nach Granada lag noch weiter entfernt als vom Bauernhaus, in dem sie jetzt lebten. So war man sich damals in einem Gespräch sehr schnell über den Preis einig, und Guennaro und der Besitzer fuhren an zwei Morgen in aller Herrgottsfrühe ins 20 Kilometer entfernte Loja, der Kreisstadt, in dem die staatliche Grundstücksverwaltung lag. Der Beamte freute sich sogar über die etwas ungewöhnliche Anfrage der beiden und druckte die Unterlagen aus: Mitten auf diesem Grundstück von 5 ha lag eine Fläche von ca. zweihundert Quadratmetern, die offiziell dem Nachbarn, einem Dänen gehörte. Nach dem Mittag hatten der Besitzer, Guennaro, Alejandra und die Putzfrau ein Gespräch, in dem sich herausstellte, dass es schon vor ein paar Jahren noch zu Lebzeiten des Vaters zu einer Grenzbereinigungsaktion zwischen ihrer Familie und dem Dänen gekommen war. Im Verlaufe derselben war selbstverständlich die Angelegenheit mit der kleinen Fläche von zweihundert Quadratmeter bereinigt worden. Insgesamt jedoch hatte der Däne einige Quadratmeter mehr erhalten als er an einer anderen Stelle abgegeben hatte. Dafür hatte er aber auch bezahlt und alles lag beim Notariat und liegt höchstwahrscheinlich heute immer noch da. Der Schweizer sprach seine Bedienstete ganz höflich auf diese Angelegenheit an und fragte nach dem Grund, warum dies bisher notariell noch nicht erledigt worden wäre. Und nun fiel der Satz, der wohl das sog. andalusische Wesen erklärt: »Was ihr Europäer auch immer wollt.«

Route 66

Ein weiteres finanziell sogar recht günstiges Angebot kurz hinter Loja hatte kein Wasser. Am nächsten Tag, Guennaros fünfzigsten Geburtstag, waren Alejandra und Guennaro in Richtung Almeria in die Wüste von Tabernas aufgebrochen: »Ich habe da noch ein Angebot, lass uns dort mal schauen«, war der betont lässige Satz Guennaros beim Aufbruch, nachdem sie bei der Suche bisher irgendwie immer kläglich gescheitert waren. Immerhin beträgt die Entfernung bis dahin ziemlich genau zweihundert Kilometer und das durch die Bruthitze des Sommers 2001. Aufgrund derselben nahmen sie den kleinen Seat, der den Vorteil einer Klimaanlage besaß. Nach knapp eindreiviertel Stunden Autobahnfahrt nahmen sie die Abfahrt Tabernas/Sorbas, so circa dreißig Kilometer nördlich von Almeria. Nach weiteren zehn Minuten erreichten sie den verabredeten Treffpunkt, eine Art Western-Harley-Musik-Bistro-Restaurant mit Namen »Roadhouse«.

Nur wenige Minuten später traf das Besitzerpaar ein. So verließ man das Restaurant und fuhr zunächst noch achthundert Meter auf der Nationalstraße in Richtung Sorbas, dann links hinein in das Wirrwarr von mit Steinen übersäten und von tiefen Schlaglöchern gezeichneten Feldwegen, um so nach etwas mehr als einem Kilometer vor einem riesigen, geschlossenen, schweren schmiedeeisernen Tor zum Stehen zu kommen, das von zwei drei Meter hohen und einen Meter dicken weißen Betontürmen eingerahmt, besser gehalten wird. Durch dieses Tor war der wunderschöne weiße Bungalow in gut fünfzig Metern Entfernung zu sehen. In ost-westlicher Richtung schließen sich an die beiden Betonpfeiler ein jeweils knapp fünfzig Meter langer und fast zwei Meter hoher einbetonierter Stahlgitterzaun an. Im Innern des Grundstücks liegt dann noch vor diesem Zaun ein circa anderthalb Meter hoher und bunt bepflanzter Erdwall, der Schutz bietet gegen eine fast niemals auftretende Geräuschkulisse, denn die in knapp einem Kilometer Entfernung vorbeiführende Nationalstraße ist hier kaum befahren, da in zehn Kilometer Entfernung eine mautfreie, weil von Europas Geldern gebaute Autobahn schneller und bequemer nach Almeria führt. Der Besitzer schloss das Tor auf und so fuhren sie auf einer breiten mehr als fünfzig Meter langen asphaltierten Straße hinauf und parkten rechts neben dem Bungalow vor der Garage.

Zunächst zeigten die Besitzer den beiden die Außenanlagen, um sie zunächst auch mit der Technik des Hauses ein wenig vertraut zu machen, soweit ihnen das notwendig erschien: »Der dicke weiße Knubbel dort vorne rechts ist das Pumpenhaus für das Drainagesystem im Garten und auch für das Haus. Das Drainagesystem hat uns hier vorne wie Sie selbst sehen können, gute Dienste getan. In diesem kleineren östlicheren Teil des Vordergartens wachsen Oliven- und Feigenbäume und sogar ein rot knospender Granatapfelbaum. Im größeren westlichen Teil haben wir uns ein Dutzend Palmen gegönnt. Und alles gedeiht prächtig.« Alejandra nickte bestätigend. Der Besitzer zeigte Guennaro den Wasservorratsspeicher, der so zwischen hundertachtzig und zweihundert Kubikmeter Wasser fasst und vor Beginn des Sommers möglichst bis zur Oberkante gefüllt sein sollte. Außerdem zeigte er noch in Richtung Norden auf ein kleines weißes Gebäude: »Das war als Gästehaus geplant, ist aber noch nicht fertig geworden. Es ist insgesamt ungefähr siebzig Quadratmeter groß.«

Dann gingen sie zum Pool: »Der ist, wie Sie schon sicherlich erkannt haben, sehr groß. Mehr als neunzig Quadratmeter umfasst die Fläche, und außerdem ist er wirklich zwei Meter tief. Also muss man bei kleinen Kindern wahrlich aufpassen.«

»Vorsicht ist also geboten.«

»Oh, ja! Genau, dann darfst Du nicht hinein mein Schatz«, kam es nun von Seiten Alejandras. Alle lachten. Der Besitzer zeigte Guennaro noch das sehr saubere und aufgeräumte Innere des Kanal- und Poolpumpenhauses. Und dann trafen sich beide Paare auf der Terrasse des Hauses: »Sie ist dem eigentlichen Haus vorgelagert, vierzig Quadratmeter groß und man sitzt mit Ausnahme des Winters eigentlich das ganze Jahr draußen«, gab die Besitzerin kund und bat dann alle ins Haus. Durch eine helle schwere Eichentür betraten sie eine circa zwanzig Quadratmeter große Diele, die in der Mitte mit wunderschönen, einen Blumenteppich offerierenden Fliesen versehen ist. Am Ende der Diele schließt sich dann nach rechts ein circa zehn Meter langer und knapp zwei Meter breiter Flur an, an dessen hinteren rechten Ende ein kleiner Abstellraum sich befindet. Davor befinden sich zwei Räume von jeweils sechzehn Quadratmetern, deren Fenster jeweils auf die draußen vorgelagerte Terrasse zeigen. Auf der anderen Seite des Flurs, also nach Norden hin, liegen zwei Schlafzimmer und zwei Badezimmer. Geht man den Gang zurück über die Diele hinaus betritt man den sechzig Quadratmeter großen Salon, dessen verglaste circa acht Quadratmeter große Doppeltür den Blick auf die im Süden gelagerte kleine Terrasse, das riesige Eingangstor und das südliche Gebirge freigibt.

»Ich finde ein herrlicher Blick«, äußerte sich nun die Besitzerin.

»Und im Winter heizt der Kamin sehr ordentlich, er sorgt für eine schnelle – und dies ist in der Wüste absolut notwendig – behagliche Wärme«, ergänzte der Besitzer.

Vom Salon nach Norden gelangt man in die mit sechzehn Quadratmeter weder kleine, noch große Küche und nach links durch die Küche in eine Art Waschraum, der durch eine Tür auch nach draußen nach Norden auf eine vorgelagerte Terrasse verlassen werden kann. Zur rechten Hand zeigte der Besitzer Guennaro nun die Gastechnikanlage, die dieser sich in aller Ruhe anschaute.

»Das Haus hat eine Rarität in Spanien, eine Zentralheizung.«

Villa Guennaro

Guennaro nickte nur. Die beiden Seras bedankten sich für die sehr informative Führung, zeigten ein gewisses Interesse am Erwerb des Objektes, baten um Kopien aller Hausunterlagen und damit um die Möglichkeit einer genaueren Analyse, baten sich auch Bedenkzeit bis morgen aus und sagten, dass sie im Hotel nun absteigen würden.

»Bis morgen früh, sagen wir zehn Uhr.«
»Alles okay, und wir bringen gleich noch die Kopien im Hotel vorbei.«
»Gut, dann sehen wir uns ja gleich.«
Guennaro wartete bis sie im Hotel auf ihrem Zimmer angekommen waren: »Na, was sagst Du jetzt mein Schatz?«, fragte Guennaro.
Sie schmiss sich ihm an den Hals: »Herrliche Anlage, herrliche Anlage. Und diese Lage, es gibt keinen schöneren Platz auf der gesamten Erde. Hast Du die Palmen gesehen. Hast Du sie gesehen, wie groß sie waren. Und der Riesenpool. Das wäre doch etwas für uns. Das müssen wir kaufen Schatz, bitte.«
Wie er es dem Dekan gegenüber im heißen Sommer 1997 schon geäußert hatte, sobald er es sehen würde, wüsste er es. Guennaro wusste es sofort, er hatte sein Objekt und seine Gegend gefunden. Es war nicht der Olivengürtel in Andalusien, sondern diese Wüste war der Platz nur für ihn und seine Lieben. Die Kopien aller Hausunterlagen brachten die Besitzer, unvorbereitet wie sie waren, eine Stunde später am Hotel vorbei. Guennaro und Alejandra hatten sich eine Nacht Schlaf erbeten, was sofort und selbstverständlich gewährt wurde. Am Abend, sonnig, heiß, ja selbst noch am frühen Morgen saßen Alejandra und Guennaro bei fünfunddreißig Grad Celsius draußen auf der rückseitigen Terrasse des Hotels zusammen. Sie war überglücklich, dass das Objekt ihm wenn überhaupt möglich noch mehr gefiel als ihr: »Von dieser Auffahrt, von diesen Palmen habe ich schon als kleines Mädchen geträumt, als meine Oma mir von den USA erzählt hat, von ihrer Tabakplantage in Virginia. Sie sind dann leider Anfang des letzten Jahrhunderts, also praktisch vor hundert Jahren, zurück ins Baskenland gezogen. Das Objekt ist super. Bitte Schatz, lass es uns kaufen.«
»Träume sind die Oasen unserer Seele. Und kein Vergleich passt besser zu unserem Objekt. Und wie verhält man sich zu Träumen und Oasen? Man beschützt sie, bewahrt sie und wenn man kann, lebt man sie sogar aus. Und genau das ma-

chen wir, aber vorher gehen wir schlafen, denn ich muss morgen früh ausgeruht sein, Du übrigens auch.«

Nach dem Frühstück nur wenige Stunden später, fuhren sie dann zum Objekt zurück; eine Angelegenheit von fünf Minuten. Sie wurden auf das Herzlichste begrüßt. Außer dem Ehepaar war noch eine Rechtsanwältin bei den Verhandlungen anwesend. Sie sollte für beide Parteien nach einer möglichen Einigung alles Geschäftliche erledigen, was vor allem bedeutet, alle Papiere in Ordnung zu bringen. Guennaro war dies mehr als recht.

Diese Frau übernahm auch sofort das Wort und führte die Verhandlungen: »Sehr geehrte Frau Alejandra und sehr geehrter Herr Doktor Guennaro! Herr und Frau Renzi möchten siebenundsiebzig Millionen Peseten für ihr Objekt. Wie lautet Ihr Gegenangebot, bitte?«

»Viel zu hoch, viel zu hoch«, war die prompte Reaktion Alejandras, die ihr Guennaro nochmals am Frühstückstisch eingeschärft hatte.

»Ja, das ist auch meine Meinung.«

»Das habe ich den Renzis auch schon gesagt, dass sie mit diesem Preis nicht durchkommen. Aber wie lautet denn ihr Gegenangebot?«

»Nun gehen wir bitte einmal davon aus, was vorhanden ist«, begann nun Guennaro das Gespräch an sich zu reißen. »Ich habe alle Hausunterlagen gestern am frühen Abend durchgearbeitet:

208 Quadratmeter Wohnfläche, plus 40 Quadratmeter Terrasse, ein Kamin, eine Doppelgarage mit ca. 35 Quadratmeter, ein noch im Rohbau befindlicher Außenbau, noch ohne Wasser- und Stromanschluss, dazu das Wasserbecken für die Drainage des Gartens und der Pool mit einer Fläche von etwas mehr als neunzig Quadratmetern.«

»Ja, das wissen wir alles selbst. Aber was ist es Ihnen wert?«, erregte sich Frau Renzi.

»Nimmt man nur die Gebäude und berücksichtigt Alter und Qualität, also noch kein Grundstück, kann man von ca. 34 Millionen als Preis ausgehen. Mehr auf keinen Fall.«

»Viel zu wenig! Kommt überhaupt nicht in Frage! Das Haus hat doch eine Heizungsanlage!«

»Dennoch ist es in diesem Zustand nur ein Sommerhaus. Die Fenster sind so dünn wie Papier.«

»Uns hat das aber gereicht.«

»Ja, höchstwahrscheinlich deshalb, weil sie nur im Sommer hier gewesen sind und im Winter zu Hause in Italien. Die wie Sie sagen Heizungsanlage ist nicht mehr als eine Warmwasseraufbereitungsanlage. Damit können sie Geschirrspülen, okay, eine maximal zwei Personen für kurze Zeit warm duschen, das war es aber auch. Mit seinen 208 Quadratmetern braucht dieses Haus eine Heizkraft von knapp dreißig, vielleicht nur siebenundzwanzig Kilowatt. Schauen Sie doch bitte einmal nach, wie viel ihr Boiler bringt. Es sind gerade mal acht. Darüber hinaus schauen sie sich bitte den Radiator im Salon an: Das sind sechzig Quadratmeter. Da benötigen Sie einen Radiator von circa 8 KW. Ihrer hat gerade Mal 1,5. Das ist völlig unzureichend.«

»Nun gut, aber was wollen Sie damit sagen, Doktor Guennaro?«, äußerte sich nun die Rechtsanwältin.

»Das Gute am Haus ist die Tatsache, dass eine sog. Heizungsanlage vorhanden ist, d.h. dass man keine Rohre mehr verlegen muss. Das ist bestens, doch benötigt das Haus eine vollkommen neue und vor allem ausreichende Gasbrenneranlage mit ca. 27-30KW, dazu neue Fenster und zumindest für den Salon – die anderen Räume sind nicht davon betroffen – einen neuen und genügend großen Radiator. Im Salon sind zumindest zwei Risse im Mauerwerk zu sehen, so dass eine Reparatur dieser beiden Mauern notwendig ist. Der Kamin ist zwar schön, er gefällt uns sehr gut, doch ist er andererseits eher sauerstoffentziehend als wärmespendend. Er muss abgeschlossen werden, am besten mit Glas. Nimmt man noch das Alter des Gebäudes hinzu, das zugegebenermaßen gering ist, und berechnet man die Reparatur- und notwendigen Renovierungskosten, dazu den Zustand des Außenbaus, so darf man von keinem höheren Wert als 34 Millionen ausgehen.«

»Das grenzt ja schon fast an Betrug.«

»Bitte, bitte, meine Damen, meine Herren!«, versuchte nun die Rechtsanwältin zu beruhigen. »Was sagen Sie denn dann zum Preis des Landes Herr Doktor?«

»Es liegt schön, sehr ruhig, die Straße ist ja aufgrund der Autobahn auch nicht zu hören, wie noch vor fünf Jahren, als ich das letzte Mal hierher gefahren war. Es sind zwar sechs Hektar, dafür aber auch nur Wüstenland, mehr oder weniger unfruchtbar, dazu nur unzureichend eingezäunt, so dass die Tiere herauslaufen könnten. Also mehr als zehn Millionen ist da nicht drin!«

»Für dieses herrliche Stück Land und Frieden wollen wir alleine dreißig Millionen bekommen. Das ist doch wohl nicht zu viel verlangt. Und was heißt denn hier unfruchtbar. Schauen Sie sich bitte die Olivenbäume an und vor allem die herrlichen Palmen. Das nennen Sie unfruchtbar.«

»Nein, keineswegs, gnädige Frau. Aber im hinteren Teil des Grundstückes haben Sie überhaupt keinen Tropfen Wasser und können auch kein Wasser hinlegen. Dazu reicht ihr Vorratsbecken nicht aus.«

»Und was ist mit dem Brunnen? Ist der in der Wüste etwa nichts wert?«

»Sicherlich gnädige Frau, gerade der, doch wer sagt mir, dass dieser Brunnen zum Grundstück gehört.«

»Da muss ich den Geographico bestellen, der muss das klären. In den Unterlagen von Vera ist er enthalten, in den Unterlagen von Gergal nicht. Das lass ich klären, das kostet aber ca. hunderttausend Peseten. Lassen Sie uns einmal zusammen fassen: Sie möchten gerne siebenundsiebzig Millionen haben, und Sie bieten, wenn ich das jetzt richtig verfolgt habe, vierundvierzig Millionen. Ist das soweit richtig?«

»Ja. Gut, sobald die Gegenseite dazu bereit ist, den Preis zu senken, und der Geographico per Messung und laut Auskunft der Nachbarn und nach gründlichster Analyse und Bewertung der Akten zu dem Ergebnis gelangen sollte, dass der Brunnen zum Objekt gehörig ist, und dies auch aktenkundig fixiert hat, so sind wir auch dazu bereit, über unser Angebot nachzudenken. Meine Frau und ich möchten das Objekt erwerben. Sollte der Geographico zu dem o.g. Ergebnis gelangen, übernehmen wir die Kosten, im anderen Fall übernehmen wir keine Kosten.«

»Dies ist ein gutes Wort zum Abschluss, oder möchten Sie, Herr und Frau Renzi, noch etwas erklären?«

»Ja, also wir wollen uns alles noch einmal überlegen, sind mit dem Vorschlag bezüglich der Kosten des Geographico einverstanden. Dann würden wir Sie, Frau Gonzales, hiermit beauftragen, diese Frage klären und alles in den Akten schriftlich fixieren zu lassen, damit die Papiere endlich in Ordnung kommen.«

»Dies ist auch unsere Auffassung«, betonte Guennaro noch einmal und Alejandra nickte dazu: »Wir sind auch jederzeit dazu bereit, noch einmal herunterzukommen, obwohl das doch zweihundert Kilometer und sogar ein wenig mehr sind.«

»Na, so schnell wird das jetzt nicht geschehen. Mit dem Geographico wird das jetzt eine gewisse Zeit dauern. Er fängt am 1. September wieder mit der Arbeit an und dann gilt es Einiges aufzuarbeiten. Also vor Ende September, eher Anfang bis Mitte Oktober, wird das wohl nichts werden. Ich lasse dann sofort von mir hören. Ich darf davon ausgehen, dass meine Kosten, von Ihnen geteilt werden. Sehr geehrtes Ehepaar Renzi. Ich benötige noch die Verträge über Wasser, Telefon und natürlich Strom. Ich darf mich dann von Ihnen verabschieden und bin eigentlich ziemlich zuversichtlich, was unser gemeinsames Anliegen betrifft.« Damit gab sie allen die Hand und verschwand und auch Alejandra und Guennaro verabschiedeten sich nun von den Renzis und fuhren zunächst zum Hotel zurück und fragten, ob sie angesichts der Hitze noch bis zum Abend bleiben könnten, was sofort zugesagt wurde. So ließen die beiden ihr Gepäck noch auf dem Zimmer, legten sich an den Pool und genossen sich, die Sonne und den Pool. »Herrliches Fleckchen Erde.«

»Oh ja, das Paradies auf Erden.« Guennaro ging erst einmal eine Runde schwimmen, gegen zwei Uhr legten sich beide noch einmal aufs Ohr, hielten Händchen und träumten davon, nun endlich angekommen zu sein. Hier also sollte ihr Kind aufwachsen, hier wollten sie gemeinsam das Leben mit all seinen Hindernissen meistern, aber auch seine Annehmlichkeiten miteinander genießen. Das hatten sie sich in Mijas gegenseitig versprochen. Gegen fünf Uhr waren sie noch einmal herunter gegangen, hatten sich noch einmal an den Pool gelegt. Guennaro hatte die Hausunterlagen noch einmal zur Hand genommen, lag am Pool und studierte dieselben bei einer Karaffe Tinto verrano.

»Also Deine Verhandlungsführung heute Morgen war souverän mein Schatz. Ganz toll.«

»Ja, ich muss mich auch mal loben. Also insgesamt ist das Objekt, also nur das Haus keine fünfunddreißig Millionen wert, ich bin aber bereit sechsunddreißig zu bezahlen.«

»Es wäre einfach toll, wenn das klappen würde. Das Grundstück ist einfach riesig, sechs Hektar. Hoffentlich ist das Wasser bzw. der Brunnen zum Objekt gehörig. Was meinst Du denn dazu?«

»Also ich habe mir das draußen noch einmal angesehen. Er müsste eigentlich dazu gehören.«

»Gehen wir einmal davon aus. Wie viel würdest Du dann für das Grundstück bezahlen?«

»Also ohne Wasser ist es maximal zehn Millionen wert, mehr auf keinen Fall. Nur geeignet für Ziegen und Schafe. Und selbst in diesem Fall würde das Wasser des Vorratsbeckens nicht ausreichen. Mit Wasser wesentlich mehr, man kann von dem doppelten Preis ausgehen, wenn nicht noch einmal zwanzig Prozent darauf, also insgesamt fast 26 Millionen.«

»Das hieße dann, dass das Objekt mit Wasser insgesamt zumindest sechzig Millionen wert wäre.«

»Ja, das kommt mehr oder weniger hin.«

»Wir haben nicht ganz hundertdreißig Millionen auf dem Konto, Schatz. Dann können wir uns dieses Objekt also leisten. Prima. Ich bin so glücklich.«

»Dann bin ich es auch. Und es ist gut, dass Du unsere Finanzen so sehr unter Kontrolle hast. Denke aber bitte auch daran, dass wir doch noch Einiges investieren müssen, denn die Winter können gerade in der Wüste eiskalt werden.«

»Wie viel benötigen wir denn überhaupt?«

»Genau kann ich es nicht sagen, für die Heizung, die nehmen wir aus Deutschland. Die haben die besten, weltweit führend, circa drei bis dreieinhalb Millionen, dazu die Fenster, eine knappe Million, dann muss noch Vieles außen und innen erledigt werden. Also das muss ich zu Hause genauestens durchkalkulieren. Für die Innendämmung will ich Kork haben, das ist zwar das Teuerste, circa dreizehntausend pro Quadratmeter, aber das hält auch ewig und ist das beste Dämmmaterial der Welt. Außen nehmen wir Latexfarben, die sind wasserabweisend und das in der Wüste.«

»Außerdem brauchen wir auch noch einen großen Gastank. Liegt der dann unter- oder oberirdisch?«

»Beides möglich, nur sinnvoll, dass er weit genug auf dem Grundstück liegt, zwar nah am Haus, aber auch nicht so nah. Da muss ich mich noch genauestens informieren.«

»Auf jeden Fall kommt also noch eine Menge Arbeit auf uns, auf Dich zu.«

»Oh ja.«

»Ich wäre mehr als glücklich, wenn das klappen würde.«

»Ich bin da eigentlich ziemlich zuversichtlich.«

»Das wäre schön.«

Abends um neun Uhr wurde noch im Hotel zu Abend gegessen und dann machten sich die beiden auf nach Hause, wo sie um Mitternacht freundlichst von den Schwanzwedlern begrüßt wurden. »Na, habt ihr uns ein wenig vermisst?«

So waren die nächsten Wochen ins Land gegangen, Alejandra ging ihrer Arbeit nach, hatte aber die Wochenstundenzahl auf neunzehn ein Viertel reduziert. Das lag nicht nur in ihrem Interesse, sondern auch in Guennaros und noch mehr im Interesse des noch ungeborenen Kleinen. Zwar war medizinisch mit ihr und dem Ungeborenen alles in Ordnung, aber dennoch. Es war Guennaro lieber, sie würde sich nicht so hart drannehmen, sondern alles ein wenig gelassener angehen. Auf Nachtdienst hatte sie ja von vornherein verzichtet. Das war auch gut so. Finanziell war ihre Arbeit auch gar nicht nötig, doch wollte sie ihren kleinen Beitrag zum Gesamteinkommen leisten. So war es auch für ihre Psyche wichtig, dass sie arbeiten ging und damit war alles in Ordnung. Guennaro selbst bereitete das neue Semester vor. Nach den Jahren über die Kritische Theorie im Allgemeinen und Herbert Marcuse im Besonderen, war auch einmal etwas Anderes angesagt. Aber was? Er hatte den Dekan darum gebeten, noch etwas Zeit für seine Entscheidung über den Inhalt zu bekommen.

»Spätestens Mitte September, allerspätestens. Verstanden?« Sein Ton war manchmal hart, aber er lachte selbst darüber.

»Fangen wir doch mal wieder von vorne an«, sagte Guennaro zu sich selbst.

1. Platons Politische Philosophie 3-stündig Mo 9-12. Dazu müsste folgendes Referat verteilt werden: Geschichte Athens im letzten Vierteljahrhundert vor Sokrates' Tod. Dieses Referat müsste sofort in der ersten Veranstaltung fertig sein.
2. Anschließend wöchentliche Sprechstunde Mo 12-13
3. Seminar über die Anthropologische Funktion der Kunst (Schillers ästhetische Schriften) Mo 17-19 Uhr
4. Vorlesung zum Thema Eros Fr 18-19 Uhr

Mit diesem Programm meldete er sich telefonisch bei Senora Mathilda, sprach ab, dass er es jetzt hinüberfaxen wolle. Gesagt, getan. Nur ein paar Stunden später rief der Dekan zurück: »Bravo, bravissimo. Sie verlassen den Marxismus in all seinen Facetten.«

»Ja, ein wenig Abstand tut mal gut.«

»Selbstverständlich, völlig Ihrer Meinung. Platons Politische Philosophie auch in Ordnung und mit allem Drum und Dran benötigen Sie dann auch drei Wochenstunden. Bisher alles völlig eindeutig. Aber dann auf einmal Schillers Ästhetik? Das ist ja was ganz Neues. Gibt es einen Anlass dazu?«

»Ja, aber das, was ich Ihnen jetzt mitteile, bleibt völlig unter uns, unterliegt der strengsten Geheimnispflicht!«

»Ja, okay!«

»Ich werde im Laufe des nächsten Sommersemesters beim Kollegen Sarra in der Fakultät Kunst zum Doktor der Kunstgeschichte promovieren, bleibe selbstverständlich der Fakultät Philosophie treu, mehr noch, ich bin danach sogar zur Abdeckung des Bereiches Ästhetik in der Lage!«

»Das ist ja großartig, eine Neuigkeit, die mich ehrlich gesagt vom Sessel wirft. Aber genial. Eine Neuigkeit, die mir mehr als zu pass kommt. Wir wissen ja auch nicht, wie lange uns noch unser Ästhetikkollege erhalten bleibt, er geht nämlich zum 1. September nächsten Jahres in den wohlverdienten Ruhestand, wenn er aus Gesundheitsgründen überhaupt noch bis dahin durchhält.«

»Dann passt es doch!«

»Ja, ja, blendend. Mir fällt nur noch auf, dass Sie dann im nächsten Semester an zwei, nicht drei Werktagen in der Uni sind. Gibt es dafür auch einen Grund oder Anlass?«

»Sicherlich, den werde ich Ihnen aber nicht am Telefon verraten.«

»Sind es Gesundheitsgründe. Sie sehen oder hören mich ein wenig beunruhigt.«

»Wirklich kein Grund zur Sorge, ganz im Gegenteil es gibt noch eine geniale Neuigkeit, aber wie gesagt, nicht am Telefon. Mein Vorschlag dazu: Kommen Sie doch am Samstagabend zu uns, aber mit Gattin selbstverständlich. Ich reserviere dann einen Tisch hier im Restaurant und auch ein Zimmer für Sie. Dann können wir auch dem Alkohol ein wenig frönen.«

»Hervorragende Idee, wir kommen. Also bis Samstag, sagen wir halb neun im Restaurant an der Straße.«

»Genau, bis dann, gute Fahrt und kein Wort über die Promotion an keine der beiden Gattinnen.«

Gegen dreizehn Uhr kam Alejandra von ihrer Arbeit nach Hause: »Hallo mein Schatz.« Sie gab ihm einen dicken Kuss. »Du bist sicherlich müde oder?«

»Was hast Du denn mit uns vor?«

»Nun, wir hätten etwas zu besprechen und außerdem müsste ich zum Restaurant, um einen Tisch und ein Zimmer zu bestellen.«

»Wer kommt denn zu Besuch?«

»Mein Chef am Samstag, mit Gattin.«

»Und warum kochst Du nicht selbst?«

»Ich kenne ja meinen Herrn Dekan und weiß, dass er gerne mit mir einen hebt, so dass die beiden nicht mehr nach Hause kommen und wir haben doch keinen Platz für sie. Ganz einfach.«

»Ist okay, leuchtet ein. Ich lege mich ein wenig hin. Heute Nachmittag gehen wir dann eine ausgiebige Runde mit den Hunden und bestellen Tisch und Zimmer.«

»Okay, ruhe Dich aus.«

Die Tage verliefen alle recht gleichmäßig, beide gingen ihrer jeweiligen Arbeit nach, wobei Guennaro durchaus ein Mehr an Zeit fürs Kochen blieb und die Zeit für die Hunde, während Alejandra die übrige Hausarbeit erledigte, solange sie körperlich nicht zu schwer war. Ebenso normal verlief der Samstag, Guennaro schwamm an die zehn Kilometer ging mit den Hunden, räumte anschließend ein wenig im Haus auf. Alejandra kam gegen Mittag zurück, legte sich aufs Ohr und Guennaro tat das Gleiche. Kurz nach acht Uhr gingen sie top gekleidet zum Restaurant, wo der Dekan mit Gattin schon auf die beiden wartete. Die beiden Kollegen umarmten sich, flachsten ein wenig herum und dann stellte der Dekan, der ja alle Anwesenden kannte, die beiden Gattinnen einander vor. Man nahm Platz an einem festlich gedeckten Tisch auf der Terrasse, von der man einen herrlichen Blick nach Norden genießen konnte.

»Meine Frau hat ordentlich mit mir geschimpft, dass ich es zugelassen habe, dass wir nicht in den Genuss Ihrer Kochkunst kommen dürfen.«

»Genau, ich gebe es zu, ich gestehe es, ich stehe dazu, ich wollte Sie unbedingt am Herd oder zumindest in Ihrer Küche erleben dürfen!«

»Gnädige Frau, ich kann Ihnen versichern, dass es ein nächstes Mal geben wird und dann sind sie selbstverständlich unser Gast. Doch hatte ich in den letzten Wochen etwas mehr Arbeit in der Vorbereitung des nächsten Semesters, ich bitte um Verständnis. Außerdem, und dies ist der Hauptgrund, haben wir keinen Platz zur Übernachtung in unserer primitiven Hütte.«

»Unser Verständnis haben Sie, aber was gibt es für Gründe, dass Sie im nächsten Semester in gewisser Weise kürzer treten wollen?«, fragte nun der Dekan.

»Ja, daran bin ich nicht so ganz unschuldig. Das ist eigentlich ganz einfach, aber andererseits auch wieder kompliziert: Wir sind in absehbarer Zeit, circa drei Monaten, zu dritt!«, gab Alejandra kurz und bündig die Antwort.

»Gnädige Frau Seras« – »Alejandra bitte« – »Gut. Liebste Alejandra. Ich gehe zwar auch aus formulieren wir es einmal so formalen Gründen in die Kirche, bin aber andererseits durchaus gläubige Katholikin. Aber Wunder bitte nicht«, kam es nun von Seiten der Dekansgattin.

»Wunder?«

»Ja, ganz genau«, ergriff nun auch ihr Gatte das Wort, »ja irgendwie erinnert dies doch stark an die Szene, in der Jesus über den See Genezareth wandelte. Ich wusste nicht, dass Guennaro dies auch kann.« Alle lachten.

»Na, das ist aber eine freudige Überraschung. Herr Ober, eine Flasche Sekt, aber den Feinsten«, rief die Gattin. »Das muss ordentlich gefeiert werden. Aber Sie haben immer noch nicht gesagt, wie dies möglich ist. Verehrtester Guennaro vielleicht klären Sie uns bitte auf.«

Doch der Dekan ließ ihn, obwohl er ansonsten die Etikette in Person war, gar nicht zu Wort kommen: »Sie werden noch einmal Vater. Sie werden noch einmal Vater.« Er schüttelte den Kopf. »Ich kann es nicht fassen. Das gleicht entschuldigen Sie bitte wirklich einem Wunder. Das gibt es doch nicht. Sie machen Scherze, Gnädige Frau?«

»Nein, nein, er selbst ist ausgeflippt, als ich ihm diese Neuigkeit mitteilte.«

»Versteh ich, versteh ich vollkommen. Wissen Sie auch warum er ausflippte? Kann ich voll verstehen, kann ich voll nachvollziehen.«

»Und warum? Das passiert doch jeden Tag, millionenfach und weltweit.«

»Gnädige Frau belieben zu scherzen. Oder?«

»Wenn Sie beide jetzt an den leider miserablen körperlichen Zustand Guennaros denken, dann kann ich Ihnen nur sagen: Ich bin Tochter baskischer Eltern und stolz darauf, dem ehemaligen franquistischen Geheimdienst mit meiner Schwangerschaft ein Schnippchen geschlagen zu haben. Ich liebe meinen Mann und ich weiß damit umzugehen. Er macht mich zur – Verzeihen Sie bitte Gnädige Frau – glücklichsten Frau auf diesem Erdenrund.«

»Auch wenn ich meinen Mann liebe, aber das kann ich wirklich nachvollziehen, nein das sieht man Ihnen an! Wann haben Sie ihn denn eigentlich kennengelernt?«

In der Zwischenzeit brachte der Ober eine Flasche guten Sekts. Der Dekan öffnete sie ganz sachte, goss die edlen Tropfen in die Sektschalen und so prostete man sich zunächst einmal zu.

»Zweite Hälfte im Oktober 1998. Ich habe mich damals als Pflegekraft und gleichzeitig Krankenschwester um seinen Körper gekümmert. »Verdient gemacht«, klang es ganz sachte und leise von Seiten Guennaros. »Tagtäglich habe ich mich vier Monate lang um ihn kümmern müssen, Lymphdrainage, Wunden säubern, Spritzen gegen Thrombose und zum Kalziumaufbau. Dazu kamen ab und zu auch Pflegearbeiten und Hilfestellungen, Duschen etc. an manchen Tagen sogar zweimal. Und dann noch immer die Fahrten, dreimal die Woche zu Rehamaßnahmen ins Krankenhaus und zwei- oder dreimal zur Uni. Haushaltsdienst. Also das war ein Fulltimejob.«

»Aber entschuldigen Sie bitte, liebste Alejandra, das kann doch eine so wunderschöne Frau wie Sie nicht begeistern?«

»Das war es auch nicht. Er konnte kein Auto fahren, bewegte sich in der Uni im Rollstuhl.«

»Ja, ja genau. Alle wollten, dass er zu Hause bleibt.«

»Und zu Hause saß er meistens im Rollstuhl oder ging kurze Strecken an zwei Krücken. Manchmal heulte er vor Schmerzen und die Tränen rollten ihm über die Backen. Aber er fand schon nach einer Minute die Kraft mir zu sagen, dass ich die Frau seines Lebens bin. Ich war völlig perplex. Aber ich schaute ihm in die Augen und sah in ihnen seine Ehrlichkeit. Da war es auch um mich geschehen.«

»Herrlich, er kann kaum leben, hat aber die Kraft zur Liebe«, fasste die Dekansgattin zusammen und fuhr fort: »Als ich von meinem lieben Gatten erfuhr, dass Ihr Gatte noch ein wenig Zeit vor Ihnen das Ministergehalt abgelehnt hatte und in einer – Verzeihen Sie mir bitte – Hütte zur Miete lebt, unvorstellbar.«

»Auf den ersten Blick muss jeder, mich eingeschlossen, Ihnen Recht geben. Doch auf den zweiten Blick: Kommt es nicht in erster Linie darauf an, dass man den anderen liebt?«

»Ein wahres Wort, ein wirklich wahres Wort«, pflichtete ihr der Dekan bei und strahlte dabei.

»Und genau das, genau dies, meine sehr geehrten beiden Damen, genau das, keine Kraft zum Leben, aber zur Liebe, kann ich seit Sommer 1997 voll verstehen«, ergänzte ihr Mann sie. »Denn da durfte ich einen Abend mit Ihrem Gatten dort drüben« – und dabei machte er eine Armbewegung in Richtung Osten – »denselben in vollen Zügen genießen. Ein unvergesslicher Abend.«

»Und das wollen wir auch von diesem Abend erhoffen.«

Das Wintersemester 2001/02 hatte gerade begonnen. Guennaro hatte selbstverständlich sofort die Erlaubnis erhalten, dieses Semester seine Lehrverpflichtungen auf nur zwei Tage zu verteilen. Montags begann er um neun Uhr mit drei Stunden Lektüre Platons, dann schloss sich seine wöchentliche Sprechstunde an, die meistens völlig überfüllt war, so dass er fast immer erst nach dreizehn Uhr, manchmal noch später, die Ruhe und den Weg in eine Taperia fand: »La Riviera«, »Café Elviria«, »Marakech«, »D-cuadros« und »Tortuga« sind sehr gut, doch gibt es einfach zu viele. Anschließend legte er sich dann in seinem Zimmer zur Ruhe. 17 -19 Uhr war dann Schillers Ästhetik angesagt. Freitag lag der Beginn der Tätigkeit erst auf 18 Uhr und dann dauerte sie nur bis 19 Uhr. Am letzten Freitag im Oktober des Jahres 2001 zeigte sich das Wetter nicht von seiner besten Seite: Es war schon relativ kühl, so dass Guennaro morgens nicht mehr schwimmen gewesen war. Auch wollte er sich vor einer möglichen Erkältung schützen, um Alejandra nicht zu belasten, obwohl sie die Schwangerschaft nicht nur positiv wegsteckte, sondern sogar aufblühte. Zwar stöhnte sie darüber, dass sie zu viel essen würde, Guennaro möge nicht so viel und gut kochen, sondern nur Kleinigkeiten bereiten. Auch wenn man nun ihre Umstände sah, sehen konnte, ja sehen musste, es ging ihr blendend. Da das Wetter sich also heute mal nicht von seiner besten Seite zeigte, Guennaro auch noch einige Arbeit in der Bibliothek erledigen musste und wollte, fuhr er schon gegen späten Mittag zur Uni.

»Wie geht es Ihnen Guennaro und vor allem Ihrer Gattin?«, fragte Senora Mathilda, als Guennaro ins Sekretariat anlangte.

»Alles bestens, alle Untersuchungen zeigen, dass alles bestens verläuft. Danke der Nachfrage. Alle beide sind gesund.«

»Das freut mich aber sehr. Und wenn ich helfen kann, rufen Sie mich bitte an. Ich komme auch nachts noch vorbei!«

»Ich weiß und spüre, dass Sie es ehrlich meinen und dafür bin ich Ihnen mehr als dankbar. Und sollten alle Stricke reißen, rufe ich Sie an. Meine Frau selbst ist ja, wie Sie ja wissen, Krankenschwester. Da bin ich eigentlich recht zuversichtlich, dass alles in Ordnung geht. Und noch einmal ganz herzlichen Dank für Ihr wohlgemeintes Angebot, dass ich auf keinen Fall vergessen werde.«

Der Nachmittag verlief wie geplant, Arbeit in der Bibliothek und dann die Vorlesung. Die Rückfahrt verlief reibungslos. Guennaro hielt noch in der Metzgerei des Dorfes an und holte das fette Suppenfleisch ab, das die Metzgerin für ihn immer zurücklegte: »Guten Abend Gnädige Frau!«

»Guten Abend Guennaro. Alles in Ordnung mit Ihrer Gattin?«

»Alles bestens, beide gesund.«

»Oh wie schön, das freut mich. Sollten Probleme auftreten, rufen Sie mich an. Ich lass alles liegen und stehen und komme, selbst wenn es nachts drei Uhr sein sollte.«

»Ganz herzlichen Dank für Ihr Angebot. Ich spüre auch, dass Sie es ehrlich meinen. Aber bedenken Sie, meine Frau ist ja selbst Krankenschwester. Aber sollten alle Stricke reißen, komme ich auf ihr Angebot dankend zurück.« Er bezahlte, fuhr noch zum Gemüse- und Obstladen und kaufte dort auch noch ein. Es sollte ja am Wochenende gemütlich werden. Alejandra hatte wie immer großes, aber auch zu hundert Prozent berechtigtes Vertrauen zu den Hunden und hatte das große schwere Tor aufgelassen, so dass sie alle nach draußen laufen konnten, was sie natürlich auch taten, sobald sie Guennaros AUDI hörten. Gebell, erfreutes Kläffen und hektisches Schwanzwedeln war angesagt. »Ich bins doch nur, lasst uns doch ins Haus gehen.«

So kam Guennaro durch das große Tor, schloss es hinter sich ab, sah seine Frau in der Tür stehen und auf ihn zu rennen. Zwar erschrak er im ersten Augenblick, doch sah er im zweiten Blick ihr die Freude ins Gesicht geschrieben: »Wir haben endlich Nachricht über unser Wüstenobjekt. Stell Dir vor, das Wasser gehört zum Objekt und die Renzis gehen mit dem Preis auf sechsundsechzig runter. Ist das nicht toll?«

»Na super, aber gib mir doch erst einmal das Fax.« Er las es durch, ließ es wieder auf den Sekretär zurückgleiten, der im Eingangsbereich stand, ein Prunkstück aus der Renaissancezeit, aus Italien, verspielt mit seinen vielen kleinen Schubladen. »Lass uns bitte erst essen.«

»Das klingt aber gar nicht begeistert«, gab sie stark enttäuscht von sich.

»Vielleicht klingt es so, ist es aber nicht. Ich bin begeisterter als Du mein Schatz, aber auch hundemüde. Darüber hinaus muss ich noch das Essen für morgen Abend vorbereiten. Bitte erst essen mein Schatz, ich bin nicht konzentriert genug, aber sei einer Sache sicher, wir werden es kaufen.« Sprachs und gab ihr einen Kuss. Gleichzeitig schnappte er sich das Suppenfleisch, hielt es unter kaltes Wasser, strich danach alle Seiten mit aromatischem Senf ein und legte es in kaltes, stark gesalzenes Wasser, brachte das Wasser zum Kochen, reduzierte dann zunächst einmal die Temperatur auf das Minimum, deckte den Deckel auf den Topf und ließ das Fleisch dann auf der kleinsten Flamme erst einmal eine Stunde vor sich hin köcheln. In dieser Zeit aßen die beiden zwei Salate, die ausnahmsweise heute einmal Alejandra zubereitet hatte. Darüber hinaus hatte sich Alejandra dazu bereit erklärt, heute Abend Pfannkuchen zu backen. »Einfach köstlich«, war seine ehrliche Meinung. Nach dem Essen ging er an den Sekretär, schrieb seinen Sermon für das FAX und reichte den Zettel seiner Gattin. Alejandra las es:

»Sehr geehrte Frau Rechtsanwältin!
Zunächst einmal meinen ganz herzlichen Dank für Ihr gestriges Fax mit den zwei guten Nachrichten. Doch sehen Sie allein an der Tatsache, dass ich Ihnen erst heute antworten kann, dass wir beide zu sehr im Stress stecken. Das Wintersemester hat gerade begonnen und mein Mann kommt vor Arbeit um. Dennoch hoffe ich, dass wir morgen Abend, also am Sonntag, dazu kommen, uns über das Angebot Gedanken zu machen. So erhalten Sie dann hoffentlich spätestens am Montag unser Fax. Also ein schönes, hoffentlich geruhsames Wochenende für Sie und bis Montag.
Mit den freundlichsten Grüßen
Alejandra Seras«

»Was sagst Du denn nun zu diesem Angebot, mein Schatz«, fragte sie ihn neugierig.
»Zunächst ist es die beste Nachricht, dass das Wasser zum Objekt gehört. Damit ist die wichtigste Bedingung erfüllt; auch die Tatsache, dass die Renzis mit dem Preis heruntergegangen sind, ist okay, jedoch ist dieser Preisnachlass nicht groß genug. Das Objekt ist sicherlich keine sechsundsechzig

Millionen wert. So müssen Sie noch mehr runter, zumindest noch um 10 %. Eine sechs darf nicht am Anfang stehen.«

»Diese Reaktion finde ich zunächst einmal okay.«

»Ja, wir müssen ein wenig Zeit gewinnen. Die Renzis zumindest werden glauben, dass wir ihrem Vorschlag sofort Folge leisten und den Zahn müssen wir ihnen ziehen. Das wiederum heißt, dass wir sie ein wenig in ihrem Saft schmoren lassen müssen, dass wir eine verspätete Reaktion zeigen, um auch deutlich werden zu lassen, dass wir mit diesem Angebot nicht einverstanden sind.«

»Wie sollen wir denn nun weiter vorgehen?«

»Ich denke mir am Montag ein Fax, mal sehen ungefähr folgenden Inhalts: »Wir bedanken uns noch einmal für das Fax mit den beiden guten Nachrichten. Mit der Tatsache, dass das Wasser zum Objekt gehört, wären nun gottseidank alle unsere letzten inhaltlichen Bedenken gegen dieses Objekt hinfällig geworden. Andererseits blieben die Preisvorstellungen zwischen beiden Parteien doch recht unterschiedlich. Angesichts der beiden durchaus als positiv zu konstatierenden Fakten, der Wasserzugehörigkeit und des Preisrückgangs, würden wir nun als Gegenmaßnahme unser Angebot erhöhen und bieten unsererseits nun glatte fünfzig Millionen. In der Hoffnung, möglichst schnell weiter zu kommen, verbleiben wir mit den besten Grüßen für Sie alle, Alejandra und Guennaro Seras. So ungefähr«

»Fünfzig Millionen. Nur? Meinst Du das reicht?«

»Sicherlich nicht, aber sechsundsechzig sind einfach zehn Prozent zu viel, mindestens.«

»Ich hoffe, dass Du Recht hast. Ich zweifle ein wenig daran, wenn ich ehrlich sein soll.«

»Ich möchte, dass Du immer ehrlich bist.«

»Ich habe mich nämlich im Haus, als auch auf dem Grund und Boden dort mächtig wohlgefühlt.«

»Glaube mir bitte, ich mindestens genauso. Wir haben unser neues Heim gefunden. Nur müssen wir Geduld aufbringen. Das wird noch einiges an Anstrengung mit sich bringen. Vielleicht wird es auch noch eine Menge Zeit kosten, doch müssen wir dies in Kauf nehmen! Ich bitte Dich um ein wenig Geduld.«

»Und was schätzt Du? Wie viel Zeit?«

»Wenn ich an unsere Termine denke. In wenigen Tagen haben wir November, anderthalb Monate später steht die Geburt an, Weihnachten und Jahreswechsel. Ich schätze mal, dass es jetzt einige Zeit dauern wird. Ich weiß nicht wie viel. Ich schätze mal bis Weihnachten. Viel eher werden wir keine Nachricht erhalten, vielleicht auch erst Anfang des neuen Jahres.«

»Das zieht sich also Deines Erachtens noch einige Zeit hin?«

»Oh ja!«

Die nächsten Monate waren angefüllt mit Arbeit für Guennaro, während Alejandra zwecks Geburtsvorbereitung seit dem 31. Oktober ihre Arbeit für die nächsten Jahre beendet hatte. Sie wollten beide, dass sie die ersten acht, neun Jahre ihres Kindes zu Hause bleibt und für eine gute Entwicklung und Förderung sorgt. Alejandra war stets nervöser geworden, je näher der Termin rückte, Guennaro blieb der ruhende Pol, an dessen starke Schultern sie sich anlehnen konnte. Seine Fahrten nach Granada zur Uni empfand sie nicht so positiv. Sie vermisste ihn dann doch und machte sich immer Sorgen, sobald er unterwegs war. Er spürte dies und sprach sie darauf an: »Wenn Dich etwas bedrückt, so sage es bitte, um alles in der Weltgeschichte. Verschweig mir bitte Deine Gefühle nicht, sei es Angst oder Freude, Lust oder Verzweiflung. Egal, was es auch sei.«

»Mach ich doch, mach ich doch«, wiederholte sie. »Dann ist alles bestens, Du wirst sehen.«

»Ich mache mir halt Sorgen, wenn Du unterwegs bist, aber auch Sorgen wegen unseres Wüstenprojektes. Das wäre doch unser Haus gewesen. Meine Zweifel an Deinem Vorgehen, an Deinem Preisangebot, werden von Tag zu Tag größer, heftiger.« Damit schmiss sie ihren Kopf an seine Brust, war völlig verzweifelt.

Er nahm sie in seine Arme: »Verstehe ich vollkommen und ich habe mir dazu Folgendes einfallen lassen. Sollten wir bis zur Geburt nichts Neues von der Rechtsanwältin hören, so schicken wir einfach eine Geburtsanzeige hin, melden uns sozusagen zu dritt zurück und fragen einfach mal nach.«

»Finde ich blendend, hoffentlich reicht dies.«

Am fünfzehnten Dezember wurde den beiden ein gesunder Sohn geschenkt, keine Komplikationen, der gesamte Ablauf verlief vollständig reibungslos. Guennaro war selbstverständlich bei der Geburt dabei. Alejandra gab dem Kleinen mit Zustimmung Guennaros den Namen Sandro. Guennaro hatte dann von zu Hause aus alle, die dieses positive Faktum anging, angerufen und ihnen die erfreuliche Nachricht mitgeteilt. Alle waren völlig aus dem Häuschen, seine Mutter, seine Schwiegereltern und auch alle anderen. Seine Mutter – sie ging schon auf die neunzig Jahre zu – war seit einiger Zeit fast vollständig bettlägerig und konnte so nicht kommen, doch seine Schwiegereltern, ein Vierteljahrhundert jünger, so schien es, hatten die Koffer schon gepackt. Und so war es auch. Am nächsten Abend konnte Guennaro sie vom Flughafen in Granada abholen und noch zum Krankenhaus fahren.

»Ganz der Papa, ganz der Papa. Das kannst Du nicht leugnen.« Die Schwiegereltern durften den kleinen Schreihals, diese aufgegangene Saat einer süßen gemeinsamen Komplizenschaft, im frühen Morgengrauen in den Arm nehmen. Noch in Antequera hatte Guennaro einen Druckverlag aufgesucht, um die erfreuliche Nachricht sowohl in die Zeitung setzen, als auch fünfzig Karten drucken zu lassen: »Alejandra und Dr. Guennaro Seras freuen sich, Ihnen die Geburt Ihres Sohnes Sandro bekanntgeben zu dürfen«. Dann kamen noch die Gewichtsangabe, die genaue Uhrzeit der Geburt und natürlich das Datum.

»Entschuldige bitte mein Schatz, aber diese Anzeige passt überhaupt nicht zu Dir, die klingt reichlich spießig. Ich habe mir etwas Besseres einfallen lassen: ›Ab heute machen wir die Welt zu dritt unsicher!‹«

Guennaro war begeistert und änderte sofort die Zeitungsanzeige und auch die Druckkarten. Am 19. Dezember, also schon vier Tage nach der Geburt, konnte er beide vom Krankenhaus abholen. Noch bevor sie ins Auto stiegen, gab er ihr zwei Briefkuverts mit der Druckanzeige, die an die Rechtsanwältin und die Renzis gerichtet war.

Sie warf beide in den Postkasten. »Jetzt werden wir ja sehen, ob Du Recht hattest.«

»Okay, machen wir.«

»Hast Du noch etwas zu der Drucksache hinzu gelegt oder hinzu geschrieben?«

»Ja, dass sich jetzt Jeder von Ihnen ausmalen könnte, dass unter diesen Umständen unser Interesse am Objekt natürlich noch gewachsen sei, dass aber andererseits unser Budget durch diese dritte Person nicht gerade größer werde, sondern kleiner. Wir hätten ja schon die anfängliche Preis- und Angebotsspanne von dreiunddreißig Millionen mehr als halbiert. Ob denn da nicht noch mehr drin wäre. Darüber hinaus habe ich Ihnen gesegnete Weihnachten und einen feucht-fröhlichen Rutsch ins neue Jahr gewünscht?«

»Gut formuliert mein Schatz.«

Die Festtage waren schnell vorüber, viele Freunde aus dem Dorf kamen vorbei, um zu gratulieren, Schwiegermutter ließ es sich natürlich nicht nehmen, zu kochen, die Gäste zu bewirten und auch sonst alle Arbeiten im Haushalt zu erledigen. Guennaro konnte sich so besser auf seine Arbeit konzentrieren und sich um seine beiden Schätze kümmern, was er auch ausgiebig tat. Seine Schwiegermutter hatte seit dem erfreulichen Ereignis immer ein Strahlen für ihren Schwiegersohn: »Ich habe unsere Tochter noch nie so glücklich gesehen. Dafür meinen, nein unseren, ganz herzlichen Dank.«

Der Schwiegervater gab seine Zustimmung: »Genau so!« Rigoros wie er war, nahm er den Kinderwagen mit dem schlafenden Kleinen und auch seinen Schwiegersohn und machte mit den beiden eine große stundenlange Wanderung.

»Wir beide, ich meine Du und ich, haben ja nun eine Menge mitgemacht, gesundheitlich, medizinisch, wenn Du willst.«

»Oh ja, leider.«

»Genau, leider. Und deshalb gehe ich davon aus, dass Du mir einen väterlichen Rat nicht verwehrst?«

»Ich höre ihn gern.«

»Schön, ich weiß nicht, wie Du das später einmal sehen wirst als Vater, doch für mich als Vater war es wichtig, dass der Mann meiner Tochter mir auf einer Höhe in die Augen schauen kann. Er muss mir ebenbürtig sein. Obwohl Mama in der Stadtverwaltung und ich als Kriminalpolizist beruflich durchaus vom Franco-Regime ein wenig profitierten, haben wir als Basken aufgrund der Unterdrückungspolitik des Regimes nie mit ihm Frieden geschlossen. Auch die Demokratie brachte keine Lösung des ETA-Problems. Das Morden ging weiter. Schrecklich. Und später das Autonomiestatut, auch dieses konnte nur beschränkt zur Befriedung beitragen. Und seit unsere Regierung die Kompetenz über die eigene Polizei hat, ist diese auch immer öfter Opfer von Attentaten geworden. Was früher ein Konflikt zwischen Baskenland und Zentralregierung war, ist jetzt eine innerbaskische Auseinandersetzung geworden, so dass sich die baskische Gesellschaft immer mehr von der ETA distanzierte. Unser Volk ist gespalten.«

»Aber warum erzählst Du mir das jetzt alles?«

»Entschuldige bitte, Du weißt doch, dass ich manchmal weit aushole. Also wir haben keinen Frieden mit Franco geschlossen und ich wollte einen mir ebenbürtigen Schwiegersohn für meine Tochter. Und als ich dann von Alejandra aus Deinem Leben hörte, hatte ich Dich eigentlich schon bevor ich Dich kennenlernte akzeptiert. Schön, Du weißt, dass ich im Gegensatz zu Mama sehr gerne auf dem Land lebe, dass ich unser Bauernhaus ergänzt habe und zwar eigenhändig und das alles noch nach meinem Krebs.«

»Vor dieser Deiner Leistung kann man nur den Hut ziehen.«

»Doch darum geht es mir nicht. Mama hat es jetzt im Gegensatz zum Beginn eingesehen, sie hat völlig Recht: Du bist der Richtige für unsere Tochter. Man spürt es in jeder Sekunde. Noch nie war Alejandra so glücklich.«

»Ja, ich weiß, man kann es sogar sehen. Aber was willst Du mir eigentlich sagen?«

»Ja, Du weißt, dass ich gerne auf dem Lande lebe. Ich wiederhole mich nur. Und für mich wäre diese Lage hier phänomenal, für meine Hunde natürlich ebenso. Aber für Euch? Wie sieht das mal mit dem Schulbesuch für Sandro aus zum Beispiel?«

»Also die Sache mit dem Schulbesuch für Sandro sehe ich hier wirklich gelassen. Das wäre überhaupt kein Problem. Aber andererseits hast Du absolut Recht. Der Olivengürtel Andalusiens, diese zweihundert Millionen Olivenbäume oder wieviel es auch immer sein mögen, ist auch nicht ganz meine Gegend, eine langweilige, nein falsch, besser reizarme, so will ich es prägnanter formulieren. Auch das Dorf ist nicht genau das, was ich mir so vorstelle. Vor allem fehlt mir der Markt. Aber an meinem letzten Geburtstag haben wir beide unser Objekt gefunden und stehen seitdem in Verhandlungen, aber es ist noch nicht in trockenen Tüchern, und deshalb möchte Alejandra und ich auch, Euch noch nicht davon erzählen.«

»Okay und viel Glück und Erfolg!« In diesem Moment wachte der kleine Sandro auf und ließ sich nur dadurch beruhigen, dass einer von den beiden Männern ihn auf den Arm nahm. Und so gingen die drei zunächst am Restaurant vorbei, kehrten kurz ein, nahmen einen leichten Weißen zu sich und dann zurück nach Hause.

Kurz nach Neujahr fing Guennaros Arbeit an der Uni wieder an, am ersten Freitag nahm er seine Schwiegereltern mittags mit zum Flughafen. Da seine Schwiegermutter auch noch für beide, genauer gesagt alle drei, für ein paar Tage vorgekocht hatte, erübrigte sich heute für Guennaro der Gang zum Einkauf, so dass er genügend Zeit für seine Arbeit in der Bibliothek hatte. Bei seiner abendlichen Rückkehr verließ er die Uni, legte seine Arbeitsutensilien in den Wagen und atmete zunächst einmal tief die kalte Nachtluft ein. Zu Hause lagen alle Hunde neben dem Kinderwagen und passten auf, ein Bild des Friedens, das nun dadurch gestört wurde, dass sie anfingen erfreut zu bellen, so dass der kleine Sandro aufwachte, sich erschreckte und schrie. Alejandra kam aus dem

Haus gerannt, nahm den Kleinen hoch, ging so auf ihren Gatten zu und küsste ihn ganz innig.

»Guten Abend mein großes Kaninchen«, kam es voller Zärtlichkeit aus seinem Mund.

Danach begann ein Strahlen über ihr Gesicht zu huschen: »Wir haben Post aus Tabernas. Du Gauner hattest Recht, aber lies mal selbst.«

Gesagt, getan. So setzte er sich an den Sekretär und las das Fax:

»Sehr geehrte Familie!!! Seras! Zunächst meinen, nein unser aller Glückwunsch zur Geburt man könnte schon fast sagen Ihres Christkindes. Möge es stets gesund und glücklich sein und seinen Eltern immer Freude bereiten. Darüber hinaus unseren herzlichen Dank für Ihre prompte Information. Sicherlich waren wir über Ihr Angebot von Ende Oktober alle, meine Wenigkeit eingeschlossen, ein wenig enttäuscht. Fünfzig Millionen ist doch recht wenig für diese herrliche Lage. Deshalb hat es nun auch erst einmal einige Zeit gedauert, bis sich diese Enttäuschung ein wenig gelegt hat. Ich habe sofort nach Erhalt Ihrer Drucksache, d.h. noch vor Weihnachten, noch einmal mit Familie Renzi telefoniert und in Ihrem Sinne verhandelt. Heute Morgen kam dann das schriftliche Angebot: Sechzig Millionen in alter und dreihundertdreiundfünfzig Tausend in neuer Währung. Sozusagen das allerletzte Angebot. Ich meine, dass Sie nun zugreifen sollten. Auch Ihnen wünschen wir im Nachhinein fröhliche Weihnachten und einen guten Rutsch ins neue Jahr gehabt zu haben und hoffen alle, dass dieses Jahr uns möglichst schnell zu einer Einigung bringt. In diesem Sinne hoffe ich bald von Ihnen Positives zu hören!«

»Na siehst Du mein Herz! Noch einmal sechs Millionen weniger. Dann gehen wir noch einmal um drei Millionen rauf.«

»Oh nein. Überreiz den Bogen nicht! Du willst das Haus gar nicht.«

»Da irrst Du Dich aber gewaltig mein Schatz. Dies ist mein Haus, genauer gesagt das Haus für meine Familie und für mich. Hier an dieser Stelle möchte ich mit Euch beiden alt werden und dann in Ruhe und möglichst in Deinen Armen sterben. Ich weiß es. Dies ist meine Gegend und nirgendwo sonst auf der Welt. Die Wüste von Tabernas. Dies ist mein Glaubensbekenntnis.«

»Und Du glaubst, dass die noch eine Handbreit nach unten gehen?«

»Ich glaube ja, aber lass uns erst etwas essen. Was hast Du uns denn Köstliches zubereitet?«

»Oma hat ja schon vorgekocht. Lass uns zunächst noch eine kleine Runde gehen, bitte!«

»Nadas problemas. Ich hole uns nur noch zwei Parkas!«

Dann gingen sie doch noch eine große Runde durch die Wildnis. Es war gar nicht so einfach, den Kinderwagen, zwar hochmodern, damit meistens aber auch sehr empfindlich und anfällig, durch diese Wildnis zu kutschieren. Von Ruhe und Schlaf für das Kind konnte beim besten Willen nicht die Rede sein, doch schien diese Fahrt dem Kleinen mehr Spaß zu bereiten als dem Vater, der sich darüber aber genauso freute wie die Mutter. Hauptsache war dem Kleinen die Anwesenheit seiner beiden Elternteile. Alles andere schien ihn zumindest heute nicht zu stören. Nach dieser Tour und dem gesunden Abendmahl wurde der Kleine zum Schlafen gelegt und das Ehepaar Seras saß gemütlich vor dem warmen Kamin, er hatte zunächst einmal nur für sich mal wieder einen guten Tropfen Malaga geholt, doch Alejandra bestand darauf, trotz der Stillphase auch ein Glas serviert zu bekommen. So holte Guennaro die zwei schönsten geschliffenen Kristallrömer aus dem Büffetschrank und sie genossen den Abend auf dem Sofa. Sie lag mit ihrem Kopf auf seinem Schoß und er strich ihr über ihr golden-seidenes Haar. Sie schmiegte genussvoll wie ein Kätzchen den Kopf unter seiner Hand und blickte zu ihm empor: »Den ganzen Tag habe ich mir das gewünscht. Mach weiter.«

»Mach ich. Vor einigen Jahren, im Sommer 1997, war einmal mein Dekan abends zu einem sehr intensiven Gespräch bei mir und in diesem Gespräch ging es unter anderem auch um meinen Wohnort und ich gab ihm schon damals zu verstehen, dass ich zwar gerne hier wohnen würde, dass dies jedoch nicht meine Gegend wäre. Auf seine Frage, wo denn diese läge, gab ich ihm zur Antwort, dass ich dies nicht wüsste. Wenn ich sie sähe, würde ich sie sofort erkennen. Dies ist bei dem Objekt in Tabernas der Fall. Dies bitte zu Deiner Information.«

»Das klingt wunderschön, so schön, vielleicht noch schöner als die Gegend selbst, von der ich nicht mehr loskomme in meinem Leben. Und ich möchte, dass wir drei in diesem Haus glücklich sind.«

»Werden wir, sei gewiss, werden wir. Doch vorher hat der liebe Gott oder auch Karl Marx den Verstand gesetzt.« Guennaro gab seiner Gattin einen innigen Kuss und verschwand für einen Moment in seinem Arbeitszimmer, kramte herum und wurde trotz oder wegen – das wusste man bei Guennaro nie – des unberechenbaren Chaos sehr schnell fündig, kam zu Alejandra zurück, gab ihr ein Aktenbündel mit den Worten: »Solltest Du Zeit und Lust finden studiere bitte die Unterlagen für das Haus. Ich muss noch für Montag eine Menge vorbereiten.« Sprachs und verschwand bis zur Nachtruhe ins Arbeitszimmer.

»Hast Du Dir die Hausunterlagen angesehen?«

»Ja, ich bin aber darüber müde geworden.«

»Wunderschön.«

»Aber nun lass uns schlafen. Morgen ist Samstag, ich hole leckere Croissants im Dorf, und dann haben wir den ganzen Tag Zeit, um über alles zu reden.« Sprachs, gab Guennaro einen intensiven Kuss und rollte sich ein wenig zur Seite.

Am anderen Morgen war der Frühstückstisch schon fürstlich gedeckt, Guennaro war wie immer davon begeistert. Zunächst standen das Frühstück und der Kleine im Vordergrund, dann gingen sie alle drei mit den Hunden eine große Runde spazieren und kamen erst zum Mittag zurück, Guennaro bereitete Einiges zum Abendessen vor und Alejandra brachte Sandro ins Bettchen.

»Ich habe mir alle Unterlagen aus Deutschland kommen lassen, was die beiden Heizungen betrifft. Für die Heizung im Haus brauchen wir wie schon gesagt und angesichts der schlechten Dämmung auch nachvollziehbar ca. 27 KW, d.h. wir brauchen einen völlig neuen Brenner, der alte Boiler muss raus, das kleine Kabuff muss auf die Maße des neuen Brenners umgebaut und die gesamte Elektrik gegen Feuchtigkeit geschützt werden. Dazu kommt der oberirdische Tank, der von der Größe aber auch nicht in das schon bestehende Gebäude von circa sechs Kubikmeter passt.«

»Muss es denn unbedingt oberirdisch sein?«

»Unterirdisch wird noch teurer angesichts des steinharten Bodens.«

»Wie viel kostet das denn alles noch?«

»Also für die Heizung des Hauses samt neuen Fenstern im Haus und der Verglasung des Kamins musst Du mit zwanzigtausend Euro rechnen. Für die Heizung des Pools« ...

»Brauchen wir denn sofort eine Heizung für den Pool?«, unterbrach sie ihn. Guennaro merkte, dass sie traurig wurde. So nahm er sie in den Arm, drückte sie ganz zärtlich und beruhigte sie. »Mach Dir bitte nichts vor Schatz, denn ab Ende September/Anfang Oktober wird das Wasser über Nacht eiskalt. Wenn Du dann morgens ohne Dich abzukühlen hineinspringst, erlebst Du dein eiskaltes Wunder. Auch wenn die Wassertemperatur in dieser Jahreszeit tagsüber auf mehr als zwanzig Grad steigt, manchmal sogar auf zweiundzwanzig bis dreiundzwanzig, so musst Du am anderen Morgen mit neunzehn, eher mit noch weniger rechnen. So benötigen wir eine Poolheizung auch aus Deutschland und gleichzeitig eine Abdeckung für die Wasseroberfläche und eine Glashalle, ansonsten hast Du jeden Tag das Wasser voller Dreck.«

»Muss das denn alles sein. Und wenn ja, sofort? Und wie teuer wird das und wer baut uns das, wenn alles aus Deutschland kommt?«

»Zum Preis kann ich sagen, dass Du noch einmal circa zwanzigtausend dazu legen musst. Gebaut wird von einer Tochterfirma des deutschen Unternehmens. Die sind hier vor Ort und in maximal drei Wochen, eher zwei fertig, doch heißt dies, dass wir spätestens Anfang September anfangen müssen, um dann auch im September fertig zu sein, wenn es langsam aber sicher nötig wird, zu heizen.«

»Gut, dann hätten wir also in etwa vierzigtausend an zusätzlichen Kosten.«

»Dann muss eingezäunt werden.«

»Oh nein, nicht noch etwas, bitte.«

»Doch es muss sein, sonst können die Hunde quer Beet laufen und es ist immerhin Wüste. Dabei denke ich vor allem an die Kleinen. Erinner Dich bitte an die kleine Sophia, die von einer Schlange gebissen worden ist.«

»Und wie teuer wird das?«, fragte sie schon ziemlich niedergeschlagen. »Nun gut, ich habe das Angebot hereinbekommen. Sechzig Meter Stahlgitterzaun auf Beton kosten ungefähr zweieinhalb Tausend.«

»Und wie viel Meter ist der Umfang des Grundstücks. Jetzt sage auf keinen Fall, dass es mehr als fünfhundert sind.«

»Oh doch, es ist etwas mehr als ein Kilometer und es verbleiben insgesamt ca. neunhundert Meter und das heißt, dass die Einzäunung uns ungefähr fünfzehn mal zweieinhalb Tausend kostet, macht noch einmal etwa fünfunddreißigzusend, eher vierzigtausend Euro.«

»Das sind dann schon achtzig. Ist es das jetzt gewesen?«

»Nicht so ganz mein Schatz, denn die Drainage für Deinen schönen, nein paradiesischen Palmengarten muss ausgebessert werden. Darüber hinaus – aber das können wir zeitlich ein wenig verschieben – muss die Drainage nach hinten auf das riesige Grundstück verlegt werden.«

»Und wie viel kostet dies?«

»Dazu kann ich mich jetzt überhaupt noch nicht äußern. Und dann haben wir noch nicht die Terrasse dichtgemacht, noch kein Arbeitszimmer für uns beide gebaut und auch noch nicht das Gästehaus kanalisiert und noch nicht mit Strom versehen.« Sie sah ihre Hoffnungen wegschwimmen: »Und wie teuer wird das? Können wir uns das denn dann noch leisten?«

»Die Fenster für die Veranda in etwa fünftausend, der Ausbau unseres Arbeitszimmers ungefähr dreißig Tausend und die Fertigstellung des Gästehauses auch noch einmal so zwischen fünfzehn und zwanzig Tausend. Damit dürften wir dann aber durch sein für die nächsten zehn Jahre.«

»Na Gott sei Dank, das sind also hunderttausend zusätzlich. Das können wir uns doch dann aber leisten.«

»Eher ein wenig mehr, sicherlich können wir uns das leisten, aber je weniger das Haus kostet, desto besser. Ist doch klar.«

»Na das weiß ich auch. Aber wie viel willst Du denn jetzt anbieten?«

»Wir gehen um siebzehntausend nach oben, von zweihundertfünfundneunzig auf dreihundertzwölf, doch warten wir bis Dienstag mit unserer Antwort. Ich zeige Dir im Laufe des Dienstagvormittag den Text des Faxes, dann kannst Du Deine Kritik äußern und Verbesserungen vornehmen.«

»Mit dieser Summe wirst Du die Renzis und auch Frau Gonzales sicherlich verärgern. Da bin ich mir ziemlich sicher.«

»Mag sein, aber darauf können wir keine Rücksicht nehmen!«

»Sicherlich, sie können aber auch die Verhandlungen einfach abbrechen oder wie jetzt geschehen auf Eis legen und uns warten lassen.«

»Du hast vollkommen Recht. Werden sie aber nicht tun, da bin ich mir ziemlich sicher. Warte ab.«

»Es bleibt mir ja nichts anderes übrig. Was schätzt Du denn zum weiteren zeitlichen Ablauf. Wie lange noch?«

»Keine Ahnung, ich gehe mal von mehr als zwei Monaten aus, also zweite Hälfte im März. Aber wie gesagt, nur eine bloße Schätzung, mehr nicht. Und nur noch einen Gedankengang bitte, um Dich zu beruhigen, warum ich davon ausgehe, dass die Verhandlungen nicht scheitern werden. Wir hatten zu Beginn eine Diskrepanz von dreiunddreißig Millionen, umgerechnet rund hundert fünfundneunzig Tausend Euro, am Dienstag sind es nur noch sieben, gerade mal zwanzig Prozent der Ausgangsbasis. So etwas lässt man sich als Verkäufer nicht entgehen.«

»Scheint einleuchtend.«

So vergingen der Januar, der Februar, doch zwei Wochen vor Ostern ratterte das Faxgerät. Alejandra las es und schrie vor Glück auf, rannte ins Arbeitszimmer, fiel ihrem Gatten um den Hals: »Die Wüste ruft. Lies mal bitte!«
»Sei doch bitte so lieb und lies Du vor!«
»Sehr geehrte Familie Seras!« Ihre Stimme überschlug sich. »Sicherlich können Sie sich den Grund vorstellen, warum Sie so lange nichts von uns vernommen haben. Ihr Angebot von dreihundertzwölf Tausend war ein herber Schlag für uns alle hier in Tabernas. Das Ehepaar Renzi wollte die Brocken schon hinwerfen, d.h. die Verhandlungen als gescheitert deklarieren. Andererseits war mein Argument, dass der Unterschied in den Preisvorstellungen im Vergleich zum Beginn nun doch recht klein geworden sei, von den Renzis nicht von der Hand zu weisen. In einem sehr intensiven Gespräch sind wir nun zu folgendem Vorschlag gelangt: Wie wäre es, wenn Sie alle drei über Ostern hierher kämen und wir die restlichen und auch lästigen sieben Millionen oder gut vierzigtausend wegdiskutieren und dann zu einem Abschluss gelangen könnten. Wir hoffen auf eine baldige positive Nachricht von Ihrer Seite.

Guennaro schmunzelte, dass sich die Balken bogen: »Du kannst sofort antworten, dass wir das Angebot für methodisch sinnvoll erachten und annehmen. Wir sind aber von Gründonnerstag bis etwa Ostersonntagmittag bei meiner Mutter. Wir waren ja auch Weihnachten nicht bei ihr. Mach bitte deutlich, wie alt die Frau ist und wie ihr Gesundheitszustand. Man müsste jederzeit mit dem Schlimmsten rechnen. Außerdem hätte sie ihren Enkel noch nicht gesehen. Unser Terminvorschlag wäre deshalb der, dass wir am Abend des Ostersonntages von Madrid anreisen und dann im Laufe des Montagvormittag nach dem Frühstück am Objekt vorbeikommen würden, vielleicht so um halb elf. Eine genaue Zeitangabe könnten wir angesichts des Umstandes, dass wir einen Säugling dabei hätten, nicht geben. Dafür bitten wir um Verständnis. Wir hätten dann doch einige Tage Zeit zu Verhandlungen, könnten uns die Gegend ansehen. Sobald wir die Zustimmung hätten, würdest Du das Hotel buchen. Noch einmal unseren herzlichen Dank für Ihre Bemühungen usw.«

»Habe ich das jetzt richtig verstanden, dass wir das Haus kaufen. Kneif mich mal. Riesig, das Paradies wird unser sein. Wenn ich allein an die Palmen denke, aber nicht nur, die Olivenbäume. Mein Gott, ein Kindheitstraum wird wahr. Ja, ja, ich weiß, Du denkst vor allem an den Pool, auch gut, sinnvoll in der Wüste. Naturalmente. Es wird wahr. Wir fahren hin. Juchhei!«

Aufgrund einer Menge Arbeit für Guennaro, vor allem der Analyse, Beurteilung und Benotung so mancher Examensklausuren schafften die drei es nicht, schon am Gründonnerstag zu seiner Mutter zu fahren und mussten die Anreise auf den nächsten Tag, Karfreitag verschieben. Vormittags hatte Guennaro noch weiter korrigiert und so trafen sie erst am frühen Abend ein. Mutter durfte sich nun auch endlich über ihren Enkel freuen und ihn in die Arme schließen. »Also ganz genau der Papa, das kannst Du nun wirklich nicht leugnen!«

»Will ich auch gar nicht!« Alejandra half ihrer Schwiegermutter aus dem Bett ins Wohnzimmer. Sie pflegte sie diese Tage zunächst einmal, galt es doch, in dieser kurzen Zeit vor allem die Wundstellen zu behandeln und zur Besserung zu bringen. »Die öffentliche Pflege taugt einfach nicht viel, zu wenig Zeit, zu wenig Geld, zu wenig Aufmerksamkeit, so dass man sich nicht zu wundern braucht, dass sich die Patienten im Laufe der Zeit wund liegen«, schimpfte Alejandra vor sich hin.

Guennaro wollte wie immer kochen, aber seine Mutter bestand darauf, dass sie alle mit Ausnahme von ihr selbst zu Pepito gingen. »Also das machen wir auf keinen Fall, Mama«, entgegnete nun Guennaro.

»Genau, wir gehen hin und holen etwas ins Haus, aber wir essen alle hier und zusammen«, ergänzte Alejandra ihren Gatten. Gesagt, getan. Jeder nannte seine Wünsche, auch der älteste Sohn von Carlos-Enrique, Eduardo, war zu Besuch gekommen. Am Karsamstag gingen dann Guennaro, Alejandra und Sandro bei Carlos-Enrique und Edmondo zu einem jeweils recht ausgiebigen Besuch vorbei, über den sich alle freuten.

Die beiden Brüder standen etwas abseits zusammen, um noch kurz über den Gesundheitszustand der Mutter zu sprechen. Bei Edmondo gab es noch Kuchen und er bestand darauf, dass sie den Rest mit zu seiner Mutter nehmen: »Sie hat in ihrem Leben so viel Kuchen für uns alle gebacken, dass es jetzt mal wirklich an meiner Reihe ist, ihr etwas zurück zu geben.«

»Das Argument ist nicht zu toppen.« Und so packte Edmondo den restlichen Kuchen ein. Sie packten die Tüte mit dem Kuchen in den Kinderwagen und gingen dann erst einmal eine große Runde durch das Dorf und dann auch noch durch die Natur. Danach verabschiedeten sie sich und gingen zurück ins Elternhaus.

Ostersonntagmorgen besuchten sie alle vier die Messe in der Dorfkirche. Da dies für die Mutter doch eine große Belastung darstellte, gingen sie nachher nicht zu Pepito, sondern zunächst einmal nach Hause. Mama wurde von Alejandra ins Bett gebracht, währenddessen Guennaro vor allem in der Küche ein wenig aufräumte. Die Mutter schlief ein, ebenso Sandro. Und darum packten sie dann ganz schnell ihre Siebensachen ins Auto, riefen noch einmal kurz Carlos-Enrique an, um ihn über die Abfahrt zu informieren, und dann brausten sie davon.

Nach der gegenseitigen Begrüßung und der Bewunderung des Kleinen am nächsten Vormittag ergriff Frau Gonzales sofort das Wort: »Wir sind hier alle heute zusammen gekommen, um zu einer Einigung über den Kauf und Verkauf des Objektes zu gelangen. Die Papiere sind nun alle in Ordnung, der Brunnen gehört zum Objekt, dies ist jetzt auch eingetragen, und es sind knapp sechs Hektar. Soweit die Fakten, die ja auch allen schon einige Zeit bekannt sind. Es ist auch gut, dass Sie, liebe Familie Seras, einige Tage Zeit mitgebracht haben, so dass wir auch nicht unter Zeitdruck verhandeln müssen und wenn notwendig, uns auch morgen noch einmal zusammensetzen könnten. Der Stand der Dinge ist ja auch bekannt. Ihre Forderung, liebes Ehepaar Renzi, lautete nun in Euro ausgedrückt 353.00, Ihr Gegenangebot beläuft sich auf 312.000 Euro. Da der letzte Schritt von Seiten der Familie Seras ausging, bitte ich Sie, liebes Ehepaar Renzi, nun noch einen weiteren Schritt in die richtige Richtung zu tun.«

»Ich muss betonen, dass es uns mehr als schwer fällt, unter die Grenze von dreihundertfünfzigtausend zu gehen. Um aber einerseits unseren festen Willen zum Verkauf zu dokumentieren und andererseits möglichst heute noch zu einer Einigung zu gelangen, gehen wir noch einmal herunter und zwar auf 335.000 Euro.«

Diese Äußerungen von Herrn Renzi ließen dann, wie mit Guennaro am Morgen abgesprochen, Alejandra das Wort ergreifen: »Ihr Schritt ist in die richtige Richtung, denn über 350.000 Euro hätten wir in keinem Fall akzeptieren können. Sie sehen ja selbst, dass wir ab jetzt mit einem Mehr an Ausgaben tagtäglich rechnen müssen. Da wir aber ebenso wie Sie wild entschlossen sind, und jeglicher Tag ohne eine endgültige positive Entscheidung ein verlorener wäre, erhöhen wir unser Angebot auf dreihundertachtzehn, sind aber andererseits damit auch am Ende unserer Fahnenstange angekommen.« Guennaro stimmte ihr kopfnickend für alle Anwesenden sichtbar voll zu.

»Noch immer siebzehntausend, aber andererseits keine zehn Prozent vom ursprünglichen Unterschied. Wie sollen wir weiter verfahren?«

Diese Frage von Frau Gonzales ließ Guennaro kurz das Wort ergreifen: »Ich nehme unseren kleinen Schreihals und wandere mit ihm über das Grundstück und wenn wir zurückgekehrt sind, möchte ich eine unterschriftfähige Einigung haben.« Dieser Satz war zwar sehr hart formuliert aber andererseits auch freundlich im Ton gehalten und auch genügend Spielraum lassend. Guennaro küsste seine Frau, nahm den Kleinen und sagte noch zum Abschied: »Ihr macht das schon.«

Frau Renzi ergriff nun das Wort: »Sie sind nur um sechs Tausend nach oben gegangen, wir sind um achtzehn nach unten gegangen. Das ist nicht fair!«

»Dafür haben wir noch um hundertzwanzig Tausend in die Renovierung des Hauses zu stecken. Und wir müssen auch noch den Geographico bezahlen. Übrigens Frau Gonzales, bleibt es bei der Summe von sechshundert Euro für dessen Arbeit?«

»Fast auf den Cent genau. Da hat sich nichts geändert. Das muss Ihnen keine Sorgen bereiten. Die Kosten für mich werden sogar ein wenig geringer ausfallen als ursprünglich gedacht. Da Sie sich ja meine Kosten teilen wollten, können Sie von jeweils ca. viertausend Euro ausgehen. Verzeihen Sie mir bitte noch folgenden Kommentar dazu: Angesichts meiner harten Arbeit mit Ihnen beiden ein geringes Entgelt. Das soll jedoch keine Kritik sein. Nichts läge mir ferner. Ich würde nun folgenden Vorschlag machen. Folgen Sie liebe Frau Seras Ihren beiden Männern und lassen uns drei hier mal eine kleine Weile alleine. Ist das okay?«

»Mehr als das. Ich eile schon.« Alejandra lief zu Ihrem Gatten und Sohn. »Die verhandeln jetzt untereinander.«

»Das ist ein gutes Zeichen. Seid ihr denn schon ein gutes Stück weiter als vorhin?«

»Nein, 335 zu 318. Die Rechtsanwältin will zu einem Abschluss kommen. Die wird versuchen, die beiden weich zu kochen.«

»Schau Dir mal die Berge dort im Norden an, die Sierra de los Filabres. Da oben auf den Bergen im Süden siehst Du den Funkturm?«

»Ja, was ist damit?«

»Das ist unser Funkturm für Telefon und Internet auf der Sierra Alhamilla.«

»Alles herrlich und wir stehen mittig drin. Dieses Tal ist einfach paradiesisch. Es ist das schönste Fleckchen auf der gesamten Erde. Schau Dir doch bloß einmal dieses fehlerlose Blau des Himmels über Almeria an.« In diesem Moment rissen auch die letzten Wolken im Süden auf.

»Ich stimme Dir vollkommen zu. Doch darf uns das nicht zu irrationalen Handlungen hinreißen. Wir müssen klaren Verstand bewahren. Übrigens war Deine Verhandlung knallhart und super. Mach weiter so. Glänzend, mein vollstes Lob.«

»Wie weit darf ich denn gehen, Schatz?«

»Wir haben noch siebzehntausend Unterschied. Geh um fünfzig Prozent dessen hoch, das sie runter gehen. Dann stimmt alles, also nicht mehr als dreihundertvierundzwanzig bitte.« So waren sie wohl mit Sicherheit eine halbe Stunde unterwegs gewesen, der Kleine hatte sich völlig beruhigt. Sobald er beide Elternteile gleichzeitig wahrnahm, strahlte er über alle Backen. Er genoss offensichtlich die warme Luft. So kamen die drei zurück, setzten sich auf die Terrasse und warteten auf neue Nachrichten: »Ich habe das Ehepaar mit Engelszungen bearbeitet. Es ist dazu bereit, noch einmal einen kleinen Schritt in Ihre Richtung zu tun.«

»Was heißt das nun?«

»Dreihundertneunundzwanzig.«

»Gut. Um das Feilschen ein wenig abzukürzen, geben wir nunmehr als unsere absolute Obergrenze dreihundertvierundzwanzig an. Bei dieser Summe können wir morgen den Vertrag unterschreiben. Keinen Cent mehr. Das steht geschrieben. Wir werden heute Nachmittag noch etwas unternehmen. Wir erwarten Sie alle drei heute Abend im Hotel zum Abendessen. Sagen wir um halb neun. Einverstanden? Sie kommen aber bitte nur, wenn Sie unserer Obergrenze zustimmen können. Darauf muss ich bestehen. Andernfalls würden wir uns morgen nach dem Frühstück dann leider Gottes unverrichteter Dinge wieder auf den Heimweg begeben. Da das Sommersemester bald anfängt, werden wir dann auch kaum noch über die Zeit verfügen, um mal eben herunter zu kommen. Also, ich hoffe, bis heute Abend.« Sie gingen in Richtung Auto, Guennaro packte den Kinderwagen hinten in den Kofferraum und so fuhren die drei davon. »Du verhandelst ja besser als ich, knallhart. So kenne ich Dich ja gar nicht. Bravissimo!«

»Ich hatte ja auch den besten Lehrmeister in der Geschichte.« Beide lachten und auch Sandro jauchzte.

»Lass uns doch mal ins Dorf fahren«, meinte Guennaro.

»Ach nein, da ist jetzt sowieso alles geschlossen. Wir haben schon zwei Uhr.«

»Da hast Du Recht.«

»Und außerdem, mein Schatz, warum willst Du ins Dorf. Bist Du Dir denn sicher, dass sie heute Abend kommen?«

So waren sie gleich nach Almeria durchgefahren, besuchten ein Einkaufszentrum und Sandro genoss die vielen Schaufenster, die tausend neuen Eindrücke. Alejandra hatte auf der oberen Etage ein kleines Café entdeckt, für spanische Verhältnisse ein wenig luxuriös, doch wollte sie sich heute etwas Gutes antun. Guennaro war sofort mit allem einverstanden, denn dieses Café bot auch verschiedene Sorten Tee an. So setzten sie sich, genossen den Trubel um sich herum und anschließend ging es noch in verschiedene Läden zum shoppen. Sie bestand darauf, dass er sich ein paar moderne, modische und schlankmachende Textilien besorgte, wobei sie diejenige war, die die Entscheidungen traf. So bestand er aber im Gegenzug darauf, dass sie sich ein neues pechschwarzes Abendkleid zulegte und die dazu passenden Schuhe kaufte. Sandro bekam ein Käppi gegen die Sonne und jauchzte vor Freude. Um sechs Uhr waren sie zum Hotel zurückgekehrt, legten sich alle drei ein wenig aufs Bett, um sich dann für den Abend vorzubereiten. Er bestand darauf, dass sie ihr neues Abendkleid anzog. Als sie aus dem Schlafzimmer herauskam, bot sich ihm ein überwältigender Anblick. Eine wunderschöne und vor allem glückliche Frau in ihrem neuen schwarzen Outfit.

»Kann ich mich so sehen lassen?«, klang ihr Understatement.

»›Ob Du Dich so sehen lassen kannst?‹ Wenn Dich der Papst sehen könnte, würde er alle Gebote über Bord werfen. Die personifizierte Verführung!«

»Du Schmeichler!«

So gingen sie alle drei herunter ins Hotel. Guennaro hatte schon bei der Rückkehr für abends einen großen Tisch bestellt. Er ging noch kurz zum Auto, um den Kindersitz für Sandro zu holen. So saßen sie alle drei am großen Tisch, ließen schon einmal Wein und Wasser bringen und machten darauf aufmerksam, dass sie noch Gäste erwarteten.

»Du bist Dir aber ziemlich sicher. Ich nicht. Ich bin eher davon überzeugt, dass sie nicht kommen«, lautete die Einlassung Alejandras.

»Ich glaube, Du irrst Dich, denn die erste Person, Frau Gonzales, kommt gerade durch die Tür.«

Alejandra warf ihren Kopf herum und sah die Rechtsanwältin schnurstracks auf den Tisch zusteuern. Sie schien ein wenig außer Atem zu sein und setzte sich sofort an den Tisch. Guennaro schüttete ihr Glas voll Wasser.

Sie nahm erst einmal einen Schluck und fand dann die Worte: »Liebe Familie Seras! Haben Sie schon zu Essen bestellt. Wenn nicht, können Sie das gleich tun, denn die Renzis werden nicht kommen. Ich hoffe, dass Sie mir mein Kommen nicht übelnehmen. Aber ich wollte mir dieses Schauspiel nicht entgehen lassen. Fünftausend Euro und die wollen nicht runter gehen. Jetzt stellen Sie sich das mal vor. Ich habe bis halb fünf auf die beiden eingeredet. Sie sollen doch froh sein, dass sie nicht eventuell jahrelang warten müssen, um einen Käufer zu bekommen. Außerdem wollte ich Sie informieren und Ihnen zumindest versuchen in dieser schweren Stunde beizustehen, denn ich habe gespürt, dass Sie beide das Objekt gerne gekauft hätten. Man sah es Ihnen beiden an.«

In diesem Moment rollten die ersten Tränen über Alejandras Wangen. Er sah dies und küsste sie weg: »Du wirst sehen, sie werden kommen.«

»Nein Senor Guennaro, machen Sie sich das klar, die Verhandlungen sind gescheitert. Ihr Optimismus ist wirklich nicht angebracht. Ich verstehe ja, dass Sie Ihre liebe Gattin trösten wollen, aber Sie irren sich.«

»Ich habe mich erst einmal in meinem Leben geirrt. Ich möchte das jetzt nicht weiter ausführen. Als ich diese wunderschöne Frau zum ersten Mal sah, genauer gesagt, als ich sie am Nachmittag des Tages vorher zum ersten Mal am Telefon hörte, wusste ich, dass sie die Frau meines Lebens ist. Und wenn ich mich damals geirrt habe, dann irre ich mich heute auch: Sie werden kommen!«

»Du hast doch gehört, was Frau Gonzales kundgetan hat. Sie kommen nicht.«

»Und wenn die gesamte Welt einschließlich Papst und Marx behaupten, sie würden nicht kommen. Ich aber sage Euch, sie kommen.«

»Ihre Bibelkenntnisse in allen Ehren, aber Sie irren sich. Als ich um halb fünf das Objekt verließ, haben sie mir zu verstehen gegeben, dass sie nicht gewillt wären, dem Preis von dreihundertvierundzwanzig zuzustimmen.«

»Gut, dann bestellen wir eben, genießen den Abend und warten, bis sie kommen, denn sie werden kommen, das steht geschrieben.«

Beide Frauen schüttelten den Kopf, vertieften sich in die große Speisekarte und dann bestellten alle drei. »Ich nehme nur den guten Thunfischsalat. Es gibt ja keinen Grund zur Feier«, gab Alejandra noch immer unter Tränen von sich.

»Ich schließe mich dem an.«

»Ich nehme die gegrillte Seezunge«, sagte Guennaro. »Und dazu noch den besten Weißwein.« Wiederum schüttelten beide Frauen den Kopf. »Und ich sage Euch, ich werde mich nicht geirrt haben und um die Bibel weiter zu zitieren: Noch morgen werden wir den Vertrag unterschreiben und zwar zu den Konditionen, die mein Schatz ausgehandelt hat, nämlich dreihundertvierundzwanzig. Und in ein paar Monaten werden wir uns hier im Paradiese wieder begegnen und zwar auf der Terrasse unseres neuen Heims: Villa Aquaba in Tabernas Paraje de los Retamares 2.«

Das Essen verlief sehr schweigsam. Auch wenn es recht zügig verlief, war es doch schon deutlich nach zehn als nun Frau Gonzales aufbrechen wollte. »Glauben Sie mir bitte. Und es geht mir dabei nicht um das Geld. Ich habe noch nie solch ein makabres Schauspiel erlebt und ich werde dem Ehepaar auch in Zukunft nicht mehr zu Diensten sein. Das habe ich mir geschworen. Und es tut mir in der Seele weh, Ihre Gattin so leiden zu sehen. Aber ich muss morgen früh zu einem Treffen. Deshalb möchte ich Sie jetzt verlassen, genauer gesagt, ich muss Sie verlassen. Von wollen kann eigentlich keine Rede sein. Ich wünsche Ihnen zumindest eine geruhsame Nacht.«

Sie stand von ihrem Stuhl auf, wurde bleich wie die Wand des Hotelesssalons und fiel im gleichen Moment wieder zurück auf ihren Stuhl. »Was ich gesagt habe. Da sind sie !!!!!!«

Am anderen Morgen wurde dann der Vertrag im Büro der Anwältin unterschrieben, die drei fuhren nach Hause, Guennaro überwies am übernächsten Vormittag insgesamt dreihundertdreißigtausend Euro vorläufig auf das Konto der Rechtsanwältin, und eine Woche später noch einmal zwanzigtausend. Sie musste ja nun noch alle Angelegenheiten im Papierkram hinter sich bringen. Selbstverständlich informierte Guennaro sofort das Besitzerehepaar: Es würde noch Monate dauern, aber zum 1. August 2002 würden sie ihr neues Paradies beziehen und das mitten in der Wüste von Tabernas.

Das Besitzerehepaar freute sich über alle Maßen: »Wie lange haben Sie dann bei uns gewohnt, ja gelebt?« Vierundzwanzig Jahre.«

»Mein Gott, fast ein Vierteljahrhundert.«

»Wir haben auf jeden Fall beschlossen, das Haus nur noch zu Ferienzwecken oder Feierlichkeiten zu vermieten. So einen Mieter wie Sie bekommen wir nicht wieder. Denn abgesehen von den ersten wenigen Wochen, in denen wir uns aneinander gewöhnen mussten, gab es nicht nur keine Probleme, sondern sogar gegenseitige Entlastung. Wenn ich nur an Ihre Wachhunde denke. Oder an Ihre Aufsicht, wenn wir mal wieder ein halbes Jahr lang in Südostasien die Welt unsicher gemacht haben.«

»Und es ist gut für Sie, dass Sie jetzt etwas Eigenes haben. Glauben Sie mir.«

»Ja, wir sind nun auch froh, auch wenn das noch mehr Fahrerei für meinen Schatz bedeutet.«

Eros und Wissenschaft

Noch in der zweiten Januarhälfte hatte Guennaro sein Programm für das nächste Sommersemester eingereicht: Kolloquium:

1. Karl Marx's Begriff der Kritik, nur für Examenskandidaten oder Doktoranden, 2-stündig, Mi 9-11
2. Seminar über Texte zur Staatsphilosophie von Platon bis Popper 2-stündig Mo 9-11
3. Wöchentliche Sprechstunde Mo 11-12
4. Wiederholung des Seminars: Zur Anthropologie der Renaissance: Pico della Mirandola, De dignitate hominis und Ernst Cassirer: Individuum und Kosmos in der Philosophie der Renaissance 2-stündig Fr 9-11

Guennaro hatte nach dem Kauf des Wüstenobjektes nie Zeit und überließ Alejandra sowohl die Arbeit im Haus, es galt ja auch noch Vieles zusammenzupacken, und um den Kleinen kümmerte er sich auch kaum. Er saß einige Wochen nur am Schreibtisch bzw. in seinem Arbeitszimmer. Selbst das von ihm heißgeliebte Kochen überließ er Alejandra, eigentlich kein gutes Zeichen. Außerdem musste er gerade jetzt auch noch dreimal in der Woche zur Uni. Nur zum Schlafen und Essen verließ er sein Arbeitszimmer. Nach dem Abendessen nahm sie ihn sich dann vor: »Du lässt mich alle Arbeit im Haushalt machen. Okay, normalerweise auch kein Problem. Gut ich sehe ein, dass Dich die Arbeit für das neue Haus Zeit kostet und auch Nerven. Okay. Aber wir sind auch noch anwesend. Kümmere Dich bitte um uns beide auch einmal ein wenig, bitte!«

»Du hast vollkommen Recht und Du beschwerst Dich völlig zu Recht. Es ist auch gar nicht die Arbeit für das Haus. Da ist abgesehen von ein oder zwei Punkten alles geklärt. Aber es ist etwas Anderes. Ich habe am letzten Freitag im Mai, das ist der 30. oder der 31., eine Vorlesung. Da kommen Politiker aus Malaga. Aber auch egal wer auch kommen mag. Natürlich alle Kollegen und Kolleginnen. Natürlich viele Studenten. Höchstwahrscheinlich ist das Audi-Max wieder voll.«

»Was liegt denn an?«

»Möchte ich Dir vorher nicht verraten. Große Überraschung. Ich habe auch schon einen Sitzplatz für Dich reservieren lassen. Mittwochs vorher kommen doch Deine Eltern. Dann können Sie ja am Freitag – wir müssen so um viertel nach vier hier nachmittags aufbrechen – den Abend auf Sandro aufpassen. Die freuen sich bestimmt riesig.«

»Sicherlich freuen sie sich. Aber was steht denn dann wieder Besonderes an? Abgeordnete aus Malaga. Sollst Du etwa entlassen werden, in den Ruhestand geschickt werden aus Gesundheitsgründen oder dergleichen?«

»Nein, nein, keine Angst. Dann ist es ja keine positive Überraschung mehr. Und außerdem wird es Dich freuen und danach habe ich auch wieder Zeit für alles andere, besonders für Euch beide und auch fürs Kochen. Nur noch diese wenigen Wochen.«

»Alles in Ordnung. Aber irgendwie komisch, immer diese Deine Geheimniskrämerei.«

Die wenigen Wochen vergingen wie im Fluge, aber auch im Alltagsfluss. Alejandra machte die Hausarbeit, kümmerte sich um den Kleinen und Guennaro saß im Arbeitszimmer. Am Mittwoch vorher fuhr er zur Uni, holte dann mittags seine Schwiegereltern vom Flughafen ab und so fuhren sie dann nach Hause. Dann kam der Freitag und alles war arrangiert: Seine Frau trug das lange schwarze Abendkleid und Guennaro hatte sogar seinen Stresemann angelegt. »Könntest Du heute fahren, Schatz, ich muss meine Nerven in Ordnung behalten.«

»Kein Problem.« Seine Frau hatte einen Platz in der zweiten vorderen Reihe reserviert erhalten, direkt neben der Gattin des Dekans. Die Frauen begrüßten sich auf das Herzlichste. »Dass ich das noch erleben darf«, kam es von Seiten der Dekangattin. »Ja was denn?«

»Eine Vorlesung Ihres Gatten zu hören und dann noch diese!«

»Könnten Sie mich vielleicht aufklären, worum es heute geht?«

»Jetzt sagen Sie ja, er hat Ihnen nichts erzählt von heute?«

»Kein Sterbenswörtchen!«

»Typisch Guennaro. Er liebt Sie halt über alles.«

»Bitte?«

»Er hat Ihnen nichts erzählt. Okay. Dann werden Sie auch von mir nichts hören. Er wollte Ihnen die Spannung nicht nehmen und Ihnen den puren Genuss lassen, was ich Ihnen hiermit auch wünsche, pursten Genuss. Ich werde ihn auf jeden Fall haben. Auch wenn ich sonst nichts wüsste, aber das weiß ich.«

Danach füllte sich die erste Reihe mit bestgekleideten Männern und Frauen. »Die politische Klasse aus Malaga«, entfloh es der Dekansgattin und machte ihre Nachbarin auf die Damen und Herren aufmerksam, die langsam aber auch gezielt ihre Plätze in der ersten Reihe fanden. Alejandra drehte sich noch einmal nach hinten um, erkannte einige Kolleginnen und Kollegen ihres Gatten und grüßte stumm per Kopfnicken. »Da ist aber auch wohl gar kein Platz frei.«

»Selbst eine Maus würde heute keinen Platz mehr finden.« In diesem Moment betrat der Dekan das Audi-Max von oben, ging behenden Schrittes nach unten, dann auf die Bühne und ergriff das Mikrofon: »Wie ich es schon geahnt hatte, ist selbst dieser Saal mal wieder viel zu klein. Und damit Ihnen allen ein Herzliches Willkommen. Unser aller Dank gilt zunächst Ihnen meinen sehr verehrten Damen und Herren von der Regierung, insbesondere angesichts der mal wieder großen Hitze haben Sie sich dennoch der großen Mühe unterzogen und heute den Weg hierhin gefunden. Mein Dank auch den in sehr großer Zahl anwesenden Kolleginnen und Kollegen und natürlich auch Ihnen unseren Dank, liebe Studentinnen und Studenten. Nein, keine Angst, es erwartet Sie jetzt kein Jargon der Eigentlichkeit von meiner Seite, sondern nur die

Mitteilung meiner absoluten Gewissheit, dass Sie trotz ihrer Mühen alle am Ende des Tages nach Hause gehen werden in dem Gefühl fürstlicher Entlohnung. Und nun erteile ich das Wort unserem lieben Kollegen Dr. Guennaro Seras.«

Guennaro betrat nun die Bühne durch eine Tür auf der Rückseite des Audi-Max. Der Tumult von Seiten der Studenten veranstaltet, war größer als das Getöse bei der Französischen Revolution. Ohrenbetäubend.

»Dies muss man einmal erlebt haben«, gab die Dekansgattin an Alejandra weiter. Die nickte nur und nahm sich die Freiheit, voller Nervosität die Hand ihrer Nachbarin zu ergreifen. »Und in einer halben Minute ist alles mucksmäuschenstill.«

Guennaro gab dem Dekan die Hand und ging zum Mikrofon. Absolute Stille. Mal wieder die Stecknadel und die Flokatiteppichsituation. Absolute Spannung vor dem ersten Wort und dann die Erlösung:

»Zu viel der Vorschusslorbeeren. Zunächst einmal meinen ganz herzlichen Dank für die liebevollen einleitenden Worte unseres Chefs, denen ich mich nur anschließen kann. Also Ihnen allen, kommen Sie von nah oder fern, auch von meiner Seite ganz herzlichen Dank für Ihr Erscheinen und damit für Ihr Vertrauen, dass es sich bei dieser meiner Vorlesung auch wirklich lohnen wird, anwesend zu sein.

Angesichts der in vielen Teilen unseres Planeten miserablen, elenden politischen Realität, die nur durch eine radikale politische Praxis verbessert werden kann, bedarf die Beschäftigung mit ästhetischer Theorie der Rechtfertigung. Sieht es doch nach Verzweiflung aus, wenn man sich mit Ästhetik beschäftigt, obwohl die Durchsetzung einer besseren politischen Wirklichkeit doch eigentlich alle physischen und intellektuellen Kräfte eines Jeden von uns erfordern würde? Grenzt es nicht an einen Rückzug in eine Dimension, in der das Bestehende ganz einfach durch die Einbildungskraft verändert werden kann, ja überschritten wird? Unterstellen wir aber mit diesen Fragen nicht der Kunst im Allgemeinen und der Malerei insbesondere den Charakter der zumindest po-

litischen Bedeutungslosigkeit? Ich hoffe, Sie am Ende dieser Vorlesung vom Gegenteil überzeugt zu haben.
Die Ästhetik des 18. und 19. Jahrhunderts hat die Kunst immer unter dem Aspekt der Schönheit gesehen. Doch am Ende dieses Zeitraumes, das heißt gerade einmal vor etwas mehr als hundert Jahren, wurde schon bestritten, dass der ›Kunstwert‹ mit dem ›Schönheitswert‹ zusammenhänge. Halbiert man sozusagen den zeitlichen Abstand zu heute, so kommt man nicht umhin zu konstatieren, dass Adornos Ästhetische Theorie umfassend und radikal aber auch alles in Frage stellte, was wir dem Begriff wie auch dem geschichtlichen Ursprung nach über Kunst zu wissen glaubten, schärfer noch, dass aber auch alles längst in Frage steht: ›Zur Selbstverständlichkeit wurde, dass nichts, was die Kunst betrifft, mehr selbstverständlich ist.‹ Ihre ›unvermeidliche Lossage von der Theologie‹ wie auch ›alle Versuche, durch gesellschaftliche Funktion der Kunst zurückzuerstatten, woran sie zweifelt‹, haben Kunst ebenso an die Geschichte ausgeliefert wie an das Bestehende, an die empirische Wirklichkeit. Wie sie in dieser Auseinandersetzung ihre unwiderrufliche Autonomie einerseits und ihre ›Differenz von der bloßen Empirie‹ andererseits hat wahren können, – wie sie ihr Wesen, ihren Begriff, ›in der geschichtlich sich verändernden Konstellation von Momenten‹ finden muss, ihre Wahrheit ›als Gewordenes‹ zu begreifen hat, das ist das Thema der Ästhetischen Theorie Adornos, die zweifellos eines seiner bedeutendsten Werke darstellt. Die in diesem Werk aufgeworfenen Fragen nach Kunst, Gesellschaft, Ästhetik, nach dem Naturschönen und der Unterscheidung zum Kunstschönen, nach Wahrheitsgehalt und Metaphysik der Kunst, stehen dann im nächsten Semester ab Herbst im Mittelpunkt eines meiner Seminare und noch ein Semester später gilt es dann, eine Kunstkritik nach Adorno zu entwerfen, doch heute steht im Mittelpunkt mein Versuch, einen von Adornos Grundgedanken in die Tat umzusetzen: ›Nichts ist so sakrosankt, als dass es nicht Gegenstand von Kritik sein könnte.‹ Und ich habe mir nicht weniger vorgenommen als die Entweihung einer Ikone des

Abendlandes, was heißt einer, der! Wir lassen die gesamte Biographie des Künstlers außen vor, – damit können Sie heute Bibliotheken füllen – ebenso auch seine sonstigen disparaten künstlerischen, quasi wissenschaftlichen und erfinderischen Tätigkeiten außer Acht und konzentrieren uns einzig und allein auf das wohl weltweit bekannteste seiner Bilder, wenn nicht das weltweit bekannteste Bild überhaupt.«

In diesem Moment gab Guennaro seinem Assistenten ein Zeichen, der daraufhin in der Technikabteilung des Audi-Max einen Diaprojektor anwarf und Leonardos »Letztes Abendmahl« auf eine weiße Leinwand hinter der heruntergezogenen Tafel projizierte. Selbstverständlich ging ein Raunen durch den Saal und Guennaro ließ es auch zu, ließ den Zuhörern im Saal durchaus auch einige Minuten Zeit, sich dieses Bild, das jeder im Saal in seinem Leben schon hunderte Male in jeglichen Formen gesehen hatte, nun in Großformat noch einmal einzuprägen.

»Was steht uns in diesem Bild vor Augen? Es sind folgende Aspekte:
- Der Reichtum körperlicher Bewegungen als Ausdruck verschiedenartiger seelischer Zustände und Erregungen;
- Das Nichtvorkommen von Heiligenscheinen;
- Die Nichtabsonderung von Judas;
- Natura naturans im Hintergrund des Bildes«

Er gab seinem Assistenten erneut ein Zeichen, der daraufhin den Projektor abschaltete. Guennaro schrieb die gerade genannten Punkte an die Tafel.

»Das Motiv des Abendmahles gehörte in Italien, besonders in der Toskana, seit dem 14. Jahrhundert zum Bildprogramm von Refektorien. Ebenso finden sie ab dem 9. Jahrhundert in der morgen- und abendländischen Kunst mit der Darstellung des Abendmahles die Ankündigung des Verrates verbunden. Es lag also im letzten Jahrzehnt des 15. Jahrhunderts durchaus eine uralte Überlieferung vor diese beiden Motive betreffend. Also nichts Neues in Mailand? Im Gegenteil meine sehr verehrten Damen und Herren! Was Sie in diesem Kunstwerk sehen ist nichts Geringeres als die Revolution des Kunstschaffens in Europa.«

Guennaro nahm sich die Zeit und schrieb das Gesagte in aller Gelassenheit als Überschrift über das vorher Geschriebene an die Tafel: ›Revolution des Kunstschaffens in Europa‹.

»Wieso? Inwiefern? Lassen Sie uns bitte diese einzelnen Aspekte nacheinander auf- und abarbeiten, um das damit zerlegte Puzzle dann am Ende wieder zusammenzufügen:

Was Sie hier sehen ist der volle Reichtum körperlicher Bewegungen. Elf der dreizehn Figuren sind in Bewegung, ja es gibt sogar Doppelbewegungen und ein Apostel steht. Würde man einen neuhochkastilianischen Begriff verwenden, so könnte man von action sprechen. Ich bevorzuge den Begriff Bewegtheit. Und diese Bewegungen sind Ausdruck der verschiedenartigen seelischen Zustände. Betrachten wir darüber hinaus noch einmal die Gesichter: alle sind erregt, zeigen Entsetzen, Zorn oder Mitgefühl, sind erschüttert, wollen Fragen stellen, sind erstaunt, über das Ungeplante, Ungeklärte. Mögen sie den Betrachter rühren, doch nur deshalb, weil in ihnen nichts zu seinem Ende gekommen ist. Perfekt ist nur das Imperfekte. Ein weiterer Jünger gerät ins Grübeln, Jesu Lieblingsjünger Johannes scheint in Ohnmacht zu fallen, liegt aber nicht an der Seite Jesu. Alle bleiben für sich. Wie auch immer, auf jeden Fall sind es Individuen, die hier Gefühle zeigen, reagieren und nicht wie bis dato alle aufgereiht und völlig unbeweglich am langen Tisch sitzen. Den Individualcharakter der dreizehn Personen macht auch die Tatsache deutlich, dass zum ersten Mal für alle dreizehn Personen der Heiligenschein fehlt, selbst für Jesus. Auch er ist Individuum, aber auch nur und eben nicht Gott. Die schon schmerzliche Neigung des Hauptes und die leidvolle Einsamkeit in seiner Gestalt unterstreichen seine Menschlichkeit noch. Gleiches gilt für Judas, ein Individuum, nicht abgesondert von den anderen. Der Verrat, die Schlechtigkeit, das Böse gehört zu uns Menschen, es ist eine Potenz, die in und unter uns liegt. Nur zwei Figuren verharren in ihrer Bewegung: Jesus und Judas. Wir werden am Ende unserer Betrachtung und Analyse darauf zurückkommen.

Was wird denn hier dargestellt? Auf keinen Fall die Einsetzung des eucharistischen Mahles, die Installierung des Sakramentes. Es ist keine heilige Versammlung, es gibt keine Segensgebärde, die Vergegenwärtigung der sakramentalen Bedeutung des Abendmahles ist nicht gegeben, sondern einzig und allein die Ankündigung des Verrates. Dies wird auch noch durch das völlige Chaos der Lebensmittel auf dem Tisch dokumentiert. Hier sitzen dreizehn Menschen zum letzten gemeinsamen Mahl am Tisch, wollen essen und trinken, es sich gut gehen lassen und dann geschieht das zunächst für alle elf Unfassbare, Jesus kündigt den Verrat an. Was hier deutlich wird, ist Leonardos Streben nach Wahrheit, nach Annäherung an die Wirklichkeit. Es ist nicht so, dass die Person Jesu zur Nebenperson wird, eher das Gegenteil, er ist wahrhaft die Mitte. Er sitzt und bleibt in der Mitte, ist der ruhende Pol. Er verharrt genauso in der Bewegung wie Judas, sein Verräter. Was ist denn das Gemeinsame beider? Warum können sie beide in Ruhe bleiben im Gegensatz zu den anderen elf? Es bleibt nur eine Antwort offen und möglich: Sie beide wissen es, nur im Wissen liegt die Möglichkeit zur Ruhe und diese gibt Kraft. Wissen ersetzt den Glauben, das Individuum den Gott, Wissenschaft die Religion, vielleicht sogar Technologie langfristig die Kunst, was ich und vielleicht viele von uns nicht unbedingt begrüßen würden.

Leonardos Versuch der Annäherung an die Wirklichkeit spiegelt sich auch in der realistischen Darstellung der Natur im Hintergrund des Bildes wider.

Bewegung, Individuen, Wissen oder die Suche danach sind die drei entscheidenden Begriffe dieses Bildes und nicht Starrheit, Sakrament, Gott oder Heiligkeit. Das Thema ist völlig verweltlicht, hier segnet kein Gott, hier wird um Verrat gewusst, hier ist Entsetzen, hier handeln Individuen, die wissen wollen. Der Spalt zwischen Wirklichkeit und Heiligkeit ist am Ende des 15. Jahrhunderts nicht nur aufgebrochen, er ist nicht mehr zu kitten, er wurde auch danach bis heute nicht gekittet. Vielmehr wird er durch die Suche nach dem Wissen, das heißt durch Wissenschaften und vor allem in Europa durch die Aufklärung für immer, zumindest bis heute, gerissen bleiben. Man mag dies heute bedauern, ich hingegen sehe darin einen Fortschritt in der Zivilisation.

Wann immer nun dieses Bild gemalt wurde von 1492 bis 1495 oder 1495 bis 1498 ist völlig belanglos. Die neusten Erkenntnisse weisen auf das Jahr 1496 als Abschlussjahr hin. Aber wie gesagt völlig belanglos, denn 1492 war jedenfalls vorbei, das heißt das Wissen um die Tatsache, dass die Erde eine Kugel ist, sie sich um die Sonne bewegt und nicht umgekehrt, sich eine neue Gesellschaft entwickelt, eine neue Klasse nach oben steigt, ist schon gegeben. Wo immer Sie damals hinsehen, alles ist in Bewegung, das Weltbild verändert sich, die Gesellschaft gerät in Bewegung, wandelt sich. Dieses Bild ist die künstlerische Replik auf die sich verändernde Situation des Menschen auf dieser Erde, es überwindet die tradierte aristotelische Auffassung vom statischen System, es entdeckt die Antwort auf diese Veränderungen, auf die damit verbundenen Ängste und Fragen, wie z. B. des eigenen Stellenwertes in dieser neuen Gesellschaft, manchmal auch Hoffnungen, heißt einzig und allein Wissen. Nicht zuerst in den Wissenschaften, sondern Wissen um uns Menschen, unsere Abgründe, um die Möglichkeit des Verrates, um die Möglichkeit der schlimmsten Barbarei im letzten Jahrhundert, die ja auch in unserem schönen Land noch nicht allzu lange her ist. Wissen ist neben der Malerei die einzige Konstante im Denken Leonardos, mehr noch, für dieses Wissen hat er in Padua das gesetzliche Verbot der Leichenseziererei übertreten, es hat für ihn einen Selbstwert, Wissen um alles, um uns alle als die Unvollkommenen, um die Natur, die Welt und was diese im Innersten zusammenhält, nämlich« ... Kunstpause ... »Philosophie. Vielen Dank für Ihre geschätzte Aufmerksamkeit.«

Tiefe Verbeugung Guennaros.

Hunderte Sitzflächen knallten nach hinten, alle Zuhörer im gesamten Audi-Max sprangen auf, stehende Ovationen und Sprechchöre von zwanzig Minuten Länge. Die hochverehrten Gäste klatschten sich begeistert die Hände heiß und die

Studentenschaft schrie sich die Kehle heiser: Das langanhaltende stakkatohafte GUE NNA RO hallte durch die gesamte Universität. So etwas hatte das altehrwürdige Audi-Max auch noch nicht erlebt, es erbebte geradezu. Wo gibt es das noch? Wo kann man so etwas erleben? Auch die Dekansgattin stand natürlich auf und klatschte sich die Hände heiß und sah dann aber auch Alejandra tief gekauert im Stuhl sitzen und den Kopf hin- und her schüttelnd und sich fragend: »Wer ist das da vorne?«

Guennaro blieb die ganze Zeit oben stehen und bedankte sich immer wieder mit Verbeugungen. Der Applaus nahm und nahm kein Ende. Dann nahm sich der Dekan ein Herz, ging zum andalusischen Wissenschaftsminister, flüsterte ihm kurz etwas ins Ohr und dann gingen beide noch klatschend die wenigen Stufen nach oben auf die Bühne und sorgten so quasi gewaltsam für das Ende dieses großartigen Schauspiels:

»Sehr geehrter Herr Minister, sehr geehrte Damen und Herren aus der Politik! Verehrte Kolleginnen und Kollegen, liebe Studentenschaft! Verwende möglichst nie oder ganz selten Superlative, sie nutzen sich zu schnell ab. Ich gehe aber davon aus, dass Sie alle mit mir einer Meinung sind, wenn ich sage oder behaupte, dass wir hier und heute Augen- vor allem jedoch Ohrenzeugen einer wahrhaft historischen Vorlesung gewesen sind. Fünfhundert Jahre hängt dieses Bild dort, d.h. es hängt ja gar nicht. Und nun das. Ich bin, ich sage es ehrlich, überwältigt!«

Der Schulminister erkannte sofort, dass dem Dekan in diesem Moment die weiteren Worte fehlen würden, ging so zu ihm und nahm ihm das Mikrofon aus der Hand: »Mache Dich nie zu einem Teil des Geschehens, halte immer Distanz dazu, lasse Dich niemals involvieren. Ich breche heute diese Regel ganz bewusst und betone aus tiefster Überzeugung, dass ich stolz darauf bin, an dieser Vorlesung habe teilnehmen dürfen, stolz auf mein Andalusiertum bin, stolz darauf, dass Sie, Dr. Seras an einer – Verzeihung – meiner Universitäten unterrichten.«

»Verzeihung, aber sie sprechen von meiner Universität«, flachste nun der Dekan ganz locker zurück. »Und es ist unsere Universität, die Universität zu Granada, einen Augenblick bitte ...« Er bat den Kollegen Sarra per Handzeichen nach vorne, der sich auch sofort auf den Weg machte. »Und diese, unsere geschätzte Universität ist es, die Ihnen lieber Kollege Seras, hier und heute Ihre zweite Doktorwürde verleiht: Dr. phil. waren Sie bis heute schon, ab heute sind Sie Dr. phil. Dr. historia artis.« Damit entnahm Dr. Sarra dem Dekan die Schleife und legte sie Guennaro um den Hals, umarmte ihn und gratulierte ihm von ganzem Herzen, während der Dekan sich das ihm zustehende Recht herausnahm und ihm den Doktorhut, das Zeichen seiner zweiten Würde, aufsetzte. Danach umarmte er seinen Kollegen, nein sie umarmten sich beide und standen mindestens zwei Minuten so da.

Währenddessen erhob sich das gesamte Auditorium und sang die andalusische Nationalhymne. Dann flüsterte der Dekan Guennaro etwas ins Ohr. Auch der Schulminister gratulierte Guennaro recht herzlich.

»Mein Chef meinte gerade, dass es jetzt meine Aufgabe oder Pflicht sei, mich bei Ihnen allen zu bedanken. Selbstverständlich tue ich das hiermit gerne. Doch tue ich es auch richtig und von ganzem Herzen. Viele, nein alle meine lieben wissenden Kolleginnen und Kollegen werden sich fragen, und dies völlig zu Recht, woher ich manchmal diese meine Kraft nehme. Nur unser Chef alleine kennt die Antwort und wahrscheinlich seine liebenswürdige Gattin. Es ist dieses Land, man nennt es glaube ich Al-Andaluz, mit seiner Erde, seinem Klima, seinen Düften, seinem Licht, seiner zum Teil wunderschönen Landschaft, das mir die Ruhe und die Kraft zu dieser meiner Arbeit gibt.« Jubelstürme in allen Reihen, Las Olas von vorne bis hinten und zurück. »Es ist diese Universität mit all ihren lieben Kolleginnen und Kollegen und es sind Sie liebe Studenten. Sie alle tragen mich und meine Arbeit.«

GUE NNA RO hallte es wiederum, das Trampeln auf dem Fußboden hatte die Wirkung eines Erdbebens mit maximalen Ausschlag auf der an und für sich nach oben offenen Richterskala.

»Doch seit nun mehr, sagen wir drei Jahren, gibt es noch eine weitere Kraftquelle, ohne die wir uns alle heute mit absoluter Sicherheit nicht hier befänden und dieser Quelle widme ich diesen zweiten Doktortitel.«

Die Dekansgattin ergriff nun die Hand Alejandras und fragte: »Sind Sie bereit, jetzt müssen Sie nach vorne?«

Alejandra schaute ihre Nachbarin völlig verdutzt aber auch verzweifelt an: »Wieso ich?«

Die Gattin fasste nur noch fester zu und bekräftigte ihr Tun mit einem Kopfnicken: »Kommen Sie!«

»Darf ich Sie alle meine Damen und Herren um einen kräftigen, aber auch beruhigenden Applaus für meine liebe Frau bitten.« Damit hob er seinen linken Arm in Richtung Gattin, nickte mehrmals kurz mit dem Kopf, so als er ob er sagen würde, kommst Du bitte Schatz, hier warten alle auf Dich. Ein Blitzlichtgewitter entlud sich auf die schüchtern sich erhebende und ihre Nachbarin mit flehenden Augen anschauende Alejandra. Diese begriff sofort, nahm die Hand ihrer Nachbarin, führte sie nun nach oben und übergab sie ihrem Gatten. Sie selbst verschwand an die Seite ihres Ehemannes.

»Hier steht die tapfere Frau, die mir alten Knacker, dem uralten Invaliden, vor mehr als einem Jahr ihr Ja-Wort gegeben hat und mir vor einem knappen halben Jahr einen Sohn geschenkt hat. Ihr gehört mein wahrer Dank.«

Fünfhundert oder auch mehr Studenten stürmten die Bühne, die keinen hundert Personen normalerweise Platz bieten würde. Ein Alptraum für jeden Sicherheitsbeamten wurde real. Passiert ist nichts. Danach gab es draußen auf dem Flur vor dem Audi-Max noch einen großen Sektempfang.

Abends zu Hause in Salinas angekommen, lief Alejandra schnell ins Haus und erkundigte sich bei ihrer Mutter nach dem Wohl Sandros.

»Keine Sorgen. Alles Bestens. Er ist um halb acht ruhig eingeschlafen. Was war denn heute so wichtig an der Uni?«

»Ihr seid ja beide so topp gekleidet, man könnte glauben, der Papst sei gekommen.«

»Besser, liebster Papa. Nicht der Papst, der liebe Gott persönlich war da, genauer gesagt das Genie, das mal eben nach fünfhundert Jahren in einer Viertelstunde mit dem lieben Gott aufräumt. Und Du, liebste Mutter, magst für Dich in Papa den besten Mann der Welt gefunden haben. Aber solange dieser Kerl an meiner Seite ist, bin ich die glücklichste Frau der Welt und nicht Du.« Damit schmiss sie sich ihrem Guennaro an den Hals und die Tränen rollten über die Backen beider.

»Ja, aber was ist denn los?«

»Ihr könnt morgen früh mit Sicherheit alles schwarz auf weiß in der Zeitung nachlesen. Aber vielleicht kommen heute Abend in der Spätausgabe auf Andalucia Free TV schon die Nachrichten. Würde mich nicht wundern.«

»Jetzt mach ich den Fernseher an, ich will endlich wissen, was los ist.«

Der Vater wollte ins recht kleine Wohnzimmer gehen, doch plötzlich fingen die Hunde an zu bellen, draußen gab es auf einmal ein ohrenbetäubendes Hupkonzert, der Vater schaute aus dem Fenster und sah nur das Besitzerehepaar, vorsichtig öffnete er die Tür. Das Besitzerpaar stand draußen – in der Hand hatten beide einige Flaschen Sekt – und fragte höflich, ob es eintreten dürfte, doch im Torrahmen machten sich noch etwa hundert Dorfbewohner deutlich bemerkbar.

Vor allem Felipe, der sofort auf Guennaro zuging: »Du alter Schwerenöter, Du Hallodrie, Du Wahnsinnstyp. Und Du liebste Alejandra. Mein Gott muss Du glücklich sein.« Und damit übergab er dem Vater seine Lampe und drückte die beiden auf einmal dieser Bär von Mann. Vater und Mutter standen noch immer völlig unwissend im Zimmer herum, setzten sich jetzt aber zunächst einmal.

Das Schweizer Besitzerpaar öffnete eine Flasche Sekt nach der anderen, goss nur noch in die Gläser ein und nahm sich danach der beiden an, klärte sie auf und dann erhob der Besitzer sein Glas und bat für einen Moment um Ruhe: »Felipe und ich haben beschlossen, dass wir morgen Abend um zehn hinten auf unserer Terrasse die größte Feier haben werden, die Salinas je gesehen hat!«

»Was heißt denn hier Salinas, die Andalusien je gesehen hat«, kam es dann von Seiten Felipes.

Noch in der Nacht schickte Alejandra ein Fax an Edmondo, dem Blutsbruder Guennaros, erstattete ihm Bericht und bat ihn, Guennaros Mutter zu besuchen und sie und Carlos-Enrique zu informieren. Aber Mama bitte vorsichtig, schonend. Sie möchte sich nicht aufregen.

Im neuen Haus

Guennaro saß bei knapp vierzig Grad um zehn Uhr abends am Tisch auf der Terrasse seines Hauses. Die Luft stand, völlige Windstille. Alejandra kam auch nach draußen und setzte sich ein wenig erschöpft auf die Bank neben ihn: »In den zwei Tagen haben wir schon eine Menge geschafft.«

»Vollkommen richtig, Gott sei Dank«, lautete seine zunächst lakonische Ergänzung. Aber dann kam ein ganzer Wortschwall aus ihm heraus: »Endlich zu Hause, endlich daheim. Meine Frau, mein Kind, meine Hunde in unserem neuen Zuhause. Endlich durchatmen. Der Ha-Moment ist da: Heim, Haus, Heil. Es ist der Moment der Entschleunigung, des tiefen Durchatmens, des Relaxens, wenn man etwas erreicht hat. Ha, wie Haus, Heim, Heil, ein Moment der Entspannung. Er bringt Entlastung der Seele und des Körpers. Und dieser Moment wird mich hoffentlich nie wieder verlassen. Deshalb auch die Wüste.«

»Diese Stille, kein Trubel, keine Hektik. Einfach mal abschalten können, alles hinter sich lassen können. Wunderschön, paradiesisch.«

»Genauso, endlich Zeit und Muße, Zeit für das Wesentliche im Leben, zum Denken und Reflektieren, um neue Ideen und Perspektiven zu entwickeln und Muße, um alles genießen zu können, mit Euch beiden. Hier ist sie die Alternative zur Beschleunigungsgesellschaft.«

»Schau mal da, zwei Skorpione. Kommen die jetzt jeden Abend zu Besuch?«, frotzelte sie zutiefst gelassen herum.

»Im Sommer schon. Deshalb ist es auch besser, abends die Türen zu schließen. Sie sind nicht giftig, sie sind auch nicht gefährlich, haben aber auf einen kleinen Körper natürlich einen massiveren Einfluss als auf einen erwachsenen.«

»Na klar. Denk Du also bitte auch daran«, forderte sie ihn streng auf.

»Herrlich dieser Himmel, die Sterne, der schönste Platz der Welt. Diese Luft, atme doch einmal tief durch, spürst Du es,

sie steht die Luft. Und dann die blinkenden Sterne, es müssen Hunderte, nein Tausende sein. Es ist das Paradies. Ich lass mir da aber auch gar nichts einreden, von wem auch immer. Höchstwahrscheinlich bin ich der glücklichste Mensch auf der Welt.«
»Das würde mich auch glücklich machen. Wo Du Recht hast, hast Du Recht. Nur in einem kleinen Punkt muss ich Dir widersprechen.«
»Und der wäre?«
»Das Paradies ist nur halb so schön.« Damit ging er in den Salon und legte die Single der Gruppe Amen Corner von 1971 auf: »If Paradise is half as nice«. Er öffnete die Doppeltür vom Salon und ließ die Musik in die Wüstennacht hinaus klingen, stören konnte sie ja niemanden, höchstens noch einige Skorpione irgendwo in der Weite. Dann legte er noch Scott McKenzie auf und sang selbst dazu, natürlich völlig grässlich: »If you're going to Tabernas, be sure to wear flowers in your hair.«
»Was steht denn morgen«, und dabei schaute sie auf die Uhr, » besser heute an?«
»Um neun Uhr kommen die Heizungsbauer. Dann wird es laut, denn sie werden bis zwanzig Meter tief in die Erde bohren. Ich hatte Dich ja schon aufgeklärt, ich habe mich dazu entschlossen, nun doch die Erdwärmepumpe zu nehmen. So braucht der alte Boiler nicht ausgebaut zu werden. Ebenso kommt dann der neue Radiator ins Wohnzimmer. Die werden für ein, nein eher zwei Stunden das Wasser abstellen wollen bzw. müssen. Deshalb wäre es ganz sinnvoll, vorher, morgen früh, einen oder zwei Eimer voll laufen zu lassen. Irgendwann kommt diese Woche auch die ENDESA aus Almeria oder Gergal, um den Vertrag mit uns zu schließen.«
»Wann kommen denn Telefon und Internet?«
»In etwa einer Woche kannst Du damit rechnen. Gut, dass wir mit Hilfe von außen das Büffet schon im Zimmer plazieren konnten.«
»Auf jeden Fall. Morgen kommt der Nachbar, um uns beim Pool zu helfen, um uns zu zeigen, wie wir die Kanalisation am Brunnen zu bedienen haben.«

»Gut, dass wir bei Vertragsunterzeichnung darauf bestanden haben, dass die Renzis noch vorher den Pool säubern und voll laufen lassen müssen. Lass uns doch noch einmal kurz hineinspringen.« Sie standen auf, nahmen sich an die Hand, liefen die gut zehn Meter zum Pool, entledigten sich hastig ihrer ein oder zwei Kleidungsstücke und sprangen hinein, circa neunundzwanzig Grad Celsius.

»Herrlich, es gibt nichts Schöneres!«

»Widerspruch, Dich glücklich zu sehen, ist noch schöner!« Damit umfasste er ihre schmalen Hüften, drückte sie ganz fest an sich, küsste sie und fühlte ihre festen, spitzen Brüste an seiner Brust, spürte ihren Hunger, jung und verlangend und küsste das chlorhaltige Nass ihrer Augen. Die Situation war die einer fest umfassten Zweisamkeit.

Sie bog den Kopf zurück und legte sich nun in ihrem Evaskostüm mit dem Rücken aufs Wasser: »Dieser freie Sternenhimmel, einfach herrlich. Es ist wirklich das Paradies!«

»Und die Natur, ich meine damit insbesondere die Wüste, wird Dir in den nächsten Jahren, hoffentlich Jahrzehnten noch viel mehr eindrucksvolle Bilder, vielleicht sogar noch eindrucksvollere liefern.«

»Das nehme ich Dir sofort ab.«

So plantschten sie noch eine Viertelstunde albern wie die Kinder herum. Als sie dann auf die Terrasse zurückkehrten, goss Guennaro noch einmal die Gläser voll. »Gut, dass Sandros Zimmer als allererstes fertig war, so dass er seine gewohnte Umgebung hat.«

»Vollkommen richtig, aber jetzt lass uns ins Bett fallen, morgen ist auch noch ein anstrengender Tag«, sprach sie, nahm noch einen Schluck Malaga und dann gingen beide überglücklich ins Bett.

Die gesamten Renovierungen und Reparaturen, Neubauten, Einbauten und Umbauten, ja alles nahm den Zeitraum bis Anfang Oktober ein bis kurz vor dem spanischen Nationalfeiertag.

»Als wenn sich alle Handwerker abgesprochen hätten, aber fertig. Gott sei Dank«, fiel sie ihm um den Hals und drückte ihn ganz fest. »Und schau Dir mal Deine Schwimmhalle an. Völlig aus Glas. Einfach toll, überragend, vor allem selbst im Winter die Speicherung der Hitze. Wie viel Grad hatten wir denn heute Morgen?«

»Fast achtundzwanzig.«

»Herrlich. Aber jetzt sind wir dann doch fertig?« Kritisch und ängstlich zugleich beäugend schaute sie ihn an.

»Ja und nein mein Schatz. Nicht so ganz.«

»Was fehlt denn jetzt noch?«

»Beruhige Dich bitte, unser Haus ist sommer- und winterfest, der Kamin ist verglast, der hat übrigens dreitausend, also das doppelte von dem gekostet, was ich ursprünglich gedacht hatte. Die eine Innenwand im Salon ist repariert und die andere und sogar die im Abstellraum sind mit Kork gedämmt, die Fenster sind dreifach verglast, der Pool ist das gesamte Jahr benutzbar mit zumindest lauwarmen Wasser. Selbst die Drainage für Deine Palmen ist schon ausgebessert und die Einzäunung haben wir dank der organisatorischen Hilfe von Frau Gonzales auch schon hinbekommen. So können auch die Hunde nicht raus. Das lässt mich dreißig Mal besser schlafen. Bezüglich unseres Arbeitszimmers werden wir noch mit dem Bauunternehmer hier im Dorf reden müssen, ebenso über den Beginn der Fertigstellung des Gästehauses und die Legung der Drainage. Davor habe ich am meisten Angst!«

»Das gibt es doch wohl nicht. Mein Schatz hat Angst. Wieso? Wovor? Was ist an der Verlegung denn so angsteinflößend?«

»Ja, vielleicht ist der Begriff Angst auch ein wenig zu hoch gegriffen, uangemessen, Respekt wäre sicherlich angebrachter. Die Länge und die Fläche, die es in Zukunft zu bewässern gilt, ist doch enorm. Das dürften fast an die fünfhundert Meter Länge sein, vielleicht sogar noch mehr vom Wasservorratsbecken und dann sind es immerhin noch vierzigtausend Quadratmeter, wenn man von unserem kleinen bebauten Grundstück von zwei Hektar mal absieht, das aber auch noch in den Genuss des Wassers kommen sollte, besser muss.«

»Und wie viel hat das jetzt alles gekostet?«

»Die Leistungen für den Pool insgesamt dreiundzwanzig Tausend und damit etwas teurer als geplant. Dafür war das Heizungssystem für das Haus billiger: Die Erdwärmepumpe hat nur zwölf Tausend gekostet. Dazu die Dämmung im Haus, die Verglasung des Kamins, die Ersetzung der Fenster durch dreifach-Verglasung, die Reparaturen der Wände und der Decke im Salon, dazu auch noch die Drainage, insgesamt circa achtzehn Tausend.«

»Macht vorläufig dreiundvierzig Tausend. Und die Umzäunung hat wie viel verschlungen?«

»Zweiundzwanzig.«

»Macht bisher fünfundsechzig Tausend, ursprünglich hatten wir für diese Arbeiten insgesamt siebzig veranschlagt. Wir sind also mehr als im grünen Bereich.«

»Sehe ich genauso.«

»Jetzt kommen noch unser Arbeitszimmer und dann das Gästehaus. Wie teuer schätzt Du diese beiden Faktoren und dann noch die Drainage nach hinten?«

»Also unser Arbeitszimmer wird etwas mehr als dreißig Tausend kosten, das Gästehaus noch einmal gute zwanzig.«

»Also insgesamt hundertzehntausend und dann noch die Wasserverlegung nach hinten.«

»Dazu kann ich zum jetzigen Zeitpunkt nichts sagen. Da bin ich überfragt und auch noch überfordert. Dafür haben wir auch wie schon angedeutet mindestens bis zum nächsten Frühjahr Zeit. Aber summa summarum hundertwanzigtausend.«

»Okay, dann haben wir insgesamt vierhundertfünfzigtausend für unser Glück ausgegeben, was solls?«

»Mit den Steuern sogar vierhundertsiebzig, aber vollkommen richtig, genauso sehe ich das auch. Aber jetzt habe ich eine Bitte: Ab jetzt bist Du allein für die Finanzen zuständig, Du behältst den Überblick. Dies ist vielleicht die einzige Forderung, die ich an Dich in unserer Ehe stellen muss. Du bist der Ansprechpartner für die Bank, die Handwerker etc. Das muss ich sozusagen von Dir verlangen.«

»Kein Problem, ich bin für sämtliche Finanzen zuständig, Banken, Versicherungen, Rechnungen und Steuern. Nadas problemas. Ich habe auch die Zeit dafür, kann Anrufe tätigen. Mach ich, übernehme ich ab morgen. Aber jetzt am Vorabend einen guten Malaga!«

Ein Moment der köstlichen Trägheit, den es zu genießen galt, sie rutschte auf der Bank ganz eng an ihn heran, ihre Lippen suchten und fanden die seinen, sie küsste ihn und dann gingen beide überglücklich ins Bett.

So vergingen die Monate und auch die Jahre, am eigenen Haus gab es immer etwas zu tun, Sandro wuchs heran. Im Sommer des Jahres 2004 feierten sie alle bei Pepito den neunzigsten Geburtstag von Guennaros Mutter. Guennaro ließ das Leben der Mutter unter dem Titel »Das Leben unserer Mutter – der Mut zur Pflicht« in einer bewundernswerten Rede Revue passieren. Weihnachten und Silvester/Neujahr 2004/5 waren die drei wiederum bei seiner Mutter. Sie hatten wohl alle eine wie sich dann drei Monate später zeigte berechtigte Vorahnung. Anfang Januar kam noch einmal eine Ärztin vorbei. Die Mutter war schon seit Jahren bettlägerig, mehr oder weniger völlig auf Hilfe angewiesen. Wenn sie tagsüber mal alleine zur Toilette ging, war dies Unternehmen ein halsbrecherisches. Selbstverständlich schauten Carlos-Enrique, seine Gattin und auch einer ihrer beiden Söhne mal nach der Großmutter, doch hatten alle vier ja auch ihre Berufe, ihre sonstige Arbeit und ihre alltäglichen Pflichten, so dass meistens wenig oder zu wenig Zeit blieb. Es musste eingekauft, Essen zubereitet und auch der Körper gepflegt werden. Zwar kamen eine Krankenschwester und eine Putzfrau, die beide nach dem Rechten schauten, wer auch ein- bis zweimal pro Woche hereinschaute war Edmondo, der Blutsbruder Guennaros. Sie brauchte auch ein wenig Unterhaltung, Abwechslung.

Aber irgendwann reichten alle Maßnahmen nicht mehr aus, um ihr ein Überleben in den eigenen vier Wänden zu ermöglichen, sie musste dann im Laufe des Februar ins Krankenhaus, kam gleich auf die Station für Gerontologie, die sie auch nicht mehr verlassen sollte. Nach Mitte Februar hatte Guennaro sie noch einmal besucht und kam dann am ersten März zum Krankenhaus. Am fünften, kamen auf Geheiß Guennaros Alejandra und Sandro noch einmal, um sich von der Schwieger- und Großmutter zu verabschieden. Sie röchelte nur noch, konnte die Augen nicht mehr öffnen, soll nach ärztlichem Bulletin noch einen Herzinfarkt und ein Nierenversagen gehabt haben.

Am frühen Sonntagmorgen um 4.41 Uhr am 6. März verstarb die herzensgute Frau, Guennaro saß an ihrer Seite und hielt ihre Hand. Ihre Augen waren schon geschlossen. Mit der Beerdigung dauerte es dann noch bis zum nächsten Freitag. Carlos-Enrique hatte alles geregelt, weil er ja nur fünf Minuten mit dem Auto entfernt wohnte. Zwei Dutzend Personen gaben ihr das letzte Geleit und sangen dabei. Die Passanten im Dorf ließen den Trauerzug vorüber und bekreuzigten sich. Die letzten Minuten – so empfand es Guennaro – verflogen, waren unwiederbringlich. Der Geistliche machte ein großes Kreuzzeichen, warf eine Handvoll Erde auf den schon ins offene Grab gelassenen Sarg Margarita Seras' und sprach: »Die Erde und das was drinnen ist, ist des Herrn.« Dann segnete er den Sarg noch mit Weihwasser und trat mit den zwei Messdienern an die Seite. Nun war es an der Reihe, von der Toten Abschied zu nehmen. Der Regen prasselte auf den Sarg nur so herab. Frauen warfen Blumen und Männer nahmen den Spaten und schütteten Erde auf ihn. Alle hatten es eilig, nur der gerade mal dreijährige Sandro stand noch vor dem offenen Grab. Man hätte den Eindruck gewinnen können, als wenn er noch eine Rede halten wolle. Doch schlug er die Hände vors Gesicht und schluchzte. Alejandra nahm ihn dann an die Hand und verließ den Friedhof vorzeitig.

Ihre Mutter hatte kein Testament hinterlassen, weil sowieso alles klar war: Beide Brüder erbten zu gleichen Teilen, hatten sich vorher auf das Procedere geeinigt und zwar gütlich: Die Eltern hatten im Laufe ihres Lebens noch ein Mietshaus im Dorf käuflich erworben. Zusammen mit dem wesentlich kostspieligeren Elternhaus hatten sich Carlos-Enrique und Guennaro auf die Summe von hundertvierzigtausend Euro geeinigt, die Carlos-Enrique in den nächsten Wochen/Monaten überweisen würde, was dann auch Zug um Zug geschah. Nur des väterlichen Schreibtisches wegen gab es ein kurzes einminütiges Gespräch. Carlos-Enrique bestand darauf, dass der Schreibtisch des Vaters zunächst bis zum juristischen Staatsexamen seines zweiten Sohnes in wenigen Jahren bei ihm bleibe und er dann anschließend in Guennaros Besitz übergehen solle. Guennaro gab sofort sein Einverständnis, da sein eigener Sohn, ja erst in einigen Jahren in die Schule kam und er selbst seinen eigenen schmucklosen hatte. Er sollte später ganz darauf verzichten, da der Schreiner im Dorf, der Ehemann Annas, der Sekretärin des Bauunternehmers und der Rechtsanwältin zugleich, sich angeboten hatte, für Sandro zu Weihnachten 2011 zwei kleinere, aber zusammenhängende Schreibtische aus hellem Kiefernholz zu bauen. Und das dann für wahrhaft lächerliche zweihundert Euro.

Das ererbte Geld steckte Guennaro gut zur Hälfte in die Bewirtschaftung der noch brach liegenden vier bis fünf Hektar hinter dem Haus. Zunächst wurden fast hundert schon halbgroße Olivenbäume gepflanzt, und dann die schon von Anfang an geplante, aber immer wieder hinausgezögerte Drainage von dem Regenwasserbassin nach ganz hinten gelegt, so dass auch an den letzten Olivenbaum noch Wasser gelangen konnte, wenn es mal wieder zehn Jahre nicht regnen sollte. Die restliche Summe wurde zinsmäßig gut angelegt. Zu diesem Zeitpunkt erhielt Guennaro angesichts der doch erheblichen Summe schon fünf Prozent.

Die Zeitspanne von Anfang Dezember 2004 bis zur Beerdigung seiner Mutter im März 2005, diese drei Monate, waren für Guennaro sehr anstrengend, standen doch neben seinem normalen anstrengenden Arbeitsleben noch die vielen strapaziösen Fahrten zu seiner Mutter von jeweils 1200 Kilometer an, die psychisch belastende Zeit mit seiner sterbenden Mutter, und dann noch die winterlichen Straßenverhältnisse in diesem Zeitraum, was nicht nur, aber vor allem die Strecke von Guadix bis Granada und dann von dort nach Norden betraf.

So nahm er sich am zweiten Dienstag im Januar frei von seiner Arbeit zu Hause und fuhr mit seiner Familie nach Roquetas de Mar kurz hinter Almeria. Dort saßen sie zum Frühstück in einem riesengroßen Lokal mit der Musik der Sixties, die Guennaro natürlich sehr gefiel. Die Sonne war zwar schon einige Stunden am Himmel, doch alle richteten ihre Blicke auf die Alpujarras. Der Schnee lag dieses Jahr viel tiefer als sonst. »Mucha nieve«, kam es piepsend von Seiten Sandros. »Wie schön sieht er aus!« Und die Luft, die von dort oben herunterkam, war eiskalt und scharf. So erledigten sie nach dem ausgiebigen Frühstück noch einige Kleinigkeiten – Alejandra besuchte eine ihr bekannte Ärztin und stöberte in einer Apotheke nach pharmazeutischen Spezifika. Währenddessen nahm Guennaro Sandro an die Hand und besuchte einen speziellen Lebensmittelladen, der auch einige deutsche Produkte im Sortiment hatte und auf dem Rückweg kaufte er noch ein paar internationale Zeitungen. Irgendwie trieb es alle ganz schnell wieder zurück nach Hause. So gelangten sie schon zur frühen Mittagszeit zurück und gingen ihrer jeweiligen Tätigkeit nach.

»Kochst Du für uns heute Abend eine heiße Suppe, mein Schatz?«

»Gerne, kein Problem, und danach gehe ich noch an den Schreibtisch, aber so um drei gehen wir bitte alle mit den Hunden spazieren.«

»Ist vollkommen okay.«

So waren sie dann um drei Uhr mit den vier großen Hunden unterwegs. Es hatte sich schon während der Rückfahrt von Roquetas immer mehr zugezogen. Alle fühlten die eisige Brise von den nördlichen Berggipfeln her auch so auf ihrer Brust und auf dem Rückweg dann im Rücken.

»Mund zu Sandro, Bitte!«, kam es von Seiten der Mutter. Der Sturm verschlug ihr fast den Atem. Und dann war es endlich so weit: Die Schneeflocken wehten zunächst spärlich und sanft kreiselnd im Fallen, danach kamen sie im dichten Gestöber herab, schräg mit dem Wind. Und dieses Gestöber wurde immer stärker, steigerte sich zum richtigen Schneewirbelsturm. Nach einer knappen Stunde standen sie alle erleichtert vor ihrem Haus.

»Wir holen jetzt alle Hunde auf die Terrasse« war die kurze Äußerung Alejandras. »Gute Idee, macht ihr beiden das, ich schmeiß schon einmal den Kamin an.« Gesagt, getan. So standen dann fünf Minuten später ein halb Dutzend Hundekörbe unterschiedlicher Größe und noch mehr Fressnäpfe auf der geschlossenen Terrasse. Alejandra und Sandro schüttelten den Schnee von ihren Jacken, klopften die Hosen ab, knüpften die Schuhe auf und kamen ins warme Haus. So standen alle drei zunächst einmal die Hände reibend vor dem Kamin. Danach machten sie es sich im Salon gemütlich, tranken Tee, aßen eine Kleinigkeit, machten ein paar Spiele, um sich dann wiederum dem Schauspiel draußen zu widmen.

»Da kommt noch eine Menge herunter, heute und morgen wird es schneien«, lautete der sich im Nachhinein als richtig herausstellende Kommentar Alejandras.

»Oh toll, dann können wir morgen eine Schneeballschlacht machen Papa!«

»Meinetwegen, lass uns aber bis morgen abwarten, bis es wieder hell ist.«

Der Wind draußen wurde zum Orkan, so dass man das Zischen der brennenden Scheite im Kamin nicht mehr hören konnte. Es war draußen so laut, dass man glaubte, den Schnee fallen zu hören. Den nächsten Tag schneite es noch bis abends. Am gestrigen Abend hatten die beiden in den Nachrichten gesehen, dass ganz Spanien von einer Kältewelle überrascht und überrollt worden war, zum Teil lag der Schnee bis zum Strand. Sandro freute sich besonders über das ganz tolle viele Weiß, die herrlichen weichen Flocken: »Mucha nieve. So schön ist der Schnee.«

So machten die beiden eine Schneeballschlacht und Alejandra machte viele Fotos: »Wer weiß, wofür wir die noch brauchen.«

Guennaro nickte zustimmend: »Außerdem dürfte ich den nächsten Schnee wohl nicht mehr erleben.«

»Warum das denn nicht?«

»Von einem Schneewinter bis zum anderen sollen in Andalusiens Süden knapp vierzig Jahre vergehen, dann bin ich ja älter als Methusalem. Willst Du es so lange mit mir aushalten und Dich so lange mit mir rumärgern.« Alle Lebewesen tollten im Schnee herum als gäbe es nichts Schöneres. Alejandra rief alle Verwandten und Bekannten in ganz Spanien, aber auch Nachbarn und Freunde in der näheren und weiteren Umgebung an, erkundigte sich nach ihrem Befinden und fragte nach, ob sie helfen könnten. Ein armes deutsches Ehepaar, nur wenige Kilometer entfernt wohnend, sagte ihr, dass sie es mit ihrem Kind, das nur geringfügig jünger ist als Sandro, gerade noch in den behaglichen Wohnwagen ihres Schwiegervaters geschafft hätten. »Gottseidank«, kam es erleichtert von Seiten Alejandras.

Abends spät wurde der Schnee zunächst immer dünner, dann hörte es gänzlich auf zu schneien, ebenso stoppte der Wind.

»Genauso wie beim Krieg. Was danach kommt ist eine tiefe Stille«, lautete der Kommentar Guennaros.

Am nächsten Tag schien die Sonne auf den Schnee, der vor allem rund um die Baumstämme schnell dahinschmolz und Sandro damit zum Weinen brachte.

70 Jahre Bürgerkrieg – 2006

Offiziell war es noch keine vorlesungsfreie Zeit, doch hatte Guennaro Dienstags normalerweise keine Lehrveranstaltungen, dennoch musste er heute um elf Uhr ganz offiziell zur Uni. So war er auch schon um viertel nach sieben aufgestanden, kein Wölkchen war am Himmel zu sehen und das Thermometer am Serasschen Anwesen zeigte schon um diese Tageszeit fast fünfunddreißig Grad im Schatten und so entwickelte sich dieser Dienstag, der 18. Juli 2006, erneut zu einem Tag, an dem Andalusien im Ganzen und die Wüste von Tabernas im Speziellen zum Glutofen der Sonne heranreiften. Nach der Viertelstunde Schwimmen weckte er seine beiden Lieben, zog sich ein wenig an und deckte in der Zwischenzeit den Frühstückstisch: Müsli, frische Milch, frisch gepresster saurer Apfelsaft, Spiegelei und dunkles von Alejandra in der Dorfbäckerei geordertes Brot. Gesünder geht es kaum.

Pünktlich um neun Uhr brach er in feinsten Zwirn gekleidet auf, die beiden wollten aufgrund der Gluthitze nicht mit, das Politspektakel würde sie doch wohl nur langweilen, so lautete Alejandras Argumentation. So musste er die hundertsechzig Kilometer hin und auch wieder zurück alleine bewältigen, was ihm wie fast immer recht zügig gelang. Gegen halb elf fand er noch einen Parkplatz, obwohl doch ein Teil polizeilich abgesperrt worden war, da ein oder mehrere Politiker sich angekündigt hatten. Guennaro ging zunächst ins Sekretariat der Philosophischen Fakultät, erstaunte sich über die Abwesenheit von Senora Mathilda, fragte kurz nach Post, erhielt eine negative Antwort, und fragte dann nach dem Grund der Abwesenheit von Senora Mathilda.

»Mathilda hat sich heute vom Chef eine Stunde frei geholt, um Ihre Rede zu hören. Nur dafür. Und mich hat sie vorher fast angebettelt, dem zuzustimmen. Als wenn ich dem etwas entgegenzusetzen gehabt hätte«, freute sich die zweite Sekretärin, Senora Maria.

Guennaro saß in der ersten Reihe, ebenso der Dekan und auch noch einige andere Kollegen und Kolleginnen der Universität. Um elf Uhr ging der Dekan auf die Bühne, stellte dem Publikum die Mitglieder der späteren Diskussionsrunde auf der Bühne des Audi-Max vor, unter anderem auch den Ministerpräsidenten Zapatero, und bat dann Guennaro zu seinem Vortrag zu dem Thema nach vorne auf die Bühne. Guennaro machte eine leichte Verbeugung vor den Diskutanten, drehte sich um und wiederholte dieselbe Verbeugung vor dem gesamten Auditorium.

»Hochgeschätztes Publikum! Lassen Sie mich bitte, bevor ich dann sofort auf das heutige Thema zu sprechen kommen werde, einige private Bemerkungen loswerden, die mir auf dem Herzen liegen.

Sehr geehrter Herr Ministerpräsident! Ich hoffe, dass ich richtig informiert bin, dass morgen die Abstimmung über das Organgesetz über die Reform des Autonomiestatuts Kataloniens zur Verabschiedung ansteht. Und deshalb freue ich mich ganz besonders, dass Sie sich heute noch die Zeit für diese Veranstaltung genommen haben. Dazu meinen ganz herzlichen Dank und darüber hinaus darf ich Ihnen sicherlich von Millionen unserer Landsleute den Dank aussprechen für Ihre hervorragende Wirtschaftspolitik. Mögen die Umstände Ihrer Politik auch entgegen gekommen sein, aber die Bilanz ihrer ersten zwei Jahre kann sich nicht nur sehen lassen, sie ist glänzend. Es werden auch ökonomisch schwierigere Zeiten auf uns alle zukommen. Der Bauboom scheint sich dem Ende entgegen zu entwickeln. Und deshalb habe ich nur diese eine Bitte: Schaffen Sie in unserem Land Frieden und verstehen Sie nun alle meine sich nun anschließende Rede vor dem Hintergrund dieser meiner Bitte nach Frieden in unserem Land.«

Er legte angesichts der Gluthitze in aller Gemütsruhe die Anzugjacke über einen freien Stuhl, begab sich erneut ans Rednerpult und jeder, der nun das Übliche erwartete, die stereotypen Begrüßungsformeln zu Beginn einer Rede, wurde zum wiederholten Male von Guennaro eines Besseren belehrt. Er knallte und schrie im Stile Mike Jaggers das Wort nur so heraus:

»Erbarmungslos« – Kunstpause, als wenn er sich von der Urgewalt dieses Wortes erholen müsste. Und dann noch einmal.

»So erbarmungslos wie der mechanisch angetriebene Hammer auf den Amboss saust, so erbarmungslos wie die Sonne auch heute wieder auf unsere ausgebrannte Erde knallt, so erbarmungslos begann heute vor siebzig Jahren der Spanische Bürgerkrieg. Für die Zeitgenossen auf beiden Seiten war es jeweils ein Kreuzzug, ein Sakrament, dem man mit der größten Leidenschaft diente, eine ›Glaubenstat‹. Das weit verbreitete Gefühl war das der Hingabe an eine heilige Pflicht, man war an einem Geschehen beteiligt, an das man von ganzem Herzen glauben konnte und in dem man sich mit seinen Mitkämpfern brüderlich verbunden fühlte. Die Entscheidung jedes Einzelnen schien existentiell wie jene der Franzosen, die entweder für die Kollaboration oder für die Resistance eintraten. Mit dieser Entscheidung offenbarte sich der Einzelne, dies war der Entschluss eines Individualisten.

Damit war dann aber auch Schluss mit Individualität, denn der Krieg verlangt genau dies, den bewussten Verzicht auf das eigene Ich, dessen Opfer. Die ersten Opfer dieses Krieges waren also das Gewissen und die Integrität der eigenen Person. Erst dann begann das massenhafte Morden.

Auch wenn auf beiden Seiten gemordet wurde, – lassen Sie uns bitte auf eine Quantifizierung verzichten – so liefen diese Morde nicht gleichermaßen ab. Auch hielt das siegreiche Regime noch jahrzehntelang Tausende politischer Gegner in allen Menschenrechtsgeboten Hohn sprechenden Internierungslagern gefangen. Seit 1964 verschärfte es zumindest zeitweilig seine Repression. Es soll sogar bis Anfang der Siebziger Jahre hier und da Folter gegeben haben, wie ich gelesen habe. Noch 1975 wurden fünf sogenannte Terroristen hingerichtet.

›Gedenkfeier zum Ausbruch des Bürgerkrieges vor siebzig Jahren.‹ Schon allein diese Formulierung lässt die Wut in mir empor kochen. Streichen Sie bitte alle als erstes die Vorstellung vom ›Ausbruch‹. Noch kein Krieg in der Weltgeschichte ist wie ein Naturereignis, gleichsam wie ein Vulkan, ausgebrochen. Er wurde immer und bis heute von Menschenhand angezettelt, entfacht. Er ist unser Produkt, wir sind die Täter und nicht wie bei einem Naturereignis zerstörerischer Art und Kraft die Opfer, doch wollen wir uns mal wieder mit diesem sprachlichen Verbrechen der Verantwortung entziehen.

Doch stellen wir uns ihr einmal und zwar ganz bewusst!

Vor siebzig Jahren begann der Bürgerkrieg und die sich anschließende fast vierzigjährige Diktatur, deren Legitimation einzig und allein auf dem militärischen Sieg fußte. endete vor dreißig Jahren auf rein biologische Weise. Es wurde ein historischer Neuanfang begonnen, durch den eine neue staatliche Grundlage geschaffen und man kann heute schon sagen politische Traditionen geschaffen wurden. Spanien empfindet sich heute als fester Bestandteil der europäischen Staaten- und westlichen Wertegemeinschaft. Die Nation hat heute ihre neue Existenz- und Bewusstseinsbasis gefunden.

Nach vier Jahrzehnten Diktatur hätte sich eigentlich für alle damals Beteiligten die heikle Frage nach der Erblast derselben stellen müssen, d.h. die Frage nach Tätern und Opfern. Zwar hat sich Spanien damals sehr schnell von seiner Diktatur losgesagt und niemand hat versucht, von einer komödienhaft wirkenden, wenn auch ernst gemeinten Ausnahme einmal abgesehen, wieder daran anzuknüpfen. Doch geschah damals vor dreißig Jahren nichts oder kaum etwas, was man eine gewissenhafte Verarbeitung der Vergangenheit nennen könnte, vielmehr wurde die Diktatur durch eine antitotalitäre Gegenposition ersetzt, mehr nicht. Die Lösung brachte das bekannte Amnestiegesetz von 1977, wobei diese Amnestie für beide Seiten ausgesprochen wurde. Es wurde einfach ein Schlussstrich gezogen unter die Verbrechen in der Vergangenheit, so als hätte es sie nie gegeben. Es war ein Übereinkommen, die Vergangenheit ruhen zu lassen, keine noch offenen Rechnungen zu begleichen. Dass damit die Verliererseite mal wieder den höheren Preis für diesen Transitionsprozess bezahlte, bleibt zu konstatieren, denn bis heute lässt eine juristische Aufarbeitung der Menschenrechtsverletzungen während des Krieges und der Diktatur und eine moralische und materielle Wiedergutmachung für das erlittene Unrecht auf sich warten. Der Rest war Schweigen, man wollte vergessen, Amnesie statt Amnestie.

Anlässlich des fünfzigsten Jahrestages verkündete der damalige Ministerpräsident: ›Die Geschichte ist in der Realität des Landes nicht länger präsent und lebendig.‹ Vor zehn Jahren fand dieser Tag noch nicht einmal offizielle Erwähnung.

Diese von oben verordnete kollektive Amnesie wies gerade in den Kommunen ein hohes Konfliktpotential auf, da hier auf lokaler, manchmal sogar dörflicher Ebene Täter und Opfer direkt mit einander konfrontiert, quasi Nachbarn waren. Die Anonymität der Großstädte war hier nicht gegeben. Und diese lokale Ebene, die Intimität, eröffnet laut den neusten Erkenntnissen der Politologie, neue Einsichten über die Auswirkungen eines Verschweigens der Vergangenheit auf die Ausbildung einer demokratischen Kultur. Die Macht der Vergangenheit auf lokaler Ebene hat und dies gilt insbesondere für Spanien immer noch die Oberhand gewonnen.

Lassen Sie mich Ihnen an dieser Stelle eine kurze Anekdote einfügen: Im Jahr 2000 war ich mit einer Maklerin an der Costa de la Luz zwecks Immobiliensuche unterwegs. Wir parkten am Rand einer Kleinstadt und begaben uns zu Fuß in die Innenstadt. Es ging mächtig hinauf. Auf unserer Seite der Straße, etwas vor uns, befand sich ein alter Mann und ging in dieselbe Richtung, in die wir auch gingen. Auf halber Höhe kam uns dann auf unserer Seite ein wesentlich jüngerer Mann von oben herunter entgegen. Als der Ältere diesen wahrnahm, wechselte er die Straßenseite und kam dann, nach dem der andere uns passiert hatte, wieder zurück. Die Maklerin kannte den Herrn und vermittelte dankenswerter Weise ein Gespräch zwischen dem alten Herrn und mir. Wir saßen in einer Taperia direkt am Marktplatz zusammen und in diesem Gespräch kam Folgendes zu Tage: Er war uralter Kommunist, hatte sowohl den Bürgerkrieg, als auch die Diktatur überstanden und äußerte jetzt seine ganze Wut darüber, dass nach dem Ende der Diktatur den Tätern nichts passiert wäre, dass sie sich völlig frei bewegen konnten. Seinen Vater hatte der Großvater des ihm Entgegenkommenden umgebracht. Seiner späteren Frau, der ›Roten‹, habe man damals die Haare abgeschnitten. ›Bis ich sterbe werde ich das nicht vergessen ... Das werde ich nie verzeihen. Ich finde es nicht gut, dass Mörder straflos ausgegangen sind.‹ Diese Darstellung belegt, dass der Bürgerkrieg immer noch in den Köpfen und Herzen präsent ist, die Toten nicht vergessen sind, denn sie liegen in unseren Herzen verwahrt. Und verzeihen Sie mir bitte, aber ich möchte noch ein zweites Beispiel anführen aus dem Dorf, in dem wir uns seit wenigen Jahren zu Hause fühlen, in Tabernas. Ich treffe Sie häufig am Mittwoch auf dem Markt und beim Anblick meiner Person fängt sie lauthals an zu jubeln: ›No pasaran!‹ Und ich antworte dann: ›Hasta la victoria siempre!‹ Dann fällt mir diese achtzigjährige alte, mehr oder weniger zahnlose, mit gekrümmten Rücken daherkommende Frau um den Hals, wir beide wissen um das schwere Schicksal des jeweils Anderen. Und ich wiederhole noch einmal, dass noch lange nicht alle Wunden verheilt sind.

Noch leben Millionen Bürger, die einen Teil ihres Lebens in den dazwischen liegenden vierzig Jahren Diktatur verbracht und auch davon profitiert haben, während andere darunter mehr oder weniger gelitten haben, manche sogar ihrer Menschenrechte beraubt wurden. Das aber heißt, dass die Vergangenheit, die man be- oder auch verschweigen wollte, immer noch höchst lebendig und virulent ist. Und diese Vergangenheit ist nicht nur bloß im Kreis der Unverbesserlichen noch nicht bewältigt. Dazu kommt noch, dass die meisten jüngeren Zeitgenossen keine oder kaum historische Erfahrung der Unfreiheit und der Missachtung der Menschenrechte gemacht haben, noch über exaktes Wissen über diese vierzig Jahre Diktatur besitzen.

Erst seit einem halben Jahrzehnt zeichnet sich in unserem Land ein grundlegender Wandel in der Erinnerungskultur ab. 2000 wurde die ›Asociacion para la Recuperacion de la Memoria Historica‹, Rückgewinnung der historischen Erinnerung, gegründet, kurz danach vom neuen Linksbündnis Izquierda Unida das ›Foro por la Memoria‹. Insgesamt gab und gibt es seit diesem Zeitpunkt zahlreiche lokale Aktivitäten in diese Richtung. Insgesamt kann man eine zivilgesellschaftliche Mobilisierung, ein rasant wachsendes Interesse in der Öffentlichkeit und eine Überschwemmung unseres Buchmarktes konstatieren, was höchst erfreulich ist. Selbst Amnestie International forderte, die Annullierung von Unrechtsurteilen dürfe nicht der letzte Schritt sein, eine Forderung, die inhaltlich das Ende des Amnestiegesetzes von 1977 und der darin enthaltenen Straflosigkeit der Täter bedeuten würde.

Es war nur eine kleine, irritierende Meldung im Strom der Bilder und Ansprachen zum Gedenken an den Beginn des Bürgerkrieges vor siebzig Jahren und wäre beinahe untergegangen. Ihr Schulminister, sehr geehrter Herr Ministerpräsident, hatte gefordert, der Besuch eines ehemaligen Gefängnisses aus der Franco-Ära sollte in Zukunft für alle Schüler ab der neunten oder zehnten Klasse verbindlich werden. Wirklich? Brauchen wir diese Besuchspflicht für Teenager? Anders gefragt: Was bringt verordnete Erinnerung? Historisches Bewusstsein lässt sich nicht produzieren wie ein Auto. Ein vermehrter historischer Unterricht wird nicht viel ausrichten, wenn die Motivation fehlt. Ich bin deshalb der Meinung, dass die Bemühungen um stärkere historische Bewusstheit sich nicht in allgemeinen Appellen zugunsten besserer historischer Bildung, nicht in immer neuen Aufforderungen zur Bewältigung der Vergangenheit erschöpfen sollten.

Eine zweite Meldung besagt, 77 Prozent aller Spanier möchten ›die Geschichte ruhen lassen‹, 58 % stimmten der Aussage zu, ›man müsse endlich einen Schlussstrich unter die Vergangenheit ziehen‹. Sind also solche Forderungen wie oben genannt, die Erinnerung an den Bürgerkrieg sei unwiderruflich Teil der spanischen Identität, und es gelte, mit allen politischen Mitteln, gegen eine Wiederkehr eines solchen Phänomens zu kämpfen, sind solche amtlichen Bekenntnisse nur Eliten-Rhetorik, die von der Bevölkerung nicht geteilt werden. Sucht man nach Antworten auf diese Fragen, muss man sich zunächst einmal klarmachen, dass in jeder verordneten Erinnerung, wie wohlmeinend sie auch immer sein mag, ein Element der Bevormundung steckt, vielleicht sogar auch ein implizites Misstrauen, dass der Schoß noch fruchtbar ist, worauf vor allem, aber nicht nur, junge Menschen mit Ablehnung reagieren. Zum Zweiten verändert sich Erinnerung. Sie ist seit 1976 durch verschiedene Phasen gegangen und geht noch immer. Zunächst die Phase der Verdrängung, bis sie dann seit zwei Jahren quasi zur Staatsreligion geworden ist. Und diese Erinnerung wird sich weiter verändern, wird vermittelter, akademischer und distanzierter und damit historischer. Heute stehen wir an der Schwelle zwischen der persönlichen Erinnerungskultur und der musealen Gedächtniskultur. Irgendwann sind auch die letzten Täter und Opfer nicht mehr zu befragen. Aber im Gegensatz zu meiner/unserer Generation muss sich auch niemand mehr mit Vater oder Großvater über den Bürgerkrieg streiten. Familienfeiern sind keine Geschichtstribunale mehr. Niemand muss mehr damit rechnen, dass der Lehrer, der Staatsanwalt oder irgendein Abteilungsleiter ein Altfranquist ist. Der Generationenkonflikt, den wir 1967/68 begonnen haben anzuzetteln, ist entschieden, nicht nur biologisch, sondern auch politisch. Das kollektive Schweigen ist gebrochen, spät, aber immerhin.

Mit all diesen hier aufgezeigten Prozessen geht eine Verlagerung der Erinnerung einher, eine Verlagerung aus den Familien in die Institutionen. Die Erinnerung, und diese Veranstaltung meine Damen und Herren ist ja das beste Beispiel, an den Bürgerkrieg ist verstaatlicht worden. Sicherlich hat unsere Nation damit die Aufarbeitung der Vergangenheit und das Gedächtnis zu seiner Sache gemacht, und das ist gut so. Die politische Verantwortung, die sich daraus ergibt, dürfte zu einem Großteil Konsens geworden sein. Diese gerade angesprochene Verlagerung zeigt sich auch in Denkmalen und Gedenkstätten, keines davon ist überflüssig, aber es ist andererseits auch wahr, dass Denkmale, die wir jeden Tag ansehen können, aus unserem Blick verschwinden. Sie werden vor unseren Augen unsichtbar.

Und es gibt noch eine weitere Verschiebung in der Erinnerungskultur, eine, deren Folgen einstweilen schwer abzuschätzen sind. Es gibt immer mehr Menschen in unserem Land, die keine familiäre Beziehung zu unserer Vergangenheit haben, Menschen, deren Väter und Großväter eben nicht im Bürgerkrieg waren, weil sie global gesehen, weit woanders lebten. Großeltern, die nicht umgebracht oder im Krieg gestorben sind, Eltern, die noch in Afrika oder einem anderen Teil Europas oder der Welt lebten. Menschen, deren Vorfahren in Marokko, einem anderen Teil Afrikas oder woher auch immer stammen. Wie diese Menschen in ihre ohnehin schon komplexe Identität die Erinnerung an den Bürgerkrieg und die vierzigjährige Diktatur integrieren, wird sich erst noch zeigen. Als dann spanische Staatsbürger können sie die faschistische Vergangenheit nicht einfach abweisen, aber umgekehrt kann auch die hiesige Erinnerungskultur nicht ignorieren, dass viele Zuwanderer aus dem Nahen und Mittleren Osten zunächst einmal auf ihre eigenen Konflikte schauen. Es wird irgendwann dann in Zukunft die Debatte um die Erinnerung neu erhitzen.

Erinnerung jedenfalls ist nichts Statisches, niemals etwas Abgeschlossenes, jede Generation hat einen eigenen Zugang zur Vergangenheit. Sicherlich sind manchmal Appelle wichtig und richtig, aber bitte keine Verordnungen. Neugier ist tausendmal wichtiger und Empathie. Und diese Form des Mitgefühls ist keine Frage des Alters, der Herkunft oder der Religion. Es fehlt der gesamten spanischen Nation immer noch an manchen oder vielen Stellen an Geschichtsbewusstsein. Adorno stellte schon vor mehr als vierzig Jahren die Frage ›Was bedeutet Aufarbeitung der Vergangenheit?‹ Noch einmal: Stellen wir uns der Verantwortung, da viele mit der Last der Vergangenheit nicht zurechtkommen, weil unter ihrem Schatten sich nicht leben lässt. Die Schuld erdrückt. Wie viele der Schuldigen, der Täter sind bestraft worden, wie viele der Opfer wurden zumindest symbolisch entschädigt und vor allem aus dem Dunkel des Vergessens und ins helle Rampenlicht des Bewusstseins gerückt? Wie viele Herr Ministerpräsident?

Und noch einmal: Was heißt Aufarbeitung der Vergangenheit? Ich sage Neugier und Empathie!!! Wiederum zwei Beispiele dazu:

Der spanische Bürgerkrieg und auch die deutsche Beteiligung sind wissenschaftlich gut durchleuchtet. Ich will auch nicht weiter darauf eingehen. Diejenigen spanischen Städte, die am leidvollsten unter der Erprobungsphase der nazistischen Luftwaffe zu leiden hatten, waren die Küstenstädte Alicante, Valencia, Tarragona und vor allem Barcelona. Auch Almeria – ich wohne nunmehr seit vier Jahren in der Nähe – wurde von zweiundfünfzig Fliegerattacken heimgesucht, auch von Francos Luftwaffe. Der schlimmste Angriff kam jedoch am 31. Mai 1937 von See-Seite, vom Panzerschiff – welch eine Parallele zum 1. September 1939 – Admiral Scheer, ein Rachefeldzug, der diejenigen des Zweiten Weltkrieges vorwegnahm. Erst einen Tag vor dem Ende unseres Bürgerkrieges wurde Almeria eingenommen. Francos Truppen verübten ein blutiges Massenmassaker an der Zivilbevölkerung. Das ist es also, was wir seit 1977 vergessen sollen. Nein, niemals. Es muss für alle Zukunft im Gedächtnis bleiben und jedem Hochzeitspaar zumindest in Andalusien sollte ein Band mit Pablo Nerudas Trauergedicht über Almeria als Geschenk ausgehändigt werden, denn wir wissen ja alle, dass nur authentische Kunst das Vergessen verhindert.

Ein Einziger Satz sei mir gestattet an unsere lieben vielleicht durch das Erasmus-Programm nach Granada gekommenen deutschen Kommilitoninnen und Kommilitonen: Almeria mit seinen damals fünfzigtausend Einwohnern lag in Trümmern, lange bevor Bomben auf Hamburg, Köln und Dresden fielen.

An Ihrem 27. Geburtstag, am 1. August 1937, wird sie auf dem Friedhof Père-Lachaise in Paris zu Grabe getragen. Ihr Vater führt die Trauermenge an, mögen es vielleicht hundert Menschen gewesen sein, die ein wie auch immer geartetes intimes Verhältnis zu der Verstorbenen hatten, jedoch sind es mehrere Zehntausende, die ihrem Sarg folgen. Eine Kapelle spielt Chopins Trauermarsch, junge Mädchen halten ein großformatiges Porträt der Toten hoch. Ihr Vater sackt trotz stärkster Stützung durch die beste Freundin der Toten sehr oft zusammen, so dass der gesamte Weg viele Stunden dauert. Ebenso ergeht es dem Lebens- und Arbeitspartner der Toten, der immer wieder durch den Dichter Luis Aragon gestützt werden muss. Aragon hält die Trauerrede. Sie avanciert zur Heldin, wird zur Märtyrerin stilisiert. Für wen wird diese prunkhafte, überdimensionale, von der Zeitung CeSoir und der KPF betriebene Masseninszenierung betrieben?

Die in tausenden Nachrufen 1937 beschworene Unvergesslichkeit erweist sich schon wenige Monate später als ziemlich folgenloser Abgesang: Mit Beginn des Kalten Krieges geraten westlich des Eisernen Vorhangs, in Spanien selbstverständlich an erster Stelle, die Antifaschisten des Spanischen Bürgerkrieges generell in Verruf, gelten sie doch alle als gefährliche Kommunisten. 1949 legt das FBI eine Akte über sie an, die schon zwölf Jahre tot ist. Zwar sah es auf der östlichen Seite des Eisernen Vorhangs ein wenig anders aus, gehört der Spanische Bürgerkrieg doch zur offiziellen Geschichtsschreibung und damit auch zur Legitimation der eigenen Existenz. 1970 wird in Leipzig in der damaligen DDR in einem Neubauviertel unweit des Messegeländes eine Straße nach ihr benannt. Doch zum beabsichtigten lebendigen und faszinierenden Idol für die DDR-Jugend reicht es nie.

1976 wird auf der Biennale in Venedig in der Ausstellung ›Spagna 1936-1939‹ zum ersten Mal an sie erinnert. 1985 erscheint ein Artikel in einer deutschen Wochenzeitung über sie als die große Liebe ihres Lebenspartners, zu ihrem fünfzigsten Todestag 1987 wird über sie im bundesrepublikanischen Radio berichtet. Pablo Neruda wird sie neben Garcia Lorca zum antifaschistischen Vorbild schlechthin postulieren. Wer ist diese Frau?

An ihrem vierten Geburtstag beginnt der Erste Weltkrieg. Es ist also eine sehr unruhige Zeit, in der dieses Kind damals aufwächst. Ihre Eltern sind jüdische Einwanderer aus Ostgalizien. Sie ist sehr begabt, hochintelligent, spricht neben ihrer Muttersprache schnell Englisch und Französisch, später auch wenn auch gebrochen Spanisch und muss für die damalige Zeit als Frau umwerfend schön gewesen sein. Eine gewisse Ähnlichkeit zur israelischen Schauspielerin Natalie Portmann soll nicht zu negieren sein. Ihre Jugend verbringt sie in ihrer Heimat, Stuttgart in Deutschland, wo sie als achtjährige die ersten Luftangriffe erlebt. Es sollten leider nicht ihre letzten sein. Als Teenagerin geht sie gern ins Kino oder zum Tanzen, spielt gerne Tennis, hört Jazz, interessiert sich leidenschaftlich fürs Fotografieren und besucht im Mai/Juni 1929 die internationale Ausstellung ›Film und Foto‹ (FiFo).

Auf einer Wand mit Fotoarbeiten von John Heartfield steht: ›BENUETZE FOTO ALS WAFFE‹. Es ist die Zeit des Aufbruchs, Kunst wird politischer, Fotografie avanciert zur eigenständigen Kunstform. Mit neunzehn zieht sie mit ihren Eltern nach Leipzig, verliert immer mehr ihr Luxuspüppchendasein, kommt mit Intellektuellen, Dichtern, Künstlern und politisch linksorientierten jungen Aktivisten zusammen. Die im März 1932 neu gegründete ›Sozialistische Arbeiterpartei Deutschlands‹ hat sich die Einheitsfront gegen den Faschismus zum Ziel gesetzt und ist damit vor allem für junge Leute äußerst attraktiv. Mit dem Machtantritt Hitlers wird sie vom Rassismus und Antisemitismus eingeholt, wird sie auf ihr Judentum zurückgeworfen, klebt Flugblätter gegen die Nazis, wird am 18. März festgenommen, landet für zwei Wochen in Schutzhaft und flieht dann bis zum Spätherbst nach Paris, wo sie aus finanziellen Gründen kaum zu überleben weiß. Über eine Freundin lernt sie den ungarischen Fotografen Friedmann kennen, Spitzname Andre, drei Jahre jünger als sie. Sie gibt ihm einen neuen Namen: Robert Capa, unter dem er als Kriegsreporter weltberühmt werden wird.

Ich gehe noch einmal davon aus, dass auch deutsche Kommilitonen und Kommilitoninnen hier und heute anwesend sind. In dieser Zeit in Paris lernt sie übrigens den späteren Bundeskanzler der Bundesrepublik Deutschland, Willy Brandt, kennen.

Sie selbst lernt zu fotografieren, arbeitet für ›Alliance Photo‹, einem Zusammenschluss von Fotografen und Fotografinnen. Im August 1936, d.h. mit Mitte Zwanzig, kommen die beiden in Spanien an und wollen mit ihren Kameras für die Republik und gegen Franco kämpfen. Sie wollen also nicht nur Geschichte fotografieren, sondern selbst Geschichte machen, wollen mit ihren Fotos aufrütteln, öffentlichen Druck auf die Regierungen vor allem in Frankreich und England ausüben. So zeigen ihre Fotos vor allem die Opfer des Krieges. Die Zeitungen weltweit, Deutschland selbstverständlich ausgenommen, werden in den nächsten Wochen und Monaten die Bilder von beiden veröffentlichen. In den Wochen an der Front in Espejo schießt Capa dann das Bild, das zur Ikone der Kriegsfotografie avanciert, der ›Fallende Milizionär‹. Jahrzehnte später diskutiert die Welt, ob das Bild inszeniert ist. Da auch sie damals Bilder schoss, kann man heute davon ausgehen, dass dieses Bild nur inszeniert ist. Sie sind keine stillen Beobachter, für beide gibt es keine Neutralität, sie glauben an und hoffen auf den Sieg der Republik.

Am 25. Juli 1937 ist sie mal wieder an der Front, nahe Madrid, bei Brunete, zeigt der Weltöffentlichkeit als erste die Rückeroberung dieses Ortes durch die Republik, ist mal wieder den deutschen Luftangriffen massivst ausgesetzt. Stunden später kommt sie dann durch einen Unfall mit einem Panzer ums Leben. In der Straße in Stuttgart, in der sie damals aufwuchs, entdeckt man heute viele ›Stolpersteine‹, die an die während der Naziherrschaft Deportierten und Ermordeten erinnern, unter anderem ihre gesamte Familie, sie selbst starb nicht im KZ, sondern während sie das tat, was sie für richtig hielt, sie kämpfte im Spanischen Bürgerkrieg für eine bessere Zukunft.

Als Frau, vermutete Kommunistin und Jüdin war sie dreifach stigmatisiert und geriet sehr schnell in Vergessenheit, doch gibt es in Deutschland seit wenigen Jahren, vor allem seit dem Ende des Kalten Krieges, Bemühungen, sie neu zu entdecken. Heute gilt sie als die Begründerin der modernen Kriegsreportage. Und was geschieht hier in Spanien, wo sie ihr Glück darin sah, dem spanischen Volk in seinem Kampf um Freiheit ›dienen zu können‹. Sie, als Deutsche Antifaschistin, gab ihr Leben, damit Spanien lebe. Gerade hier gäbe es in dieser Hinsicht also noch viel aufzuarbeiten. So halte ich es für angebracht, ihr, der ›Lerche von Brunete‹ zu ihrem siebzigsten Todestag, also am 1. August nächsten Jahres, in Valdemorillo ein Denkmal zu errichten. Vielleicht mit dem Gedicht unseres Dichters Luis Perez Infante.

Für mich wird sie immer das Auge der Freiheit bleiben. Und mit ihr rufe ich Ihnen allen zu: › Es darf nie wieder einen 18. Juli geben! Nie wieder Diktatur, nie wieder Faschismus, nie wieder Krieg!‹«

Nach 2006

Seit Herbst 2003 stand Guennaro mit dem Besitzer der Nachbarfinca in Verhandlungen. Es ging dabei um die sieben Hektar Pistazienbäume und die noch dazu gehörigen drei Hektar Brachland. Am Anfang wollte er vierhunderttausend Euro dafür haben, Guennaro hatte ihm hundertdreißigtausend angeboten. Doch das war 2003. Der Besitzer lebte und arbeitete auf seiner großen und auch recht fruchtbaren Finca auf der Südseite des südlichen Gebirgszuges, der das Tal von Tabernas im Süden vom Mittelmeer abschloss. Er war beileibe nicht arm, doch brachte die Landwirtschaft, vorsichtig formuliert, auch nicht mehr das Meiste ein. Man musste immer investieren und unten im Tal, schon in Richtung Gabo de Gata konnte man durchaus auch viermal im Jahr ernten, doch kostete dies mächtig viel Strom und Wasser und vor allem Strom ist teuer. Darüber hinaus merkte man gerade bei den Exportprodukten in den europäischen Abnehmerstaaten ein immer größer werdendes Interesse an biologisch angebauten Produkten.

Außerdem kam es ja dann ab dem Ende des Jahres 2006, merklich aber erst ab 2008 zum wirtschaftlichen Crash in Spanien. Die Preise für Immobilien und selbstverständlich auch für landwirtschaftliche Nutzfläche fielen ins Bodenlose. Selbstverständlich fiel der Preis auch für die Pistazienfinca. Der Besitzer wollte im Herbst 2010 nur noch zweihundertsiebzigtausend haben. Es gab auch tagelange Gespräche zwischen Guennaro und Alejandra, weniger dass sie beide unterschiedlicher Meinung gewesen wären, sondern eher um Kosten, Erträge, um Gewinn usw. Auch Alejandra hätte gerne dieses riesige Stück Land an der westlichen Seite ihres eigenen Objektes gehabt: »Was meinst Du denn, was es wert ist?«

»Na, die drei Hektar Brachland sind früher einmal dreißigtausend Euro wert gewesen, heute nur noch zwanzig, wenn nicht noch eine Idee weniger. Zu den sieben kann ich nur spekulieren, die waren mal durchaus so zweihundertachtzigtausend Wert, wenn ich heute einen Preis angeben müsste, würde ich circa hundertachtzigtausend sagen wollen, so dass man von insgesamt circa zweihunderttausend als Wert ausgehen kann, mehr auf keinen Fall, eher weniger.«

»Und was willst Du denn jetzt anbieten, wenn er auf zweihundertsiebzigtausend runter gegangen ist?«

»Für mich war die ursprüngliche Forderung von vierhunderttausend ein Mondpreis. Dreihundertzehntausend das wäre okay gewesen, so dass für mich hier nur ein Rückgang von gerade einmal vierzigtausend gegeben ist. Und deshalb gehe ich auch nur um zwanzigtausend nach oben. Mal sehen was passiert.«

»Also praktisch hundertfünfzigtausend?«

»Genau.«

»Der springt Dir mit seinem …«

»Es ist okay Schatz. Wir benötigen es ja nicht, wir haben jetzt erst einmal unser Olivenölprojekt.«

»Okay, warten wir mal wieder ab.« Kurz nach Guennaros Studienreise im Oktober 2011 ging der Besitzer wiederum um zwanzigtausend runter auf zweihundertfünfzigtausend, Guennaro ging um zehntausend hoch auf hundertsechzig. Im Frühsommer 2012 wollte der Nachbar die Verhandlungen zu einem guten Abschluss gelangen lassen. Zunächst ging er runter auf zweihundertvierzig, als Alejandra ihm dann zu verstehen gab, dass er sich in Zukunft an sie zu wenden habe, da ihr Mann nicht mehr in Bestform sich befinde, und sie zu verstehen gab, dass sie angesichts des schlechten Gesundheitszustandes ihres Gatten auch eigentlich nicht mehr interessiert sei, gab er zu verstehen, dass er es sich überlegen wolle bis zum Herbst. Anfang Dezember 2012, ging er dann noch einmal runter: Zweihunderttausend, Alejandra ging dann noch einmal auf hundertachtzigtausend hoch und nach einer weiteren Viertelstunde hatte sie ihn weich gekocht. Zehn Hektar für einhundertfünfundachtzigtausend Euro, und unser Brunnen steht nebenan. »Du bist ein Genie.«

»Hundert fünfundachtzigtausend, aber wir haben es«, schrie sie vor Freude und warf die Arme in die Luft und dann um Guennaros Hals.

Im Sommer 2008 war Sandro eingeschult worden, im Juni 2012 ging er dann zur ersten heiligen Kommunion.

Das Sommersemester 2011 hatte begonnen und gleich zu Beginn bat Guennaro um einen Termin beim Dekan. Am zweiten Montag im Mai klappte es dann etwas verspätet.

»Guten Morgen Chef.«

»Guten Morgen lieber Kollege. Ich hoffe nicht, dass es etwas Ernstes, etwas Gesundheitliches ist, dass Sie zu mir drängen lässt.«

»Nein, keine Sorge. Es ist alles soweit okay. Die gesamte Familie ist gesund und munter. Es ist alles bestens. Nein, es dreht sich auch um zwei erfreuliche Ereignisse.«

»Noch ein Baby?«

»Nein, eher beruflich.«

»Eine Versetzung?«

»Aber Chef, Sie wissen doch, dass Sie mich nicht loswerden.« Beide lachten.

»Ja, ich habe immer noch Befürchtungen, ich mache mir halt Sorgen um den Betrieb und den Ruf unserer Uni.«

»Das ist auch gut so, aber meinetwegen brauchen Sie sich in den nächsten fünf Jahren bis einschließlich des Sommersemesters 2016 keine Sorgen zu machen. Danach, d.h. ab September 2016 ist dann endgültig Schluss. Dann muss ich Rücksicht nehmen auf meinen Körper«

»Ja, ja selbstverständlich. Dafür hat doch jeder Verständnis«

»Aber ich will auch Rücksicht nehmen auf meinen Sohn. Er gelangt dann ja bald – so hoffen meine Frau und ich – in die Sekundarstufe II und dann will ich zu Hause sein und Zeit haben. Außerdem ist es besser, dass mein wunderschönes Weib nicht immer so allein ist oder zu Hause auf einen immer müden Gatten trifft. Es stehen dann auch Reisen an, solange ich körperlich noch kann. Davon werden auch Sie mich nicht abhalten können.«

»Das möchte ich auch wirklich nicht. Denn wer Ihre Lebensgeschichte kennt, kann dem beim besten Willen nicht widersprechen. Und ich tue es auch nicht.«

»Aber deswegen bin ich gar nicht gekommen. Es geht nicht um das Ende meiner Arbeit, sondern um das Ende des Sommersemesters. Ich möchte Sie bitten, mir für den letzten Freitag im Sommersemester irgendwann dann in der Mittagszeit das AUDI-MAX zur Verfügung zu stellen für eine ›Werbeveranstaltung‹.«

»Doch wohl nichts Privates?«

»In dem Sinne nein. Ich möchte nur mein Programm für das nächste Wintersemester vorstellen, weil damit eine Menge organisatorischer Probleme verbunden ist. Das ist der erste Tagungspunkt und der zweite betrifft durchaus auch wiederum meine Arbeit, wenn auch nur ein Teil direkt in die Uni fließt.«

»Immer nur Andeutungen. Reden Sie doch offen.«

»Dann wäre es doch keine Überraschung mehr, außerdem möchte ich Sie bitten, den Hausmeister vor dem AUDI-MAX für Platz Sorge tragen zu lassen. Ein kleiner Imbiss mit Sekt ist auch äußert sinnvoll. Deshalb möchte ich Sie bitten, ihn auch diese beiden Punkte Realität werden zu lassen. Selbstverständlich geht alles auf meine Kosten.«

»Wer darf denn bei dieser Veranstaltung dabei sein?«

»Na alle Philosophiestudenten und -studentinnen und alle Kollegen und Kolleginnen. Selbstredend!«

»Und für alle einen Stehimbiss?«

»Ja!«

»Wissen Sie, wie viele Studenten dann ins AUDI-MAX kommen, wenn Sie so eine Veranstaltung ankündigen?«

»Na. Gut. Dann gibt es nicht nur Sekt, sondern auch Wasser und Cola usw. Kaffee. Bitte, glauben Sie mir. Ich bezahle alles. Ich erhalte es zu weit über neunzig Prozent zurück erstattet.«

»Von wem?«

»Wenn ich Ihnen das erzähle, ist es ja keine Überraschung mehr. Ich gehe im Übrigen davon aus, dass meine Familie mitkommen wird. Selbstverständlich würden wir uns freuen, wenn Ihre Gattin auch kommen würde. Selbstverständlich gibt es dann am nächsten Abend ein großes Abendmahl bei mir in der Wüste. Nicht nur für Sie beide, sondern für alle Kollegen und Kolleginnen. Dies können Sie dann als dritten Tagesordnungspunkt ansehen. Dazu werde ich auch eine Notiz in die Postfächer der lieben Kollegen und Kolleginnen legen.«

»Meine Frau wird kommen und zwar zu beiden Veranstaltungen. Da könnte der Papst in unserem Haus als Gast sich aufhalten. Eine Veranstaltung mit Ihnen als Hauptperson, die würde sie sich niemals entgehen lassen. Und dann am nächsten Tag die Einladung in die Wüste. Und wenn sie im Krankenhaus läge. Sie käme mit Gips!«

»Gut, dann wäre ja soweit alles geklärt.« Beide Kollegen lachten lauthals und herzhaft und verabschiedeten sich.

»Aber bevor Sie gehen, denken Sie bitte an Ihr Programm für das nächste Semester.«

»Mach ich, spätestens nächste Woche.«

Nur eine Woche später lieferte er sein Programm ab:
1. Seminar: Analyse der Vorsokratiker 2-stündig
   mit vorheriger (Ende September/Anfang Oktober
   stattfindenden) 1-wöchiger wissenschaftlichen
   Exkursion ins Bergland Kataloniens Mo 9-11
2. Seminar: Ciceros philosophische Schriften 3-Stündig.
   Voraussetzung ist der Nachweis der Beherrschung
   des Lateins durch eine Klausur 2 Wochen vor Beginn
   des Semesters. Mo 17-20
3. Vorlesung: Das Höhlengleichnis 1-stündig Mi 9-10
4. Wöchentliche Sprechstunde Mi 10-11

In Guennaros und Alejandras Arbeitszimmer klingelte das Telefon. Guennaro schwamm gerade seine tägliche Tour. So ging Alejandra an den Apparat: »Ja bitte, Seras hier!«

»Guten Morgen verehrte Alejandra. Ich hoffe es geht Ihnen allen dreien gut!«

»Danke, alles bestens.«
»Kann ich mal Ihr Genie sprechen?«
»Ja, warten Sie bitte einen Moment, er schwimmt. Soll ich ihn holen?«
»Auf keinen Fall, aber richten Sie ihm meine Bitte um einen Rückruf aus.«
»Ist etwas passiert?«
»Nein, nein keine Besorgnis. Es geht um sein Programm für das nächste Semester. Ich bin bis um ein Uhr heute Mittag im Büro. Vielen Dank.«
»Keine Ursache, viele liebe Grüße an Ihre Gattin und Adios!«

Gegen halb zwölf beendete Guennaro sein Schwimmen, ging wie immer nackt ins Haus zurück, gab seiner Alejandra einen leidenschaftlichen Kuss.

»Ich habe uns für heute Mittag einen kleinen Salat zubereitet und dann hat der Dekan angerufen und bittet bis eins um einen Rückruf.«

»Mach ich sofort.« Dabei zog er sich eine leichte Short an.

»Guten Tag Chef, was gibt es für Probleme?«

»Nun zunächst einmal die Überraschung, dass Sie sich im nächsten Semester ganz in die Antike versenken. Schmeißen Sie die Aktualität, den Marxismus, die Kritische Theorie und die Ästhetik jetzt ganz hin?«

»Nein, aber wie der alte Lateiner es so vortrefflich formulierte: Variatio delectat!«

»Herrlich. Muss ich mir wegen der Exkursion Sorgen machen. Haben Sie diesbezüglich alles im Griff?«

»Ich habe gar nichts im Griff, dies alles organisiert Senora Mathilda. Als ich sie darauf ansprach, ob sie mir helfen könnte, lies sie alles stehen und liegen und war darüber so erfreut, mir behilflich sein zu können, dass ihr mal wieder die Tränen rollten.«

»Ja, ja, unsere Mathilda, aber ich kann mich hundertzehnprozentig auf sie verlassen. Dann wird alles klappen. Dann spreche ich sie morgen Vormittag mal darauf an. Und sonst alles in Ordnung?«

»Alles bestens Chef. Bis dann!«
»Adios!«
Die nächsten Wochen und Monate bedeuteten harte Arbeit, keine freie Zeit mehr. Ende Juni begannen die Sommerferien für Sandro. Er ging nur wenige Tage später für zwei Wochen in ein Jugendcamp.
»Das tut ihm sicherlich mal gut, von zu Hause wegzukommen, auch wenn wir ihn abends wieder abholen. Aber dann ist er zumindest den ganzen Tag von uns getrennt und abends sicherlich müde.«
»Deine Gedanken dazu finde ich richtig, wir hatten ja schon darüber gesprochen und waren uns mal wieder einig, dass dieses Camp für ihn das Beste sei. Er kommt ja auch früh genug zurück, denn den letzten Freitag im Sommersemester Mitte Juli habe ich ja meine Veranstaltung.«
»Ja, ja. Kein Problem.«
»Dann ist ja alles Bestens.«
»Und warum sagst Du uns nicht, worum es dabei geht?«
»Auf dieselbe Frage habe ich dem Chef gesagt, dass es ja dann keine Überraschung mehr ist.«
»Na, gut.«
»Und den Tag drauf, den Samstagabend haben wir dann ca. sechzig Gäste bei uns in der Hütte. Ich habe im Hotel schon für alle Zimmer reservieren lassen. Dafür habe ich ein modernes Catering-Unternehmen beauftragt. Da brauchen wir uns um nichts zu kümmern. Noch nicht einmal um die grün-weiß-grünen Servietten, noch nicht einmal um die Tische, um nichts. Die kommen um achtzehn Uhr und bereiten dann aber auch alles vor. Selbst die Sangria wird noch frisch gemacht unter den Augen der Gäste. Und kosten wird es uns mehr oder weniger keine Peseta, geschweige denn einen Euro.«
Der letzte Freitag im Semester war gekommen. Überall waren Auflösungserscheinungen nicht zu übersehen. Viele Studenten zog es spätestens heute nach Hause, wenn nicht schon gestern, die Busse und Züge waren überfüllt, ebenso die Straßen. Alles flog aus. Im Stile der Asterix-Romane könnte man

nun formulieren: Bis auf das AUDI-MAX und die gesamte Philosophische Fakultät. Das AUDI-MAX war brechend voll, wie es der Rektor schon angedeutet hatte. Allgemeines Gemurmel. Man unterhielt sich halt, traf Verabredungen und stellte Vermutungen über das an, was sie alle jetzt erwartete. Alejandra und Sandro, zahlreiche Kolleginnen und Kollegen und selbstverständlich auch die Dekansgattin hatten alle in den hinteren Reihen ihre numerierten Plätze.

Um Viertel nach Zwölf betrat Guennaro den Saal, ging ans Rednerpult. Absolute Ruhe:

»Zunächst mein ganz herzliches Dankeschön an unseren Chef für seine tadellose Organisation, an die lieben Kollegen und Kolleginnen, die den Beginn Ihres wohlverdienten Urlaubs um ein wenig zeitlich verschoben haben und selbstverständlich an Sie alle, liebe Kommilitonen und Kommilitoninnen, für Ihr zahlreiches Erscheinen.«

Ein Jubelsturm ungeheuerlichen Ausmaßes brach los. Er erhob beruhigend beide Arme:

»Lassen Sie uns bitte ins nächste Semester schauen. Ich habe dort unter anderem angeboten die Vorsokratiker und das über zwei Wochenstunden am Montagmorgen um neun. Und nur um diese Veranstaltung geht es jetzt und hier, um sonst nichts. Ich erinnere mich in manchen Punkten ungerne an meine eigene Studienzeit und deshalb kann ich mir sehr leicht vorstellen, dass zu diesem Wochen- und Tageszeitpunkt niemand schon aus dem Bett ist oder will. Also alle, die davon ausgehen können, wollen oder müssen, dass sie zu diesem Zeitpunkt lieber im Bett liegen als ausgerechnet mit mir mehr oder weniger dumme Texte von mausetoten alten Griechen zu lesen, die können jetzt aufstehen, den Raum verlassen und sich draußen am Imbiss gütlich tun.«

Totenstille. Nicht einer verließ den Saal. Eine der zwei Frauen neben Alejandra gab leise, aber durchaus vernehmbar von sich: »Montags morgens um neun Uhr, da käm bei mir keiner.«

»Genauso liebe Kollegin, bei mir ebenso«, gab nun die zweite Dame neben Alejandra von sich. »Wenn ich das ankündigen würde, säße ich alleine in meinem eigenen Seminar.«

»Am Ende des Semesters steht eine schwierige Klausur an. Da kennen Sie mich. Es steht jedem frei zu gehen.«

Niemand verließ den Saal.

»Ich könnte die Klausur für mich alleine schreiben.«

»Genauso, liebe Kollegin. Bei mir dasselbe! Montags morgens um neun, da kommt doch keiner!«

»Guennaro könnte für Weihnachten oder Neujahr Veranstaltungen ankündigen und das Audi-Max wäre voll.« Alejandra hörte alles und bewahrte es in ihrem Herzen.

»Da ich leider Gottes niemanden abschrecken kann, muss ich zu anderen Mitteln greifen. Circa zwei Wochen vor Beginn des Wintersemesters, also Ende September, Anfang Oktober, der genaue Termin steht noch nicht fest, unternehme ich zur Vorbereitung des Inhalts mit den Kommilitonen und Kommilitoninnen eine Wanderung durch das Bergland Kataloniens. Dauer eine knappe Woche. Und jeder, der an meinem Seminar teilnehmen will, erklärt sich mit seiner Unterschrift damit einverstanden, dass er an dieser Wanderung in voller Länge teilnehmen wird. Beides gehört absolut zusammen. Das eine geht nicht ohne das andere. Nun. Will noch immer keiner gehen?«

»Als wenn einer freiwillig gehen würde. Würde ich ja auch nicht machen. Und dann noch eine Wanderung mit diesem Typen. Da möchte ich noch einmal studieren und dreißig Jahre jünger sein als heute!«

»Absolut richtig. Sie treffen den Nagel mal wieder auf den Kopf, liebste Kollegin!« Alejandra blieb weiter die Ruhe in Person.

»Also so geht es nicht weiter. Dann bin ich leider dazu gezwungen, weitere Maßnahmen zu ergreifen. alle, die an dieser Wanderung teilnehmen wollen, müssen Katalan sprechen können.«

Gescharre, Sitzflächen klappen nach hinten und der größte Teil, circa neunzig Prozent, verlässt das AUDI-MAX. Die drei Damen in den beiden letzten Reihen sehen Studenten und

Studentinnen, die enttäuscht die Schultern hängen lassen und ganz langsam nach draußen schlurfen. Bei einer Studentin sah man Tränen die Wangen herunter rollen: »Ich hatte noch nie eine Chance, in eines seiner Seminare zu kommen.«

»Nun, es sind immer noch zu viele. Um die Offenheit unseres Faches, der Uni, als auch meiner Veranstaltungen unter Beweis zu stellen, bitte ich deshalb zunächst alle Behinderten sich deutlich zu erkennen zu geben.«

Es zeigten sich mehrere gleichzeitig, eine Studentin saß im Rollstuhl. Guennaro bat sie nach vorne zu sich. Zwei junge Männer packten mit an und trugen den Rollstuhl samt Studentin ein paar Stufen herauf zu Guennaro. Sie drehten sich um und wollten gehen.

»Bitte bleiben Sie beide für einen Moment. Doch zunächst eine Bitte an Sie. Stellen Sie sich kurz vor!«

»Ich heiße Anna-Maria Dominguez, bin 23 Jahre alt, studiere seit 2 Jahren bei Ihnen Philosophie und würde gerne bei Ihnen bis zur Promotion weiter arbeiten. Doch wenn es angesichts meines gesundheitlichen Zustandes zu aufwendig, zu kompliziert ist für diese Wanderung, habe ich vollstes Verständnis.« Bei ihren letzten Worten drohte ihr die Stimme zu versagen.

»Nur noch eine kurze Frage. Woher können Sie Katalan?«

»Ich bin in Altafulla geboren und habe dort bzw. in Tarragona bis zu meinem Bachillerato gelebt.«

»Waren Sie in letzter Zeit mal wieder zu Hause?«

»Alle paar Wochen, so einmal im Monat, ja, je nachdem.«

»Existiert noch der alte Truckstop mit dem Abendbüffet und der Riesentankstelle nebenan?«

»Ja, abends gibt es noch immer Büffet, mittags normal a la carte. Kennen Sie diesen Truckstop etwa?«

»Seit ich das erste Mal mit meinem wesentlich älteren Bruder Urlaub in Katalonien gemacht habe, 1964. Gut, Sie sind dabei.«

»Haben Sie den Ruck gesehen, der durch ihren kaputten Körper ging?«

»Der Typ ist der helle Wahnsinn!«

»Wenn der so weiter machen würde, bringt er noch Lahme zum Gehen!«

»Und was ist mit Ihnen beiden?«

»Was soll mit uns sein, Dottore?«

»Sie sprechen auch Katalan?«

»Ja, gewiss!«

»Und warum haben Sie Ihrer Kommilitonin geholfen?«

»Weil das doch eigentlich selbstverständlich sein sollte.«

»Gut, Sie versprechen mir und Anna-Maria hier vor fünfzig christlichen Zeugen, dass Sie sich die gesamte Wanderung lang um sie kümmern werden.«

»Ja, ja«, schrien sie vor Glück, fielen sich in die Arme und hätten vor Freude fast den Rollstuhl umgeworfen. »Na, das fängt ja gut an. Sie alle, die wir jetzt und hier aussuchen, wenden sich bitte umgehend und ich betone dies nochmals umgehend an Senora Mathilda, um sich bei ihr einzutragen. Wir benötigen alle Namen, Adressen, Email-Adressen, Telefon- und Handynummern zwecks Erreichbarkeit und Organisation.«

Anschließend wurden dann insgesamt dreißig Personen ausgesucht. Unter anderem nahm er eine ausgebildete Krankenschwester mit.

»So meine Damen und Herren Anwesenden! Dies war der erste Tagungspunkt. Zum zweiten darf ich Sie alle ganz herzlich nach draußen einladen. Dort sind mehrere Tische aufgestellt, auf denen etwas, ich schätze Interessantes für Sie alle deponiert sein dürfte.«

In diesem Moment hörte man schon die ersten Jubelschreie von draußen: »Das kann doch nicht wahr sein.«

»Das Büffet scheint zu schmecken.«

»Der helle Wahnsinn.«

»Muss ich haben!«

»Unbedingt, auf jeden Fall! Wie teuer?«

»Dreizehn Euro.«

Es dauerte gezwungenermaßen einige Minuten, bis sich das AUDI-MAX gänzlich geleert hatte. »Was ist denn da draußen los?«, fragte eine der drei Frauen.

Vor den Tischen viele lange Menschenschlangen, die alle diskutierten. Es hatten auch alle eine Meinung. »Ich hole uns erst einmal einen Sekt«, kam es von der zweiten Kollegin. Eine Minute später stand sie mit mehreren Schalen verschiedener Tapas und einer Flasche Sekt am Stehpult. Außerdem holte sie noch drei Sektschälchen aus einer Tasche. »Wohl bekomms.« Die drei Damen prosteten sich zu. »Aber was ist denn da los an den Tischen?«

»Jetzt bin ich aber auch neugierig geworden!«

»Guennaros Buchverlag hat hier und heute Guennaros neues Buch herausgebracht und die Tische sind voll mit Hunderten von Exemplaren, höchstwahrscheinlich sind es sogar mehr. Und ich sage Euch, in einer knappen Stunde ist keines mehr übrig.«

»Höchstens ein paar private Exemplare.«

»Können Sie bitte so freundlich sein und mir dies erklären!«

»Selbstverständlich. Guennaro hat sein nächstes Buch herausgebracht. Sie brauchen in den nächsten Monaten nicht auf die Bestsellerliste zu schauen. Der Titel: ›Die offene Gesellschaft – Der dornige Weg Andalusiens zur absoluten Autonomie.‹«

»Ja, liebste Alejandra«, die Dekansgattin nahm strikt Kurs auf Guennaros Frau und umarmte sie in ihrer natürlichen Herzlichkeit, »schön, dass Sie auch hier sein konnten. Jetzt haben Sie ihren Gatten mal wieder leibhaftig erleben können. Einfach umwerfend.«

»Ihren Gatten?«, kam es von Seiten der beiden Kolleginnen, denen natürlicherweise die Schamröte ins Gesicht stieg.

»Ja, sicherlich, diese Frau hat die Ehre und das Vergnügen, Alejandra Seras zu heißen.«

»Ja, ich habe ihn erlebt.«

»Das ist Ihr Gatte. Und jetzt noch sein neues Buch.«

»Papa hat ein Buch geschrieben, Papa hat ein Buch geschrieben«, schrie Sandro so laut er konnte und tanzte vor lauter Freude auf dem langen Flur vor dem Audi-Max.

»Ich bin nur noch sprachlos. Die ganze Uni scheint ihn zu vergöttern.«

»Das ist genau so, liebste Alejandra. Genießen Sie ihn und sich in Ruhe. Na gut morgen, ist noch das große Fest bei Ihnen, aber danach.«

»In drei Wochen wird er sechzig und ich schätze, dass dann auch wieder eine große Feier stattfindet.«

Am Abfahrtsmorgen gab es natürlich ein riesengroßes Treffen an der Uni. Einige Kollegen und Kolleginnen, selbstverständlich Senora Mathilda waren gekommen. Auch der Dekan ließ es sich nicht nehmen, zu erscheinen und allen eine gute Fahrt, viel Spaß, aber auch gute und erfolgreiche Arbeit zu wünschen. Senora Mathilda hatte mal wieder alles perfekt organisiert.

Von der Uni in Granada bis zum Ebro-Delta und von dort ging es fast immer den Ebro entlang nach Norden. Dreißig Kilometer südwestlich von Lleida bog man dann wieder auf die Autobahn, fuhr im Osten an Lleida vorbei und dann war es noch ein Stück des Weges nach Norden bis Pobla de Segur, dem vorläufigen Standpunkt der 30 Personen. Man nahm Quartier, das Senora Mathilda bestens organisiert hatte. Da die Fahrt zwar zügig von statten gegangen war, andererseits aber durchaus ihre zwölf Stunden gedauert hatte, und am anderen Tag mit der Wanderung begonnen werden sollte, ging man doch recht ermattet und früh schlafen, um den wie auch immer gearteten Anstrengungen der nächsten Tage sich gewachsen zu zeigen. Am anderen Morgen gab es ein sehr unspanisches, weil reichhaltiges Frühstück: Genossen haben es alle: Frische Milch, Müsli, Obst, auch Schinken, Käse und Brot, dazu noch Tee und Säfte. Wer wollte, konnte auch einen Kaffee bekommen. So zog sich das Frühstück zeitlich ein wenig hin. Überall wurde auch bezüglich der Erwartungen für die nächsten Tage diskutiert.

»Was haben Sie denn heute mit uns vor Senor Guennaro?«

»Zunächst einmal lassen Sie während dieser Tage den Senor weg und nennen mich einfach bei meinem Vornamen. Dann darf ich darum bitten, lassen Sie andalusische Gelassenheit in sich einkehren, Ruhe und Frieden. Konzentrieren Sie sich auf sich selbst und die Natur. Spüren Sie Ihren Körper und horchen in denselben hinein!«

Nach dem Frühstück gab es noch für alle Abziehenden ein Verpflegungspaket für den Tag, das sie sich in ihren jeweiligen Rucksack steckten. Und dann ging es los, Wandern über Stock und Stein. Es war eine herrliche Atmosphäre, keiner sagte ein Wort. Ab und zu schaute man zu Pablo und Francesco, die sich wie versprochen hervorragend um Anna-Maria kümmerten. Der ein oder andere bot sich an, auch mal helfend anzupacken, wenn nötig oder sich einer von den beiden ausruhen wollte. Keine Hetze und so ging es zunächst einmal bis zum frühen Nachmittag. Dann legte man nach einem kurzen Abklären eine für alle willkommene lange Pause ein.

»Hier ist der höchste Punkt unserer heutigen Wanderung, eintausendsechshundert Meter über dem Meeresspiegel. Wie Sie alle wissen, befinden wir uns hier im Gebiet der Vor-Pyrenäen«, lautete der zunächst lakonische Beitrag Guennaros, doch genau damit löste er eine, um im Bild zu bleiben, Lawine von Beiträgen aus. »Hier oben ist Nichts und niemand stört.«

»Doch da unten über dem Tal drehen einige Bartgeier ihre Runde zwecks Beutesuche.«

»Dieser Blick nach Norden ist einfach herrlich, großartig.«

»Genau, diese Gipfel der Berge im Nationalpark der Hoch-Pyrenäen.«

»Die Luft hier im Schatten der Dreitausender ist klar und sauber.«

»Ja, richtig. Dort drüben kannst Du heute sogar den Pico sehen.«

»In einer Stunde wären wir mit dem Auto in Andorra.«

So ging das noch eine halbe Stunde.

»Nichts gibt es auf dieser Hochebene. Irgendwie herrlich.«

»Nur Wiesen, grandios.«

»Nehmen Sie aber auch Verpflegung zu sich, trinken genügend und lassen alle Eindrücke tief in sich hinein.«

»Nur Wiesen, Blumen, Pflanzen und Kräuter.«

»Ja, aber auch ein paar Schilder, die uns den Weg weisen. Bis Beranui sind es noch viereinhalb Kilometer. In etwa anderthalb Stunden sind wir dort. Dort wartet in etwa eintausend Metern Höhe eine kleine Casa auf uns«, lautete der Spruch Guennaros zum Aufbruch.

So gingen sie durch den Kräutergarten hinunter ins ehemalige Dorf, wo schon das »Casa Macianet« wartete und den müden Wanderern mit seiner Terrasse und einer kühlen Erfrischung einen herrlichen Blick auf die imposante Bergwelt bot. Nach dieser Erfrischung bezog man die Zimmer, die über das ganze Dorf verteilt waren, einfach aber sauber. Sie waren auch alle schon vorbereitet, die Betten waren bezogen. Man bezog die Zimmer, machte sich frisch, kleidete sich um und traf sich dann zum urgemütlichen landestypischen Abendessen wieder auf der Terrasse. Der Rotwein war passend zum Essen.

»Hier im Dorf leben nur noch sieben Menschen«, ergriff Juan, der Leiter der casa, das Wort. »Hier ist der beste Platz der Welt zum Leben«, ergänzte er. »Ich baue Gemüse an, fast alles, weil das besser schmeckt als das gekaufte. Aber man muss das hier mögen. Sie sind doch heute über Stock und Stein gegangen, mussten sich bisweilen die Wege mit den Tieren teilen. Ist das nicht herrlich. Unsere Philosophie ist es nicht, abends irgendwo anzukommen, sondern den Tag in der Natur zu verbringen. Deshalb habe ich mich auch mit anderen zusammen getan, die ebenfalls in kleinen Dörfern leben, teilweise noch kleiner als dieses. Sie alle betreiben Landhäuser, die vollkommen auf das Regionale setzen. Was jedoch nicht nur das Essen betrifft. Ländlichkeit bedeutet nicht, dass Sie in den nächsten Tagen auf dem Strohsack oder in der Scheune schlafen müssen, sondern in mit viel Liebe zum Detail, zur Individualität gestalteten Herbergen, in denen sich der Wanderer nach dem Tag zu Hause fühlt. Und jeden Abend gibt es ein anderes Menü. Da haben wir uns abgestimmt.«

Viele hatten natürlich müde Beine, man trank noch ein oder auch ein zweites Glas von dem herrlichen Roten. »Ich überlasse Ihnen allen selbstverständlich die Entscheidung, wie viel sie noch trinken wollen und wann Sie zu Bett gehen. Doch denken Sie an die Anstrengungen morgen und wenn Sie aus welchen Gründen auch immer noch nicht sofort einschlafen können, vielleicht können Sie noch einige Gedanken zu heute zu Papier bringen. Vielleicht.«

Am anderen Morgen erkundigten sich Juan und auch Guennaro nach dem Befinden aller. Es war alles in bester Ordnung, wiederum ein langsames, ausgiebiges Frühstück, Fresspaket nicht vergessen und dann ging es los.

»Unser heutiges Ziel ist Senterada. Mit allen Umwegen dürften es so knapp zwanzig Kilometer sein. Also los.«

Casa Leonardo in Senterada

Gesagt, getan. Der Ablauf dieses Tages unterschied sich in keiner Weise vom vorherigen. Am Abend kamen sie in der Kleinstadt an. Mireia, die treibende Kraft hinter dem Gesamtprojekt und Leiterin der »Casa Leonardo«, einer Besonderheit auf dieser Tour, begrüßte die Wandergruppe auf das Herzlichste. Das einfache Hotel liegt an einer Kreuzung und am Fluss, umgeben von Bergen, ist es das Kommunikationszentrum. Hier diskutiert der Bauarbeiter aus der Stadt bei Tapas und Wein mit Wanderern aus Gesamteuropa. Natürlich geht es in erster Linie um diese Region und ihre Menschen, aber ohne Politik und abfällige Bemerkungen über das Gehabe des Königshauses geht es auch hier nicht.

»Wir wollen die Unabhängigkeit, das Parlament hat zugestimmt, Madrid und das Zentralgericht haben abgelehnt, aber jetzt kneifen manche Politiker hier, werden unsicher!«

Mireia hatte heute Abend alle Hände voll zu tun, redet aber mit der Gruppe voller Begeisterung über ihren Wanderwegsprojekt: »Die Wege sind seit Menschengedenken schon immer von Hirten gegangen worden, weshalb der Hirtenstock, den jeder Wanderer zu Beginn erhält, jeden Abend mit einem weiteren Brandzeichen versehen wird, das Erkennungszeichen dieser Tour ist. Es war die Idee, unsere Tradition wiederzubeleben. Alle Produkte sind von hier. Selbstverständlich wollen wir auch die Existenz unserer schnuckeligen Herbergen sichern.«

Eine Bedienstete servierte nun Tortilla mit Steinpilzen. Die Studenten und Studentinnen schnalzten mit der Zunge: »So etwas Herrliches!« Die Steinpilze hatte die Wandergruppe heute selbst auf einer Hochebene gesammelt. Herrlich.

Auch an den nächsten drei weiteren Tagen dasselbe Bild: Karge Felsen, rauschende Bäche, üppige, alte Obstwiesen. Und überall kleine bis kleinste Dörfer, deren meistens verfallene Häuser ihre eigene Geschichte erzählen: Die Alten sind verstorben und die Jungen haben die Region, die zuweilen nichts als die unglaublich beeindruckende Landschaft zu bieten hat, zwecks Arbeitssuche verlassen. Wissenschaftler sprechen von Binnenwanderung, das einfache Volk benennt es Landflucht.

Nachmittags vor vier wirkt ein Dorf noch wie ein Geisterdorf. Die tief stehende Nachmittagssonne wirft geometrische Schatten auf rissige Hauswände, Menschen sind nicht zu sehen. Nur ab und zu schiebt irgendjemand eine Schubkarre voll gespaltenen Brennholzes um eine Hausecke. Aus einem

Stall glotzen Schafe, als seien sie vergessen worden. Doch die Auferstehung beginnt sobald die hohen Berge die Sonne verschlucken und sich für kurze Zeit ein gleichmäßig warmes Licht über das Dorf legt. Plötzlich laufen Jungen in katalanischer Tracht durch die Gassen, sie tragen Bauchbinden und rote Barretinas, Wollmützen, die wie schlaffe Windsäcke über dem Kopf zur Seite fallen. Die Mädchen tragen lange Röcke und wollene Schultertücher. In den Häusern wird hier und dort Kaminfeuer entzündet, Schornsteine beginnen zu rauchen, obwohl die Häuser meistens keine Dächer mehr haben. Zwei alte Frauen schleppen einen schweren Kessel mit Wasser auf eine Feuerstelle und setzen sich auf niedrige und winzige Stühle daneben. Hier wird nur Katalan gesprochen. Katalonien bedeutet alles für diese Menschen, sie sind keine Spanier.

Mit Beginn der Dunkelheit werden die provisorischen Stromleitungen überprüft und die letzten Glühlampen eingeschraubt, die meistens locker sind. Am höchsten Punkt des Ortes, gleich unterhalb einer Felsnase, steht ein 84jähriger, gekrümmter alter Mann in schwarzer Kleidung. Er ist einer von wenigen, die noch hier geboren wurden. Sein Vater hatte als Köhler gearbeitet und er und seine Geschwister mussten dann die Holzkohle mit dem Maultierkarren in der näheren und weiteren Umgebung verkaufen. Am Anfang sollen einhundertfünfzig Menschen hier gewohnt haben. Bald nach dem Bürgerkrieg zogen die Familien fort, die letzte 1947. Sie verließen das Dorf, weil sie spürten, dass die Zukunft hier oben die Vergangenheit war.

Unten im Tal, in den Großstädten waren die Straßen beleuchtet, die Kinder konnten zur Schule gehen, gab es Ärzte. Sein Sohn muss ihn stützen und er zeigt uns sein Familienhaus: Drei Außenwände aus Feldsteinen stehen noch, vieles ist Erinnerung, die Treppe, der Stall, das Esszimmer, der Dorfplatz, auf dem sie Akkordeon spielten und Sardanas tanzten, den katalanischen Volkstanz. »Es ist zu lang her. Bitte entschuldigen Sie.« Frauen hatten sich damals mit Haselnusswaschen ihr Geld verdient. Doch als der Markt für Haselnüsse einbrach, musste sich, wer überleben wollte, etwas anderes suchen. Im Tourismus meistens oder auch in gewissen Industriezweigen. An der Küste fanden die meisten einen Job. »Erst jetzt im Alter kann ich mich wieder um all meine Bäume kümmern, unter anderem auch wieder um die Haselnussbäume.« Lohnen tut sich das aber nicht.

Das Dach eines anderen Hauses ist eingestürzt, Efeu rankt über Feldsteinmauern und zerbrochene Ziegel liegen außerhalb und innerhalb des Hauses. Feigenbäume wachsen, wo einst Menschen lebten, bis sie fortgingen, um anderswo eine Zukunft zu suchen. Inmitten des Nachbarhauses platzt blauer Putz wie trockener Schorf von den Wänden. Rauch ungezählter Jahrzehnte hat die Ofennische mit einer schmierigen Rußschicht überzogen. Vor fast siebzig Jahren oder so ungefähr wurde hier das letzte Brot gebacken, kam man zum letzten Mal am Esstisch zusammen. Bald darauf packten alle ihre Sachen, beluden die Maulesel und zogen wohin auch immer. Aus der Tiefe der Hauszisterne, einem schwarzen Loch an der Eingangstür, scheint die Vergangenheit widerzuhallen. Der Wind draußen ist schon recht kalt. In einem restaurierten Dorfhaus frittieren zwei alte Damen in Kittelschürze Rosquillas, kleine Fettkringel, die nach dem Bad im heißen Öl noch in Zucker gewendet werden. Die Wandergruppe wartet geduldig. Manche trinken einen Café solo.

»So etwas müssen wir bei uns in Andalusien auch einmal organisieren«, lautete der Kommentar einer Kommilitonin.

»Genau.«

»Müssen wir.«

»Auch bei uns, sinnvoll, hier als auch bei uns.«

»Lassen Sie uns über diesen meines Erachtens sinnvollen Vorschlag aber dann irgendwann im Laufe des Semesters sprechen und planen. Vielmehr sollten wir uns jetzt aber aufmachen, es sind zwar nur noch anderthalb Kilometer, aber auch die müssen erst einmal bewältigt werden.« Damit machte sich die Wandergruppe auf zur Ausgangsunterkunft in Pobla de Segura. Zum Abendessen gab es Maccaroni nach katalonischer Art, einen frischen Salat mit ein wenig Thunfisch, dazu natürlich guten Roten. Der letzte Abend verlief urgemütlich. Man unterhielt sich, trank noch einen weiteren Roten. Da diese heutige Tour doch wesentlich länger war und auch dementsprechend gedauert hatte, gingen alle früh schlafen. Am nächsten Morgen dasselbe Bild, alle hatten auch schon ihre Sachen gepackt und stellten sie in den Kofferraum des Busses, der in der Zwischenzeit wieder zurück gekommen war. Alle saßen am Frühstückstisch und genossen das Essen.

Anna Dominguez ergriff das Wort: »Bei diesem unseren letzten Frühstück möchte ich mich zunächst bei Ihnen Dottore bedanken, dass Sie mich mitgenommen haben.«

»Vergessen Sie es, aber bitte ganz schnell, nein sofort. Ich möchte dies nicht noch einmal hören.«

»Darüber hinaus möchte ich mich von ganzem Herzen bei meinen beiden Trägern und Schiebern bedanken und auch insgesamt bei dieser Gruppe, die meine langsame Tour geduldig ertragen hat.«

»Bravo, Bravissimo. Großartig.« Von allen Seiten gab es nun Dank an die beiden Kommilitonen, Freude darüber, dass alles soweit geklappt hat.

»Aber eine Frage bleibt für mich noch bestehen«, fing Anna noch einmal an: »Wozu das Ganze?«

»Ich gehe einmal davon aus, dass damit ich angesprochen bin«, lautete es nun von Seiten Guennaros. »Dann muss ich Ihnen leider diesen herrlichen Morgen ein wenig vermiesen. Nun zur Aufgabe: Achtundzwanzig von Ihnen schreiben einen Bericht über diese Reise, genauer gesagt über unsere Wanderung, Ihre Eindrücke, Gefühle, Erkenntnisse. Und zwei von Ihnen haben dann die Aufgabe, alle Berichte zu lesen und daraus einen einzelnen zu machen, sozusagen die Essenz daraus zu ziehen. Es können auch ein paar aussagekräftige Fotos in diesem Bericht erscheinen, doch nicht übermäßig viele. Der Text sollte im Vordergrund stehen. Denken Sie bitte daran, dass dieser Bericht in welcher Form auch immer veröffentlicht wird. Zumindest der Chef muss ihn zu lesen bekommen.«

Die Studenten und Studentinnen einigten sehr schnell auf die Aufgabenverteilung. Alles okay.

Die Zeit nach der Reise 2011 verging, ein ganz gewöhnliches Jahr: Im Oktober und November standen viele Prüfungen an der Uni an und das hieß zwangsläufig viel Arbeit für Guennaro, Klausuren und mündliche Prüfungen. Zwei Studenten gaben dem Dekan ihren Bericht über die Exkursion ab. Dieser bedankte sich und fragte nach, ob auch Dr. Seras ihn schon Korrektur gelesen hätte. Die beiden Studenten verneinten und betonten, dass dies so mit Dr. Seras abgesprochen worden sei. Er würde Wert auf Selbständigkeit legen. Der Dekan hatte in den nächsten zwei Tagen viel zu tun, doch kam er danach zur Lektüre und Analyse desselben und war begeistert: »Senora Mathilda«, rief er nach draußen ins Sekretariat »die Studenten und Studentinnen drücken in diesem Bericht unter anderem Ihnen ihren herzlichen Dank aus, was ich hiermit auch tue.«

»Danke schön Chef, Guennaro hat es auch schon getan. Ich gebe doch nur zurück, was er für mich geleistet hat.«

»Wenn Sie das so sehen, dann darf ich Sie bitten, dies möglichst umgehend, am besten noch heute bis Mittag in die Unidruckerei zu geben. Was meinen Sie selbst zur Auflagenhöhe. Sind zehntausend genug?«

»Wie teuer soll es denn werden?«

»Fünfzig Cent, mehr auf keinen Fall.«

»Dann nehmen Sie ruhig zwölftausend.«

»Okay.«

Gesagt, getan. Senora Mathilda regelte alles bestens.

Sandros Geburtstag und Weihnachten, dann Silvester im Roadhouse verliefen wie üblich. Am zweiten Mittwoch im Januar arbeitete Guennaro wie immer bis mittags in der Uni, verabschiedete sich von Senora Mathilda und Senora Maria, und ging dann wie üblich über den Bazar, suchte hier und da, nach diesem und jenem, ohne eigentlich zu wissen, wonach er suchte. So kaufte er die immer mal anstehenden Notwendigkeiten ein, unter anderem spezifische Gewürze, lose Kichererbsen, Couscous und viele leckere Granatäpfel für seinen Schatz. Nur wenige Meter weiter erstand er noch ein wunderschönes, seidenes Halstuch für Alejandra. Dann packte er alles in den Wagen und fuhr, so sein Gefühl, eigentlich unverrichteter Dinge, nach Hause. Alejandra hatte die Staubwolke schon von weitem gesehen und setzte sich nach außen hin ganz ruhig auf die Terrasse und tat so, als wäre nichts geschehen.

»Hallo Schatz, verdammt unruhige Fahrt heute, es hat wohl ein wenig länger gedauert. Auch auf dem Markt. Ich habe auch fast gar nichts eingekauft, aber ich habe noch ein schönes Halstuch für Dich gefunden.«

»Oh, ja, es gefällt mir mein Schatz. Danke.« Sie blieb im Sessel sitzen, neigte den Kopf nach hinten, so dass er ihr von oben einen Kuss geben konnte.

»Nichts zu danken, ich tu es ja aus Liebe.«

»Dann stell mal bitte aus Liebe deine Tasche ab, nimm Dir aus Liebe einen Tee – er ist frisch gekocht – und dann komm bitte aus Liebe raus zu mir, ich habe noch etwas mit Dir zu besprechen.«

Gesagt, getan.«Was gibt es denn Schlimmes?«

»Schlimmes, nein, nur irgendwie eigenartig oder auch wiederum nicht. Ich komme manchmal mit Dir nicht klar. Zunächst meine Fragen. Wie viel hast Du für Dein erstes Buch bekommen. Weiß Du das noch?«

»Meine Dissertation. Oh. Das war nicht viel, nicht der Rede wert. Umgerechnet keine fünfhundert Euro. Aber es ist noch einmal aufgelegt worden, immer noch käuflich zu erwerben, es ist sogar ein wenig, ganz minimal im Preis gestiegen, soviel ich weiß.«

»Sechzehn Euro fünfzig, ist sein heutiger Preis. Mit dem Verkauf der zweiten und dritten Auflage lag Dein Verdienst bei insgesamt 1.400 Euro. Und für die Vorlesung von 1995?«

»Das war noch weniger, so umgerechnet hundertfünfzig Euro.«

»Und wie viel hat die Vorlesung von Leonardo gebracht. Das war noch kurz vor der Zeit, bevor ich dann einige Monate später die Finanzen für uns übernommen habe.«

»Ach Gott, das weiß ich nicht mehr. Das Blättchen hatte doch kaum einen Umfang, kostete damals zwei Euro. Allerdings ist es dann noch einmal aufgelegt worden, mehr weiß ich nicht mehr.«

»Ich habe nachgesehen, Du hast Recht, mit der zweiten Auflage waren es sogar fünfundzwanzigtausend Exemplare. Du hast damals insgesamt tausendfünfhundert Euro verdient.«

»Und wo gibt es jetzt Probleme?«

»Ich bekam heute Morgen einen Anruf von unserer Bank im Dorf.«

»Oh wir sind pleite«, frotzelte er.

»Ja, ja so ungefähr«, lächelte sie. »Also ich möchte doch bitte umgehend vorbeikommen.«

»Was wollten die denn?«

»Um elf Uhr war heute Morgen eine Überweisung auf unser Konto getätigt worden.« Damit reichte sie ihm die wenigen Kontoauszüge über den Tisch. »Es ist das letzte Blatt.«

»Oh Jesus, das kann doch nicht sein wahr! Von wem ist diese Überweisung denn überhaupt? Oh, vom Verlag. Haben die noch nicht die Abrechnung geschickt?«

»Ich verstehe es aber nicht. Vorher fünfhundert und jetzt hundertsiebzigtausend Euro.«

»Ja, ich nehme an, dass das die Tantiemen sind, ich hatte diesmal und für alle zukünftigen Bücher 19 % herausgeschlagen. Das ist prozentual mehr als die Beatles je bekommen haben. Das ist doch toll oder?«

»Ich habe daraufhin den Verlag angerufen, es hat zwar einige Zeit gedauert, aber dann habe ich den Mann von der Buchführungsabteilung an die Strippe bekommen. Die Summe stimmt, der Typ am anderen Ende der Leitung betonte dreißig Mal die Richtigkeit der Überweisung. Ich solle mir keine Sorgen machen, die erste Auflage in Höhe von siebzigtausend Exemplaren ist verkauft und sie schicken Dir bald die Abrechnung und den Vorschlag zu einer zweiten Auflage. Diese wollen sie gleich hoch machen. Weiß Du, was das bedeutet?«

»Nein.«

»Na, wenn diese zweite Auflage auch noch verkauft werden sollte, dann kommen noch einmal hundertsiebzigtausend!«

»Ich benötige das Geld nicht.«

»›Es kümmert mich nicht, ich brauche so viel Geld nicht.‹ Du tust so gelassen! Ich werd wahnsinnig, ich rufe zunächst einmal meine Eltern an.«

»Damit warte noch ein wenig. Lass mich zunächst schlafen, bitte.«

»Ja, ja, leg Dich hin, ruh Dich aus. Der Kerl hat bald eine Million Euro auf dem Konto und legt sich schlafen. Verstehe ihn wer will, ich nicht.«

»Brauchst Du auch nicht, Hauptsache es bleibt bei Deiner Liebe. Alles andere – na nehmen wir unser aller Gesundheit und berufliches Fortkommen unseres Sohnes aus – ist mir ...«

»Ja, ja schon gut.« Er gab ihr einen Kuss: »Ich wenigstens liebe Dich, ob Du nun zwei oder drei Millionen auf dem Konto hättest, wäre mir egal, aber eine sollte es schon sein.« Sie warf noch in aller Liebe einen Hausschlappen hinter ihm her und beide lachten aus vollem Herzen. Im Laufe des Nachmittag war Sandro aus der Schule zurück gekommen und nun gingen alle drei noch ein wenig schwimmen, und obwohl es draußen nur um die fünf oder sechs Grad waren, waren es in der Halle um die zweiundzwanzig und das Wasser hatte seine fünfundzwanzig. Es war also recht angenehm zum Schwimmen. Aber nach dieser familiären Sporteinlage merkte man einen Fehler an dieser Anlage: Der Strom fehlte, ja, er musste sogar aus versicherungsrechtlichen Gründen fehlen, aber die Konsequenz war, dass man sich einen Föhn hatte kaufen müssen, der mit Akku versorgt wurde. Nun ja, der Akku hielt in der Regel nicht lange und dann musste der eine oder die andere von den dreien durchaus auch mal mit nassem Kopf durch die Kälte laufen. Alejandra hatte früher aufgehört als ihre beiden Männer, die noch zusammen herumtollten.

»Ich koch schon Tee.«

»Okay, bestens, wir kommen auch gleich.«

Gesagt, getan, saßen die beiden Erwachsenen nun auf der recht warmen, weil geschlossenen Terrasse, genossen den Tee, den Sonnenuntergang.

»Könntest Du bitte versuchen Anna anzurufen, ich meine nicht Deine Schwester, sondern die Sekretärin vom Bauunternehmer. Du kennst sie ja dreimal besser als ich. Frag doch bitte mal an, ob sie oder ihr Chef uns morgen oder auch Sonntag einen Termin an den neu erbauten Häusern einrichten könnten. Wir möchten uns mal eins ansehen von der Aufteilung und der Qualität. Du machst das schon.«

»Mach ich sofort, aber was hast Du vor?«

»Eventuell eins kaufen für Deine Schwester.«

»Die kommt nicht hierher, solange die Eltern leben. Das kannst Du vergessen.«

»Als Argument akzeptiert, aber weiß Du, entschuldige bitte, wie lange es die beiden noch machen. Mama wird in diesem Jahr fünfundsiebzig und ihre Beine kannst Du ja wohl vergessen. Und Papa wird dreiundsiebzig und Du weißt nicht, ob der Krebs nicht doch noch einmal zurückkommt. Dann nehmen wir sie beide hier ins Gästehaus auf und ihr beiden, Deine Schwester und Du, könnt sie pflegen.«

»Irgendwie überzeugend von der Konstruktion und sicherlich täte ihnen allen das Klima hier gut, doch Du weißt auch, dass man alte Bäume nicht verpflanzt. Sie werden ihr Baskenland nicht verlassen, sowie wie wir beide die Wüste nicht verlassen.«

»Ach die Wüste kannst Du ruhig verlassen, nur mich nicht«, scherzte er liebevoll. »Und wie soll das gehen«, scherzte sie zurück. »Nun gut, überlege Dir das mal, lass den Anruf zunächst einmal, der Termin eilt ja auch nicht, vielleicht sprichst Du auch mal mit Deiner Schwester darüber. Und Pablo darf sich nun eine fette Harley aussuchen. Unser Geschenk zu Ostern.«

»Ich darf mir eine Harley aussuchen?«

»Nein, Du mein Sohn bist erst mit vierzehn soweit, vorher nicht«, entgegnete ihm seine Mutter.

»Und da wir deshalb sparen müssen, gibt es morgen auch mal wieder Fastensuppe«, gab Guennaro noch zum Besten und verschwand in der Küche, um die Kichererbsen über Nacht einzuweichen und auch den eingefrorenen Klippfisch aus der Gefriertruhe zu holen und über Nacht auftauen zu lassen. »Oh, nein, es ist doch gar keine Semana Santa«, hörte man Sandro laut wehklagen. »Schatz haben wir noch genügend Eier, dann nehmen wir morgen welche mit und gehen bei den Puristas vorbei?«

»Ja, haben wir, können wir morgen Vormittag machen. Hast Du sonst noch etwas für die beiden.«

»Ich weiß noch nicht, Brot haben wir noch keins, da ich erst abends backe.«

»Dann kann ich das ja abends mit dem Wagen vorbeibringen.«

»Gute Idee, vielleicht haben wir ja noch ein wenig Gemüse, mal sehen.« Abends saß man zu dritt auf Alejandras Lieblingsplatz auf der westlichen Terrasse, hörte die Beatles, Stones und tausend andere Gruppen und Interpreten aus den Sechzigern und trank guten Malaga. Alejandra wollte zwar ursprünglich Sekt zur Feier des Tages trinken, doch nahm sie auf Guennaros Weinvorliebe Rücksicht. Als Sandro gegen halb elf ins Bett ging, – die Beatles ließen ihn doch glatt kalt – hatten die beiden noch Lust zum Kuscheln und taten dies auch noch ausgiebig, ließen sich auch durch die zunehmende grimmige Kälte nicht abhalten. So gegen kurz nach Mitternacht gingen sie ins Haus, machten die Musik aus, ließen sich aufs Sofa fallen und sprachen darüber, wem sie noch Gutes tun könnten.

»Was hältst Du davon, wenn wir den alten Puristas Wasser für ein Jahr bezahlen und die leeren Gasflaschen einmal alle füllen lassen.«

»Spitzenmäßige Idee, normalerweise bin ich doch für solche Geistesblitze zuständig.«

»Ha, ha, aber ich hatte ja auch seit heute Mittag Zeit, darüber nachzudenken, aber die Idee mit den Alten war mir sofort gekommen. Dann brauchen sie sich keine Sorgen mehr zu machen.«

»Dann koch ich morgen früh auch ein paar Löffel mehr von der Suppe, dann nimmst Du sie abends mit dem Brot mit.«

»Toll.«

So waren sie zwar auch dank des guten Malagas, aber auch ansonsten wunschlos glücklich und zufrieden eingeschlafen.

Am anderen Morgen so gegen neun, stand Guennaro auf, Alejandra hatte schon in der Konditorei eingekauft, alles war frisch, toll. »Frisch gepresster Orangensaft, leckere Croissants, mehrere Marmeladen, super wie Du das immer machst«, sprachs und gab ihr einen dicken Kuss, obwohl er sich noch gar nicht gewaschen hatte und die Bartstoppeln nicht zu übersehen waren. Eben halt typisch Guennaro. Aber sie kannte ihn. Danach ging er ins Bad, erledigte die Morgentoilette, kontrollierte anschließend den Fisch und die Kichererbsen und setzte sich zum Frühstück auf die Terrasse.

»Herrliches Leben, diese Ruhe.«

»Voll einverstanden, aber jetzt erzähle mal, was Du mit dem Geld vorhast. Welche Pläne hast Du?«

»Erst einmal einen Tee. Ich habe keine Pläne. Überhaupt nicht. Und der Plan mit Deinen Eltern und Deiner Schwester ist ja nun hinfällig und ich sehe es auch ein, dass Deine Argumente durchschlagend sind. Da war ich zu voreilig.«

»Aber Du hast es gut gemeint. Du denkst zuerst an meine Eltern und an Pablo.«

»Na und. Also ich habe alles, ich brauche nichts, ich bin wunschlos glücklich und den dreien hätte es mit Sicherheit gut getan.«

»Ich bin auch wunschlos glücklich, lass uns das Essen und die Lebensmittel erst heute Abend, wie gestern abgemacht, wegbringen.«

»Okay, kein Problem. Aber denk bitte an den Teig. Dann kann ich gleich noch eine Runde schwimmen gehen.«

»Und sonst hast Du überhaupt keine Pläne, keine Ideen, keine Vorstellungen, was wir mit dem Geld anfangen sollen?«

»Nur eine kleine Spende an die Kirche, das weiß ich schon, aber nichts Berauschendes, dann die hundert oder zweihundert Euro für die Puristas. Und wenn ich darf, möchte ich gerne ab Ende September für zwei oder drei Wochen in ein Sporthotel, eher ein Rehahotel.«

»Wo?«

»Nördlich von Teruel, ich weiß noch nicht einmal den Namen, ich bin da mal vor fünfzehn oder so viel Jahren, ja genau 1996, auf einer meiner Halbinselreisen zufällig vorbeigekommen. Ich schau mal, ob irgendeiner vom Polizeisportclub Näheres weiß.«

»Darf ich mit?«

»Ja, aber sicherlich, ich würde mich riesig freuen, auch wenn ich da viel zu tun haben werde. Aber das ein oder andere Stündchen werde ich auch tagsüber Zeit haben. Und was machen wir mit Sandro?«

»Was wollt ihr mit mir machen?«, fragte er erstaunt, setzte sich, wünschte seinen Eltern einen guten Morgen, seine Mutter bekam selbstverständlich einen Kuss und dann schmierte er sich zwei Brötchen, nahm noch Müsli und aß wie ein Scheunendrescher, sehr zur Freude seiner Eltern.

»Verzeiht mir bitte, wenn ich so viel esse, aber ich esse dafür heute Mittag nichts, wir haben heute Nachmittag ein Spiel, da muss ich fit sein.«

»Alles okay. Hättest Du Lust oder fändest Du es okay, in den letzten zwei Wochen im September, zumindest in diesem Zeitraum, zu Anna und ihren Kindern zu gehen und dort zu leben. Papa muss in die Sportklinik zur Reha, ganz wichtig, und ich würde so gerne mitfahren, zumindest für eine Woche.«

»Kein Problem. Aber bitte nicht zu Adam, Eve und Fredo. Ich mag Adam und Eve nicht so besonders. Ich hab zwar nichts gegen sie, aber dort leben, nein danke. Ich mag Fredo, sogar sehr, aber das Haus ist für alle viel zu klein.«

»Mehr als akzeptiert«, klang es verständnisvoll von Seiten der Mutter. »Aber was hältst Du denn von der Idee, wenn Du für zwei Wochen zu Pfarrer Lorenzo gehst?«

»Schatz, bitte.«

»Nein, nein Mama, Papa hat durchaus Recht. Wir beide haben uns immer glänzend verstanden.«

»Aber dennoch, das geht nicht. Der Pfarrer mit einem Kind. Dann zerreden sich im Dorf alle das Maul.«

»Akzeptiert Mama, aber zumindest könnte ich bei ihm ein paar Stunden in der Woche mein Latein üben und verbessern und vielleicht darf ich auch mal wieder auf der Orgel üben. Das wäre toll.«

»Beste Idee, mein Sohn. Regelst Du das Schatz?«

»Na klar, wir fahren gleich los, sobald wir gefrühstückt haben.«

»Wann hast Du denn Dein Spiel?«

»Also Du müsstest mich heute um dreizehn Uhr zur Schule bringen. Geht das?«

»Na klar, mache ich. Dann könnten wir gleich los, zunächst zu Anna, dann zum Pfarrer und dann zur Schule.«

»Denk bitte an den Teig.«

»Mach ich!«

So fuhren die beiden gegen zwölf Uhr los, Guennaro ging noch zum Schwimmen und fing dann an zu kochen: Den Klippfisch hatte er am gestrigen Abend mit kaltem Wasser abgedeckt in einem Topf zum Entsalzen gelegt, vier bis fünf Mal das Wasser gewechselt, ebenso lagen die Kichererbsen zum Einweichen über Nacht im Wasser. So hackte er dann Lauch, Zwiebeln, Schalotten, Möhren, Paprikaschoten, Knoblauch und Kartoffeln. Olivenöl erhitzte er in einer Pfanne auf mittlere Temperatur und alles mit Ausnahme der Kartoffeln und des Paprikas gab er für fünf bis sechs Minuten hinein, bis dieses Gemüse weich war. Kichererbsen und Fisch gab er anschließend dazu, und bedeckte alles mit fast drei Liter Fischfond, kochte es auf und ließ es dann zugedeckt bis zu dreißig Minuten auf kleiner Flamme köcheln. Anschließend nahm er den Fisch heraus, ließ ihn abkühlen, befreite das Fleisch gänzlich von Haut und Gräten, zerteilte es in mittlere Stücke, gab es wieder unter die Kichererbsen und ließ es weitere dreißig Minuten köcheln, gab nun die Kartoffeln und den Paprika hinzu und ließ es noch einmal weitere dreißig Minuten köcheln bis alles gar war. Am Ende schmeckte er das Gericht ein wenig mit edelsüßem Paprikapulver ab, ließ es abkühlen und pürierte dann mit dem Pürierstab bis die Suppe glatt war, vergaß auch Salz und Pfeffer nicht, und zwar diesmal frisch gemahlenen schwarzen. Dann ließ er alles erst einmal einige Stunden ruhen. Eine Stunde vor dem Abendbrot holte er dann die Suppe aus dem Kühlschrank, erhitzte sie noch einmal kurz und gab ein wenig Fischfond dazu. Vier große Kellen der Suppe wanderten in eine fest verschließbare Glasflasche. Dazu hatte Alejandra abends noch etwas Salat, ein paar Möhren, ein halb Dutzend Eier und ein frisch gebackenes Brot in einen Korb zusammen gepackt und dann war sie damit zu den Puristas gefahren, hatte sich noch etwas länger dort aufgehalten: »Die Puristas haben uns für unsere Hilfe ihre fünf Hektar als Erbe angeboten, ich habe aber dankend abgelehnt.«

»Das war auch gut so, denn es besteht überhaupt keine Verbindung zwischen unserem Land und deren. Wir müssten immer um das Nachbargrundstück herumfahren.«

»Ich will auch keinen Dank, es genügt mir Menschen helfen zu können.«

»Genauso.«

Im Sommer 2012 nahm Guennaro eine kurze Auszeit, Aufenthalt in der Privatklinik, fast direkt am Strand in Almeria, mit den üblichen Checklisten: Magen-Darm-Spiegelung, Kurz- und Langzeit-EKG, Belastungs-EKG, Blutcheck, Allergietests, noch einige Röntgenaufnahmen bezüglich seiner uralten Verletzungen, und noch Einiges mehr, unter anderem auch ein Cortison- und Zuckertest. Da der Termin mitsamt den Check-Terminen vorher verabredet war, kam Guennaro noch früh genug Anfang August wieder aus dem Krankenhaus und sofort brachen sie dann zu ihren Eltern ins Baskenland auf, wie auch schon im letzten Jahr, feierten dort auch Guennaros einundsechzigsten und Schwiegermutters fünfundsiebzigsten Geburtstag. Zwei Wochen mussten dieses Jahr aber auch genügen, da Guennaro doch noch Einiges an Vorbereitung für das neue Semester treffen und erledigen musste.

Die Ergebnisse der verschiedensten Untersuchungen waren nicht gut: »Den Blutdruck müssen wir eindeutig herunter bekommen, ebenso den Cholesterin-Wert, das Cortison und den Zucker«, lautete der Kommentar des Chefarztes. »Fürs Essen heißt das: Grundsätzlich keinen Alkohol und keinen Zucker, Süßstoff ist zugelassen. Zum Frühstück keine Butter und keine Marmelade, zwar Milch, aber mengenmäßig stark reduziert, aber besser ungezuckerten und noch verdünnten Obstsaft, dazu Müsli. Zum Mittag keinen Fisch, absolut keine Meeresfrüchte, Fleisch stark, am besten auf Null reduziert und abends nur noch Tee und Schwarzbrot. Ab und zu einen kleinen Salat und stattdessen viel Sport. Für den zu hohen Blutdruck gibt es Nottabletten, auch gegen den hohen Zuckergehalt. Langfristig werden Sie aber um Insulinspritzen wohl nicht herum kommen.«

Wenige Tage nach seiner Entlassung begann das Wintersemester 2012. Mitte November 2012 hörte er nach vierzig Jahren von einem Augenblick auf den anderen mit dem Rauchen auf. Alejandra rauchte aber weiter. Zu Weihnachten sind sie dann für eine Woche zu ihren Eltern geflogen, haben dort die Feiertage verbracht und sind auch noch bis Neujahr geblieben, um dann einen Tag später zurückzufliegen. Ende Oktober 2013 sind dann beide Elternteile Alejandras innerhalb weniger Tage verstorben. Man konnte sich nur wundern, wie so etwas möglich ist. Alejandra war sofort losgefahren und Guennaro und Sandro kamen wenige Tage später mit dem Flieger hinterher. Die Schwester hatte alles ordentlich organisiert, wobei ihr Sohn Pablo sehr zur Hand gegangen war. Auf jeden Fall stand die Einladung an beide, einfach mal für zwei bis drei Wochen herunterzukommen und Gast zu sein. Sie hätten ihnen auch ein Angebot zu machen.

Im Februar des nächsten Jahres war dann auch noch Edmondo, Guennaros Blutsbruder, verstorben. Er war ja etwas mehr als drei Monate jünger als Guennaro und gerade mal drei Monate lang zweiundsechzig Jahre alt, wahrlich kein Alter.

Semana Santa 2015 waren alle drei wie fast in jedem Jahr in Sevilla gewesen, waren dieses Mal Karsamstag zurückgefahren, was natürlich eine Tagestour bedeutete. Sie wollten Ostern jedoch zu Hause in der Wüste feiern. Den Mittwoch nach Ostern, 8. April, war die zweite Abrechnung des Verlages gekommen, auch die zweite Auflage von siebzigtausend war zu siebzig Prozent verkauft worden. Guennaro war noch einmal eine Summe von etwas mehr als hundertzwanzigtausend Euro überwiesen worden. Der Verlag sah von einer weiteren Ausgabe zunächst einmal ab, nahm Abstand davon, da der Verkauf der letzten Ausgabe doch fast drei Jahre in Anspruch genommen hätte. Der Verlag wollte dann noch Guennaros Antwort abwarten, doch hatte er Alejandra darum gebeten, den Gedanken des Verlages zu folgen und von einer weiteren Ausgabe zumindest vorläufig Abstand zu nehmen, auch von einer Übersetzung in andere Sprachen sollte man angesichts des doch rein andalusischen Themas Abstand nehmen. Alles richtig. Alejandra hatte dementsprechend gefaxt. Sie hatten nun alles in allem eine Million Euro auf dem Konto.

»Ich habe von meiner Bank die Information erhalten, dass die Finca dort drüben an der Wegeskreuzung zum Verkauf steht, ca. 1,1 ha groß, das Haus ist nicht groß, ca. siebzig Quadratmeter, es soll insgesamt einhundertsechzigtausend kosten, viel zu hoch.«

»Viel zu hoch, ja, aber was willst Du denn damit?«

»Ja, ich denke dabei an mich, an uns und an Fredo. Die Jimenez können ihn doch kaum noch ernähren, so will ich es mal formulieren.«

»Ja, und was haben wir damit zu tun?«

»Ich merke, um es vorsichtig zu formulieren, meinen Körper immer mehr als Belastung, erlebe ihn nicht nur mehr als Kraftquelle. Gehen, jetzt vor allem, vielleicht komisch oder nicht nachvollziehbar, ist in der rechten Kniescheibe, zumindest manchmal mit Schmerzen verbunden, Schwimmen ist noch vollkommen okay. Aber ich werde immer vergesslicher.«

»Ja, das habe ich leider auch schon bei Dir feststellen müssen.«

»Ja siehst Du, und aus diesem Grunde habe ich dann dazu mir Folgendes überlegt.«

Guennaro teilte seiner Gattin seinen Plan mit und dann sprachen beide noch mit Sandro darüber, der genauso wie seine Mutter voll damit einverstanden war.

»Ich oder wir brauchen Hilfe und es wird angesichts der Tatsache, dass zumindest ich älter werde, wenn auch Deine

Mutter nie älter wird, auch immer mehr Hilfe nötig und wer würde sich dazu besser eignen als Fredo.«

»Genau, er ist jetzt doch schon achtzehn, das heißt, er ist formaljuristisch selbständig und kann deshalb auch den Vertrag selbst eingehen und unterschreiben, ansonsten müssten noch die Eltern unterschreiben.«

Sandro ging also völlig konform mit seinen Eltern. Alejandra rief die Jimenez an und lud sie samt Fredo noch für den nächsten Sonntag ein.

Am nächsten Sonntag kamen sie gegen halb sechs am frühen Abend, bedankten sich, zumindest Eve freundlich, Adam nur formal für die Einladung. Alejandra erklärte den Plan, die Jimenez waren einverstanden und Fredo strahlte über alle Backen: »Mein eigenes Land, mein eigenes Haus!« Er umarmte die drei Seras in aller Herzlichkeit, holte seine mitgebrachte Gitarre hervor und spielte ein paar Oldies aus den Roaring Sixties, herrliche Stimmung. Auch die Jimenez waren mehr als einverstanden, waren sie damit doch einen Kostenfaktor los.

»Nur damit dies klar ist, das Land ist nur für Fredo, nicht für Euch, und sollte ihm etwas passieren, was der Himmel verhüte, dann geht es in unsere Hände zurück. Ist das klar?«, wiederholte Alejandra noch einmal die Bedingungen.

Fredo wartete die Antwort seiner Eltern gar nicht ab: »Was habe ich denn dafür zutun?«

»Du kümmerst Dich um die Pistazienfinca und um die Olivenplantage, über die Jahre werden beide Parzellen immer mehr von möglichst allen Steinen befreit und dann zur Erntezeit im Herbst/Winter ist auch Arbeit angesagt. Der Gewinn wird übrigens geteilt.«

»Und dann begleitest Du mich jeden Mittwoch zum Markt morgens früh, ich kann nicht mehr alles im Kopf behalten, so viele Dinge auf einmal, das ist zu viel für mich. Einkaufen und dann ab und zu, ein paar Mal im Jahr, mehr nicht, morgens, besser gesagt, zur halben Nacht, zur Fischauktion ans Meer. Schaffst Du das?«

»Na klar.«

Markt in Tabernas

»Gleiches gilt für gewisse handwerkliche Tätigkeiten im und ums Haus, was mal so irgendwann anfällt. Eventuell mal irgendwelche Fahrten. Einmal in der Woche, im Sommer vielleicht auch öfter an den Pool, säubern, doch solange ich noch kann, also in den meisten Fällen werde ich das schon selbst erledigen, eine Viertelstunde Arbeit.«

»Das ist alles?«

»Mit Deinem Stück Land hast Du Arbeit genug, aber es ist komischerweise und Gott sei Dank sehr fruchtbar. Nun zeig mal Dein Geschick und führe die Verkaufsverhandlungen. Der alte Gabriel will hundertsechzigtausend. Nehmen wir das Land, so kann man sagen vierzigtausend, gut es ist eingezäunt, noch einmal fünf dazu und es liegt auch eine Drainage, so kann man maximal von sechzigtausend sprechen und das Haus dürfte noch weniger Wert haben oder was meinst Du, mein Schatz?«

Nun sprang Adam ein: »Ich war damals vor fünfzehn Jahren mal drinnen. Es ist zwar einigermaßen groß, so um die siebzig Quadratmeter, für eine Person genug, aber es müsste andererseits doch auch einiges an Renovierungsarbeiten reingesteckt werden.«

»Ja, und was sagst Du nun zum Wert«, fragte Alejandra noch einmal.

»Mehr als fünfundvierzigtausend auf keinen Fall, also insgesamt nicht mehr als hunderttausend, besser fünfundneunzig.«

»Geht in Ordnung, dann verhandelt mal, und fangt mit einem Gebot von fünfundfünfzigtausend an.«

Fredo hielt die Familie Seras auf dem Laufenden und kam nach knapp fünf Monaten, im späten Oktober, freudestrahlend auf seinem Mountain-Bike an, ließ es auf den Boden fallen, rannte auf das Haus zu und schrie außer sich vor Glück: »Senora Alejandra, Senor Guennaro, neunzigtausend.«

»Na, nun setz Dich erst einmal und trink einen Schluck guten Tee«, bot Alejandra Fredo einen Platz auf der Bank auf der Terrasse an. Nun erzählte Fredo alles, wie es gelaufen war, warum es so lange gedauert hat usw.

Alejandra wiederholte nun noch einmal die Bedingungen zur Haltung der Finca: »Diese Finca ist nur für Dich, für sonst niemanden. Wir lassen alles im Vertrag festlegen. Außerdem, aber dies wird Dir sicherlich nicht missfallen, rein biologische Aufzucht usw. Auch dies kommt in den Vertrag. Wir hatten fünfundneunzig ausgemacht. Die bekommst Du auch und kannst die fünftausend schon in die Renovierung stecken.«

Dann fuhr er mit seinem Mountain-Bike nach Hause. Zwanzig Minuten später rief Eve an und unterhielt sich eine Weile mit Alejandra, die danach raus auf die Terrasse kam und ihrem Gatten alles erzählte: »Sie bedankt sich überschwänglich.«

Noch im März dieses Jahres hatten die Seras mit der Errichtung der Solarstromanlage oben auf dem Dach begonnen und damit eine vollständige Autarkie mit Strom, Heizung und Wasser erreicht und das in der Wüste.

»Zunächst einmal müssen wir jetzt unbedingt, meinen Chef und seine Gattin einladen.«

»Finde ich gut, richtig, Ende September am besten.«

»Zum Essen weiß ich noch gar nichts. Seine Gattin ist überzeugte Katalanin, andererseits aber auch Kosmopolitin und gegen jeden Provinzialismus.«

Alejandra und Guennaro saßen wie sehr häufig zu dieser Zeit am späten Nachmittag auf der Terrasse beim Tee und Alejandra beklagte sich: »Jetzt schau Dir das an, in den ersten Monaten dieses Jahres gab es in den Niederlanden eine Veranstaltungsreihe über van Gogh und ich erfahre Nichts. Warum haben sie nicht schon vor einem Jahr zumindest die Information dazu gegeben. Das sind vielleicht Zeitungen. Für den Papierkorb, noch besser für den Kamin. Zu etwas Besseren sind sie nicht zu gebrauchen. Sie setzen auf die morbide Ausschlachtung von Sex und Verbrechen, sind ohne jegliche pädagogische Absicht oder politische Verpflichtung.«

»Da gebe ich Dir vollkommen Recht. Van Gogh hätte ich mir auch gerne angeschaut. Ich habe einmal sein Bild mit den Sonnenblumen in München in Deutschland gesehen, in einer der beiden Pinakotheken. Ich muss lügen, ich weiß nicht mehr in welcher.«

»Du warst in Deutschland? Das ist ja ganz was Neues.«

»Ja 1996, also vor knapp zwanzig Jahren, ich hatte es fast vergessen.«

»Aber da kommt ja unser Besuch.«

Der Dekan hatte sich mit seiner Gattin selbst zum Abendessen eingeladen. Beide Paare begrüßten sich auf das Herzlichste. »Dass ich das noch einmal erleben darf, ich darf dem Magier über die Schulter schauen. Ich hatte schon nicht mehr damit gerechnet, wenn ich ehrlich bin. Wie lange liegt Ihr Versprechen zurück, liebster Guennaro?«

»Fast auf den Tag genau vierzehn Jahre, Sandro war noch nicht geboren.«

»Welch eine Ehre!«

»Eine Ehre für mich, gnädige Frau, dass Sie sich in unsere Küche begeben.«

»Und was hat der Magier für uns heute gedacht?«

»Oh Carmen, nun lass uns doch erst einmal ankommen und in Ruhe den frühen Abend genießen.«

»Da muss ich Ihrem Gatten vollkommen Recht geben. Ich gehe mal in die Küche und hole frischen Tee«, betonte nun Alejandra.

»Schottland hätte Geschichte schreiben können. 4,3 Millionen Schotten haben über die Unabhängigkeit von Großbritannien entschieden. Die Wahlbeteiligung lag bei über 90 %. Sie trafen in 32 Wahlbezirken die Entscheidung, ob Schottland nach 300 Jahren die Union mit England auflösen soll. Bis zum Schluss gab es ein Kopf-an-Kopf-Rennen zwischen Befürwortern und Gegnern«, platzte es nun aus dem Dekan heraus. »Wegen der erheblichen Auswirkungen auf den britischen Finanzmarkt, die Europäische Union und die NATO war die Aufmerksamkeit für das Referendum auch im Ausland enorm hoch. In der EU wird die Tendenz zur Kleinstaaterei kritisch gesehen. Anhänger von 29 europäischen Separatistenbewegungen haben sich in den letzten Tagen vor der Entscheidung solidarisch mit den schottischen Befürwortern einer Abspaltung von Großbritannien gezeigt. In Edinburgh unterzeichneten sie einen Appell für ›Selbstbestimmung und die Anerkennung des Rechtes staatenloser Nationen, über ihr eigenes Schicksal zu entscheiden‹«, lauteten seine weiteren Ausführungen.

»Wie sehen Sie denn nun die politische Situation in Spanien, lieber Kollege?«

»Ja, genau, dies würde mich ebenso brennend interessieren«, ergänzte seine Gattin.

»Nun, dass ich ein wenig enttäuscht bin, ja ich muss zugestehen, sogar ein wenig wütend, zumindest aber traurig über die Entscheidung der Schotten brauche ich nicht weiter zu erläutern, jedoch bin ich zunächst Demokrat und akzeptiere deren Entscheidung und wünsche dem schottischen Volk die Kraft, die nun herbeigeführte Spaltung möglichst schnell und möglichst ohne Narben und Traumata zu überwinden.«

»Sehen Sie denn einen Zusammenhang zwischen diesem Volksentscheid im hohen Norden Europas und uns hier im tiefen Süden?«

»Durchaus gnädige Frau. Diese Volksabstimmung bedeutet Wasser auf die Mühlen jeglicher Zentrale, natürlich auch der Madrids. Bei unserer Wanderung damals Ende September 2011, Sie erinnern sich?«

»Aber lieber Kollege, wer denkt denn nicht daran, ich doch insbesondere, ich habe doch damals den Bericht ihrer Studenten gelesen und sofort Senora Mathilda zum Druck weitergegeben.«

»Gut, dann wissen Sie ja auch, dass diese Wanderung im Hinterland stattgefunden hat, Midi-Pyrenäen, wir hatten nur Kontakt zur einheimischen Bevölkerung, also Normalbürger. Das waren alles keine Spanier, das waren Katalanen, wie sie im Buche stehen. Die sind noch weniger Spanier, als ich es bin und alle waren ohne Ausnahmen von ihrer eigenen Regionalregierung enttäuscht, weil diese vor Madrid gekuscht hatte.«

»Sie mögen den Zentralismus nicht, diese Grundideologie der Nachkriegszeit, das spürt man.«

»Ja, ich habe das sowohl von Madrid, als auch von Seiten Barcelonas, alles gelesen und analysiert, zunächst wollte man an der für November geplanten Volksabstimmung zur Unabhängigkeit Kataloniens vom spanischen Staat festhalten. Und dies obwohl sich das Madrider Verfassungsgericht dagegen ausgesprochen hatte, diese geplante Abstimmung für illegal erklärt hatte. Doch sind sie dann eingeknickt. Insgesamt kein starkes Zeichen von der Regierung. Ich kann die Enttäuschung der Menschen verstehen. Aber wie sieht es denn nun mit Spanien insgesamt und Andalusien im Besonderen Ihres Erachtens aus?«, lauteten die Ausführungen der Gattin des Dekans.

»Schottland hat natürlich auch Malaga zurückgeworfen. Wir hinken noch hinter Katalonien weit zurück«, antwortete Guennaro kurz.

»Ja so sehe ich das auch«, beklagte diesen Zustand der Dekan und fuhr dann fort: »Was mir vor allem Sorgen bereitet, ist das Problem der Arbeitslosigkeit im Gesamtstaat. Zwar sind die absoluten Zahlen im letzten Jahr ein wenig zurückgegangen und auch die Arbeitslosenquote, doch jeder vierte Spanier ist heute arbeitslos. Und wenn man diese Zahlen dann wirklich bereinigen würde, dann wären es noch wesentlich mehr. Es ist insbesondere die Jugend, die arbeitslos ist und beim Beginn ihres Arbeitslebens zunächst mit diesem Problem konfrontiert wird und nicht mit Geldverdienen, Familie aufbauen usw.«

In diesem Moment kam Alejandra mit dem schon eisgekühlten Tee zurück.

»Genauso, lassen Sie mich bitte folgendes Erlebnis schildern. Als Guennaro letztes Jahr zum erneuten Check-up im Krankenhaus in Almeria lag, bin ich nach den Besuchen mit unserem Sohn zum Schwimmen gegangen. Der Strand liegt ja praktisch vor der Haustür des Krankenhauses. Innerhalb ganz kurzer Zeit kamen immer junge Männer an, teilweise noch Teenager, die mir versuchten klarzumachen, dass sie zu Liebesdiensten gegen Geld bereit wären.«

»O tempora, o mores! Welch eine Verrohung der Sitten, welch ein Moralverlust«, ergänzte die Dekansgattin.

»Sicherlich richtig gnädige Frau, aber auch ein Zeichen der Hoffnungslosigkeit, wenn halbe Teenager als erstes lernen, ihren Körper zu verkaufen«, ergänzte Alejandra noch.

»Aber der Hintergrund dafür ist die fast fünfzig prozentige Arbeitslosenquote bei Jugendlichen. Ich darf dies von einer anderen Seite ergänzen. Die gesamte Universitätsjugend ist ja eigentlich die Hoffnung der Nation auf die Zukunft. Viele unserer Studenten und Studentinnen jedoch leben nach ihren Examina, teilweise mit besten Noten, wieder zu Hause bei den Eltern, da sie keinen Job gefunden haben und kein Geld verdienen. Manchmal reicht es nicht, vier Fremdsprachen zu beherrschen. Sie schaffen es nicht, ihr eigenes Leben aufzubauen. Es gibt kaum Stellen für Akademiker. Es ist die verlorene Generation, generacion perdida, wie sich die unter fünfunddreißigjährigen heute nennen. Manche von den dreieinhalb Millionen suchen seit sechs, ja bis zu sieben Jahren einen Arbeitsplatz.«

»Manche hungern ihr Leben lang, andererseits überfrisst sich ein Teil der Bourgeoisie, hat kaputte Mägen und kann ohne Bikarbonat nicht mehr leben«, ergänzte Alejandra wiederum.

»Selbst dieses Jahr findet diese Generation keinen Arbeitsplatz, obwohl es Wahljahr ist. Rajoy hat ja jetzt die recuperacion ausgerufen, die Genesung für das gequälte Land, das die Immobilienkrise, dann die Bankenpleiten, die Hilfen des EU-Rettungsschirms für den Finanzsektor und damit verbunden viele Sparprogramme hinter sich hat«, vollendete der Dekan nun seine Ausführungen.

»Ja, das waren sieben magere Jahre. Allein einundvierzig Milliarden Euro hat die Rettung der Großbanken rund um das Skandalhaus Bankia verschlungen«, ergänzte die Gattin.

»Da ich im Hause Seras für die Finanzen zuständig bin, kann ich nicht umhin festzustellen, dass auch wir in etwa dreitausend Euro verloren haben«, ergänzte Alejandra.

»Gut, jetzt scheint dieser Sektor Spaniens ja stabil zu sein. Im Letzten Jahr hatten wir sogar 1,4 Prozent Wachstum«, konstatierte nun die Dekansgattin.

»Sieh an, sieh an«, frotzelte Guennaro, entschuldigte sich aber auch sofort per Handzeichen bei der Dekansgattin.

»Und Rajoy verspricht die Wende zum Besseren: ›2015 wird unser Land wirtschaftlich abheben‹ so gab er noch im Frühjahr bekannt«, vollendete die Dekansgattin ihren Gedankengang.

»Stattdessen nur Korruption«, kam es nun von Seiten Alejandras. »Dieser unerschütterliche offizielle Optimismus ist mir ein Greuel«, fuhr sie fort.

»An den Kapitalmärkten ist die Euro-Krise für Spanien überstanden. 2012 war der Risikozins für Staatsanleihen immer weiter nach oben geschossen und hatte das Land ja um seine Zahlungsfähigkeit fürchten lassen, ist nun ganz niedrig, wie seit langem nicht mehr. Kurzfristig laufende Schuldpapiere kann Madrid praktisch zum Nullzins ausgeben. Man vertraut der spanischen Regierung wieder«, äußerte nun der Dekan.

»Nur nicht im eigenen Land. Fünfundachtzig Prozent sagen von sich, sie hätten das Gefühl, die Regierung löse das größte

Problem der Bürger nicht. Die offizielle Arbeitslosenquote ist höher als in Bolivien, Botswana oder Bangladesh. Ich weiß, dass diese Vergleiche mit größter Vorsicht zu genießen sind, aber dennoch«, gab nun Guennaro von sich.

»›Bald wird alles besser‹, verspricht Fatima Banez, ›Spanien werde in diesem Jahr das Land der Euro-Zone sein, das am meisten Arbeitsplätze schafft, sechshunderttausend neue Stellen‹, kündigte die Arbeitsministerin an. Bis Ende 2020 sollen es sogar drei Millionen sein«, konterte wiederum die Gattin.

»Doch keiner sagt, wie dies geschehen soll. Sie verweist dann immer auf ihre Arbeitsmarktreform von 2012 und spricht von der ›neuen Kultur der Flexibilität‹, die sie mit dieser Reform von 2012 geschaffen habe. Aber was heißt das konkret? Nur leichtere Entlassungen und finanzielle Unterstützung für Unternehmer bei Einstellungen jüngster und älterer Arbeitnehmer. ›2014 sind so 434 000 Stellen geschaffen worden, 1200 pro Tag‹ schwärmt sie uns vor. Andererseits gibt es immer noch sechshunderttausend Beschäftigte weniger als bei ihrem Amtsantritt 2011. Darüber hinaus sind neunzig Prozent der Verträge auf nicht mehr als zwei Monate befristet«, vertiefte nun Guennaro das Gespräch.

»Die Jugend nennt diese Jobs Mülljobs, Trabajos de Basura. Man wird nur für ein paar Stunden in der Woche eingesetzt, und dann noch meistens katastrophal bezahlt. Mehr als ein Drittel aller spanischen Beschäftigten verdient weniger als sechshundert Euro im Monat. Und das reicht nicht, um selbständig zu werden. Selbst Ingenieure, Juristen, Psychologen oder Lehrer haben keine besseren Chancen. Wir graduieren an unserer Uni momentan mehr als Stellen ausgewiesen werden. Es ist ein Drama mit diesem unseren Land«, kam es jetzt von Seiten des Dekans.

»Es bringt die am besten ausgebildeten Menschen hervor, bietet ihnen aber keine Perspektive. Manche geben Nachhilfeunterricht, manche übernehmen Gelegenheitsjobs, wiederum andere leisten Schwarzarbeit und dann gibt es noch den großen Rest, der es aufgegeben hat.«

»Und dann gibt es auch noch die Banditen in den Trabantenstädten, die sich mit gestohlenen Luxusschlitten Wettrennen liefern«, ergänzte seine Gattin.

»Die haben in Madrid viel zu lange auf Bau- und Bankensektor gesetzt. Okay noch Tourismus. Weil diese Branchen besonders betroffen waren und deshalb Massen von Beschäftigten entlassen haben. Aber dies hat nicht funktioniert«, ergänzte jetzt Alejandra. »Neue Branchen müssten aufgebaut werden, IT und Maschinenbau.«

»Mit diesen beiden Sektoren, Bau- und Tourismusbranche, haben Sie aber auch die strukturellen Schwachpunkte unseres Wachstumsmodells herausgestellt. Die Arbeitsplätze sind größtenteils zeitlich begrenzt, meistens nur gering qualifiziert und z. T. sogar gesundheitsgefährdend und die Wachstumsgewinne fließen zum Teil ins Ausland, sind eher kurzfristig. Von den ökologischen Folgen, wie z. B. der Verringerung und Verschlechterung des Wassers und der Betonierung unserer Küsten, will ich gar nicht sprechen. Auch will ich die geringe Frauenerwerbsquote nicht vergessen«, gab wiederum die Dekansgattin zu denken.

»Aber nichts geschieht. Und die Mittelschicht verliert die Hoffnung«, ergänzte Guennaro. »Und das bereitet mir mächtig Sorgen. Schuld an der Misere sind im Grunde die politischen Eliten, die sich von der Idee des omnipotenten Staates verabschieden müssten.«

»Und dieser Niedergang hat sogar seinen eigenen Duft, wenn ich dies so sagen darf. In einer riesigen Halle am Rande Granadas – ich habe es mir letzte Woche angesehen – stehen Hunderte von Kartons voller Früchte. Freiwillige bringen die Kisten mit sämtlichen Lebensmitteln zu den LKWs an den Ausgaberampen. Circa sechzigtausend Kilo Essen schlägt die Lebensmittelbank Tag für Tag um, sie lässt an Supermärkten, Fabriken Essen einsammeln, um es an Suppenküchen, Caritas oder Kirchen weiterzugeben. In Madrid allein soll es fünfhundert Wohltätigkeitsorganisationen geben, dort werden täglich hundertvierzigtausend notleidende Menschen versorgt, landesweit sind es sogar 1,6 Millionen, mehr als doppelt so viele wie 2008. Viele würden verhungern, das Wort hambre (Hunger) hat hier wieder eine ganz existenzielle Bedeutung. Laut UN-Kinderhilfswerk leben bereits siebenundzwanzig Prozent der Kinder in Haushalten unterhalb der Armutsschwelle, die für eine vierköpfige Familie bei siebzehntausend Euro Jahreseinkommen liegt. Der Abstieg aus der Mittelklasse geschieht schnell, denn Arbeitslosengeld gibt es für maximal zwei Jahre«, kam es von Seiten der Dekansgattin.

»Wir haben also nicht nur ein Nord-Süd-Gefälle in Spanien, sondern es geht auch ein Riss durch unser Volk«, ergänzte sie ihr Gatte.

»Und so ist es kein Wunder, dass sich immer mehr junge und gebildete Spanier einer neuen politischen Bewegung zuwenden, der Podemos-Bewegung, die im Übrigen sehr viel inhaltliche Nähe zu der griechischen Syriza-Partei aufweist. Die haben im März dieses Jahres doch mehr als hunderttausend Menschen auf die Straße gebracht. Sie wollen die Gesellschaft verändern, und das ist gut so«, lautete es nun von Guennaro.

»Höre ich da den – Verzeihung – alten Kommunisten heraus«, fragte nun die Dekansgattin.

»Vielleicht gehe ich gleich auf Ihre Frage ein, die mir mehr als berechtigt erscheint. Zunächst einmal noch zu dieser Bewegung, die eine Anti-Establishment-Politik ist, die Stimme des Volkes darstellt.«

»Also ich weiß nicht so genau, was ich von dieser Bewegung halten soll. Viele dieser Menschen sprechen die Sprache dieser Generation. Sie wollen endlich Licht im Tunnel erblicken, eigentlich auch verständlich. Andererseits klingt Einiges aber auch sehr populistisch, wie z. B. die Anhebung der Mindestlöhne um zwanzig Prozent«, ließ sich die Dekansgattin ein.

»Andere Jugendliche, vor allem handwerklich orientierte, gehen ins Ausland und versuchen dort eine Ausbildung zu erhalten«, ergänzte sie ihr Gatte.

»Mal sehen, was die Wahlen am Ende des Jahres bringen«, fasste Guennaro vorläufig zusammen.

»Sind Sie immer noch Kommunist?«, kam die Dekansgattin erneut auf ihr Lieblingsthema.

»Also, ich bin seit meiner Entlassung aus dem Lazarett 1974 vor etwas mehr als vierzig Jahren nicht in der Partei geblieben, werde aber auch nie mehr in eine andere eintreten. Das hat unter anderem mit Parteienverdruss zu tun.«

»Leicht nachvollziehbar.«

»Aber andererseits bin ich nach wie vor von der Richtigkeit der Methode des Histo- und Diamat überzeugt. Ob Sie das nun Kommunismus nennen oder nicht, ist zunächst völlig zweitrangig. Ich fasse diese Methode auch eher als eine philosophische auf, weniger als eine politische. Andererseits muss und kann ich nicht anders umhin, als festzustellen, was wir ja gerade zusammen getan haben, dass die Bruchlinien des Kapitalismus gerade auch in Spanien immer größer werden.«

»Ich will ja nicht widersprechen«, fing nun Alejandra an, »aber ich halte am Marktsystem fest. Ich bin für Freiheit, auch im wirtschaftlichen Sektor.«

»Grundsätzlich würde ich Ihnen ja beipflichten, weil dies auch meine Auffassung ist, doch andererseits ist es doch gerade der Markt, der in den letzten fünfzehn Jahren versagt hat«, versuchte die Dekansgattin Alejandra ein wenig zu korrigieren oder differenzieren.

»Genauso sehe ich das auch. Was vor zwanzig Jahren mit dem bloßen Auge kaum zu erkennende Risse waren, sind jetzt zu tiefen Klüften geworden«, ergänzte sie ihr Gatte. »Ich gehe noch einen Schritt tiefer, ein wenig weg von der rein ökonomischen Seite hin zur anthropologischen. Der Kapitalismus – erinnern Sie sich bitte Chef an unsere Gesprächsrunde damals 1997 – lebt doch im Kern von der von ihm selbst unterstellten Unersättlichkeit menschlicher Bedürfnisse, immer mehr, immer größer, immer weiter, immer höher, immer schneller und er unterstellt darüber hinaus die Unstillbarkeit dieser Bedürfnisse, die also ewig und drei Tage fortexistieren bis zum Ende der Menschheit. Er lebt von der Erwartung eines unermüdlichen Wachstums des Konsums. Und deshalb schreitet er voran, indem er neue Märkte für neue Konsumgüter erschließt, die das Alte zugunsten des Neuen beseitigen und das Eindringen der Märkte in immer persönlichere Bereiche unseres Lebens forcieren.«

»Aber das ist doch äußerst produktiv und kann zur Verbesserung unseres Lebensstandards führen.«

»Sicherlich, mein Schatz, am Anfang, aber um auf Dauer laufen zu können, braucht der Kapitalismus Menschen, die süchtig nach allen möglichen Produkten und deshalb dazu bereit sind, dafür Geld auszugeben.«

»Einerseits, so habe ich Sie vorhin kurz informiert, haben wir ca. zweieinhalb bis dreitausend Euro in dieser Krise an der Bank verloren, andererseits mein Schatz und liebe Gäste, ist das Grundstück nebenan und auch das in ca. siebenhundert Meter Entfernung wesentlich billiger geworden. Zu unseren Gunsten.«

»Sie haben noch Land dazu gekauft?«, fragte nun der Rektor wissbegierig.

»Ich mache Ihnen den Vorschlag, Sie gehen jetzt mit meiner Gattin, schauen sich die beiden Grundstücke an und lassen sich von ihr in unsere Pläne einweihen. Und wir beide, Gnädige Frau, verlassen nun dieses Quartett und begeben uns in die Küche. Konveniert dies?«

»Aber mit dem allergrößten Vergnügen.« Die Dekansgattin und Guennaro erhoben sich und begaben sich in die Küche.

»Ich dachte mir, dass wir mit einem etwas variierten mallorquinischen Gemüseauflauf beginnen!«

»Na, dann zeigen Sie mal, was Sie drauf haben!«

»Da ich für die Sauce die absolute Ruhe und Muße benötige, beginne ich damit: Ich nehme drei bis vier Esslöffel Butter und lasse sie in diesem kleinen Topf besser noch in einem Tiegel bei mittlerer Hitze, vielleicht sogar noch weniger, aufschäumen, dann streue ich Mehl ein, nicht ganz die Menge wie die der Butter und dann rühre ich – geben Sie mir bitte den Holzlöffel dort rechts – diese Masse bis sie hellgelb ist, nehme den Topf von der Kochstelle und gieße ganz langsam Milch dazu, ca. ein Liter. Rühren nicht vergessen. Jetzt noch einmal aufkochen, bis die Sauce dick wird. Dann bitte auf kleinster Flamme köcheln lassen und würzen mit einer ganzen frisch geriebenen

Muskatnuss, Salz und frisch gemahlenen schwarzen Pfeffer. Je nach Geschmack auch ein wenig Zitrone. Aber nicht das Umrühren vergessen. Zunächst einmal fertig. Möchten Sie mir helfen?«

»Ich wüsste nicht, was ich lieber täte!«

»Gut, dann fangen Sie bitte mit den Kartoffeln an, bitte ein Pfund in dünne Scheiben schneiden, ich nehme mir in derselben Zeit die zwei Auberginen vor und verfahre genauso. Nur muss ich diese Scheiben zuvor erst einmal zwanzig Minuten in ausreichend Salz einlegen und anschließend ganz sauber kalt abwaschen, um ihnen das Gift zu entziehen. Währenddessen können Sie die Kartoffelscheiben dann in dieser gusseisernen Pfanne auf kleiner Flamme in Olivenöl anbraten, aber ganz sachte, sie sollten möglichst wenig Farbe ansetzen, sondern nur weich werden.«

»Sie haben noch eine gusseiserne Pfanne, das gibt es doch nicht.«

»Sicherlich, besonders für jegliche Form von Kartoffeln, aus Frankreich habe ich sie mir kommen lassen, aber erst vor zwei Jahren.«

»Herrlich, darf ich?«

»Ich bitte darum!«

Währenddessen holte er aus einer der vielen Schubläden einen Plastikschaumlöffel, reichte ihn der Rektorengattin, butterte eine große viereckige Auflaufform und bat sie, die leicht gerösteten Kartoffelscheiben auf den Boden der Auflaufform zu plazieren. Dasselbe geschah bei ein wenig erhöhter Temperatur mit den Auberginenscheiben, die die Rektorengattin dann anschließend über die Kartoffelscheiben schichtete. Alles zusammen leicht salzen und pfeffern. Der Backofen wurde schon einmal auf 180 Grad vorgeheizt. Währenddessen widmeten sich beide den völlig gesäuberten Paprikastücken, auch ca. ein Pfund, die Dekansgattin briet diese wiederum auf kleiner Flamme, circa fünf Minuten, nahm sie danach heraus, ließ sie auf Küchenpapier abtropfen und schichtete sie dann über die Auberginen. »Salzen und pfeffern sie ruhig noch einmal, aber auch nur wenig.« Dann übergoss Guennaro den gesamten Inhalt der Auflaufform mit der Bechamelsauce und übergab seinem Gast ein kleines Stück Manchego – »Den kennen Sie ja in der Zwischenzeit« – und eine Reibe. Die Gattin ließ sich nicht zweimal bitten und rieb die Hälfte des Stücks auf die Soße und stellte nun alles in den vorgeheizten Backofen.

»Sie können auch grüne Bohnen dazu tun, nur vorher ein wenig blanchieren, mehr nicht.«

»Toll, wenn das so gut mundet, wie es aussieht.«

»Noch besser. Doch nun geht es erst einmal ein wenig auf die Terrasse, denn vor diesem Mahl gibt es eine Mandel-Knoblauch-Suppe, Ihr Gatte hat damals gleich zwei Teller davon gegessen.«

»Als er am nächsten Tag von Ihnen zurückkam, hat er nur gestrahlt. Vor lauter Hitze, damals 1997, lief ihm das Wasser den gesamten Körper herunter. Schwitzen konnte man das damals schon gar nicht mehr nennen. Aber er war so gelassen, wie ich ihn eigentlich nie erlebt habe. Er hatte mir den Biomanchego mitgebracht, hatte dann irgendwo im Supermarkt noch Cornichons und Silberzwiebeln gekauft und abends musste ich ihn dann mit ihm essen. Er strahlte mich damals an, als hätte er gerade die Tinktur für die ewige Jugend herausgefunden.« Beide lachten. »Aber wirklich diese seine Gelassenheit.«

»Ja, wir hatten damals auch Beide einen unvergesslichen Abend und auch eine tolle Nacht.«

»Aber wie machen Sie nun diese Suppe?«

»Draußen Näheres, lassen wir den Auflauf im Backofen und genießen die Suppe draußen.«

»Ja, gerne.«

Alejandra und der Dekan waren in der Zwischenzeit zurückgekehrt, Alejandra hatte sich um die Dekoration gekümmert, die wie immer königlich gestaltet war. Weiße Suppenschalen auf einem orangefarbenen Teller, ein Augenschmaus. Die Terrine stand schon auf dem Tisch und wartete nur darauf entleert zu werden.

»Jetzt kannst Du selbst urteilen, mein Schatz«, gab der Dekan zu seiner Gattin von sich, »ob ich damals vor fast zwanzig Jahren übertrieben habe.«

»Nun geben Sie doch einmal ihr Geheimnis preis, lüften Sie es!«

»Nun gut, sei es drum. Sie nehmen ein knappes halbes Pfund Mandeln, schälen und hacken diese, dazu hacken Sie vier Knoblauchzehen und als letzte Zutat noch ein halbes Pfund Weißbrot vom Vortag, ich lasse die Rinde dran, weiche es aber fünf Minuten ein. Zusammen mit den Mandeln und dem Knoblauch dann zu einer homogenen Paste verarbeiten. Hierbei können Sie durchaus einen Mixer oder Pürierstab benutzen, beim ganz langsam laufenden und vielleicht manchmal auch abzusetzenden Gerät ein Viertel Liter feinstes Olivenöl dazu gießen, bis die Paste oder Mischung die Konsistenz einer dicken Mayonnaise erreicht hat. Sollte sie zu dick werden, meistens ist dies der Fall, können Sie sie mit wenig Sherryessig bis zu maximal fünf Esslöffel verdünnen, aber bitte nicht mehr, lieber weniger. Dazu kommt dann ein guter halber Liter, in unserem Fall heute habe ich sogar zweidrittel Liter Hühnerbrühe genommen, fein hinein mixen. Dann die Suppe in den Kühlschrank stellen und zwar mindestens zwei Stunden. Kurz vor dem Servieren geben Sie noch Brotwürfel des Weißbrotes in eine schon mit Olivenöl erhitzte Pfanne, rösten es, lassen es auf Küchenpapier abtropfen und garnieren die Suppe mit den Croutons und den grünen Weintrauben. Bei passendem Appetit können Sie noch Petersilie, selbstverständlich frische, darauf verstreuen.«

»Und damit Guten Appetit«, gab Alejandra nun das Startzeichen, mit dem Mahl zu beginnen. Der Dekan und seine Gattin wiederholten nun ihrerseits diesen Wunsch. Man vernahm kein einziges Wort, aber der Dekan und Alejandra gaben Guennaro mit erhobenem Daumen ein klares Zeichen über die mal wieder mehr als gelungene Köstlichkeit. »Ich muss noch eben in die Küche«, sprach s, stand auf und kam dann nach sehr kurzer Zeit mit der Auflaufform zurück.

»Und nun kommt meine Köstlichkeit«, begann die Dekangattin frotzelnd. Guennaro setzte sich und die Dekansgattin übernahm die Bedienung.

Zum guten Abschluss reichte Alejandra noch Käse, ein wenig Schinken und kochte einen Café solo.

In der Zwischenzeit war Sandro von der Schule zurück gekommen.

»So spät?«, fragte der Dekan.

»Er hat jetzt mit Handball begonnen, im Verein, nicht in der Schule.«

Alejandra fragte ihren Sohn: »Möchtest Du auch noch von dieser erfrischenden Suppe? Wir haben extra für Dich etwas übergelassen.«

»Hat Papa wieder seine Fastensuppe gekocht?«, fragte Sandro ein wenig abfällig.

»Aber von Fasten kann wirklich nicht die Rede sein, junger Mann, da muss ich Ihnen aber sehr energisch widersprechen«, betonte nun die Dekansgattin.

»Genauso«, ergänzte ihr Gatte.

»Oder wie wäre es mit diesem herrlichen Gemüseauflauf«, richtete nun die Dekansgattin die Frage an ihn.

»Oh ja gerne, aber ein wenig später, ich möchte vorher noch richtig duschen etc. Ich mache ihn mir dann in der Mikrowelle heiß.«

»In Ordnung mein Sohn.«

»Wie ich ja schon angedeutet habe, möchte ich nun mit Ihnen über das nächste Sommersemester sprechen, obwohl wir ja gerade erst kurz vor Beginn des Wintersemesters stehen. Was haben Sie denn vor, wissen Sie das schon?«

»Da ich so etwas schon vermutete, habe ich mir auch schon Gedanken dazu gemacht. Zunächst muss und sollte ich die Platonlektüre in diesem meinem letzten Semester abschließen. Dafür brauche ich aber 4 Stunden.«

»Mehr als einleuchtend, vollkommen genehmigt.«

»Dazu dann meine wöchentliche Sprechstunde. Den zweiten Teil der vier Stunden über Platon würde ich dann auf Freitag 17-19 Uhr legen und anschließend dann meine Vorlesung über Eros, wenn es geht im Audi-Max.«

»Nur noch praktisch fünf Stunden?«

»Ja, die Kraft lässt wirklich nach, es wird Zeit für mich zu gehen.«

»Wo Sie Recht haben, werde ich einen Teufel tun und widersprechen. Ich selbst spüre die Zeit auch an allen Gelenken und Knochen. Und nun zu Ihrer Verabschiedung. Meine liebe Gattin und ich haben uns Folgendes dazu ausgedacht: Wir beide, d.h. Sie und ich, gehen gleichzeitig in den mehr als wohlverdienten Ruhestand. Ich bin ja schon mehr als reif dafür, schließlich bin ich fast fünf Jahre älter als Sie und auch für mich wird es Zeit zu gehen.«

»Das ist zu viel der Ehre Chef.«

»Entschuldigen Sie bitte, dass ich jetzt wirklich mal lache. Und wenn Ehre, dann ist die Frage doch wohl die, für wen von uns beiden.«

»Ich richte mich vollkommen nach Ihren Wünschen. Ich durfte noch einundzwanzig Jahre meinen Traumberuf ausüben und das an Ihrer Uni, wenn ich das so sagen darf. Ich bin wunschlos glücklich. Ich habe nur eine Bitte: Ich möchte, dass meine Familie daran teilnehmen kann und darf.«

»Aber das ist doch wohl selbstverständlich! Was halten Sie davon, dass unser Kollege Raoul die Verabschiedungsrede hält?«

»Eine blendende Idee, der beste Mann dafür. Wenn ich diesbezüglich eine Bitte äußern dürfte?«

»Aber Herr Kollege, immer doch!«

»Dann würde ich mit dem größten Interesse seine Meinung zum Thema Zeit hören. Aber nur wenn er damit einverstanden ist.«

»Ich werde es so weiter geben. Dann brauche ich dies nicht selbst zu machen. Großartig. Mal wieder eine Entlastung. Super. Haben Sie irgendeinen Wunsch bezüglich eines Geschenkes. Das ist so Brauch bei Entlassungen. Vielleicht oder sicherlich kommt auch der ein oder andere aus Malaga.«

»Ich habe einen Wunsch bezüglich eines Geschenkes.«

»Ja, und der wäre?«

»Ich möchte gar nichts. Ich bin mit meinem Traumberuf an Ihrer Traum-Uni, bei lieben Kollegen und Kolleginnen einundzwanzig Jahre gewesen und habe dort arbeiten dürfen, dann stets die Hilfe von Senora Mathilda und die Tausenden von Studenten und Studentinnen, die durch meine Arbeit geformt wurden, was will ich mehr. Ich möchte kategorisch nichts. Wenn irgendwer auf die dümmste Idee seines Lebens kommen sollte, man müsste mir etwas schenken, dann soll er Senora Maria fragen, was sie braucht. Einen neuen Laserdrucker oder dergleichen Für mich absolut nadas. Mit derartigen Geschenken, macht man mich nicht glücklich. Vor einigen Jahren hat mein Blutsbruder – er ging in den frühzeitigen Ruhestand, es ging nicht mehr, rein körperlich, er hatte Wasser in den Beinen und konnte kaum noch stehen – eine Uhr als Geschenk erhalten. Ich frage Sie jetzt allen Ernstes. Spinnen diese Menschen? Was will man damit dokumentieren? Ab jetzt läuft die Uhr seines Lebens ab? Bisher war er immer unpünktlich oder was sonst? Außerdem erhielt er noch einen Opa-Fernsehsessel. Vielleicht oder sicherlich gut gemeint, aber halt, so geht es nicht.«

»Wo Sie Recht haben, haben Sie Recht. Ich darf also Ihr Nein als kategorisch auffassen.«

»Hundertprozentig.«

»Gut, dann verzichte ich auch.«

»Aber bitte nicht meinetwegen.«

»Nein, nein, Sie haben ja völlig Recht und das Einzige, was ich noch gerne hätte, ein guter Bildband über unsere Provinz, findet man nirgendwo. Und außerdem verdienen wir beide ja nicht so wenig, dass wir uns keinen Bildband mehr leisten können.«

Weihnachten 2015, genauer gesagt, zu seinem Geburtstag wenige Tage zuvor erhielt Sandro dann eine alte, gebrauchte Kawasaki als Geschenk. Damit konnte er dann noch in den Weihnachtsferien mit Hilfe des befreundeten deutschen Nachbarn alles langsam lernen. Zu Weihnachten bekam er dann die entsprechende Motorradkleidung geschenkt. Ostern 2016 war schon einige Zeit vorbei, die Hitze im Mai 2016 nahm enorm zu. Die Dekansgattin empfing am frühen Nachmittag ihren Mann mit einem Kuss, strahlte über alle

Backen: »Wir haben heute ein Paket erhalten. Jetzt rate mal von wem?«

»Wenn Du mich so anstrahlst, dann kann es nur der Papst sein.«

»Ach, nein.«

»Der junge König?«

»Ach nein, es gibt nur einen, bei dem ich so strahle.«

»Ach ja, dann kann es nur Guennaro sein.«

»Genau, mein Schatz, er hat uns ein Kochbuch geschenkt: ›Eros en Cocina – Cocinar apasionado‹ Von ihm selbst.«

»Schön, dass er noch vor der Verabschiedung damit fertig geworden ist. Dann kann der Verlag schon vorher mit der Werbekampagne und dem Verkauf beginnen. Kannst Du uns bitte einen Eistee nach draußen in den Garten bringen.«

»Aber gerne, setz Dich schon einmal, ich komm gleich nach.«

DIE KÜCHE ANDALUSIENS

Der Dekan nahm das Buch Guennaros mit nach draußen und setzte sich unter einen riesigen Sonnenschirm in den Schatten und fing schon einmal an zu lesen: »Kaum etwas prägt die Küche und die Esskultur eines Landes mehr als seine Geografie, seine Geschichte und seine Menschen. Dafür ist Andalusien ein perfektes Beispiel: Der Süden des spanischen Teils der iberischen Halbinsel, eben halt Al Andaluz, erstreckt sich von der portugiesischen Grenze im Westen, den Grenzfluss Guadiana hundert Kilometer nach Norden, dieselbe Strecke nach Nordosten und dann über viele Hunderte von Kilometer immer nach Osten, knapp 100 Kilometer nördlich von Sevilla, ein wenig mehr Kilometer nördlich von Corodoba, knapp zweihundert Kilometer nördlich von Granada, um dann fast ganz im Osten am Rande der Sierra de Alcaraz nach Südosten abzubiegen und nur vierzig Kilometer südlich von Lorca und nur wenige Kilometer westlich von Aguilas wieder am Mittelmeer zu enden.

Mit seinen vielen tausend Quadratkilometern vereint es eine große landschaftliche Vielfalt: Der fast ewige Schnee in der Sierra Nevada und die ewige Sonne in der Wüste, der einzigen Wüste Europas im äußersten Südosten Andalusiens, in der Nähe von Almeria, Hunderte von Kilometern Küsten, die fast schon tropisch anmuten. Die kalkhaltigen Böden von Jerez de la Frontera, der Heimat des Sherrys, der Donana Nationalpark. Seine Wald- und Dünenlandschaft bietet Lebensraum für Rotwild und schließt ein wichtiges Feuchtgebiet mit artenreicher Flora und Fauna ein. Und so abwechslungsreich die Landschaft dieser riesigen Provinz, so groß ist auch die Vielfalt der landwirtschaftlichen Produkte.

Darüber hinaus gibt es einen weiteren Faktor, der die Vielfalt noch vergrößert: Der Einfluss der verschiedenen Invasoren. Dies zieht sich von den Phöniziern bis hin zu den Mauren. Jeder dieser Invasoren hinterließ seine kulinarischen Spuren. Die Phönizier brachten den Olivenbaum ins Land, der allerdings erst unter römischer und dann maurischer Herrschaft richtig kultiviert wurde. Die Römer brachten überdies neue Techniken, wie das Grillen und die Kunst des Backens ein. Die auf die Römer folgenden Westgoten waren die Pioniere der Viehzucht und legten höchstwahrscheinlich die Basis für die bis heute lebendige Tradition der Herstellung berühmter Käse. Doch kein Volk hatte so nachhaltigen Einfluss auf die Kultur der spanischen, insbesondere der andalusischen Küche, wie die Mauren. Für sie war ›Al-Andalus‹ ein Garten Eden, vor allem nachdem sie die Landwirtschaft entwickelt und öde Trockengebiete mithilfe von Kanälen und Wasserrädern in grüne Oasen und fruchtbares Land verwandelt hatten. Das ausgeklügelste und effizienteste Bewässerungssystem der Weltgeschichte, sie haben es hier in unserem Landstrich realisiert. Sie und nicht die Zionisten haben die Wüste zum Blühen und den wahren Reichtum nach Andalusien gebracht, bevor dann die Eroberer das schnöde Edelmetall aus der Neuen Welt herbrachten. Sie brachten eine erstaunliche Vielzahl von Produkten hierher, Zitrusfrüchte, ja selbst Bananen und Mandeln. Dazu verschiedene Gemüsesorten, Reis, der dann in der Gegend um Valencia kultiviert wurde, Artischocken, Auberginen, Sellerie und Hartweizen für alle Sorten von Backwaren. Dann Gewürze, vor allem Safran und Zimt. Auf dem Zenit der maurischen Herrschaft, Mitte des 10.Jahrhunderts, galt das muslimische Spanien, also ›Al-Andalus‹, als intellektuelles und wissenschaftliches Zentrum der Welt. Seine Hauptstadt Cordoba wurde als ›Zierde des Erdballs‹ bezeichnet.

Das ursprüngliche Bild vom friedlichen und harmonischen Nebeneinander von Muslims, Juden und Christen muss doch differenzierter gesehen werden, dennoch gab es andererseits durchaus ein sich gegenseitig befruchtendes Zusammenleben der verschiedenen Religionen und Völker. Nach 1492 nahm dann die andalusische Küche langsam aber sicher die heutige Gestalt an. Erst skeptisch beäugte Importe aus der Neuen Welt, wie Tomaten, Kartoffeln, Paprika, Chili und Schokolade bereicherten das ohnehin schon breite Spektrum der andalusischen Landesküche und sind heute aus ihr nicht wegzudenken.

Zum Abschluss dieser Einleitung sei mir noch ein kurzer politischer Gedankengang erlaubt: Sollte man es zumindest als gedankliches Konstrukt akzeptieren, dass Gesamtspanien ein politisches Gebilde aus vielen verschiedenen, regional verwurzelten Volksgruppen mit eigener kultureller Identität und teils sogar eigener Sprache darstellt, dann kann man nicht umhin, zu konstatieren, dass den größten Einfluss auf das kulinarische Erbe die Menschen selbst hatten, seien es nun die Basken, die Kastilianer oder Katalanen, die Galizier, die Valencianer, die Mallorquiner oder Ibizenker, und an erster Stelle in unserem Denken natürlich wir, die Andalusier. Sie alle haben ihre individuellen, von der Natur des Landes, seinen Produkten, seinem Klima und seiner Geschichte geprägten Regionalküchen. Stellvertretend für die enorme Vielfalt von Gesamtspaniens Küche mag die lange Tradition der baskischen Männerkochclubs stehen. Auch wenn viele Zentralisten dies nicht gerne hören, aber die Basken sind Gourmets. In ihrer Hauptstadt San Sebastian, gibt es viele hochdekorierte Restaurants, an denen so mancher Michelin-Stern leuchtet. Hier findet man die besten Fische und Meeresfrüchte ganz Spaniens. Aber man muss auch sagen, nein, für alle Ewigkeit festhalten und für alle nachfolgenden Generationen im Bewusstsein verankern, dass man dort kocht, wo man zu sich selbst findet, und in meinem Fall ist das eben Andalusien, genauer gesagt die Wüste von Tabernas.«

Schriebe ich ein Buch über die spanische Küche, benötigte ich aufgrund der regionalen Vielfalt mehrere tausend Seiten. Deshalb werde ich mich also ganz oder fast ganz auf die Küche Andalusiens beschränken, die sich im Wesentlichen nicht von der Gesamtspaniens unterscheidet.

Als erste große Gemeinsamkeit sei hier die Tapasbar genannt, für deren Existenz die gesamte Welt dem spanischen Volk danken müsste. Vielfalt steht in ihr an erster Stelle: Pan a la catalana, ebenso Röstbrot mit Gemüse und Spiegelei, Migas con Huevos, übrigens typisch für die Cocina pobre, die

Küche der armen Leute, Patatas bravas, fest im Biss und auf keinen Fall mehlig, die Sauce dazu darf durchaus Feuer haben, Kichererbsen mit Chorizo, einfache knusprige Kroketten mit cremigem Innenleben, Tortillitas de Gambas, frittierte Garnelenküchlein, die in Andalusien vor allem mit den kleinen Camarones zubereitet werden, eingelegte oder auch gegrillte Paprikaschoten, das Gemüse, das ebenso wie die Tomate die iberische Halbinsel erobert hat wie sonst niemand. Eine einfache Tortilla ist immer noch die Messlatte für eine gute Tapasbar. Und sollte es einmal etwas exquisiter sein, gibt es halt einen Russischen Salat. Aber Vielfalt auch innerhalb der Besucherschaft. Da drängeln sich Touristen, da stehen dann Bau-, Metall- oder Malerarbeiter noch in ihren dreckigen Arbeitsklamotten neben den Büroangestellten in ihrem feinen Zwirn, deren Mittagspause mal wieder viel zu kurz ist. Alle sind hier zu finden, sogar Philosophieprofessoren sollen schon gesichtet worden sein.

Die zweite Gemeinsamkeit ist Al-Zait. Was bitte? Al-Zait kommt aus dem Arabischen und heißt nichts Anderes als Olivensaft. Unser Aceita, also Olivenöl, ist davon abgeleitet. Gesamtspanien hat einen Anteil von ca. 25-35 % der jährlichen Weltproduktion. Kam der Olivenbaum nun um 1000 mit den Phöniziern oder um 700 v.Chr. mit den Griechen? Auf jeden Fall war er schon in der römischen Antike der Exportschlager Spaniens, heute ist er ein regelrechter Industriezweig. Deshalb fordere ich Sie alle in Ihrem Interesse auf, nur noch Öl aus kontrollierter Herkunft, D.O., denominacion de origin zu nehmen, dies bürgt für Qualität.

Als die dritte Gemeinsamkeit möchte ich den Wein benennen, der in siebzehn oder achtzehn Provinzen angebaut wird. Den Wein Andalusiens möchte ich aber besonders hervorheben, den Sherry, die Süßweine Malagas, die vor allem aus der Pedro-Ximenez-Traube gewonnen werden und leichte Weißweine aus der Nähe von Huelva.

Als vierte Gemeinsamkeit nenne ich den Reis, den traditionellen Magenfüller der Arbeiterklasse. Deshalb gehört unser aller proletarischer und auch nichtproletarischer Dank den

Mauren, die ihn zu uns brachten. Kultiviert wurde er dann im Gebiet um Valencia und von den Menschen dort auch zu seinem Höhepunkt gebracht, der Paella.

Als fünfte Gemeinsamkeit benenne ich Chiringuito! Aber was bitte ist das? Das weiß keiner so genau. Aber es gibt wohl zwei Bedingungen: Zwischen Playa und Chiringuito darf nichts sein, denn eine Playa ist keine Playa ohne Chiringuito und es muss immer offen und luftdurchlässig sein. Höchstwahrscheinlich war es die Idee von einheimischen Fischern, die Reste vom Tagesfang am Strand zum Verzehr zu grillen. Dies soll so um achtzehnhundert begonnen haben. Seitdem dann immer mehr Touristen kamen avancierten die Fischer langsam aber sicher zu Gastronomen und boten neben ihren Sardinen und Doraden, auch noch Paella und Gazpacho an und zu trinken gab es selbstverständlich dann auch noch.

Vom Chiringuito zum Fisch, der sechsten und letzten Gemeinsamkeit: Spanien hat mehrere Tausend, Andalusien mehrere Hundert Kilometer Küste und so ist es mehr als natürlich, dass es Hunderte, wenn nicht Tausende von Fischrezepten für ganz Spanien gibt. Kein Lokal, das nicht Calamares a la Plancha, Gambas al Ajillo anbietet, auch Sardellen fehlen auf keiner Karte. Selbstverständlich tun sich bei dieser Nahrung das Baskenland, Katalonien, Galizien und selbst das kleine Navarra deutlich hervor. Auch das Gebiet um Alicante, Murcia, Torrevieja zählt seit Neustem dazu. So habe ich die besten Sardellen in einer kleinen Tapasbar einen halben Katzensprung entfernt vom Palmengarten in Elche gegessen. Die besten Fischsuppen habe ich im Baskenland und in Katalonien genossen, den würzigsten Dip, den Romescodip, in seiner Herkunftsstadt Tarragona. In Andalusien steht vor allem das Frittieren von Fisch und Meeresfrüchten an. In meiner Lieblingstapasbar in Sevilla gibt es die typische Fritura de la Casa, Garnelen, Jakobsmuscheln mit Paprikaschoten und Zwiebelringen in einem leichten Backteig frittiert. Die Thunfischsteaks sind mit Tomatensauce angerichtet, halt andalusisch, einfach. Reste davon können am nächsten Tag auch kalt gegessen werden mit einem frischen grünen Salat. Verwenden

Sie bitte in Zukunft ruhig den billigeren weißen Thun, weil er nicht so überfischt ist.

Verlassen wir damit die provinzübergreifenden Gemeinsamkeiten der spanischen und gelangen so zur rein andalusischen Küche:

Das andalusischste Gericht – und kein Mensch auf der gesamten Welt zweifelt daran – ist der Gazpacho. Wo sonst als in der Bratpfanne Europas käme man auf die Idee eine kalte Suppe zu servieren. Die kalte Mandelsuppe ist eine Spielart des Gazpacho. Ich glaube, beide Gerichte hier nicht noch einmal zum Besten geben zu müssen.

Aus der Region Huelva stammt Caldereta de Cordero, das Lammragout mit Gemüsesauce, ein traditionelles Schäfergericht: Zunächst gilt es die Lammkeule zu entbeinen und das Fleisch in mundgerechte Würfel zu schneiden. Was Sie jedoch als erste benötigen, ist ein Schmortopf. Ich nehme immer noch meinen uralten aus den siebziger Jahren, gebe ein paar Löffel Olivenöl hin, erhitze dies auf mittlerer Stufe, mehr nicht, und lass das Fleisch kurz anbraten, nicht länger als vier bis fünf Minuten, entnehme es dem Topf und lege es zur Ruhe. Dann kommen ein bis zwei Zwiebeln, eine Möhre, eine Paprika, alles grob gewürfelt, und zwei gehackte Knoblauchzehen in den Topf, ca. 8 Minuten anschwitzen. Anschließend packen Sie das Fleisch, ein gutes halbes Pfund gehackte Tomaten, viel gehackte frische Petersilie, ruhig zwei große Esslöffel, ebenso viel gehackte Minze, zwei Lorbeerblätter, dann etwas Weißwein, maximal einen halben Liter, besser weniger, und ebenso viel Wasser in den Topf. Alles wird zum Kochen gebracht und dann zugedeckt im auf hundert achtzig Grad vorgeheizten Backofen anderthalb Stunden geschmort. Dann ist das Fleisch zart.

Zum Gewürz: Einen Teelöffel gemahlenen Kreuzkümmel, ebenso viel edelsüßes Paprikapulver, ebenso viel gemahlenen schwarzen Pfeffer und eine Messerspitze Zimt, alles mischen. Nach der Garzeit das Fleisch zunächst herausholen und das Gemüse in der Sauce pürieren, vorher aber die Lorbeerblätter entfernen. In der Gewürzmischung Semmelbrösel würzen und dann in der Sauce unterrühren, das Fleisch wieder behutsam hinein geben und ganz behutsam wieder aufkochen. Danach abschmecken und eventuell mit Salz und Pfeffer nachwürzen. Grüne Bohnen schmecken hervorragend dazu.

Dieses folgende Gericht haben wir im Hause Seras immer als vegetarische Hauptmahlzeit empfunden: Sie müssen am Tag vorher beginnen: Kichererbsen über Nacht im Wasser einweichen lassen, am nächsten Tag abgießen, durchaus einige Zeit abtropfen lassen. In der Zwischenzeit Möhre würfeln, Zwiebeln hacken, ebenso eine Knoblauchzehe. Alles mit ca. ¾ bis einem Liter Wasser aufkochen, geben Sie ein Lorbeerblatt dazu und kochen Sie es ca. zwanzig Minuten. Salzen nicht vergessen, noch ca. 40-50 ml bestes Olivenöl dazu und noch einmal zehn Minuten garen.

Noch einmal 30-50 ml Olivenöl in einer Pfanne auf mittlerer Stufe erhitzen, eine Zwiebel und eine klein gehackte Knoblauchzehe fünf Minuten anschwitzen, zwei klein gehackte Tomaten dazu geben und weitere fünf Minuten garen. Diese Mischung dann unter die Kichererbsen rühren und dabei möglichst eine saucenähnliche Konsistenz herausbekommen. Dann ein halbes Pfund Mangold unterrühren und noch einmal fünf Minuten garen, bis er zart ist. Dann noch einmal kräftig salzen und pfeffern, eventuell mit gewürfelten hartgekochten Eiern servieren.

Als nächstes seien die Flamenquines Cordobeses genannt, gefüllte Schweineröllchen aus Cordoba. Am Vortag setzt man einen starken Hühnerfond an, mit dessen Hilfe dann am nächsten Tag als erstes und in aller Ruhe eine Bechamelsauce produziert wird, vielleicht einen Hauch salziger und pfeffriger als sonst. Vor allem sollte sie jedoch klebrig sein. Die Schnitzel möglichst nicht dicker als fünf Millimeter lassen, ordentlich klopfen und dann in eine rechteckige Form schneiden, hauchdünnen feinen rohen Schinken darauf legen und mit einer Mischung aus Petersilie und feinst gehacktem Knoblauch bestreuen, zusammenrollen, mit Zahnstochern verschließen und kalt stellen. Anschließend die Röllchen rundherum mit der Bechamelsauce überziehen. Diese Hülle ist nur die Grundierung für die Panierung. In einer Fritteuse oder einem zu einem Drittel mit Olivenöl gefüllten Topf maximal ein bis zwei Minuten frittieren und dann zum guten Schluss im vorgeheizten Backofen auf 180 Grad fertig garen.

Andrajos con Bacalao erfordert sehr viel Zeit, den Klippfisch, ca. ein Pfund, legen Sie zunächst am Vortag zwanzig Stunden in Wasser in den Kühlschrank zum Entsalzen. Vergessen Sie dabei bitte nicht, das Wasser ca. fünf Mal zu wechseln. Bringen Sie den Fisch dann am nächsten Tag in frischem Wasser zum Kochen, lassen ihn zwanzig Minuten bei geringer Wärmezufuhr garen und danach erkalten, trennen Haut und Gräten ab und zerpflücken das Fleisch in Stücke.

Zwei bis drei Esslöffel Olivenöl erhitzen Sie in einem Schmortopf bei nur mittlerer Hitze, schwitzen eine kleingehackte Zwiebel und ebenso zwei klein gehackte Knoblauchzehen darin an, geben ein knappes Pfund gehackte Tomaten dazu, schmecken dann alles mit scharfen Paprikapulver ab, weniger als einen halben Teelöffel, und geben den Klippfisch dazu. In der Zwischenzeit haben Sie im Mörser einige Safranfäden, ein Dutzend schwarze Pfefferkörner, einen knappen Teelöffel Kreuzkümmelsamen zu einem Pulver zermahlen, rühren es unter den Klippfisch, gießen den schon tags zuvor angesetzten Hühnerfond, ca. ein Liter, dazu und lassen alles fünfzehn Minuten köcheln.

Ebenso garen Sie in der Zwischenzeit Lasagneblätter al dente, lassen sie abtropfen und heben sie unter den Klippfisch, alles mit frischer Petersilie bestreuen und servieren.

Selbstverständlich hat dieses Gericht in der Zwischenzeit die gesamte iberische Halbinsel erobert, doch ist es vom Ursprung her ein andalusisches Gericht: Huevos a la Flamenca.

Beginnen wir mit den Kartoffeln. Circa ein Pfund schälen, waschen und dann in Würfel schneiden und in einer Pfanne mit Olivenöl circa acht Minuten rundherum bräunen. Gesünder wäre es, auf Olivenöl zu verzichten. Anschließend drehen Sie die Temperatur auf ganz klein und geben zwei hauchdünne Scheiben rohen Schinkens, ganz feine Streifen einer roten Paprika und eine klein gehackte Zwiebel hinzu und schwitzen alles circa sechs Minuten an. Normalerweise kommt jetzt der Spargel, legen Sie aber vier Stangen beiseite für später. Zusammen mit dem restlichen Spargel, geben Sie noch circa hundert Gramm grüne Bohnen, geputzt und in kleine Stücke geschnitten hinzu, ebenso die gleiche Menge Erbsen und ein Pfund gehackte Tomaten. Dann können Sie ein Viertel Liter Hühner- oder auch Gemüsefond hinzugießen. Alles gesalzen und gepfeffert. Dann fügen Sie die Kartoffeln hinzu und lassen alles zehn Minuten garen, dabei gelegentlich umrühren. Dann fetten Sie eine Auflaufform ein. Füllen Sie den gesamten Inhalt des Topfes nun in diese Schüssel, vermeiden Sie jegliche Art von Flüssigkeit, drücken Sie vier Mulden in dieses Gemüse schlagen die Eier auf und lassen je ein ganzes Ei hinein gleiten. Dann verteilen Sie die vorhin übriggelassenen vier Spargelstangen und circa hundert Gramm hauchdünn geschnittene Chorizoscheiben darauf. Sie können auch noch den übriggebliebenen Schinken in Würfeln darauf verteilen, muss aber nicht sein, aber Petersilie muss noch darüber gestreut werden. Zum Schluss zwanzig Minuten im vorgeheizten Backofen bei hundertachtzig Grad backen.

Sollten Sie einmal an butterweichem Fleisch interessiert sein, so nehmen Sie dieses: Lomo en leche, ein Kilo ausgelösten Schweinerücken, ohne Schwarte, zusammengerollt in ganz heißes Olivenöl geben und von allen Seiten bräunen, dann einen Liter Milch und eine Messerspitze Zimt hinzugeben und mit Salz und Pfeffer würzen. Die Milch zum Kochen bringen und dann diese große Pfanne unbedeckt in den vorgeheizten Backofen schieben. Sofort von hundertachtzig auf hundertfünfzig Grad reduzieren. Anderthalb Stunden garen lassen, dabei das Fleisch regelmäßig mit der Milch übergießen. Anschließend das Fleisch herausnehmen, in eine Alufolie wickeln, damit es einigermaßen warm bleibt, eventuell auch in den Backofen schieben zum warm halten. Die Sauce aufkochen und in etwa dreißig Minuten auf die Hälfte reduzieren, Brösel einrühren, was für eine sämige Konsistenz sorgt. Dann das noch heiße Fleisch in Scheiben schneiden und auf einer Platte anrichten. Die heiße Sauce übergießen.

Ein Tipp vom ehemaligen Kastilianer liebste Andalusier: Nehmt einmal statt Lomo Cerdo und auch dieselbe Menge, legt es vorher in Rotwein ein, durchaus von morgens bis abends, dann abends noch ein wenig Milch dazu, aber bitte keinen Zimt. Dasselbe Verfahren, dazu dann einen kleinen grüne Bohnen-Salat und ein paar Kroketten. Ihr vergeßt Lomo en leche!

In jedem spanischen Dorf gibt es süße Spezialitäten, vielfach mit Schokolade. Es gibt also keinen Mangel, vor allem wenn es um festliche Anlässe geht. So darf zu Weihnachten der obligatorische Turron, eine Art Nusshonignugat, nicht fehlen. Wir lassen uns jedoch von einer deutschen Firma aus Dresden deren Weihnachtsprodukt kommen, den Christstollen.

Ebenso verlockend wie einfach ist Torrijas, echt andalusischen Ursprungs, inhaltlich zusammenhängend mit der Semana Santa. Verwenden Sie bitte nur bestes Weißbrot und nur den besten Cream-Sherry oder auch Malaga. Sparen Sie bitte an beiden Produkten nicht. Nehmen Sie vier Scheiben Weißbrot vom Vortag, knapp zweihundert Milliliter Sherry oder Malaga, träufeln den Wein auf das Brot, bis er restlos absorbiert ist. Lassen Sie das Ganze einige Minuten ziehen. Die Brotscheiben im verquirlten Ei wenden und in einer Pfanne mit mittlerer Temperatur von jeder Seite drei bis vier Minuten im Öl goldbraun rösten. Brote herausnehmen, abtropfen lassen, mit einer Zucker-Zimt-Mischung (2 Esslöffel Zucker, 1 Teelöffel Zimt) bestreuen und ein wenig Honig darüber gießen.

Sicherlich ist es völlig richtig, dass Feigen eher nicht in Andalusien wachsen. Und sicherlich ist der Reichtum an Ideen, sie zu servieren, riesig. Diese Art ist dennoch typisch andalusisch, denn es geht um Sherry oder Malaga:

Nehmen Sie circa hundertfünfzig Gramm Honig, hundertfünfundzwanzig Milliliter Wein und eine Messerspitze Zimt, verrühren das alles in dreihundertfünfundsiebzig

Milliliter Wasser, geben die Feigen dazu, bringen alles rasch zum Kochen, drehen alles danach auf kleinste Temperatur und lassen es zehn Minuten garen. Sie nehmen den Tiegel vom Herd und lassen die Feigen darin circa drei Stunden ziehen. Anschließend nehmen Sie die Früchte heraus, kochen die Flüssigkeit auf und lassen sie bei höchster Hitze in fünf Minuten sirupartig eindicken. Runter vom Herd. Die Stielansätze der Feigen mit einer Küchenschere abschneiden und die Früchte an der Oberseite mit einem scharfen Messer einritzen. Stecken Sie eine ganze geschälte Mandel hinein. Mancherorts werden auch noch Schokoladensplitter verwendet. Darauf haben wir in unserer Familie meinetwegen fast immer verzichtet. Feigen auf einen nicht zu kleinen Dessertteller verteilen, mit Sirup übergießen, nach Belieben mit Creme double garnieren.

Sehr viel Zeit nimmt unser letztes Dessertrezept in Anspruch: Hundertzwanzig Gramm Zucker in zwei Esslöffel Wasser bei schwacher Hitze auflösen, aufkochen und dann auf kleinster Flamme zehn Minuten garen, bis er goldbraun karamellisiert ist. Nichts anbrennen lassen, dabei bleiben. Den Karamell in eine Backform geben, wenn es geht quadratisch, gleichmäßig verteilen, an die Seite stellen. In einem weiteren Topf ca. hundertfünfzig Gramm Zucker mit einem Viertel Liter Wasser, der entleerten Vanilleschote und dem Mark derselben unter Rühren erhitzen, bis sich alles aufgelöst hat. Aufkochen und wiederum zehn Minuten garen, bis die Mischung eine sirupartige Konsistenz hat. Abkühlen lassen und die Vanilleschote entfernen. Den Backofen auf hundertachtzig Grad vorheizen. In der Zwischenzeit ein Ei und sechs Eigelbe mit einem Mixer schaumig schlagen. Langsam den abgekühlten Vanillesirup dazugießen und beständig auf höchster Stufe weiter schlagen, bis die Mischung homogen ist. Diese Massen dann durch ein Sieb über den Karamell in der Backform gießen. So lange in den Backofen schieben, bis sie stockt, etwas abkühlen lassen und dann noch in den Kühlschrank stellen, circa eine halbe Stunde. Das Ganze, eben Tocino de Cielo mit Hilfe eines Messers vom Boden und vom

Rand der Form lösen und auf eine große Platte stürzen, dann in Stücke schneiden. Mir ist es auch schon daneben gegangen.

Was mir jedoch immer gelingt, Paella, besser als bei Euch in Valencia. Aber auch ich bin schon der Gefahr erlegen, den Reis mit allzu vielen Zutaten zu ersticken. Und deshalb nie den Mut verlieren, immer wieder aufs Neue, auch mal etwas Revolutionäres probieren, heißen Gazpacho im Winter oder dergleichen nicht nur in der eigenen Provinz bleiben, sondern den Blick über den Tellerrand hinausgleiten lassen, sogar in fremde Länder.

So wie der Rest der Welt sich für unsere Tapasbars bedanken sollte, sollten wir uns z. B. bei den Deutschen für ihr Weihnachtsgebäck und z. B. bei den Türken für ihren Tee bedanken und nun:

Buen Provecho!!!!

Eros, Liebe und Leben

Mitte Juli, der Geburtstag seiner Mutter lag erst wenige Tage zurück, sitzt Guennaro am frühen Vormittag auf der Bank auf der Terrasse seines Anwesens und zog genüsslich an einer seiner hundert, seit fast fünfzehn Jahren leer und kalt bleibenden Pfeifen. Auf dem Tisch vor ihm ein halbvoller Becher süßen, türkischen Tees, daneben ein aufgeschlagenes Buch, einige Zeitungsseiten und ein blauer Textmarker. So sitzt er lange dort, denkt nach und blickt zu den imposanten Bergen im Süden herüber: Ein Habicht fliegt vorbei, einige Bartgeier und mehrere Adler ziehen ihre Kreise und werfen ihre Schatten auf die brütend heiße Erde. ›Der endlose Horizont‹ war sein letzter Gedanke, doch vom Westen näherte sich zügig eine Staubwolke und nur wenig später konnte man einen tiefblauen Pick-up amerikanischer Provenienz erkennen, der durch das tagsüber meistens offene Eingangstor des Anwesens fuhr und kurz vor dem Haus stoppte. Fredo, der Bedienstete des Besitzerehepaares, stieg aus und näherte sich.

»Es ist gut, dass Du kommst, Fredo. Welche Neuigkeiten bringst Du?«

Fredo lachte: »Ihr Sohn kommt zu Besuch!«

»Woher weiß Du das?«

»Er hat mir gerade eine Email geschickt, da Sie und Ihre liebenswerte Gattin ja durchaus tagelang nicht an ihren Computer gehen, und lässt mitteilen, dass er heute Abend mit zwei Kommilitonen anreist!« Fredo stand und wartete auf eine Order von Seiten Guennaros.

In diesem Augenblick ging die Tür am Ende der Terrasse auf, Alejandra trat aus dem gemeinsamen Arbeitszimmer der beiden heraus, noch mit mehreren Pinseln bewaffnet und freute sich über die Anwesenheit Fredos: »Ich habe den Wagen gehört. Was gibt es Neues, lieber Fredo?«

»Ihr Sohn, verehrte Senora, kommt heute Abend und bringt noch zwei Kommilitonen mit.«

»Juchhei«, rief sie voller Freude aus, umarmte ihren geliebten Gatten, drückte ihm einen Kuss auf die Wange und malte ihn mit den Pinseln an. Alle lachten. »Kochst Du uns dann etwas Besonderes heute Abend, mein Küchenteufel? Ich bereite die Schlafzimmer vor!«

»Selbstverständlich meine Göttin, aber wen laden wir denn dazu ein? Nur wir beide, das ist zu wenig. Ich bin zu altmodisch geworden. Sollten wir nicht Sarah einladen?«

Eigentlich wollte seine Gattin ihm widersprechen, als er mit seinem Alter kokettierte, hielt sie ihn trotz seiner knapp sechsundsiebzig Jahre zumindest für geistig einen der fittesten, auch wenn der Körper doch an wesentlichen Stellen immer mehr nachließ oder auch gar nicht mehr funktionierte. In der weisen Absicht, eine Grundsatzdiskussion mit ihm zu vermeiden – schließlich gab es ja noch genug vorzubereiten – verzichtete sie ihrerseits auf einen Kommentar und meinte: »Sarah, das ist in Ordnung. Aber wen noch? Sarah alleine das ist zu wenig!«

»Wie wäre es mit dem Pastor, der hat wenigstens die notwendige Bildung?«

»Als wenn Du davon nicht zu viel hättest«, gab sie ihm liebevoll zurück. »Der Pastor ist in Ordnung, der passt gut in diese Runde!« Und zu Fredo gewandt, sagte sie: »Ruf bitte beide an oder noch besser fahr bitte bei beiden kurz vorbei und lade sie für neun Uhr heute Abend ein, aber nicht früher. Und denk auch an Deine Eltern, ich hoffe, dass sie auch kommen!«

»Genau, aber nicht vor neun, bitte, schließlich muss ich ja kochen, aber dennoch pünktlich. Kommst Du dann gleich bitte zurück. Wir müssen noch das Menü besprechen. Danke Fredo.«

Fast um dieselbe Zeit, als Fredo bei Sarah und dem Pastor vorsprach, um die Bitte des Ehepaares auszurichten, fuhren Sandro, Regis und Conrad, die sich für acht Uhr abends angemeldet hatten, von Tarragona aus mit dem Wagen los. Der Weg führte die Autobahn an der langweiligen Costa del Azahar entlang, um Valencia herum, an den Bettenbetonhochburgen des internationalen Massentourismus in Benidorm vorbei und durch das ewige Verkehrsnadelöhr Alicante, was heute durchaus einmal schnell gelang. Ebenso zügig ging es an Murcia und Lorca vorbei und über den Teilungspunkt der Autobahn in Richtung Granada und Almeria hinweg. Erst auf der Autobahn in Richtung Almeria, als sie schon das grüne Schild der autonomen Provinz Andalusien passiert hatten, nahm Sandro ein wenig das Gas weg und ließ es tempomäßig behutsamer angehen. Die Strecke kannte er ja im Schlaf, hatte er sie doch Zeit seines Lebens, also knapp drei Jahrzehnte, immer mehr lieb gewonnen. Nach der Autobahnabfahrt Sorbas/Tabernas bogen die drei auf die berühmteste Straße Spaniens ein, die N340 mit ihren alten Olivenbäumen, die ihrer Ankunft einen anheimelnden und zugleich beinahe feierlichen Charakter verliehen.

»Hier möchte ich auch nicht tot über dem Lattenzaun hängen«, sagte Regis, als sie durch den ersten uralten kleinen Weiher fuhren, der, so schien es, mit den Olivenbäumen um das höhere Alter wetteiferte und in dessen Ruinen aber auch niemand mehr wohnen wollte. »Findest Du das nicht auch Conrad?«

»Wenn Du willst, ja. Aber Verzeihung, lieber Regis, ich finde Deine Äußerung etwas zu trivial für einen angehenden Juraassessor.«

»Nun gut, dann sage Du doch etwas Besseres.«

»Ich werde mich hüten.«

So waren sie auch schon durch Sorbas gefahren und an einen Punkt angekommen, von dem man aus, so glaubte man, das Ende dieser Straße in aller Klarheit erblicken konnte. Doch ging es noch vorbei an der Abfahrt nach links über Lucainena durch die Wüste bis Nijar und von da aus bis an den Cabo de Gata, dann kam auf der rechten Seite ein Motorradrennkurs, auf dem Sandro schon als Vierzehnjähriger sich in der Kunst des motorisierten Zweiradfahrens geübt hatte, dann auf der linken Seite die Repsol-Tankstelle, die in früheren Zeiten, genauer gesagt in seiner Kindheit, die gesamten vierundzwanzig Stunden geöffnet hatte und an der er so oft nicht nur getankt, sondern auch Holz, Gas und auch Lebensmittel eingekauft hatte, sobald es zu spät geworden war, um im Dorf selbst noch etwas einkaufen zu können. Zur linken Seite gab es die Abfahrt nach Turillas, von wo aus man auch wiederum nach Lucainena gelangen konnte und hinter dieser Abfahrt lag das Hotel, in dem so manche Gäste seiner Eltern Unterkunft gefunden hatten, wenn das Elternhaus Haus wieder überfüllt war. Knapp drei Kilometer später bog Sandro nach rechts in einen der Feldwege ein, die noch immer so steinig und voller Schlaglöcher waren wie zu jenem Zeitpunkt, als seine Eltern mit ihm als gerade mal gut Halbjährigen hierher in die Wüste gezogen waren. Nach einem guten halben Kilometer hielt er vor dem offenen schmiedeeisernen Tor an.

»Wow! Alle Wetter! Beim Jupiter, Sandro, das ist ja gewaltig«, wandte sich Conrad eigentlich an seine beiden Mitreisenden. »Das ist ja märchenhaft, ein Schloss in der Wüste. Du hast auf dem Campus wahrlich nicht übertrieben!«

»Ein Schloss in der Wüste, ich glaube, eine Fata Morgana zu sehen«, äußerte sich nun Regis.

»Hast Du denn überhaupt schon einmal eine gesehen, lieber Regis?«, fragte nun Sandro seinen Begleiter, wohl ahnend, dass dieser noch nie eine Wüste, geschweige denn eine Fata Morgana gesehen hatte.

»Die weiße Wand ist wohl Dein Wüstenschloss? Und das Stückchen Blau da hinter dem Glas ist dann wohl der Pool? Das kleine weiße Haus dort hinten rechts taxiere ich als das Gästehaus. Und ich wette, dass ich mit allem richtig liege!«, donnerte es aus Regis heraus.

»Lasst uns hinauffahren, mein Vater hält viel von Pünktlichkeit und wir sind schon spät dran«, sagte Sandro und fuhr nun durch das Tor die breite Auffahrt hinauf bis kurz vor das Arbeitszimmer seiner Eltern. Guennaro und seine Gattin und dahinter Fredo standen bereits vor der Veranda. Im Nu sprangen alle drei aus dem Cabrio.

»Liebe Mama, lieber Papa, erlaubt mir, Euch zwei liebe Kommilitonen von mir vorzustellen: Regis, angehender Jurist, und Conrad, seines Zeichens Sprachwissenschaftler mit den besten Examensnoten.«

Beide Elternteile schüttelten jedem die Hand und sprachen aus, wie glücklich sie über diesen Besuch seien: »Seien Sie uns herzlich willkommen, meine Herren. Sie können sich kein Bild davon machen, welche Freude Sie uns machen, mir, dem alten, verbitterten Einsiedler, und meiner lieben Frau, die unter meiner Griesgrämigkeit leidet.«

»Genauso, man sieht nichts mehr, man hört nichts mehr. Ich hoffe auf einen gut gefüllten Sack voller positiver Neuigkeiten«, pflichtete sie ihrem Gatten bei.

»Aber, aber, Senora Seras«, sagte Conrad, »wir sind schon den ganzen Tag unterwegs. Abgesehen davon kann doch heute keiner mehr mit dem Internet konkurrieren, was die neusten Nachrichten betrifft.«

»Leider wahr«, lachte die Hausherrin und bat nun Fredo, den Herren ihr Gepäck auf die Zimmer zu bringen. Sandro gab Fredo ein kurzes Zeichen, dass nicht.

»Wir haben nun halb neun. Um neun, wenn ich bitten darf«, wandte sie sich jetzt an die beiden jungen Herren, die auch sofort verschwanden und ihre Sporttaschen selbst aus dem Kofferraum holten. Fredo ging nun voran, schloss das Gästehaus auf und gab den beiden den Schlüssel. Das schmucklose Weiß der Wände des ersten Schlafraumes stach ab von dem schlichten Schwarz des ehemaligen Schlafzimmers von Guennaros Eltern, das noch aus der Zeit kurz nach dem Bürgerkrieg stammte, also noch aus den dreißiger Jahren des vorigen Jahrhunderts. Guennaro hatte es noch von seiner Mutter geerbt: Ein Doppelbett, zwei Nachtkonsolen, ein für Gäste viel zu großer Schrank und ein Schminktisch mit schönem Spiegel. Darüber hinaus befanden sich hier noch zwei ebenso schlichte Stühle. Das zweite Schlafzimmer war ebenso schlicht in weiß gehalten, war jedoch vom Mobiliar her gesehen moderner eingerichtet: Ein breites Ehebett mit braunem Überzug, gegenüber ein hellbrauner überdimensionaler Schrank aus Kiefernholz, zwei Nachtkonsolen und dazu eine große Kommode aus dem gleichen Holz, die auch Platz für die notwendige Bettwäsche bietet. Das zwischen diesen beiden Räumen gelegene großzügig gestaltete Bad verfügt über eine ebenerdige Dusche, Toilette, Bidet und ein Doppelwaschbecken, alles wenn nötig, auch mit einem Rollstuhl zu erreichen. Den zweiten Teil dieses Raumes bildet eine kleine Teeküche mit Kühlschrank, einem zweiflammigen Elektroherd und einigen einfachen Unterschränken mit Geschirr, Bestecken und anderweitigen Küchenutensilien.

Die beiden jungen Herren stellten ihre Gepäckrollen auf den mit einfachen Fliesen versehenen Boden des ersten Schlafzimmers ab. Fredo wies noch auf eine Klingel hin und sagte: »Um neun wird zweimal geläutet«, und ging, damit die beiden ihrer Bequemlichkeit überlassend.

Auf den Nachtkonsolen stand jeweils eine einfache Lampe, ebenso lag jeweils ein Exemplar von Platons Apologie des Sokrates darauf.

»Recht nüchtern«, formulierte Conrad.

»Wo Du Recht hast, hast Du eben Recht. Aber für eine Nacht mehr als ausreichend«, ergänzte Regis.

»Ja, genau, Regis, aber wie teilen wir nun? Ich denke, Du nimmst das moderne Zimmer und ich nehme mit dem alten Ehebett vorlieb. Ich wette, das Bett hat eine Geschichte.«

»Ein Bett hat immer eine Geschichte, aber fast neunzig Jahre zurück«, bestätigte Regis. »Wie gefallen Dir übrigens die beiden Alten?«

»Vorzüglich. Ich hätte nicht gedacht, dass Sandro solch famose Eltern haben könnte.«

»Das klingt ja beinah so, als wenn Du etwas gegen unseren Sandro hättest.«

»Was durchaus nicht der Fall ist. Unser Sandro ist der beste Kerl von der Welt, und wenn ich dieses Wort nicht hasste, würde ich ihn sogar einen ›perfekten Gentleman‹ nennen müssen. Aber ...«

»Nun?«

»Aber er passt doch nicht recht an seine Stelle.«

»An welche?«

»An die Universität.«

»Aber, Conrad, ich versteh Dich nicht. Er ist bei allen beliebt. Der Professor in der Orthopädie hält die größten Stücke von ihm.«

»Ja, ja der Herr Professor und dessen Chirurgiekollege auch, aber lassen wir das jetzt und heute, denn es ist schon viertel vor und wir müssen noch duschen und uns deshalb beeilen.«

Während Regis und Conrad sich ihrer Toilette hingaben und sich abwechselnd über das alte Ehepaar und den jungen Sandro austauschten, schritten Mutter und Sohn im Garten des Hauses auf und ab und hatten auch ihrerseits ihr Thema: »Ich bin Dir dankbar, dass Du uns Deine Freunde mitgebracht hast. Hoffentlich kommen sie auf ihre Kosten. Mein Leben verläuft ein bisschen zu einsam und es wird ohnehin gut sein, wenn Papa und ich uns wieder an Menschen gewöhnen. Du wirst es gelesen haben, dass unsere gute Frau Bürgermeister gestorben ist und in gut zwei Wochen haben wir eine Neuwahl. Die Sozialisten wissen noch nicht, wen sie als Kandidaten aufstellen sollen. Papa hat schon im Vorfeld Pastor Lorenzo als parteilich übergreifenden Bürgermeisterkandidaten vorgeschlagen. Natürlich hatte er keinen Erfolg damit bei den Sozialisten. Da kann man sich wirklich überraschen lassen. Sind Deine Freunde weltoffen und gesprächsbereit?«

»Oh sehr, Mama, vielleicht zu sehr. Wenigstens der eine.«

»Das ist gewiss der Conrad. Sonderbar, die von der Linguistik reden alle gerne. Auch wenn wir uns ja durch die Sprache vom Tier unterscheiden sollen, doch manchmal ist ja Schweigen bekanntlich Gold«

»Genauso so oder wie Papa es immer sagt, ›Silence is golden‹.«

»Nicht wer am meisten redet, ist der reinste Mensch, mein Sohn. Und diesem Conrad habe ich es gleich angesehen. Aber dieser Regis. Du sagtest, er wäre Juraassessor. Was ist mit dem?«

»Oh, der wird Karriere machen, der ist jetzt schon bei einer weltbekannten, international arbeitenden Anwaltskanzlei angestellt.«

»Dann muss man ihn wohl vorsichtig anfassen, wenn das Gespräch auf politische Themen kommt oder? Du weißt ja, dass ich ziemlich unpolitisch bin, aber Dein Vater und auch Fredos Eltern. Müssen Sie sich in Acht nehmen? Wo steht der denn politisch?«

»Das weiß er selber wohl nicht so recht. Und weil er es nicht weiß, hat er die große Auswahl und wählt gerade das, was gerade gilt. Viele an der Uni nennen ihn einen Streber oder Karrieristen. Mag er es auch sein, so hat er doch keinen schlechten Charakter und kann im Intimkreis durchaus reizend sein. Er hält sich dann meistens mit dem Ohr für das schadlos, was er mit dem Munde versäumt. Conrad wird am besten mit ihm fertig. Er kann ihn aufziehen und was das Beste ist, Regis lässt sich das gefallen. Daran siehst Du, dass sich mit ihm leben lässt.«

»Wir werden sehen. Aber ich sehe Staubwolken. Das werden Sarah, der Pastor und Fredos Eltern sein. Wir beide reden morgen früh weiter. Du wirst Dich auch noch ein bisschen frisch machen wollen und ich will mir noch meinen schwarzen Rock anziehen. Sarah putzt sich auch immer so damenhaft heraus und ist immer noch frei.«

Fredo läutete um neun Uhr zweimal an der Klingel des Gästehauses. Regis und Conrad gingen die wenigen Meter vom Gästehaus um das Arbeitszimmer hin zur Terrasse, deren große Tür und Fenster im Sommer immer geöffnet blieben, so dass man das gesamte Terrain überblicken konnte: In der Mitte stand ein langer von der Hausherrin gedeckter und mit viel Liebe zum Detail dekorierter heller Eichentisch, unter den Fenstern der beiden am Flur gelegenen Räume stand eine lange Bank und um den Tisch herum gruppierten sich noch Stühle, so dass genügend Platz für alle Anwesenden war: Sarah, ein paar Jahre älter als Sandro, mit der ihn eine lange seit den späten Kindertagen andauernde Freundschaft verband, Pastor Lorenzo, den Sandro nun auch praktisch seit seiner Geburt oder genauer gesagt seit seiner Taufe am 1. September 2002 kannte, Regis und Conrad, Fredos Eltern und das Gastgeberehepaar. Alejandra trug eine wunderschöne weiße Bluse mit einem schwarzen Samtrock, der ihre trotz ihres Alters wunderschönen Beine voll zur Geltung kommen ließ, ging den eintretenden Kommilitonen ihres Sohnes entgegen, begrüßte sie nochmals mit der ihr eigenen natürlichen Herzlichkeit und führte sie gleich in den Kreis der schon Versammelten ein.

»Bitte die Herrschaften mit einander bekannt machen zu dürfen. Sarah Sandrino, Pastor Lorenzo, Adam und Eve Jimenez, die Eltern Fredos und dann nach rechts sich wendend Regis Decamerone, seines Zeichens Juraassessor und Conrad Robledal, angehender Linguist.«

Man verneigte sich gegenseitig. Fredo stand in der offenen Eingangstür und wartete auf Order von Seiten des Gastgeberehepaares.

»Darf ich die Herrschaften nun zu Tisch bitten. Nehmen Sie doch bitte alle so Platz, wie es conveniert. Mein Gatte wird wohl gleich so weit sein. Fredo würdest Du so nett sein und in der Küche Bescheid geben, dass wir nun essen können.«

Der fleißige Bedienstete verschwand wie der geölte Blitz, doch kam ihm der Hausherr aus der Küche schon entgegen. Sein Auftritt war bühnenreif: »Da mein Schatz berechtigterweise immer großen Wert auf Sauberkeit legt, hat sie mir zum letzten Osterfest diese nette Kochverkleidung geschenkt. Normalerweise gehe ich genau umgekehrt vor im Gegensatz zu heute, richte mich bei der Gestaltung des Essens immer an der Herkunft der Gäste aus, doch heute auch mit Rücksicht auf die große Hitze vorweg eine kalte Mandel-Knoblauch-Suppe.«

Zunächst verlief das Gespräch recht zäh. Alle waren mit dem Mahl beschäftigt. »Diese Suppe habe ich heute fast auf den Tag genau vor dreißig Jahren zum ersten Mal gekocht. An jenem Abend war mein Chef Gast.«

»Und was hat mein Küchenteufel als Hauptgang vorbereitet?«

»Hähnchenbrust in Sherry-Knoblauch-Sauce, meine Göttin, dazu trockenen Basmati-Safran-Reis und eine hoffentlich mundende Gemüseplatte. Gott sei Dank konnte mir Fredo heute doch sehr zur Hand gehen.«

Nach dem reichhaltigen und sehr lang dauernden Mahl nahm Senora Alejandra das ihr zustehende Tafelaufhebungsrecht in Anspruch: »Darf ich die Herrschaften nun in den Salon bitten.«

Alle erhoben sich nun rasch, um sich von der Terrasse durch die Diele in den Salon zu begeben, in dem es – war es Zufall oder Absicht? – in diesem Augenblick noch an jeglicher Beleuchtung fehlte. Nur durch die Doppelglastür fiel natürlicherweise für diese Tageszeit nur wenig Licht herein, das Licht der über den Bergen stehenden Mondsichel.

»Darf ich Sie nun alle bitten, sich mit dem Rücken zum großen Fenster hinzustellen«, klang es von Guennaros Seite. Anschließend knipste er das Licht an, eine neue LED-Konstruktion rund um die Wand des Salons zur Küche:

Wandbild Woodstock

»Mon Dieu«, »Wow«, »Überwältigend«, »Hammerhaft«, »Göttlich«, »Das ist doch ...«

»Genau, das ist das neuste Kunstwerk meiner holden Gattin, Woodstock wie es leibt und lebt. Ich dachte mir: Ich gönn mir ja sonst nichts.«

»Da kommt ja nicht einmal die Sixtinische Kapelle mit.«

»Leonardo könnte noch von Ihnen lernen.«

»Michelangelo hätte es so gut nicht hinbekommen.«

»Bitte, bitte, keine Übertreibung, auch wenn es mir ehrlich gesagt, auch gelungen erscheint«, schwächte Alejandra nun alle Bemerkungen etwas ab.

»Gelungen? Das ist bombastisch, der echte Hammer.«

»Wie groß, wenn ich fragen darf?«

»Knapp dreizehn Quadratmeter«, lautete die prompte Antwort Guennaros.

»Und zur Feier dieses schönen Tages spielt uns der liebe Sandro etwas vor«, schloss Pfarrer Lorenzo dieses Thema nun ab. Alle anderen schlossen sich dieser Bitte an und klatschten so lange in die Hände, bis sich der Angesprochene an das zwei Meter vor der Terrassentür sich befindende hundertjährige Jugendstilklavier setzte: »Aber nur weil Mama vor wenigen Wochen ihren Geburtstag hatte und ich nun seit Barcelona mal wieder nicht anwesend sein konnte. Zu Beginn«, und dabei kramte er in den Hunderten von Notenblättern herum, »eine kurze Sentenz aus der Moldau.«

Danach spielte er noch eine weitere von Chopin und einen kurzen Abschnitt aus Carmen. Nach diesen gut zehn Minuten klatschten alle laut Beifall.

»Da habe ich aber wirklich gute Arbeit geleistet«, lautete der Kommentar des Geistlichen und beide Eltern strahlten um die Wette. Nach diesem musikalischen Intermezzo brachte Fredo den Kaffee.

Alle gruppierten sich zunächst um die Dame des Hauses und machten ihr die mehr als berechtigten Honneurs. Zunächst trennten sich Conrad und Sarah ab und standen ein wenig abseits in einem so schien es trauten Gespräch zusammen. Auch Pastor Lorenzo, dem es im Salon zu heiß wurde und der deshalb auf die offene Glastür wies, und Sandro trennten sich nun ab: »Es ist ein so schöner Abend, lieber Sandro, sollen wir nicht auf die Terrasse hinausgehen?«

»Aber gewiss, lieber Pastor. Und wenn wir uns schon absentieren, dann wollen wir auch alles Gute gleich mitnehmen. Fredo sei doch so lieb und bring uns bitte zwei Gläser vom süßen Malaga und auch zwei Exemplare aus der Kiste, Du weißt schon.«

»Oh, großartig, ein paar Züge an einer schwarzen Brasil, das schlägt sich nieder. Und dann ist es ja auch wohl schicklicher im Freien. Meine Haushälterin schimpft jedenfalls sehr mit mir, wenn ich mal wieder im Hause geraucht habe. Sie spricht dann abfällig vom ›paffen‹.«

Unter diesen Worten waren Sandro und der Pastor vom Salon her auf die kleine Terrasse hinausgetreten und sahen auf den kleinen Springbrunnen, der im Garten sprudelte:

»Immer wenn ich den Springbrunnen sehe, muss ich unwillkürlich an unsere Bürgermeisterin denken. Ist nun auch hinüber. Na ja, jeder muss mal, und wenn einer seinen Platz da oben sicher hat, so ist sie es. Zwar überzeugte Sozialistin, aber eine Ehrenfrau durch und durch und loyal bis auf die Knochen. So hat sie doch damals Deinem lieben Vater bei der Legalisierung des Arbeitszimmers geholfen, ebenso noch Sarahs Mutter bei der Legalisierung der Küche im Roadhouse. Reden konnte sie nicht, doch ist dies bestimmt kein Nachteil. So hat sie der Stadt wenigstens kein Geld durch ihre Schwätzerei gekostet. So eine bekommen wir nicht wieder.«

»Ach, das ist Schwarzmalerei, lieber Pastor. Ich glaube, wir haben viele von ähnlicher Gesinnung.«

»Frau Chorrizo war in den großen Fragen unerbittlich. Wer aus der Partei ist das denn noch? Die Partei ist verbraucht. Die sind doch jetzt insgesamt fünfzig Jahre und mehr an der Regierung. Ein Unglück, lieber Sandro!«

Die anderen waren im Salon zurückgeblieben, so dass sie den Blick auf die mondbeschienene Terrasse und die darauf auf- und abgehenden zwei Herren hatten. Sarah sah man an, dass sie glücklich über das Tete-a-Tete mit Conrad war. Das Besitzerehepaar saß mit Regis und dem Ehepaar Jimenez auf der lindgrünen Couchgarnitur, die nun doch an die drei bis vier Meter Abstand zur neu, künstlerisch gestalteten Wand hatte. Auf dem tiefen Couchtischchen stand der Kaffee.

Guennaro kümmerte sich um eine seiner Meerschaumpfeifen und erkundigte sich nach einem seiner ehemaligen

Professorenkollegen in Barcelona, worauf Regis zu verstehen gab, dass jener schon emeritiert gewesen sei, als er zur Universität nach Barcelona gekommen war: »Aber ich habe viel von ihm gehört.«

Nun schaltete sich Senora Alejandra ins Gespräch ein: »Schade, dass Sie nur einen Tag für Tabernas Zeit haben, sonst müssten Sie morgen unbedingt einen Ritt durch die Wüste machen, eine einmalige Landschaft mit unvergesslichen Eindrücken. Man vergisst dabei Zeit und Raum und ist Gott näher als sonst nirgendwo.«

»Ja, gnädige Frau, Ihr lieber Sohn hat schon viel davon erzählt. Vor allem jedoch hat er viele Kommilitoninnen mit der Geschichte um die äußerst aggressive Kobra und den halben Meter langen Tausendfüßler zu Tode erschreckt.«

»Reines Anglerlatein, lieber Regis«, gab Guennaro lächelnd zurück und auch Alejandra musste unwillkürlich schmunzeln.

»Es gibt zwar ein paar Nattern, die auch giftig sind, sie leben hauptsächlich von Mäusen, Menschen sind ihnen zu gefährlich. Ihr Gift reicht nicht aus, um wirklich als ernsthaft gefährlich eingestuft werden zu müssen, geschweige denn als tödlich«, lautete nun der sachlich völlig richtige Beitrag Adams.

Eve stimmte dem kopfnickend zu: »Selbst die Skorpione sind ungefährlich, ein Stich täte uns Menschen zwar weh, würde sehr brennen, aber abgesehen von der Möglichkeit eines allergischen Schocks wäre ansonsten beim Körper eines Erwachsenen nichts weiter zu befürchten. Ich möchte von meiner Seite den Vorschlag Alejandras noch ein wenig erweitern und biete Ihnen beiden an, Sie morgen früh bei einer Wüstentour zu begleiten.« Alle fünf nahmen einen Schluck aus ihren Tassen.

»Geht leider nicht, denn wir beide haben morgen Nachmittag schon den Rückflieger geordert, wir müssen morgen Abend wieder zurück sein. Übermorgen wartet auf mich der Alltag«, gab Regis nun zurück. »Tut uns beiden sehr leid.«

Kurz vor Mitternacht war der Mond hinter der südlichen Bergkette verschwunden und alle Gäste machten sich mit ihren Wagen auf den Heimweg. Fredo saß für die siebenhundert Meter bis zu seiner Finca hinten auf dem Pick-up seiner Eltern. Conrad und Regis verabschiedeten sich ins Gästehaus und auch Sandro begab sich in sein Zimmer.

Conrad war sehr müde und sofort bettfertig: »Es bleibt also dabei, lieber Regis, Du logierst Dich in das antike Zimmer ein und ich nehme das moderne. Vielleicht wäre es umgekehrt richtiger, aber Du hast es ja so gewollt.«

Während er so sprach, schloss er die Eingangstür ab, zog sich aus und legte sich ins Bett.

Regis war derweil mit seiner Sporttasche beschäftigt, aus der er sämtliche Toilettengegenstände hervorholte: »Du musst mich entschuldigen, wenn ich mich noch eine Viertelstunde im Bad aufhalte, aber ich habe es mir zur Angewohnheit gemacht, mich abends zu rasieren. Ich muss also ein wenig stören.«

»Mir ganz recht, trotz aller Müdigkeit. Nichts besser, als aus dem Bett heraus noch ein wenig zu plaudern.«

»Nun das freut mich. Aber wenn Du noch eine Plauderei haben willst, dann musst Du den Großteil selber leisten. Sonst schneide ich mich womöglich noch, was dann am anderen Morgen schändlich aussieht. Also strenge Dich an. Wie fandest Du übrigens den Abend?«

»Grandios! Das Essen war Genuss pur! Alles gebildete Menschen, vor allem der Alte und der Pastor, aber auch Sarah, eine Rose in der Wüste. Sie scheint mir hier auszutrocknen. Und dann die Dame des Hauses, immer ganz reizend, immer lächelnd, als wenn sie mit Gott und sich im Reinen wäre.«

»Ich kann mich jetzt nicht so richtig konzentrieren. Aber Du scheinst Recht zu haben mit Deiner Einschätzung. Nur das Weltbild des Alten schien mir ein wenig antiquiert zu sein. Aber erzähl mir mal lieber etwas von Sarah. Ihr habt Euch ja eine Menge zu erzählen gehabt. Vielleicht sogar etwas Pikantes?«

»Das geht Dich aber auch überhaupt nichts an, dann kannst Du überhaupt nicht schlafen.«

Beide waren sehr müde gewesen und hatten ungestört bis kurz vor acht Uhr schlafen können, dann weckte sie Fredo durch lautes Klingeln an der Eingangstür. Dazu bot er ihnen einen guten Morgen und erstattete seinen Wetterbericht: »Es gibt gewiss einen schönen Tag und Sandro ist auch schon auf und geht mit seiner Mutter im Garten herum.«

So war es denn auch. Sandro war schon kurz nach sieben unten im Salon erschienen, um mit seiner Mutter, von der er wusste, dass sie eine Frühaufsteherin war und ist, ein Familiengespräch zu führen. Aber er war dazu entschlossen, nicht seinerseits damit anzufangen, sondern alles von der Neugier und dem guten Herzen seiner Mutter zu erwarten. Und darin sah er sich nicht enttäuscht.

»Vaya, ein neuer Tag fängt an.«

»Ah, Sohnemann, das ist recht, dass Du schon da bist. Nur nicht zu lange im Bett bleiben. Ich wette, Deine Freunde schlafen bis neun.«

»Nein, Mama, sicherlich nicht. Regis kann sich das angesichts seines Berufes und der Fahrerei jeden Tag nicht leisten.«

»Aber sage, wie steht es denn eigentlich damit? Du weißt schon, was ich meine.«

»Ja, Mama ...«

»Nein, nicht so; nicht immer nur ›Ja Mama‹. So fängst Du jedes Mal an, wenn ich auf dieses Thema zu sprechen komme. Da liegt schon eine halbe Weigerung darin, ein Hinausschieben, ein Abwartenwollen. Und damit kann ich mich nicht anfreunden. Du bist jetzt fast siebenundzwanzig.«

»Noch keine sechsundzwanzig und Du, liebste Mama, warst zweiunddreißig, als Du Papa kennenlerntest.«

»Trotzdem. Du fackelst zu lange und Deine Tante da drüben« – damit zeigte sie mit dem linken Arm in Richtung Tabernas – »wird auch schon ungeduldig. Und das sollte Dir zu denken geben. Wir beide stimmen zwar selten, aber dieses Mal vollständig überein. Wir wollen Taten sehen, wann wird endlich geheiratet?«

»Ja, Mama.«

»Schon wieder ›ja Mama‹. Nun meinetwegen, ich will Dich schließlich in Deiner Lieblingswendung nicht stören. Aber bekenne nur nebenher – denn das ist doch schließlich das, um was sichs handelt –, hast Du eine Freundin, gibt es eine zukünftige Braut?«

»Ja, Mama, meine Wünsche haben ein Ziel. Ich beschäftige mich damit.«

»›Ich beschäftige mich damit.‹ Nimms mir bitte nicht übel Sandro. Aber was ist das für eine Formulierung. Das ist mir zu prosaisch. Beschäftigung. Wenn es sich um Liebe handelt, kann man doch nicht von Beschäftigung sprechen. Liebe erfordert Tatendrang, auch Mut, ansonsten kann man sie doch vergessen. Ich will etwas hören, was mit Leidenschaft zu tun hat. Beschäftigung. So ganz ohne Stimulus. Ohne so etwas geht es nicht, sonst wäre die Menschheit schon ganz ausgestorben. Das klingt ja einschläfernd. Also ›Dich beschäftigt also die Liebe.‹ Aber sage mir wenigstens, auf wen haben denn die Augen meines Prinzen zu ruhen gewagt?«

»Namen will ich noch nicht nennen, Mama. Ich bin mir noch nicht sicher, zumindest nicht sicher genug. Und dies ist auch der Grund, warum ich Wendungen gebraucht habe, die Dir nüchtern und prosaisch vorkommen. Ich kann Dir aber sagen, dass ich mich lieber anders ausgedrückt hätte. Ich kann es aber noch nicht. Ich möchte mein Glück nicht zerreden und das kann man tun, wenn man zu früh davon anfängt.«

»In Ordnung. Das gefällt mir schon wesentlich besser. Wir sind immer von Neidern umgeben, die einem die Sicherheit nicht gönnen, ja sogar nehmen wollen. Davon kann ich wahrlich ein Lied singen. Aber trotzdem komme ich mit der naiven Frage, denn man widerspricht sich ja in einem fort, ist es denn etwas Vornehmes?«

»Ja und Nein, liebste Mama, wichtig ist für mich, dass sie okay ist.«

»Nun gut, lassen wir es. Da kommen ja auch Deine Freunde. Der Regis sieht ja verteufelt gut aus. Und dann noch sein

Job in der Kanzlei. Karriere, sagtest Du, scheint er mir auch machen zu können. Wohl einer der angesagtesten Junggesellen in ganz Katalonien.«

Regis und Conrad gingen die wenigen Meter zu den beiden im Garten. Senora Alejandra erkundigte sich höflich nach ihren nächtlichen Schicksalen und freute sich, dass sie ›gut durchgeschlafen‹ hätten. Dann nahm sie Conrads Arm, um vom Garten her auf die Terrasse zu gelangen, auf der Guennaro und Fredo mittlerweile schon den Frühstückstisch gedeckt hatten: »Darf ich bitten, meine Göttin, meine Herren. Ich habe ja vor vierzig Jahren den Tee eingeführt, doch mein Schatz bevorzugt zumindest manchmal morgens den Kaffee, schwarz wie die Nacht, süß wie die Sünde und heiß wie ein Vulkan. Sie sehen meine Herren, wie sehr dieses Getränk zu meiner Göttin passt.« Er nahm seine Gattin in den Arm und gab ihr einen dicken Kuss auf die Wange.

»Wie immer übertreibt mein Schatz«, gab sie zurück.

»Mitnichten Gnädige Frau, mitnichten. Worte können Ihrer Schönheit im Besonderen und Ihrer gesamten weiblichen Erscheinung und Ausstrahlung in keiner Weise gerecht werden, so dass der Versuch Ihres Gatten – ich bitte höflichst um Verzeihung Senor Seras – zwar äußerst charmant, aber auch zugleich zum Scheitern verurteilt war«, konterte Conrad.

»Hörst Dus?«

»Alle Schmeichler, alle miteinander«, winkte die Angesprochene ab.

»Zunächst einmal brauchen Sie sich im Hause des Philosophen nicht für die Wahrheit zu entschuldigen, lieber Conrad. Und in diesem Fall haben sie völlig die Wahrheit getroffen. Aber sehen Sie meine Herren, Sie will es einfach nicht wahrhaben: Neben meinem Schatz verblasst eine Mona Lisa und Botticellis Venus wird zum Abklatsch.«

»Wie wahr, wie wahr«, ergänzte nun auch Regis. »Selbst Botticellis Venus, selbst die Kunst kann Ihnen nicht gerecht werden. Selbst Botticellis Venus.« Er wiederholte es noch zweimal, so als wenn er es in Stein meißeln wollte.

»Aber lieber Regis«, übernahm Sandro jetzt das Wort, »so sinnierend, nein fast philosophisch habe ich Dich ja noch nie gesehen.«

»In diesem Haus lernt man andere Werte kennen, schöne Werte, gute Werte, so dass es einem wohl erlaubt sein darf, ja muss, liebster Sandro, mal ein wenig nachzudenken. So etwas gibt es im Leben und in unserer Kanzlei nicht. Da ist alles geschäftsmäßig. Und hier? Man ist zwar in der Wüste, jedoch auch in einer anderen Welt, einer der Wärme, der Liebe, der Schönheit. Wo lernt man diese Werte sonst noch kennen, außer in verstaubten Büchern. Im Leben findet man sie nicht mehr, es sei denn hier.«

Alejandra übernahm jetzt aber die Initiative: »Nun wird erst einmal gut gefrühstückt und nicht sinniert und auch nicht philosophiert und zwar von niemandem.«

»Genau, keine Philosophie, sondern Spiegeleier«, pflichtete ihr Mann ein wenig belustigend bei. »Ich bin zwar mehr und mehr zum Vegetarier geworden, doch auf einige tierische Produkte könnte ich jetzt in meinem hohen Alter nicht verzichten. Eier und Milch sind die wichtigsten, ich darf Ihnen auch noch von diesem köstlichen Schinken anbieten, obwohl ich fast vollständig auf Fleisch verzichte und auch Sandro dies schon seit Jahren tut, aber meine Gattin möchte nun einmal nicht ganz verzichten.«

Vollkommen unspanisch, vor allem jedoch unandalusisch, zog sich das Frühstück lange hin und das Gespräch nahm noch einige Male den Weg ins Politische hinein.

»Und ich nehme mir nun das Recht der Tafelaufhebung heraus und mahne nun, dass die Zeit reif dafür ist, das Programm des weiteren Tagesverlaufs festzulegen. Der gebürtige Wüstensohn, seit seinen Säuglingstagen hat er hier jeden Weg und Steg kennengelernt, einen besseren Stadtführer als ihn finden Sie nicht meine Herren, zeigt Ihnen zunächst die nähere Umgebung und anschließend dann die Stadt einschließlich Burg. Ich gehe davon aus, dass dies mit Ihren Plänen konveniert.«

»Vollkommen Senora, vollkommen«, betonte Conrad. »Dann frage ich nur noch kurz nach, ob es vor Ihrer Abreise noch den Wunsch nach einem weiteren Mahl gibt oder nicht?«

»Wir fahren um 15 Uhr zum Flughafen, da brauchen wir kein weiteres Mahl auch angesichts der zu erwartenden Beköstigung, zwar immer ärmlicher, teilweise auch erbärmlicher, im Flugzeug selbst.«

»Außerdem sind wir schon um sieben Uhr in Barcelona, so dass es zum Abendessen noch viel zu früh wäre, ich es also noch bis zum Abendessen nach Torredembarra schaffe.«

»Ich lasse Sie beide aber nicht eher los, bevor Sie mir nicht versprochen haben, bei der baldmöglichsten Gelegenheit hierher zurückzukommen.«

»Das brauchen wir nicht zu versprechen. Vielmehr ist es unsere Frage oder Bitte, noch einmal auch mit mehr Zeit hierher kommen zu dürfen. Hier muss man Wochen verbringen.«

»Fürwahr, völlig richtig.«

»Und Du mein lieber Sohn, denkst daran, dass Du heute nach dem Flughafen bei Tante Anna vorbeischaust.« Sandro wollte noch mithelfen, den Frühstückstisch abzuräumen, doch winkten seine Eltern ab. »Geht ihr allesamt mal, sonst verbleibt Euch kaum Zeit«, war die Argumentation, »wir schaffen das auch allein, überhaupt kein Problem.« So verließen die drei jungen Herren das Grundstück durch das offene Tor, wandten sich nach rechts, also in Richtung Westen, und kamen nach etwa fünfzig Meter an den nach Norden führenden Zaun, der durchaus an einigen Stellen einer Reparatur bedurfte, was Sandro seinen beiden Freunden auch gleich mitteilte: »Der wird jetzt im Herbst fünfundzwanzig Jahre alt.« Die sich anschließende Pistazienfinca umfasste ursprünglich nur sieben Hektar, doch hatte das Ehepaar nicht nur die sieben, sondern auch noch knapp drei nach Norden hin dazu gekauft. An dieser Finca gingen die drei ein wenig langsamer. »Auch hier ist viel zu tun.«

»Oh ja, man sieht es.« Sandros Freunde wollten das Bild auf sich wirken lassen, doch kamen sie so gar nicht recht dazu. Mitten auf dem Feld wurden sie eines Mannes ansichtig, der versuchte der Millionen von Steinen Herr zu werden und sie deshalb in einen Korb packte. In diesem Moment sah auch dieser Mann von seiner Arbeit auf, zog seinen weißen Hut und schwenkte ihn zum Gruß. Die drei taten ein Gleiches und gingen langsam weiter.

»Mein Gott, aber das war doch Fredo«, sagte Regis, »ich hätte ihn fast nicht wiedererkannt.«

»Ja, das ist Fredo. Er ist nur ein paar Jahre älter als ich und seit seinem achtzehnten Lebensjahr arbeitet er für meine Eltern. Mal dies, mal das, mal auch beides. Im Übrigen spielt er vorzüglich Gitarre und Billard.«

So waren sie an eine Wegeskreuzung gelangt, an der Sandro nach links auf eine Finca zeigte: »Diese Finca ist etwas mehr als ein Hektar groß. Wie ihr aber sehen könnt, wird vieles für den Alltag hier typische angebaut: Tomaten, Paprika, Gurken, Zwiebeln usw. Ich zähle nicht alles auf. Diese Finca gehört Fredo. Mein Vater hat sie ihm zu Beginn ihrer Zusammenarbeit geschenkt, damit er möglichst autark von seinen Eltern leben kann. Das war aber auch eine Bedingung meiner Eltern. Fredos Eltern sind nämlich Veganer, nur wenn es etwas von Anderen zu essen gibt, dann vergessen sie alle ihre Vorsätze. Mein Vater hat einst zum Geburtstag meiner Mutter einen wahnsinnig leckeren südfranzösischen Aprikosenkuchen gebacken mit sehr vielen Eiern drin. Du hättest sie mal sehen sollen. Vom großen Kuchen ist aber auch nicht ein Krümel übrig geblieben. Für die Paella abends hatten sie kaum noch Appetit.«

»Ja, lieber Sandro, ich gehe doch wohl recht in der Annahme, dass Armut, Arbeitslosigkeit usw. hier doch recht stark vertreten sind oder?«, sagte Regis.

»Vollkommen richtig, lieber Regis. Fredos Eltern haben einen Reitstall, wobei zu sagen ist, dass den Stall mein Vater bezahlt hat. Bis zu diesem Zeitpunkt, und ich sage Euch da brannte meine Seele, standen die Pferde bei Wind, Wetter und Sonne im Freien. Für seine Kosten erhielt ich dann einen in- und extensiven Reitkurs und ab und zu im Jahr bei lieben Gästen erhalten wir die Gelegenheit zum kostenlosen

Ausritt. Aber eine Nachbarin, so circa vier Kilometer entfernt wohnend, ebenso wie Mama eine Künstlerin, hatte ihr Pferd schon vorher abgezogen und bei sich untergebracht.«

»Dein Vater ist hier wohl ein großer Wohltäter«, betonte nun Conrad.

»Wir sehen das hier aber alles etwas anders. Er hilft Fredo und dieser hilft uns. Hilfe auf dem Prinzip der Gegenseitigkeit. Mein Vater geht mit Leidenschaft über den Markt, halt ein echter Sokratiker. Nur schafft er es nicht mehr allein. Geldbörse, Schlüsselbund, Einkaufen, Tragen, verschiedene Dinge auf einmal. Da hilft ihm dann Fredo. Es ist auch immer verdammt voll auf dem Markt. Meine Mutter mag dieses Gedränge überhaupt nicht und so geht Fredo jeden Mittwoch mit. Manchmal treffen sie dann seine Eltern, ein kleines Pläuschchen, mehr nicht, aber mit den Leuten auf dem Markt kann er sich Stunden unterhalten. Dann kaufen sie ein, vor allem Obst und Gemüse, früher mehr als nötig und brachten dann einen Teil zu einem armen Ehepaar ganz im Norden des Tales, kurz vor dem Fuße der nördlichen Gebirgskette.

Der Mann ist damals schwer krank geworden, lag auch Monate im Krankenhaus und da hat meine Mutter der Frau geholfen. Die Situation dieses alten Ehepaares war das Schlimmste hier. Der Mann lag wie gesagt im Krankenhaus, die Frau, natürlich auch alt, war mit allem überfordert. Prompt stellte die Stadt ihnen das Wasser ab. Mama hat das selbstverständlich spitz bekommen, denn sie war ja fast täglich dort, um der alten Frau zu helfen. Als Vater das dann ein bis zwei Stunden später erfuhr, ist er fast ausgerastet, hatte Mama am Telefon noch gesagt, sie möchte die Frau ins Auto packen und Wäsche und hier bei uns im Gästehaus unterbringen. Dann ist er wie der geölte Blitz ins Rathaus und hat dort – er nennt es immer Molli – gemacht.

Wenn er etwas nicht abkann, dann ist es die Stupidität von Menschen, da verliert er seine Gelassenheit und friedvolle Laune, dann wächst in ihm ein dumpfer spanischer Zorn empor, und manchmal kann dieser ihn dann nach einer Weile um die Besinnung bringen. Die entscheidende Person im Rathaus ist eine Ingenieurin, die sich um die Wasserversorgung und Reinhaltung des Wassers hier in Tabernas mehr als verdient gemacht hat: ›Ihre Verdienste in allen Ehren, unbenommen, ich bedanke mich im Namen aller Bürger vorweg, aber das ist eine menschliche Tragödie, einem Menschen, genauer gesagt, zwei alten und kranken Menschen, mitten in der Wüste und dann noch im Frühsommer das Wasser abzudrehen, das ist schlimmer, das ist Mord. Warum eigentlich?‹ ›Sie schulden der Stadt fast hundert Euro.‹ Er nahm zwei Fünfziger aus seinem Portemonnaie, legte sie auf den Tisch der Sekretärin dieser Amtsfrau und sagte zum Abschluss noch: ›Ihr lieber Mann ist Polizist und meistens einmal pro Woche mit einem seiner Kollegen unser immer gern gesehener Gast. Den Café solo kann er dann aber demnächst woanders trinken und die finanzielle Unterstützung des Polizeisportvereins könnt ihr Euch in den Wind schreiben. Die alte Dame Puristas ist ab heute unser Gast. Morgen ist das Wasser wieder da!‹«

»Und was ist passiert?«

»Noch abends nach dem Dienst kam der schon angesprochene, völlig unschuldige Ehemann vorbei, Vater und er verstanden und verstehen sich bis heute blendend, und hat sich für das Verhalten der Verwaltung entschuldigt. In Zukunft würden solche Fälle vorher geklärt, bevor dann massive Schritte eingeleitet werden.«

»Und was ist passiert?«

»Das Wasser war natürlich am nächsten Tag wieder angeschlossen, doch meine Eltern haben zunächst nur die Frau und dann noch den entlassenen Mann, also die beiden erst einmal eine Woche bei sich behalten. Meine Mutter hat sie gepflegt, der Mann wurde erst einmal von seinen Wundstellen, die er sich im Krankenhaus zugezogen hat, geheilt. Sie waren beide aufgrund ihres Alters mehr oder weniger arbeitsunfähig, hatten dann auch ein Einsehen mit ihren eigenen Tieren. Hahn und Hühner wurden uns dann geschenkt. Ursprünglich sollte auch ihr ganz weißer Wolfshund zu uns kommen. Der Wolfshund liebte uns alle und wir alle liebten den Wolfshund, doch war Papa dagegen. Er solle wachen und lernen bei Gefahr oder Not Hilfe zu holen. So blieb er denn auch bei den Puristas. Dafür bekamen sie dann wöchentlich ein paar Eier und was sonst noch so anfiel.«

»Du sprachst vorhin von Gegenseitigkeit. Haben Deine Eltern auch mal Hilfe nötig gehabt?«

»Ja, ein Jahr später, 2012, hat die Endesa uns den Strom abgesperrt, Vater hatte gegen den Konzern geklagt und nicht mehr bezahlt. Circa eine Woche hat das gedauert. Innerhalb von fünf Minuten war ein deutscher Nachbar bei uns und brachte uns einen Generator, der über Benzin oder Diesel lief. War zwar laut, aber er stand neben dem Arbeitszimmer. Na, ja, es ging, war ja nur für eine Woche.«

»Und was hat er dafür genommen?«

»Ja nichts, nur das Benzin haben wir bezahlt, ist ja auch selbstverständlich, weil da doch an die zehn Liter pro Tag durchgingen. Aber ein paar Monate später hat mein Vater ihm vierhundert Euro für ein kleines Motorradgeschenk zum Geburtstag für seinen Sohn gegeben. Im Gegenzug dafür begleitete er mich dann ein paar Jahre später monatelang zum Motorradrennkurs hier zehn Kilometer entfernt, damit ich ordentlich fahren lerne und bei einem Unfall jemand vor Ort ist, der entweder direkt helfen oder sofort die Notarztstation in Tabernas anrufen kann. Genau das hat mein Vater gesagt, die müssen innerhalb von Minuten hier sein, als er z.B. im Mai 2011 am Pool von einer Wespe dreimal mitten ins Gesicht gestochen worden war und einen lebensgefährlichen allergischen Schock erlitten hatte, waren sie schneller vor Ort als James Bond in seinem Aston Martin. Das kostete nichts, er hat dem Hospital dennoch eintausend Euro gespendet. Ein Jahr später im Frühsommer 2012 dasselbe in grün, nur war der Anfall nicht mittags um zwölf, sondern abends um acht. Sie waren wieder in 2 Minuten anwesend. Wiederum eintausend Euro.«

»Irre, wunderschön, einfach toll, riesig«, entfuhr es Conrad.

»Diese Hilfsbereitschaft, Wohltätigkeit, einfach wunderschön. Wenn ich das bei uns in der Kanzlei erzähle, rufen alle

besorgt den Notarzt«, ergänzte Regis.»Völlig anders, aber toll!«
»Ja, aber nicht alles läuft hier rund, bei weitem nicht. An vielen kleinen Punkten muss noch massiv gearbeitet werden«, fasste nun Sandro zusammen, »auch und vor allem am Bewusstsein, eigentlich bei jedem.«
»Auch bei Deinen lieben Eltern?«, fragte nun Regis sehr direkt. »Eigentlich nicht, die beiden, sieht man von antiken Verhaltensmustern mal ab, kann man ausnehmen, die sind bis heute offen geblieben, aber ansonsten.«
»Wie alt ist denn Dein Vater?«, übernahm nun Regis wieder das Wort.
»Er wird in drei Wochen sechsundsiebzig.«
»Dann hat er sich aber gut gehalten, wohl konserviert.«
»Na, ja, lassen wir das. Da gibt es schon Vieles, was an seinem Körper nicht mehr stimmt oder nicht mehr hundertprozentig funktioniert oder nur mit Hilfe der Pharmazie.«
So waren sie in der Zwischenzeit am Roadhouse angelangt und wurden sofort freundlichst von Sarah begrüßt. Das Innere ist typisch amerikanisch, Musikbox, ein Billardtisch und eine sehr lange Theke mit dem Schild: »Freibier gibts morgen!« Dazu viele witzige Sprüche, Accessoires und Bilder zum Thema Harley-Davidson. Sarah freute sich offensichtlich besonders darüber, dass die drei noch kurz auf einen tinto verrano vorbei gekommen waren.
»Liebe Sarah, dürften wir wohl für eine Stunde Deinen Wagen ausleihen, eben in die Stadt?«
»Na klar.« Damit griff sie an ein Schlüsselbrett und warf Sandro einen Schlüssel zu. »Wiedersehen macht Freude. Dies gilt aber nicht nur für den Schlüssel!«
So fuhr Sandro die gut vier Kilometer zum kleinen Parkplatz am Fuße der Burg. Die drei Freunde gingen hinauf und hielten oben angekommen den Atem an: »Dieser Blick. Dies also ist Euer Sergio-Leone-Land oder Clint-Eastwood-Country. Herrlich diese weißen Bergzüge, die in der Hitze vor sich hin gleißen. Ein gewaltiges monumentales Panorama.«

»Umwerfender Blick.«

»Genau.«

»Und wenn ihr nach rechts schaut, seht ihr dort drüben in sechs Kilometern Entfernung einen weißen Bungalow.«

»Ich habe gehört, da soll man gut essen und auch philosophieren können.«

»Herrlich, so etwas Schönes. Diese von tiefen Schluchten durchzogene Hügellandschaft. Und dieser ständige Wind, der die vertrockneten Grasbüschel über den Boden weht. Eine kaum berührte Naturlandschaft. Jesus oder auch lieber Gott. Da ist Dir wirklich mal etwas gelungen.«

Burgruine Tabernas

»Wo ihr Recht habt, habt ihr Recht. Doch nur noch eine kleine Ergänzung. Sicherlich ist es sachlich völlig berechtigt, vom Sergio-Leone-Land zu sprechen, doch muss ich der Wahrheit willen darauf hinweisen, dass schon Mankiewicz einige Szenen für ›Cleopatra‹ hier drehen ließ und auch Peter o Toole musste hier schon durch den Wüstensand stapfen für Lawrence von Arabien. Ihr seht daran, die Filmproduktion hat eine zeitlich über Leone hinaus reichende Tradition, fast siebzig Jahre.«

Tante Anna hatte sich in Schale geworfen, sogar eine uralte schon von der Großmutter geerbte Brosche mit Diamanten hatte sie angelegt. Ihr langes schwarz-weißes Kleid ließ sie noch größer und auch herrischer erscheinen als sie es schon in Realität war. Als Kleinkind war Sandro immer unruhig geworden, sobald er sie sah, und sobald sie anfing, zärtlich zu werden, fing er an zu schreien. Man sah ihr an, dass sie nur äußerst selten mit einer gehobenen Gesellschaftsschicht zu tun gehabt hatte. Sie konnte gut anordnen, gut rechnen, verstand ihren Beruf der Hebammenkunst perfekt, so dass sie trotz ihres herrischen Verhaltens durchaus als Kollegin und Mitarbeiterin gern gesehen war. Andererseits gab es eine baskische Enge an ihr, Engstirnigkeit, Misstrauen gegen alles, was die Welt der Schönheit oder gar der Freiheit auch nur streifte. Dies alles machte den Verkehr mit ihr äußerst schwer.

Als Sandro gegen 17 Uhr bei ihr klingelte, stand sie von ihrem Sofa auf und zeigte sich vom verbindlichsten Entgegenkommen: »Du hast mich ganz vergessen und ich bedaure, dass Du mal wieder nur kurze Zeit unter meinem Dach weilen kannst.«

»Aber liebste Tante, ich konnte wirklich nicht eher kommen, gestern Abend hatten wir einen Gästeabend, heute am späten Vormittag habe ich den Gästen Tabernas gezeigt und sie dann zum Flughafen gefahren. Ich bleibe noch eine gute Woche und bis dahin kann ich Dir eine Menge von der Welt erzählen.«

»Ja, das hoffe ich, denn ich habe eine spezielle Frage auf dem Herzen und Du weißt auch schon welche.«

So gingen sie zunächst einmal ins Freie, am Spielplatz vorbei, auf dem er als Kind durchaus öfter gespielt hatte. So waren sie zu einem Dorfbrunnen gelangt, verließen diesen Platz jedoch wieder, da Tanta Anna noch am orientalischen Geschäft vorbei wollte: »Ich muss unbedingt Obst einkaufen.«

Gesagt, getan.

»Was möchtest Du denn nächste Tage einmal von mir als Mahl vorgesetzt bekommen?«

Sandro wusste, dass sie eine gute Köchin war, auch wenn sie bei weitem nicht an das Genie seines Vaters heranreichen konnte.

»Deine Hähnchenflügel waren immer toll, vor allem die leckere Soße dazu, aber bitte mengenmäßig massiv reduziert. Hast Du übrigens noch den Rotwein aus Italien und etwas vom Malaga-Lacrima, den Papa Dir geschenkt hat.«

»Gewiss«, knirschte sie, denn sie konnte ihren Schwager einfach nicht leiden und selbst der liebe Gott wusste nicht warum.

»Dann möchte ich bei unserem Abendessen das nächste Mal aber einen Schluck von dem italienischen Roten.«

So waren sie wiederum am Spielplatz vorbei zurück zum Haus der Tante gelangt: »Ich stelle Dir anheim, ob wir den Kaffee lieber drinnen oder draußen trinken.«

»Lass uns heute mal drinnen bleiben.«

Sie setzten sich auf zwei braune Plüschsessel, noch Erbstücke von ihrer Großmutter. Deshalb waren sie auch mit äußerster Vorsicht zu genießen, denn auch die Sprungfedern hatten einen gewissen Altersgrad erreicht.

»Dann erzähl mal. Was macht Barcelona?«

»Oh nichts Neues. Sagrada Familia steht noch immer. Und ich habe immens zu tun. Die Arbeit ist gewaltig. So komme ich kaum herum in der Stadt und aufgrund der Wechselschichten im Krankenhaus bin ich oft ziemlich müde. Arbeiten, Schlafen, Einkaufen, Arbeiten. Das ist mein Leben. Ermüdend und langweilig, vielleicht nicht langweilig, aber eintönig. Immer dasselbe. Vorige Woche war ich einmal im Stadion, das war die einzige Abwechslung seit Monaten. Ach nein, da war noch am Anfang des Jahres ein Galaabend im Hause eines Diplomaten im Ruhestand. Mein Professor hatte eine Einladung und besaß die Frechheit, mich mitzuschleppen. Das ist aber auch schon wieder ein halbes Jahr lang her.«

»Das höre ich alles äußerst ungern, es verdrießt mich. Verzeih mir bitte dieses Wort. Zwar mag Arbeit ein göttliches Geschenk sein, aber zu viel des Guten ist auch nicht gut. Und deshalb kann ich wohl zu Recht davon ausgehen, dass es auch noch keine Damen gibt.« Bisher hatte Tante Anna dieses Thema vorsichtig vermieden, doch nun hatte sie schon sehr lange hinter dem Berg gehalten. »Das Junggesellenleben taugt nichts, Dein Vater war auch schon viel zu alt für die Ehe.«

»Aber Mama und Papa sind doch glücklich miteinander und das seit fast dreißig Jahren. Mama behauptet immer die glücklichste Frau der Welt zu sein.«

»Ja, ja, ich weiß. Ich will auch nicht von den beiden sprechen, sondern von Dir. Ich will auch keine Geheimnisse von Dir hören, sondern nur wissen, wie es um Dich steht.«

»Nun, mehr als einen Anfang kann ich nicht vermelden, liebste Tante.«

»Na immerhin, wenigstens etwas. Eine Katalanin, Madrilenin?«

»Nein, Kosmopolitin, geboren in London, spanische und schweizerische Staatsangehörige, die in Barcelona lebt und zufällig im selben Hospital als Krankenschwester arbeitet wie ich.«

»Um Gottes Willen, eine Schweizerin.«

»Liebste Tante, ich glaube, Du machst Dir falsche Vorstellungen von einer Schweizerin. Denke nicht an Alm und Milchkühe, sondern an ein Schloss, denke an ein freies Land.«

»Ich beschwöre Dich ...«

»Ich habe nur noch eine gute Viertelstunde.«

»Hab ich es nicht am Anfang schon betont, dass Du für mich nie Zeit hast.«

»Heute nicht mehr, liebste Tante, ruf doch in den nächsten Tagen einmal an, dann machen wir noch einen Termin aus für ein reichhaltiges Abendessen und ein langes Gespräch. Für heute Vielen Dank für den Kaffee und das Gespräch.«

Während Sandro nach dem pünktlichen Abheben des Fliegers sich nun nach Tabernas aufmachte, um sich dann zu seiner Tante Anna zu begeben, hatten seine beiden Freunde noch ihre knapp drei Stunden Reisezeit vor sich. Sie waren übereingekommen, nichts zu übereilen, es sich immer bequem zu machen: »Letztlich ist es völlig gleichgültig, ob wir die ersten oder die letzten sind, die einchecken.«

»Völlig richtig, lieber Regis. Ich fürchte, unser bester Freund Sandro befindet sich just ab diesem Moment in einer Zwickmühle, nämlich beim Tete-a-Tete mit seiner Tante. Er vertraute mir erst kürzlich an, formulieren wir es genauer, er machte mir gegenüber erst kürzlich Andeutungen, dass sie ihm seit Jahr und Tag mit Heiratsplänen in den Ohren liegt, mutmaßlich weil ihr die Vorstellung einer Welt ohne einen Erben für das Wüstenparadies ein Schreckensszenario darstellt. Höchstwahrscheinlich hängt für sie der Fortbestand der göttlichen Weltordnung auf das Engste mit der Existenz der nächsten Generation zusammen.«

»Also will die Tante ihn wohl verheiraten. Ich glaube, darin hast Du Recht, lieber Conrad.«

»Und ich habe wohl auch Recht, wenn ich das eine heikle Lage nenne. Denn ich glaube, dass er sich seine Freiheit bewahren will und mit Bewusstsein auf die Karriere an der Uni zusteuert.«

»Ein Glauben, in dem Du dich, lieber Conrad, wie jedes Mal, wenn Du zu glauben anfängst, in einem großen Irrtum befindest.«

»Das kann doch nicht wahr sein!«

»Es kann nicht bloß sein, es ist. Und ich wundere mich nur, dass gerade Du, der Du doch sonst das Gras wachsen hörst und alle Gerüchte in Barcelona und an der Uni kennst wie kaum ein zweiter, dass gerade Du von dem allen kein Sterbenswörtchen vernommen haben willst. Du verkehrst doch auch bei den Balanders. Ja ich habe Dich doch im letzten Wintersemester mal mitgenommen. Da hatte es Dir vor allem das Büfett angetan.«

»Gewiss.«

»Ja, genau, und an jenem Abend waren auch die Beresas anwesend, der Botschaftsrat, seine Gattin und ihre beiden Töchter.«

»Ja, gewiss, ich habe davon vernommen, aber ich kann mich jedenfalls nicht erinnern, ihn und die drei Damen gesehen zu haben.«

»An diesem Abend war auch von Vorstellen keine Rede.«

»Aber was hat das alles mit Sandro zu tun?«

»Nun gut, ich wollte Dich eben wissen lassen, dass Dein Karrierist seit Ende letzten Winters, das heißt, seit einem halben Jahr in eben diesem Hause regelmäßig verkehrt.«

»Vielleicht verkehrt er auch in anderen Häusern.«

»Möglich, aber nicht sehr wahrscheinlich, da dieses eine Haus seine gesamte Aufmerksamkeit in Anspruch nimmt.«

»Was bedeutet das?«

»Das bedeutet, dass in einem solchen Hause verkehren und sich mit einer Tochter verloben, so ziemlich ein und dasselbe ist. Bloß eine Frage der Zeit. Und seine Tante wird sich wohl damit abfinden müssen, wenn sie über ihr Herzblatt bereits anders verfügt haben sollte. Nur ist die Frage die, welche der beiden Töchter es ist. Ich gehe davon aus, dass es die jüngere sein wird, eben aufgrund des Alters. Aber sicher bin ich mir keineswegs. Denn auch die ältere, ein wenig über dreißig, ist äußerst reizend und zum Überfluss auch noch reiche Witwe.«

»Aber Regis, das ist ja hoch pikant. Und dass ich erst heute davon höre und noch dazu von Dir. Doch erzähl weiter; jetzt bin ich neugierig wie ein Teenager.«

So war die Zeit für den Flug von Almeria nach Barcelona wortwörtlich wie im Fluge vergangen. Auch die Heimfahrt vom Flughafen nach Torredembarra verging sehr schnell. Es war erst gerade neun Uhr als Regis mit seinem Mercedes den Berg in La Mora hinauffuhr, auf dem sein Mietshaus stand. Selbstverständlich konnte auch Conrad jetzt heute Nacht bei ihm übernachten. Auf jeden Fall gab es drinnen noch ein sehr lebhaftes Gespräch, obwohl Regis nun auch über noch mehr Informationen nicht verfügte.

Die Beresas lebten seit einigen Jahren in Barcelona, in einem Haus, das Schönheit und Eigenart in sich vereinigte. Es hatte einen für Cityverhältnisse großen Garten von dreitausend Quadratmetern mit Baumbewuchs und dazu allerlei Buschwerk, sogar wilder Wein war zu erkennen. Auch die Fassade mit ihren zwei Loggien ließ Passanten unwillkürlich ihr Auge darauf richten. Hier, in eben diesen beiden Loggien, verbrachte die Familie mit Vorliebe die Morgen- und die späten Nachmittagsstunden. An die eine Loggia schloss sich das in Bordeaux-Rot gehaltene Zimmer der Eltern an, an die andere das in einem erfrischend wirkenden Blau gehaltene Zimmer der beiden jungen Damen. Dazwischen lag ein dritter sehr großer Raum, der als Repräsentations- und zugleich als Esszimmer diente. Dann gab es noch eine normal große Küche und einen Wirtschaftsraum. Das war das ganze Haus, worüber man Verfügung hatte. Es war also sehr beschränkt, doch hing die Familie daran, so dass ein Wechsel oder auch nur ein Gedanke daran, völlig ausgeschlossen war.

Es war heute ein wunderschöner, warmer Abend, die Balkontür stand auf, so dass das Licht auf den schweren Teppich, einen noch aus der Zeit der Republik stammenden echten Perser, im Repräsentationszimmer fiel. Es mag so um sechs Uhr abends sein, denn die Fenster der Häuser auf der anderen Straßenseite standen wie in roter Glut. Irmgard, die jüngere Tochter, saß in der Nähe des Kamins auf einem weichen Sofa zurückgelehnt. Sie hatte ihre Büroarbeit, die sie mit nach Hause gebracht hatte, erschöpft aus der Hand gelegt und widmete sich ihrem Kaffee. Ihre ältere Schwester, Melusa, stand draußen auf dem Balkon, die Hand so an die Stirn gelegt, um sich gegen die Blendung der untergehenden Sonne zu schützen.

»Irmgard«, rief sie in das Zimmer hinein, »komm, die Sonne geht eben unter!«

»Lass nur, ich bin ein wenig müde.«

»Ich hingegen glaube, dass Du an einen anderen denkst. Du sitzt so nachdenklich da.«

»Woran Du auch immer denkst.«

»Vielleicht irre ich mich. Aber ich glaube, ich habe es getroffen. Du bist verliebt.«

»Na toll. Verliebt. Ist man doch fast immer, zumindest etwas.«

»Aber in wen. Damit beginnen die Fragen.«

In diesem Augenblick klingelte es an der Tür und Irmgard errötete leicht. »Du verrätst Dich. Du horchst und willst wissen, wer da kommt.«

Die Mutter betrat das Zimmer und meldete die Ankunft Sandros an. Er verbeugte sich: »Ich fürchte, ich komme ungelegen.«

»Ganz im Gegenteil, lieber Sandro. Irmgard sprich Du auch mal, und spiele nicht immer die Verlegene.«

»Wo ist denn ihr lieber Herr Papa?«

»Er ist heute nicht gut zu Fuß. Immer diese neuralgischen Schmerzen. Ich werde meinem Mann Mitteilung machen, dass Sie da sind, lieber Sandro. Dann wird er schon noch kommen.«

»Aber bitte nicht meinetwegen.«

»Aber nun lieber Sandro müssen wir uns fertig machen, denn in einer halben Stunde geht es ins Theater. Was sagen Sie dazu? Was sagen Sie dazu, dass wir just in dem Augenblick gehen, in dem Sie kommen? Denn ich sehe es Ihnen an, dass Sie nicht nur zum Tee herkamen, sondern bleiben wollten.«

»Richtig, ich gestehe.«

»Genau, getroffen, und zum Zeichen Ihrer Großmütigkeit versprechen Sie, dass wir Sie bald wieder sehen, sogar recht bald. Gegenüber Papa werde ich Sie entschuldigen.«

Sandro ging nach diesem sehr kurzen Gespräch aus dem Haus und Melusa in das Zimmer der Eltern.

»Mama sagte mir, dass Sandro gekommen ist.«

»Ja, Papa, aber er ist schon wieder fort, da wir ja gleich ins Theater gehen und uns auch noch ankleiden müssen. Außerdem wollte er Dich nicht mit seiner Anwesenheit belasten.«

»So so schade, dass er nicht geblieben ist. Ich spreche gerne mit ihm. Er hat so etwas Ruhiges, ist immer schlicht und natürlich. Meinst Du nicht auch Mama?«

Die Mutter nickte.

»Glaubst Du nicht auch, dass er etwas vorhat?«

»Selbstverständlich hat er etwas vor«, antwortete die Mutter und schmunzelte dabei.

Sie schwieg aber, so dass der Vater seinerseits fortfuhr: »Natürlich passt Irmgard besser zu ihm, weil sie jung ist. Und wie denkst Du darüber mein treues Weib?«

»Wie soll ich schon darüber denken. Alle drei sind alt genug und ich gebe Dir zwar zunächst einmal Recht, was das Alter betrifft. Aber mit dem Alter ist zudem auch eine andere, besser zu Sandro passende Weltauffassung verbunden. Aber wissen tu ich gar nichts und spüren auch nicht.«

»Hast vollkommen Recht. Ich freue mich, dass Du dieselbe Auffassung hast wie ich. Und deshalb wollen wir auch niemals eingreifen.«

Sandro verkehrte, wie es Regis seinem Freund Conrad während des Fluges sachlich richtig mitgeteilt hatte, seit Ende des Winters im Hause der Beresas. Natürlich fesselten ihn die beiden Damen, aber auch die beiden Eltern. Auch sie liebten sich wie auch seine Eltern, auch hier ein alter und kränkelnder Mann, vom Leben gezeichnet, eine liebevolle Pflege von Seiten der Frau und auch der beiden Töchter. Obwohl beide Damen charmant waren, gab es doch keine größeren Gegensätze: Auf der einen Seite Temperament und Anmut, auf der anderen Seite Charakter oder besser Schlichtheit, Festigkeit. In ihr konnte man erkennen, dass ihre Mutter eine echte Schweizerin war. Der Vater immer freundlich, immer gute Laune, auch wenn er unter seinen Schmerzen offensichtlich stark litt. Er hatte nach seiner Verlobung den militärischen Dienst quittiert und war in den diplomatischen über gewechselt, wozu seine Bildung, sein Vermögen durch die Heirat mit einer Schlosserbin in der Schweiz und damit auch seine gesamte gesellschaftliche Stellung ihn haben geeignet erscheinen lassen. Als Botschaftsrat fungierte er vor allem in England und er hing immer noch an London. Das englische Leben war ihm außerordentlich sympathisch, auch wenn er den Klerikalismus beanstandete.

Beide Kinder waren in der Londoner Zeit geboren und teilten zusammen mit ihrer Mutter die Vorliebe des Vaters. Doch Mitte des zweiten Jahrzehnts dieses Jahrhunderts gingen sie in die Schweiz zurück wegen Vaters Schmerzen. Er demissionierte und von Graubünden ging es dann weiter über Florenz und dann zurück nach Barcelona wegen der Wärme, um dann hier ganz sesshaft zu werden. Die Luft, die Kunst, die Heiterkeit der Menschen, alles tat ihm hier wohl, er konnte zeitweilig sogar wieder voll genesen. So brachen wieder glückliche Tage für die gesamte Familie an. Von England hatte er die Liberalität übernommen. Er war innerlich so frei, ebenso wie Sandros Eltern, aber auch frei von Selbstsucht, genauso wie seine Eltern. Diese Ähnlichkeiten waren schon verblüffend. Sandro war angenehm berührt worden, von Haus, Familie und der gesamten Atmosphäre und zwar mehr berührt worden, als er sich nach seinem ersten Besuch eingestehen wollte und hatte bei der Verabschiedung von den beiden Damen versprechen müssen, seinen Besuch recht bald zu wiederholen. Aber was ist schon recht bald? Am Abend des vierten Tages nahm er verschiedene öffentliche Verkehrsmittel, um endlich dann die letzte kurze Strecke bis an das Haus der Familie zu Fuß zurückzulegen.

Gegen acht Uhr klingelte er und an der Verlegenheit der Mutter sah Sandro, dass die Damen wohl wieder nicht zu Hause waren. Doch eine Verstimmung darüber ließ er nicht aufkommen, denn die Mutter ließ ihn in das Repräsentationszimmer eintreten und Platz nehmen.

Der Vater war auf einen Stock gestützt, wollte aufstehen und Sandro entgegen gehen. Doch ließ Sandro dies nicht zu: »Ich muss davon ausgehen, dass ich störe.«

»Ganz im Gegenteil, lieber Sandro, ganz im Gegenteil. Ich habe die strikte Order, Sie unter allen Umständen festzuhalten, denn beide jungen Damen haben schon vermutet, dass Sie heute kommen könnten«, betonte die Mutter. Sandro lächelte. »Ja, Sie lächeln, lieber Sandro, und Sie haben Recht. Melusa ist zum Shoppen in der Stadt, aber Irmgard ist in ihrem Zimmer, sie hat noch sehr viel Arbeit aus dem Krankenhaus mit nach Hause gebracht. Dieser ständige Wust an Papierkram. Eine Zumutung. Aber es kann nicht mehr lange dauern«, bedauerte die Mutter weiter.

Dann ging sie in die Küche und kam nach gut fünf Minuten mit dem Tee zurück, ebenso betrat nun auch Irmgard das Repräsentationszimmer: »Ich freue mich, dass Sie gekommen sind, auch meine Schwester wird gewiss bald zurück sein, hat sie doch zuletzt gesagt: ›Du wirst sehen, heute kommt Sandro.‹ Lieber Sandro, darf ich Sie auch im Namen meiner Eltern bitten, uns von ihrem abgelegenen Zuhause Bericht zu erstatten, auch wenn meine Schwester noch nicht zurück ist. Ich weiß zwar, dass sie vor Neugier und Verlangen, davon zu hören, platzt, doch können Sie dann ja wesentliche Aspekte noch einmal wiederholen. Wenn man plaudert, muss nicht alles absolut neu sein. Man darf sich durchaus wiederholen. Also dann legen Sie mal los, lieber Sandro. Sie haben ganz wissbegierige Zuhörer heute Abend. Almeria liegt doch ganz in der Nähe. Ist dies richtig? Ist da viel los? Kennen Sie es?«

»Nun halt, immer langsam, dann sei es: Tief im Süden Europas und Spaniens, im landschaftlich schönen, abwechslungsreichen und sonnenverwöhnten Andalusien, zweihundertfünfzig Kilometer östlich der Landeshauptstadt Malaga und in etwa dreißig Kilometer nördlich der Provinzhauptstadt Almeria liegt das Großdorf Tabernas am Rande der nach ihm benannten einzigen, fast völlig in Vergessenheit geratenen Wüste Europas.«

»Sag ich es doch, ich habe Recht, Almeria liegt also ganz in der Nähe«, gab Irmgard völlig entzückt von sich.

»Ja, Sie haben Recht. Mit seinen dreieinhalb tausend Einwohnern, einigen kleinen einfachen Restaurants, einem Schulzentrum für die Klassen eins bis zehn, der in jedem typisch andalusischen Dorf nie fehlenden katholischen Kirche, dem ganz modernen Rathaus, einem kleinen Hospital, zwei kleinen und noch mehreren, noch winzigeren ›Supermärkten‹, in denen es aber alles für den Alltag Notwendige zu kaufen gibt, einigen Geschäften, unter anderem auch zwei Friseurläden und einem Tabakladen, liegt es knapp einen Kilometer südlich der Nationalstraße.«

»Wo waren Sie denn auf dem Gymnasium, wenn Ihr Schulzentrum nur bis zur zehnten Klasse reichte«, fragte der Vater.

»Ich musste nach der zehnten Klasse die letzten Jahre tagtäglich mit dem Schulbus nach Almeria. Da fuhr ich dann morgens um halb acht los, und kam so gegen fünf Uhr nachmittags zurück.«

»Das muss aber sehr anstrengend gewesen sein«, brach es mitleidsvoll aus Irmgard heraus.

»Ja, aber vor allem sehr zeitaufwendig. Doch galt das Gleiche für viele andere auch. Darüber hinaus findet man bei uns im Dorf zwei Autowerkstätten, eine Werkstatt zur Fahrradreparatur und eine Tankstelle, ein Versicherungs-, ein Anwaltsbüro, die Post und vier Banken. Der Parkplatz vor den Banken bietet selbstverständlich nur selten Platz zum Parken. Oberhalb des Dorfes, zwischen der Nationalstraße und dem Dorf, auf der Spitze eines Hügels gelegen, thront die schon von weitem sichtbare, aus dem Mittelalter stammende und inzwischen zur Ruine gewordene Araberburg, von der man einen herrlichen, atemraubenden Rundumblick in die Weite und Herrlichkeit der Wüstenlandschaft genießen kann. In der zweiten Hälfte der sechziger Jahre des vorigen Jahrhunderts bildete diese schon längst zum Naturschutzgebiet erhobene einmalige Wüstenlandschaft eine bevorzugte Naturkulisse für das Abdrehen so mancher sogenannter Italowestern, so dass man nicht ganz zu Unrecht vom Clint-Eastwood- oder Sergio-Leone-Country sprechen kann. Tabernas selbst ist aufgrund seiner Hässlichkeit und seines Einstrassencharakters von dem sonst in Spanien üblichen Tourismus Gott sei Dank verschont geblieben. Nur wenige Besucher des an die Glanzzeit der zweiten Hälfte der sechziger Jahre erinnernden, aber doch einige Kilometer außerhalb des Dorfes liegenden Mini-Hollywood verirren sich im Laufe eines Jahres dann doch noch ins Dorf, mehr aber nicht.

Heute ist Tabernas vor allem durch die Solarplattform, Plataforma Solar de Almeria, europaweit bekannt geworden. Hierbei handelt es sich um eine Testanlage für solarthermische Kraftwerkskomponenten, die im Rahmen einer europäischen Kooperation betrieben wird, doch ist z. B. Deutschland sehr früh ausgestiegen. Sie basiert auf dem Prinzip der solaren Wärmetechnik, bei der die direkte Sonneneinstrahlung durch Spiegel gebündelt und auf ein Arbeitsmedium etwa Luft, Helium, Natrium, Flüssigsalz oder auch sogenanntes Thermoöl, gelenkt wird, das dann bis zu eintausend Grad

Celsius aufgeheizt werden kann und anschließend zum Antrieb von Dampfturbinen und nachgeschalteten Generatoren für die Stromerzeugung genutzt wird. Wenn ich aus meinem Zimmer im Elternhaus herausschaue, das ist nach Norden gelegen wegen der Sommerhitze, dann ist es in circa vier Kilometer in nordwestlicher Richtung wahrzunehmen.«

»Ist diese Anlage nicht gefährlich«, fragte nun die Mutter etwas besorgt.

»Aber nein, gnädige Frau, es wird ja nur Sonnenlicht gebündelt und zwar mit Hilfe von Spiegeln. Meine Mutter hat dort quasi nebenan einmal einen entlaufenen Hund wieder eingefangen. Ein Freund meiner Eltern, ein Engländer, – die drei kennen sich jetzt ja schon ein Vierteljahrhundert –, wohnt direkt am hohen einbetonierten Stahlzaun dieser Anlage. Er sagt immer, dass man nichts hört. Es ist eine reine Forschungsstation, es geht nur noch um Verbesserungen im Detail, kaum noch um Grundlagenforschung. Es wird aber andererseits auch schon daran geforscht und gearbeitet, die Luft so aufzuheizen, dass sie ohne den Umweg über Wasserdampf direkt auf eine Gasturbine geleitet werden kann. Darin läge noch einmal ein deutlich verbesserter Wirkungsgrad als der bisherige Umweg über Thermoöl und Wärmetauscher. Ich ergänze noch, dass wir viel mehr in diese erneuerbare Energie investieren und besonders hohe Erwartungen setzen müssen.«

»Lieber Sandro, ich habe jetzt erst kürzlich gelesen, dass das sonnenverwöhnte Andalusien circa achtzig Prozent der thermosolaren Kollektorfläche Spaniens auf sich vereinigt. Ist Ihnen das immer noch nicht genug?«, fragte nun der Vater ein wenig ins Politische greifend.

»Ich bitte demütig um Verzeihung, verehrter Herr Botschaftsrat, mitnichten. Ich muss Ihnen widersprechen. Ich könnte Ihnen nun gerade dazu einige Witze erzählen, doch mache ich es deutlicher mit einem privaten Erlebnis der Erkenntnis.«

»Wir bitten um Aufklärung«, platzte es nun auch aus Irmgard heraus.

»Ich habe mich eines Morgens erwischt.«
»Wobei?«, erstaunte sich Irmgard erneut.
»Ich habe nicht aus dem Fenster geschaut«, lautete seine lakonische Antwort. Alle schauten sich zunächst erstaunt und fragend an, die Mutter wollte etwas sagen, doch hielt sie ihr Gatte zurück.
»Ja, wir drei Seras schauen morgens kaum aus dem Fenster, wir leben mehr oder weniger mitten in der Wüste, dort gibt es nur ein Wetter: dreihundertvierzig Sonnentage und über dreitausend Sonnenstunden im Jahr, bei unserem Haus können Sie durchaus bitte noch ein Paar Prozent mehr zugrunde legen. In den letzten neun Jahren hatten wir insgesamt sechs Regentage. Und circa zehn Kilometer, eher zwanzig weiter westlich, sozusagen am Fuße der Sierra Nevada, soll es seit Cäsars Zeiten nicht mehr geregnet haben. Ich bitte noch einmal vorher höflich um Verzeihung, doch sind dies Dimensionen, die kein Normalsterblicher versteht, es sei denn er hätte dort gelebt, wo ich seit nunmehr knapp sechsundzwanzig Jahren lebe. Im August 2011«, verkündete er nun ein wenig stolz, »wurde mein Vater sechzig. Den Freitag vorher war ein Deutscher aus der Nachbarschaft, der bei uns im Garten arbeitete, damit beschäftigt, dem Wunsch meiner Mutter gemäß, zur Feier des Tages den Garten herzurichten. Meine Mutter und ich fuhren dann anschließend noch für ein Geschenk nach Almeria. Obwohl es dort sehr schnell ging, kamen wir erst gegen dreizehn Uhr zurück. Der Gärtner saß mit meinem Vater auf der schattigen Terrasse und goss sich kaltes Wasser über den Kopf. Er schwitzte am gesamten Körper: Diagnose: 57 Grad Celsius in der Sonne, die drittheißeste Stelle auf der Erde nach dem Tal des Todes in Kalifornien und einer Stelle in der Nähe von Dschidda in Saudi-Arabien. Es war der pure Wahnsinn. Fünfzig Grad und mehr sind es jedes Jahr im Sommer. Wir haben noch ein Foto, auf dem meine Mutter im Evakostüm abgebildet ist, als sie bei zweiundvierzig Grad Celsius friert. Scheinbar gewöhnt sich der Körper an Vieles. Dennoch habe ich da manchmal meine starken Zweifel. Kommen wir aber noch einmal zurück zur Solartechnik.

Wir können immer nur lachen, wenn sich manche Regionen aufschwingen, wie jetzt letztlich Alicante, sie hätte im letzten Januar hundertachtzig Sonnenstunden verzeichnet. Wir haben im langjährigen Mittel für Januar zweihundertdreißig, manchmal, wenn auch selten zweihundertsiebzig, wie gesagt im Januar. Beim Sommer dürfte es fast das Doppelte sein. Es ist, noch einmal Verzeihung, eine andere Welt.«

Die Beresas saßen nun ein wenig perplex auf dem Sofa und wussten zunächst einmal nichts zu sagen. Auch Sandro machte ganz bewusst keine Anstalten weiter zu reden, um dem vorigen Inhalt auch die Bedeutung zu geben, die er seiner Meinung nach auch berechtigt für sich reklamierte. In diesem Moment klingelte es an der Tür, Melusa trat ein, ohne vorher abgelegt zu haben, nestelte noch den Hut aus dem Haar, ging auf ihre Eltern zu und umarmte beide ganz herzlich, ebenso ihre Schwester. Dann begrüßte sie auch Sandro: »Ich sehe euch alle so verlegen, woraus ich schließen muss, dass eben etwas Gefährliches gesagt worden ist. Ich hoffe nur nicht über mich.«

»Aber nein Tochterherz«, gab die Mutter beruhigend zurück.

»Nun, wenn nicht über mich. Über wen denn dann?«

»Wenn Du wüsstest, was der liebe Sandro uns gerade von seinem Wohnort erzählt hat«, fand der Vater als Erster die erlösenden Worte.

»Das freilich ändert die Sache. So lieber Sandro, dann kann ich Ihnen nicht helfen, dann sind Sie noch einmal dran. Davon muss ich auch hören. Und wenn Sie es mir abschlagen, will ich etwas Gleichwertiges vernehmen.«

»Aber Schwesterherz etwas Gleichwertiges gibt es nicht.«

»Genau Irmgard, das ist sehr gut, das trifft es, es ist einmalig gewesen, weil es so wahr ist«, ergänzte die Mutter und traf damit die Meinung aller drei vorher Anwesenden, die durch ihr Kopfnicken ihr Einverständnis dokumentierten.

»Dann gehe ich davon aus, dass Sie aus der Wüste berichtet haben, von ihrem Wüstenschloss, von Ihrem Vater, Ihrer Mutter.«

»Ja, genau, aber liebste Melusa, wir drei leben dort unten möglichst bescheiden, es gibt viel Armut dort, sprechen Sie nicht vom Wüstenschloss, andere tun es gewiss, wir nicht. Wir genießen das Leben, das ist unsere Philosophie, vor allem die meines Vaters.

Von Cadiz, der Hauptstadt Spaniens während der napoleonischen Besatzungszeit, ausgehend, einen Großteil der Costa de la Luz entlang, vorbei an Tarifa, dem Schnellfährhafen nach Tanger und dem Hafen für die Surfjugend aus aller Welt, dann an der gesamten Costa del Sol entlang, vorbei an der Jet-Set-Metropole Marbella, an der Landeshauptstadt Malaga über Almeria über tausenddreihundert Kilometer bis hin zur französischen Grenze hinführend, zieht sich die Nationalstraße vorbei an Tabernas und von dort aus etwa zwanzig Kilometer lang fast schnurgerade durch eine quasi menschenleere, nur hier und da mit ein paar alten, ruinenhaften Häusern besetzte, sonst aber – und nun zeigt sich der Widerspruch – ausschließlich der Landwirtschaft dienende Wüstengegend. Nach zwanzig Kilometern erreicht man den Marktflecken Sorbas, in dem fast jeden Tag Markt stattfindet und unter anderem auch ein ganz besonders begabter, besser begnadeter Tierarzt seine Praxis hat. Der bringt einem Löwen dazu, Pfötchen zu geben, wenn er eines seiner vier Beine schient. Ein genialer Typ.

Diese Straße nimmt exakt den Weg, den schon die Karthager, dann die Römer, die Vandalen und schließlich die Araber in ihrer Nord-Südwanderschaft bevorzugten. Höchstwahrscheinlich wird auch der unselige Franco sie mit seinen Truppen hat nehmen müssen, um weiter nach Norden vorstoßen zu können. Sie durchschneidet ein sehr breites Tal, das im Norden und Süden von jeweils einer Gebirgskette begrenzt wird. Im Westen findet man neben der Sierra Nevada noch die Sierra de Guador als unüberwindbaren Grenzriegel, die auch beide verhindern, dass eine Wolke von Westen her in dieses Gebiet vordringt. Hier gibt es kleine Landstriche, in denen es seit Caesars Zeiten nicht mehr geregnet haben soll. Wer hier Urlaub machen sollte, was ja nicht vorkommt, und eine Sonnenversicherung abschließt, wirft sein Geld zum Fenster heraus.«

Die gesamte Familie Beresa lachte lauthals. »Aber das ist ja alles großartig«, kam es wie geschossen aus dem Munde Melusas.

Route 66

»Fährt man aus Tabernas in Richtung Sorbas heraus, erreicht man die Nationalstraße nach einem halben Kilometer. Zur linken sieht man oben hoch auf dem Hügel die Burg thronen. Biegt man nun an diesem Kreisverkehr nach links, vorbei an der Burg, die man links liegen lässt, geht es zur Autobahn zwischen Almeria und Guadix, am Kreisverkehr nach rechts ab, wie gesagt, in Richtung Sorbas und gerade aus kommt man dann nach vier Kilometern zu der schon vorhin angesprochenen Plattform. Fährt man am Kreisverkehr in Richtung Sorbas, so kommt man an der an dieser Straße letzten verbliebenen Venta vorbei, der Venta del Compadre, und dem neben ihr liegenden ›Roadhouse‹, einem Treffpunkt vor allem am Wochenende für junge Leute, Biker, Rocker und einfach nur Musiksüchtige. Seit 2012 heißt dieser Treffpunkt ›New Future‹ und seit 2015 ›Route 66‹. Angesichts der Armut in unserem Gebiet und trotz der Mühe, die sich die junge Besitzerin gab und immer noch gibt, war dieser Name damals zu Beginn eher Hoffnung als Programm. Aber sie hat bis heute durchgehalten. An der Venta selbst sind immer viele Trucks zu sehen, ein untrügliches Zeichen dafür, dass das Essen hier großzügig, gut und billig ist. Biegt man nach achthundert Metern hinter der Venta nach links ab und wagt sich in das Wirrwarr von mit Steinen übersäten und von tiefen Schlaglöchern gezeichneten Feldwegen hinein, so findet man nach etwas mehr als einem Kilometer einen weißen, gepflegten Bungalow, von einer Pistazienfinca von zehn und einer Olivenfinca von gut vier Hektar und ein wenig mehr umgeben.«

»Entschuldigen Sie bitte, lieber Sandro«, meldete sich der Vater zu Wort. »Wie viel Land besitzen denn Ihre Eltern?«

»Ja, so insgesamt knapp sechzehn Hektar«, antwortete Sandro und fuhr dann fort: »Der Bungalow war nur knapp zwei Jahre vor dem Jahrhundertwechsel von einem italienischen Paar gebaut und dann drei Jahre später wegen Scheidung fast zwangsweise verkauft worden. So hatten meine Eltern damals durchaus einen guten Preis erzielt, das Objekt immer weiter ausgebaut und vor allem technologisch auf dem neusten Stand gehalten. Unser Drainagesystem z. B. ist sehr pflegebedürftig, sorgt aber augenscheinlich und offensichtlich erfolgreich für eine reichhaltige Bepflanzung im Garten: Ein Dutzend Palmen, mehrere Meter hoch, säumen auf beiden Seiten die Einfahrt zum Haus. Dies war ein besonderer Wunsch und ist immer noch Steckenpferd meiner lieben Mutter, einer Ästhetin, wie sie im Buche steht. Hier habe ich mal morgens in aller Frühe eine Pumpe, deren Sicherung herausgesprungen war, wieder eingeschaltet. Noch nie in meinem gesamten Leben, habe ich so schnell die Hand von irgendetwas zurückgezogen. Eine giftige grüne Natter war der Grund.«

»Das ist ja schrecklich, ekelhaft.«

»Muss man da keine Angst haben?«

»Nein verehrte gnädige Frau, sie sind zwar giftig, doch reicht deren Dosis für den Menschen auch nicht annähernd aus, um sie als gefährlich einstufen zu müssen!

Auf dem größeren Teil des Gartens steht ein dreißig Quadratmeter großes, offenes Holzhaus, in dem die gut eingerichtete Sommerküche untergebracht ist. Nur wenige Meter daneben blitzt dann das helle, aber auch kräftige Türkis-Blau des riesigen Pools auf, in dem ich schwimmen gelernt habe. Er ist von einer Glashalle umrahmt, die mit Hilfe einer Abdeckung der Wasseroberfläche und mit Hilfe des Poolpumpensystems für immer warmes Wasser sorgt, das gesamte Jahr, vom 1. Januar bis zum 31. Dezember und nicht umgekehrt.«

»Das muss aber doch wirklich teuer sein, das Wasser das ganze Jahr aufzuheizen?«

»Ja, und nein, verehrter Herr Botschaftsrat, teuer ist ja auch ein sehr dehnbarer Begriff. Am Anfang musste mein Vater auch viel tüfteln. Von Mai bis einschließlich September brauchen Sie gar nichts zu tun. Dann können Sie noch einmal von circa sechs bis acht Wochen ausgehen, von Anfang Oktober bis Mitte/Ende November, in denen Sie mal nachsehen müssen, wie die Entwicklung der Temperatur sich gestaltet. Ab dann bis Ende April muss – so nennt es mein Vater – zugeheizt werden, d.h. er lässt über Nacht die Pumpen laufen, so dass durch die Rohre des Spülsystems warmes Wasser in den Pool laufen kann, während das kalte aus dem Pool über die Überlaufbecken in das Rohrsystem gelangt und dort während der Nacht aufgeheizt wird.«

»Und wie lange reicht dann die Aufheizung aus einer Nacht?«

»Das kann man so nicht beantworten, weil es vor allem von der Sonneneinstrahlung auf die gesamte Schwimmhalle abhängt. Manchmal reicht es für zwei Tage, manchmal für mehr als eine Woche, das ist recht unterschiedlich. Das weiß getünchte Poolhaus mit seinem Pumpsystem steht auf der Höhe des Haupthauses, ein ursprünglich etwas mehr als zweihundert Quadratmeter großer weißer Bungalow, der dann von meinen Eltern auf insgesamt knapp dreihundert

Quadratmeter ausgebaut wurde, mit einer vorgelagerten, vierzig Quadratmeter großen und im Winter verglasten, deshalb auch in dieser Jahreszeit meistens angenehm warmen und deshalb auch benutzbaren Terrasse. Am Ende derselben befindet sich eine hohe Glastür, durch die man das gemeinsame, circa achtzig Quadratmeter große, lichtdurchflutete Arbeitszimmer meiner Eltern betritt. Hier finden Sie dann die vier Meter Bücher meiner Mutter und die zehn Meter Bücher meines Vaters.«

»Vierzehn Meter Bücher, der helle Wahnsinn, eine richtige Bibliothek«, entfloh es nun dem Hausherrn »aber prächtig!«

Sandro war am Montag im Hause der Beresas zu Besuch gewesen. Am nächsten Tag war dann normaler Arbeitstag für ihn, auch wenn er erst gegen Mittag anfangen musste, hatte er doch in der kommenden Nacht auch Dienst. So kam er am übernächsten Morgen um neun Uhr von seiner Nachtschicht ermüdet nach Hause, kochte sich noch einen Kaffee, nahm einen tiefen Schluck und sah die Post durch. Er öffnete einen Brief seiner Tante, in dem sie ihn noch einmal beschwor, sich sozusagen an das Nächste zu halten, unter sich zu bleiben, ist das Einzig Richtige. Bescheidene Verhältnisse und exakt gezogene Grenzen, eine Katalanin und dazu noch Schweizerin, sie wird immer eine Fremde bleiben. Er lachte nur: »Heirate heimisch, heirate katholisch, heirate andalusisch oder baskisch oder wie auch immer.« Seine Tante war wirklich von gestern, wie man das so sagte, eben eine alte Tante, im Grunde eine Generation älter als seine Eltern, obwohl diese beiden doch älter waren als sie. Dann war zunächst einmal Schlaf angesagt, gegen vier stand er auf, erledigte die Toilette, trank noch einen Kaffee, zog sich danach an und ab ging es wieder zurück ins Krankenhaus. Dasselbe wiederholte sich bis zur nächsten Woche täglich. Am Montagabend nächster Woche kam er dann dazu, seine Emails durchzulesen:

»Lieber Sandro. Lassen Sie mich Ihnen heute noch einmal nachträglich mein tiefstes Bedauern aussprechen, dass ich gestern nur noch die letzte Szene des gesamten Aktes miterleben durfte bzw. konnte. Mich verlangt es aber lebhaft, mehr davon zu wissen. In unserer großen und globalisierten Welt gibt es so wenig, was sich zu sehen und zu hören lohnt; das Meiste davon und vielleicht auch das Beste hat sich in die stillen Winkel der Erde zurückgezogen. Allen voran, wie mir scheint, Ihre Familie und dann noch mitten in die Wüste. Ich wette, Sie haben uns noch Vieles zu berichten, und ich kann nur wiederholen, ich möchte davon hören. Die gesamte Familie denkt so.«

»Liebste Melusa!
Nichts wäre mir lieber als ein erneuter Abend im Kreise Ihrer Familie, doch ruft momentan die Arbeit mehr und mehr nach mir. Dies können Sie schon daran ermessen, dass ich Ihnen erst nach einer Woche antworten kann. Sie können Ihre Schwester fragen, denn ich habe momentan um die siebzig Stunden in der Woche Dienst. Wie Sie wissen benötige ich keine Ausflüchte, aber es gibt momentan neben der Arbeit nur noch das Schlafen. Ich bitte um Verzeihung, dass ich Sie erneut enttäuschen muss. Ich melde mich sobald ich kann.
Seien Sie meiner tiefen Zuneigung gewiss
Sandro

Die meisten Studenten studieren in ihrer Heimatstadt, um dort im Haushalt der Eltern wohnen zu können, weil ein hinreichendes Angebot an kleinen Mietwohnungen nicht existiert. Sandro hatte seine Prüfungen schon alle absolviert, arbeitete schon im Krankenhaus und konnte sich deshalb dieses armselige Zimmer finanziell leisten: Ganz schlicht, in weiß gehalten und keine Gardine vor dem Fenster. Doch er brauchte keinen Trost, denn er wollte es so. Momentan hatte er hundertfünfzig Patienten zu betreuen. Gottseidank mit zwei Kollegen zusammen und über Nacht hatten vor allem die Nachtschwestern die Arbeit und er konnte sich durchaus mal hin und wieder ein Stündchen aufs Ohr legen, musste dann aber völlig fit sein, sobald die Krankenschwester ihn weckte.
Oh ja Barcelona, Kunst und Kultur, Sport soweit das Auge schauen kann, doch braucht man dazu auch Zeit. Irgendwie

hatte er Durst, Durst nach mehr Zeit und der Becher, der ihn stillen kann, heißt: Wüste.

Nächsten Monat standen die Wahlen für die Bürgermeisterschaft in Tabernas an. Sandro erfuhr dann später aus der Zeitung, dass der Kandidat der Sozialisten wie immer eindeutig gesiegt hatte. Er schrieb eine Email an seine liebe Mutter, dass ihn seine Arbeit im Krankenhaus und auch an seiner Forschungsreihe zumindest für einen Monat, eher für zwei zunächst einmal hier festhalten würde. Auch möchte sie bitte Papa diesbezüglich informieren.

»Darüber lass ich mir doch keine grauen Haare wachsen. Davon habe ich ja schon genug. Vielleicht kann er ja Weihnachten kommen, das wäre schön«, so lautete der Kommentar Guennaros.

WEIHNACHTEN 2027

Guennaro kam gegen halb drei Uhr auf die Terrasse. »Hallo, mein Schatz! Hast Du gut geruht?«

»Bestens, fühle mich sauwohl, so wie die Säue auf der Biofinca. Wollen wir noch ein wenig oder auch länger mit den Hunden spazieren gehen. Es ist noch warm?«

Sie legte eine Zeitung zusammen: »Gerne, machen wir, ich hole uns noch Pullover, dann gehen wir.« Alejandra kam zurück, warf jeweils einer der beiden Pullover um seinen und ihren Hals, rief die Namen einiger Hunde, die dann sofort in freudiger Erwartung angerannt kamen und nun mit den beiden durch die Wüste trotteten. Ihre beiden Handgelenke waren übereinander gekreuzt und er spürte ihre Finger. Von ihnen kam etwas Erfrischendes wie der frühe leichte, aber auch frische Morgenwind am Meer.

»Ich habe noch eine riesengroße erfreuliche Überraschung für Dich!«

»Na, dann erzähl mal«, gab er ihrer Erzählfreude freien Lauf.

»Sandro hat um halb zwei Uhr angerufen und sich für Heilig Abend zum Abendessen angekündigt. Eher kann er nicht.«

»Na toll, da freue ich mich aber riesig. Hat er schon gesagt, wie lange er bleibt?«

»Ja, er kann nur bis zum 2. Januar bleiben, dann müssen sie wieder zurück.« Er hielt an: »Wer ist denn in diesem Fall sie?«, fragte er verdutzt. »Sandro bringt seine Braut mit, Irmgard heißt sie und ist Krankenschwester an der Uniklinik, in der er arbeitet. Was sagst Du jetzt?«

»Da bin ich aber platt. Wau. Toll!« Die beiden umarmten sich und tanzten in der Wüste. Damit war ja zunächst einmal alles gesagt und so setzten sie ihren Fußweg fort, Hand in Hand.

Für einen Spanier gibt es schlicht keinen Anlass zur Eile, für einen Andalusier gilt das in noch höherem Maße. »Und wenn uns unser Sohn seine zukünftige Frau vorstellt, darf es auch nicht den leisesten Lufthauch von Eile geben, dann muss sie sich eben Zeit nehmen. Auch Sandro ist Andalusier, auch wenn er jetzt schon – wie lange ist es jetzt her Schatz? – sechs Jahre, mein Gott wie die Zeit vergeht – in Katalonien lebt. Aber wer weiß, vielleicht ist er mehr Andalusier als wir glauben, vielleicht mehr als wir beide zusammen. Mal sehen, auf jeden Fall deshalb auch viele, viele Gänge. Sie muss die arabische, nicht islamische Kultur einatmen, deshalb auch Ruhe. Mal sehen, was kochen wir denn dann mein Schatz?«

»Du wirst schon wieder was zaubern!«

»Ja, ja, mag ja sein, aber vorher hat das liebe Christkind das Nachdenken gesetzt. Und nur Vegetarisches? Wäre das okay?«

»Mehr als das!«, bekräftigte sie völlig ernsthaft. »Wie viele Personen sind wir denn dann? Wir zwei, Deine Schwester, Sandro und Irmgard. Fünf. Richtig?«

»Sollen wir meine Schwester denn zu diesem Mahl einladen? Es betrifft doch dieses Mal zunächst einmal nur uns vier oder?«

»Normalerweise würde ich Dir inhaltlich völlig zustimmen, aber erstens ist es Heiliger Abend und zweitens freut sie sich doch genauso über Sandros Kommen.«

»Mach Dir mal wegen Heilig Abend keine Sorgen um meine Schwester. Sie hat so viele Bekannte vom Sportclub und vom Krankenhaus, die auch Single oder Witwe sind. Auch könnte sie Heilig Abend Dienst machen und hätte dann am Weihnachtstag und Neujahr frei. Mal sehen, ich werde noch heute mit ihr sprechen und alles klären.«

»Also vier Personen. Nun gut, aber die Verantwortung für Deine Schwester trägst Du. Alles klar. Ich möchte nicht, dass sie mal wieder mich für alles verantwortlich macht, mich für den Schuldigen hält.«

So gingen die beiden, obwohl er altersmäßig auf die achtzig Jahre zuging, noch Hand in Hand durch die Wüste und die Hunde trotteten mit. Diese schier unvergängliche Zärtlichkeit, das Bild des Friedens, Eile war wie gesagt nicht angesagt, beide genossen sich und die Wärme, während auf den Gipfeln der Sierra Nevada schon seit einigen Wochen reichlich Schnee lag. Ihr Gespräch richtete sich selbstverständlich auf Sandro und seine Braut. Beide freuten sich, besonders Alejandra und Guennaro freute sich, dass sich Alejandra freute. Nach einer Stunde wurde es temperaturmäßig Zeit nach Hause zurückzukehren, doch gingen sie noch kurz bei Fredo vorbei, der draußen auf seiner Finca arbeitete.

»Ja, ja wenn man Land besitzt, ist immer Arbeit angesagt, selbst kurz vor Weihnachten«, lautete es äußerst freundlich von Alejandras Seite.

»Wem sagen Sie das, gnädige Frau«, kam die prompte Antwort Fredos.

»Was ist Dir denn dieses Jahr besonders gelungen, lieber Fredo?«

»Auberginen schmecken dieses Jahr besonders gut, ich weiß allerdings nicht warum. Und im Frühsommer waren es die Erdbeeren, die waren wirklich herrlich süß. Man darf sie nur nicht zu früh ernten.«

»Sandro kommt Weihnachten zu Besuch.«

»Oh toll«, kam es ganz spontan von Fredo zurück.

»Deshalb meine Frage: Wann ist die nächste Fischauktion, lieber Fredo?«

»Nächsten Samstagmorgen. Wollen Sie hin? Soll ich mit?«

»Ja, wann sollen wir denn los?«

»Halb vier wie immer. Ist das okay?«

»Na, klar.«

»Ich hole sie dann ab.«

»Super, vergiss aber bitte nicht, mehrere Kühltaschen und viele Akkus mitzunehmen, die werden wir dann sicherlich benötigen.«

»Keine Angst, hätte ich doch nicht vergessen. Sie kennen mich doch!«

»Alles bestens, also bis Samstagmorgen.«

So war dieser Punkt auch schon geregelt. Um vier Uhr wurde es nun doch erheblich kalt, so dass beide für die letzten fünf Minuten bis zu Hause noch die Pullover anziehen mussten. In der Wüste fällt die Temperatur im Winter in einer Viertelstunde um fünfzehn Grad. Um vier Uhr sind es noch zwanzig Grad und um viertel nach vier dann nur noch fünf oder sechs. Zu Hause angekommen galt es nun, den Kamin anzuwerfen. Innerhalb einer knappen Viertelstunde waren alle notwendigen Räume mollig warm. Alejandra hatte Tee gekocht, diesmal keinen türkischen, sondern ihren fruchtigen, aus Deutschland importierten, und nun saßen beide im Salon.

»Dein Weihnachtstee ist einfach köstlich. Manchmal sind die Deutschen auch zu Etwas zu gebrauchen.«

»Das ist aber nicht lieb von Dir, denke doch einmal an die tolle Wärmepumpe, an die tolle Poolheizung und auch an die Poolglaskonstruktion auch aus Deutschland und wenn Dein Blutsbruder kam, der liebe Edmondo, dann wollte er unbedingt wenn möglich deutsches Bier.«

»Du hast Recht mein Schatz, was Deutschland betrifft. Aber manchmal reagiere ich allergisch wenn ich an die Vergangenheit denke.«

»Deine Idee von den vielen Gängen finde ich völlig in Ordnung. Das hatten wir zu Hause Weihnachten ja auch immer. Möglichst vegetarisch finde ich auch sinnvoll, ist aber nicht zwingend vorgegeben und eine Orientierung am arabischen Essen ist auch gut, wenn auch nicht unbedingt notwendig. Aber Du wirst das schon schaffen, da kenne ich Dich zu gut.«

»Ja, aber ich hätte gerne Sandro vorher gesprochen, inwieweit ich ihn unvegetarisch belasten darf. Und wie sieht das mit seiner Braut aus? Isst sie mengenmäßig viel oder wenig? Ich weiß mal wieder nichts.«

»Kein Problem mein Schatz, reg Dich bitte nicht auf, wir rufen ihn heute Abend noch einmal zurück. Dann kannst Du ihn auch zum Essen ausfragen.«

»Das ist eine gute Idee, aber was schenken wir den beiden denn?«

»Für Sandro habe ich ein Buch über alternative Hausmedizin, sein Steckenpferd, bestellt, das ist auch heute schon gekommen. Die Post hole ich morgen ab. Aber für Irmgard habe ich logischerweise noch nichts. Hast Du vielleicht eine Idee.«

»Gut. Die Idee mit dem Buch für Sandro finde ich bestens. Für Irmgard? Ja. Was hältst Du davon, wenn wir einige Bilder von hier, der Wüste, unserem Haus, vom Dorf, von Sandros Entwicklung auswählen und diese dann im Dorf im Fotoladen vergrößern und in ein schönes Fotoalbum einkleben lassen?«

»Na super, das ist ja toll. Wie kommst Du eigentlich so schnell auf solch eine gute Idee?«, fragte sie ihn verwundert.

»Die Freiheit des Denkens und der Phantasie. Aber auch nicht immer. Aber denk heute Abend beim Telefonat daran, dass wir fragen, wann sie denn dann zeitlich ungefähr kommen. Bitte nicht vergessen.«

»Mach ich.«

Fredo und Guennaro waren am frühen Morgen am letzten Samstag vor Weihnachten nach Almeria zur letzten Fischauktion in diesem Jahr gefahren und beide waren mal wieder von diesem herrlichen Erlebnis begeistert. Sie hatten noch vier große Seehechtsteaks besorgen können, den Lieblingsfisch der Spanier, dazu dann noch vier Rochenflügel, ein Dutzend Thunfischsteaks und auch noch mehrere Seezungen. Anschließend saßen sie noch in einer Hafentaperia bei einem kleinen Roten zusammen.

Am Heilig Abend begannen Guennaro und Alejandra nach dem Frühstück mit der Vorbereitung des Abendessens: Sie räumten das benutzte Geschirr in den Geschirrspüler und dann bereitete er im Mörser eine Gewürzkombination vor. Sie zerlegte ein Hühnchen, nahm es aus und wälzte die einzelnen Hühnerteile in dieser Gewürzmischung.

»Welche Gewürze hast Du denn für die Hühnchen genommen? Wie lange soll das Hühnchen darin liegen?«

»Normalerweise nehme ich Curry, aber heute zur Abwechslung Kreuzkümmel, Salz und schwarzen Pfeffer, halt ägyptisch. Dreißig Minuten Schatz.«

Er schnitt Möhren und Lauch in Scheiben, erhitzte ein wenig Butter in der Pfanne und briet beides darin an. Nach knapp zwei Minuten nahm er alles heraus, gab noch einmal etwas Butter dazu und briet die marinierten Hühnchenteile in der Pfanne an, bis sie goldbraun waren. Dann gab er alle Teile zusammen mit einem Lorbeerblatt in das kochende Wasser. Weil Alejandra immer den Schaum abschöpfte, ließ er ihr auch heute ihren Willen, obwohl er bezüglich des Schaums entgegengesetzter Meinung war. Nach einer dreiviertel Stunde Köcheln bei niedriger Temperatur nahm sie dann die Hühnerteile aus der Brühe, löste das Fleisch von den Knochen, zerteilte es und gab es in die Brühe zurück. Guennaro gab noch etwas Kreuzkümmel, Koriander und eine Prise Safran dazu und ließ die Brühe noch zehn bis fünfzehn Minuten auf kleinster Flamme köcheln. Alles, was mit Teig zu tun hatte, war ihre Aufgabe. Da hatte er zwei linke Hände. So hatte sie schon während der Kochzeit den Teig für das Beduinenbrot fertig gemischt, mehrmals gut durchgeknetet, dann zu einem großen Fladen geformt und ihn zum Kühlen weggestellt. Nach einer knappen halben Stunde wurde er dann noch einmal gut durchgeknetet und dann bis in den späten Nachmittag erneut zum Kühlen weggestellt.

Erst am frühen Abend legte Guennaro viel Holz unter den Backofen mitten in der Wüste und ließ ihn dann erst einmal eine Stunde lang glühen, um die notwendige Hitze zu erreichen, die notwendig war, um dann auch einige Brote für sich und die Nachbarn backen zu können.

Währenddessen bereitete er soweit es ging zwei Salate vor: Einen kleinen Teller grünen Salat mit einer halben Avocado, dazu in einem Schüsselchen ein wenig Vinaigrette und dann noch »seinen« tunesischen Salat, wie er immer betonte: Den Paprikas die Deckel abschneiden, innen von den Häuten und Kernen säubern und dann in lange Streifen schneiden, die Tomaten und Zwiebeln in Scheiben schneiden, alles zusammen auf ein eingedecktes Blech legen, ebenso mit einer Knoblauchzehe verfahren, und dann alles mit einer Gewürzmischung aus jeweils einem halben Teelöffel Salz, schwarzen Pfeffer und Kreuzkümmel bestreuen. Nach circa zwanzig Minuten alles aus dem Backofen holen und über Stunden erkalten lassen. Eine Stunde vor dem Servieren dann in eine

Schale geben und mit geviertelten Eiern und schwarzen Oliven garnieren und mit ein wenig Olivenöl beträufeln.
»So jetzt haben wir eine Suppe, Brot und zwei Salate. Ich gehe einmal davon aus, dass dieses alles als Vorspeise ausreichen wird.«
»Da gebe ich Dir völlig Recht«, bestätigte er sie kurz und knapp.
»Was gibt es denn sonst noch, mein Magier?«
»Mama, liebste Mama mein.« Sandro stellte seine Sporttasche auf den Boden der Terrasse ab und fiel seiner heller als tausend Sonnen strahlenden Mutter um den Hals. Die beiden waren halt ein Herz und eine Seele. »Ja, ja Papa, ich weiß, wir kommen ein wenig spät.«
»Ich habe doch gar nichts verlauten lassen, lieber Sohn. Vielmehr freue ich mich riesig, dass ihr heil und gesund da seid. Das ist doch die Hauptsache.« Damit umarmten sich die beiden Männer ganz herzlich und klopften sich gegenseitig kräftig auf den Rücken.
»Und nun meine beiden etwas älteren Semester – verzeih mir bitte liebste Mama – darf ich Euch Irmgard vorstellen, die Frau, die es mit mir aushalten will. Sage ich es besser, mit der ich glücklich sein möchte bis ins hohe Alter.«
»Wau, meinem Sohn hat es nicht die Sprache verschlagen.« Damit ging die Mutter die zwei Schritte auf Irmgard zu, nahm sie in den Arm und drückte sie ganz fest. »Wenn Sie ihn glücklich machen, machen Sie uns beide älteren Semester auch glücklich.«
Alles lachte. »Genau, für wahr!« Damit ging auch Guennaro auf die junge Frau zu und hieß sie in der bescheidenen Wüstenresidenz auf das Herzlichste willkommen. »Ich muss mich aber sofort verabschieden, denn das Essen in der Küche und das Feuer und das Brot im Backofen warten auf mich.« Dabei machte er eine Armbewegung in Richtung Backofen und verschwand in der Wüstennacht.
»Er ist schon verschwunden und ihr beiden verschwindet zunächst auch einmal und erfrischt euch. Sagen wir in einer halben Stunde. Ihr habt die Wahl, Dein ehemaliges Zimmer

ist okay, da habe ich dein Einzelbett bezogen und im Gästehaus habe ich das neue Doppelbett bezogen. Ich muss mich auch noch fertig machen und den Tisch decken. Du zeigst Irmgard soweit alles.«

Um viertel nach acht saßen alle vier am festlich dekorierten Tisch. Guennaro nahm die linke Hand seiner Gattin und die rechte Irmgards. Die anderen drei schlossen den Kreis.

»Weil ich darüber hocherfreut und glücklich bin, dass unser Sohn die Frau fürs Leben gefunden hat, nehme ich mir heute Abend als glückliche Mutter auch das Recht, vielleicht sogar die Pflicht heraus, nicht nur immer Papa Reden halten zu lassen. Möge es allen Anwesenden, heute insbesondere Ihnen, liebste Irmgard, köstlich, oder um ein Wort meines lieben Gatten zu verwenden, göttlich munden, da Sie ja heute zum ersten Mal, und ich darf unserer aller Hoffnung Ausdruck verleihen, nicht zum letzten Mal, sondern für immer unser Gast sein werden. Und möge der Frieden, der in diesem Hause nun fast dreißig Jahre verweilt, auch weiterhin über allen Anwesenden ruhen. Und damit Guten Appetit.«

Guennaro war über diese Aktivität seiner Gattin überrascht und so entzückt, dass er kaum dazu in der Lage sich befand, den Wunsch nach einem Guten Appetit zu wiederholen und die Hand seiner Gattin zu küssen. Irmgard und Sandro wiederholten den Wunsch. Guennaro stand auf, entschwand in die Küche und kam zunächst mit einer zugedeckten Suppenterrine zurück, stellte sie auf den Tisch, zog seine beiden Kochhandschuhe an, verschwand sofort in die andere Richtung und kam dann mit einem großen Korb Brot zurück.

»Entschuldigt bitte meine Hektik und mein Aussehen bzw. meine Kleidung, aber der Ofen wird mehrere hundert Grad heiß, es kann manchmal zur Tortur werden.«

»Das riecht ja außerirdisch gut«, lautete es von Irmgards Seite.

»Ich stimme Ihnen ja vollkommen zu liebste Irmgard, aber seien Sie bitte am Anfang des Mahls mit Superlativen vorsichtig, denn Sie wissen nicht, was noch kommt«, ergänzte die Mutter ihre zukünftige Schwiegertochter.

»Ja, Sandro hat mich schon vor den Kochkünsten Ihres Gatten gewarnt. Aber allein dieser Duft, dieses warme Brot und dann noch selbst gebacken, und höchstwahrscheinlich noch aus biologischen Zutaten, der helle Wahnsinn! Verzeihen Sie mir bitte meine Begrifflichkeit!«

»Nein, nein, Sie brauchen sich nicht zu entschuldigen. Sie treffen ja den Nagel auf den Kopf. Aber nicht ich bin Ihr Ansprechpartner, sondern mein Schatz!«

Damit ergriff er die Suppenkelle und füllte die herrlich duftende Hühnersuppe auf die tiefen Teller. Ebenso nahm er danach das Salatbesteck und füllte jeweils eine Kleinigkeit seines tunesischen Salats auf die kleinen Salattellerchen, zur anderen Seite stand der kleine grüne Salat mit der halben Avocado.

»Ein kleines Weihnachtsmahl«, kam es nun sozusagen als Aufforderung, es sich gut schmecken zu lassen, von Seiten der Dame des Hauses.

»Doch noch einmal, die Suppe hat Mama gekocht, und den Teig hat sie auch zubereitet, nur die lächerliche Kleinigkeit der beiden Salate ist von mir.«

»Glauben Sie ihm bitte kein Wort. Sicherlich habe ich die Suppe gekocht« – »Sag ichs doch« – »doch alle Ingredienzien sind von ihm. Er allein bestimmt die Menge aller Gewürze. Er wechselt auch wie es ihm gefällt. Normalerweise nimmt er Curry für das Huhn, heute, weil Sie kamen, ägyptischen Kreuzkümmel. Auch für das Brot bestimmt er allein die Menge Thymian und Rosmarin und dann hat er noch eine geheime Flasche in seinem Gewürzschrank.«

»Nun gut, es ist Essigbaumgewürz, zwei normal gefüllte Esslöffel für jedes Brot.«

»Was ist das denn? Papa gibt ein Geheimnis preis.«

»Ja, mein Sohn, das fällt mir jetzt auch auf. Das kann einzig und allein nur an Ihrer liebevollen Erscheinung liegen, liebste Irmgard«, betonte nun die Dame des Hauses.

»Ich kenne sicherlich nicht die volle Wahrheit, aber dieses Brot allein, einzig dafür hat sich die Fahrt gelohnt. Wer immer dieses Brot gebacken hat, kann von sich behaupten, ein Wunder vollbracht zu haben. Ich sage nur noch Wow!«

»Apropos, Fahrt. Wie war sie denn heute?«, wechselte Guennaro jetzt abrupt das Thema.

»Ja, ich habe heute Nacht noch Dienst gehabt, war erst gegen neun Uhr heute Morgen zu Hause, habe mich noch eine Stunde aufs Ohr gehauen, geduscht, auch noch eine Kleinigkeit gegessen und dann ab zu Irmgard.«

»Ja und so sind wir erst gegen halb zwölf bei uns los.«

»Dann hat es noch fast zwanzig Minuten bis zur Autobahn gedauert und um zwei habe ich kurz vor Castello angehalten und mich hinten ins Auto gelegt und geschlafen. Dann ist Irmgard gefahren.«

»Genau, ich bin dann aber sehr gut durchgekommen, die Umgehungsautobahn um Valencia war völlig frei, ebenso Alicante. Um fünf Uhr haben wir dann nahe Lorca eine Kaffeepause eingelegt.«

»Das war aber glaube ich auch absolut notwendig«, lautete der Kommentar Alejandras. »Oh ja«, seufzte nun Irmgard. »Und den Rest habe dann wieder ich erledigt. War ja nur noch eine Stunde von Lorca bis hier. Übrigens Papa, ganz in der Nähe des TÜV haben wir gerastet.«

»Ja, ja alles klar.«

»Aber leider konnte ich dann angesichts der schon angebrochenen Dunkelheit nichts mehr von der herrlichen Landschaft wahrnehmen, von der Sandro mir und meiner gesamten Familie so vorgeschwärmt hat.«

»Papa hatte mal wieder Recht. Sandro vergisst sein Andalusien nicht, auch nicht in Katalonien.«

»Ich glaube sogar, dass es nicht nur ein Nichtvergessen ist«, kam es jetzt recht kleinlaut von Seiten Irmgards. Guennaro nickte nur äußerst nachdenklich vor sich hin.

»Es ist mehr. Ich habe ihn und meine Familie während seines Vorschwärmens beobachtet. Meine Eltern und später auch meine Schwester hingen an seinen Lippen. Mit der Art seines Vortrages hätte er einen Bullen dazu erziehen können, sich im Ring schlafen zu legen.«

»Dann ist es Eros, und dann bin ich der glücklichste Vater auf diesem Erdenrund.«

Sandro strahlte. »Als Frau könnte man aber ganz schön eifersüchtig werden.«

»Nein, liebste Irmgard. Tut mir leid, aber da irren Sie sich ganz gewaltig. Mein Traummann liebte diesen Abschnitt schon zu einer Zeit, als ich noch nicht einmal geboren war. Und Sie werden morgen und in den nächsten Tagen sehen und begreifen, warum. Und ich garantiere Ihnen vorweg, dass Sie dann einen ganz bestimmten Begriff verwenden werden, den sie heute schon einmal verwendet haben. Gibt es denn noch etwas mein Küchenmagier oder müssen wir uns mit dem Bisherigen zufrieden geben?«

Guennaro verschwand für wenige Augenblicke in der Küche. »Jetzt wird wieder spekuliert, woher dieser Salat seinen Namen hat. Richtig?«

»Genau Papa, aber verschone uns bitte mit einer langen Geschichte über die Namensgebung, bitte.«

Irmgard stieß Sandro spürbar in dessen Seite: »Sandro!«

»Nein, nein schönes Fräulein, er hat ja völlig Recht. In diesem Punkt kann ich auch im wahrsten Sinne des Wortes meinen Senf nicht dazu tun, denn ich weiß es bis heute nicht. Also keine Angst bitte!«

»Das müssen wir wirklich rot im Kalender anstreichen! Mein Mann weiß etwas nicht! Es ist aber auch völlig egal. Genießen Sie bitte diese Köstlichkeit eines russischen Salates. Dann wollen Sie gar keine Antwort wissen!«

»Genauer geht es wirklich nicht, gnädige Frau! Denn dieser Salat ist einfach eine himmlische Speise! Göttlich!«

»Vorsichtig mit Superlativen. Sie wissen nicht, ob Sie sich nicht noch steigern müssen!«

»Nun gut, aber bitte, das Rezept als Weihnachtsgeschenk.«

»Kein Problem, ich drucke es Ihnen morgen aus!«

»Ich habe ihn mal wieder über Stunden nicht zu Gesicht bekommen hier draußen. Als er gehört hatte, dass Sie mitkommen, hat er nur noch in der Küche gearbeitet.«

»Das Wichtigste für diesen Salat ist es, dass alle Ingredienzien möglichst klein gemacht werden: Die Artischockenherzen vierteln, das reicht. Die Mayonnaise ist das Geheimnis, sie muss frisch angemacht sein. Fürs Abendessen fangen sie damit mittags, besser nachmittags an. Für vier Personen normalerweise zwei Eigelbe, einen guten Teelöffel Dijonsenf und einen viertel Teelöffel Salz in einem Topf ganz langsam schaumig schlagen. Ein elektrisches Rührgerät ist dazu durchaus okay. Aber ganz langsam und dabei reinstes Olivenöl extra virgin ganz langsam dazu geben am besten aus einer Flasche, ca. ein achtel Liter. Langsam! Das ist wichtig und weiter rühren und zwar konstant. Danach ein bis anderthalb Teelöffel Zitronensaft und normalerweise zwei zerdrückte Knoblauchzehen dazu geben und weiter rühren. Wenn Sie damit fertig sind, d.h. sämtliche Zutaten sich gleichmäßig ja harmonisch verbunden haben, dürfen Sie eine halbe Messerspitze probieren, aber nur um abschließend Salz richtig dosieren zu können, zwar spürbar, aber möglichst wenig.

Nun zum Salat zurück: Die Artischockenherzen vierteln, das reicht, die Kartoffeln setzen Sie vielleicht aus organisatorischen Gründen als erstes auf, vielleicht schon am frühen Morgen. Bitte nur waschen, nicht bürsten und den gröbsten Fehler begehen Sie damit, dass Sie keine festkochenden Kartoffeln verwenden, also bitte keine mehlig kochenden. Warum? Wenn man mehlige verwendet, können sie den Salat wegwerfen, er gleicht dann einer Pampe. Zunächst kochen Sie sie in Schale, ca. fünfzehn bis zwanzig Minuten, je nach Größe, – sie sollten, nein sie müssen bissfest sein, oder wie die Italiener es zu sagen pflegen al dente – danach abgießen und dann abkühlen lassen. Sie können sie ruhig in den Kühlschrank stellen, zum Abschluss dann die vollständig erkalteten Kartoffeln schälen und dann in Würfel schneiden, nicht zu groß, nicht zu klein.

Das andere ist alles einfach: grüne und vor allem frische Bohnen ganz klein schneiden, nicht länger als ein Zentimeter lang, genauso kochen wie die kleingeschnittene Möhre und die Erbsen. Die Möhre auch in Würfel, nicht in Scheiben.

Nun geben Sie das bissfeste Gemüse in eine große Schüssel. Sollten Ihre werten Eltern noch eine Tonschüssel besitzen, benutzen Sie diese und keine aus Plastik, zumindest aus Glas sollte sie sein. Geben Sie einige wenige kleinst gehackte Cornichons dazu, übrigens das Lieblingsessen Sandros, drei bis vier feingehackte Sardellenfilets, zehn – nicht viel mehr – schwarze entsteinte Oliven und vielleicht zwei kleine Kapern. Und nun erst kommt die Mayonnaise unter den Salat, vielleicht eine Stunde vor dem Essen und nicht schon viele Stunden vorher. Früher haben die Menschen gesagt, der Salat müsse durchziehen. Ich halte dies für den größten Blödsinn, denn eine Stunde reicht dazu völlig und darüber hinaus sollte man alle Inhaltsstoffe auch noch für sich schmecken. Zum Schluss richten Sie den Salat auf Tellern an und garnieren ihn mit beiseite gelegtem Gemüse und noch einigen schwarzen wiederum entsteinten Oliven. Meine beiden Familienschätze meinen zwar immer, es könnten auch grüne sein, doch plädiere ich für schwarze. Verwenden Sie ein säurearmes, ein mildes Olivenöl, es enthält weniger Bitterstoffe.«

Alle genossen den dritten Salat an diesem Abend. »Auf jeden Fall ist er Dir mal wiederum, was sonst, vorzüglich gelungen, mein Schatz!«

»Mich brauchen Sie nicht mehr zu überzeugen! Jedes Häppchen ein wahnsinniger Genuss!«

»Na dann warten Sie erst einmal den nächsten Gang ab, da werden Sie aus dem Staunen nicht mehr heraus kommen!«

»Was noch mehr, ich kann nicht mehr!«

»Aber ich bitte Sie, wir haben doch Zeit, keine Eile, alles in Ruhe, und auf Ihre Figur brauchen Sie ja wohl nicht zu achten!«

»Das sagen gerade Sie mit ihrer Traumfigur!«

»Bitte, bitte keine Übertreibung, ich muss meinem Alter schon Tribut zollen und darauf achten, viel Sport, viel Schwimmen, viel Laufen. Gut, dass wir die Hunde haben. Aber Sie trinken auch zu wenig, sie müssen mehr trinken. Im Sommer trinken wir alle fast bis zu fünf Liter täglich.«

»Nun geht es aber in die Küche, die Arbeit ruft. Die beiden Damen werden mich entschuldigen, aber es dauert ein wenig länger. Und Du lieber Sohn hilfst mir bitte, ja?«

Das Ende dieses Satzes klang eher nach einer Aufforderung, die beiden Damen nun einmal alleine zu lassen, damit sie sich kennenlernen können.

»Ja, liebste Irmgard. Ein ganz normales Bier schmeckt zum Russischen Salat eigentlich am besten. Wir haben jedoch zunächst einmal nur Wasser serviert, um nicht gleich von Anfang an dem Alkohol zu frönen, sondern möglichst lange darauf zu verzichten, um ihn dann zum Ende in vollen Zügen genießen zu können. Da wir gleich etwas ganz Köstliches mit Sherry erwarten dürfen, darf ich Ihnen jetzt aber schon einmal vorweg einen servieren. Aber nun erzählen Sie uns oder mir bitte einmal von sich!«

»Was soll ich denn erzählen? Ich stamme aus einer Diplomatenfamilie, habe wie alle anderen Familienmitglieder auch, aus weiser Voraussicht sowohl die spanische, als auch die Schweizerische Nationalität, ebenso wie meine Eltern. Meine Mutter ist eine geborene Schweizerin. Angesichts der Geschichte unseres Landes kann man wohl nie ganz sicher sein, da muss man mit allem rechnen, zumindest muss man darauf vorbereitet sein. Vielleicht ist das die Lehre aus der spanischen Geschichte. Diese doppelte Staatsbürgerschaft gibt mir eine gewisse Sicherheit.«

»Sehr gut, sehr gut, finde ich überzeugend, ihre Argumentation hat etwas, was nicht wegzudiskutieren ist. Auch wenn man es manchmal nicht wahrhaben will. Aber erzählen Sie mir doch bitte etwas über sich und Sandro!«

»Wir haben uns kennengelernt, als er durch seinen Herrn Professor bei einem festlichen Abend im Hause eines ehemaligen Kollegen meines Vaters eingeführt wurde. Dann hat sich alles für mein Gefühl viel zu lange hingezogen. Mal hatte er Zeit und konnte an einem Abend bei uns zu Hause vorbeikommen, meistens hatte er jedoch keine Zeit. Er arbeitet wirklich viel zu viel. Manchmal das gesamte Wochenende. Und ich bekomme ja auch Vieles mit, was an unserem Krankenhaus so läuft.

Eines Abends hat er dann bei uns zu Hause seinen Vortrag über die Wüste gehalten. Meine Eltern waren hin und weg, so heißt es ja wohl heute. Ab diesem Abend hatten sie ihn in ihr Herz geschlossen. Ja, er war mehr als höflich, aber er hat beiden widersprochen und das sogar völlig zu Recht. Ab diesem Augenblick hatten meine Eltern auch einen Sohn. Ich habe meine Eltern selten so glücklich gesehen. Erst viele Wochen später hat er meine Schwester und mich zu seinem Vortrag drei Tage später an der Uni eingeladen. Zunächst einmal muss ich Ihnen zu Ihrem Sohn gratulieren, der Vortrag war kurz und bündig, vielleicht fünf Minuten, vielleicht ein paar Minuten länger, mehr nicht. Grandissimo. Jeder andere hätte daraus einen zweistündigen Vortrag gemacht. Sandro nicht. ›In der Kürze liegt ja bekanntlich die Würze.‹

Und damit wären wir auch beim Thema seines Vortrages, eigentlich ja nur eine Einleitung zu dieser Testreihe. Da doch viele Testpersonen vor allem älteren Datums gekommen waren, benötigte man noch einige Krankenschwestern mehr als geplant. Meine Schwester und ich sprangen ein zur Hilfe. Ältere Menschen fest halten, begleiten, und die Tinktur auf die entsprechenden Stellen tupfen und verbinden usw. Dann lagen alle für eine halbe Stunde zur Ruhe und währenddessen legte er los und trank die Arznei mit einem Schluck aus, um zu demonstrieren, dass sie nicht gefährlich ist. Er schüttelte sich zwar mächtig, doch dann legte er los: ›Um die völlige Ungefährlichkeit dieses Produktes zu demonstrieren, habe ich es jetzt vor Ihren Augen ausgetrunken. Sicherlich hat es eine kaum auszuhaltende Schärfe, mehr jedoch nicht. Alle darin enthaltenen Inhaltsstoffe stehen in meines Vaters Küche und sind darüber hinaus in diesem Fall sogar noch biologisch angebaut. Dieser Stoff ist also abgesehen von der Tatsache, dass er Ihnen allen Tränen in die Augen treibt, ungefährlicher als jede Zahnpasta. In dieser ist immer noch viel zu viel Chemie enthalten, in unserem Produkt nur rein pflanzliche Stoffe aus Vaters oder Mutters gutbestückter Küche. Wie gesagt, es kann nicht heilen, aber es kann Ihnen für alle Fälle Schmerzen lindern bzw. gänzlich nehmen, aber auch nur für einen nicht vorhersehbaren Zeitraum und damit manchmal für einen erholsamen Schlaf sorgen. Diese Schmerzlinderung kann von wenigen Stunden reichen bis zu mehreren Monaten. Zweifellos hat dieser Zeitraum nur wenig mit der Dosierung zu tun, ist mehr oder weniger unabhängig davon, vielleicht nicht ganz. Da sind wir in der Forschung noch nicht weiter. Auch der Einsatzbereich ist nur auf Knochen- und Gelenkschmerzen beschränkt und niemals, ich wiederhole es bei allen Göttern dieser Erde, niemals bei offenen Wunden einsetzbar. Die dann auftretenden Schmerzen würden sie nicht aushalten. Und vor allem auch nachher die Hände waschen, aber bitte gründlich. Andererseits ist diese Anwendung immer wiederholbar.‹

Auch Sandros Professor machte noch ein paar Bemerkungen medizinischer Art und der Schluss seiner Ausführungen rüttelte die Leute auf: ›Im Übrigen muss ich meinem werten, geschätzten, ja geliebten Sandro widersprechen. Er betonte vorhin das Wir mehrmals. Das stimmt so nicht. Wir sind noch nicht ganz so weit, sondern er, denn dieses Produkt ist einzig und allein sein Verdienst, ich habe immer nur mit Unterschriften dienen und ihm manchmal auch zumindest ein wenig Trost spenden können. Er und nur er ist der Vater dieses Produktes. Alles andere wäre die Unwahrheit. Unser wertgeschätzter Chirurgiekollege kann Ihnen das auch noch bestätigen, denn wir sind ja heute Gast in seinem Institut. Dafür bedanken wir uns noch einmal bei ihm auf das Herzlichste.‹

Dann kam dieser auf die Bühne, so könnte man sagen: ›Nicht Sie, meine beiden Herren Kollegen, sondern ich habe mich zu bedanken, denn, meine Damen und Herren, was Sie und ich heute Abend hier erleben dürfen, ist – man soll ja mit Superlativen vorsichtig sein, da sie sich zu schnell abnutzen – einmalig, ja historisch. Übertreibung? Mitnichten, denn wenn es stimmt, und ich zweifle bei Sandro an nichts, dass Menschen zumindest in Europa, das muss ich allerdings einschränkend erwähnen, Genaueres weiß ich darüber aber auch nicht, nur mit rein pflanzlichen Stoffen in kürzester Zeit alle Schmerzen genommen werden, ist phantastisch, der Verzicht auf jegliche Chemie – Sie haben es ja vorhin selber mit verfolgen können – ist sensationell, keine Nebenwirkungen, nichts, mehr noch, und jetzt lege ich mich fest, das ist reif für welchen Preis auch immer! Im Übrigen ist nun das Büffet eröffnet. Bis zur heutigen Ergebnissicherung wird es ja noch eine halbe Stunde dauern.‹ Sandro bedankte sich noch einmal ganz freundlich bei allen Krankenschwestern für ihre Arbeit, gab jeder Einzelnen die Hand und verneigte sich. Mir lief ein eiskalter Schauer über den Rücken als er auf mich zukam, eine gewisse Verlegenheit zwischen uns beiden haben wir beide gespürt. Er sagte mir nachher mal in einem Gespräch, dass er das Gefühl verspürt habe, etwas sagen zu müssen: ›Es ist wirklich liebenswürdig, dass Sie mit Ihrer Schwester heute Abend geholfen haben.‹

Nach einer halben Stunde kamen die ersten Personen aus den hinteren Teilen des Gebäudes, gingen zwar – zumindest die meisten an ihren Krücken oder am Stock – aber wesentlich flotter unterwegs und schrien vor Glück. Manche weinten hemmungslos. Da kamen auch mir die Tränen. In diesem Moment trat er auf mich zu und küsste mir die Tränen von der Wange. Und dann seine Worte: ›Meine Oma hat in den siebziger Jahren um meinen Vater Tage, Wochen, Monate geheult, jetzt wird aber damit aufgehört, Du – zum ersten Mal das persönliche Du, auf das ich solange gewartet habe – heulst nicht mehr um meinetwillen.‹ Vor allem meine Schwester verstand alles sofort und freute sich für mich wie es eine liebe Schwester tun sollte, obwohl auch sie sehr auf Sandro fixiert war. Diesem Kuss weniger, aber den Worten konnte ich nicht widerstehen. Da kommt dieser – Verzeihen Sie mir bitte – Kerl auf mich zu, küsst mich zärtlich auf die beiden Wangen und alle Welt verstand, nur bei mir als Betroffener, dauerte es noch bis in den nächsten Tag. Meine Mutter wusch mir dann am nächsten Morgen den Kopf und erklärte mir, was das für ein Liebesbeweis vor all diesen Leuten war, es müssen mehrere Hundert gewesen sein.«

»Das ist ja einfach toll. Hätte ich ihm so nicht zugetraut. Er ist eher schüchtern. Vielleicht der falsche Ausdruck, aber zurückhaltender vor allem in der Sprache. Er hält sich zumindest verbal zurück, so will ich es einfach mal ausdrücken. Aber da muss ich Ihrer werten Frau Mutter hundertprozentig Recht geben: Vor Hunderten von Menschen diese Worte. Da zieh selbst ich den Hut vor meinem Sohn.«

»Aber meine Schwester, ihr Verhalten ist doch auch grandios: ›Ich gönn ihn Dir doch.‹ Monatelang hat sie sich Hoffnungen gemacht, hat ihn eingeladen zu uns, während ich nicht den Mut fand, ihm meine Gefühle zu zeigen. Sie hat sich immer ein wenig lustig darüber gemacht, dass ich errötete, sobald es am Haus klingelte. ›Du verrätst Dich doch schon wieder‹, war ihr ständiger Slogan. Und nun da er mir und der Welt seine Liebe zu mir gestand, freut sie sich für mich. Das ist doch einfach riesig oder?«

»Natürlich, aber höchstwahrscheinlich hat sie seine Liebe Ihnen gegenüber zig mal früher gespürt, als Sie selbst, weil sie ihn auch geliebt haben, aber sich davor fürchteten, wie wir alle es doch tun. Ihm näher zu kommen, war Ihnen von Ihrer Seite nicht möglich. Richtig?«

»Ja, genau, woher wissen Sie das?«

»Oh, liebste Irmgard, geliebt wurde früher auch. Wenn Sie meinen Mann mal nehmen. Den hätten Sie einmal 1998, also vor neunundzwanzig Jahren erleben müssen.«

»Ja und wie haben Sie sich kennengelernt, wenn ich das fragen darf, wenn nicht, ziehe ich die Frage sofort zurück?«

»Nein, kein Problem. Die Umstände waren alles andere als schön. Ich war zu jenem Zeitpunkt, ich nannte es damals ein wenig abfällig, noch ein Karbolmäuschen, eine nichtsahnende Krankenschwester, die manchmal im Krankenhaus arbeitete, manchmal aber zur Pflege alter bzw. kranker Menschen, meistens zur Behandlung und Betreuung von medizinisch anspruchsvollen Problemfällen abgesondert wurde. Das ist nicht abwertend gemeint, genau das Gegenteil. Ja, und da lag dann Guennaro auf dem Rücken und hatte mehr als offensichtliche Schmerzen im gesamten linken Fuß- und Beinbereich, der Fuß und der Unterschenkel hatten bei uns im Krankenhaus eine Außenfixation bekommen. Alles war geschwollen. Er war durstig, seine Wunden waren zum Teil noch offen und eine Wunde im linken Arm musste ihn wohl mehr als schmerzen.«

»Das hört sich ja schlimm an. Was war ihm passiert?«

»Jetzt sagen Sie ja, das wissen Sie nicht.«

»Nein, ich bitte vielmals um Entschuldigung.«

»Das ist so schön, dass Sandro Ihnen nichts erzählt hat. Wenn Sie noch eines Liebesbeweises von Seiten Sandros bedurft hätten, dann nehmen Sie sein Schweigen darüber. Der Junge hat Ihnen nichts erzählt?«

»Nein, ehrlich nicht.«

»Halb Spanien und ganz Andalusien kennt die Story. Dann wissen Sie also gar nicht, wer sein Vater ist? Sie wissen wirklich nichts?«

»Nichts. Ich habe es auch ganz bewusst vermieden, in irgendwelchen Internetseiten über ihren Gatten nachzulesen!«

»Na, irgendwann werden Sie es dann ja mal gewahr werden! Aber um auf Ihre Frage von vorhin zurückzukommen. Ich war ja unter anderem auch dazu abgestellt, ihn zur Uni und zurück zu fahren. Und so lud er mich in seine Vorlesung ein. Doch seine Vorlesung war am Anfang nicht so ganz mein Fall. Fast täglich war ich bei ihm, Waschen, Hilfestellung beim Duschen, Säuberung, dann Spritzen einmal täglich, dann war ich auch für die Hunde zuständig, machte manche Besorgungen, fuhr ihn zu irgendwelchen Terminen, trug Sorge dafür, dass die Putzfrau alles erledigte. Es war ein Rund-um-die-Uhr-Job. Und offensichtlich tat ihm meine Gegenwart, als auch meine Therapie gut. Zu Weihnachten lud er mich dann zum Essen ein, fragte ganz höflich nach meinen Vorlieben, was Essen anbetrifft. Ich gab ihm zu verstehen, dass ich immer nur Kleinigkeiten zu mir nehme. Sein Strahlen zeigte sich auf dem ganzen Gesicht. Er hatte Schmerzen und lachte und freute sich. Seine Vorfreude über unser erstes gemeinsames Essen ließ ihn alle Schmerzen vergessen und dann das Essen, wie gesagt am Abend vor Heilig Abend. Natürlich musste ich ihm helfen, weil er ja kaum an den Herd kam. Kleiner grüner Salat, dazu eine halbe Avocado, wie heute Abend auch«

»Warum nur eine halbe Avocado?«

»Er konnte schon damals nicht mehr vertragen. Höchstwahrscheinlich zu viel Eiweiß.

Eine heiße wie er sie nannte ›Festtagssuppe‹, viel Inhalt und trotzdem leicht. Aber heiß muss sie sein. Vielleicht kann ich ihn dazu überreden, sie angesichts Ihres Erscheinens noch einmal zu kochen. Ab und zu kocht er sie ganz gerne, vor allem im Winter.«

»Ich weiß, ich weiß, ich habe eine sehr große vegetarische Sünde begangen und das noch gerade zu Weihnachten. Aber und hier zeigt sich nun die wahre Dialektik, nicht nur noch gerade, sondern auch gerade weil. Darüber hinaus haben wir ja wohl etwas zu feiern oder liege ich da völlig falsch.

So Du kannst mir heute wirklich helfen. Das Dressing sollte erst kurz vor dem eigentlichen Mahl angefertigt werden, ein Dressing ist eben keine Marinade, in die der Fisch eingelegt wird, sondern nur ein Dressing, das deshalb aber gerade sehr kontrolliert zubereitet werden muss: Nimm mal so circa hundert Milliliter Sherryessig, der steht dort unten im großen Schrank, lass den dann drei Minuten kochen bis er so circa auf die Hälfte reduziert ist. Dann stellst Du ihn zum Abkühlen in den Kühlschrank, drehst aber bitte zunächst deshalb die Temperatur noch um einige Grad herunter. Bis er dann erkaltet ist, kannst Du schon einmal die Gewürzmischung anfertigen: Zwei Esslöffel Petersilie, aber bitte frisch gehackt, ich helfe Dir ein wenig, einen halben bis dreiviertel Teelöffel süßes Paprikapulver, einen viertel Teelöffel Safranfäden, einen Teelöffel Oregano getrocknet oder auch frisch, alles mit ruhiger Hand im Mörser zermahlen.

Sobald Du damit fertig bist, kannst Du den Sherryessig aus dem Kühlschrank holen, nachdem Du Dich vergewissert hast, dass er erkaltet ist. Jetzt kommt die achtfache Menge bestes Olivenöl, wenige Knoblauchzehen zerdrückt, eine kleine gehackte rote Chilischote, eine Prise Salz und ich persönlich nehme immer noch eine kleine Zwiebel dazu, muss aber heute nicht sein. Lassen wir sie heute einmal fort.

Dann beginnt die Arbeit mit der Pfanne: Zwei, vielleicht auch drei Esslöffel Olivenöl, aber nicht die vollste Hitze, nur siebzig bis achtzig Prozent, bitte nicht höher erhitzen, eine gehackte Zwiebel, eine Stange Lauch, noch einmal drei Knoblauchzehen circa fünf Minuten in der Pfanne erhitzen und sobald die Pfanne heiß geworden ist, auf klein drehen wegen des leckeren Zwiebelgeruchs und sobald alles glasig ist, die Gewürzmischung dazugeben. Danach noch einmal ein bis zwei Minuten erhitzen, alles aus der Pfanne herausholen, die Pfanne noch einmal mit derselben Menge Olivenöl füllen und heiß werden lassen, ebenso wieder nur siebzig bis achtzig Prozent, dann dazu die Rochenflügel circa vier, maximal 5 Minuten allerdings von jeder Seite braten. Dann sind sie auch gar. Die vorhin herausgenommene Zwiebel-Lauch-Knoblauch Mischung noch einmal zusammen mit den Rochenflügeln erhitzen.«

Vater und Sohn waren mit allen Küchenutensilien aus der Küche auf die Terrasse getreten. Sandro servierte die Rochenflügel auf den Tellern, garnierte sie mit einigen Salatblättern und beträufelte sie dann mit dem Sherrydressing: »Bon Appetit!«

»Dasselbe auch von meiner Seite«, ergänzte der Vater.

Wiederum nahm er die Hand seiner Gattin und erneut bildeten die vier einen geschlossenen Kreis.

Alle langten ordentlich zu, kaum jemand wagte einen Ton von sich zu geben: Hmmm, machte es von allen Seiten.

»Das Dressing, ein Gedicht«, gab Alejandra von sich und nahm die Hand ihres Gatten und drückte sie ganz fest.

»Der Fisch, so frisch, so schön knusprig angebraten«, kam es jetzt von Irmgard.

»Alles der Verdienst von Sandro. Er hat heute gekocht. Ich habe noch nicht einmal meinen Senf dazu getan.«

»Ha, ha, Papa, wers glaubt wird selig.«

»Da ist doch nichts dran gelogen. Ich habe kaum einen Finger gekrümmt.«

»Dann komme morgen ich mit in die Küche, wenn ich in das Heiligtum darf«, formulierte es nun Irmgard.

»Sehr gut, sehr gut.«

»Was gibt es denn, wenn ich schon einmal vorweg fragen darf.«

»Zunächst wird heute Abend erst einmal genossen. Außerdem ist gleich noch große Bescherung«, unterbrach die Mutter jetzt erst einmal den Gesprächsfaden und ließ alle sich wieder auf die Köstlichkeit konzentrieren.

Es war schon nach elf Uhr abends, als Alejandra zur Bescherung bat: »Gut, dass mich Sandro früh genug angerufen hat, so konnten wir noch alles erledigen. Deshalb darf ich jetzt als Dame des Hauses, Frau und Mutter in den Salon bitten.«

Sandro wusste ja, was jetzt kam. Er begab sich auch sofort zum hundertvierjährigen Klavier, setzte sich auf den ebenso alten, lederbezogenen Klavierstuhl, suchte die entsprechenden Noten heraus und begann die allseits bekannten Weihnachtslieder anfangs ein wenig holprig zu spielen. Doch dann wurde sein Spiel immer flüssiger. Die beiden Damen sangen nun, ebenso Sandro selbst, nur der Vater musste angesichts seiner völligen Singunfähigkeit passen, genoss aber diese Familienidylle in vollen Zügen.

Nach einer kleinen Weile klatschte Alejandra laut in ihre Hände und sagte: »Bescherung.« Damit ging sie in die entfernteste Ecke des Salons, holte zunächst eine Jutetüte hervor und zog einen wunderschönen hellroten Pullover hervor: »Für Dich, mein Schatz, damit Dir auch in Zukunft mit mir niemals kalt wird.«

Guennaro staunte wie das so schön heißt Bauklötze. »Mein Gott, ist der schön, diese Farbe und noch aus reiner Wolle.« Er probierte ihn sofort an, er passte wie angegossen.

»Da hat sich Dein Schwimmen das ganze Jahr ja durchaus doch gelohnt«, lautete ihr liebevoll gemeinter Kommentar, »der passt wie maßgeschneidert!«

Die beiden jungen Leute stimmten dem laut zu. »Genau Papa!«

»Herrliche Farbe, wunderschön, hier zeigt sich die Ästhetin, wie es Sandro immer sagt.«

»Danke mein Schatz, wunderschön«, dabei ergriff er ihre beiden Hände und gab ihr einen dicken Kuss.

Sie ging wiederum in die Ecke und holte zwei wunderschön eingeschlagene Bücher heraus: »Dieses Buch wird Dir mein Sohn, wenn überhaupt nötig, hoffentlich einmal helfen können, vielleicht bringt es Dich sogar ein wenig weiter, ich meine wissenschaftlich, und dieses Buch ist zunächst einmal für Sie, liebe Irmgard, doch genießt man es zu zweit wesentlich besser!«

Irmgard war völlig überrascht, ja geradezu konsterniert, dass die beiden Herrschaften, es noch geschafft hatten, innerhalb von vier bis fünf Tagen so etwas auf die Beine zu stellen:

»Für mich? Ein Bildband über diese Wüste. Das Haus, schau doch mal Sandro, ist doch Euer Anwesen hier. Da, Deine Eltern, das musst Du sein, der da schwimmt wie eine bleierne Ente. Ganz toll und dann die Bilder vom Schnee in der Wüste. Herrlich.« Sie bedankte sich überschwänglich bei Mutter und Vater.

»Nur, liebe Eltern«, bedauerte nun Sandro, »wir haben leider nichts für Euch. Wir, genauer gesagt, ich habe einfach keine Zeit mehr gefunden.«

»Völlig unwichtig, wir brauchen nichts, wir haben doch alles, vor allem haben wir uns, soweit geht es uns gut, nein bestens!«

»Und jetzt Deine tolle Überraschung und Ihre Anwesenheit. Das ist doch ein großartiges Geschenk. Was meinst Du Mein Schatz?«

»Das schönste Geschenk, das Ihr beiden uns machen konntet. Endlich hast Du die Richtige gefunden. Na Gott sei Dank. Da wird sich aber Tante Anna morgen freuen.«

»Oh ja, mehr als das.«

»So, wir haben ja nun alle etwas bekommen, nur Mama noch nicht.«

Damit ging er nach draußen über die Terrasse in die Bibliothek und kam mit einem mittelgroßen, irgendwie schmuddelig wirkenden, teilweise verbeulten, noch verschlossenen Paket zurück.

»Obwohl mein Name drauf steht, ist der Inhalt zunächst für meinen Schatz, ein Beweis meiner Liebe und ein Vermächtnis für alle Zeit, solange ihr und vielleicht auch noch Enkelkinder leben.«

Irmgard errötete leicht.

»Ihr Scham spricht für Sie, aber mitnichten, liebste Irmgard, es wäre wunderschön, wenn ich dies noch erleben könnte oder dürfte. Und deshalb ist es für Euch alle.« Mit diesen Worten hatte er das Paket mit Hilfe einer Schere mehr oder weniger hektisch und gewaltsam geöffnet und holte ein Buch heraus, reichte es mit einer demutsvollen Kopfverneigung verbunden seiner Frau. Sie nahm es ganz perplex in ihre Hände und las den Titel laut vor: »Umwege zum Eros. Aha.« Sie blätterte völlig unsystematisch, immer noch überrascht. In der Zwischenzeit hatten auch die beiden jungen Leute jeweils ein Exemplar erhalten.

Sandro nahm es, schlug die ersten Seiten auf und las lautlos für sich die Widmung: »Der Frau, die ich vom ersten Augenblick an geliebt habe und der ich es auch sofort mitteilen konnte, die mich dreißig Jahre lang glücklich gemacht hat, und der ich mit diesem Werk dafür ein wenig danken möchte.«

Irmgard stieß Sandro in die Seite und zeigte auf den Umschlag des Buches, auf den Autor, Sandro verhielt sich ganz ruhig, legte Irmgard seine Hand auf die ihre, um sie zu beruhigen, doch sie blieb aufgeregt, war kaum zu beruhigen. Beide beobachteten Alejandra, wann denn die Dame des Hauses endlich den wahren Sinn dieses Geschenkes erkennen würde.

»Liebste Mama, lies doch noch einmal den Titel genauestens!«

»Mach ich doch ... Oh, mein Gott. Oh, mein Gott.«

»Sandro sei so nett, hol bitte den Wein von 1998 aus dem Vorratsraum!«

»Mach ich«, sprachs und verschwand, um nach einer Minute mit der Flasche, Gläsern und Korkenzieher zurück zu kehren. Irmgard legte den Finger auf den Mund, um anzudeuten, dass Sandro jetzt bitte schweigen möge, doch hatte dieser schon selbst begriffen: Seine Mutter, nur wenige Zentimeter kleiner als ihr Gatte, hing an seinem Hals, hatte den Kopf auf seine linke Schulter gelegt, die beiden Arme um seinen Hals geschlungen und verbarg ihre Tränen mehr schlecht als recht. Die beiden jungen Leute sahen sich an und dachten vielleicht dasselbe in diesem Augenblick: Hoffentlich lieben wir uns in dreißig Jahren auch noch so!

Sandro ging nun zu seinen Eltern, löste die Mutter vom Vater, nahm sie in seine starken Arme und tröstete sie charmant und liebevoll: »Du wusstest doch, auf wen Du Dich mit ihm eingelassen hast.«

Dieser Scherz erleichterte ihr, nun auch von ihrem Sohn abzulassen. Ihr Gesicht war völlig durchnässt, sie wischte sich mit der Hand durch das Gesicht. »Wir gehen eben Irmgards Eltern anrufen.«

»Na selbstverständlich, aber erzählt nichts vom Buch.«

»Und dann rufst Du bitte noch Tante Anna an, wünscht ihr Fröhliche Weihnachten von uns allen und sagst ihr, dass Du morgen am späten Vormittag kommst, sag aber noch nichts von Irmgard, bitte. Sonst kann es passieren, dass sie heute Abend noch vorbeikommt.«

Das junge Paar kam nach nur wenigen Minuten zurück und dann setzte man sich in die lindgrüne Couchgarnitur zusammen.

»Das Kunstwerk an der Wand. Es ist wunderschön. Es gefällt mir sehr. Um welches Konzert handelt es sich dabei?«, stellte Irmgard ihre Frage.

»Das ist das vielleicht nasseste, revolutionärste und gleichzeitig friedvollste Rockkonzert aller Zeiten. Höchstwahrscheinlich werden sie schon einmal davon gehört haben«, lautete die Antwort Guennaros. »Das ist Woodstock? Wow! Phänomenal! Wo haben sie denn den Künstler aufgetrieben?«

»Das war ganz einfach. Ich habe mich im Ehebett nur nach rechts umgeschaut!«

»Das ist von Ihnen Senora? Ja, jetzt erst verstehe ich: ›Eine Ästhetin wie sie im Buche steht.‹ Und dann die alten Tonbandgeräte. Wie alt sind sie?«

»Eines ist vierzig, das zweite fünf Jahre jünger.«

Guennaro legte ein paar alte Platten aus den sechziger Jahren auf, doch war dann auch recht bald Schluss mit dem abendlichen Gespräch, war es doch für alle vier ein sehr anstrengender Tag gewesen.

Am anderen Morgen saß Alejandra als erste am Frühstückstisch auf der Terrasse, schließlich hatte sie auch wieder das Frühstück vorbereitet.

»Ich hoffe, Sie haben gut geschlafen.«

»Wenn ich ehrlich sein darf, nicht so ganz, denn dieser gestrige Abend war so wunderschön. Ich war zu aufgeregt, um sofort einschlafen zu können und außerdem bin ich dann mitten in der Nacht noch einmal wach geworden von der Stille.«

»Ja, ja, das kann Ihnen hier passieren«, bestätigte Alejandra kopfnickend. »Das legt sich erst nach sechs bis acht Wochen, dann hören Sie die Ruhe nicht mehr! Lassen Sie uns doch in die Küche gehen, dann gönnen wir uns einen starken Kaffee vorweg.«

»Nein wirklich, solch ein Abend, unvergesslich, diese Wärme, die von Ihnen beiden ausgeht, umwerfend. Und dann die Geschenke.«

»Und das größte Geschenk ist, dass Sie hier sind und Sie beide sich lieben. Damit haben Sie uns wirklich das größte Geschenk gemacht. Ich war schon manchmal richtig verzweifelt, was Sandro betraf. Papa eigentlich nicht so, zumindest hat er es nicht so gezeigt. Aber ich glaube auch nicht, dass er verzweifelt war. Er meinte immer, er sei in diesem Punkte realistisch. Warte ab, war sein ständiger Slogan. Na, mag sein. Vielleicht hatte er sogar Recht. Aber jetzt ist ja alles zum Guten gelangt.«

»Was ist zum Guten gelangt?«

»Dass Sandro Irmgard gefunden hat!«

»Wo Du Recht hast, hast Du Recht! Vollkommen Deiner Meinung.« Damit beugte er sich zu seiner Gattin herunter und küsste sie ganz innig.

»Und damit auch Ihnen, liebste Irmgard einen wunderschönen Weihnachtsmorgen.«

Auch er setzte sich an den Tisch. Alejandra füllte die Tassen mit ihrem fruchtigen Weihnachtstee aus Deutschland. Nur wenige Minuten später erschien auch Sandro, wünschte allen einen wunderschönen Weihnachtsmorgen und gab seiner Irmgard und der Mutter einen Kuss. So genossen die Vier das Frühstück am wunderschönen, schon recht sonnenreichen Weihnachtsmorgen.

»Und wie lautet das Procedere am heutigen Weihnachtstag?«, wandte Sandro sich fragend an seine Mutter.

»Nun ihr beiden geht zu Sarah und ladet sie für Neujahrsabend zum Essen ein und dann zu Tante Anna und ladet sie selbstverständlich zu heute Abend zum Essen ein. Was gibt es heute übrigens, mein Schatz?«

»Nun, das wird sich noch zeigen, mal sehen, das werden Irmgard und ich dann heute Nachmittag entscheiden, zumindest kann ich so viel sagen, dass es mit Rücksicht auf Deine Schwester ein baskisches Gericht geben soll.«

»Und wir beide unternehmen heute einen ganz langen Spaziergang, zunächst zu John und dann bei Fredos Eltern vorbei?«

»Finde ich sehr gut, mal sehen, ob ich das noch schaffe.«

»Wir werden sehen und solltest Du für die eine oder andere kleine Strecke länger brauchen als üblich, ist dies auch nicht tragisch.«

»Aber ich fühle mich wirklich pudelwohl!«

»Da werden sich die Hunde aber freuen.«

»Und ich freue mich darüber, dass sich die Hunde freuen.«

»Wenn ihr gleich zu Tante Anna geht, lasst Euch bitte Zeit, gönnt Euch die Ruhe, und Du lieber Sohn zeigst Deiner Wunderschönen diese wunderschöne Ecke der Welt.«

»Vortrefflich, mein Schatz, bestens formuliert. Wie im richtigen Leben. Ich schreibe ein Buch und sie folgt mir unter die Poeten. Prächtig!«

Guennaro und Alejandra waren am Nachmittag von ihrem weihnachtlichen Spaziergang zurückgekehrt. Guennaro hatte gut durchgehalten und war nun zu Hause zur Siesta ins Bett gegangen. Währenddessen hatte sich Alejandra sein, ihr Buch geschnappt und saß nun völlig in dasselbe versunken auf der noch offenen und warmen Terrasse, so dass sie die beiden jungen Leute, obwohl sie von Süden kamen, das heißt von der vorderen Seite des Hauses, erst gar nicht bemerkte und erst, als die Hunde freudig zu bellen anfingen, war die Freude groß.

»Soll ich Tee oder Kaffee kochen?«

»Tee gerne, Kaffee haben wir schon bei Ihrer Schwester getrunken. Zu viel davon bekommt mir nicht.«

»Na, dann will ich mal los.«

Währenddessen ging das junge Paar durch den Garten. Sandro zeigte seiner Irmgard alles, das Pumpenhaus für die Drainage, Sommerküche, Pool und Poolpumpenhaus.

»Na, wie wars, hat alles geklappt?«

»Ja, ja, zunächst waren wir bei Sarah, doch die hatte wenig Zeit, da sie heute Nachmittag wieder alle Engländer und Spanier aus der näheren Umgebung zum englischen Essen zusammen haben wird.«

»Deshalb sind wir auch nicht lange geblieben, die Tische wurden schon eingedeckt usw. Wir hatten das Gefühl, wir stören. Sarah war auch wirklich nicht böse, als wir uns schon nach kurzer Zeit verabschiedeten.«

»Habt ihr sie denn für Neujahr eingeladen?«

»Ja, Mama, haben wir nicht vergessen, sie kommt.«

»Ja und dann sind wir zu Ihrer Schwester gegangen. Die war ja überrascht und erfreut. Damit hatte sie wirklich nicht gerechnet. Das geschenkte Buch hat sie achtlos an die Seite gelegt. Das tat Sandro sehr weh. Ich habe es gesehen.«

»Das ist gut, dass Sie das gesehen haben, denn dann kann man Verletzungen zwischen sich vermeiden oder ganz schnell korrigieren, ganz wichtig für eine Zweierbeziehung.«

»Sie bedankt sich für die Einladung, kommt selbstverständlich heute Abend und will aber mit kochen, da sie ja nun nicht alles vertragen kann.«

»Können wir ja mal schauen, wie wir das heute Abend machen. Wird sich schon was ergeben.«

»Wo ist Papa denn überhaupt?«

»Ja, wo wohl am Nachmittag? Aber das weiß Du doch, er hat sich hingelegt. Immerhin acht Kilometer, vielleicht sogar ein bisschen mehr. Aber er hat vortrefflich durchgehalten. Die Hunde und meine Freude gestern Abend haben ihm Kraft gegeben.«

»Und wie war es sonst auf Ihrem Gang?«

»John haben wir eine Süßigkeit mitgebracht, Papa hat sich ein wenig in der Kühle des Hauses erholen können. Auch das Spielen mit den Hunden tat ihm wahnsinnig gut. Dann haben wir John wieder etwas von Deiner Wundersalbe mitgebracht.«

»Dies ist kein Wunder, Mama, sondern Ergebnis jahrelanger Forschung!«

»Aber Du weiß doch, dass ich diesen Begriff nicht abwertend meine, ganz im Gegenteil. Er bedankt sich ganz herzlich für das Geschenk und freut sich, dies Neujahr auch persönlich bei Dir tun zu können. Er kommt also auch, genauso wie Fredo mit seinen Eltern. Die hatten auch wenig Zeit, mussten sich um die Pferde kümmern. Ich habe aber für morgen Vormittag um elf Uhr einen Reittermin festgemacht für Euch beide. Dann kann Irmgard auch einmal die Wüste, die andere Welt kennenlernen.«

»Oh, prima, ich reite gerne, doch leider komme ich aus Zeitgründen fast gar nicht dazu. Und bei uns in Katalonien, genauer gesagt, in der Metropole, musst Du erst einmal eine Stunde fahren, um zum Reitstall zu gelangen. Prima, einmal die Wüste kennenzulernen. Das war heute schon unbeschreiblich, phantastisch, nein besser: Paradiesisch und nichts Anderes!«

»Na, dann warten Sie erst einmal Morgen ab. Eve bringt die Pferde mit dem Anhänger nach Gergal zum Eingang der Wüste und dann reitet ihr die zwanzig Kilometer von Nord nach Süd und am Ende werdet ihr wieder abgeholt.«

»Na, super! Ganz toll!«

»Und was hat Dir Sandro noch gezeigt?«

»Zunächst sind wir an Fredos Finca vorbeigegangen. Finde ich toll, dass Ihr Gatte sie ihm geschenkt hat. So hat er eine eigene, wenn auch kleine Hütte, und auch ein gewisses Einkommen.«

»Genau das war auch unsere Absicht, denn seine Eltern konnten ihn finanziell kaum noch aushalten. Auch wenn seine beiden Schwestern nun schon aus dem Haus sind und selbst schon Kinder haben, das heißt ihre eigenen Ausgaben ein wenig gesunken sind, so sprudeln ihre Einnahmen nun auch nicht mehr wie früher. Jeder schaut halt, dass er so über die Runden kommt.«

»Ihre Schwester ist genauso Krankenschwester wie ich auch und dann hat sie mir noch erzählt, dass Sie noch bis vor knapp fünfzehn Jahren auch noch beruflich aktiv waren. Na dann sind wir drei ja Kolleginnen.«

»Ja, und zum Schluss habe ich Irmgard noch unseren Garten gezeigt, wobei man besser sagen müsste, Deinen Garten liebe Mama!«

»Die Palmen sind der Inbegriff der Schönheit«, platzte es nun voller Enthusiasmus aus Irmgard heraus. »Darf ich denn auch einmal Ihr gemeinsames Arbeitszimmer sehen, von der Sandro so sehr geschwärmt hat?«

»Er sollte lieber von Ihnen schwärmen und nicht vom Arbeitszimmer seiner Eltern«, frotzelte Alejandra ein wenig, stand dabei vom Stuhl auf und forderte Irmgard auf, die wenigen Meter mit ihr mitzukommen. »Das Fenster hier nach Süden ist schön, groß und lässt den gesamten Vormittag bis in den frühen Nachmittag Licht ins Zimmer.«

»Dieser große, schmucklose, helle Schreibtisch, auf dem sich diverse Schreibutensilien, das ein oder andere Buch, einige Pfeifen, mehrere Tabakdosen, viele Zeitungen, eine Telefonanlage und ein Personalcomputer wiederfinden, ist ja wohl zweifellos der wie üblich unaufgeräumte Arbeitsplatz des Hausherrn«, kam es von Seiten Sandros.

»Neben diesem einen recht chaotischen Eindruck hinterlassenden Schreibtisch steht genau das Gegenteil«, ergänzte Alejandra ihren Sohn.

»Oh ja man sieht es. Ein wunderschöner, großer, in dunklem Holz gehaltener Jugendstilschreibtisch, der in seinem ganzen Erscheinungsbild, vor allem jedoch durch die grünen Intarsien auf der Arbeitsfläche ein wenig an den Schreibtisch in der Diele erinnert«, ließ sich nun Irmgard aus.

»Ja, erinnern soll«, ergänzte Alejandra wiederum.

»Einen größeren Gegensatz nebeneinander findet man kaum: Dort der nüchterne, chaotisch wirkende und fast immer verschmutzte Arbeitsplatz des Intellektuellen, daneben der die pure Ordnung, vor allem jedoch Schönheit versprühende, zum Verweilen einladende Schreibtisch der Künstlerin«, vollendete Sandro nun den Gesprächsfaden. »Die dunkelroten Rosen auf diesem schneidet Mama zumindest einmal pro Woche aus dem eigenen Garten in der Wüste.«

»Die vier Meter Bücher rechts neben der riesigen Eingangstür gehören zu meiner Wenigkeit, wobei wir Bücher niemals als Privateigentum aufgefasst wissen wollten. Die zehn Meter dort drüben gehören zu meinem Gatten. Im hinteren Drittel des Raumes ist um einen für die Statik des riesigen Raumes notwendigen Betonpfeiler ein wunderschöner in Mahagonirot gehaltener Kachelofen gebaut, der ebenso wie der Kamin im Salon mit Pellets geheizt wird und eine noch größere Heizkraft besitzt, weil dieser Raum, das doppelte Arbeitszimmer, erst nachträglich angebaut wurde und deshalb über keine Zentralheizung verfügt. Der hintere Teil dieses Riesenraumes beherbergt, wie Sie sehen können, meine Staffelei, darüber hinaus befinden sich dort meine gesamten Malutensilien. Der bordeauxrote Diwan stammt aus der Zeit König Alfons XII., ein ebenso alter, aber schmuckloser Schaukelstuhl, ein kleines Türkentischchen mit Wasserpfeife und ein Schränkchen zum Unterbringen von Wein- und Teegläsern schmückt diesen Raum aus«, vollendete die Dame des Hauses den Rundgang.

Damit gingen sie alle drei zurück auf die Terrasse, auf der es sich Guennaro nach Vollendung seines Schlafes bequem gemacht hatte.

»Ich habe Ihren schönen Schreibtisch bewundert, ich finde nur, dass Sie den Trend zum Zweitbuch verpasst haben.«

Guennaro lachte köstlich. Sandro gab noch die Geschichte mit der giftgrünen Natter im Drainagepumpenhaus zum Besten und Irmgard erzählte von zu Hause, von ihrer Kindheit und auch noch Jugend in England und dann Barcelona.

Guennaro saß zwar in der Runde, nahm aber eigentlich nicht am Gespräch teil, wirkte abgelenkt, sehr nachdenklich. Er grübelte so den ganzen Nachmittag am Weihnachtstag vor sich hin: Was sollte er denn heute Abend, morgen, in den nächsten Tagen und Neujahr kochen? Silvester waren sie ja schon alle fest gebucht für das Roadhouse. Da heute Abend seine Schwägerin zu Besuch kommt, sollte es mal wieder ein Gericht aus dem Baskenland sein. Die großen Seehechtsteaks hatte Guennaro zu Hause den Samstagmorgen noch halbiert, um die Portionen kleiner zu machen mit Rücksicht auf seine Gattin. Danach hatte er sie dann sofort eingefroren. Aber was sollte es denn nun heute Abend geben? Thunfisch nach baskischer Art war dann letztlich die Antwort. Er hatte kaum am Gespräch teilgenommen, grübelte über die Frage so dahin, doch dann bat er seinen Sohn für das Abendessen fünf Thunfischsteaks aus der Gefriertruhe heraus zu holen. Er trank noch ein Glas türkischen Tees und dann wollte er zur Vorbereitung des Abendessens in die Küche gehen. Er gab seiner Gattin einen innigen Kuss.

»Sie hatten mir versprochen, dass ich heute dabei sein darf.«

Guennaro schaute seine Gattin fragend an, die durch ihre Mimik ihr Einverständnis zu verstehen gab. »Aber bedenken Sie liebe Irmgard, dass wir nur vorbereiten, dass Anna heute Abend ja selbst kochen will.«

»Das macht nichts, Hauptsache, ich darf einmal dabei sein.« Sprachs, gab Sandro einen Kuss, stand auf und ging mit ihrem zukünftigen Schwiegervater in die Küche.

»Die ist aber nicht übermäßig groß.«

»Da gebe ich Ihnen vollkommen Recht, sechzehn Quadratmeter. Ein paar Quadratmeter mehr hätten ihr ganz gut gestanden. Jetzt müssen wir den Vorratsraum, der ursprünglich ein Waschraum war, jetzt immer noch ist, als solchen mit benutzen. Da stehen noch ein Küchenschrank mit allerlei Geschirr und dann vor allem die Kühltruhe. Doch das geht alles, wenn man will. Da wir ja fast das ganze Jahr draußen essen, brauchen wir auch den Tisch hier in der Küche fast niemals zum Essen.«

»Aber die Gerüche hier, einfach köstlich. Was da nicht alles hängt: Safran, Nelkenpfeffer, Knoblauch. Dazu die vielen Kräuter. Und dann dieser große Käselaib in dem Netz. Der riecht aber stark nach Ziege.«

»Gewiss. Rechts unterhalb des Herdes in der oberen der beiden Schubkästen stehen die Pfannen. Nehmen Sie bitte die gusseiserne heraus und geben circa drei Esslöffel Olivenöl hinzu. Zum Olivenöl muss ich Ihnen sagen, dass Sie es niemals über siebzig Grad erhitzen dürfen, in unserem heutigen Fall gerade mal fünfzig. Doch wir lassen es jetzt, das ist ja die Arbeit Annas.« Dann schnitten die beiden anderthalb Zwiebeln, säuberten eine rote Paprikaschote und würfelten sie grob. Ebenso verfuhren sie mit zwei Knoblauchzehen. Auch die drei Tomaten wurden gehackt. Dazu legte Guennaro noch zwei Lorbeerblätter und ein Glas Kapern.

»Wozu brauchen wir die Kartoffeln?«

»Ja, nehmen Sie bitte sieben Stück, mittlere, wenn kleine dann ein Dutzend, schälen und waschen Sie sie bitte gründlich. Ich bereite schon einmal die riesige Auflaufform vor.«

Irmgard begann mit der Arbeit an den Kartoffeln, Guennaro holte die Auflaufform aus dem Schrank und fettete diese mit Kräuterbutter ein wenig ein.

»Die meisten nehmen Öl, ich nehme Kräuterbutter, aber nicht zu viel, sonst kann es sein, dass der Auflauf zu buttrig, zu fettig schmeckt.«

Danach widmete er sich ebenso den Kartoffeln. Irmgard wusch sie alle säuberlich ab.

»Und jetzt?«

»Bitte in Scheiben schneiden und dann damit den Boden auslegen.«

»Fertig.«

»Super und jetzt bereiten wir noch die Thunfischsteaks vor.« Er hatte in der Zwischenzeit ein riesiges und dickes Holzbrett herausgeholt und die Steaks darauf gelegt.

»Darf ich?«

»Ich bitte sogar darum!«

»Was soll ich nehmen?«

»Ein wenig Kräutersalz und dann frisch gemahlenen schwarzen Pfeffer.«

»Sind wir damit schon fertig?«

»Fast. Hacken wir noch bitte eine Handvoll Petersilie, ich nehme noch meistens ein wenig Dill und auch Schnittlauch dazu, aber beides ganz fein gehackt. Wir stellen alles hier in Schälchen hin. Noch eine rote scharfe Chilischote klein gehackt. Dann stellen wir noch eine Zitrone dazu. So das wars.«

»Na schön, aber wie gehört das alles jetzt bitte schön zusammen?«

»Wir erlauben uns heute Abend einen Scherz. Sie kochen. Ich zeige Ihnen jetzt bis ins Detail, wie Sie vorzugehen haben.«

»Das wäre prächtig.«

»Ich bin da ganz ehrlich zu Ihnen, ich möchte mich auch nicht mit meiner Schwägerin in der Küche aufhalten.« Gesagt getan.

Anschließend gingen sie beide zurück, aber jetzt in den Salon, wo Sandro mit seiner Mutter beim Tee saß. Alle forderten Sandro auf, noch ein wenig Weihnachtsmusik zu spielen. Er zierte sich zwar anfänglich ein wenig, lies sich aber dann doch darauf ein. Nach zwanzig Minuten endete er und alle applaudierten ihm.

Dann ergriff Alejandra das Wort: »Bevor gleich meine Schwester kommt, drängt es mich dazu, noch Etwas ganz Bestimmtes los zu werden. Vergessen Sie, liebste Irmgard, morgen bei Ihrem Ritt durch die Wüste, alles, was sie jemals gelesen, gehört oder gelernt haben. Versuchen Sie, ich weiß, dass es faktisch nicht möglich ist, Ihr bisheriges Leben zu vergessen oder für diese zwei Stunden völlig herauszuhalten. Es ist eine andere Welt. Hören Sie nur auf Ihren Körper, spüren Sie Ihre Bedürfnisse, hören Sie auf Ihre innere Stimme. Wenn Sie in diesem Zeitraum zu sich selbst finden, dann werden

Sie etwas gefunden haben, das Sie niemals vergessen werden oder können, was für immer in Ihrem Besitz ist und bleibt. Und dann noch ein organisatorischer Rat. Der Ritt dauert so knapp zwei Stunden. Ich nehme an, dass Fredo oder seine Eltern Sie dann im Süden abholen werden. Dann müssen Sie noch eine halbe Stunde bis hierhin zurück rechnen. Und wenn Sie dann wieder hier sind, ziehen Sie sich bitte in das Gästehaus zurück und zwar allein, ohne Sandro und lassen alles auf sich einwirken, versuchen Sie das Erlebte, Gesehene, Gespürte zu verarbeiten. Tun Sie sich bitte Ruhe an!« Guennaro und Sandro schauten sie bewundernd an.

»Was gibt es denn in der Wüste?«, fragte Irmgard neugierig.

»Nichts und kein Mensch braucht gar nichts! Es sei denn, er will zur Wahrheit finden, zu sich selbst kommen. Vielleicht denken Sie mal ein wenig darüber nach, warum die drei großen monotheistischen Weltreligionen alle in der Wüste geboren wurden, fast alle man könnte sagen im selben Dorf, wenn man es weltgeographisch betrachtet. Nur dort ist man Gott oder sich selbst am nächsten. Nur dort wohnt die Wahrheit.«

»Und was machen wir beide morgen?«

»Sandro kontrolliert morgen noch vor dem Frühstück, ob die zwei Mountain-Bikes in Ordnung sind und dann machen wir mal wieder eine Radtour. Nicht nur immer schwimmen, auch mal eine gewisse Abwechslung oder wie der alte Lateiner es immer so schön formulierte: Variatio delectat. Lass uns ins Dorf fahren, ein wenig einkaufen oder mal sehen. Einfach so. Ein wenig frisches Obst wäre nicht schlecht, ich benötige noch Ananas.«

»Alles bestens, machen wir.«

Gegen neunzehn Uhr tauchte dann Anna, die Schwester Alejandras, auf, wünschte Ihrer Schwester und auch Ihrem Schwager Fröhliche Weihnachten. Die beiden Schwestern hatten irgendwann einmal in grauer Vorzeit sich darauf verständigt, sich zu Weihnachten und anderen Festivitäten nichts zu schenken. So blieb es auch dieses Jahr dabei.

»Liebste Irmgard würden Sie bitte so nett sein und den Backofen vorheizen, aber bitte nicht höher als hundertachtzig Grad«, nickte Guennaro ihr aufmunternd zu und zog auch die Augenbrauen hoch, um Irmgard zu dokumentieren, dass es losginge.

Man merkte Anna eine gewisse Nervosität, einen Aktionstrieb an, dass sie sich auch gerne in die Küche begeben würde. Irmgard stand auf, begab sich noch vor der verdutzten Anna in die Küche und erledigte so Ihren Auftrag. Die drei Seras räumten den langen Tisch leer und Alejandra begann mit der Dekoration desselben. Sich frisch machen war dann auch noch für die drei angesagt.

Nach einer knappen Stunde kamen die beiden Frauen aus der Küche zurück.

Am Tag nach Weihnachten, nach dem Frühstück, holte Fredo Sandro und Irmgard zum Ritt durch die Wüste ab. Seine Eltern standen schon am vereinbarten Punkt, am Beginn der Rambla de Gergal in der Nähe von Cortijo Alto und waren dabei, die zwei Pferde aus dem Anhänger zu bewegen. Sandros großer Prachthengst mit einer weißen Blässe auf der Stirn und einem einzelnen weißen Vorderfuß stand schon ruhig festgebunden an einem Zaun, richtete aber nun seinen Kopf den drei Ankömmlingen zu und wieherte, als er Sandro bemerkte. Ein Bild von einem Pferd, Sandro selbst fiel dabei immer ein spezielles Bild von Velazques ein. So ging er kurz zu seinem Ross: »Na, Du reizende, weißstirnige, große und edle Schönheit mit dem langen, wunderschön gewölbten Hals«. Er tätschelte ihm mit der flachen Hand die Seite. Und nun gelang es den Eltern auch das zweite Pferd, sozusagen Irmgards graue Stute, zu beruhigen. Irmgard ging auf das Pferd zu und streichelte es zärtlich, klopfte ihm mit der flachen Hand auf den Widerrist.

»Lasst Euch Zeit, wir sind dann in anderthalb Stunden unten in Santa Fe de Mondujar. Wir setzen uns dann irgendwo hin, unseren Pick-up erkennt ihr ja quer zum Wind.«

»Genau, Eve. Bis nachher.«

»Und viel Spaß.«

»Danke für alles.«

»Vergiss es, aber ganz schnell.«

Nach zwei bis drei Minuten waren sie gemächlichen Pferdeschrittes an den Anfang der Rambla angekommen.

»Das ist für meinen Vater die schönste Rambla der Welt«, wobei er genauso wie sein Vater das R andalusisch rau rollend herausschrie, als wenn er damit die absolute Stille übertönen wollte.

Irmgard sagte gar nichts, doch wurden ihre Augen immer größer. Man hätte den Verdacht haben können, ja müssen, sie sei von Drogen vollgepumpt. Sie wiederholte wie von Sinnen ›Rambla‹. Zunächst wollte sie unbedingt in eine, genauer gesagt, eigentlich in jede Höhle. Sandro musste beide Pferde anbinden und ihr dann immer hinterher. In diesen Höhlen gab es allerlei Getier, das man mit höchster Vorsicht vermeiden sollte.

Wasser in der Wüste von Tabernas

»Herrlich diese tiefe Schlucht, diese bizarre Welt aus Stein, Fels und Lehm«, entwich es ihr. Dann ging es die Rambla entlang, die ausgetrockneten Flussbetten, parallel zur uralten, aber immer noch befahrenen Eisenbahnstrecke auf dem Berg, die sogar bis Almeria führt.

Sandro streckte den Arm aus und wies genau nach Osten: »Siehst Du den Bahnhof dort oben?«
»Ja, Schatz.«
»Estacion de Fuente Santa.«
»Mein Gott wie schön. Hier kann man erahnen, wie begeistert Sergio Leone von der Gegend war. Aber erst hier erahnt man auch, warum Tabernas ihn Weltruhm erlangen ließ. Aber Fuente Santa, das ist ja wohl der größte Hohn in der Weltgeschichte.«
»Warte ab. An dieser Stelle war es, als Mama ihre hübsche Nase aus dem schon vorher geöffneten Autofenster hielt und aus vollster Überzeugung sagte: ›Hier ist Fluss.‹ Das klang damals so lustig, aber auch so sicher wie das Amen in der Kirche. Mitten in der Wüste. Höchstwahrscheinlich hat es seit der Ermordung Caesars hier nicht mehr geregnet. Man sah nichts, oder siehst Du hier etwa einen Fluss.«
»Wahrhaftig nicht, keinen Bach, kein Rinnsal, keinen Tropfen. Woher soll der auch kommen?.«
»Und doch ist es wahr, Mama hat es gerochen. Reite mal so circa zweihundert Meter weiter.«
Gesagt, getan. Da floss er vor ihr, ein circa drei Meter breiter und circa zwanzig Zentimeter tiefer Fluss, der quer zum Tal und dann nach Süden fließt, neben Almeria ins Mittelmeer sich ergießt und sich aus dem Schmelzwasser der Sierra Nevada gebildet hatte und immer wieder bildete.
»Das gibt es doch auf keinen Schiff«, klang es von Irmgard, die sofort vom Pferd sprang, sich niederbeugte, in der rechten die Zügel behielt und mit ihrer linken Hand das glasklare Wasser trank. Es war beißend kalt. Auch ihre Stute soff Wasser, aber ganz langsam und nur sehr wenig und nun kam auch Sandro gemächlichen Pferdeschrittes heran, fand noch eine Möglichkeit, die beiden Pferde festzumachen und setzte sich dann neben seine Braut.
»Mein Vater hielt damals hier den Wagen an und verbeugte sich tief vor seiner Frau«, waren seine letzten Worte. Danach sagte er bewusst kein Wort mehr, sondern überlies Irmgard völlig ihren Eindrücken.

»An der Quelle ist alles noch klein. Schau eine Bachstelze«, gab sie kurz von sich.

»Viele Pflanzen und Vögel gibt es nur in diesem Gebiet der Wüste und sonst nirgends auf der Welt«, ergänzte Sandro ganz vorsichtig. Rechts und links von der Rambla gab es nun wenige Orangenfincas, selbstverständlich war keine Orange reif, gepflückt zu werden, aber man musste schon zugeben, Wasser und Orangen in der Wüste. Das war ein einmaliges Erlebnis. So ging es trittsicher zeitweilig am oder auch im Fluss entlang bis zum Weiler Santa Fe, in dem Fredo und seine Eltern warteten.

Alejandra war mit ihrem Gatten währenddessen ins Dorf gefahren. Zunächst stand immer der weiteste Punkt an, die Taperia am Ende des Dorfes, damit Alejandra ihrem Latte Macchiato frönen konnte. Guennaro konnte dieses »Gebräu«, so sein Begriff dafür, nicht ab, bekam Kopf- und auch Magenschmerzen, teilweise wurde ihm auch schlecht, richtig mau davon und so bestellte er sich einfach sein Wasser ohne oder seinen Spezialtrunk, halb Cola-Light und halb Fanta Lemon. Und dann ging es fahrradschiebend bis ans andere Ende des Dorfes zurück. Also einmal längs durch. Mit kleinen Abstechern waren dies durchaus anderthalb Kilometer. Guennaro ging zunächst kurz in den Schreibwarenladen, kaufte ein paar neue Textmarker. Nach zwei Minuten kamen sie dann zu den drei Banken, hatten jedoch nichts zu erledigen, auch Markt war erst in den nächsten Tagen. In der Taperia gegenüber den Banken – ihr Besitzer war Jesus Lopez, der in vielen Filmen als Laiendarsteller mitgespielt hatte und seitdem immer die Wangen voller Stoppeln hatte – sagten sie kurz hallo. Die beiden Männer verstanden sich mehr als prächtig. Guennaro hatte ihm 2011 drei oder vier Seezungen von einer Fischauktion kostenlos überlassen und seitdem gab es immer etwas zu trinken oder zu essen, selbstverständlich kostenlos. Und vor allem gab es immer etwas zu bereden, auch wenn es nichts zu bereden gab. Dann kamen sie noch an der Pescaderia vorbei, Guennaro ging nur ganz kurz hinein und fragte nach Fischabfall, musste jedoch ohne zurückkehren.

»Auch kein Problem, dann gibt es halt nächste Tage keine Fischsuppe, sondern eine Gemüse-Nudelsuppe aus frischen Fleischknochen. Lass uns aber bitte beim Russen einkaufen gehen.«

»Kein Problem, machen wir.«

Dann kamen sie noch bei Pedros Fahrradreparaturgarage vorbei, begrüßten ihn kurz und gingen dann noch die wenigen Meter weiter zum Russen, wobei dieser Russe ein ganz normaler Spanier war, mit dem sich Guennaro nach anfänglich harten Wortgefechten hervorragend verstand. Guennaro kaufte vor allem Weintrauben, Ananas, und noch ein wenig anderes Obst, ein paar Knochen für die Suppe in den nächsten Tagen, frische Beinscheibe hatten sie mal wieder nicht, aber genügend Knochen. Er nahm gleich zwei Kilo mehr mit für die Hunde.

Die dicke, aber sehr flinke Anna stand hinter der Fleisch- und Wursttheke und hatte im Laufe des letzten Vierteljahrhunderts gelernt und wusste, was und wie er es haben wollte. Alejandra hatte ihren Teil auch erledigt. Und so ging es dann mit dem Fahrrad nach Hause. Sie machten noch kurze Rast im Roadhouse, tranken ihren Café solo, fragten nach, ob mit Silvester alles in Ordnung sei, was Sarah sofort bejahte.

Dann ging es die kurze Strecke nach Hause. Guennaro verstaute alles im Vorratsraum. Alejandra setzte Wasser für frischen Tee auf. Danach setzten sich beide nach draußen auf die Terrasse und tranken Tee. Guennaro las seine Zeitung, ging dann aber eine halbe Stunde später ins Bett zu seiner Siesta, jedoch nicht ohne sich von Alejandra liebevoll zu verabschieden.

Mama, Papa, wir müssen mit Euch reden, zwar vor allem zunächst einmal über mich, aber das alles betrifft nun auch Irmgard. Ich soll für ein Semester oder ein Jahr, das ist noch nicht ganz raus, nach Oxford. Mein Professor riet mir dazu. Er nannte mich einen Glückspilz.«

»Das ist ja interessant, sicherlich gut für die Karriere, Architektur, Kunst und Leben, mit Sicherheit beeindruckend und auch weiterbildend. Englisch beherrscht Du ja perfekt.

Übrigens habe ich gelesen, sehr viele und vor allem beste indische und chinesische Restaurants.«

»Also mich haben England und auch Frankreich nie gereizt. Ich weiß auch nicht warum. Hauptsache Beatles.«

»Papa, ich weiß nicht, was ich machen soll. Irmgard möchte nicht, dass ich für ein Jahr verschwinde, was ja nun leicht nachvollziehbar ist.«

»Wir haben uns auch Rat von meinen Eltern eingeholt, sie bzw. wir waren ja sehr lange im Norden. Vor zwei Jahren waren sie mal wieder dort zu Besuch. Auch sie beglückwünschten ihn.«

»Regis wollte schon die Filiale in London informieren, um mir eine passende Bleibe suchen zu lassen. Doch die Spannung bleibt in meiner Brust. Dass ich mich gerade jetzt von Barcelona trennen soll, fällt mir schwer.«

»Sehr leicht nachvollziehbar. Vielleicht solltest Du noch einmal mit Deinem Pastor reden? Vielleicht oder sehr wahrscheinlich ist Dein Vater der schlechteste Ratgeber, denn ich habe mich damals gegen den Rat meiner Mutter entschieden und damit den größten Fehler, die größte Dummheit, die Eselei meines Lebens begangen«, klang es nun von Seiten Guennaros. »Zwar will ich und selbstverständlich auch Mama nur das Beste für Euch, aber ich lehne es ab, einen Plan für meinen Sohn zu haben. Mein Vater hatte einen Plan für mich. Ich habe ihn nach dem Abitur über den Haufen geworfen und damit die beste Tat meines Lebens realisiert.«

»Ich vertrete dieselbe Meinung: Ihr beide, vielleicht zunächst einzeln und dann zusammen, müsst wissen, was ihr wollt und hier und nirgendwo sonst in Europa ist der beste Ort, zu sich selbst zu finden. Wo sonst als in der Wüste!«

»Das wahrste Wort seit Adam und Eva. Und keiner von uns beiden wird irgendjemanden von Euch beiden auch nur im Entferntesten reinreden.«

»Sie sagen also beide, dass in der Wüste die Wahrheit liegt.«

»Und auch nur dort, und man kann als Mensch von keinem anderen Menschen wissen, ob er die Wahrheit sagt. Vielleicht glaubt er selbst daran, aber es muss nicht die Wahrheit sein«, kam es nun von Seiten Alejandres

»Nun gut, dann weiß ich, was ich will.«

Silvester ging es abends gegen halb neun Uhr ins Roadhouse, gute Musik, gutes Essen, wie immer Chili con Carne, verschiedene Burger, einige Salate und diverse Sandwiches, beste Stimmung. Um zehn Uhr begann ein Billardturnier, an anderer Stelle wurde Dart gespielt. Man bezahlte pro Person dreißig Euro und konnte dann so viel essen und trinken, wie man wollte oder konnte. Guennaro bezahlte schon immer Wochen vorher. Um Mitternacht knallten dann die Sektkorken.

Neujahrsabend gab es wie üblich das Abendessen bei Seras: Anwesende Gäste: Die drei Jimenez, der deutsche Nachbar, der aber mit kleinen Einschränkungen des Spanischen mächtig war, John mit seiner neuen Freundin, Pastor Lorenzo und auch Sarah, die mal wieder zwei Hilfskräfte eingestellt hatte, um die »Bude« von dem gestrigen Abend und der heutigen Nacht wieder reine zu bekommen. Leider waren die alten Puristas schon vor gut zehn Jahren gestorben. Davor waren sie immer zum Neujahrsabendessen gern gesehene Gäste der Seras gewesen.

»Heute Abend, passend zur Jahreszeit, hat mein Küchenteufel sich mal wieder etwas Verrücktes einfallen lassen, vor allem was die Suppe betrifft.«

Alle saßen ungeduldig wartend am Tisch draußen auf der Terrasse, Alejandra hatte alle Personen miteinander bekannt gemacht. Der Tisch war geradezu königlich dekoriert.

Die Mutter forderte nun Sandro auf, heute Abend die Tischrede zu halten: »Zum Beginn des neuen Jahres wünschen wir allen hier Anwesenden, nein allen Menschen auf Erden Gesundheit und Frieden, die Möglichkeit Arbeit zu finden und dass ihnen damit die Freiheit von Hunger gegeben sein möge. Mögen wir alle hier am Tisch in diesem neuen Jahr immer die richtigen Entscheidungen treffen.«

»Also meine erste Entscheidung in diesem neuen Jahr ist meine ganz herzliche Danksagung an Dich lieber Sandro für Dein Gesundheitsgel, so nenne ich es einmal.«

Eve stimmte dem zu und bat Sandro darum, ihr das nächste Mal auch etwas mitzubringen oder auch von Barcelona zuzusenden: »Unsere Adresse dürftest Du ja doch noch kennen.«

»Schreib Euer Postfach auf oder noch besser, ich schick es Mama, die kann es dann vorbeibringen.«

»Gute Idee.«

»Aber eine Woche wirst Du noch warten müssen.«

»Kein Problem, keine Eile.«

»Die Suppe ist zwar fertig, doch das Brot im Backofen ist noch nicht ganz so weit, deshalb heute einmal zu Beginn gefüllte Auberginen mit einem kleinen Löffel Kartoffelgratin mit gutem Bio-Manchego.«

Alle langten ordentlich zu, nur Lob für das köstliche Mahl von allen Seiten.

»Angesichts einer nicht zu leugnenden Kälte habe ich mir für uns alle heute Abend etwas geradezu Revolutionäres ausgedacht.«

Mit diesen Worten gelangte Guennaro aus der Diele auf die Terrasse und stellte eine Suppenterrine riesigen Volumens auf den Tisch des Hauses.

»Darf ich heute verteilen?«, fragte Irmgard.

»Ich bitte darum«, lautete die prompte Antwort Alejandras. Guennaro war schon auf dem Weg zum Backofen, um die notwendige Menge Brot heranzuschaffen. Gesagt, getan. Das restliche Brot brachte er in die Küche, aus der er dann noch frisch gemachtes Aioli mitbrachte. »Heiße Gazpacho, lecker.«

»Das Brot mal wieder eine Köstlichkeit.«

»Denkt bitte daran, ich habe noch eine zweite Lage in den Backofen gepackt, dass ihr alle nachher jeder ein Exemplar mit nach Hause nehmt.«

»Keine Panik, machen wir.«

Die feurige und heiße Gazpacho mundete wie immer allen.

»Und zur Feier des neuen Jahres, aber auch zur Verabschiedung von Sandro und Irmgard, die uns und das geliebte Andalusien ja schon leider morgen früh wieder verlassen müssen, als Hauptgericht zum heutigen Abend ein echt andalusisches Gericht, unser Huevos a la Flamenca, wenn auch ein wenig variiert.«

Eve und auch Irmgard halfen der Dame des Hauses, das gesamte schmutzige Geschirr und Besteck in die Küche zu tragen und in die Spülmaschine zu bugsieren. Währenddessen half Irmgard ihrem zukünftigen Schwiegervater beim Hacken von Petersilie, das sie dann auf das gerade von Guennaro aus dem Backofen geholte Gericht streuen durfte. Guennaro ging mit seinen Kochhandschuhen und der feuerfesten Glasschüssel enormen Ausmaßes auf die Terrasse zurück. Die drei Damen folgten ihm, Alejandra knipste das Licht in der Küche aus.

»Wie schon erwähnt, ein wenig variiert, heute kein Spargel und kein Schinken, sondern stattdessen nur Chorizo, ich hoffe, dass es trotzdem schmeckt.«

Am Ende des mal wieder köstlich mundenden man könnte sagen Abendmahles fing Sarah an: »Wann kochen Sie mal in meiner Küche. Senor Guennaro, bitte?«

»Den gebe ich nicht her, da kannst Du ewig und drei Tage darauf warten.«

»Guennaro ist nicht käuflich, das wissen wir doch alle«, kam es nun von John.

»Vielleicht ja mal zur Hochzeit meines Sohnes. Er soll ja jetzt die richtige Frau gefunden haben.«

Alles lachte aus vollem Herzen.

»Aber ich habe da noch eine Idee, vielleicht eine Cocina economica, eine Armenküche, doch dazu irgendwann einmal. Da muss auch der Bürgermeister anwesend sein«, lautete der letzte Satz Guennaros zu diesem Thema.

Weihnachten 2028 und Hochzeit

Am 2. Januar waren die beiden wieder zurückgefahren, hatten abends angerufen, dass Sie gut angekommen seien. Das Jahr selbst war recht ereignislos vorüber gegangen. Alejandra und Guennaro hatten sich und ihr Leben genossen, waren sehr viel geschwommen, viel mit den Hunden unterwegs, Alejandra jeden Tag joggend und sobald Guennaro mit ging, gemächlich. Sie hatte darüber hinaus noch ihren wöchentlichen Sporttanz, der sie körperlich ganz schön forderte. Am Sonntagvormittag vor Ostern hatten sie mit einer Fastentour begonnen. Sie hatten die drei großen Hunde hinten in den Kofferraum gepackt und waren dann bis El Saltador gefahren, so circa zwanzig Kilometer von zu Hause entfernt, einem völlig abgelegenen uralten andalusischen Farmhaus, das dann seit Beginn des neuen Jahrtausends mit viel Hilfe und Unterstützung in circa einem Jahrzehnt zu einem Ferien- und Seminarzentrum ausgebaut worden war.

»Ein Haus für Individualisten, die Spaß am Miteinander haben«, so das Motto, unter dem dieses Haus von einer seit fünfundzwanzig Jahren hier lebenden und arbeitenden Deutschen geleitetet wird, ein Regenerationshaus für Ruhe, Besinnung, aber auch Konzentration, so trifft man den Charakter desselben wohl am besten: Wandern bis hinunter zum Cabo de Gata, kein Telefon, kein Internet, zumindest am Anfang. Die Besitzerin hatte sich auch sehr lange mit der Telefonica herumgestritten. Sie als Geschäftsfrau, die doch auf Telefon und Internet angewiesen war, musste zu Beginn immer ein paar Kilometer ins Dorf, also nach Lucainena. Welch ein Aufwand! So ist es den beiden Seras auch schon passiert, dass sie eine Woche lang keine Antwort auf ihre Email erhalten hatten, doch wussten sie ja Bescheid. Alejandra und Guennaro sagten noch kurz Hallo zur Besitzerin, die nun schon seit circa fünfzehn Jahren ihr ganz tolles, großes und vor allem autarkes Anwesen für 1,5 Mill. Euro zu verkaufen versuchte, doch war es ihr bisher nicht gelungen.

Die beiden Seras gingen dann mit den Hunden den Via Verde entlang, durch das ausgewaschene Flusstal des Rio Allas weiter an Los Ramos vorbei, hier hatte ein Hund eine kleine Schlange erledigt, weiter durch das völlig ausgetrocknete Flusstal, dann auf eine asphaltierte Straße, durch einen völlig abgedunkelten dafür aber nur wenige hundert Meter langen Tunnel, gelangten sie dann nach Polopos, einem Weiler von nur wenigen Hundert zählenden Einwohnern, aber einer wunderschönen, zum Teil allerdings auch kitschig wirkenden Kirche. Hier oben gönnten sie sich einen ersten Blick hinunter zum Naturpark Cabo de Gata und zum blauen Mittelmeer. Herrlich und entspannend.

So gegen zwei Uhr gelangten sie dann zur Venta del Pobre, einer großen Tank-Rast- und Hotelstätte direkt an der Autobahn. Zunächst waren einmal Essen und Trinken angesagt. Da Guennaro Schmerzen im linken Fuß nicht leugnen wollte und sich abends auch in Alejandras heilende Hände begab, bestand sie darauf, nach dem Essen ein Taxi anzurufen. Sie fuhren dann die Wüstentour bis El Soltador mit dem Taxi zurück. Jedoch ließen es sich beide auf den darauffolgenden Tagen nicht nehmen und gingen in der Semana Santa mehrere Tage hinter einander spazieren, nahmen die Hunde mit und halfen einem Hirten mit Hilfe der Hunde an die fünfhundert Ziegen beisammen zu halten. Dies war gar nicht weit vom eigenen Zuhause entfernt. Sie waren bis zur ehemaligen, schon lange verfallenen Venta de Los Yesos gefahren, hatten dort geparkt, waren dann die Straße in Richtung Uleila del Campo bis zu ihrem Hundefriseur gelaufen und dann anschließend wieder zurück zum Wagen. Dann mussten sie noch kurz weiter bis kurz vor Sorbas, um dort mehrere Riesensäcke Hunde- und Hühnerfutter zu besorgen. Im Sommer war es ein sehr schwimmreiches Jahr, aber insgesamt auch ein nichtssagendes. Im September musste eine Pumpe im Poolpumpenhaus durch eine neue ersetzt werden, höchstwahrscheinlich oder sicherlich ebenso durch einen Marder zerbissen wie auch die Batterie im uralten Wüstenkombi.

Zum Nationalfeiertag fuhren sie dann wie üblich zum Cabo de Gata hoch, doch ging es heute mal ohne Frühstück los. Es gab nur einen Tee. Und so ging es über Campohermoso weiter nach Las Negras direkt ans Meer. Sardinenessen war angesagt, das Brot war ein Gedicht, wenn auch bei weitem nicht mit dem Guennaros vergleichbar. Anschließend ging es dann weiter über Los Escullos nach San Jose, wo sich Guennaro meistens, so auch heute, einige internationale Zeitungen und auch manche Zeitschriften kaufte und Alejandra es sich nicht nehmen ließ und ihrem Latte Macchiato frönte. Zwar musste man sich trotz Sonne durchaus schon etwas Leichtes überziehen, doch konnte man noch draußen sitzen, die Wellen und die Menschen beobachten und auch den salzigen Geruch des Meeres genießen. Dies war der von Alejandra am allermeisten geschätzte Schwimmplatz am Mittelmeer. Hierhin war sie sehr oft mit Sandro gefahren, weil dieser erst mit dem zwölften Lebensjahr gelernt hatte, in ausgiebiger Weise zu schwimmen und auch erst dann über genügend Kraft dazu verfügte. Hier konnte man weit mit dem damals noch schwimmuntüchtigen Kind ins Wasser hineinlaufen. Alejandra wurde es ein wenig wehmütig ums Herz: Wo war die schöne Zeit dahin? Wie schnell war sie vergangen? Sieben Jahre war ihr Sohn nun schon in Barcelona und sicherlich würde er bald heiraten und selber mit Frau und eigenen Kindern an irgendeinen Strand fahren.

Guennaro frönte zwischenzeitlich einem Erdbeereis, sah aber nun auch den Gemütszustand seiner Gattin: »Mein großes Kaninchen. Es ist ein ewig Gesetzliches, was sich vollzieht, und wie immer dieser Vollzug heißen mag, sagen wir Trennung von Eltern und Kind, er darf uns nicht erschrecken. Schicke Dich bitte ruhig in das Gesetzliche hinein. Denke nur mal an die vielen Frauen und Mütter, die bei dieser Trennung noch nicht einmal einen Mann an ihrer Seite wissen.« Er hatte dies nicht laut am Tisch gesagt, sondern hatte sie dabei umarmt und ihr ins Ohr geflüstert. Manchmal konnte er einem wirklich jegliche Angst nehmen. Schon glänzten ihre Augen wieder.

»Danke, mein Schatz.«

Von San Jose ging es über El Pozo de los Frailes, nach weiteren fünf Kilometern wieder links ab, an der Reifentestrennstrecke von Michelin vorbei über Rambla de Morales, bis zum Dorf El Cabo de Gata. Genauso wie in den letzten Jahren fuhren sie nun an dem Schutzgebiet der Salinen vorbei bis hoch zum Faro. Abends rief Sandro zu Hause an und kündigte für den nächsten Zeitraum eine positive Überraschung an. Es war dann schon Anfang November, ein Samstagnachmittag, als das Telefon bei Seras läutete, doch waren die beiden von ihrem Nachmittagsspaziergang mit den Hunden noch nicht zurückgekehrt. Jedoch hatte Sandro auf Band gesprochen, dass er nachher noch einmal anrufen würde, was dann auch um achtzehn Uhr geschah: »Liebe Mama, lieber Papa! Wir haben uns vor zwei Stunden verlobt.«

»Alea iacta est, obwohl Mama das mal wieder und vielleicht sogar zu Recht als altmodisch empfindet, gratuliere ich, gratulieren wir auf das Herzlichste. Denn mit dieser Frau hast Du und sie auch mit Dir jeweils einen Glücksgriff oder um im Bild zu bleiben einen Glückswurf getan. Mit diesem Wurf habt ihr nun zwei Sechser oben auf liegen.«

»Genau mein Sohn, ich bin so glücklich. Gib sie mir mal.« Und nun wollte Alejandra ihrer Schwiegertochter gratulieren, doch kam sie ihr überglücklich zuvor: »Mama, ich habe ihn. Ich möchte auf einem Pferd sitzen, ich bin so glücklich, ich möchte dahinreiten auf meinem schnellen Pferd, aber nur mit ihm an meiner Seite und wir würden immer schneller reiten im Galopp und niemand würde uns einholen!«

»Dann sorge Dich um ihn und lass nie einen anderen in Dein Herz.«

»Mach ich, mach ich.«

»Papa und ich gratulieren auf das Herzlichste liebste Tochter und freuen uns so für Euch und hoffen auf ein baldiges Wiedersehen.«

»Ja, das müssen wir noch organisieren. Ich hoffe bald und bitte bleibt beide gesund! Ich geb ihn Dir noch einmal!«

»Mama, ich wollte Dich und Papa nur noch bitten, Tante Anna noch nichts zu sagen. Ich rufe sie persönlich an, genauer gesagt, wir. Wir kommen Weihnachten, aber Genaues erst in einigen Tagen. Ciao Mama!«

»Ich bin ja so froh über die beiden!«

»Ich auch mein Schatz, ich auch, nur kein Wort über seine Alternative London und Karriere. Das stimmt mich ein wenig bedenklich!«

»Muss es aber nicht, die beiden passen wirklich gut zueinander. Und mit der Verlobung dürfte auch klar sein, wozu er sich entschieden hat. Oder glaubst Du, dass er nun für ein Semester oder gar ein Jahr nach England geht?«

»Eher nicht, mein Schatz. Da will ich Dir leichten Herzens Recht geben. Aber was wird dann, wenn er nicht nach England geht?«

»Na, er bleibt an der Uni, würde ich sagen, geht in ein anderes Hospital oder macht seine eigene Praxis auf.«

»Vielleicht hast Du Recht.«

Bis Ende November hatten Sandro und Irmgard seiner Tante einen Brief geschrieben und sie über die erfreuliche Tatsache informiert.

Gleichzeitig ging auch ein sehr intensiver Brief Sandros an seine Eltern ab:

Liebste Eltern!

Wir alle kommen am ersten Weihnachtstag aber erst abends. Wir alle, d.h. wir beide, dann ihre Schwester Melusa und ihre lieben Eltern, Graf und Gräfin Beresa. Es sind fabelhafte Menschen, die ihr dann kennenlernt, ganz einfache Menschen, nicht solche, die die Nase nach oben tragen, das strikte Gegenteil. Sie wollen nur das sein, was sie sind und darin sehen sie ihr Glück und empfinden ein gewisses Hochgefühl. Mich haben sie auch schon in ihr Herz geschlossen und das eigentlich schon seit geraumer Zeit. Wir werden wohl so gegen neun Uhr morgens hier abfahren und um sieben Uhr abends bei Euch ankommen. Wir alle freuen uns auf Euch. Zwar kann ihr Vater nur wenig gehen, im Grunde bräuchte er einen Rollstuhl, aber die Wüste will er sich nicht entgehen lassen. Er will Euch beide unbedingt kennenlernen, nachdem Irmgard ihnen von Euch vorgeschwärmt hatte. Aber seinetwegen müssen wir auf der Fahrt öfter Pause einlegen. Vielleicht fliegen wir seinetwegen aber auch, ich weiß es noch nicht. Ebenso freuen sich die Mutter und auch ihre Schwester. Mein Gott ist die neugierig auf Euch. In Abwandlung eines berühmten Shakespearezitates könnte man sagen, ›Neugier, Dein Name sei Weib.‹«

»Mein über alles geliebter Küchenmagier. Es kommt Arbeit auf Dich zu. Am 1. Weihnachtsabend sind wir zu siebent. Jesus!«

»Herrlich, warum nicht dreizehn. Wer denn?«

Alejandra gab Sandros Brief an ihren im Schaukelstuhl sitzenden Gatten weiter. Der las ihn und sagte: »Das ist eine gute Nachricht.«

»Selbstverständlich ist es eine gute Nachricht. Und ich faxe ganz schnell hin, dass wir uns riesig freuen und auch alles, aber auch alles perfekt vorbereiten.«

»Gut, gut, aber danach möchte ich Dich bitte kurz sprechen.«

Alejandra faxte eben kurz ein paar Sätze zu Sandro, mit denen sie den Erhalt des Briefes, die Planung usw. erhalten haben, dass sich beide riesig freuen und auch alles bestens vorbereiten würden. Danach ging sie zu ihrem Gatten zurück.

»Was gibt es denn noch?«

»Lass uns bitte klären, wen wir dann noch einladen, und wo und wie wir alle unterbringen. Wie sieht es mit Deiner Schwester aus? Lädst Du sie ein oder nicht?«

»Ich denke mir, sieben ist eine gute ungerade Zahl, man spricht zwar oft von der bösen Sieben, aber das ist Quatsch. Sieben sind auch genug für Dich und uns beide in der Vorbereitung, selbst wenn uns Fredo hilft. Außerdem war Sandro gar nicht über den Brief meiner Schwester erfreut, den sie ihm geschickt hat. Ihre Vorurteile gegen alte, kranke Menschen und Ausländer gehen mir wirklich auf den Keks, wie das so neuhochkastilianisch heißt. Höchstwahrscheinlich hat sie noch Vorstellungen von der Schweiz, die vielleicht vor einhundert Jahren up to date waren. Nein, sie nicht, auf keinen Fall!«

»Alle anderen sind ja auch am 1. Tag ab nachmittags im Roadhouse.«

»Lassen wir es doch bei sieben. Das reicht doch!«

»Na, wenn Du meinst ja. Wo schläft denn wer?«

»Na das Ehepaar mit samt seinen zwei Töchtern im Gästehaus und Sandro in seinem Zimmer.«

»Das ist gut, das wäre geklärt. Aber der Weg herunter zum Gästehaus ist sicherlich für den alten Herrn zu gewagt oder gefährlich.«

»Da könntest Du Recht haben. Aber Sandro schreibt doch, dass er eigentlich einen Rollstuhl braucht. Was würdest Du davon halten, wenn wir für diese Zeit, ihm Deinen alten zur Verfügung stellen.«

»Sehr gute Idee, mein Schatz. Aber vielleicht empfindet er dies als Kränkung.«

»Glaube ich nicht. Sandro hat so offen davon gesprochen und ihm auch schon mit seiner Salbe helfen können. Außerdem ist es doch nur für diese kurze Zeit.«

»Höchstwahrscheinlich hast Du Recht. Aber dann muss Fredo morgen mal nachsehen, ob auch alles an dem Ding in Ordnung ist und eventuell reparieren. Rufst Du ihn morgen an und dann müssen wir auch noch über Essen reden. Sollten sie fliegen, müssen wir sie mit zwei Autos abholen, dann muss uns Fredo mit seinem Jeep helfen.«

»Warum, der Rollstuhl passt auch in unseren Kombi.«

»Da hast Du auch wieder Recht.«

»Aber Essen bleibt noch ein Problem.«

»Der Vater stammt aus Katalonien und die Mutter aus der Schweiz. Mal sehen, zur Schweiz fallen mir Röstis ein, Käsefondue oder ein Fondue Bourgignon. Und aus Katalonien, weiß ich noch nicht. Aber wir brauchen unbedingt, unabhängig vom Besuch Weihnachtsgebäck. Bestellst Du es bitte morgen in der Bäckerei im Dorf und auch in Deutschland.«

»Mach ich, ist doch klar und zwar auch einiges für John, Adam und Eve, Fredo und für uns und unsere Gäste. Die werden sich wiederum freuen in der Konditorei über eine solch riesige Bestellung.«

Es war noch vor halb sieben, als Sandro mit seinem roten Cabrio in die Einfahrt des Elternhauses einfuhr und wie immer vor dem Arbeitszimmer der Eltern anhielt, auf der Rückbank die zwei Schwestern. Alejandra stand schon auf dem Kies vor der Terrasse in Richtung geparkter Wagen und Sandro kam ihr entgegen und es gab ein herzliches Wiedersehen. Ebenso herzlich war das Wiedersehen mit Irmgard. Alle strahlten, ebenso Melusa, die über die Herzlichkeit, mit der die drei sich begrüßt hatten, so erleichtert war, dass auch sie nun leichten Herzens das Cabrio verließ, dessen Beifahrertür sie als Stütze genommen hatte. Ihr Leichtsein, ihre Heiterkeit, ebenso ihr sprunghaftes Wesen, das die junge Gräfin in jedem Wort zeigte, das alles gefiel der Mutter. Und sie geleitete alle drei zunächst auf die Terrasse.

»Gehe ich recht in der Annahme, dass Sie sich alle noch einmal frisch machen wollen.«

»Oh, das wäre wirklich angebracht. Ich könnte eine Dusche vertragen.«

»Nun gut, dann sagen wir um viertel nach sieben. Einen Augenblick bitte.« Zur Küche gewandt: »Schatz, ist viertel nach sieben in Ordnung?«

»Alles okay, viertel nach sieben ist in Ordnung, dann haben wir noch ein knappes Viertelstündchen um uns kennenzulernen.«

»Liebste Irmgard, hier ist ihr Schlüssel, Sie kennen den Weg ja schon.«

»Ja, bestens.«

Die beiden Schwestern gingen ins Gästehaus und Sandro in sein Zimmer.

Um viertel nach sieben kamen die beiden Schwestern aus dem Gästehaus auf die Terrasse, die drei Seras erhoben sich von ihren Stühlen und Sandro stellte seinem Vater die Gräfin vor: Gräfin Melusa, Dr. Dr. Seras. Guennaro verneigte sich kurz, deutete einen Handkuss an und hieß sie alle beide in der Winterresidenz herzlich willkommen.

»Zunächst einmal liebe Eltern möchten wir uns alle drei für die Umstände entschuldigen, die unsere Anreise bzw. Nichtanreise bzw. Absage für Euch mit sich gebracht haben dürften.«
»Überhaupt kein Problem«, kam es jetzt von Alejandra. »Wir wussten ja früh genug Bescheid.«
»Meine Eltern lassen sich entschuldigen und bedauern es wirklich sehr. Aber Vater kann einfach nicht mehr und Mama wollte ihn über Weihnachten keineswegs allein lassen.«
»Mehr als natürlich. Hätten wir genauso gemacht. Das ist gut so, bitte mich jetzt nicht miss zu verstehen. Aber es gibt Wichtigeres als Gesellschaftlichkeiten.«
»Genauso«, pflichtete ihr Guennaro bei.
»Im Übrigen haben uns Ihre Eltern vorhin gegen siebzehn Uhr angerufen und frohe Weihnachten gewünscht. Mein Mann und Ihr Vater haben sich blendend verstanden. Gut, dass die Telefonrechnung heute ja nicht mehr von der Zeit abhängig ist. Sie haben sich für ihr Nichtkommen entschuldigt und es bedauert und Sie, wehrte Gräfin«, – »Melusa bitte« – »eindringlich aufgefordert, von allem und jedem Fotos zu machen.«
»Genauso ist es wahr«, pflichtete nun Melusa dem bei. »Ich habe zehn Filme mitgenommen haben und werde höchstwahrscheinlich zehn weitere noch im Dorf kaufen müssen.«
»Na gut.«
»Wie habt ihr denn gestern den Heiligen Abend verbracht, liebe Eltern«, fragte nun Sandro.
»Darüber möchte ich jetzt nicht reden«, antwortete der Vater, nahm sein Weinglas, erhob es und sprach einen Tost auf das zukünftige Brautpaar aus.
»Habe ich etwas Falsches gesagt?«
»Nein, liebster Sandro, aber es war einerseits ein trauriger Tag, aber auch ein so warmherziger, ja barmherziger. Das kann man sich nicht vorstellen«, gab die Mutter zu verstehen.
»Aber nicht heute Abend, in den nächsten Tagen, irgendwann.«
»Ist okay, tut mir leid.«

»Es ist alles bestens.«

»Jetzt wird aber erst einmal gegessen«, sprachs, stand auf, ging in die Küche und kam nach einer Minute mit einer großen Glassalatschüssel zurück.

»Irmgard sind Sie so freundlich und mir behilflich. Einfacher Thunfischsalat zu Beginn und das leckere Brot, das Sie, liebste Irmgard, ja vom letzten Weihnachtsfest her kennen. Sandro, denk bitte daran, dass Du Fredo gleich zwei oder drei morgen mitnimmst und vergiss den Käse nicht, der in der Kühltruhe liegt. Ich lege ihn gleich raus.«

Nach dieser kurzen Vorspeise ging er wiederum in die Küche und kam knapp zwei Minuten mit einem großen Teller und einer Holzzange zurück und legte jeweils zwei Röstis auf den für diesen Rösti eigentlich zu großen Teller, auf den Alejandra vorher schon Ruccola-Salatblättchen aber ohne Stiel drapiert hatte. Es fiel nicht eine Bemerkung, alle taten sich am Mahl gütlich. Nur ihrer Mimik konnte man leicht entnehmen, wie es Ihnen mundete.

»Sicherlich kann Ihre werte Frau Mutter Röstis im Schlaf backen«, eröffnete Alejandra jetzt den Gesprächsfaden.

»Oh ja, das kann ich voll und ganz bestätigen«, bekräftigte Melusa. »Manchmal sogar zu meinem Leidwesen, galt es doch für eine tolle Figur in den nächsten Tagen fasten zu müssen. Aber Sie haben es mal wieder anders gemacht, wie uns der liebe Sandro schon angekündigt hatte. Was haben Sie denn in Ihrer künstlerischen Freiheit variiert?«

»Nun ich weiß es nicht so genau, wie die Röstis in der Schweiz genau gemacht werden, aber ich habe die Kartoffeln nicht vorgegart, und sie also roh, wie auch die Möhren und den Lauch, grob gerieben. Heute habe ich mir auch erlaubt im Gegensatz zu sonst ein paar Eier an diese Masse zu geben und zum Abschluss ordentlich zu würzen mit Zwiebelsalz, ein wenig Kümmel, Pfeffer und Muskatnuss.«

»Aber diese beiden Beilagen, die sind ja einfach köstlich, also das weiße kann ich als sehr leichten Kräuterquark identifizieren, aber diese zweite, ich bitte um Aufklärung!«, lautete es nun von Seiten Melusas.

»Kein Problem, sechs bis sieben Esslöffel mildes Olivenöl, sechzig Gramm, vielleicht auch ein wenig mehr Cashewnüsse, möglichst klein gehackt, ebenso eine kleine rote Zwiebel, auch möglichst klein gehackt, und einen ordentlich großes Bund Dill. Heute habe ich auch noch frische Petersilie aus Mamas Garten geklaut und dazu gegeben. Bevor jedoch die Kräuter dazu kommen, noch einen halben bis einen Teelöffel Sherryessig und dann alles in einer schönen Glasschüssel vermengen, ohne jegliche Gewürze.«

»Oh, oh, was habe ich da gerade vernehmen müssen. Sie haben mir meine Petersilie gestohlen. Für diese Wiederholungstat gibt es nur eine Strafe.« Sie beugte sich zu ihrem Gatten und küsste ihn heiß und innig. »Die Salsa ist, komme jetzt noch aus der Küche, was da wolle, einfach göttlich. Ich weiß liebe Irmgard, ich widerspreche mir selbst, rücke von meinen eigenen Prinzipien ab. Aber ist ihnen so etwas Köstliches schon einmal über die Lippen gekommen?«

»Wo Sie Recht haben, haben Sie Recht«, ergriff Melusa, mal wieder schneller als ihre Schwester, sehr leicht und beschwingt, das Wort, »vor allem die Kombination Cashewnüsse und Zwiebeln.«

»Hat denn mein Küchenteufel auch an Nachtisch gedacht?«

»Ja, Göttin, Irmgard würden Sie bitte so nett sein, es ist die große Platte, ich habe sie in den Backofen geschoben, damit es warm bleibt.«

»Mit dem größten Vergnügen.« Sie eilte, ebenso wie Alejandra, mit dem schmutzigen Geschirr in die Küche und kam über alle Backen strahlend zurück, die Hände in Kochhandschuhen und auf den Händen eine Backofenplatte, voll belegt mit einer Köstlichkeit zum Dessert. »Voila.« Damit stellte sie die Platte zunächst einmal auf den Fliesenboden der Terrasse, um den Tisch durch die Hitze nicht zu beschädigen. Dann verteilte sie unter Hilfestellung ihrer Schwester jeweils zwei dieser Köstlichkeiten auf den einzelnen Desserttellern.

»Also das hättest Du auch mal früher backen können anstelle Deiner Fastensuppe zur Karwoche, lieber Papa«, gab nun Sandro bestens gelaunt von sich. Alles lachte ganz herzhaft.

»Also Banane, das ist klar, Sesam kann man auch herausschmecken, Puderzucker sieht man ja und dann die Schokoladensauce.«

»Aber die magst Du doch gar nicht Papa.«

»Vollkommen Recht hast Du, ich mag sie auch nicht, werde sie auch heute Abend nicht mögen. Für mich habe ich Kokosmilch in der Dose gekauft. Na ja, was soll ich dazu noch sagen.«

Irmgard und Alejandra hatten abgeräumt und Café solo gekocht, die kleinen Tässchen auf den Tisch gestellt. Das Gespräch nachher im Salon nahm noch die ein und andere Wendung, jedoch ging man heute angesichts der Tatsache, dass die drei jüngeren Semester auch eine tageslange Fahrt hinter sich hatten, früh auseinander.

Am nächsten Morgen traf man sich zu einem sehr reichhaltigen Frühstück auf der nun schon geöffneten Terrasse. Fredo war früh zur Hilfe gekommen und hatte Alejandra bei der Vorbereitung des Frühstückes geholfen: Leckere Croissants, frisch gepresster Orangensaft, Tee, aber auch Kaffee, Müsli, Obst, Milch. Doch war er, bevor die beiden Beresa-Damen auf der Terrasse erschienen, schon wieder zurück nach Hause, ohne dass Alejandra vergessen hätte, ihm eine Tasche mit Brot, Käse, Süßigkeiten und Obst voll zu stopfen.

»Genauso wie ich es vermutet habe, auch meine Schwester hat die erste Nacht in der Wüste nicht gut schlafen können. Deshalb sind wir auch ein wenig verspätet und bitten um Verständnis.«

»Diese Ruhe, es ist ja absolut still hier. Absolute Ruhe, man sehnt sich geradezu nach einem Hundebellen. Man könnte eine Ameise husten hören.« Alle lachten.

»Wie lautet denn heute das Procedere, meine Göttin?«

»Sandro zeigt den beiden Damen zunächst einmal die nähere Umgebung unseres Anwesens und Melusa vergisst bitte nicht ihre Kamera.«

»Mein wichtigstes Utensil hier in diesen Tagen.«

Sandro nahm den Weg über das noch immer steinige Pistazienfeld.

»Und diese herrliche Parzelle hat Deine Mutter gekauft? Zehn Hektar sagtest Du?«

»Also sie hat zum Schluss die Verkaufsverhandlungen geführt. Meinem Vater ging es damals gesundheitlich nicht so gut. Aber beide wollten es haben. Für Pistazien gibt es auch gutes Geld.«

»Vor allem für biologisch angebaute«, ergänzte nun Irmgard. »Und wie viel nehmt ihr dann damit ein im Jahr?«

»Das weiß ich nicht, das macht auch alles Fredo. Er erntet sie im Herbst, verkauft sie dann für gutes Geld und der Gewinn wird geteilt.«

»Es geht uns allen dabei aber nicht um Geld. Bei meinem Vater ist es zum Beispiel so, dass er nicht alle Nüsse essen kann oder darf aus Gesundheitsgründen, vor allem keine Haselnüsse, aber auch keine Mandeln, keine Erdnüsse oder nur sehr wenige, aber Pistazien kann er essen.«

»Wenigstens etwas«, kam es kurz und knapp von Melusa.

In der Zwischenzeit war das Trio einige hundert Meter weiter gelangt. Guennaro hatte Melusa noch auf die Solarplattform im Nordwesten aufmerksam gemacht. So waren sie dann zum Ende des eigenen Grundstückes gelangt. Melusa war begeistert: »Dieses Grün der Olivenbäume einfach herrlich. Das sind ja unzählige.«

»An die hundert Bäume und alle bekommen Wasser, sobald nötig, aber auch nicht zu viel, denn Oliven dürfen nicht gewässert werden.«

»Dies war wirklich eine grandiose Meisterleistung Deines Vaters.«

»Dein Vater hat dies alles alleine gemacht?«

»Nein, liebste Melusa, aber die Planung, wo die Pumpen am besten eingebaut werden usw.«

Irmgard nahm die Hand ihres Verlobten und lehnte ihren Kopf an seinen Oberarm, völlig zufrieden, mit sich und der Welt im Reinen. »Wenn Du mal zur Ernte kommen könntest, wäre das ein unvergesslicher Augenblick für Dich: Die Erde bebt, und es regnet Oliven, grüne, violette und schwarze. Sie prasseln wie ein warmer Regen auf die unter den Bäumen ausgespannten Netze.«

»Ja, das stelle ich mir vor. Und wer erntet?«

»Also das macht auch Fredo, wir wollen keine Traktoren oder dergleichen Maschinen. Das ist zwar eine Menge Arbeit, aber meistens, manchmal auch nicht, genügen auch circa vierzig Kilo. Manchmal nimmt er sich auch Hilfskräfte für einen Tag oder ein Wochenende, doch meistens eben nicht. Er klettert dann auch schon auf die Spitze der Bäume, um diejenigen Oliven, die hängengeblieben sind, herunterzuholen, selbstverständlich mit der Hand. Eben halt viel Arbeit. Da ist er auch mit Unterbrechungen durchaus an die zwei Monate beschäftigt. Ich habe früher auch mithelfen müssen. Vater hat Fredo vor einigen Jahren eine elektrische Rüttelstange geschenkt, die ihm bei seiner Arbeit hilft. Er darf dabei selbstverständlich nicht die Oliven aus den Augen verlieren, die schon auf dem Boden liegen. Auf keinen Fall zertreten.«

»Und was macht ihr dann damit?«

»Wir bringen Sie zur Ölmühle ganz in der Nähe des Roadhouses, wir können auch gleich einmal dorthin gehen, wir haben ja den ganzen Tag Zeit. Ich weiß, dass Mama uns schon angemeldet hat.« So gingen sie praktisch einmal um das gesamte Grundstück herum und kamen im Osten, im Barranco hinter dem Gästehaus wieder heraus. Nun schlug Sandro den auch schon Irmgard bekannten Weg an Fredos Finca vorbei bis zur Nationalstraße, um dann zur Ölmühle auf der linken Seite der Nationalstraße zu gelangen, wenn man in Richtung Tabernas sich bewegt. »Und was dann herauskommt, wunderbar frisch riecht es, schmeckt nach frisch geschnittenem Gras, Blüten, angenehm bitter, natürlich biologisch und »extra vergine.«

»Ein Spitzenöl, der halbe Liter kostet momentan neun bis zehn Euro.«

»Das Pech dabei ist nur, dass Du dasselbe Öl, zumindest laut Etikett, im Supermarkt für vier Euro bekommst. Der

Olivenölmarkt ist so transparent wie der Benzinkanister im Auto.«

»Dann kann es aber doch nicht immer mit rechten Dingen zugehen?«

»Also bei uns ist es so, dass Fredo die Ernte zur Mühle fährt, natürlich vorher mit Angelina terminlich abgesprochen. In der Familie mit ihrem Bruder und ihren drei weiteren Schwestern gilt sie als die ›Verrückte‹. Man sagt, sie spräche mit den Oliven. Aber Du kannst ja nachher selbst urteilen.« So waren sie in der Zwischenzeit an der Ölmühle angelangt, gingen in die riesige Empfangshalle des vorgelagerten Restaurants ›Albardinales‹ mit festlich dekorierten Esstischen. »Herrliches Ambiente. Rustikal«, kam es spontan von Seiten Melusas.

Nach einiger Wartezeit, was organisatorisch nicht immer zu vermeiden ist, kam Angelina zu dem Trio, begrüßte Guennaro und die beiden Damen ganz herzlich: »Sie müssen mit den Oliven sprechen, sie sind ganz empfindliche Wesen, sie brauchen Liebe und die besten der Welt gibt es bei Papa Guennaro und auf dem Berg Ida auf Kreta und naturalmente in meinen Gärten. Oliven wachsen auf den zweijährigen Trieben des Ölbaums, sind zuerst grün, dann bräunlich oder violett und zuletzt schwarz, wobei diese schwarze Schale nicht unbedingt ein Zeichen für Reife sein muss. Im Reifeprozess wandelt sich Glukose zunächst in Fruktose und dann in Ölsäure um, gut eingekapselt in den Fruchtfleischzellen. Darüber hinaus bzw. gleichzeitig bildet die Olive herb-bittere Polyphenole als Antioxidantien und pfeffrig-scharfes Oleocanthal, übrigens ähnlich dem in der Medizin bekannten Wirkstoff in Ibuprofen und darüber hinaus wesentlich gesünder. Sobald der Ölgehalt im Fruchtfleisch seinen Höhepunkt erreicht hat, nimmt der Gehalt an den beiden vorhin genannten Stoffen enorm ab. Diese sogenannten oder so zu nennenden Reparaturstoffe sind verbraucht, die Olive kappt ihre Versorgungsleitung zum Baum. Nun kommt es für den Menschen darauf an, den richtigen Erntezeitpunkt auszumachen: Aus frühreifen Oliven entsteht ein herbes, pfeffriges Öl mit einer grünen Note, es beißt im Hals, kann aber gerade im medizinischen Bereich gute Wirkung erzielen, nicht wahr lieber Sandro.« Dieser nickte nur stumm.

»Im Scheitelpunkt der Reife, wenn sich sozusagen Öl und Reparaturstoffe die Waage halten, ist das Öl besonders fruchtig, nicht ohne eine gewisse, nicht zu leugnende Schärfe und auch nicht ohne die notwendige Bitterkeit. Die überreifen sind umso öliger, buttriger, aber ohne Geschmack. Also ich verarbeite nur Oliven aus den eigenen, rein biologisch bewirtschafteten Hainen, d.h. überhaupt keine Pestizide, keinen Kunstdünger, möglichst keine Bewässerung. Gut, Guennaros nimm ich selbstverständlich auch, weil ich weiß, dass sich Sandros Familie an die Bedingungen hält.«

Dann gab sie ihren Gästen verschiedenfarbige Schaumgummipfropfen für die Ohren und führte sie in ihre völlig modernisierte, sehr laute, hell erleuchtete, edelstahlblitzende Mühle: »Hier wird nicht mehr gemahlen oder gepresst«, lachte sie, »sondern gereinigt, zerkleinert, erwärmt, geknetet und natürlicherweise zentrifugiert.«

»Papa mag es nicht so laut, es tut ihm weh, deshalb kommt er nicht gerne in diesen Raum, ist ja auch nicht nötig, macht ja alles Fredo.« Ein Gabelstapler, elektrisch betrieben, kippt die frisch geernteten Oliven in einen riesigen Trichter. Daraus fallen sie auf ein Transportband, das sie zum Entblättern bringt. Ein schon jahrelang bei Angelina arbeitender arabischer Erntehelfer verliest das Erntegut noch einmal: »Zerquetschte und vertrocknete Oliven, Steinchen und größere und kleinere Äste kommen nicht weiter, müssen auf jeden Fall heraus«, gab er von sich.

»Gilt dies für alle Ölmüller?«

»Natürlich nicht, nur für Angelina. Am Ende fällt alles noch durch einen Luftstrom, der dann Laub und Staub wegpustet«, ergänzte er.

Dann sieht man die Oliven durch einen Sprühnebel eiskalten Wassers gereinigt, auf einem Gitterrost tanzen, durch den alles fällt, was nicht makellos ist.

»Das war dann unser letzter Blick auf die makellosen ovalen Früchte. Jetzt werden sie von einer Edelstahlschnecke in eine

Hammermühle befördert, in der sie durch schnell rotierende Metallscheiben wiederum im Luftstrom zu Kleinstpartikeln zerschlagen werden, und zwar die gesamte Frucht samt Stein, Fruchtfleisch und Schale, eben halt alles. Man kann es sich nicht vorstellen, aber noch immer ist das Öl im Fruchtfleisch eingeschlossen. Die Zellen sind so mikroskopisch klein, das ihnen mechanisch nicht beizukommen ist. Aber die Enzyme im Fruchtfleisch, die jetzt bei niedriger Temperatur ihr Zerstörungswerk beginnen und die Zellwände aufbrechen, gilt es sich zunutze zu machen, indem man dem Olivenbrei ein ideales Maß an Wärme und Sauerstoff zuführt. Sauerstoff gerade so viel, dass die in den Fruchtzellen eingelagerten Mineralstoffe aus dem Boden oxidieren und zu Aromen werden. Und dies ist die Kunst von uns Ölmüllern.«

»Und wer ist der beste?«, fragte Melusa.

»Natürlich ich, wer sonst«, strahlte sie alle an. Damit tippte sie auf ihre Elektronik und lies den Brei in eine Knet- und Erweichwanne rutschen. »Ein Rührwerk bearbeitet den Brei für zehn bis fünfzehn Minuten etwa bei circa fünf- bis sechsundzwanzig Grad Celsius. Niemals mehr. Ab siebenundzwanzig wäre das Öl nicht mehr kalt extrahiert, der Geschmack würde leiden. Und deshalb heißt das Verfahren ja auch ›kalt gepresst‹.«

Dann gingen alle zur Zentrifuge, die mit dreitausendsechshundert Umdrehungen pro Minute das Öl aus dem Brei schleudert. Eine zweite Zentrifuge holt das Wasser aus dem Öl.

»Und nun nehmen Sie sich bitte alle einen Plastiklöffel und gönnen sich einen kleinen Schluck dieses köstlichsten Nasses auf Gottes Erdenrund. Zunächst saugt man geräuschvoll Luft durch die Lippen, um das Öl im Mund zu zerstäuben.«

Man vernahm nur noch: »Wow! Wahrhaftig Oro del Desierto.«

Das Trio bedankte sich für den äußerst informativen Gang durch die Mühle, und auch Angelina bedankte sich beim Trio für sein Interesse.

»Die meisten sind achtlos, kaufen irgendeinen Schrott, meistens aus Italien, das gar nicht aus Italien, sondern aus

Griechenland kommt. Viele liebe Grüße zu Hause lieber Sandro.«

»Sollen wir noch am Roadhouse vorbei«, fragte Sandro.

»Heute nicht mehr, lass es sich erst einmal setzen. Morgen ist ja auch noch ein Tag. Außerdem wollen wir uns noch das Ungetüm auf Eurem Dach ansehen«, antwortete Irmgard.

»Nicht zu toppende Argumente.«

Eine halbe Stunde später standen sie im Eingangstor der Serasschen Finca und schauten sich das »Ungetüm« zunächst von Weitem an.

»Es mutet futuristisch an«, äußerte sich Melusa.

»Ungewöhnlich«, ergänzte nun Irmgard.

»Aber auch nicht zu groß, so dass der Begriff ›Ungetüm‹ nicht ganz passt«, fasste nun Sandro zusammen.

»Aber bitte lieber Sandro, sage uns von hier aus, welche Funktion hat das, sagen wir ›Ding‹, da oben?«

»Papa hatte die Idee, die übrigens in keiner anderen Stadt als Barcelona ausgebrütet würde. Papa, und da bin ich so mächtig stolz auf ihn, hat dies hierhin in die Wüste geholt. Es produziert so viel Strom, das nicht nur Wir immer genügend haben, sondern auch die zwei nächsten Nachbarn, die darüber hinaus, genauso wie wir, endlich froh sind, von der Endesa befreit zu sein, auch im Sommer nicht mehr befürchten müssen, dass aufgrund der Stromknappheit mal wieder für eine oder zwei Stunden die Tiefkühltruhe oder was auch sonst ausfällt.«

»Lasst uns mal nach oben gehen«, forderte Melusa nun alle auf.

»Wir beide bitten um Erklärung, mein Schatz.«

»Obwohl er, gerade er, alles andere als ein Techniker ist, dass er das hinbekommen hat, da ziehe ich den Hut vor. Ich gehe mal runter und sehe nach, ob er wach ist.«

»Nein, lass ihn schlafen. Versuch Du es doch einmal!«

»Na gut, wenn ihr beiden mit mir zufrieden sein werdet. Raw lemon heißt das Ganze und die dieser kugeligen Zitrone zugrundeliegende Idee ist die eigentlich denkbar simpelste: Diese zwei Plexiglashalbschalen mit einem Durchmesser von zusammen etwas mehr als einem Meter fassen etwas mehr als fünfhundert Liter Wasser. Auf dieser halbkreisförmigen Schiene – bitte an die Seite zu treten meine Damen« – und damit schwenkte er diese Schiene um die Kugel, »fährt ein Wagen.« Er zeigte darauf. »Dieser ist vollgepackt mit hochwertigen Solarzellen und fährt genau dorthin, wo im Verlaufe des Tages die Kugellinse die Sonnenstrahlen hinbündelt.«

»Heißt das – ich hoffe, es richtig verstanden zu haben – dass den ganzen Tag über von morgens bis abends immer im Brennpunkt der Linse der Solarstrom gewonnen wird und auch gewonnen werden kann?«

»Genauso«, liebste Melusa. »Das ist aber doch ein klarer Vorteil gegenüber den Solarplatten auf dem Dach, die immer in derselben Lage verbleiben. Die sind doch fest montiert. Der Wirkungsgrad dürfte bei diesem Kugelgebilde doch viel höher liegen.«

»Wenn ich ehrlich bin, muss ich bekennen, dass ich den genauen Wirkungsgrad nicht kenne. Aber sicherlich hast Du Recht mit Deiner Vermutung.«

»Habe ich auch, denn die fest montierten Platten, die man seit ungefähr einer Generation auf vielen Dächern bei uns sehen kann, haben deshalb einen niedrigeren Wirkungsgrad, sobald die Sonne nicht im rechten Winkel zur Fläche steht. Dieses System hier ist dem der Fotovoltaik doch haushoch überlegen.«

»Genau. Einleuchtend. Zunächst wollte Vater hinten auf dem freien Feld solche Flächen montieren und aufbauen lassen und dazu in eine aufwendige Technik investieren, die nötig wäre, um die schweren Kollektoren immer am Stand der Sonne ausrichten zu lassen. Der Kollektor in dieser Schale nimmt nur einen Bruchteil der Fläche einer konventionellen Solaranlage ein. Und der Geniestreich kommt jetzt noch.«

»Wärme«, kam es leicht gesäuselt von Seiten Irmgards.

»Genau mein Schatz. Es wird nämlich nicht nur Licht und damit Strom gesammelt, sondern auch Wärme. So wird beides gewonnen: Elektrische und thermische Energie. Wasser zum Duschen oder Geschirrspülen, für die Heizung wäre die Leistung einfach zu wenig, dann müsstest Du noch weitere zwanzig Kugeln aufstellen. Dafür haben wir ja unsere Erdwärmepumpe aus Deutschland, die natürlich auch Strom verbraucht und der kommt von hier oben. Ein positiver Nebeneffekt ist der, dass die Zimmer im Haus im Sommer nicht mehr als unnötig aufgeheizt werden. Früher waren es neun-, heute nur noch siebenundzwanzig Grad.«

»Liebster Sandro. Ich versuche etwas. Ich möchte Deinem Vater auf die Spur kommen. Der Brunnen«, und damit zeigte Melusa in Richtung Pool, »sagtest Du damals bei Deinem Vortrag, gehört zum Haus.«

»Ja, sicherlich.«

»Gut. Du sagtest auch, dass der Pool ungefähr hundertachtzig Kubikmeter fasst.«

»Vielleicht sogar ein paar mehr.«

»Nun gut. So genau brauchen wir es nicht. Aber wie lange braucht ihr denn, um den Pool zu füllen?«

»Circa acht Stunden, vielleicht auch ein wenig mehr. Dies hängt vor allem vom Druck ab, der wiederum von der Wassermenge, die zur Verfügung steht. Da im Sommer von allen Anliegern, Wasser gezogen wird, ist der Wasserstand natürlich niedriger, das heißt der Druck ist geringer, so dass es auch länger dauert, bis der Pool vollgelaufen ist.«

»Heißt bestenfalls 20 Kubikmeter pro Stunde, heißt zwanzigtausend Liter pro Stunde, heißt circa sechs Liter pro Sekunde. Sehe ich das richtig, lieber Sandro, dass Dein Vater völlig autark leben will.«

»Genau das ist es. Wir verbrauchen an Strom nur die Hälfte dessen, was wir produzieren. Zwei Nachbarn bekommen auch noch genügend ab, gleiches gilt für das Wasser. Zur Autarkie gehört aber auch dieses Solarheizungssystem für den Pool, das ihr dort auf der anderen Dachhälfte seht.«

»Lass uns hinunter gehen, es wird dunkel und auch kalt«, bat Irmgard und zog ihren Verlobten am Pullover.

»Wo sie Recht hat, hat sie Recht. Lasst uns gehen, wir können uns ja unten mit Papa noch weiter unterhalten.«

Alejandra und Guennaro saßen auf der Terrasse, die nun aber geschlossen war. »Ich koche noch frischen Tee.« Alejandra erhielt nur Zustimmung und ging deshalb in die Küche.

»Übrigens, meine sehr verehrten Damen, habe ich vor einer Stunde die Seezungenfilets aus dem Kühlschrank herausgeholt, in dem sie seit gestern langsam aufgetaut sind.«

»Dann erwartet uns mal wieder ein Gaumenschmaus.«

»Wir wollen es alle hoffen.«

»Aber ich bestehe zunächst einmal darauf, dass wir uns noch ein wenig mit dem Geschauten befassen. Der liebe Sandro hat mich zwar davor gewarnt, mit Ihnen ein Gespräch über Politik anzufangen, doch wage ich es hiermit trotzdem. Beginnen wir mit Ihrem Olivenprojekt.«

»Sei lieb Papa, nicht zornig werden.«

»Ich werde es versuchen«, lachte er. »Aber manchmal ist es wirklich nicht ganz einfach. Ich habe vernommen, dass Sie alle heute bei Angelina waren, der Weltmeisterin Ihres Faches. Und das ist gut so.«

»Warum?«

»Der Weltmarkt für Oliven und Olivenöl insgesamt, als auch die lokalen Märkte sind völlig außer Kontrolle geraten. Für hundert Kilo Oliven hast Du vor zwanzig Jahren, na sagen wir fünfundzwanzig bis dreißig Euro erhalten, heute sind es neunzig bis einhundert, teilweise bis zu hundertfünfzig, ja sogar schon hundertsechzig Euro, d.h. der Preis hat sich in den letzten circa zwanzig bis fünfundzwanzig Jahren verfünffacht.«

In der Zwischenzeit war Alejandra mit frisch gekochtem Tee zurückgekommen, stellte die Utensilien auf den Tisch, schenkte allen ein, setzte sich und fing dann an: »Ich habe in der Küche einige Fetzen Eures Gespräches mitgehört. Bei der letzten großen Ernte hat der gute Fredo vierhundert Kilo gesammelt, allerdings mit bezahlter Hilfe. Angelina hat uns dafür dreihundertachtzig Euro geboten. Insgesamt ergab es dann eine Menge von achtzig Litern Öl. Wir haben uns natürlich bedankt, weil wir unser Öl selbst konsumieren wollen. Papa hat Angelina fünf Liter als Preis für ihre Arbeit bezahlt,

Fredo hat gleich die Hälfte in seinen alten Karren gepackt und ab nach Hause. Uns blieben dann nur noch fünfunddreißig Liter.«

»Und wie lange kommen Sie damit aus?«, fragte Melusa.

»Das ist nicht immer gleich, wenn man großzügig ist, kann man sagen, ein halbes Jahr, eher weniger, je nachdem.«

»Aber das frappierende an der Entwicklung ist, dass die steigenden Olivenpreise nicht auf den Endverbraucher abgewälzt werden. Wie machen die Händler das? Ich weiß es auch nicht. Billigöl im Supermarkt für vier Euro. Wie geht das?«, konstatierte Alejandra sprachlos.

Und ihr Gatte fuhr fort: »Ich weiß es auch nicht, es war ja viel zu lesen von Panschereien, von kriminellen Machenschaften, vor allem was Italien betrifft. Tunesisches und türkisches Öl wurde als toskanisches verkauft. Es bleibt auch nicht aus. Sie verkaufen die zehnfache Menge nach Europa und in die Welt von dem, was sie ernten. Natürlich bekommen Sie eine Menge aus Griechenland, aber das hieße ja, dass neunzig Prozent des italienischen Olivenöls aus Griechenland käme, teilweise wurde billigstes Haselnussöl unter Olivenöl gepanscht. Mafia-Verhältnisse.«

»Sie sagten vorhin, dass Sie Ihr eigenes Öl genießen wollen. Darf ich bei dieser Behauptung unterstellen, dass Sie mit diesem Ihrem Öl zufrieden sind?«

»Mehr noch, es ist mit das Beste auf dem Weltmarkt!«

»Aber es ist doch mehr noch als nur die Zufriedenheit, das eigene Öl benutzen zu können. Richtig?«

»Richtig, Sie sagen es verehrte Melusa, wir wollen sicher gehen, dass wir mit solchen gerade geschilderten Machenschaften nichts zu tun haben, ein gutes Gewissen haben, uns selbst gegenüber, unseren Gästen gegenüber und auch irgendwann, hoffentlich bald, den eigenen Enkeln gegenüber. Angelina verkauft unsere fünf Liter Öl momentan für neunzig Euro. Beim nächsten Mal bekommt sie für ihre Arbeit nicht die fünf Liter, sondern die neunzig Euro!«

»Dann kommen Sie noch länger mit dem Öl aus. Sehe ich dahinter den Wunsch nach Autarkie?«

»Ja, sicherlich. Schauen Sie sich die Situation auf dem Ölmarkt an. Gehen Sie in einen Supermarkt und zeigen Sie mir eine Flasche, von der sie reinsten Gewissens behaupten können, dass es sich um reines Olivenöl handelt! Hier im Supermarkt findet der arabische Erntehelfer genau das Olivenöl, das er eigenhändig in der Ölmühle gepresst hatte, natürlich mit einem Markennamen und modernem Design versehen. Gut, wir sind natürlich in der besten Position: Sollten wir wirklich einmal kein Öl mehr haben, wobei dies ja aber auch lange vorher abzuschätzen ist, und Fredo aus welchen Gründen auch immer kurzfristig keine Zeit haben, können wir jederzeit frisches bei Angelina kaufen. Da brauchen wir auch kein schlechtes Gewissen zu haben.«

»Mama, Du hast noch vergessen, dass Angelina von Zeit zu Zeit, so dreimal im Jahr, einen Lebensmitteltechniker, Dottore Guiseppe, zur Kontrolle kommen lässt und das freiwillig und völlig unangemeldet.«

Ja, genau«, fasst Alejandra das Gespräch zusammen.

»Gehen wir bitte einen Schritt in unserer heutigen Expedition weiter, zu Ihrer Lichtmaschine. Ich hoffe, dass ich sie so nennen darf.«

»Sie dürfen, keine Frage, aber es ist keine Licht-, sondern eine Strom- und Wärmemaschine.«

»Ich habe den beiden Damen schon das Prinzip erklärt.«

»Ja, das ist richtig, aber ich hätte noch gerne Daten zur Ökonomie.«

»Da muss ich leider passen, den Überblick über die Finanzen hat nur mein Schatz.«

»Ich habe aber dazu leider nichts oder fast gar nichts im Kopf. Wir haben insgesamt mehr als dreißigtausend Euro investiert. Die Unterlagen habe ich alle im Aktenordner. Ich weiß nur so viel, dass wir ca. zehntausend Kilowattstunden im Jahr verbrauchen, für die vielen Pumpen für die Drainage nach hinten zur Olivenfinca, aber auch für die Drainage ins Haus, da dieses Wasser immer noch von der Stadt zu uns kommt und im Winter vor allem für die Erdwärmepumpe und die Pumpen für die Poolheizung. Wir nehmen das Wasser der Stadt auch in Anspruch, bei Städten weiß man nie. Die sperren einem das Wasser einfach ab, wenn wir nichts verbrauchen würden. Nachdenken ist bei denen nicht. Siehe Puristas.«

»Genau Mama, eine Schweinerei.«

»Außerdem ist es billig, da wir es ja aus der Entsalzungsanlage in Carboneras beziehen. Diese Anlage, obwohl die größte in Europa, liefert noch immer keine fünfzig Prozent ihrer geplanten Kapazität. Andererseits ist die trockenste Gegend Spaniens durch sie zum Nettowasserlieferanten für Katalonien geworden.«

»Um zum Strom noch einmal zurückzukommen. Sie verbrauchen also circa zehntausend Kilowattstunden im Jahr, sind aber, wenn ich diese Masten und auch Sandros Äußerungen jetzt richtig interpretiere, sogar dazu in der Lage, ihren beiden Nachbarn, unter anderem auch Fredo, Strom zu liefern.«

»Ja, richtig. Fredo zieht nicht viel Strom von uns, er hat auf dem Nachbargrundstück ein kleines Windrad nur für sich, aber wenn er Strom zieht, zahlt er auch, natürlich keinen normalen Preis.«

»Insgesamt produziert die Anlage dort oben circa fünfundzwanzigtausend Kilowattstunden pro Jahr.«

»Es scheint mir so, als wäre ich Ihnen auf die Schliche gekommen. Gehe ich Recht in der Annahme, dass es Ihnen in keinster Weise auf die Finanzen ankommt?«

»Richtig.«

»Vielmehr ist das entscheidende Schlagwort: Autarkie.«

»Richtig.«

»Autarkie, autarker als es der Wüstenfuchs je ist oder sein wird. Fenec verdadero.«

»Zunächst meinen ganz herzlichen Dank für dieses Gespräch und für Ihre Auszeichnung zum wahren Wüstenfuchs. Uns geht es aber nicht nur um Autarkie, die ja spätestens bei der nächsten Biotomate vorbei ist, wenn wir die Arbeit Fredos bedenken. Also so weit ist das mit der Autarkie noch nicht. Wir sind strommäßig autark und damit auch energiemäßig.

Akzeptiert und richtig. Das Wasser ziehen wir aus dem Brunnen, doch sagt uns keiner, wie lange wir in diesem noch fündig sind. Zwanzig Jahre oder zweihundert, wer weiß.«

»Wie viel Wasser verbrauchen Sie denn im Jahr, wenn ich fragen darf?«

»Insgesamt, also zu dritt, waren es siebenhundertfünfzig Kubikmeter im Jahr, jetzt ohne Sandro sind es auch wesentlich weniger, wir sind schon mit fünfhundert Kubikmeter ausgekommen, kann jedoch als Durchschnitt von sechshundert ausgehen, manchmal mehr, manchmal weniger«, versicherte Alejandra nun. »Um noch einmal zurückzukommen Papa. Im Vergleich zu Millionen Menschen in Andalusien im Konkreten und Spanien im Allgemeinen verzichten wir doch in einem großen Maße auf die beklagenswerte Ausbeutung und Zerstörung der Natur, kein Gas, kein Öl und wir produzieren noch Strom. Und der ist bitte schön sauber. Und es gibt immer mehr Menschen, die diese Ausbeutung und Zerstörung als eine historische Verlusterfahrung registrieren.«

»Da muss ich Ihrem Sohn aber vollkommen Recht geben. Schauen Sie sich bitte doch nur die vielen Bioläden und Biofincas an. Sie wachsen wie Pilze auf einem feuchten Waldboden. Gerade angesichts vieler Skandale in der Lebensmittelindustrie ist dieser zum Teil nostalgische, auf die Wiedergewinnung eines ursprünglicheren Lebens gerichtete Impuls zum Bedürfnis geworden.«

»Ich muss Ihnen beiden zustimmen und ich stimme Ihnen auch zu, jedoch ist dieser Bedürfnisimpuls, von dem sie zu Recht gerade gesprochen haben, zumindest bei mir eben nicht oder nur zu einem ganz kleinen Prozentsatz einer retrospektiven Mentalität, sondern zu weit mehr als neunzig Prozent einer neuen Lebenskultur zu verdanken, die auf Zukunft ausgerichtet ist, auf Nachhaltigkeit, auf Gesundheit, auf Eros, sicherlich auch ein wenig auf Freiheit, aber nicht im Sinne eines unwiederbringlich verloren gegangenen Mythos', sondern als Gegengewicht zu den zunehmenden und immer stärker spürbaren Defiziten an Möglichkeiten individueller Autonomie und Selbstverwirklichung, wobei ich weit davon entfernt bin, den freien selbstbestimmten Farmer als Ideal hinzustellen, Natur zu transzendentalisieren, zu vergöttlichen. Die Nostalgie kommt nicht aus der Vergangenheit, sondern entstammt der Vernunft. Ich jedenfalls möchte nicht, dass ein andalusisches Dorf von einem barbarischen Appartmentblock entstellt wird. Eine schattige Veranda oder Terrasse ist besser als eine Klimaanlage, und Bäume ziehe ich an den Straßen Betonlaternen vor.«

»Aber andererseits würden Sie mir doch Recht geben, dass Sie und vielleicht auch noch der ein oder andere mehr hier am Tisch der Natur einen eigenständigen Wert zumessen.«

»Sicherlich und das völlig zu Recht. Aber jetzt geht es in die Küche!«

»Ich darf auch heute mit, ich habe schließlich bald einen Mann zu bekochen.«

»Dann geh schon Schwesterherz, nicht dass Sandro noch behauptet, dass er zurückgehen möchte zu seinem Vater, um mal wieder satt zu werden!«

Alle lachten aus vollem Herzen. Weil sein Vater nun nicht anwesend war, kam Sandro noch einmal auf den Heilig Abend zu sprechen. »Ich bitte vielmals um Entschuldigung, liebste Mama, ich habe ja am gestrigen Abend eine vielleicht heikle Frage bezüglich Eures Heiligen Abends gestellt und da hat sich Papa geweigert. Ich wollte ihm nicht weh tun.«

»Ich weiß, Du hast es auch nicht getan, aber er war noch so aufgewühlt vom Tag davor.«

»Was ist denn passiert?«

»Mal wieder ein Skandal im Dorf. Eine ganz junge Frau, noch keine siebzehn, hat ein uneheliches Kind geboren. Der Chef im Krankenhaus selbst hat es am späten Mittag, frühen Nachmittag zur Welt gebracht. Ihre eigenen Eltern haben dieses Mädchen, kann und muss man noch sagen, mit Schimpf und Schande aus dem Haus gejagt, der Vater des Neugeborenen soll ein schwarzer Marokkaner gewesen sein, der sich aber auch aus dem Staub gemacht hat, höchstwahrscheinlich wieder zurück nach Marokko, auf einmal wurde er nicht mehr politisch verfolgt. Ekelhaftes Verhalten auf allen Seiten.

Auf jeden Fall sah sich dieses Mädchen aus Gewissensgründen, sie hat kein Einkommen, keine Ausbildung, also nichts, womit sie dem Kind, einem Mädchen, eine Zukunft hätte bieten können, dazu gezwungen, das Kind zur Adoption freizugeben. Aber eigentlich wollte sie es ja behalten. Diese junge Frau war völlig hilflos, total überfordert, selbst noch gar nicht dazu fähig, ein Kind zu erziehen. Ein Kind hatte ein Kind bekommen.

Dann kam Pastor Lorenzo, dem das Mädchen dann ihr Kind übergab, in Windeln. Auch er wusste nicht so recht, was jetzt damit anzufangen sei. Er ließ dann bei uns anrufen und rief Papa und mich zur Hilfe. Wir beide erst einmal los, ich hatte instinktiv die Blutdrucknottabletten eingepackt, und dann rastete er im Krankenhaus aus. So eine Abfuhr hat noch kein Geistlicher jemals erhalten. Sie beide kennen sich jetzt seit fast dreißig Jahren und haben immer bei gewissen Problemen zusammen gearbeitet. Denk nur an das Ende der Puristas.«

»Ja, genau. Oder auch bei meinem Latein- und auch Orgelunterricht.«

»Na siehst Du. Wie oft war er bei uns gern gesehener Gast. Außerdem hat Papa Anfang des Jahres 2012 eine Summe von zwanzigtausend Euro gespendet. Gut, sechstausend sind davon an mich zurückgeflossen für meine Restaurationsarbeit am Seitenaltar, doch blieben ja noch vierzehntausend übrig. Und er hatte die Kosten für die Restaurierung gespart. Also bitte. Und dann hat er ihn noch letztes Jahr als parteiübergreifenden Bürgermeisterkandidaten vorgeschlagen. Und jetzt war er nicht dazu in der Lage, diesem völlig hilflosen Geschöpf zu helfen. Da hättet ihr alle ihn mal sehen, besser hören sollen. Aus all seinen Worten triefte die vollste Verachtung: ›Ihr als Christen seid nicht dazu in der Lage, besser gesagt, nicht willens, dieser jungen Frau, die wenn überhaupt nur ein paar Jahre älter ist als Maria damals, und Euch allen am 24. Dezember ein Kind schenkt, zu helfen. Pharisäerbrut, Heuchlerbande, mein Vater im Himmel‹ – so sein Spruch – ›möge Euch vergeben, ich Guennaro Seras, werde es auf keinen Fall tun.‹ Dann seine typische abrupte, emporschleudernde Armbewegung, als wenn man etwas fortwürfe. Seine Beleidigungen hatten jenes letzte Stadium spanischer Förmlichkeit erreicht, in dem sie nur noch angedeutet werden. ›An Eurer Stelle würde ich mal ab und zu in die Bibel schauen.‹ Ich hatte Todesangst um ihn, er lief roter an als ein Bordeaux im Regal, doch dann war seine knallharte Wut aus ihm gewichen. Er ging er zu dem Mädchen hinüber, nickte mehrmals aufmunternd mit seinem Kopf, nahm es an die Hand, die Krankenschwester begriff die Situation sofort, übrigens eine lebenskluge Frau, packte schnellstens die Sachen des Mädchens in eine Sporttasche, und legte auf Wink des Arztes dann noch zwei große Packen Windeln und noch das ein oder andere dazu, u.a. Kekse und Obst. Gleichzeitig deutete der Arzt mir gegenüber für den Pastor nicht sichtbar mit beiden Daumen in die Höhe an, dass er voll zu Deinem Vater stand, so als wenn er sagen wollte, endlich mal einer, der den Mund aufmacht. Lorenzo stand da wie ein begossener Pudel, ich nahm ihm das Neugeborene ab. So gingen wir zum Wagen und fuhren dann zu Fredo. Der fiel natürlicherweise aus allen Wolken als Papa in der Tür stand und er auch noch mich mit dem Neugeborenen auf dem Arm sah: ›Fredo, schön, dass Du den Kamin angemacht hast, sauber ist auch alles, hier Deine Frau und Deine Tochter, Du gibst ihr den Namen Gesine, sorgst für sie wie für Dein eigenes Kind und meldest es am nächsten Werktag im Einwohnermeldeamt an. Wir bauen das obere Stockwerk aus, und die Wärme des Kamins müssen wir auch noch nach oben leiten. Kriegen wir aber hin, nur keine Sorge. Sobald Du im Einwohnermeldeamt fertig bist, gehst Du weiter zum Büro des neuen Bürgermeisters, lässt Dich nicht abwimmeln und erklärst ihm die Situation. Er möchte sich nicht so anstellen und Dir die Genehmigung sofort erteilen, sonst würde die Städtische Bibliothek keine Spende mehr von mir erhalten.‹ Da hättest Du Fredo mal sehen sollen. Er strahlte wie ein Honigkuchenpferd. Guennaro schenkte ihm ein Kind, eine Frau und ein beheiztes oberes Stockwerk. Aber Papa wird der Kirche keinen Pfennig mehr spenden. So zutiefst enttäuscht, als wenn man ihm den Boden unter den Füßen weggezogen hätte, die Taufe findet irgendwo auf diesem Globus statt.«

»Nur nicht in Tabernas«, ergänzte nun Sandro. »Es ist gut, dass der Arzt auf Papas Seite gestanden hat.« Alle nickten. »Aber das hätte ich beim Pastor nicht vermutet. Da bin ich aber auch zutiefst enttäuscht. Quel Hombre. Wie kommt Papa immer auf diese guten Ideen?«

»Ich habe mir diese Frage während unserer dreißig Jahre Zusammenlebens auch schon öfter gestellt. Vielleicht weil er auch im Gegensatz zum Pastor Mensch geblieben ist. Er ist ehrlicher als dieser Pastor. Die Eltern des Mädchens könnten ihn jetzt um einen Cent anflehen, er würde sie noch nicht einmal mit dem A... ansehen. Entschuldigung. Sein eigenes Kind, seine eigene hochschwangere Tochter aus dem Haus jagen. Das kann man doch nicht machen.«

»Un santo verdadero«, fasste Melusa kopfschüttelnd die Ausführungen der Anderen präzise zusammen.

»Kann man wohl so sagen. Habe ich Euch schon von den dreißig Hektar dort drüben an der Nationalstraße erzählt?«, wechselte Alejandra jetzt ganz bewusst das Thema. Dabei zeigte sie in Richtung Hotel. »Dort drüben so ca. zwei Kilometer von hier, ich bin dort zu selten, weil ich mit den Hunden ungerne in der Nähe der Straße spazieren oder joggen gehe. Das ist mir für die Hunde zu gefährlich.«

»Genau, unser ehemaliger Große ist ja mal überfahren worden und musste monatelang geschient herum laufen.«

»Papa will diese dreißig Hektar kaufen und wofür.«

»Das ist kein Bauland.«

»Das weiß er auch. Er will Fredo anbieten, diese dreißig Hektar für Ziegenhaltung zu nutzen. Aber der hat natürlich jetzt massiv Arbeit und kaum Zeit. Ich weiß auch nicht, ob das so sinnvoll ist, da wir leider keine Molkerei für die Ziegenmilch in der Nähe haben. Diesbezüglich ist die Infrastruktur nicht gut. Fredo und selbst Angelina wussten auch nicht mehr als Papa. Ich glaube, ich habe mich schon dagegen entschieden.«

Kurz nach diesem Gespräch kamen Guennaro und Irmgard mit einem schon vorher elektrisch aufgeheizten Stein zurück, schlossen diesen auf der Terrasse erneut an, warteten bis er heiß war, Guennaro pinselte ihn ordentlich mit Olivenöl ein, und legte die vorher gewürzten Seezungenfilets darauf.

»Wie teuer sind denn hier die Seezungenfilets?«, fragte Melusa.

»Wir beziehen sie meistens über unsere Pescaderia, ein paar Mal im Jahr fahren Fredo und ich auch zur Fischauktion nach Almeria. Momentan dreizehn bis vierzehn Euro pro Kilo, manchmal auch schon bis zu zwanzig.«

»Das ist preislich aber bei weitem nicht zu teuer, also für eine ordentliche Seezunge bezahlst Du in Barcelona so um die fünfundzwanzig Euro, zeitweilig sogar mehr.«

Dazu gab es Röstkartoffeln und feinste Erbsen. Irmgard erlaubte sich, zu Beginn des Mahls den Kreis zu bilden, bedankte sich auch im Namen ihrer Schwester für die freundliche Aufnahme im Hause Seras, die vielen Informationen und die vielseitigen Gespräche, allgemein den herrlichen Tag und das sicherlich noch begeisternde Mahl. Alejandra und Guennaro waren über die spontane Aktivität ihrer zukünftigen Schwiegertochter höchst erfreut und gaben dies auch deutlich zum Ausdruck. Guennaro hatte für das Mahl einen venezianischen Weißwein von 2009 hervorgeholt. Herrlich prickelnd gab Melusa von sich. Das sich an das Mahl anschließende abendliche Gespräch drehte sich zunächst einmal noch um den Aspekt der Autarkie, gesundheitlich bewusstes Leben und Essen und um Politik im Allgemeinen.

Es war schon weit nach zwölf, als alle ins Nachtlager sich begeben hatten. Am nächsten Tag dauerte es deshalb erneut recht lange, bis alle am wiederum königlich gedeckten Frühstückstisch saßen.

Am Ende des Frühstücks übernahm Alejandra das Wort: »Und Du mein Sohn zeigst den beiden Damen heute die Burg, die Kirche, auch wenn es kalt sein sollte und dann geht es anschließend mit dem Wagen durch die Wüste. Nehmt den Kombi und vor allem auch Zeit. Papa und ich, ja was machen wir beide denn heute, mein Schatz?«

»Na, das werden wir dem Brautpaar doch nicht unter die Nase binden, die kämen noch auf die verrückte Idee.«

»Papa, jetzt reicht es.«

»Herrlich, herrlich, diese Ihre Leichtigkeit«, lachte Melusa herzerfrischend und voller Begeisterung. »Aber die Frage steht noch immer im Raum: Was machen wir?«

Sandro fuhr mit den beiden Damen zunächst zum Parkplatz an der Burg, besichtigte die Ruine, wobei es eigentlich nur um den atemraubenden Blick von dort oben über die Wüste geht. Er erklärte Melusa die Lage des Ortes und auch die des Elternhauses. Anschließend fuhren sie in zwei Minuten hinunter zum Kirchplatz mit seinem Springbrunnen in der Mitte und den Bänken und den hohen Bäumen ringsherum, damit die Bänke auch Schatten haben, was zumindest im Sommer absolut notwendig war und ist. Die Balkone der Häuser schauten auf den Platz, auf den drei Straßen mündeten. Heute war jedoch kein Schatten notwendig, denn sowohl draußen als auch in der Kirche war es bitterkalt. Sandro zeigte den beiden Damen den von seiner Mutter restaurierten Seitenaltar.

Dorfplatz in Tabernas

»Wow! Da bleibt einem ja der Atem stehen!«

»Du sagst es, Schwesterherz. Und bezahlt hat es Dein Vater?«

»Ja, genau. Mutter war das einzige Mal in dreißig Jahren Ehe ein wenig sauer über ihn, weil er ihr vorher nichts gesagt hatte. Der Pastor hatte selbstverständlich mit dem Beichtgeheimnis argumentiert, was selbstverständlich nicht stimmte. Aber irgendwie ist es dann doch ans Tageslicht gekommen. Ich glaube Papa hat es ihr gebeichtet.«

Bevor die drei dann in die Wüste aufbrachen, fuhren sie jedoch noch eben am Hospital vorbei, um sich dem Leiter desselben vorzustellen und ins Gespräch zu kommen. Auf dem Rückweg aus der Wüste sprach Sandro seine Verlobte an, ob nicht sie oder sie beide heute Abend mal den Part des Kochens übernehmen könnten oder sollten, um Papa ein wenig zu entlasten.

»Na klar, können wir gerne machen. Aber was sollen wir denn kochen?«, fragte Irmgard in die Runde.

»Was hältst Du von Cannelloni nach Art von Barcelona, liebste Schwester?«

»Gut, dann brauchen wir aber noch Rinder- und Schweinehackfleisch und Hähnchenfleisch, Zwiebel, Lauch, Tomaten, Cannelloni, eventuell noch frische Milch. Alles andere haben wir zu Hause, weiß ich, habe ich schon gesehen.«

»Mein Vater wird sich freuen, denn er kocht zwar für sein Leben gerne, es macht ihm auch nichts aus, mal drei bis vier Stunden in der Küche zu stehen, doch anschließend ist er auch kaputt.«

»Sehr leicht nachvollziehbar.«

Sie kamen aus der Wüste und fuhren noch ein paar Kilometer weiter in Richtung Almeria zu einem Supermarkt in Benahadux. Auf dem Rückweg kehrten sie noch im Roadhouse ein, Melusa hatte so etwas eigentlich noch nie gesehen, fühlte sich wie in einem Western.

»Deine lieben Eltern waren auch schon hier, Dein Vater hat mal wieder einen Liter Bier nach dem anderen gesoffen«, gab Sarah von sich, wohl wissend, dass Guennaros letztes Bier von 2013 noch immer auf der Theke stand.

»Ha, ha, wers glaubt, wird selig.«

»Na gut, aber was wollt ihr denn trinken?«

»Meine geliebte Schwester«, fing die Gräfin nun das Gespräch abends nach dem Mahl an, »ist sicherlich zumindest manchmal recht scheu, was die Sprache betrifft, was im Übrigen nicht gegen sie spricht, aber als sie letztes Jahr von Ihnen zurückkam, hat sie meinen Eltern und mir die ganze Nacht vorgeschwärmt, von der Wüste, von dem Ritt, von Ihnen beiden, von der Wärme, die von Ihnen beiden ausgeht, von Ihren Kochkünsten, die ich ja gestern Abend auch schon bewundern durfte. Wir sind die ganze Nacht bis anderen Mittag aufgeblieben und haben ihr mit offenem Mund zugehört, sind dabei selbst nicht zu Wort gekommen. Und wissen Sie, womit sie geendet hat?«

»Nein«, kam es von Alejandras Seite.

»Sie hat uns noch einmal – sie gab uns ja keine Gelegenheit, sie zu unterbrechen – von ihrem Ritt durch die Wüste berichtet. Und dann fielen noch die folgenden Sätze, die meine Eltern und mich umgeworfen haben, obwohl wir ja auf dem Sofa bzw. dem Diwan saßen: ›Liebste Eltern, liebste Schwester! Vielleicht tue ich Euch heute weh, verzeiht mir bitte vorher, es ist nicht meine Absicht, wie ihr wisst. Aber ich muss es euch sagen: Noch niemals in meinem ganzen Leben habe ich mich so frei gefühlt, wie in diesem Augenblick am Fluss. Aber auch so glücklich. Ich möchte für den Rest meines Lebens hier leben und zwar mit ihm. Und sollten wir Kinder bekommen, sollen die hier wohlbehütet, aber auch mitten in der Wüste aufwachsen und nirgendwo sonst. Das bedeutet viel harte Arbeit, ich weiß es, aber es ist mein freier Wille: Nur Er und nur dort.‹«

»Das klingt klarer als das Amen in der Kirche, es lässt keinen Widerspruch zu«, kam es von Seiten Alejandras.

»Genauso, ich hätte es nicht besser formulieren können. Nicht dass meine Eltern oder ich widersprechen wollten, aber so klar hatte meine Schwester noch nie gesprochen.«

Irmgard errötete, die Eltern schwiegen und Sandro blieb zunächst auch ruhig.

»Ja, nun ist es raus. Danke werte Melusa«, fing Sandro nach einer Weile an. »Liebste Mama, liebster Papa! Irmgard möchte es Euch aber selbst sagen!«

»Da sind wir aber mal gespannt«, kam es nun von Alejandra.

»Liebste Mama, liebster Papa! Wir beide wollen heiraten, Ende Februar, standesamtlich, auf jeden Fall dort drüben.« Dabei zeigte sie voller Freude und auch Stolz nach Westen, in Richtung Autobahn. »Ihr kennt ja die Stelle besser als ich. Der neue Bürgermeister ist völlig einverstanden.«

»Riesig, Toll. Mein Gott, was ich mich freue.« Spontan ging Alejandra auf ihre zukünftige Schwiegertochter zu und drückte sie ganz herzlich. »Ich wünsche Euch beiden so viel Glück, wie wir es auch gehabt haben.«

Auch Guennaro umarmte sie, und wünschte ihr dasselbe. Danach ging auch er, genauso wie seine Gattin zuvor, zu seinem Sohn, drückte auch ihn ganz herzlich und verdonnerte ihn dazu, sie glücklich zu machen: »Auf dass ich bald Opa werde. Darauf gönnen wir uns heute Abend ein fünfzig Liter Fass vom Besten auf der ganzen Welt. Aber was in aller Welt wird jetzt beruflich?«

»Es musste ja auch hier und heute raus. Lieber Papa, liebste Mama! Ich will keine Karriere – auch wenn ich Dir, liebster Paps, jetzt weh tun sollte, was ich nicht hoffe, geschweige denn beabsichtige, – an der Uni, in fünf bis zehn Jahren einen Professorenstuhl oder Chefarztsessel und dann nur noch Operationen, eventuell nur noch oder zumindest teilweise für Leute mit dickem Geldbeutel. Das ist nicht mein Ding. Ich will keine Medizinkarriere machen, Medizin vor Ort ja, jederzeit, wenn das Kind eine Zwei-Euro-Münze verschluckt hat, ein anderes Kind Masern bekommt, eine junge Frau von einer Schlange gebissen wurde, ein alter Mann unter hohem Blutdruck leidet, das ja, meinetwegen auch Operationen aller Art vor Ort, nicht der Rede wert und auch mitten in der Nacht, ja sofort, aber nicht des Ruhms oder Geldes, sondern einzig und allein der Hilfe wegen.«

Guennaro wurde ganz still, ja unbeweglich.

Hochzeitshütte in Tabernas

»Und ich möchte mit ihm leben, hier in der Wüste und nirgendwo anders und mit niemanden sonst. Wir beide sind biologisch orientiert, wir wollen hier eine biologische Finca erwerben, aufbauen, umrüsten, wie auch immer. Teilweise von unseren eigenen Produkten leben, nicht Export. Nein, vor Ort soll alles angebaut, verkauft und genossen werden. Regionalität und Nachhaltigkeit sollen unsere Lebensprinzipien sein.«

»Und wozu dann das harte und lange Studium«, fragte nun die Mutter zaghaft, zögernd.

»Das bleibt uns ja. Wir waren heute schon im Hospital und haben mit dem Chef gesprochen. Er war begeistert, als wir ihm unsere Dienste anboten. Wir fangen am 1. April an!«

»Tante Anna ist dieses Jahr ja auch schon sechzig geworden und will die Arbeit auch nicht mehr lange machen, wie ich von ihr gehört habe.«

»Ich bin zwar nur Krankenschwester, würde mich gerne weiterbilden und auch Hebamme werden und natürliche Geburten im Haus anbieten. Für den Fall aller Fälle habe ich ja einen geborenen Notarzt an meiner Seite!«

Alejandra sah zu ihrem Gatten und musste erkennen, dass er ganz weiß wurde und anfing zu weinen.

»Schatz, nein. Holt schnell einen eiskalten nassen Lappen.«

Doch er winkte ab, schluchzte aber weiter wie ein Schlosshund: »Ich bin so glücklich, vielleicht der glücklichste Vater auf der Welt, ihr beide macht aber auch alles richtig. Von mir habt ihr das sicherlich nicht.«

Sandro und Alejandra packten ihn unter die Arme, stützten ihn so und begleiteten ihn zu Bett. Er ließ sich bei den beiden Damen entschuldigen, aber er müsste jetzt erst einmal zur Ruhe kommen.

Während Alejandra noch bei ihrem Gatten blieb, nach dem Blutdruck und allen anderen Werten schaute, sie dauernd kontrollierte, kehrte Sandro zurück. »Was habe ich Dir gesagt? Ich mache diesen Mann glücklich. Keiner von Euch wollte es mir glauben. Der Mann ist vom Scheitel bis zur Sohle Andalusier.«

»Nicht nur Andalusier liebster Sandro, sondern man nennt ihn völlig zu Recht den wahren Wüstenfuchs, fenec verdadero. Wir haben ja gestern das Grundstück nicht zu Unrecht genau inspiziert.«

Irmgard nahm die Hand ihres Verlobten und drückte sie ganz fest. Melusa schwieg fast den ganzen restlichen Abend und bewahrte alles in ihrem Herzen. Dann kam Alejandra zurück in den Salon: »Er ist eingeschlafen. Das war alles zu viel.«

»Wir beide werden am 1. April hier im Hospital anfangen, zunächst beide eine volle Stelle!«

»Ja, wir waren beide heute Mittag schon im Hospital, wir arbeiten beide zunächst einmal voll und reduzieren sobald wir eine Finca gefunden haben. Moses ist wirklich nett. Er war von Sandro begeistert, hat sich gefreut wie ein Erstklässler.«

»Das ist ja auch total nachvollziehbar, weniger Wochenenddienste, weniger Nachtdienste etc. Möglichkeiten zur OP!«

»Und wo wollt ihr wohnen?«

»Vielleicht vorläufig im Gästehaus bis wir etwas Eigenes gefunden haben?«

»Ja, okay«, kam es dann von ihrer Seite, »wir haben nichts dagegen, ganz im Gegenteil, aber wir vier müssen uns darüber einig sein, dass dies nur eine vorübergehende Lösung sein kann. Gerade in dieser Phase bräuchtet ihr Etwas Eigenes!«

»Was denkst denn Du Mama, glaubst Du etwa, es würde mir Spaß machen, mit dem ewigen Kritiker und Perfektionisten auf einer Finca zu wohnen!« Alles lachte.

»Und wenn ich das alles richtig verstanden habe, bleibt es aber bei Eurer Entscheidung, dass ihr beide die Medizin zwar nicht ganz an den Nagel hängen wollt und vorläufig, natürlich auch aus finanziellen Erwägungen heraus, voll arbeiten wollt, aber auch nur solange ihr nichts Eigenes habt.«

»Richtig Mama.«

»Und wo wollt ihr etwas finden?«

»An der Rambla de Gergal, an Deinem Fluss«, kam es bewusst und voller Stolz von Irmgard.

»Großartig, grandissimo«, schrie Alejandra geradezu vor Freude.

»Sie, liebste Melusa, sagen gar nichts dazu«, versuchte sie nun Melusa ins Gespräch mit einzubinden.

»Über die Liebe der beiden bin ich begeisterter als Sie beide, glauben Sie mir bitte. Sie ist meine Schwester, und abgesehen von meinen lieben Eltern, die beide meine Hilfe benötigen, ist sie die wichtigste Person in meinem Leben. Aber als ich heute die Einöde gesehen habe. Niemals, vielleicht mal ein bis zwei Wochen zu Besuch, liebend gerne und auch jederzeit. Aber meine Eltern und auch ich sind Stadtmenschen. Mein Gott, was bin ich durch London und Bristol gelaufen und auch gefahren, und jetzt auch Barcelona. Die Wüste kann begeistern, das kann ich gedanklich nachvollziehen, aber weder meine Eltern, noch mich. Ich möchte shoppen gehen können, ins Theater, möchte auch mehrere Krankenhäuser zur Auswahl haben, auch und gerade aufgrund des Gesundheitszustandes meines Vaters. Die Apotheke auf der anderen Straßenseite ist mir wichtiger als die absolute Ruhe, die Sicherheit, den Zahnarzt im Haus nebenan zu wissen, gibt mir mehr als Bruthitze und ewige Sonne. Noch nie habe ich so viele volle Cafés gesehen wie in Barcelona. Stundenlang konnte man keinen Platz bekommen. In Barcelona ist Tag und Nacht Betrieb, die Stadt hat vierundzwanzig Stunden geöffnet. Und man ist schnell am Strand und dann der Duft des Blumenmarktes. Also alles, nur nicht die Wüste. Doch für die beiden kann ich mir kaum etwas Besseres vorstellen. Ich habe Ihren Sohn an manchen Abenden erleben dürfen, aber auch erlebt. An vielen Abenden ist er fast am Tisch eingeschlafen. Einmal schlug sein Kopf auf den Tisch. Meine Eltern haben sehr schwer mit uns geschimpft, dass wir den armen Mann auch noch mit Beschlag belegen. Der kann doch nicht mehr, war einer ihrer Slogans. Was ich damit sagen will, ist, dass Sandro kein Typ für die Mühle eines Krankenhauses ist. Die Arbeit dort zerstört seine Gesundheit völlig.«

Sandro war mit den beiden Damen am zweiten Januar wieder zurück nach Barcelona und zum Elternhaus gefahren, musste jedoch auf einen Verbleib im Hause Beresa heute verzichten, da die Arbeit im Krankenhaus ihn rief. Die Eltern begrüßten ihre beiden Töchter ganz herzlich. Der Vater fragte nach Sandro. Melusa gab ihm Auskunft und entschuldigte Sandro für sein Nichterscheinen.

»Immer diese Arbeit, aber gut, nun setzt Euch und erzählt mal. Sandro bereitet mir natürlich kein Kopfzerbrechen, doch wie sieht es mit den Schwiegereltern aus.«

Beide Schwestern lachten aus vollem Herzen: »Ihr könnt beide ganz beruhigt sein.« Melusa fuhr fort: »Noch einmal, zwei herzensgute Menschen, intelligent und weltoffen, die Mutter eine Ästhetin, wie sie im Buche steht, der Vater ein Heiliger mit einem Herz für die Menschheit.«

»Na, das ist aber recht.«

»Und ein wahrer Wüstenfuchs dazu.«

»Ja, genau«, ergänzte jetzt Irmgard. »Es ist egal, was Du Dir bei ihr ansiehst, sei es die Dekoration des Esstisches, die künstlerische Gestaltung einer Wand im Salon, die Restauration eines Seitenaltars in der Dorfkirche. Wunderschön, königlich.«

»Sind sie etwa fromm, urchristlich, ich meine borniert?«

»Im Gegenteil, Papa, er ist uralter Kommunist, aber was er vor allem ist, ein wahrer Wüstenfuchs.«

Und dann begann Melusa ihren Eltern von der Autarkie zu erzählen: »Er hat die Wüste im Gegensatz zu den Zionisten wahrlich zum Blühen gebracht und sie leben fast autark, geben den zwei Nachbarn noch Strom ab und Wasser vom Brunnen.« Und dann eiferte sie heftig gegen Anna: »Die einzige, auch gar nicht dahin passende Person, ist die Schwester der Mutter, also Sandros Tante. Sie gefällt eigentlich niemandem. Sie sollte dahin gehen, wo sie hergekommen ist, ins eng begrenzte Baskenland, da gehört sie hin und sonst nirgendwo anders.«

Irmgard bekräftigte dies mit einem vehementen Kopfnicken: »Genauso. Eine komische Figur, vorweltlich, zurückgeblieben.«

Beide Eltern lachten. »Höchstwahrscheinlich kommt eine solche Person in allen Familien vor.«

Es erfreute beide Töchter, dass ihre Eltern es so leicht nahmen. Die Mutter hatte Tee gekocht, aber auch am Gespräch teilgenommen und gab ihrem Gatten vollkommen Recht. Melusa erzählte doch noch das ein oder Andere vom Besuch, vor allem über den Vater, doch waren beide Schwestern von der langen Tagesfahrt müde, so dass sich alle früh zurückzogen.

»Guten Morgen liebste Eltern. Guten Morgen liebstes Schwesterherz.« So begrüßte und umarmte Irmgard am nächsten Morgen alle schon lange anwesenden Familienmitglieder.

»Melusa hat uns gerade erzählt, dass Sandro nicht nur Klavier, sondern sogar Orgel spielen kann«, sagte die Mutter nun in Richtung Irmgard.

»Ja, Klavier weiß ich schon seit letztem Jahr, Orgel habe ich ihn noch nicht spielen gehört.«

»Mein lieber Herr Gesangsverein«, platzte es nun aus dem alten Herrn heraus. »Da kannst Du aber mächtig stolz darauf sein, dass er Dich liebt.«

»Bin ich auch, bin ich auch und deshalb werden wir am letzten Samstag im Februar auch heiraten«, gab Irmgard nun bekannt. Vater und Mutter freuten sich über alle Maßen und herzten ihre beiden Töchter: »Wenn wir schon wissen wann, dann wollen wir auch noch wissen, wo?«

»Am Anfang der Wüste, gut zehn Kilometer von Sandros Elternhaus entfernt«, gab Irmgard damit auch den Ort bekannt

»Und wo wird kirchlich geheiratet?«

»Auf meinem Schloss in der Schweiz!«

»Da sind wir aber alle dagegen, liebste Mama!«

»Überleg mal den Aufwand und die Kosten. Papa ist ja noch nicht einmal dieses Jahr hinunter gekommen. Wie soll denn das dann mit der Schweiz klappen. Wir werden schon nach Almeria hinfliegen müssen, und von da aus dann irgendwann in die Schweiz. Vergiss es, bitte!«

Alejandra hatte, wie ihr ja seit mehr als einem Vierteljahrhundert aufgetragen war, die Post von Guennaros Verlag geöffnet. Angesichts der bei der Produktion zusätzlich anfallenden Kosten für Bilder und Zeichnungen etc. hätte sich Guennaro für dieses Mal mit nur zwölf Prozent einverstanden erklärt. Die Auflage wäre mit neunundvierzig Euro zwar teuer gewesen, aber angesichts des Volumens des Werkes andererseits auch äußerst hart kalkuliert. Die Auflage von hundertfünfzigtausend wäre schon vor Weihnachten, also faktisch innerhalb eines Jahres verkauft gewesen. Einige Zwischenhändler hätten bei ihren Nachbestellungen noch enttäuscht werden müssen. So würde sich die Summe der Tantiemen auf knapp neunhunderttausend Euro belaufen. Selbstverständlich werde der Verlag die gesamte Summe in den nächsten Tagen überweisen. Da jedoch noch Interesse und Nachfrage bestehe, überlege man, eine Luxusausgabe in Kunstleder herauszugeben mit der Auflage von dreißigtausend zu einem Preis von siebzig Euro, mit den ursprünglichen 19 % für ihren Gatten. Darüber würde man sich gerne mit ihm unterhalten.

Als Einleitung für die Kunstlederluxusausgabe schlug man Folgendes vor, zunächst einmal nur ins Unreine geschrieben:

Trotz des Titels, der durchaus Platz bieten kann für falsche Erwartungen, trotz des Stereotypes der »Liebe auf den ersten Blick«, trotz der Tatsache, dass der Held des Romans nach einem Irrweg die Frau und die Liebe seines Lebens findet, ebenso wie ihr gemeinsamer Sohn und nur angedeutet auch der Freund der Familie, Fredo, ist der »EROS« weniger ein Liebesroman im engeren Sinne, als vielmehr ein Lebensroman mit kleineren historischen Einlassungen: Fortschreitendes Leben ist sein Hauptthema. Sieht man von kurzen Einsprengseln in die Kinder- und Jugendzeit des Helden ab, so beginnt das Werk mit der Reanimation 1972 und führt bis zur Geburt des Enkelkindes. Das sinkende Leben neigt sich am Ende des Werkes dem aufsteigenden zu.

Geboren zwischen Humanitas und Mitläufertum, aufgewachsen im knochenkonservativen Elternhaus und Internat der fünfziger und sechziger Jahre, blüht der Held am Ende seiner Schulzeit und zu Beginn des Studiums zum Marxisten auf, der Geschichte insgesamt, der des eigenes Landes im Speziellen zugetan, an Politik interessiert und sie analysierend, Philosophie lebend, ließen ihn die »Untaten« der Diktatur geographisch heimatlos werden. In Andalusien findet er seine neue Heimat, wobei die Suche nie eine geistige Suche nach dem verlorenen gegangenen Sinnzentrum gewesen ist, denn für den Helden gibt es keine Dissoziation zwischen Arbeit und Leben. In ihm ist die Fähigkeit zum Querdenken und zur Mäeutik personifiziert. Somit steht er zunächst für das Beste im Bürgertum, die Bildung, aus der er durchaus sein Selbstwertgefühl zieht, doch richtet er als pathetischer Revolutionär, der er bis zu seinem Tod blieb, sie dann im zweiten Schritt gegen das heuchlerische Spießbürgertum selbst und musste damit als solcher auf den massivsten Gegensatz zu dessen Diktatur geraten. Auch mit dem Pastor Lorenzo kann er am Ende nicht mehr übereinstimmen, in dessen kirchlicher, bei weitem aber nicht christlichen und sozialen Weltauffassung er das Heuchlertum schlechthin erkennt, die Seelenkargheit dieser Religion. Die innere Freiheit lässt ihn dies erkennen. Doch gerade sie – und hierin zeigt sich die dialektische Fähigkeit des Autors – gerade diese erbarmungslose Diktatur ließ den Helden am Anfang seiner Studentenzeit das Stigma der Angst völlig ablegen, ließ ihn in sich die Freiheit finden, heiter und duldsam, einfach, schön und weltoffen. Aufgrund der Vielfalt der Erfahrungen und vor allem des erlittenen Unrechts und Leids mit den Schmerzen bis zu seinem Lebensende wurde er duldsamer und aus geradem Herzen wahrhaft gütig.

Dieser Roman verlockt mit seiner zumindest manchmal, wenn auch bei weitem nicht immer leisen Sprache dazu, in die Welt des Helden einzutreten, in eine andere Welt, in die Wüste, in diesen Winkel Andalusiens, den er, obwohl fünfhundert Kilometer nördlich davon geboren, schon als Schüler und dann noch einmal als junger Mann durchwandert und erforscht hatte, um dann ein Vierteljahrhundert später für immer dort zu leben, Freud und Leid mit seiner Frau und dem gemeinsamen Sohn zu teilen, und möglichst nach dem einen Prinzip zu leben, und dieses Prinzip heißt: EROS.

Und diese Wüstenresidenz ist deshalb auch der freudvollste Ort der Welt, nicht das Sinnbild für Langeweile und Einsamkeit, sondern für Ruhe, Heimat und Autarkie. Eros liegt überall, in jeder Ecke, von Askese ist nichts zu spüren, auch wenn ein paar Mal im Jahr gesundheitsbewusst gefastet wird. Sportliche Ertüchtigung bis zum Schluss seines Lebens, dazu Musik, bestes aber auch ganz bewusst mengenmäßig reduziertes Essen bis zu kulinarischen Höhepunkten und vor allem geistige Tätigkeit: Der Held muss wohl Zehntausende Zeitungen und Zeitschriften und Tausende Bücher in seinem Leben geradezu verschlungen haben.

Da es sich wie ausgeführt um einen Lebensroman handelt, darf auch die Frau nicht fehlen: Die Frau, auf die am meisten Licht fällt, ist Alejandra, wunderschön, auch damenhaft, »eine Ästhetin, wie sie im Buche steht«. Sie sieht ihre Lebensaufgabe in der Erziehung ihres Sohnes, genauso wie die Mutter des Helden, Mama Margarita. Diese Fokussierung auf die erzieherische Aufgabe ist für sie keineswegs der saure Pflichtapfel. Erst später geht sie noch einmal für kurze Zeit ihrem Beruf nach, um sich dann ganz der Malerei und ihrem

Gatten zu widmen, also nach dem Prinzip Eros zu leben. Ihr wird vom Autor kein Schweigen auferlegt, um auch den Gegensatz zu ihrer Schwester deutlich werden zu lassen. Jede Gebärde, jedes Wort lässt ihre weibliche und geistige Eleganz in Vollendung erscheinen. Als der Held sich dem Tode nähert, kommt das Weibliche neben seiner Gattin und seiner Schwiegertochter zusätzlich noch in Gestalt der unehelichen Mutter und der Enkeltochter hinzu.

Wenden wir uns den weiteren Personen zu:

Die beiden Kommilitonen, einerseits durchaus selbstüberzeugte Exemplare, repräsentieren die großstädtischen Intellektuellen, auch ein wenig steife Persönlichkeiten, andererseits aber auch gerade in ihrer Bildung das höchste Gut erblickend und nichts anderes daneben gelten lassend und auch deshalb borniert. Geschäftsinteressen ist der zentrale Gedankenpunkt dieser Menschen, das Strebertum ihnen allen sehr deutlich anzumerken. Manche Arztkollegen sind eher an der Wissenschaft als am Menschen interessiert im Gegensatz zum Sohn des Helden, der eben nicht auf Karriere drängt, sondern sich ganz bewusst auf Liebe und den Menschen einlässt. Während der Held und seine Schwägerin die Gegensätze darstellen, ist es der Held und die Schwiegereltern seines Sohnes, die die Gleichheit darstellen, eine politische, weltanschauliche Liberalität, immer dazu bereit, dazu zu lernen. Die beiden alten Menschen sind offenherzig, weil sie viele Jahre im Ausland gearbeitet und gelebt haben. Beide haben auch die Schweizerische Nationalität. In gewissen Punkte durchaus ebenso weitsichtig wie Guennaro, ebenso gesundheitlich leidend, weltläufig. Der durchaus vorhandene spanische Patriotismus wurde in London weltbürgerlich erweitert. Gezeigt wird uns auch das Gegenteil zu unserem Helden und zu den Schwiegereltern in der Person seiner Schwägerin, der Hebamme mit ihren Vorurteilen Kranken, Hilfsbedürftigen und Andersartigen überhaupt. Die Borniertheit in Person, kantig und eng.

Sandro, der Sohn des Helden, avanciert zum Schluss des Romans selbst zum Helden, der die Verantwortung spürt und der weiß, dass die politischen, genauer gesagt, umweltpolitischen Probleme ihm Entscheidungen abverlangen, die er als bedrängend nahegerückt spürt auch im Gegensatz zur Generation seiner Eltern. Seine beiden Freunde, Regis und Conrad, ziehen sich zurück. Bei Sandro spürt man demgegenüber den unbedingten Eros zum Aufklärer, er will dem Menschen dienen, beinahe schwärmerisch ist er davon bewegt. Sein Umweltbewusstsein, seine Liebe zur Natur und zu Irmgard sind eins, es sind seine beiden Aufgaben und gleichzeitig Erfüllungen seiner Seele. Dr. Moses, der Leiter des kleinen Hospizes im Dorf, ist ebenso vom Sohn des Helden begeistert.

Melusa ist der heitere, leichtgewichtige, bewegliche, tänzerische, fast entschwebende Part im Gegensatz zur ernsteren Schwester, lustig, plauderhaft, zumindest zum größten Teil der Zeit, gewandt, ein bewegendes Element in einer Gesellschaft, sicher im Benehmen. Gelöstheit, im Gegensatz zu Irmgards schwerem Kern, der so voller Verantwortung steckt, da sie ihrem Sandro mit aller Entschiedenheit dorthin folgt, wo die drei Seras' seit mehr als einem Vierteljahrhundert glücklich sind: In die Wüste.

Es ist an vielen Stellen des Romans zu erkennen: Das Herz des Helden schlägt für das einfache Volk. Fredo, der Zugehgehilfe, Senora Mathilda, Pepe der Ziegenhirte, der Schreiner, einfaches Volk, und Guennaro und später dann Alejandra sind ein völlig eingespieltes Team. Der Sohn des Helden nennt es Loyalität, man könnte es auch Gefolgstreue nennen. Der Gesprächston zwischen ihnen ist scherzhaft, spielerisch, leicht. Die meisten dieser Personen versuchen über die Runden zu kommen, ebenso wie die Eltern Fredos, die Jimenez und allen wird von den Seras in irgendeiner Art und Weise geholfen.

Der »EROS« ist zumindest eines der weisesten Werke in spanischer Sprache. Es beinhaltet einerseits eine durchaus auf dem Boden der harten Tatsachen verbleibende, andererseits aber auch wunderbar frei schwebende Welt, die der Autor in diesem seinem Spätwerk entworfen hat. Der leichte Wüstendunst und die gewichtige Rolle der Vernunft, ein sehr großer Gegensatz, den nur der Autor selbst und sein Held in diesem Werk auflösen können. Eros und Ratio, für den normal Sterblichen ein immer existierender Gegensatz, nicht jedoch für diese beiden. Ein andalusischer Roman von weltliterarischem Rang, und sein Held, die Inkarnation des Zoon logon echon, dem der größte Teil der meistens ungebildeten jüngeren Generation nichts mehr entgegenzusetzen hatte als ihre Unfähigkeit, heute noch einen Liebesbrief schreiben zu können.

Die Intelligenz des Helden hat aber nichts Eitles, Bildung ist nichts Absolutes, sie ist nur ein Medium mit in diesem Fall begünstigenden Voraussetzungen für das stets gefährdete Aufblühen und Fruchttragen erhöhter Humanitas, sie dient zusammen mit dem Vermögen nur der Humanitas.

Der Held weicht dem Ergehen in Gefühlen nicht aus, im Gegenteil, machen sie doch neben der Möglichkeit der Rationalität einen wie hoch auch immer zu quantifizierenden Anteil am Menschen aus. Und diese Tatsache zerstört seine Heiterkeit, Gnade und vor allem auch geistige Leistung in keinster Weise. Mögen die Stoiker dem Weisen noch Affekte abgesprochen haben, so sind wir heute, also zweitausend Jahre später, in der Philosophie wesentlich weiter und wissen, dass Geist und Gefühl durchaus zusammen gehen, ja sogar zusammen passen.

Dass der »EROS« ein Altersroman ist, geht schon daraus hervor, dass der Autor beim Leser eine Menge an erlittener Lebenserfahrung voraussetzt. Alle finden ihr Liebesglück, nur Melusa und die Schwester Alejandras nicht. Während aber Melusa daran gewinnt, indem sie entschlossen ihr Schicksal wendet und sich scheiden lässt, ebenso wie der Held des Romans, ergeht sich die Schwägerin des Helden in Bitterkeit.

Der Roman atmet die Atmosphäre der Menschenfreundlichkeit, der Humanitas, aber auch Stürme der Leidenschaft. Dies gehört zum Wesen des Eros.

Das Politische wird in diesem Roman immer unmittelbar auf den Menschen bezogen und richtet sich in erster Linie gegen jegliche Art des Mitläufertums. Der Held selbst lebt aus dem Bedürfnis nach Harmonie, nach Schönheit, nach Wärme und bleibt bis zum Schluss am Treiben der Menschen nicht nur interessiert, sondern beteiligt. Nur wenige Tage vor seinem Tod geht er noch einmal über den Markt seines Lieblingsdorfes: »No pasaran!« »Hasta la victoria siempre!«

Alejandra faxte den Brief an Sandro, der einige Tage später Zeit fand zu antworten. Er war Feuer und Flamme für dieses Projekt: »Mach das, mach das. Das hat keiner so verdient wie Papa.« Aufgrund des Anratens durch ihren Sohn faxte sie dem Verlag ihr Plazet, behielt aber alles geheim, wie sonst er auch immer. »Wenn ich mich nur an die Zeit vor dem zweiten Doktortitel erinnere«, war ihr Gedankengang.

Wie gewöhnlich kam Guennaro gegen den späten Vormittag im Adamskostüm aus der Schwimmhalle, gab seiner Alejandra einen dicken Kuss: »Ich hole mir nur einen Tee, dann bin ich ganz für Dich da.« So kam er nach einer Minute zurück und setzte sich neben sie.

»Hättest Du die Kraft, heute, entweder vor oder auch nach der Siesta, mit mir in und durch die Wüste zu fahren? Oder auch morgen?«

»Lass uns ruhig heute schon fahren. Ich bin fit, kein Problem. Ich ziehe mir gleich nur etwas an, vor allem Gummistiefel. Fährst Du oder ich?«

»Bis zur Wüste kann ich schon fahren, nadas problemas, aber innerhalb, an der Rambla, da musst Du fahren.«

»Alles klar, d.h. wir nehmen das Wüstenkombi.«

»Genau.«

Eine knappe Stunde später standen sie schon kurz vor der Einfahrt in die Rambla. »Nicht weil ich etwas dagegen hätte, in die Wüste zu fahren, von mir aus jeden Tag, nur wozu heute?«

»Ich erzähle es Dir gerne, aber pass bitte auf, konzentrier Dich bitte nur auf die Fahrerei, ich möchte keinen Achsenbruch erleiden. Also Sandro und Irmgard suchen eine Biofinca hier an der Rambla. Hier wollen Sie leben. Irmgard formulierte es vor versammelter Mannschaft voller Stolz und Freude so: ›An Deinem Fluss.‹«

»Wow, dann halten wir da mal gleich an, da sind ja einige Fincas.«

Etwa zwei Stunden später saßen die beiden zurück auf der geschlossenen Terrasse ihrer Wüstenresidenz. »Also 1,7 Million für die vierzig Hektar. Das Haus kannst Du mehr oder weniger vergessen, eine Bruchbude.«

»Wie viel hast Du denn angeboten?«

»Fünfhundert- und sechzigtausend. Ich weiß, dass dies zu wenig ist, aber der geforderte Preis ist vierzig Prozent zu hoch. Und dann kommen noch die Renovierungskosten hinzu, ebenso neustes Saatgut, da brauchst Du an die zwei Millionen. Und vor allem, woher sollen wir diese Summe nehmen, mein Schatz?«

»Knapp neunhunderttausend kommen in den nächsten Tagen auf unser Konto.«

»Wie bitte?«, fragte er ungläubig.

»Ja, die gesamte Auflage in Höhe von hundertfünfzigtausend ist schon seit kurz vor Weihnachten verkauft. Freu Dich, Du bist der meistgelesenste Autor Andalusiens. Und das auch noch zu Recht.«

»Na, dann von mir aus, aber Du führst die Verhandlungen. Das gibt mir zu viel Ärger, da rege ich mich wieder viel zu sehr auf. Dann habe ich wieder einen zu hohen Blutdruck.«

»Mache ich gerne.«

Doch schon Tage später wurden die Verhandlungen eingestellt. Alejandra gab Guennaro das Scheitern bekannt.

»Das habe ich mir schon gedacht. Die Preisvorstellungen lagen zu weit auseinander. Das hatte keinen Sinn. Mach Dir jetzt bitte keine Vorwürfe. Das konnte nicht gut gehen, nicht klappen, wenn er nicht um mehr als eine halbe Million herunter gegangen wäre.«

»Ihr Argument war, dass man bis zu viermal im Jahr auf der Finca Orangen ernten könne. Vielleicht sollten wir den beiden dann die kleinere Finca mit fünfzehn Hektar schenken. Die kostete ja auch nur siebenhunderttausend. Das

Haus war aber auch nicht lebenswert. Was hältst Du denn davon?«

»Ja von mir aus, ich habe nichts dagegen, nur kann ich mir nicht vorstellen, dass man mit einer Fläche von fünfzehn Hektar auskommt.«

»Aber vierzig Hektar sind zu teuer, die können wir nicht bezahlen.«

»Setze doch einmal unseren jungen Rechtsanwalt darauf an. Vielleicht hat der mehr Glück?«

»Mache ich doch glatt, ich fahr dann morgen früh mit ins Dorf, wenn Du mit Fredo über den Markt gehst.«

»Okay, super. Finde ich gut.«

Für den letzten Samstag im Februar war dann nachmittags um drei Uhr die standesamtliche Trauung festgesetzt. Am Mittwoch vorher flogen der Brautvater mit Gattin, Braut und Schwester nach Almeria. Fredo und Guennaro waren beide mit ihren Wagen losgefahren, um die vier Personen abzuholen, was auch vorzüglich klappte. Fredo hatte eine Woche vorher den fast sechzigjährigen Rollstuhl durchgeschaut und zusammen mit Pedro, dem Fahrradmechaniker im Dorf, wieder in Schuss gebracht. Der alte Beresa freute sich über alle Maßen über so viel Aufmerksamkeit. Er war wie vom Schlag gerührt, als er den Rollstuhl sah und sich hinein setzen durfte. Voller Rührung fragte er: »Ist das Ihr ehemaliger Rollstuhl von damals?«

Guennaros Ja war äußerst knapp. »Dann ist der ja älter als fünfzig Jahre.«

»Genauso.«

Eine knappe halbe Stunde später standen dann beide Wagen vor dem Serasschen Haus.

»Wirklich ein Wüstenschloss, nicht wahr Papa, Mama?«

»Da hast Du wirklich, genauer gesagt, da habt ihr beide wirklich nicht übertrieben!«

Alejandra war aus dem Haus getreten, Guennaro hatte sie mit dem Ehepaar Beresa bekannt gemacht.

»Bitte, bitte, keine Übertreibungen, Hauptsache Sie fühlen sich in Ihrem Gästehaus wohl. Höchstwahrscheinlich ist es für vier Personen zu klein, es ist auch sehr spartanisch eingerichtet. Sollten Sie irgendeinen Wunsch haben, haben Sie bitte keine Hemmungen, ihn sofort zu äußern!«

»Dann habe ich sofort einen. Ich möchte kurz unter die Dusche und mich dann noch eine knappe Stunde hinlegen oder auch in umgekehrter Reihenfolge. Konveniert dies?«

»Überhaupt kein Problem. Dusche und Radiator sind an das Gas draußen angeschlossen, das Wasser wird in zehn Sekunden warm. Wir können zum Roadhouse kommen, wann wir wollen. Ruhen Sie sich aus, so lange Sie wollen.«

»Essen wir nicht bei Ihnen?«

»Heute Abend nicht. Dafür gibt es mehrere organisatorische Gründe.«

»Jetzt haben uns unsere beiden Töchter so von Ihrer Kochkunst vorgeschwärmt. Jetzt bin ich aber enttäuscht.«

»Kein Grund dazu, ab morgen hau ich Ihnen dann das Steak in die Pfanne.« Alle lachten erleichtert. Dann zog man sich in die jeweiligen Gemächer zurück.

Es war schon nach halb neun Uhr als man dann mit zwei Wagen vor dem Roadhouse hielt. Guennaro und Fredo sprachen noch kurz Organisatorisches ab. Fredo musste ja auch mal wieder nach Hause.

»Sie rufen mich dann so nach zehn, circa halb elf an. Alles klar, Chef. Ich erwarte dann Ihren Anruf.«

»Ja jetzt sind Sie Gott sei Dank alle heil und gesund in der Wüste angekommen. Nur einer fehlt!«

»Sandro, der Bräutigam.«

»Genau, liebes Schwesterchen, bist Du Dir denn auch wirklich sicher, dass er noch bis Samstag kommt«, lachte Melusa behaglich.

»Da kannst Du aber sicher gehen«, kam es nun von Seiten beider Mütter.

Fredo und Pedro hatten Sandros Wagen wunderschön geschmückt. Die Sonne strahlte an diesem Samstag mit dem Rot des Cabrios um die Wette. Schon um halb drei kam der von Guennaro bestellte pinkfarbene Cadillac, mit dunkelblau getönten, keinen Inneneinblick zulassenden Scheiben, auf das Grundstück gefahren, der Brautwagen. Fredo war super gekleidet, ebenso »seine Frau und sein Kind.« Die vom Roadhouse aufgestellte Kühltheke wurde auch von zwei extra für diesen Nachmittag engagierten Mitarbeitern bedient, galt es doch, unter anderem auch die fünfzig Mitglieder des HOC, des Harley-Owner-Clubs von Andalusien, die ihr langjähriges Mitglied Sandro auf dessen Trauung natürlich nicht alleine lassen wollten, mit frischem Nass zu versorgen. Sie waren fast alle vollständig aus den entferntesten Gegenden dieses großartigen Landstriches gekommen. So ein Ereignis lässt man sich als Harley-Fahrer doch nicht entgehen.

Um viertel vor drei ging es nun los, Sandro in seinem neuen, von Alejandra ausgesuchten Stresemann, Regis und Conrad setzten sich in sein Cabrio, Fredo sprang auch hinein, Sandro fuhr langsam los und an die fünfzig Harleys heulten auf, als gelte es einen neuen Weltrekord in Dezibel aufzustellen, sich dem Absolutum des Lärmhöhepunktes zu nähern. Selbstverständlich ließ Sandro es sich nicht nehmen, mit allen Harleys im Schlepptau hupend durch Tabernas selbst zu fahren anstatt über die kürzere, aber vor allem wesentlich schnellere Nationalstraße.

Als die Truppe für jeden deutlich vernehmbar das Serassche Grundstück verlassen hatte und noch nicht einmal das letzte, unendlich leise Summen zu vernehmen war, kam die Brautmutter aus dem Gästehaus, schaute, ob die Luft rein wäre, Alejandra sah sie, gab ihr das vereinbarte Zeichen, sofort kam Melusa mit dem Rollstuhl samt Vater, die Brautmutter samt Braut aus dem Haus. Die Mutter schloss ab, ging den anderen dreien hinter her und übergab Alejandra dann den Schlüssel, den diese in der Diele ans Brett hing.

»Ja, ich weiß ja nicht, wer bei der Auswahl des Brautwagens Regie geführt hat, aber das ist der echte Hammer. Mein lieber Tambouryman«, lies der Brautvater hocherfreut verlauten. »Ist der etwa noch vom King?«

Ein von der Leihfirma georderter Chauffeur in feinstem Livree und mit weißen Handschuhen lies die vier Personen in den Wagen einsteigen, verstaute auch den zusammengeklappten Rollstuhl im Kofferraum. Alejandra fuhr vor, Carla und ihren Säugling auf dem Arm nahmen sie selbstverständlich auch mit, und der Brautwagen mit allen Beresas hinterher.

Gut zehn Minuten später erreichten sie die Stelle, die in etwa fünf Kilometer hinter dem eigentlichen Ort Tabernas liegt. Dort steht eine kleine Hütte für alle Formalitäten, schließlich sind ja auch Unterschriften zu leisten, doch findet die eigentliche Trauung bei schönem Wetter draußen statt, so wie heute auch.

Der Platz vor der Hütte war völlig überfüllt, natürlich auch von bloß Schaulustigen, die sich die merkwürdigsten Dinge mitzuteilen hatten, bevor sich der Brautwagen zur Hütte näherte. Zunächst galt es für den Chauffeur auf die Menschenmenge aufzupassen, den Rollstuhl herauszuholen, aufzuklappen und dann noch nach vorne zu eilen, um Melusa dabei behilflich zu sein, ihren Vater hinein zu bugsieren. Er war sehr behende bei all seinen Tätigkeiten. Danach stieg noch die Brautmutter aus. Melusa schob den Rollstuhl langsam vor die Hütte, auch Guennaro und Alejandra begaben sich dorthin, Carla und Gesine fanden ihren Fredo.

Sandro hatte seine Blumen in der Hand, weiße und rote Rosen, und erwartete seine Irmgard. In diesem Moment öffnete die Brautmutter die zweite hintere Tür des Wagens und heraus trat Irmgard, ein Traum in völligem, und wann erlebt man das heute noch, berechtigtem Weiß. Ihre Mutter begleitete sie auf ihren letzten Weg mit dem Namen Beresa. Die Zeremonie vollzog der Bürgermeister selbst, er hatte sich gut vorbereitet, dies konnte man ihm anmerken, trotzdem dauerte sie nicht lang, die beiden Trauzeugen, Irmgards Schwester und Sandros Mutter, mussten auch noch unterschreiben und dann ging es hupend und auch johlend zurück zum Serasschen Anwesen. »Es ist ja schon etwas ungewöhnlich, dass die standesamtliche Trauung im Hause des Bräutigams stattfindet.«

»Ungewöhnliche Ehen erfordern ungewöhnliche Maßnahmen.«

Sarah hatte selbstverständlich zugestimmt, dass die zwei Behelfsdamen ihrer Küche für heute den gesamten Tag zur Vorbereitung der Paella und nachher zur Essensausgabe abgestellt waren. Sie hatten zwei riesige eiserne Woks, so könnte man sagen, die über jeweils einem direkten Feuer schwenkten. Selbstverständlich gab es noch köstliches Brot und Salate dazu. Guennaro hatte Sarah fünftausend Euro für alles bezahlt, dabei aber Wert darauf gelegt, dass nur das in die Paella käme, was er vorher bestellt hatte und nicht mehr, aber auch nicht weniger. Sarah hatte alles vollkommen im Griff. Die beiden Eltern des Brautpaares saßen sich am Tisch gegenüber. Der alte Beresa erzählte von den Tagen in London. Melusa packte noch ihre Erlebnisse von Bristol hinzu. Guennaro und Alejandra schwiegen und ließen sie alle erzählen.

»Wie beneide ich Sie, auch im Ausland so viele Jahre gewesen zu sein«, gab nun Alejandra von sich.

»Fürwahr, fürwahr«, ergänzte Guennaro recht wortkarg.

Der Bürgermeister war natürlich auch zum Serasschen Anwesen gekommen und lies das Brautpaar hochleben. Selbst Moses hatte sich die Zeit genommen und darüber freute sich das Brautpaar ganz besonders, auch wenn er nach einer guten Stunde telefonisch wieder zum Hospital zurück beordert wurde.

»Heute übernehmen Sie den Dienst«, frotzelte Sandro mit seinem neuen Chef.

»Aber nicht mehr lange«, drohte Moses lächelnd zurück, »und deshalb erholen Sie sich beide gut auf Ihrer Hochzeitsreise.«

Die beiden verstanden sich von der ersten Minute an prächtig. Selten findet man so eine Seelenübereinstimmung zweier Erwachsener. Sicherlich war der Chef durchaus so anderthalb Jahrzehnte älter, war aber Zeit seines Lebens offen geblieben und selbstverständlich tat ihm die Tatsache gut, dass die Arbeit sich in absehbarer Zeit zumindest zunächst einmal auf die Hälfte reduzierte.

»Meine wunderschöne Frau, wird es Ihnen ewig danken, dass ich jetzt öfter und erholter und nicht mehr so gestresst zu Hause sein kann.«

Als nun alle Hochzeitsgäste an mehreren Tischen zusammen saßen, und es sich bei Paella, Salaten und den verschiedensten Getränken gut gehen ließen, – Sandro und Irmgard saßen in der Mitte des ersten Tisches, neben sich die Beresas und seine Eltern gegenüber – kam eine richtige Flamenco-Begeisterung auf, wurden noch Hunderte von Fotos geschossen vom Fotoladen im Dorf, obwohl die Mitarbeiter ja schon auf der Trauung genügend abgelichtet hatten. Gegen sieben Uhr abends machten sich die Harley-Fahrer langsam vom Acker, wie das so schön in der Biker-Sprache heißt, Regis und Conrad wurden von Fredo ins Hotel gefahren, er selbst blieb dann auch zu Hause, Carla hatte sich mit ihrer Gesine schon frühzeitig nach Hause begeben. Annas Eltern, mit denen sich die drei Seras dreißig Jahre sehr gut verstanden hatten, machten sich mit Tochter, Schwiegersohn und Enkelkindern auch auf den Heimweg, eine Viertelstunde Fußweg, ganz in der Nähe des Roadhouses.

Als alle Gäste sozusagen flügge geworden waren, rief Alejandra Sarah an, lies ihre Hilfskräfte samt Schwenkwoks abtransportieren. Alles war perfekt gelaufen. Da es nun mächtig kühl geworden war, und sich bei allen ein Frösteln eingestellt hatte, zog man sich in die verschlossene Terrasse zurück. Die Palmen ragten wie Riesenbesen am Rande der beleuchteten Einfahrt auf. Alle schauten in den klaren Sternenhimmel.

»Sollen wir heute noch über die kirchliche Trauung sprechen oder lieber morgen.«

Irmgard entschied sofort auf morgen. Man möchte den schönen Tag und den wunderschönen Abend nicht mit solch prophanen Gesprächen füllen oder gar stören.

»Da gebe ich Dir vollkommen Recht mein Kind«, sagte die Mutter. Sie und Melusa hatten sich in der Zwischenzeit mit warmen Textilien versorgt und auch für den Brautvater etwas Warmes aus dem Gästehaus mitgebracht.

»Noch etwas Warmes zu trinken, hier draußen oder im warmen Salon vor dem Kamin?«

»Lassen Sie uns lieber ganz hineingehen, Irmgard sieht sehr blass aus.«

»Ganz recht, lasst uns hineingehen.«

Das Feuer tat allen gut, sowohl physisch, als auch psychisch.

»Noch heißer Tee?«

»Aber gerne.«

Gegen elf verschwand das Brautpaar zum Gästehaus, zog sich schnell um, verabschiedete sich herzlichst von beiden Eltern, bedankte sich bei allen für den wunderschönen Tag, setzte sich ins Cabrio und verschwand zum Hotel, wo Alejandra eine Suite für die beiden reserviert hatte.

»Wir kommen auch nicht zum Frühstück«, lauteten ihre letzten Worte.

Die beiden Mütter und Melusa winkten noch.

Die beiden Väter saßen im Salon.

»Sind Sie denn mit der Partie Ihres Sohnes zufrieden?«

»Im höchsten Masse. Mehr als das, ich finde, beide haben jeweils eine Sechs gewürfelt und sollen sich dessen bewusst sein und bleiben.«

»Vortrefflich formuliert, wir haben Sandro schon nach kurzer Zeit ins Herz geschlossen, und besonders waren wir beide von ihm angetan, so darf ich es wohl formulieren, als er uns von hier erzählt hat. Er war so frei, mir, aber eigentlich uns allen zu widersprechen, wir waren ja völlig unwissend, und das hat vor allem mich, aber auch meine Gattin, ich kann sagen, auf das Massivste beeindruckt.«

»Kein Schleimer, kein Schönredner, einer, der die Wahrheit spricht, also ein echter, wahrer Sohn seines Vaters«, schloss die zurückgekehrte Mutter nun das Gespräch ab.

Das Brautpaar hatte sich am Sonntagvormittag im Hotel nach dem Frühstück von Regis und Conrad verabschiedet und war anschließend zu seiner individuell und spontan organisierten Sightseeing-Tour durch Italien als Hochzeitsreise aufgebrochen: Verona, Venedig, Trasimenischer See, an dem sich Sandro äußerst ungerne an seinen Lateinunterricht und die Bachillerator-Klausur in diesem Fach erinnerte, Florenz, Siena und Rom. Zwischendurch hatten sie ihre Tour durch einen zusätzlichen Aufenthalt in Lucca verändert, verlängert.

Irmgard hatte ihre Mutter und Schwiegermutter, aber nicht ihre Tanten per Emails immer auf dem Laufenden gehalten: »Wir bleiben noch einen Tag länger in Rom, noch einmal auf den Palatin, noch einmal aufs Forum. Und heute Abend dann noch einmal zum Abschied zur Fontana Trevi. Morgen früh geht es dann weiter in Richtung Capri, aber langsam in Etappen. Zunächst zum Monte Cassino, wo im Zweiten Weltkrieg so viel Blut geflossen ist. Schrecklich diese Menschen. Andererseits lag ja hier auch sozusagen die Wiege des gesamten abendländischen Ordenswesens. Neapel heißt dann die nächste Station, dann Amalfi, vielleicht auch Ravello, und dann über Sorrent bis Capri. Küsse an meinen alten Herrn Papa und Mama und tausend Grüsse in die Wüste. Bleibt mir alle gesund und bleibt mir bzw. uns beiden gewogen, Eure glückliche, immer zärtlich liebende Irmgard.«

Ende März waren sie zurückgekehrt.

Nachdem das Brautpaar sich zum Hotel verabschiedet hatte, verschwanden alle kurz danach in ihre Gemächer und schliefen auch gleich ein. Es war ja auch ein langer, aufregender und kräftemäßig herausfordernder Tag gewesen. Um neun Uhr am anderen Morgen hatten Fredo und Alejandra den schon um diese Tageszeit sonnenbeschienenen Frühstückstisch auf der Terrasse fürstlich gedeckt. Nach und nach trudelten alle ein.

»Es ist doch etwas Anderes, alleine im Damenzimmer zu schlafen«, gab nun Melusa zum Besten. »Ich hoffe, unsere beiden haben auch eine Mütze Schlaf bekommen«, agte sie und grinste dabei über alle Backen. »Auf jeden Fall, möchten wir uns alle bei Ihnen beiden für diese wunderschöne Feier bedanken.«

»Das war alles topp!«

»Also gut, die Paella hätte ich besser hinbekommen, nicht wahr Schatz?«

»Sicherlich, nur nicht für hundert Personen!«

»Aber wie sieht es nun mit der kirchlichen Hochzeit aus?«

»Vom Prinzip der Gleichverteilung oder der Gleichbelastung, wie man dies auch immer nennen mag, möchte meine liebe Gattin gerne in die Schweiz auf ihr Schloss in Graubünden gehen.«

»Schwirig, schwirig, aber nicht unmöglich«, äußerte sich Alejandra.

»Aber selbst Irmgard war doch dagegen, Sandro nicht«, kam es nun von Seiten Melusas.

»Also, was auf keinen Fall in Frage kommt, ist hier unsere Kirche, weniger der Kirche wegen, als vielmehr des Geistlichen wegen. Unmöglich!«, kam es von Seiten Guennaros.

»Ja, Melusa hat uns schon Bericht erstattet. Muss ja auch nicht sein«, ergänzte die Brautmutter.

»Vielleicht sollten wir uns alle nach dem Wunsch des Brautpaares richten«, kam der Gedanke von Seiten Melusas.

»Eine gute Idee, wir beide Schatz haben uns doch auch einfach aus dem Staub gemacht und niemanden mitgenommen.«

»Das wäre am billigsten. Nur ein Scherz!«

»Vielleicht sollten wir es bei diesem Brainstorming belassen und uns dem Frühstück widmen«, fasste der Brautvater zusammen.

Neues und altes Leben

Der alte Beresa litt hochgradig an Rheumatismus und nahm deshalb das Angebot der beiden Seras, doch ein paar Tage länger in der Sonne und der Wärme zu verbleiben, dankend an. Sandro hatte ihm noch wenige Stunden vor der Hochzeitsfeier seine Tinktur gemixt und ihn darauf verwiesen, dass im Notfall des weiteren Bedarfs auch sein Vater ihm die Mixtur anrichten könnte. Wenige Tage später waren dann alle drei Beresas auf Anraten ihres Hausarztes nicht nach Barcelona, sondern direkt in ein gutes, aber auch teures Schweizer Bad weiter geflogen. »Vielleicht fahren wir anschließend an die Kur noch für ein paar Tage über den Splügenpass hinüber ins warme Italien.«

»Dann denken Sie bitte daran, dass es oben auf diesem Pass furchtbar kalt sein soll, vor allem noch auf Schweizer Seite«, richteten ihm die beiden Seras aus.

Wie schon abgesprochen, lebten die beiden nach ihrer Rückkehr und nach ihrem Umzug von Barcelona in die Wüste zunächst einmal im Gästehaus. Außerdem hatte Sandro noch sein Zimmer im Elternhaus. Anfang Mai gab es dann im Salon einen Bildernachmittag von der Hochzeitsreise. Sandro warf Dias an die Wand und beide erklärten den Eltern, wo man sich gerade befand. Nach anderthalb Stunden war Schluss.

»Ich habe noch eine Überraschung, ich war ja gestern an der Post und habe dort ein Paket abgeholt. Sandro bist Du bitte so lieb, es steht in meinem Atelier. Ein kleines Paket.«

»Natürlich, mache ich.« Und war schon unterwegs und kam nach einer Minute mit einem kleinen Paket zurück.

»So mein Schatz, jetzt habe ich auch mal eine Überraschung für Dich.«

»Für mich«, fragte Guennaro verwundert. »Seit wann habe ich im Mai Geburtstag und bis Weihnachten dauert es auch noch eine Zeit lang.«

Alejandra hatte eine Schere aus der Küche geholt. »Du hast mich damals im Mai auch mit Deinem zweiten Doktortitel beschenkt. Ich hatte damals auch keinen Geburtstag, und Weihnachten lag schon damals nicht im Mai.« Alle lachten.

Sie schnitt das Paket auf und holte zwei Exemplare der Luxusausgabe heraus, gab ihrem Gatten eins und das andere an Irmgard. »Ich dachte mir, der Trend zum Zweitbuch hält ja noch an, springen wir auch mal auf diesen Zug!« Alle lachten wiederum.

Guennaro blätterte und bedankte sich mit Tränen in den Augen bei seiner Gattin mit einer herzlichen Umarmung und einem langen Kuss: »Ich habe mich zwar ein wenig verwundert, dass ich keine Abrechnung von Dir zu lesen bekommen habe, aber ich wusste ja, dass Du alles mit dem Verlag geregelt hattest. Wunderschön, in bordeauxrot. Zwei Exemplare schicken wir an meinen ehemaligen Chef. Ist das okay, Schatz?«

»Machen wir, aber jetzt setzt Euch mal alle wieder. Ich habe noch eine viel größere Überraschung.« Sie ging ins elterliche Bad, holte eine viertel Blutdrucknottablette für ihren Gatten hervor und formulierte es so: »Für alle Fälle, wenn Du Dich zu sehr aufregen solltest. Aber ich habe Deine Million schon ausgegeben.«

Sie ging die wenigen Meter zum italienischen Mahagonischreibtisch in der Diele, fummelte in den verschiedensten kleinen, verspielt wirkenden Schublädchen herum und holte ein Briefkuvert hervor. Er saß im Sessel und schaute sie ganz verdutzt von unten herauf an. Sie übergab ihm dann den Inhalt mit den Worten: »Damit Du siehst, welch großartige erzieherische Leistung Du an mir vollbracht hast!«

Er schaute noch immer völlig verdutzt, klappte das Papier auf, ebenso den Mund, der sich immer weiter öffnete, kniete mit tränenüberströmten Gesicht vor ihren Füßen, zog ihr den rechten Schuh aus und küsste ihren Fuß. Die ebenso verdutzten Kinder waren zunächst einmal nur erleichtert, dass es dem Vater gut ging, der sich dann mit Hilfe seiner Gattin vom Boden erhob und ihnen dann das Papier überreichte.

Irmgard schrie auf vor Glück, selbst die vor dem Haus ruhenden Hunde wurden sofort hellwach und schauten durch die Tür in den Salon, ob denn auch alles in Ordnung wäre. Irmgard fiel ihrer Schwiegermutter um den Hals, küsste sie von allen Seiten ab, bedankte sich mit Tränen der Freude in ihren Augen.

»Bedank Dich bei Deinem Schwiegervater, ich habe kaum etwas dazu getan.«

Sie wischte sich die Tränen aus dem Gesicht und ging zu ihrem Schwiegervater, umarmte auch ihn, nein sie fiel ihm um den Hals und drückte ihn so fest sie konnte.

»Dieses Geschenk, das Mama euch nun gemacht hat, gilt aber nur, wenn Du lieber Sandro nach meinem Tod zu Lebezeiten Mamas auf Dein Erbe verzichtest.«

Der im Operationssaal notwendig eiskalte, erfolgsorientierte und auch -gewöhnte Sandro wusste eigentlich noch immer nicht, wie ihm geschah. »Mach ich, mach ich«, gab er wie von Sinnen von sich, noch immer das Blatt Papier in der Hand, bedankte sich nicht, sondern setzte sich zunächst einmal völlig verdattert wieder hin. Erst eine Viertelstunde später, als sich alle beruhigt hatten, fragte Sandro seinen Vater nach dem Kaufpreis.

»Ich weiß von nichts, alles Mamas Angelegenheit. Sie hat alles gemanagt. Es ist ihr Werk.«

»Unsinn, es ist Dein Geld«

»Widerspruch.«

»Gut akzeptiert, aber Du hast es verdient.«

»Und wann können wir dort einziehen«, fragte Irmgard nun, noch immer unter Tränen.

Alejandra ging noch einmal zum Schreibtisch, kam zurück, übergab Irmgard einen Schlüssel: »Ab jetzt.«

Ostern 2030 war schon vorbei, wir hatten Mitte April und es war der Frühling in die Wüste von Tabernas zurückgekehrt. Guennaro saß mal wieder oder wie immer nach dem Frühstück draußen auf der Terrasse, las Zeitung und trank Tee und rauchte wie immer kalt. Er hatte sicherlich schon eine Stunde dort gesessen, als er von Westen her eine Staubwolke sich nähern sah. Sandro kam in die Einfahrt bis nur wenige Meter zum Vater herangefahren, begrüßte und befragte ihn nach seinem gesundheitlichen Befinden.

»Deine Gifttropfen helfen sehr gut, mein herzliches Dankeschön. Sie schmecken scheußlich, ich muss mir immer einen Ruck geben und nachher kräftig schütteln, aber Mama kontrolliert jedes Mal, dass ich sie auch nehme.«

»Ja, es ist ein Spezifikum nur für dich. Und darüber dass Mama dich kontrolliert, bin ich heilfroh. Ich bringe Dir noch eine dreifache Menge mit, damit müsstest Du eigentlich so acht Wochen auskommen. Aber wenn Du etwas brauchst, ruf bitte zu Hause oder auch im Krankenhaus an, auch nachts.«

»Das hört sich ganz so an, als ob mein Sohn keine Zeit mehr hat für seinen Vater und seine Mutter«, kam es nun von Seiten Alejandras, die den Wagen gehört hatte und deshalb aus dem Arbeitszimmer hinaus auf die Terrasse getreten war.

»Hallo Mama, wie soll ich denn als Jungverheirateter Zeit haben, wenn Vater noch gerne Opa würde«, frotzelte er lustig. »Aber sicherlich wäre ich noch zu Dir reingekommen. Ich habe die nächste Woche vollen Dienst im Hospital und dazu kommt in sechs Wochen noch ein Vertreter des spanischen Zentralverbandes für Bioprodukte. Ich habe wirklich keine Zeit. Übrigens noch zu den Tropfen: Sollte Dir der Appetit ein wenig verloren gehen Papa, so ist dies zwar natürlich, aber auch nicht schlimm, dann nimmst Du sie nur zweimal am Tag, aber nie mehr als zehn auf einmal.«, sagte es, gab seiner Mutter noch einen Kuss, stürzte sich ins Auto und brauste auf und davon.

»Der arme Kerl«, kam es von Seiten des Vaters, einerseits bedauernd, es klang aber auch irgendwie nach Vorwurf.

»Du warst zeitweilig noch schlimmer, denk doch noch an die Zeit zwischen Hauskauf und Deinem zweiten Doktortitel. In den zwei Monaten warst Du zwar zu Hause, hast aber weder gekocht, noch hattest Du jemals Zeit für mich, den Kleinen oder auch für uns drei.« Obwohl es vorwurfsvoll klang, war es eher entschuldigend gemeint, sie umarmte und küsste ihn.

Kurz danach kam noch der Bürgermeister vorbei und erkundigte sich nach der Gesundheit Guennaros.

»Zum allerbesten, Herr Bürgermeister. Danke der Nachfrage.«

Dann sah der Bürgermeister auch Alejandra auf der Terrasse: »Guten Tag, Gnädige Frau Seras.«

»Guten Tag Senor Corsa.« Alejandra sah ihn genau an und schüttelte mit dem Kopf. Der Bürgermeister verstand und fing nicht wieder mit dem Thema Gesundheit an. Dafür aber Guennaro: Er verwies mit der Hand auf Herz und Brust.

»Unsympathische Schmerzen. Die wollen und wollen nicht gehen. Aber warum sind Sie denn überhaupt gekommen?«

»Ich wollte nur mal nachfragen, wie das so mit dem Haus von Fredo Jimenez klappt«, log er. »Er hatte damals ja so viel Trouble gemacht, wie das heute so hochmodern heißt. Da wollte ich jetzt einmal Bescheid wissen.«

»Sind Sie denn nicht gerade daran vorbeigefahren?«

»Ach, das Haus mit den zwei Stockwerken. Das sieht ja schon fertig aus.«

»Ist es auch. Ist es auch. Unser guter Bauunternehmer hatte keine Aufträge und deshalb viel Zeit.«

Guennaro erhob sich mit einiger Mühe von seinem Platz, ergriff seinen Stock und dann den Arm des Bürgermeisters, um sich wie er sagte, »auf die Obrigkeit zu stützen.« Und dann gingen die beiden Arm in Arm ein wenig auf dem Grundstück herum, zunächst am Poolhaus vorbei, einige Hunde kamen angerannt, ließen sich von den beiden streicheln und liefen dann einfach mal mit.

»Zunächst kam Sandro, dann der Bürgermeister, pass mal auf Schatz, da kommt heute noch einer.«

»Was wollte der Bürgermeister überhaupt von Dir?«

»Eine völlig berechtigte Frage, mein Schatz. Im Grunde hat er sich nur ganz kurz nach meiner Gesundheit erkundigt, als wenn Sandro ihn vorbeigeschickt hätte. So kam es mir zumindest vor. Und dann haben wir uns noch über die Gründung eines Rettungshauses für verwahrloste, verwaiste Kinder unterhalten.« Er setzte sich wieder auf seinen Platz auf der Terrasse, konnte sich aber eigentlich nicht auf die Lektüre der Zeitung konzentrieren. Er machte sich Gedanken vor allem über Sandro.

Auch wenn die Schmerzen nicht immer dieselben waren, mal mehr, mal weniger heftig von Guennaro empfunden wurden, oder sogar nachließen, die Ursache, der Riss von zwei Hauptnerven im linken Fuß blieb selbstverständlich bestehen. Mit Sandros Medizin fühlte er sich aber wieder besser. Die Schwellung an seinem linken Fuß verschwand, ob durch Sandros Medizin oder Alejandras Hände Arbeit, sei dahin gestellt, vielleicht auch aufgrund von beidem. Seine Lebensgeister blühten wieder auf. Er ging über das Grundstück, spielte mit den Hunden, ging wieder täglich in mehr als ausreichendem Maße schwimmen. Was ihn jedoch ganz besonders erfreute, war die schon wiedergekehrte Wärme in diesem Jahr. Abends gab es eine leckere, aber fast völlig fleischlose Linsensuppe. Er nahm seine Tropfen, Alejandra achtete darauf. So saßen sie beide im Salon, Gemütlichkeit war angesagt, dazu noch passender Malaga.

»Was war denn nun mit der Gründung des Waisenhauses?«

»Ja, es ist gut, dass Du das noch einmal ansprichst, mein Schatz, ich hätte es sicherlich vergessen. Ja, darauf hat der Bürgermeister ein wenig insistiert. Der Fall Carla mit ihrer Gesine hat wohl im Rathaus ein Fass zum Überlaufen oder einen Stein ins Rollen gebracht.«

»Heißt das, dass man ein Waisenhaus bauen lassen will?«

»Vielleicht nicht neu bauen. Zunächst nur ein altes umbauen oder renovieren. Aber so weit sind sie noch gar nicht. Er wollte sich zunächst einmal wohl nur nach meinem Wohlwollen oder nach meiner Meinung bezüglich dieses Projektes erkundigen.«

»Ob man auf Dich oder uns zählen könne, wolltest Du wohl sagen.«

»Ja so ungefähr.«

»Wo waren sie denn am Heilig Abend diese Spießer?«

Abends bekannte Sandro seiner holden Irmgard, dass der Gesundheitszustand seines Vaters ihm trotz der sicherlich zu konstatierenden Verbesserung durchaus Sorgen bereite. Er wollte eigentlich noch einmal zu Hause anrufen, doch Irmgard überzeugte ihn davon, dass es vielleicht sinnvoller wäre, da er ja noch heute Morgen dort gewesen sei, dass besser sie morgen Abend nach dem Dienst kurz zu Hause vorbeifahren würde.

Am anderen Morgen war ein ausgiebiges Frühstück angesagt, doch vorher noch wie in jugendlichen Tagen, einen halben Kilometer Schwimmen, wenn er auch an seine Bestzeiten mit seinen fast achtzig Jahren bei weitem nicht mehr herankam und für hundert Meter durchaus seine vier Minuten benötigte. Anschließend genoss er dann ein ausgiebiges Frühstück mit seinem Schatz, insgesamt ein herrlicher Morgen. Alejandra hatte schon gestern extra für ihn eine gute Hühnersuppe gekocht, unter anderem auch mit Eierstich, obwohl sie selbst diesen nie gut ab konnte. Diese Suppe tat ihm gut. Dazu noch mehrere Eier und ein herrliches Thunfischsandwich, ein paar Blättchen grüner Salat, einfach köstlich.

»Wir müssen uns jetzt essensmäßig umstellen, mein Schatz«, fing sie heute Morgen das Gespräch an.

»Inwiefern?«

»Jetzt wird morgens gut gefrühstückt und abends gibt es mengenmäßig nur noch wenig und darüber hinaus nichts Warmes und nichts fett- oder kalorienreiches mehr.«

»Auch bei Besuchen?«

»Das muss nicht sein, aber ansonsten ist es besser für Dich, ja für uns beide. Und heute Abend fangen wir damit an.«

Nachmittags um vier Uhr gingen sie beide mit ein paar Hunden nebenher zu Fredo und erkundigten sich nach dem Wohl der Familie. Die Schlafmöglichkeiten seien zu eng bzw. zu wenige brachte es Fredo ein wenig zögerlich hervor. »Warum hast Du das denn nicht früher gesagt«, kam ein zwar ehrliches, aber auch liebgemeintes Donnerwetter von Seiten Guennaros. Alejandra stieß ihn in die Seite, so dass er sofort aufhörte.

»Lieber Fredo, aber Papa«, so ihre Worte »hat dieses Mal Recht. Wir haben im Anbau unseres Gästehauses zusammen noch ein, wenn nicht sogar zwei Rohrbetten stehen, das müsste doch fürs erste reichen.«

»Na klar, mehr als das.«

»Dann kommt doch beide heute Abend zum Abendmahl vorbei und holt sie euch ab, und vielleicht finden wir auch noch Matratzen. Mal sehen«, kam es von Seiten Guennaros.

»Gerne, so um acht Uhr?«

»Ruhig ein wenig später.«

»Einverstanden, bis heute Abend.«

»Ich habe mal wieder richtig Appetit, wie wäre es mit Kalbsroulade im Nussmantel heute Abend?«, fragte er.

»Na, da bist Du ja mal wieder schnell aus Deiner Diät herausgekommen. Du Spitzbub.« Beide lachten.

»Kalbsroulade finde ich super, kannst Du denn noch so lange stehen?«

»Höchstwahrscheinlich nicht, aber erstens kann ich mich ja auch zwischendurch hinsetzen und außerdem bist Du ja auch noch da und kannst mir zur Hand gehen.«

»Na wunderbar.«

Gesagt, getan. Nach dem gemeinsamen Abendmahl zu fünft auf der Terrasse gingen sie in den doch wärmeren Salon. Der Kinderwagen mit der schlafenden Kleinen stand im Fernsehzimmer. Eine knappe halbe Stunde später kam auch Alejandra und setzte sich zu ihnen, zwei große Hunde durften auch herein.

»Klappt denn jetzt alles mit Eurem Haus, vor allem mit der Heizung?«

»Ja beides, bestens.«

»Alles bestens«, bestätigte nun auch Carla.

»Und wie geht es Ihnen jetzt gesundheitlich, aber auch psychisch?«, wandte sich Alejandra an Carla direkt.

»Das Stillen war ganz schön schlauchend, aber andererseits auch völlig befriedigend. Doch ich habe es jetzt vor einem Vierteljahr aufgegeben. Gesine hatte ihren ersten Zahn bekommen. Aber die Hauptsache ist ja erst einmal die, dass wir beide ein Dach über den Kopf haben. Und Fredo ist so etwas von fleißig. Vielen Dank für alles, was Sie beide für mich, besser uns getan haben.«

»Den Fleiß hat er von mir«, kam es nun von Guennaro. Alle lachten aus vollem Herzen. So um halb elf verließen die drei das Serassche Anwesen, bedankten sich für die Bettgestelle und das mal wieder köstliche Abendmahl.

»Vergesst es, aber schnell«, kam es jetzt von Seiten Alejandras.

»Das war ja ganz schön gemein von mir, damals Heilig Abend, oder brutal, oder wie immer Du das nun nennen magst. Manchmal bekomme ich richtig Angst vor meinem eigenen Mut.«

»Kann man wirklich auch manchmal bekommen. Da muss ich Dir Recht geben, kann man bekommen. Aber andererseits war nichts richtiger und menschlicher als diese Deine Tat. Bravo!«

»Meinst Du das ehrlich?«

»Ja vollkommen. Fredo kommt sich erst jetzt als richtiger Mann vor, vorher war und blieb er immer noch das Kind seiner Eltern.«

»Der Mensch wächst mit seinen Herausforderungen.«

»Genauso. Hast Du gesehen, wie er gestrahlt hat, als Carla ihn wegen seines Fleißes lobte. Und sie ist glücklich über eine Bleibe, vielleicht sogar ein Zuhause und vor allem über die Tatsache, dass ihr Kind noch bei ihr ist. Außerdem, mein Schatz, war dies ein wunderschöner, richtig entspannter Abend.«

Am anderen Morgen, wie immer dasselbe Procedere. Einen halben Kilometer galt es erst einmal zu schwimmen, dann ging es an das gemeinsame Frühstück.

»Hähnchen, ist Dir dies recht, mein Schatz«, lautete seine Frage.

»Auf jeden Fall, aber wir haben auch lange keine Fischsuppe mehr gegessen. Die ist leichter, wir haben ja beide gestern Abend gesündigt. Nimm lieber die Suppe.«

»Gut, gemacht. Aber dann brauchen wir noch Brot, holst Du welches, oder soll ich fahren?«

»Ich fahre schon, dann gehe ich noch kurz bei Anna vorbei. Sie sagt, sie hätte einen Auftrag für mich, ›einen Jugendstilschrank aufpolieren‹, so nannte sie es. Mal sehen.«

»Bring aber noch frisches Obst mit, bitte.«

Gesagt, getan. Alejandra fuhr ins Dorf und erledigte alles, währenddessen setzte Guennaro die Fischsuppe an, ließ sie im großen Zehn-Liter-Kochtopf aufkochen und dann zwei Stunden auf kleinster Flamme mit geschlossenem Deckel vor sich hin köcheln. Die zweite Schwimmtour von einem Kilometer schloss sich an.

Alejandra war in der Zwischenzeit, obwohl sie noch ihrem Latte Macchiato gefrönt und bei Anna vorbeigeschaut hatte, schon zurück: »Irmgard hat mir aufs Band gesprochen, sie kommt heute Abend vorbei nach ihrem Dienst, aber nur kurz. Es gibt also keinen Abendschmaus. Vielleicht wird es auch ein wenig später, je nachdem wie und wann der Dienst endet.«

»Oh schön, da freu ich mich aber sehr.«

Abends gab es dann die ganz leichte Fischsuppe mit wenigen Kräutern und dazu ein paar Scheiben Brot, mehr nicht. Irmgard brachte reinsten Bienenhonig vorbei.

»Wie nennst Du den, Tochterherz?«, fragte Alejandra.

»Wüstenzucker.«

»Mit diesem Wüstenzucker werde ich morgens ganz ausgiebig frühstücken, liebste Irmgard. Vielen Dank. Der ist vielleicht sogar besser als Süßstoff im Tee«, kam es nun ganz warmherzig von Seiten Alejandras. Irmgard verabschiedete sich ganz schnell wieder, gab aber noch kurz zu verstehen, dass sie beide an einem der nächsten freien Wochenenden kurz auf einen guten türkischen Tee vorbeischauen wollten.

»Hoffentlich ist sie nicht zu keusch«, fing er das sich an diesen Besuch anschließende abendliche Gespräch auf der Terrasse an.

»Wie bitte?«, erstaunte sie sich.

»Manchmal, in der Vergangenheit, d.h. vor der Hochzeit, erweckte sie bei mir den Eindruck genau dieses Hanges, des Hanges zum Unberührten!«

»Was hör ich denn da?«

»Ich möchte mein Enkelkind noch erleben. Ist das so schwer verständlich? Da können die Orangen doch auch mal warten oder etwa nicht. Und dann die vielen Bienenstöcke. Da muss ich ja bei Besuch Angst um mein Leben haben bei meiner allergischen Reaktion. Sie flirtet höchstwahrscheinlich mit den Bienen mehr als mit ihm.«

»Wie kommst Du, verzeih mir bitte, auf solch einen Unsinn?«

»Vielleicht ist es meine Angst. Hast Du gesehen, wie blass sie häufig war.«

»Zunächst einmal stimme ich Dir zu, was die Zeit vor der Hochzeitsreise betraf. Da war sie durchaus blass. Hast Du sie aber mal danach gesehen, sie war aufgeblüht wie ich damals nach unserer Hochzeitsreise und in der Schwangerschaft. Sie ist genauso glücklich, wie ich es damals war. Da irrst Du Dich aber gewaltig. Keuschheit. Schwachsinn, entschuldige bitte mein Schatz. Höchstwahrscheinlich, aber das geht uns gar nichts an, kann sie nicht genug von ihrem Sandro bekommen. Vielleicht ist es vielleicht eher er als sie, der nicht mehr kann.«

Am anderen Morgen hatte Guennaro seine monatlich erscheinende Landwirtschaftliche Zeitschrift auf dem Tisch liegen. Nach dem mal wieder ausgiebigen unandalusischen Frühstück blätterte er zunächst darin herum.

»Warum liest Du dieses Käseblättchen eigentlich?«

»Lass mich doch Schatz, es kostet doch praktisch nur den Transport und manchmal sind sogar ein paar nützliche Rezepte enthalten.«

»Als Argument akzeptiert, doch ist dies keine inhaltliche Antwort auf meine Frage. Na gut, ich lass Dich ja schon.« Sie gab ihm einen Kuss und verschwand ins Arbeitszimmer. Keine zehn Minuten später schrie er vor Freude so laut auf, dass Alejandra im Zimmer vor Schreck der Pinsel aus der Hand fiel. So kam sie völlig verdutzt in ihrer schmutzigen Malkleidung heraus.

»Aber vielleicht ist das eine Antwort.« Damit zeigte er ihr die Zeitung, sie las und schrie genauso vor Glück auf. »Das sind ja unsere beiden.«

»Du hast es erfasst.«

»Ihre Bioquittenmarmelade hat den ersten Preis in ganz Spanien gewonnen.«

»Der helle Wahnsinn.«

»Sie kündigen für das nächste Heft einen Bildbericht über ihre Finca an, im nächsten Heft.«

»Na prima.«

»Nein sogar eine Extrabeilage.«

»Dann brauchen sie aber eine Flagge Andalusiens. Die müssen wir ihnen noch besorgen. Ich ruf gleich mal Corsa an.«

Abends gab es dann frisch gepressten Orangensaft, Müsli mit Banane, ein kleines Schälchen Quark, mehr nicht.

»Morgen Abend gibt es dann frisches Gemüse, Kohlrabi und Radieschen, und dazu süße Weintrauben. Du musst ein wenig mehr auf Diät achten.«

Guennaro hatte sich über den Besuch Irmgards sehr gefreut. »Ich glaube, ich habe mich mal wieder mächtig geirrt in einem Menschen.«

»Wieso mein Schatz?«

»Sie stellt etwas auf die Beine, sie schafft etwas, erst die Arbeit im Hospital, dann auf der Finca, die Marmelade, der Honig, sie hat schon den Hofladen eröffnet. Bravo!«

»Und dann noch die Arbeit im Hospital.«

»Da werde ich noch ein wenig auf mein Enkelchen warten müssen.«

»Wenn Du Dich da mal nicht schon wieder irrst.«

Zwei Wochen und ein wenig mehr waren seitdem vergangen. Gesundheitlich, physisch ging es Guennaro richtig gut, er konnte gehen, schwimmen, kochen. Natürlicherweise alles langsam und mit Pausen, d.h. er brauchte dafür immer länger als das letzte Mal, aber was macht das schon. Aber er empfand auch Sehnsucht, irgendetwas bedrückte ihn, nur wusste er eigentlich nicht was. Etwas, was ihm immer eine Hauptsache war, Frieden, aber jetzt nicht einfach im Sinne von Abwesenheit von Krieg, sondern im Sinne von Gegebenheit positiver Möglichkeiten für ein Volk, eine Nation oder wen auch immer. So war er auch 1975, nach etwas mehr als einem Jahr nach seiner Entlassung, nach Ende des Vietnamkrieges schon wieder auf die Straße gegangen zu Demonstrationen, um genau darauf aufmerksam zu machen, »Das Ende des Krieges ist noch lange kein Frieden«, hatte er damals auf ein Riesenplakat geschrieben. Er hatte sich ganze Abende mit Adam und Eve über den Nahostkonflikt unterhalten und heiß diskutiert, wobei sie fast immer, abgesehen von Details, einer Meinung waren, nur nicht in der Schlussfolgerung, dass Terror als politisches Mittel erlaubt sei.

Guennaro hatte sich fast achtzig Jahre lang nichts aus Honig gemacht, man kann es auch präziser fassen, er hatte achtzig Jahre keinen Honig gemocht, jetzt musste das Glas mit dem Honig jeden Morgen auf dem Tisch stehen. »Selbst das Glas ist ein altes. Sie verwendet alte Gläser. Mein absolutes Lob!«

»Dazu dieses frische Apfelmus. Ich muss ehrlich sagen. Super. Die Frau kann etwas!«

Eine Woche später wieder beim Frühstück, nachher las er seine Zeitung. Die Polizei kam mal wieder kurz vorbei.

»Was gibt es Neues?« Beide Polizisten traten näher, Alejandra kam aus dem Arbeitszimmer heraus und begrüßte die beiden Polizisten freundlich und fragte einerseits höflich, andererseits aber auch die Antwort sicher vorher wissend: »Café solo por favor?«

»Si muchas gracias.«

»Zunächst haben wir die Nachricht erhalten von ganz oben – wir meinen von Amts wegen – dass es Ihnen gesundheitlich nicht mehr gut gehe. Wir sollten einfach mal vorbeifahren, wenn wir in der Nähe sind.«

»Ich kann und darf Ihnen mitteilen, nachdem ich mich zuvor bei Ihnen ganz herzlich bedankt habe, dass es mir dank der Medizin meines Sohnes und der heilenden Hände meiner lieben Gattin wieder besser geht, ja sogar sehr gut. Ich gehe spazieren, spiele mit den Hunden und schwimme täglich meine ein bis zwei Kilometer. Mehr kann man nicht mehr erwarten.«

»Das hört sich ja prächtig an.«

»Ja und es ist wirklich die Wahrheit. Letzte Woche hatte ich eine Nacht Schwierigkeiten mit dem Schlaf. Da bin ich dann um vier Uhr nachts noch einmal schwimmen gegangen.«

»Na dann ist ja in dem Sinne alles bestens.«

Guennaro nickte zustimmend. »Ich soll Ihnen auch die besten Genesungswünsche von Seiten meiner Frau ausrichten.«

»Ja, schön, ganz herzlichen Dank.« Alejandra war in der Zwischenzeit mit den vier Cafés herausgekommen, hatte sie auf den Tisch gestellt, und setzte sich neben ihren Gatten dazu.

»Dann ist der Anlass unseres Besuches ja Gott sei Dank schon hinfällig.«

»Sie meinen den Gesundheitszustand meines Gatten.«

»Ja, gnädige Frau. Wir hatten den Auftrag von ganz oben.«

Damit tranken sie ihren Kaffee aus und waren auch schon wieder auf und davon. Nun hatte er genügend Zeit und Muße für die neue Ausgabe und Extrabeilage seiner Landwirtschaftlichen Zeitung. Zunächst blätterte er den Bildbericht über die Biofinca seiner beiden Kinder durch. Er stand unter dem Motto: »Der aufgehende Stern der beiden Wüstenfüchse, arbol de la vida.« Schon diese Überschrift alleine warf ihn im positiven Sinne um. Dann ging es an den eigentlichen Artikel, ein Beitrag seines Sohnes:

»Unsere sieben Prinzipien stehen für eine neue, andere Art der Landwirtschaft und Lebensmittelherstellung, die wir für die einzige zukunftsfähige Methode halten, die Menschheit langfristig zu ernähren und dabei unsere natürlichen Ressourcen und Lebensgrundlagen zu erhalten. Dabei haben wir nach besten Wissen und Gewissen sieben Prinzipien entwickelt, auf denen unsere Richtlinien für Anbau, Tierhaltung und Verarbeitung basieren. Die Einhaltung lassen wir stets und unangemeldet von staatlichen Kontrollen überprüfen. Wir laden Sie ganz herzlich dazu ein, sich selbst ein Bild von der Landwirtschaft der Zukunft zu machen, in diesem Heft, im Internet oder auch direkt vor Ort. Tauchen Sie bei uns ein in unser Ideal der Landwirtschaft der Zukunft, beobachten Sie uns, wie wir als Obstbauern oder Imker im Einklang mit der Natur wirtschaften und mit welcher Sorgfalt unsere Produkte hergestellt werden. Hier unsere sieben Prinzipien:

1. Im Kreislauf der Natur wirtschaften
2. Bodenfruchtbarkeit fördern, Einhaltung der Brache
3. Tiere artgerecht halten, d.h. vor allem für genügend Auslauf sorgen und keine Verabreichung von Antibiotika
4. Erzeugung wertvoller Lebensmittel
5. Biologische Vielfalt fördern
6. Natürliche Lebensgrundlagen bewahren
7. Menschen eine lebenswerte Zukunft sichern

Das ist aber mächtig überzeugend, war Guennaros erster Gedanke, völlig überzeugend. Nicht ein Wort zu viel und nicht eine Silbe zu wenig. Außerdem ist die Flagge Andalusiens fast auf jedem Bild zu sehen. Völlig gelungen. Bravo meine Kinder. Mit dieser Haltung ging er ins Arbeitszimmer hielt die Beilage triumphierend in die Höhe und gratulierte seiner lieben Gattin.

»Jetzt kannst Du Dir auch die Frage selbst beantworten, warum es sinnvoll war, dass Du Dir die ersten neun Lebensjahre unseres Sohnes viel Zeit für ihn genommen hast. Schau Dir das an. Dann kannst Du Dir zu Recht sagen, in der Erziehung aber auch alles richtig gemacht zu haben, was man überhaupt richtig machen kann. Meinen allerherzlichsten Glückwunsch und gleichzeitig meinen allerherzlichsten Dank für diese Deine Bravourleistung. Da kommt niemand mehr mit. Du hast ein Genie sich entwickeln lassen. Du verdienst den höchsten Mutterorden des Landes, wenn es so etwas gibt.« Damit gab er ihr die Extrabeilage, küsste sie auf die Wange und ging zurück auf die Terrasse, trank seinen Tee und rauchte seine Pfeife wie immer kalt. Einige Minuten später kam sie mit der Zeitung auf die Terrasse heraus: »Ich widerspreche Dir nicht, mein Schatz. Aber eine kleine Ergänzung sei erlaubt: Auch Du hast eine Menge dazu beigetragen.« Damit gab sie ihm einen Kuss und verschwand wieder ins Arbeitszimmer.

Am ersten Sonntag in der zweiten Maihälfte kamen Irmgard und Guennaro auf einen guten türkischen Tee vorbei. Große Wiedersehensfreude auf allen Seiten, vor allen freuten sich alle Hunde die beiden wiederzusehen. Denn wenn einer von den beiden mal auftauchte, dann war er nur für einen kurzen Moment da und dann sofort wieder weg. Nun nahmen sich beide sogar Zeit für alle Hunde, worüber die sich wirklich freuten.

»Ja, Papa, Mama, welchen der Hunde wollt ihr uns denn abtreten, es geht ja jetzt um die Bewachung eines der einsamsten Häuser in Andalusien oder so ähnlich?«

»Nehmt Schiwa, sie ist mit knapp zwei Jahren die jüngste, gesündeste, kann durchaus auf uns beide älteren Semester verzichten.«

»Einverstanden. Aber bevor wir über Hunde reden, zunächst unseren herzlichen Glückwunsch zum ersten Preis für Eure, Deine Quittenmarmelade. Fantastico.«

»Und Dein Referat über Eure Biofinca. Grandios. Mehr noch, außerirdisch.«

»Und wenn das so weiter geht, apropos wie geht es denn mit Eurem, Deinem Hofladen? Wie läuft der denn?«

»Ja, noch nicht so glänzend. Es kommen immer wieder und auch immer mehr Leute vorbei, aber er liegt natürlich auch völlig abseits der Welt, eben halt am Fluss in der Wüste. Aber wir haben andererseits auch einen Anruf, eine Anfrage von einem Vier- oder Wievielsterne-Restaurant auch immer aus Almeria bekommen, die würden dann selbstverständlich auch einen Wagen schicken. Ob wir auch Preiselbeeren hätten. Selbstverständlich Bioqualität. Und wie viel sie davon bekommen könnten, wie oft, wie teuer und so weiter.«

»Klingt ja vortrefflich.«

»Ja, abwarten. Meistens ist das Interesse größer als der Geldbeutel dick ist.«

»Vortrefflich formuliert.«

»Wir waren letzte Tage mal wieder in Roquetas, ich musste turnusgemäß zu meiner Gynäkologin, Papa hat ein paar internationale Zeitungen gekauft, dann haben wir da natürlich auch gefrühstückt und sind dann anschließend noch kurz an El Ejido vorbei. Das ist ja schrecklich geworden in den letzten vierzig Jahren, ein Meer aus Plastik, unter dem Gemüse gedeiht, vor allem Tomaten. Wir haben dann angehalten und uns mit einem Besitzer unterhalten. Er teilte uns mit, dass er 160 Tonnen pro Hektar und Jahr ernten kann. Welchen Ertrag habt ihr?«, fragte nun Alejandra.

»Wenn wir 30 Tonnen haben, ist das viel, eher 25. Darüber hinaus lassen wir ca. ein Viertel pro Jahr brachliegen und diversifizieren mächtig, kommen dafür aber ohne Pestizide und jeglichen Dünger aus, verzichten auf Gülle, da die den Boden langfristig übersäuert. Wir benötigen nur Wasser und ab und zu ein wenig Humus, mehr nicht.«

»Was macht die Arbeit im Hospital.«

»Mit Moses läuft alles bestens. Prima. Aber zwei Schwestern haben sich bei ihm über mich beschwert.«

»Worüber denn?«, fragte Alejandra erstaunt.

»Ich hatte sie nach einer OP dringendst darum gebeten, stets die Werte des schlafenden Patienten zu kontrollieren. Diese Bitte war wohl ein wenig zu laut, zu unwirsch, wie auch immer. Aber sie waren bis zu diesem Zeitpunkt ja überhaupt noch keine Operationen gewöhnt. Ich glaubte, sie etwas härter anfassen zu müssen, vor allem was die Einhaltung der Hygienevorschriften betrifft. Moses hat dann alles wieder ins Lot gebracht. Ich habe mich auch entschuldigt.«

»Also alles bestens«, kam es nun von Seiten Alejandras.

»Alles gesund?«

»Ja, Gott sei Dank.« Gleichzeitig kramte Irmgard in ihrer Handtasche herum. »Wir haben noch zwei Fotos gefunden und wollten sie Euch noch zeigen. Doch wo … Ach da.« Damit übergab sie ihren Schwiegereltern zwei Ultraschallaufnahmen.

Beide Elternteile schrien vor Glück auf, fielen sich und ihren Kindern um den Hals, vor allem bei Guennaro rollten die Tränen sturzbachähnlich über die Backen.

»Siehst Du, ich hatte Recht. Du verlierst langsam Deine Menschenkenntnis«, lautete es nun von Seiten Alejandras.

»Ja, das stimmt. Ich habe sie schon verloren. Danke dafür, dass ich das noch erleben darf, eine weitere Generation, mein Gott, was bin ich glücklich.«

»Was ist es denn«, fragte Alejandra. »Man sieht nichts, wir lassen auch keine weitere Aufnahme machen und auch sonst keine weiteren Untersuchungen.«

»Gut.«

»Hauptsache gesund.«

»Und wann ist der Termin?«

»Ende dieses oder zu Beginn des nächsten Jahres.«

»Wissen Deine Eltern schon Bescheid?«

»Ja, wir haben sie vor knapp zwei Wochen angerufen. Sie waren außer sich und wollen auch noch ganz schnell vorbeikommen. Könnten Sie bei Euch im Gästehaus unterkommen?«

»Aber selbstverständlich, mehr noch, das ist doch überhaupt keine Frage. Wir freuen uns darüber. Kommen mal wieder ein paar Menschen ins Haus. Prima! Wann kommen sie denn? Gestern?« Alle lachten erfreut, glücklich und erleichtert.

»Wir haben noch eine Bitte. Ich möchte für die Geburt nicht ins Krankenhaus, es sei denn, es kommt vorher zu Komplikationen oder so etwas, was wir nicht hoffen wollen. Aber ansonsten soll es eine Hausgeburt werden. Um Deine Hilfe wäre ich sehr verlegen und dankbar. Ich habe zwar einen Notarzt geheiratet, aber der ist ja auch zufällig der Vater, ich wäre Dir sehr dankbar.«

»Aber selbstredend, ich komme, wir kommen, wie auch immer, selbst nachts um drei Uhr, und selbst Silvester, dann gehen wir mal eben nicht ins Roadhouse, wenn es nötig ist. Ihr beiden habt Vorrang.«

Guennaro, völlig sprachlos, nickte nur.

»Pate wird Melusa, sie ist nur einige Jahre älter als wir beide und deshalb von allen Verwandten die jüngste!«

Beide Elternteile nickten gutheißend. »Habt ihr schon über Namen nachgedacht?«

»Nein, Mama, noch nicht, es soll auf jeden Fall ein selten benutzter sein und auch nicht an irgendwelche Familientradition anknüpfend.«

Es war abends um neun Uhr, Guennaro hatte Alejandras Schaukelstuhl aus dem Arbeitszimmer geholt und auf die Terrasse vor dem Wohnzimmer gestellt: Die Sonne war schon untergegangen, doch das Abendrot glühte noch. Da saß er nun und überdachte sein Leben, seine tolle Kindheit, zumindest die ersten sechseinhalb Jahre, seine Blutsbrüderschaft mit Edmondo, wo findet man so etwas an Treue heute noch, seine Zeit im Internat, die Studienzeit zunächst in Madrid, dann in Granada, die Examina, die viele Arbeit, die mehr oder wenigen schlechten Ehejahre mit Jane, die Karriere danach in Granada und die wahre Liebe zu Alejandra, die Geburt ihres Sohnes Sandro. Und an ihn dachte er jetzt besonders, in etwas mehr als einem Monat wird er dreißig Jahre alt, doch ging es ihm hierbei nicht um Geschenke, über die er nachdachte, sondern darum, dass Sandro im Gegensatz zu ihm viel mehr richtig gemacht hatte: Er hatte sich richtig entschieden im Gegensatz zu ihm selbst: Frau, Ehe, Familie und die Orientierung an dem, was wichtig ist, Liebe. Er schrieb manches auf einen Block, alles war ruhig, kein Wind und nur wenige Lichter draußen in der Wüste. Als Alejandra zurückkam, sagte er nur, dass sie morgen unbedingt Holz für den Kamin holen müsse. Sie bestätigte dies nur, umarmte ihn, gab ihm einen Kuss und verschwand nach ihrem Sporttanz zunächst unter der Dusche.

»Soll ich uns einen Wein holen?«

»Ich bitte sehr darum!«

»Wir könnten uns aber heute Abend auf meinen Lieblingsplatz im Westen setzen, dann können wir noch ein wenig Musik zusammen hören.«

»Herausragende Idee.«

Zunächst legte er die Beatles auf, dann die Stones und dann erst einmal Old Scottie: »If you're going to Tabernas, be sure to wear flowers in your hair«. Er sang mal wieder wie an seinem ersten Lebenstag, querbeet. Doch wurde es dann allmählich und trotz Pullover und heißer Musik draußen zu kalt und so zogen sich beide auf die Couch vor dem Kamin zurück.

»Medizin, es ist gut, dass er Medizin studiert und abgeschlossen hat und auch erfolgreich war. Diese seine Entscheidung war genauso richtig wie meine damals mit Philosophie.«

»Ja, mein Schatz, aber wie kommst Du jetzt darauf. Du bist ja ganz aufgeregt.«

»Ja, ich finde es gut, dass er alles richtig gemacht hat im Gegensatz zu mir selbst.«

»Und dann bist Du ja auch noch Opa geworden.«

»Genau.« Er nahm noch einen großen Schluck Malaga. »Morgen hole ich den Tee und den Stollen aus Deutschland von der Post ab.«

»Sehr gut. Hast Du auch türkischen bestellt.«

»Du stellst manchmal Fragen. Was hast Du denn heute den ganzen Tag getrunken?«

»Ach, das war türkischer Tee, gut.« Alejandra war ein wenig verwirrt, wusste nicht so ganz mit dem Gespräch etwas anzufangen. »Du hast also über Sandro nachgedacht, hast Du auch einmal an ein Geschenk zu seinem dreißigsten nachgedacht?«

»Ja, nein, eigentlich nein, ich habe über mich nachgedacht, über Sandro, aber nicht über ein Geschenk. Aber wenn Du mich so fragst. Vielleicht folgender Vorschlag: Wir schenken ihnen einen Urlaub für 2 Wochen z. B. Marokko, kann aber auch ganz wo anders sein.«

»Sie werden ablehnen, weil sie Carla nicht abgeben wollen.«

»Mitnehmen geht nicht oder?«

»An und für sich schon, warum nicht, doch glaube ich nicht daran, dass sie sich darüber freuen würden. Sie fühlen sich auf ihrer Finca so wohl, wenn ich an die Drei denke, fällt mir nur Frieden und Liebe ein.«

»Sicherlich, deshalb bin ich auch so glücklich und zufrieden. Mir fällt auch Freiheit ein, besonders bei ihm, die Entscheidung aus einer Arztkarriere, eventuell internationalen Zuschnitts, auszusteigen und in die Führung einer Biofinca mitten in der Wüste einzusteigen. Mein Gott Immanuel.«

»Na gut, finanziell sind sie viermal abgesichert. Sie arbeitet halbtags bzw. stundenweise im Krankenhaus, er dasselbe. Also finanziell geht es den beiden blendend.«

»Ja gut, dass Du das jetzt ansprichst. Blöde Fahrerei. Was hältst Du denn dann davon, dass wir den beiden ein Wüstenfahrzeug schenken, so wie das alte von Fredo.«

»Die alte Karre. Das ist doch wohl nicht dein Ernst.«

»Wie, natürlich neu, nicht gebraucht.«

»Das ist gut.«

»Du fährst ja sowieso morgen früh bei Eve vorbei, frag doch mal nach, ob Adam uns beim Kauf helfen könnte. Er kennt sich da dreißig Mal besser aus als wir.«

»Mach ich, ist doch klar.«

»Und zu Weihnachten schenken wir Irmgard ein Reitpferd. Dann haben beide eins. Auch da kannst Du morgen bei Eve nachfragen.«

»Mein Gott, wie schnell Du immer zu so großartigen Ideen kommst.«

»Und vielleicht fragst Du morgen an bei meinem Verlag, ob mal nach dem sechsten Januar eine Lektorin und auch gleichzeitig Übersetzerin für ein paar Wochen vorbeischauen kann, ich muss meine gesamten Schriften ordnen. Das muss endlich fertig werden.«

»Mein Gott ist der Wein gut.«

»Der ist vor einigen Wochen achtzig Jahre alt geworden.«

»Dann wird er aber mächtig teuer sein. Ist das noch immer der aus Manilva.«

»Na klar, nur der nächste fünfzig Liter-Korb.«

»Ja aber mächtig teuer ist er. Wie viel?«, fragte sie etwas erregt. »Nicht ganz fünftausend Euro.«

»Jesus, bist Du verrückt und wir beide trinken hier heute Abend eine Flasche davon. Das sind ja dann hundert Euro.«

»Na und? Ich möchte übrigens noch einmal kurz nach Madrid, kurz über Plaza del Callao, durch den Parque del Buen Retiro und noch einmal ins Café Gijon. Wir können uns ein gutes Hotel nehmen und anschließend zum Elternhaus und in Brunete vorbei.«

»Das ist aber seltsam. Du nach Madrid, das passt so gut zueinander wie Elefant und Mauseloch oder noch besser Elefant und Billardtisch. Was willst Du denn dort?«

»Sehr schön, da hast Du völlig Recht mit Deinem Vergleich. Aber ich möchte alles noch mal sehen, nur die Örtlichkeiten, die Lokalitäten. Ich stehe da völlig drüber. Keine Angst.«

»Gut, gut, nehme ich Dir sofort ab, und wann?«

»Na möglichst bald. Nächste Woche oder vielleicht noch diese. Schau einfach mal im Internet nach oder beauftrage Irmgard. Die kann das besser als wir, zumindest als ich.«

»Ich werd verrückt, Papa geht nach Madrid. Ich hätte behauptet, eher geht der liebe Gott in ein Bordell. Aber ich finde es prima, ehrlich, primissimo oder so ähnlich.«

Beide lachten noch eine Weile zusammen und waren glücklich. Dann gingen sie zu Bett. Er streckte sich mit schlaffem Behagen der Länge nach unter die Bettdecke, strich ihr über ihr golden-seidiges Haar, gewellt wie ein Marderfell, ließ dann seine Hand auf ihren Kopf ruhen, lag ganz still, seine Wange an ihrer Schulter. Es war das wollüstige Gefühl des Hinübergleitens.

Das gestrige Gespräch ging Alejandra auch am anderen Morgen nicht aus dem Kopf. Ihr Mann war irgendwie nicht bei der Sache oder so ähnlich, aufgeregt, nicht konzentriert. Genau konnte sie es eigentlich nicht formulieren. Er war auch sehr erregt und das völlig ohne Grund, hatte auch einen hohen Blutdruck, doch mit Hilfe einer viertel Nottablette war alles verflogen. Doch wie gesagt, die Art und Weise des gestrigen Abends ging ihr nicht aus dem Kopf. Sie hatten noch zusammen gefrühstückt und manche Tagesdetails gesprochen.

»Denkst Du bitte an alles.«

»Na klar, Holz von der Tanke, dann zu Adam und Eve, zwei Punkte, Reitpferd für Irmgard und Jeep bzw. Pick up für die beiden in der Wüste. Sonst noch was?«

»Nein, nein alles bestens. Aber denke bitte noch an Biotomaten und bring auch noch ein paar Biozwiebeln und auch Obst mit. Ich rufe selbst im Verlag an.«

So fuhr sie dann davon, hatte aber noch immer ein ungutes Gefühl. Noch vor einigen Tagen hatte er über starke Schmerzen in der Brust geklagt, der linke Arm täte ihm auch weh, das linke Handgelenk auch, und Alejandra hatte ihn angefleht, sie jetzt nicht alleine zu lassen. Es wird dann ganz schnell kommen, war sein Spruch gewesen und nun war es denn soweit im November 2031, ein knappes Jahr nach ihrem dreißigsten Hochzeitstag und nur wenige Monate nach seinem achtzigsten Geburtstag. In den letzten Monaten war es steil mit ihm bergab gegangen. Er hatte keinen Geschmack mehr, den türkischen Tee hatte er nicht mehr herausgeschmeckt, konnte nicht mehr kochen, sein Schwimmen blieb auf wenige Züge beschränkt, sein Körper war, obwohl er kaum noch etwas aß, unnatürlich aufgedunsen. Er war auch nicht mehr dazu in der Lage, ihn noch vollständig zu kontrollieren. Inkontinenz war sein Zustand.

Sie war zur Tanke, zu Adam und Eve und ins Dorf gefahren, um einige Alltäglichkeiten einzukaufen. Sie wollte noch möglichst selbständig sein und nicht immer Fredo für allerlei Kleinigkeiten anrufen. »Vielleicht wäre es heute besser gewesen, er wäre gefahren und ich zu Hause geblieben«, war ihr Gedankengang. Sie hatte ein ungutes Gefühl, als sie losfuhr und eine gewisse Unruhe blieb auch während der nötigen Erledigungen.

Dann kam sie zurück, fuhr die Einfahrt hinauf und sah alle Hunde auf der Terrasse. Sie heulten in einem fort, gebärdeten sich wie verrückt und wollten ins Arbeitszimmer. Ihr schwante Böses, sie rannte auf die Terrasse, bahnte sich einen Weg durch die Hundemeute und nun fand sie seinen leblosen Körper unterhalb des Schreibtisches. Sie schloss ihm die Augen. Der Rechner lief noch.

Seine letzten Zeilen lauteten: NON SCRIBENS SED COGITANS MORTUUS EST. Nächste Zeile darunter: Dr. Dr. Guennaro Seras 7.8.1951 bis 9.11.2031. Und am unteren Rand stand noch zu lesen: Corpus mortuum incendio deletus cinisque in regio deserta spargetus est. Hic erat semper felix.

Auf einem Zettel stand noch: »Bitte verzeih mir mein Schatz, dass ich jetzt nicht mehr weiter kann. Wir werden jetzt nicht nach Madrid fahren können, aber ich werde immer bei Dir sein, wohin Du auch gehst. Du musst jetzt sehr tapfer sein, Tu Deine Pflicht!«

Selbst die Hunde spürten die Situation, gaben keinen einzigen Laut mehr von sich und trollten sich von dannen. Alejandra rief ihren Sohn an, der nun sofort kommen und dann auch alles erledigen wollte. Die Polizei war innerhalb von wenigen Minuten gekommen, eine Obduktion war nicht nötig, der Arzt des kleinen städtischen Hospitals, Dr. Moses, kannte den Toten ja zwanzig Jahre lang und hatte schon alle Papiere ausgefüllt. Dann begrüßte er Sandro, seinen Arzt im Krankenhaus, drückte ihm sein Beileid aus und betonte, dass er jetzt für die nächste Woche erst einmal frei erhalte. Schließlich war er ja der Chef und konnte so etwas auch einfach und unbürokratisch regeln. Sandro bedankte sich und stimmte allem zu.

»Sein Körper hat ihn einfach im Stich gelassen Mama«, sagte er.

»Das ist ja auch kein Wunder nach dem Leben«, ergänzte ihn sein Chef.

Alejandra nickte mit dem Kopf: »Sein Magen konnte zeitweilig das Essen nicht mehr behalten, ab und zu spuckte er auch ein wenig Blut. Als ihm einmal ein Blutklumpen über das Kinn rutschte, meinte er nur noch: ›Ich glaube, ich muss jetzt gehen.‹ Ich schrie ihn an, mich nicht im Stich zu lassen, worauf er antwortete: ›Es kommt jetzt ganz schnell.‹«

Danach reichte sie den noch von Guennaro geschriebenen Zettel an ihren Sohn weiter und fragte ihn: »Was meint er damit? Sicherlich bin ich noch da, aber wofür? Ohne ihn? Welche Pflicht? Und wofür?«

Zunächst einmal nahm Sandro seine Mutter in den Arm. Der Rechtsanwalt der Familie kam mit seinem Amtswagen, nicht seiner Privatkarosse, ebenso der Bürgermeister, Roberto Corsa. Die beiden verabredeten sich noch für den Mittag, denn es musste ja nun Vieles geklärt und erledigt werden. Wer sollte ein Telegramm nach Madrid, nach Malaga, nach Granada schicken? Vor allem wie lautete der Wille des Verstorbenen? Fragen über Fragen. Wir erledigen alles für Sie, Senora Alejandra, lautete der ehrlich gemeinte Satz der beiden.

In diesem Moment kam Fredo ins Haus. Er hatte selbstverständlich den regen Verkehr zum Hause Seras mitbekommen und war nun hinterher gefahren. Als er in Alejandras und Sandros Augen die Tränen sah, grüßte er nur höflich und lautlos mit einem Kopfnicken, ging weiter ins Schlafzimmer des Ehepaares, kniete sich vor dem nun auf dem Bett ruhenden Leichnam nieder, nahm die Hand Guennaros, legte seinen Kopf darauf und schluchzte wie ein kleines Kind: »Sie waren bei jeder Gelegenheit besser zu mir als es mein Vater einmal war. Sie waren mein eigentlicher Vater. Padre mio.«

Die beiden, Rechtsanwalt und Bürgermeister, trafen sich in der Taperia Fuente: »Guennaro war noch wohl in weiser Voraussicht vorletzte Woche bei mir und hat alles mit mir besprochen. Das Erbe ist geregelt und auch von Senora Alejandra und auch dem Sohn Sandro unterschrieben, damit auch alles seine Gültigkeit hatte.«

»Das ist ja schon einmal bestens. Aber wie sieht es nun mit dem Procedere aus?«

»Ja auch damit ist alles geregelt. Er will einen ganz einfachen Sarg, er sprach von Primitivität, und eine Flagge Andalusiens, die mit ihm verbrannt werden soll und zwar in einem Tierkrematorium. Die Asche soll auf seinem Grundstück verstreut werden. Das Schicksal der Urne hat er völlig offen gelassen. Ihr Schicksal ist in Senoras Hand gelegt. Die Trauerfeier ist für den engsten Familienkreis vorgesehen.«

»Geht nicht, geht nicht. Auf keinen Fall. Von Malaga, zumindest aber der Uni werden Sie in Heerscharen kommen wollen.«

»Wir müssen sie alle auf jeden Fall informieren, aber können wir nicht die eigentliche Aktion im kleinen Kreis von statten gehen lassen, vor allem mit Rücksicht auch auf Senora?«

»Wie soll denn das aussehen, wie wollen Sie das organisieren?«

»Nun ich denke mir es so: Die Verbrennungs- und Verstreuungsaktion kann und sollte im kleinen Familienkreis stattfinden. Am besten am Morgen. Abends dann die offizielle Urnenbeisetzung auf dem Friedhof, dann sind meines Erachtens alle Wünsche einigermaßen erfüllt.«

»Ihr Rechtsanwälte findet aber auch immer einen Ausweg. Erscheint mir dennoch plausibel, sinnvoll. Wir müssen uns aber vor allem um Senora kümmern. Sie machte mir überhaupt keinen guten Eindruck vorhin.«

»Was erwartest Du. Die beiden haben mehr als dreißig Jahre glücklich zusammen gelebt, verheiratet waren sie fast genauso lange. Wo findet man so etwas heute noch.«

»Ja, ja, na klar. Ich weiß und gerade deshalb. Sie braucht jetzt Hilfe von jedermann.«

»Ich werde gleich meine Sekretärin anrufen, dann können wir beide heute Nachmittag uns zusammen setzen und die Liste der zu informierenden Personen abarbeiten. Aber bis dahin könntest Du ja schon einmal eine Grabstelle aussuchen. Für diese Veranstaltung hat mir Guennaro zwanzigtausend Euro eingezahlt, damit Senora damit nicht noch behelligt werden muss.«

»Woran der Mann nicht alles gedacht hat.«

Iago saß in seiner Kanzlei, hatte soweit schon Vieles vorbereitet noch bevor seine Sekretärin Anna gegen siebzehn Uhr eintraf. »Schön dass Sie sich frei machen konnten.«

»Das ist doch selbstverständlich. Selbst mein Gatte, an und für sich die Ruhe in Person, ist völlig verzweifelt, völlig von Sinnen hat er mit seiner Faust zig mal auf den Tisch geschlagen, als wenn er sie brechen wollte. Die beiden haben öfter im Jahr mal den ein oder anderen Schluck mit einander geteilt.«

»Ihr Mann und Guennaro?«, fragte er ungläubig zurück.

»Ja, ja so war er, nicht der König in Madrid war ihm wichtig oder die Regierung in Malaga, sondern sein Tischler. Mein Mann hat den beiden vor zwanzig Jahren ein neues Ehebett nach ihrem Geschmack und nach medizinischen Gesichtspunkten gezimmert und die beiden waren so begeistert, ja glücklich, als wenn sie vorher keins gehabt hätten. Noch vorige Woche, oder kurz davor, ja genau, als er doch hier war, ist er nachher, nachdem alles geklärt war, zu uns gekommen und hat eine Flasche Sangria mit uns geleert. Er war ein Dichter des einfachen Volkes, nicht der hohen Herren!«

»Und genau dies gilt es nun alles zu berücksichtigen.«

In diesem Moment war auch der Bürgermeister eingetreten: »Die Grabstelle ist ausgesucht, sie ist frei. Ich habe schon mit dem Krematorium gesprochen. Die Verbrennung kann am Freitagmorgen über die Bühne gehen. Das ist alles geregelt.«

»Dann lassen Sie uns jetzt einmal die Liste abarbeiten.«

Alle öffentlichen Gebäude hatten Halbmast geflaggt, alle Schulen und Universitäten in Andalusien blieben an diesem Tag geschlossen, obwohl dies mit Sicherheit nicht im Interesse Guennaros lag, Minister, Gelehrte, Handwerker und das einfache Volk alles folgte der Urne. Das Volk an der Straße hob die Kinder hoch und rief: »Ein wahrer Heiliger!« Die Liebe des Volkes sprach ihn heilig. Er hatte nicht nur für sich und seine Familie gelebt, sondern auch für seine Arbeit und die Armen im Dorf. Vieles was in diesen Tagen ablief, war nicht in seinem Interesse, doch konnte er sich ja nicht mehr wehren. Und das meistgebrauchte Wort war Freiheit. Guennaro wäre Liebe vielleicht wichtiger gewesen. Alejandra hatte sich mit dem Bürgermeister Corsa zu einem gütigen Arrangement zusammen gerauft: Ihr Mann konnte so »beerdigt« werden wie er wollte, doch sollte die anschließend leere Urne abends auf dem Städtischen Friedhof in einem Grab deponiert werden. Außerdem musste sie einem Denkmal mit dem Namen und den Daten ihres Gatten zustimmen. Wichtig war ihr, dass er aber dort ausgestreut wurde, wo er gelebt, geliebt, gekocht und gearbeitet hatte, in der Wüste auf seinem Grundstück zwischen Backofen und Pool.

Obwohl der Hausarzt der Beresas das Fernbleiben vom Begräbnis aus Gesundheitsgründen dringend gewünscht hatte, konnte den alten Grafen nichts daran hindern, sofort mit Gattin und Melusa in den nächsten Flieger nach Almeria aufzubrechen.

»Wissen Sie eigentlich, wer gestorben ist? Wenn wir solch einen Dichter und Denker in Katalonien hätten, wären wir mit der Unabhängigkeit schon durch!«, gab er seinem Hausarzt sehr deutlich zu verstehen. Irmgard konnte sie vom Flughafen abholen. Ebenso waren Regis und Conrad gekommen und hatten sich zwei Hotelzimmer genommen. Es kamen ganz einfache Bauern, der Rechtsanwalt und der Bürgermeister. Auf dem Friedhof stand abends alles Kopf an Kopf, er war völlig überfüllt.

»Hochgeehrte Trauergemeinde!

Frau Seras hat mich gebeten, die Trauerrede zu halten. Ja, ich hatte das Glück, ihn meinen Freund nennen zu dürfen. Und von allen Lebenden bin ich derjenige, der ihn am längsten kannte, seit Oktober 1971. Ich betone dies, weil es vor den schlimmen Ereignissen des Jahres 1972 lag. Ich kannte ihn also schon vor seinem Martyrium!

Er gehörte zu unserer stolzen Generation, die das Jahrzehnt bis 1971 trotz aller bewusst gesetzter Hindernisse und Grenzen politisch, weltanschaulich und musikalisch bewusst erlebte und aufgrund dieses historischen Erlebnis- und Erfahrungshorizontes zu Männern und Frauen des radikalen linken Flügels avancierte, Männer und Frauen, die die Kraft besaßen, ihre Gesinnung, ihre Ideale über den Thermidor des Jahres 1972 hinweg zu retten. Ihre politische Enttäuschung beginnt nicht sofort mit diesem Jahr, sondern mit der Zeit nach dem Tod des Diktators. Hat das Volk wirklich sein Schicksal gewechselt oder nur seine Ketten?, könnte man mit Robespierre fragen. Es wollte nicht frei sein, es verstand noch nichts von Freiheit.

Er blieb Zeit seines Lebens ein Revolutionär, konvertierte nicht und ging gleich einem Prometheus, dem ersten Rebell gegen das Geschick, ein Jahr nach seiner Entlassung schon wieder auf die Straße. ›Ihr sollt mich kennenlernen‹ war seine Devise. Dies genau ist die jakobinische Tradition. Hätte er damals gelebt, sein Veränderungswille hätte ihn für die Bergpartei prädestiniert, nämlich ›den Willen der Natur zu erfüllen, die Bestimmung der Menschheit Wirklichkeit werden zu lassen, die Versprechungen der Philosophie einzulösen‹, um noch einmal Robespierre zu zitieren.

Nichts war für ihn charakteristischer als seine Fähigkeit, die regressiven, resignativen Anwandlungen, die jeden von uns überfallen, in seinem Denken, in seiner Philosophie zu überwinden. Er verleugnet nichts, doch gilt ihm die Disziplin des Fertigwerdens mit seinen Erlebnissen. Das ist die Kultur des Revolutionärs. Welcher seelischen Qualitäten es bedurfte, um auf seiner politisch-weltanschaulichen Position auszuhalten, können wir Hinterbliebene wirklich nicht ermessen.

Die erste subjektive Bedingung revolutionären Verhaltens ist also die Selbstbehauptung des Ichs, sich durch die Peripetien des äußeren und inneren Schicksals hindurch die Autonomie zu bewahren. Der zweite Grundzug des revolutionären Charakters war seine herausfordernde Aktivität, sein Wille zur Veränderung des Menschen und der Zustände, sein fester Glaube an die Bestimmbarkeit des Objekts durch das Subjekt, der Umstände durch den Menschen.

Zweifellos hat Hegel das Problem des Schicksals, das Problem der Vermittlung von Freiheit und Notwendigkeit im gesellschaftlichen Lebens- und Lernprozess der Individuen äußerst differenziert, theoretisch überzeugend und vor allem realistisch gelöst, als er den Wert auf die Abhängigkeit des Menschen von den Umständen legte und die Hinnahme, die ›Versöhnung des Objekts‹ auf dem höchstmöglichen Erkenntnisniveau zur Freiheitsdefinition erhob. Hegel hatte die Illusion fallen gelassen, seine Absage an jedes utopische Element hängt untrennbar mit seiner konservativen Position zusammen, die er bezogen hatte.

In Guennaros Augen hatte die gesamte Hegelsche Position keine Affinität zur Kategorie der Freiheit, die mit dem Geiste der Anbetung von Realitäten unvereinbar ist. Er verabsolutierte das grenzüberschreitende Wesen des Menschen. Sein Denken war unbesiegbar von Enttäuschungen, unbestechlich durch halbe Befriedigungen, unzugänglich für jede Korruption und Verführungskunst. Er lebte an ihnen vorbei, ohne davor zu kapitulieren. Sein Beispiel beweist, dass die Arbeit des Bewusstseins nicht im Geiste der Hinnahme, des falschen Positivismus geschehen muss. Sein Werk straft alle lügen, die Apologeten des Kapitalismus, die Apostel der Prosperität, die Wachstumsfetischisten, die Methodenlehrer des Erfolgsverhaltens, die philosophischen Schergen des Status quo mit ihren schnellen, glatten Theorien, dass das Bestehende auch vernünftig ist.

Ja, er benötigte Hilfe, um alles bewusst und gesund zu überstehen: Beethovens Neunte und nicht dessen Missa bildete den Schutzwall gegen die Verzweiflung. Sie gesteht auch offen ihren utopischen Charakter ein, denn in ihr wird nicht gerechtere Herrschaft antizipiert, sondern geistiger Widerstand, Befreiung: ›Oh Freunde, nicht diese Töne ...‹ Schillers Ode war ihm lebenslängliche Devise, drückte seine Sehnsucht aus nach dem Reich der Brüderlichkeit, der Freiheit. Und das Leben, das man zu führen hat, ist der wissende Kampf um genau diese Freiheit. Auch Beethovens Fünfte spendete ihm Energie für diesen Kampf um die humanistische Umgestaltung des Daseins. Er brauchte das Finale derselben, weil für ihn der kategorische Imperativ der Geschichte galt, alle Verhältnisse umzuwerfen, in denen der Mensch ein erniedrigtes, geknechtetes, verlassenes, verächtliches Wesen ist. Auch die Siebte Sinfonie war ihm Strom, Elektrizität, rief ihn ›Auf zum letzten Gefecht‹.

Doch was hatte er uns nach 2016 noch zu sagen? Und dann dieses Werk! Eros und nirgends die kalte, dünne Luft eines egozentrischen Altersabstandes vom Leben, keine Stilisierung des Erfahrenen, sondern der Hammer, das Bekenntnis zum Leben. Er ist nicht von der Welt abgetrennt, will noch nach Madrid, um dort noch einmal zu demonstrieren: ›Seht her, ich habe alle Schmerzen willig ertragen und damit meine Pflicht getan!‹, will noch seine Schriften in Ordnung bringen, freut sich quasi göttlich, endlich Großvater geworden zu sein, gleichsam Schneeglöckchen, die den Weg zum Frühling deuten. Am Ende steht eine selbstgewisse Heiterkeit, Gelöstheit, eine unpathetische Öffnung, die ihn mit den Worten des für ihn größten Komponisten fragen lässt: ›Muss es sein?‹

Lieber Guennaro! Dein Denken war die bewusste Negation des Elends. Es gehört für immer denen, die um den nächsten Fortschritt im menschlichen Dasein kämpfen. Die Revolution geht weiter!«

Er war ein Mann mit Herz. Und dies wussten vor allem die einfachen Leute zu würdigen: Fredo mit Carla und der kleinen Gesine, die ihrer weinenden Mutter und dem völlig verheulten Fredo immer nur unverständlich, fragend ins Gesicht sah. Die beiden Jimenez. Es war zwar sonnig, aber auch schon eiskalt. Sogar Pepe, der Schäfer, dem die beiden Seras mit ihren Hunden einen Nachmittag geholfen hatten, die Herde zusammen zu halten, stand an der Friedhofsmauer. Vielleicht hätte Guennaro sich über dessen Begleitung am meisten gefreut.

Irgendwann hatte sich der Friedhof geleert. Melusa war mit den beiden, Regis und Conrad, zum Serasschen Anwesen zurückgefahren. Die Mutter hatte sich um ihren Gatten gekümmert. Sarah hatte zwei Küchenhilfen abgeordnet, die im Anwesen für den Imbiss Sorge getragen hatten.

Heute, knapp zwei Jahre später, war das Wetter recht angenehm, ein wenig bedeckt, bei weitem keine 30 Grad Celsius mehr, und so war Alejandra am späten Vormittag zur Stadt aufgebrochen, um ein paar Kleinigkeiten einzukaufen und dann auf dem Rückweg zum Grab zu gehen. Sie vermisste ihn sehr, wobei es nicht um Geld ging, schließlich erhielt sie eine sehr üppige Pension und es war eine Menge Geld auf dem Konto, noch um die Lösung von Organisationsproblemen.

Guennaro hatte in den letzten Jahren durchaus in weiser Voraussicht sie immer mehr an Organisationskram übernehmen lassen. Es war die Tatsache, dass er nicht mehr auf der Terrasse saß, seine Pfeife in der Hand hielt, seinen Tee trank, die Zeitung las, alles Gewohnte und durchaus Positive war nicht mehr gegeben. So hatte sie mit Ausnahme von ein paar Einwohnern des Dorfes, ihrer Schwester und natürlich Fredo keinen Ansprechpartner. Sandro und Irmgard waren zwar mehr als ganz in der Nähe, doch auch sie hatten ja alle Hände voll zu tun. Für ihre mehr als siebenundsechzig Jahre war sie sehr gut zu Fuß, meistens fuhr sie mit dem Fahrrad ins Dorf, so auch heute und stand nun gedankenversunken vor dem mehr oder weniger leeren Grab, hielt den Kopf leicht gesunken, hatte auch noch keine Grabpflege getätigt, als sie zwei starke Arme um ihre Schultern gelegt fühlte. Instinktiv riss sie den Kopf nach oben und herum und schaute erstaunt, aber auch erleichtert in die leuchtenden blauen Augen Fredos.

»Senora Alejandra, wir müssen hier weg, hier können Sie nicht bleiben«, waren seine bittenden, nein um alles in der Welt flehenden Worte. Er legte das Fahrrad hinten auf die Ladefläche seines uralten Pick-up, bewegte sie zum Ausgang, als wenn sie nicht alleine hätte gehen können, aber andererseits spürte sie, dass er es wie immer in den letzten fünfzehn Jahren gut meinte. »Bitte kommen Sie, bitte.« Er flehte sie an, sie wollte noch etwas sagen, doch er zerrte sie fast zum Auto.

Innen ließ Alejandra es sich aber nicht nehmen, zumindest mal nachzufragen: »Was ist denn überhaupt los, liebster Pedro?«

Pedro hatte nur Augen für die Straße, den Verkehr: »Gleich, gleich, lassen Sie uns zunächst aus der Stadt heraus sein. Dann sofort.«

»Okay, aber wohin fahren wir denn?«

»Zu Ihrem Sohn, zu Ihrer Schwiegertochter und zu Ihrem Enkel.«

Besorgt: »Ist was passiert?«

»Nein, nein Senora, Sie können ganz beruhigt sein, alles in bester Ordnung, alles gesund, alles wohl auf. Ich habe noch fünf Minuten bevor ich Sie vom Friedhof abgeholt habe mit ihrer Schwiegertochter telefoniert und ihre Ankunft avisiert. Es ist alles okay. Sandro war auf dem Feld bei der Arbeit. Sie ist aber nach unserem Telefonat sofort los, um ihn zu holen. Sie war vor Freude ganz außer sich, dass Sie kommen.«

»Aber nun sind wir ja aus dem Dorf raus. Lieber Fredo, jetzt sage mir doch endlich was los ist, bitte. Etwa noch ein Enkelkind für mich?«

»Nein, damit kann ich leider nicht dienen. Vielmehr dient dies alles nur Ihrer eigenen Sicherheit und vor allem Ihrer Ruhe! Dies ist die ganze Wahrheit.«

Sie verstand zwar nicht, konnte auch bisher nicht verstehen, doch gab sie sich zunächst zufrieden. So fuhren die beiden zunächst die bekannte Strecke zur Autobahn, jedoch musste jeder objektive Beobachter konstatieren, dass Pedro einerseits schnell, höchst konzentriert, aber auch nervös fuhr. Seine Augen schnellten von rechts nach links, von oben nach unten und wieder zurück, sie schienen überall gleichzeitig sein zu wollen. Auf der Autobahn raste er nach Norden bis Gergal und von da aus dann durch die Wüste bis zur Biofarm ihrer Kinder.

»Sobald wir bei Ihrem Sohn angelangt sind, springen Sie schnell aus dem Auto und ab ins Haus, nehmen Sie auf keinen Fall Rücksicht auf irgendjemanden, der vor der Tür stehen sollte. Hören Sie bitte, sofort ins Haus. Ihre Familie wird Sie dann über das erfreuliche Ereignis informieren.«

So waren sie dann nur noch ein paar Minuten von der Biofinca ihrer Kinder entfernt.

»Ich kümmere mich um alles, Pool, Hunde, Tiere, lass die Putzfrau kommen usw. Ich bleibe auch im Haus. Ich habe schon alles mit ihrer Schwiegertochter und auch mit Carla besprochen. Auch die beiden halten dies für die beste Lösung. Machen Sie sich bitte keine Sorgen um das Haus. Und wenn Sie können und Lust dazu haben, können Sie ja morgen im Laufe des Tages mit ihrem Sohn, ihrer Schwiegertochter und der Enkelin den Friedhof besuchen. Da werden Sie dann aber staunen, meine Mutter sagte, ich soll Ihnen auf jeden Fall auch von ihr ihren allerherzlichsten Glückwunsch ausdrücken. Sie hatte Begriffe wie phänomenal, außerirdisch oder so ähnlich. Ihnen werden die Augen herausfallen. Und ich schätze, dass sie damit noch untertrieben hat.«

Während er dies sagte, schaute sie ihn an und sah, dass diesem Kerl von Mann die Tränen über die Wangen flossen wie ein Sturzbach. Er stoppte den Wagen abrupt.

»Es steht ja keiner vor dem Tor.«

»Na, Gott sei Dank, habe ich auch einmal etwas ordentlich hinbekommen. Da kommt Ihre Familie. Nun aber raus und wenn Sie wollen, können Sie ja morgen im Laufe des Tages vorbeikommen.«

Er griff nach hinten, holte mit einem schnellen Griff eine eilig gepackte Sporttasche hervor und reichte ihr diese.

»Wir bleiben in den nächsten Stunden in Kontakt. Ich muss zurück.«

Sie war noch keine Sekunde draußen, die Beifahrertür stand noch offen, schon gab Fredo Gas, als wenn der Teufel hinter ihm her wäre. So ging sie durch das Tor und ihrer Familie entgegen.

»Warum musste er denn so schnell fort? Einen Kaffee hätte er doch mittrinken können«, fragte Alejandra achselzuckend.

Alle schauten sie fragend an: »Nein, nein. Er muss auf jeden Fall zum Haus zurück. Na was sagst Du dazu? Das gibt es doch nicht oder?«, sagte ihr Sohn.

»Ihr redet alle in Rätseln. Kann mir jetzt vielleicht irgendjemand mal verraten, was überhaupt los ist, aber bitte schnell und präzise. Diese Geheimniskrämerei ist ja fast so schlimm wie früher bei Papa.«

»Der gute Fredo hat seinen Mund gehalten, hat geschwiegen wie ein Grab, Bravissimo, der gute Fredo hat geschwiegen. Vater hätte jetzt vielleicht gesagt ›Silence is golden‹. Dass er das geschafft hat, spricht nur für ihn und seine Loyalität.«

»Was hat er mir denn verschwiegen?« Da piepste ihre Enkelin: »Oma Opa da.«

»Opa ist im Fernsehen, soll das heißen liebste Mama. Meine Eltern kommen auch.«

»Opa im Fernsehen. Was redest Du denn da?«

»Nein, nein, Mama, es ist wahr. Nur noch Sondersendungen in Free Andalucia TV«, entgegnete ihre Schwiegertochter.

»Weswegen Sondersendungen? Worüber?«

»Erst rief Fredo an, der tolle Bursche, er hatte es aus dem Internet, und nur wenige Minuten später von Papas Verlag. Stockholm hat heute Vormittag ...«

ENDE

Inhalt

Vorwort	5
Das Vorspiel	7
Der Irrweg	29
Der Richtige Pfad	63
Heimat und Eros	122
Eros und Wissenschaft	168
Im neuen Haus	182
70 Jahre Bürgerkrieg – 2006	193
Nach 2006	207
Die Küche Andalusiens	259
Eros, Liebe und Leben	271
Weihnachten 2027	317
Weihnachten 2028 und Hochzeit	361
Neues und altes Leben	417